История одного товарищества

Николай Ф. Бажин

История одного товарищества

© Индоевропейских Издание , 2021

ISNB: 978-1-64439-545-5

СОДЕРЖАНИЕ

ИСТОРІЯ ОДНОГО ТОВАРИЩЕСТВА

История одного товарищества

ЧАСТЬ ПЕРВАЯ

I

Антипъ Васильевичъ Новоторовъ, становой приставъ перваго стана N — скаго уѣзда, постоянно жилъ въ губернскомъ городѣ. Въ самомъ концѣ Козмодемьянской улицы онъ нанималъ небольшой двухъ-этажный флигелекъ. Въ верхнемъ этажѣ онъ жилъ самъ и помѣщалась его канцелярія, въ нижнемъ находилась кухня, рядомъ съ нею арестантская, а за нею, въ подвалѣ, предназначавшемся строителемъ этого дома спеціально для картофеля, моркови и подобныхъ невинныхъ злаковъ земли,— хранились рваные полушубки, хомуты, сапоги, шапки, отобранныя у воришекъ, иногда снятыя съ мертвыхъ тѣлъ и вообще всѣ вещи, имѣющія впослѣдствіи уличить кого нибудь, разъяснить какое нибудь темное дѣло.

Новоторовъ былъ человѣкъ холостой, одинокій, и трехъ комнатъ было ему совершенно достаточно. Въ большой, пустынной канцеляріи онъ могъ, если ему было угодно, прогуливаться, какъ въ манежѣ; гостей принималъ онъ во второй комнатѣ, правда тоже нѣсколько пустынной, какъ бы не жилой, но все-таки имѣвшей и хорошенькую мягкую мебель, и кисейные занавѣсы на окнахъ, и коверъ на полу, и картинки на стѣнахъ, и красивую лампу на столѣ. Наконецъ, третья, самая любимая комната, служила ему и столовой, и спальней, и кабинетомъ. Здѣсь настѣнномъ коврѣ, надъ кроватью, красовались охотничьи ружья, на окнѣ стояли трубки, въ одномъ углу висѣла гитара, на столикѣ, подлѣ зеркала, и на комодѣ валялось нѣсколько книгъ и газетъ.

Былъ поздній, немного холодноватый, майскій вечеръ. Солнце закатывалось, черезъ полчаса — время уже зажигать огонь. Новоторовъ только-что возвратился въ городъ съ слѣдствія и безъ сюртука сидѣлъ въ своей любимой комнатѣ на постели, покуривая папиросу и задумчиво покручивая свои черные длинные усы. Пять минутъ назадъ, выходя изъ тарантаса, онъ велѣлъ своему безсмѣнному десятскому Филиппу отнести нѣкоей старушкѣ, госпожѣ Рябининой, нѣсколько штукъ дичи, подстрѣленной имъ, Новоторовымъ, и теперь старался представить себѣ, какое впечатлѣніе произведетъ эта посылка въ домѣ Рябининыхъ. Онъ не имѣлъ ни малѣйшаго сомнѣнія въ томъ, что сама Анна Романовна, какъ разсчетливая и даже, говоря жестче, скуповатая старушка горячо поблагодаритъ его и на словахъ, и мысленно, — онъ былъ увѣренъ въ ея благодарности, но не о ней думалъ онъ въ эту минуту. Ему интересно было бы знать и даже увидѣть собственными глазами, услышать своими

1

собственными ушами, какъ отнесется къ его любезному приношенію дочь Анны Романовны, Зоя Петровна, молодая, странная дѣвушка, которую онъ страстно любилъ, но не былъ увѣренъ, любитъ ли Зоя его. При одной мысли о взаимныхъ чувствахъ Зои онъ иногда готовъ былъ расплакаться. Впрочемъ никто и никогда не видѣлъ слезъ на глазахъ Новоторова, и я не знаю, какое чувство, какое событіе могло вызвать слезы у человѣка, видѣвшаго столько слезъ и крови на своемъ вѣку... Новоторовъ былъ ростомъ около двѣнадцати вершковъ (я понимаю — двухъ аршинъ, двѣнадцати вершковъ); лицо у него было какое-то бронзовое и притомъ полосатое: нижняя половина его до той самой черты, до которой онъ надвигалъ фуражку была почти черная, а повыше этой черты желтая. Служить онъ началъ,— тянуть лямку, какъ онъ самъ говорилъ,— чуть не съ четырнадцати лѣтъ. Розогъ въ своей юности, лишеній при началѣ своей служебной карьеры, убійствъ, труповъ, преступленій, въ продолженіи своей полицейской службы — видалъ онъ столько, что страшно дѣлалось, когда онъ только разсказывалъ. Глаза у него были суровые, холодные, съ желтоватыми бѣлками.— Да, я очень желалъ бы видѣть, чтобы эти глаза выронили хоть одну слезу. Любопытное это было бы зрѣлище.

— Это ты, Филька? спросилъ Новоторовъ, когда вошелъ десятскій съ самоваромъ и поставилъ его на столъ.

— Я съ.

— Уже сходилъ?

— Сходилъ.

И это я-съ, и это сходилъ были произнесены такимъ тономъ, съ такимъ безстрастнымъ видомъ, какъ будто бы Филька не свои отвѣты отвѣчалъ, а читалъ вслухъ мало интересную для него книгу. Нужно сказать, что это каменное безстрастіе никогда не покидало его: съ нимъ онъ дремалъ въ прихожей, съ нимъ онъ ѣлъ, съ нимъ выпивалъ стаканъ водки, ложился подъ розги, съ нимъ же, наконецъ, разсказывалъ какое угодно, хотя бы самое интереснѣйшее, изъ своихъ похожденій. Повидимому, въ этомъ невозмутимѣйшемъ спокойствіи не было ничего особеннаго; повидимому, Филька и не могъ не быть невозмутимымъ человѣкомъ, потому что онъ, какъ казалось, только и дѣлалъ, что или спалъ, или ѣлъ и только изрѣдка былъ занятъ исполненіемъ какого нибудь порученія. Если Филька не ѣлъ, то онъ спалъ, если не спалъ, то ѣлъ. Какая-то кума ежедневно приносила ему по нѣскольку ярушниковъ, черныхъ хлѣбцовъ, фунта въ два вѣсомъ, и другіе десятскіе говорили, что Филька съѣдалъ три ярушника передъ обѣдомъ и четыре послѣ обѣда. Съ перваго взгляда Филька представлялся каждому, кто имѣлъ удовольствіе видѣть его дремлющаго въ прихожей, всклокоченнаго, лѣниво почесывающаго свою рубашку,— простымъ, обыкновеннымъ, бѣлобрысымъ деревенскимъ парнемъ; но когда этотъ парень начиналъ говорить, разсказывать что нибудь, тогда только безстрастіе его выказывалось въ своемъ настоящемъ свѣтѣ, ошеломляло слушателя, и заставляло его взглянуть на этого парня съ нѣкоторымъ недоумѣніемъ и раздумьемъ. Не это безстрастіе само по себѣ поражало слушателя,— поражало его то, какимъ это образомъ Филька могъ съ мельчайшими подробностями передавать, какъ его побили родственники обольщенной имъ женщины, какъ покойный отецъ собирался проклясть его — и въ тоже время оставаться совершенно безстрастнымъ. Въ этой невозмутимости заключалась, кажется, вся его сила. Онъ былъ малъ ростомъ, худъ, рябъ, и не смотри онъ такимъ мраморнымъ, желѣзнымъ человѣкомъ, — ни одна женщина, не взглянула бы на негъ. Теперь же онъ являлся какимъ-то сокрушителемъ женскихъ сердецъ. Онъ былъ вчерашній мужикъ, но сегодня не могъ уже ничего работать, отвыкъ отъ сохи и поля, и почти безотлучно жилъ въ городѣ, нанимаясь у другихъ, дорожащихъ временемъ десятскихъ отбывать ихъ временную службу при становомъ или при арестантской. Впрочемъ онъ больше находился при самомъ Новоторовѣ, понемногу привыкшемъ смотрѣть на него, какъ на неизмѣннаго спутника своей жизни, помощника и притомъ помощника надежнаго, хитраго, ловкаго; такого неоцѣнимаго помощника, который и купить что нужно съумѣстъ, и разузнать всю подноготную какого нибудь нужнаго человѣка сможетъ, и притомъ обладаетъ такимъ громаднымъ знаніемъ людей и ихъ закулисной, семейной жизни, что Новоторову оставалось только слушать, пожимать плечами и удивляться,

— Засталъ дома? продолжалъ Новоторовъ.

— Дома. Молодой баринъ пріѣхалъ...

Новоторовъ встрепенулся.

— Баринъ? Какой баринъ? Сынъ? Когда? Давно ли?

— Недавно... При мнѣ пріѣхалъ.

— Ну чтожъ? Молодой?..

— Молодой.

— Обрадовались? Заплакала, я думаю, старуха-то?

— Перекрестилась; слава, тебѣ, Господи, говоритъ; потомъ про себя что-то шептать стала и стряпать принялась.— Не плакала.

— Ну, а Зоя Петровна?

— Онѣ долго такъ смотрѣли, смотрѣли, потомъ руками всплеснули: Филиппъ, говоритъ, ты ли это?

— Какой Филиппъ? съ недоумѣніемъ спросилъ Новоторовъ.— Это его Филиппомъ зовутъ? Эхъ, ты уродъ, прибавилъ онъ съ невольной улыбкой, мелькомъ взглянувъ въ безстрастные глаза стоявшаго передъ нимъ Филиппа, котораго должно быть весьма забавляло и это сходство именъ, и воспоминаніе о томъ тонѣ и выраженіи, съ которымъ молодая, хорошенькая барышня произнесла въ его присутствіи имя, доставшееся ему при крещеніи.

— Это ты, говоритъ, Филиппъ? еще разъ повторилъ онъ съ тѣмъ внутреннимъ смѣхомъ и наружнымъ безстрастіемъ.— Потомъ обнимать его стала...

На тонкихъ блѣдныхъ губахъ десятскаго мелькнула мгновенная усмѣшка при воспоминаніи объ этихъ объятіяхъ, потомъ онъ взглянулъ на задумавшагося Новоторова, переступилъ съ ноги на ногу, подождалъ еще немного, потомъ повернулся и неторопливо вышелъ изъ комнаты.

Новоторовъ серьезно задумался по поводу совершенно неожиданнаго пріѣзда Филиппа Рябинина. Правда, ему часто случалось слышать въ домѣ Рябининыхъ имя этого блуднаго сына, который, повидимому, совершенно забылъ свою мать, свою сестру и только изрѣдка, изрѣдка напишетъ къ нимъ нѣсколько коротенькихъ строчекъ, но до настоящей минуты Новоторовъ нисколько не интересовался этимъ молодымъ человѣкомъ, жившимъ далеко, въ столицѣ, почти прервавшимъ всѣ сношенія съ своимъ семействомъ и потому неимѣвшимъ въ немъ ни малѣйшаго значенія. Какое дѣло было имъ другъ до друга? А теперь этотъ таинственный молодой незнакомецъ вдругъ сваливается къ нимъ, какъ снѣгъ на голову. Теперь онъ, можетъ быть, будетъ руководителемъ и опорой своего семейства, теперь онъ, можетъ быть, кромѣ того, будетъ имѣть немалое вліяніе на свою сестру, — слѣдовательно и судьбу, счастье, жизнь его самого, Новоторова, будетъ держать въ своихъ рукахъ. Что же онъ за человѣкъ? Что онъ такое? мелькнули передъ Новоторовымъ тревожные вопросы.

— Филька!..

Безстрастная рябая фигура Фильки, на этотъ разъ въ франтовскомъ синемъ кафтанѣ, мелькнула въ прихожей и развалистой, неторопливой походкой приблизилась къ двери.

— Что этотъ пріѣзжій баринъ?.. Каковъ?

— Ничего... Немного повыше меня будетъ.

— Худой?

— Ничего...

— Ну, а по глазамъ-го? Каковъ ты думаешь? Ты бы ему въ глаза-то посмотрѣлъ.

— На глазахъ очки, безстрастно отвѣчалъ Филька;— синіе...

Новоторовъ невольно засмѣялся.

— Ничего онъ съ тобой не говорилъ?

— Ничего. Кошку эту, Катерину старую, кухарку-то, поцѣловалъ. На рукахъ, говоритъ, носила меня. Простой, должно быть.

Новоторовъ задумчиво смотрѣлъ на него.

4

— Ты куда это нарядился? вдругъ спросилъ онъ.

— Такъ; за ворота...

— Съ хозяйской кормилицей посидѣть?

— Съ горничной. Новая у нихъ...

— А кормилица что?

— Ничего...

— Гм... А тебѣ, вѣдь, я думаю, все равно, уродъ? Слова у тебя некупленныя. Что бы тебѣ словечка два-три перекинуть съ этой кошкой-то, что ли, Катериной, — подъѣхать бы къ ней — хоть бы узналъ что нибудь: что, какъ тамъ...

— Говорилъ ей, ходилъ, отвѣчалъ Филька, послѣ небольшаго молчанія.

— Что же?

— Ничего... Я ей слово скажу, а она затрясется вся; я ей другое, поласковѣе, а она и дѣться куда не знаетъ... Пугливая... Словъ этихъ она по понимаетъ. Ежели съ ней пошутить какъ нибудь, такъ она затрясется вся, побѣлѣетъ и посуда у ней такъ и валится изъ рукъ. Робкая... Это ежели пошутить съ ней хоть одинъ разъ, такъ она потомъ и видѣть тебя не можетъ. Маху я далъ, не догадался.

— Теперь боится тебя?

— Боится.

Новоторовъ опять задумался.

— Ну, ступай; нечего дѣлать, сказалъ онъ, наконецъ. Потомъ онъ посидѣлъ еще съ минуту въ глубокой задумчивости, затѣмъ машинально взялъ лежащій на окнѣ номеръ "Сенатскихъ вѣдомостей", посмотрѣлъ на него, бросилъ на прежнее мѣсто и принялся ходить взадъ и впередъ по комнатѣ.

Что такое этотъ Филиппъ Рябининъ? Что онъ за человѣкъ? Какое вліяніе будетъ имѣть этотъ свалившійся съ неба незнакомецъ на его, Новоторова, дѣла?.. приставали къ нему неотвязные вопросы. Вспомнилось ему, что Филиппъ Рябининъ избралъ своей профессіей медицину и теперь, вѣроятно, пріѣхалъ лекаремъ; но и это предположеніе ни мало не разрѣшало тревожныхъ вопросовъ Новоторова. Конечно онъ не мало видалъ докторовъ и лекарей, но вѣдь и лекаря бываютъ разные: бываютъ и хорошіе, бываютъ и дрянь-дрянью, къ которымъ ни съ какой стороны не подступишься, — есть и простые, добрые малые, есть и изъ нынѣшнихъ, которые на весь міръ черезъ особенные очки смотрятъ.

При воспоминаніи о лекаряхъ нынѣшнихъ, Новоторовъ поморщился, пріостановился, лицо его немного вытянулось, и чѣмъ больше ему казалось вѣроятнымъ, что Филиппъ Рябининъ изъ нынѣшнихъ, тѣмъ ниже опускались углы его губъ и тѣмъ мрачнѣе, недовольнѣе становилось выраженіе его бронзоваго лица,

Правда, что и самъ онъ былъ становой нынѣшній, нашего либеральнаго времени, взятокъ не бралъ, служебную лямку тянулъ добросовѣстно, но вѣдь кто же его знаетъ, какъ онъ, Рябининъ, смотритъ на всѣ эти вещи? Чортъ же его знаетъ, подумалъ Новоторовъ, окончательно разстроенный и даже взбѣшенный.

II

Полукаменный двухъэтажный домъ госпожи Рябининой, вдовы титулярнаго совѣтника, находился на той же самой Козмодемьянской улицѣ, домовъ не больше какъ черезъ десять отъ квартиры Новоторова, чѣмъ и объясняется та быстрота, съ которою Филька исполнилъ возложенное на него порученіе отнести дичь. Домъ этотъ уже старенекъ, годъ отъ году требуетъ все больше да больше поправокъ, что и заставляетъ госпожу Рябинину всё усерднѣе и усерднѣе искать покупщиковъ на свое старое гнѣздо, въ которомъ она прожила тридцать пять лѣтъ, то-есть съ того самаго времени, какъ на восемьнадцатомъ году вышла замужъ за покойнаго Рябинина. Вотъ уже скоро два года, какъ она все собирается напечатать въ губернскихъ вѣдомостяхъ объявленіе о продажѣ своего полукаменнаго дома, снабженнаго службами и обширнымъ огородомъ, — но это объявленіе, вслѣдствіе разныхъ случайностей, не появилось, какъ я вижу, и до сихъ поръ. Послѣднее изъ этихъ объявленій, написанное ею очень оригинально, на цѣлой четвертушкѣ бумаги, она вручила одному молодому человѣку съ убѣдительной просьбой придать ея произведенію болѣе практическую и литературную форму. Молодой человѣкъ долго думалъ надъ ея сочиненіемъ, наконецъ однажды вечеромъ передѣлалъ его слѣдующимъ, болѣе краткимъ образомъ:

Объявленіе

Продается угольный домъ,— половина камня, половина дровъ, а въ немъ старушка живетъ.

Затѣмъ онъ положилъ его въ карманъ, откуда оно потомъ утратилось вмѣстѣ съ платкомъ и неизвѣстно гдѣ теперь находится.

Идетъ уже первый часъ ночи. Въ обыкновенные дни, въ это время уже весь домъ Рябининой погружается въ мракъ и сонъ; но сегодня необыкновенный день, сегодня въ этотъ домъ вступилъ

6

новый хозяинъ, чуть не безъ вѣсти пропадавшій молодой человѣкъ, которому суждено можетъ быть спасти это старое гнѣздо отъ разрушенія, обновить его, внести въ его запустѣлыя, унылыя комнаты жизнь, довольство и блескъ, и потому сегодня, третьяго мая, даже и въ первомъ часу по полуночи въ этомъ домѣ еще свѣтятся огни.

Горитъ огонь въ кухнѣ, гдѣ старая Катерина, та самая, которую Филька назвалъ тощей кошкой, маленькая, худенькая, сорокалѣтняя дѣвица, боящаяся больше всего на свѣтѣ мужчинъ-шутниковъ, совсѣмъ уже приготовилась отойти ко сну, но задумалась о чемъ-то, усѣлась на свою постель и сидитъ унылая, сморщенная, печальная, можетъ быть, размечтавшись по поводу пріѣзда молодого барина о томъ золотомъ, невозвратно-минувшемъ времени, когда онъ былъ еще мальчикомъ, а она молодой, румяной, полной надеждъ дѣвицей.

Горитъ крошечный огарокъ къ спальнѣ старушки Анны Романовны и, какъ будто нарочно для усиленія эффекта, не освѣщаетъ, а только полуосвѣщаетъ эту странную, въ высшей степени странную комнату, похожую и на лавку изъ жидовскаго ряда, и на кладовую ростовщика и вмѣстѣ съ тѣмъ назначенную, очевидно, для отдохновенія отъ дневныхъ трудовъ. Сколько здѣсь сундуковъ съ черными и бѣлыми, и красными желѣзными полосами, сколько здѣсь шкатулочекъ и картонокъ, сколько бумажныхъ свертковъ всевозможныхъ формъ и цвѣтовъ, сколько навѣшано на стѣнѣ стараго платья женскаго и мужскаго съ свѣтлыми мѣдными пуговицами, оставшагося, вѣроятно, еще отъ ея покойнаго мужа, умершаго двѣнадцать лѣтъ назадъ,— какъ странно смотритъ этотъ полувыдвинутый въ шкафу нижній ящикъ, наполненный весь, до верху, старыми, негодными башмаками, стоптанными и развалившимися сапогами, голенищами, калошами, и какъ невыносимо пахнетъ отъ этого ящика! Сама старушка Анна Романовна неторопливо роется между разными бумажными свертками, щупаетъ ихъ, нерѣдко развертываетъ, доискиваясь, вѣроятно, какихъ нибудь подсвѣчниковъ, которые она когда-то припрятала и теперь никакъ не можетъ найти, чтобы поставить ихъ въ комнату нежданно пріѣхавшаго сына. Роется она, шуршитъ бумагой и все шепчетъ, все шепчетъ что-то. О чемъ она шепчетъ? О чемъ думаетъ? О подсвѣчникахъ ли этихъ и ни о чемъ больше, или ее тоже взволновалъ пріѣздъ сына, наполнилъ ее какими побудь надеждами, мечтаніями? Но мечтаетъ ли она о томъ, что ея сынъ обновитъ домъ, создастъ въ немъ новую, болѣе дѣятельную, болѣе шумную разнообразную жизнь, или же она заранѣе сокрушается на счетъ того, что онъ будетъ мотать деньги на пустяки, купитъ новую мебель, захочетъ оклеить стѣны обоями, будетъ кормить

7

обѣдами разныхъ друзей и пріятелей. Судя потому, что она часто покачиваетъ своей большой, сѣдой головой, вздыхаетъ и какъ-то особенно брюзгливо шепчетъ своими ввалившимися, сморщенными и побѣлѣвшими губами,— судя поэтому, можно предположить, что она больше сокрушается, чѣмъ мечтаетъ.

Горитъ свѣчка въ третьей комнатѣ, большой, невеселой комнатѣ съ бѣлыми стѣнами, съ старой, давно отслужившей свой вѣкъ мебелью, съ засаленными и полинявшими гравюрками на стѣнахъ. Съ одной стороны стола сидитъ Филиппъ Рябининъ, съ другой — Зоя. Филиппу лѣтъ двадцать семь. Онъ плотно прислонился къ стѣнкѣ кресла и, облокотившись на его ручку, положивъ подбородокъ и даже губы на ладонь, неподвижно, задумчиво смотритъ куда-то внизъ своими темными глазами. Лобъ его гладокъ, брови не нахмурились, во и по однимъ его глазамъ, но одному выраженію ихъ видно было, что немного радости нашелъ онъ въ родимомъ домѣ, и что невеселые разговоры велъ онъ теперь съ своей сестрой. Выразительные у него были глаза: его сдерживаемый гнѣвъ, его внутренній смѣхъ, его тайную печаль и усердно-скрываемую имъ радость,— все, всѣ чувства, какія только появлялось въ немъ, даже такія, которыя онъ желалъ иногда скрыть отъ посторонняго взгляда,— эти предательскіе темные глаза выражали въ себѣ, и разсказывали всякому, кому только была охота взглянуть въ нихъ.

И у Зои такіе же выразительные глаза; только совсѣмъ черные и больше, красивѣе, чѣмъ у ея брата. Лицо у нея блѣдносмуглое; надъ ея гладкимъ, блѣднымъ лбомъ протянулось темные, пышные и кудрявые волосы. Она положила обѣ руки на столъ, и, наклонившись всѣмъ тѣломъ къ брату, спрашиваетъ его:

— Развѣ это не значитъ продать себя?

Глаза горятъ, нижняя губа гордо и презрительно вздрагиваетъ, видно, что все существо этой молодой особы возмущено, волнуется, негодуетъ. Еслибъ вы видѣли ее въ эту минуту, если бы вы обратили вниманіе на зловѣщій блескъ въ ея глазахъ, вы сказали-бы, что это злая вспыльчивая, способная увлекаться, и потому опасная женщина, но если бы вы видѣли ее полчаса назадъ, когда она довольно спокойно, съ небольшомъ только оттѣнкомъ грусти, разсказывала свою жизнь въ родномъ домѣ, вы, вѣроятно, рѣшили бы, что это глубоко-симпатичная, кроткая, добрая дѣвушка.

Она была ни добра, ни зла, какъ и большая часть людей. У нея было доброе сердце, по оно могло и ненавидѣть, и возмущаться, и переполняться негодованіемъ. Было время, когда она дѣйствительно была доброй и кроткой дѣвушкой, вполнѣ доброй, познавшей ни желчи, ни негодованія,— но это время прошло.

Тиха и добра была она въ дѣтствѣ. Одинокій ребенокъ,

которому суждено было родиться и жить въ пустомъ, уныломъ домѣ, съ неласковой и черствой матерью,— она вѣчно возилась гдѣ нибудь въ уголкѣ, наряжала своихъ любимыхъ куколъ, строила имъ домики, укладывала спать и пѣла колыбельныя пѣсенки. Любила она въ это время маленькихъ щенятъ, котятъ, вѣчно добудетъ откуда-то какого нибудь выброшеннаго на улицу грязнаго, несчастнаго щенка, и нянчится съ нимъ, какъ съ куклой, вычиститъ, расчешетъ его, накормить, приготовить ему постель, спать уложить и сидитъ надъ и имъ не шевелясь, внутренно радуясь, что вотъ ему на улицѣ холодно было, грязно, а теперь и мягко ему, и тепло, и хорошо. Неслышно и не видно ея было въ это время въ домѣ, да и все ея развитіе совершалось какъ то ни для кого незамѣтно;— Богъ ее знаетъ какъ, сюрпризомъ даже для своей родственницы, нѣкоей старой дѣвы, которая взялась со учить и дала ей уроковъ десять,— Зоя вдругъ явилась умѣющей уже читать и какъ громомъ поразила всѣхъ, объявивъ однажды во всеуслышаніе, что она вычитала въ книгѣ такой-то рецептъ отъ лихорадки, которой заболѣла въ то время кухарка Катерина. И новый міръ открылся тогда передъ Зоей. На чердакѣ нашла она большую, большую связку книгъ, между которыми была и исторія Россійскаго государства Карамзина, и сочиненія Ѳомы Кемпійскаго, и Парижскія тайны, и Вѣчный жидъ, и т. п. Зоя еще чаще начала скрываться отъ всѣхъ въ какомъ нибудь темномъ уголкѣ, она сдѣлалась ученой дѣвушкой, пріобрѣла нѣкоторую извѣстность, потому что и мать просила ее иногда поискать какой нибудь рецептъ отъ зубной боли, и Катерина шла къ Зоѣ съ подобною же просьбою, и черезъ Катерину многіе больные прибѣгали къ нашей ученой героинѣ съ мольбою посмотрѣть въ книжкѣ и найти цѣлебное средство. Добрая и милая дѣвочка была въ это время Зоя. Какая счастливая улыбка играла на ея маленькихъ губкахъ, когда кто нибудь обращался къ ней съ просьбою посмотрѣть на счетъ чего нибудь въ книжкѣ; какое блаженство сіяло въ ея черненькихъ глазкахъ, когда она узнавала, что вычитанное ею цѣлебное средство оказалось дѣйствительно цѣлебнымъ и облегчало чьи нибудь страданія!

И не одно только сердце было у нея золотое,— нѣтъ, и руки ея оказалось тоже золотыми. Такъ же быстро, легко, шутя, какъ выучилась она читать, научилась она и шить. Мать радовалась. что дочка ея оказалась такой мастерицей, а Зоя была на верху блаженства, видя, что и она въ домѣ не какое нибудь пятое колесо въ колесницѣ, что и она человѣкъ полезный, работать можетъ, пользу приносить, помощь... Съ утра до вечера она корпѣла надъ работой, вся вспыхивала отъ восторга, когда мать называла ее своей помощницей, мастерицей, и когда оканчивала наконецъ свою работу, то сейчасъ же начинала приставать къ Аннѣ

Романовнѣ и горько, искренно жаловаться, что ей, Зоѣ, скучно, что ей, Зоѣ дѣлать нечего, что ей надо какую нибудь работу.

Не любила она работу только тогда, когда ей приходилось работать на самую себя. Этого она не любила. Не любила она также того, чтобы за нею ухаживали, когда ей случалось чѣмъ нибудь заболѣть. Но для другихъ работать, самой ухаживать за больными, о, это была ея страсть, это было ея счастье, въ этомъ была ея настоящая жизнь.

Добрая, кроткая, покорная дѣвушка была Зоя еще года два, три послѣ того, какъ она кончила курсъ въ женской гимназіи. Жить для другихъ, быть счастливой счастіемъ другихъ, сдѣлалось для нея привычкой, потребностью.

Но уже и въ это время на нее начала иногда нападать скука; уже и въ это время нерѣдко бывали дни, когда и работа и книги падали у нея изъ рукъ, и она задумывалась — какая-то тревога, недоумѣніе западали въ ея сердце, какъ-то вопросительно, странно смотрѣла она на все и на всѣхъ, точно она чувствовала, что потеряла что-то, точно будто она отъ сна встрепенулась и увидѣла вокругъ себя совсѣмъ не то, что во снѣ видѣла. Она не знала только: что же сонъ и что дѣйствительность: то ли, что она прежде видѣла, или то, что она теперь видитъ.

И какъ нарочно въ это переходное время въ нее влюбился одинъ школьный товарищъ ея брата, нѣкто Петръ Васильевичъ Матросовъ. Онъ былъ добрый, честный, красивый малый, но Зоя не любила его. Онъ любилъ выпить, а она пылала самымъ добродѣтельнымъ негодованіемъ противъ пьянства. Онъ былъ извѣстенъ въ средѣ ея знакомыхъ, какъ забубенная голова, шутникъ, гуляка, добрый, но безпутный малый; а она имѣла влеченіе къ тому, что было бѣдно и несчастно, и къ тѣмъ, кто относился къ жизни серьезно.

Матросовъ понялъ ея чувства къ нему, ея взглядъ на него и вообще на людей. Онъ ни слова не сказалъ Зоѣ о своей любви къ ней: но за то по поводу взглядовъ ея на людей пьяненькихъ и на людей добродѣтельныхъ, по поводу этихъ взглядовъ, онъ никогда не упускалъ случая высказаться самымъ безпощаднымъ, насмѣшливымъ, всеуничтожающимъ образомъ. Онъ отводилъ въ этихъ изліяніяхъ свою оскорбленную душу. Онъ перебралъ всѣхъ знакомыхъ Зоѣ добродѣтельныхъ людей, перебралъ ихъ по косточкѣ, доказалъ, что всѣ они не больше, какъ добродѣтельные сапожники, что всѣ ихъ доблести въ томъ только и заключаются, что они платковъ не воруютъ, деньги копятъ, ѣдятъ и спятъ въ положенные часы. Онъ неотразимо доказалъ ей, что у этихъ сапожниковъ нѣтъ больше никакихъ похвальныхъ качествъ, что даже сердца каждому изъ нихъ отпущено судьбой не больше, какъ на копѣйку, потому что ближнему своему, голодному и бѣдному, они никогда не помогутъ больше, какъ на эту ничтожную сумму.

Матросовъ вылечился отъ своей любви, а у Зои какъ будто повязка свалилась съ глазъ. Не тѣхъ людей, какіе были прежде, увидѣла она передъ собою, но такою показалась ей жизнь, какою она представляла се прежде, даже мать, и та показалась Зоѣ какою-то чужою, незнакомою женщиною. Теперь Зоя дѣйствительно пробудилась отъ сна и увидѣла прозу, житейскую, грязную прозу.

Тяжело отозвалось на ней это пробужденіе. Что-то странное сдѣлалось съ ея прежде ровнымъ и кроткимъ характеромъ. Сегодня она кажется какой-то апатичной, сонной, ко всему безучастной; а на другой день — совсѣмъ не та, и поразитъ своею подвижностью, впечатлительностью, страстностью и силою, которою дышетъ ея каждое движеніе и слово. То она по цѣлымъ недѣлямъ смотритъ какой-то убитой и измученной, ни за что не принимается, не чешетъ своихъ густыхъ волосъ, не одѣвается, ни о чемъ говоритъ не хочетъ, потому что все ей надоѣло и опротивѣло; а то вдругъ встрепенется, какъ будто отъ глубокаго сна, сдѣлается ко всѣмъ внимательна, со всѣми нѣжна, найдетъ себѣ уроки, занятія, по цѣлымъ ночамъ книжки читаетъ. Къ ея добротѣ примѣшалось много желчи и горечи; ея жажда дѣятельности встрѣтилась съ грустными вопросами: что дѣлать? Зачѣмъ? Какая изъ этого кому польза?

— Маменька все ходитъ по комнатамъ, да огарки и лоскуты собираетъ, пуговицу на улицѣ найдетъ,— подберетъ, желчно и горько разсказывала она брату о матери и о своей жизни.— Надъ остатками отъ обѣда дрожитъ, по каждой сальной свѣчкѣ плачетъ, каждую чашку чаю считаетъ. Какъ-то пришелъ къ намъ одинъ молодой человѣкъ, не женихъ. Она спрашиваетъ его, не хочетъ ли онъ чаю (думала, что тотъ откажется)? Онъ говоритъ, что выпьетъ съ удовольствіемъ, далеко ходилъ, жарко. Ждалъ, ждалъ онъ, такъ безъ чаю и ушелъ.

— Не разслышала, можетъ быть? замѣтилъ Филиппъ.

— Какъ не разслышала,— разслышала. Она впрочемъ умѣетъ при случаѣ не разслушать. И хоть бы все это отъ нищеты происходило,— такъ вовсе нѣтъ. Иной разъ найдешь много работы,— уроковъ, шитья; рублей двадцать получишь въ мѣсяцъ,— все тоже. И даже не тоже, а еще хуже сдѣлается, еще больше начнетъ жаловаться на то, что свѣчъ много выходитъ, провизія вздорожала, дрова дороги. А деньги въ сундукѣ лежатъ. Посмотришь, посмотришь на все это, да и бросишь все: и работу, и уроки, и книги. Къ чему все это въ самомъ дѣлѣ? Такъ противно все это сдѣлается. Мной разъ покажется, что и живешь-то, и работаешь, и думаешь — все для того только, чтобы огарки эти, да лоскутки копить и беречь. А иногда убѣжала бы изъ этого дому,

11

сожгла бы я его или въ воду бросилась,— сама себя не помнишь отъ злости. Хоть тотъ же Потапъ Потапычъ придетъ больной, несчастный, голодный. Помочь бы ему, хоть на хлѣбъ и лекарство дать бы, а она его протухлыми остатками покормить, поохаетъ, повздыхаетъ и... ни-ичего...

Она стиснула зубы и тяжело глотнула, сдерживая слезы.

— Маменька! просишь,— дайте мнѣ десять, пять рублей, я вамъ черезъ двѣ недѣли отдамъ, больше отдамъ. Да нѣту, говоритъ, Зоя, нѣту у меня, вышли; вѣдь вотъ пили, ѣли, сама знаешь, свѣчей надо было купить,— вышли. Въ воду бы бросилась отъ злости. Одно время я думала было оставлять у себя часть заработанныхъ денегъ, такъ оказалось, что вѣдь справки наводить вездѣ о каждой полученной мною копѣйкѣ. Начнетъ вздыхать, охать, пилить,— ну, и отдашь ей все...

— А мнѣ показалось, что она какъ будто побаивается тебя...

— Ну, это недавно случилась такая перемѣна... Женихъ появился... Бывали женихи прежде, только все бѣдные, малонадежные. Ну, а этотъ не безнадеженъ.

— Кто такой?

— Приставъ становой... Этотъ не безнадеженъ, этотъ далеко пойдетъ. Такъ она боится, чтобы я по глупости своей не отказала ему.

— А ты какъ на него смотришь?

— Я?— она горько засмѣялась.

— И это единственный у тебя экземпляръ? Жениха-то?

— Одинъ. Есть правда еще другой, да тотъ такъ себѣ, въ полусвѣтѣ держится,— ни да, ни нѣтъ. Увидитъ онъ меня прилежной, работящей,— онъ сейчасъ и разсыплется; а случится ему посмотрѣть на меня, когда я хандрю, злюсь, растрепанная хожу,— онъ и задумается, боится все..

— А этотъ кто?

— Это художникъ, иконы пишетъ, иконостасы, фотографію здѣсь имѣетъ. Онъ тоже изъ домовитыхъ, ему бы не на мнѣ, а на маменькѣ жениться,— вотъ бы пара-то была! Онъ, говорятъ, тоже копитъ все и порядочный уже капиталецъ накопилъ. Разсудительный, говорятъ, трезвый, хорошій молодой человѣкъ.

— Всѣ они разсудительные и трезвые, скопидомы эти...

— Да. Кромѣ того маменька находитъ еще, что онъ вѣжливый, почтительный. Да Богъ съ нимъ: лучше ужь въ воду броситься, чѣмъ опять пристроиться къ экономіи огарковъ и лоскутковъ,— Богъ съ нимъ...

— Ну, а тотъ? Становой-то? Не труситъ онъ, когда увидятъ тебя недовольной и растрепанной? Не задумывается?

— Ну тотъ не изъ такихъ. Онъ ничего на свѣтѣ, я думаю, не боится. Росту онъ страшнаго, — въ дверь эту не влѣзетъ, угрюмый такой. Вотъ, я думаю, ужасъ-то, когда такой человѣкъ драться начнетъ. А онъ самъ говоритъ, что дерется,— мужиковъ бьетъ,— потому, говоритъ, что они никогда не слушаютъ добраго слова. Нѣтъ, этотъ не струситъ...

— Дорого онъ мнѣ стоитъ, продолжала она послѣ небольшаго молчанія.— О, дорого!.. Сколько слезъ я изъ за него выплакала, сколько ночей не спала, сценъ вынесла. Маменька въ немъ души не слышитъ. Если бы можно было, она бы меня по рукамъ, по ногамъ связала и отдала бы ему. Кого ты ждешь? говоритъ. Чего думаешь? Что ты мыкаешься-то безъ толку и долго ли мнѣ биться, какъ рыбѣ объ ледъ? Вѣдь онъ тебя обезпечитъ и мнѣ на старости лѣтъ доставитъ спокойный уголъ. Я говорю: не люблю его. А она свое: онъ насъ обезпечитъ, онъ тебя любитъ, въ шелку будешь ходить, я буду спокойна. Я знаю, что ей можетъ быть лучше будетъ. Но вѣдь это значитъ продать себя... Развѣ это не значитъ продать себя...

— Продать, тихо согласился Филиппъ.

Она гордо и презрительно засмѣялась.

— И за что продавать? За наряды, за шелкъ продать! О, какъ это глупо, какъ обидно! Какъ это обидно, думаю я часто. Если бы ужъ неизбѣжно пришлось продать себя, если бы ужъ никакого другого исхода не нашлось, то не за наряды, дорого, дорого продала бы я себя. Пускай тогда предложатъ мнѣ власть, силу,— за нихъ я, можетъ быть, и продала бы себя и пошла бы подъ вѣнецъ.

— Зачѣмъ? На что власть? встрепенулся онъ и поднялъ голову.

— Какъ зачѣмъ? Власть, сила зачѣмъ? Да затѣмъ, чтобы не быть такой жалкой, несчастной, безполезной, никому не нужной. Затѣмъ, что нельзя же такъ жить, что никому ты не нужна, и никто тебѣ ненуженъ. Нельзя, нельзя такъ жить...

Она на минуту остановилась. Лицо ея было блѣдно, нижняя губа немного дрожала, глаза блестѣли, а на длинныхъ рѣсницахъ блестѣли двѣ крупныя слезинки.

— Говорятъ, что я хорошенькая, продолжала она, улыбнувшись, видимо желая скрыть отъ него свои слезы.— Правда ли это?

Онъ молча кивнулъ головой.

— И не глупая... Зачѣмъ же они меня такъ дешево цѣнятъ? За шелкъ, за наряды всю жизнь, все, все отдать... Нѣтъ, такъ мы не сойдемся, — прибавила она съ принужденной улыбкой.

Филиппъ опять опустилъ на руку подбородокъ молча, неподвижно смотрѣлъ внизъ, на полъ.

— Ты о чемъ же задумался? спросила Зоя уже серьезно.— Тоску я нагнала на тебя?

Онъ поднялъ голову и взглянулъ въ ея лицо.

— И часто приходятъ тебѣ въ голову эти фантазіи: продать

13

себя, за власть, за силу, за что бы тамъ ни было, продать себя? спросилъ онъ тихо.

Она вспыхнула.

— О, нѣтъ, о, нѣтъ, Филиппъ... Это рѣдко... Это когда на меня отчаяніе нападетъ... Когда себя чувствуешь какой-то совсѣмъ безсильной, ничтожной. Нѣтъ, нѣтъ, это рѣдко... Я тогда сумасшедшая бываю.

Филиппъ долю еще смотрѣлъ на нее, но смотрѣлъ какъ-то безцѣльно, машинально, очевидно думая въ это время совсѣмъ о другомъ.

— И цѣли какія нибудь бываютъ у тебя въ это время? спросилъ онъ потомъ.— На что тебѣ власть и сила нужны? Опредѣленная цѣль какая нибудь есть? Или такъ?

— Нѣтъ, опредѣленной цѣли нѣтъ. Такъ, убѣжать куда нибудь хочется — хоть подъ вѣнецъ пойти, хоть въ воду броситься, только бы изъ этого мрака, изъ этой пустоты уйти куда побудь. Посмотришь кругомъ себя: ну развѣ жизнь это? Люди всѣ (вотъ родственники наши, знакомые, всѣ, кого я знаю), — они добрые правда, всѣ добрые, ни одного человѣка не встрѣтишь такого, чтобы былъ совсѣмъ безсердечный, — но вѣдь какую же жизнь они ведутъ? У всѣхъ у нихъ одна только забота: какъ бы этихъ остатковъ побольше оставалось, да свѣчь поменьше выходило, да денегъ скопить бы побольше. И зачѣмъ имъ все это?.. Богъ ихъ знаетъ. Все они о себѣ только и думаютъ, у всѣхъ у нихъ мысли какія-то маленькія, самыя пошлыя; новый халатъ сдѣлать, женѣ новое платье сшить, вечеринку въ день имянинъ устроить, чинъ получить... Ну, развѣ жизнь это? Развѣ можно, развѣ можно такъ жить, чтобы только объ однихъ остаткахъ и сбереженіяхъ заботиться? Нельзя вѣдь, Филиппъ? Вѣдь это скучно, гадко, пошло... А тутъ еще эти домашнія сцены, — брань за то, что ты много свѣчь жжешь, что ты не хочешь замужъ выйти... Ну, и думаешь, думаешь, какъ бы это отъ этой грязи убѣжать, какъ бы на свѣтъ выйти...

— Гдѣ онъ, этотъ свѣтъ-то...

— Свѣтъ?.. Свѣтъ гдѣ?..

— Ну, да; я думаю:— онъ не въ насъ ли самихъ находится, этотъ свѣтъ-то...

Она вопросительно смотрѣла на него.

— Я думаю, что свѣтъ, путеводный свѣтъ — это цѣль человѣка. Есть цѣль, и свѣтла кажется человѣку жизнь; нѣтъ цѣли, и жизнь пуста и пошла...

— Но какая цѣль?..

— Все равно; какая нибудь...

Она опять смотрѣла на него, и ея выразительные глаза такъ и спрашивали его о чемъ-то, можетъ быть, о поясненіи его словъ.

— Хоть бы деньги копить? спросила она потомъ.

— Какая нибудь; хоть бы деньги копить, — все равно. Ты посмотри на тѣхъ, которые увлекаются хотя бы и этой цѣлью. Для денегъ они лишенія переносятъ, униженія; изъ-за денегъ они преступленія совершаютъ, убійства. Я зналъ человѣка, который изъ-за денегъ сжегъ свою родную дочь. Посмотри ты хоть на этихъ людей: для нихъ жизнь не пуста, не скучна, нѣтъ, для нихъ она борьба, лихорадочная, азартная, упоительная игра. А почему такъ? Потому что у нихъ цѣль есть: какова бы ни была она — эта цѣль, но она есть.

— Можетъ быть, я по себѣ сужу, продолжалъ онъ; — но я думаю, что и я созданъ по образцу всѣхъ людей и по составляю исключенія. Я по себѣ знаю, что когда у меня есть цѣль, тогда я счастливъ, и жизнь для меня хороша, свѣтла; а цѣль пропала — и все пропало.

— Да; тебѣ хорошо, ты достигъ своей цѣли...

— Я? Достигъ? Впрочемъ, дѣйствительно, я докторъ. По знаешь ли, знаешь ли, Зоя? Мнѣ кажется, что счастье не въ достиженіи цѣли, а въ стремленіи къ ней; въ самомъ стремленіи, а не въ достиженіи. Знаешь ли ты, я думаю, что когда человѣкъ достигъ своей цѣли, когда его стремленія осуществились и не къ чему больше стремиться, тогда его жизнь опять становится пуста. Ему нужно опять избрать, облюбить какую нибудь новую цѣль, опять ему непремѣнно нужно чего нибудь желать, къ чему нибудь стремиться; а безъ этого нѣтъ жизни... Когда-то, въ дѣтствѣ еще, я страшно желалъ имѣть такой же портфель, какой былъ у Матросова; а когда, наконецъ, я пріобрѣлъ этотъ поргфель, онъ потерялъ для меня всякую цѣну. Потомъ мнѣ очень хотѣлось поскорѣе дожить до того времени, когда я вмѣсто гимназической формы надѣну сюртукъ, шляпу съ широкими полями; но когда это время пришло, сюртукъ уже не радовалъ меня. Недавно еще я мечталъ о томъ времени, когда сдѣлаюсь докторомъ;— вотъ я и докторъ... И что же?.. Все не то, все нужно куда-то дальше, чего то большаго, большаго.. Того, что есть уже — мало.

Онъ опустилъ голову на руки, провелъ ими но лицу, по глазамъ, по волосамъ.

— Не хочешь ли ты устроить какую нибудь колонію, въ родѣ Нью-Ланарка Овэна? вдругъ спросилъ онъ.

— Колонію? Въ родѣ чего? Что?..

— Ну, да... Ты знаешь біографію Роберта Овэна?

— Ахъ да, да, помню... Ну такъ что же? спросила Зоя съ величайшимъ удивленіемъ.

— Ну, такъ вотъ, не хочешь ли устроить что нибудь въ родѣ Нью-Ланарка? спросилъ онъ съ улыбкой и какъ будто наслаждаясь ея удивленіемъ.

15

Она неподвижно смотрѣла на него и тоже машинально улыбалась въ отвѣтъ на его улыбку. Зачѣмъ онъ вдругъ задалъ ей такой вопросъ? Съ какой стати? И вѣдь разговоръ вовсе не о томъ шелъ. Она ничего не понимала.

— Я, нужно тебѣ сказать, фантазеръ, мечтатель, — продолжалъ онъ, добродушно улыбнувшись.— Жизнь моя какъ-то странно сложилась... Былъ я и странствующимъ рыцаремъ, и гулякой, и чернорабочимъ, и вотъ теперь докторъ... Отъ этого я, можетъ быть, и не имѣю никакой солидности, усидчивости; все меня тянетъ куда-то вдаль, и самъ не знаю — куда... Во всякомъ случаѣ я фантазеръ. Одно время я вращался почти исключительно въ рабочемъ и промышленномъ мірѣ. Былъ и чернорабочимъ, и конторщикомъ, и управляющимъ даже. Такъ вотъ въ это-то время и запало мнѣ въ голову — попытаться создать что нибудь въ родѣ русскаго Нью-Ланарка... Не скажу я тебѣ, чтобы это была моя цѣль; и не то, чтобы это была моя страстная мечта... Нѣтъ... Оно мечта, пожалуй, но мечта непостоянная, въ родѣ блудящаго огонька: то она вспыхнетъ, овладѣетъ мной, взволнуетъ меня, то вдругъ явятся досадныя сомнѣнія въ своихъ силахъ: могу ли я, способенъ ли я,— и погаснетъ мечта...

Онъ облокотился на столъ и поникъ головой на руку.

— А хорошее, славное это дѣло, продолжалъ онъ.— Основать фабрику какую нибудь и не только дать хлѣбъ десяткамъ бѣдныхъ семействъ, но создать для этихъ темныхъ людей совершенно новую жизнь, внести въ ихъ грязное, бѣдное доселѣ существованіе свѣтъ, радости, знанія, новыя, высшія чувства... Великое дѣло!...

Онъ опять опустилъ голову на руку и задумался. Зоя тоже какъ будто ушла внутрь самой себя, совсѣмъ затихла, не шевелилась. Потомъ она молча встала и молча же, съ опущенной головой, начала ходить по комнатѣ...

III

— Вамъ кого нужно? довольно грубо спросилъ Матросовъ, когда Филиппъ Рябининъ, на другое утро послѣ своего пріѣзда, отворилъ дверь въ его комнату. Вопросъ былъ порядочно грубъ; а между тѣмъ Петруша Матросовъ и Филиппъ Рябининъ были нѣкогда задушевными друзьями, были неразлучными товарищами съ того, смутно припоминаемаго взрослымъ человѣкомъ, періода, когда, соскучившись картонными куклами, они впервые постигли всю привлекательность игры въ бабки, и до того времени, когда нашъ герой, вслѣдствіе одной исторіи, надѣлавшей въ свое время много шума въ городѣ, оставилъ

16

гимназію, друзей, отчій кровъ, родной городъ и уѣхалъ въ дальніе края къ одному по менѣе дальнему родственнику. Они были неразлучными товарищами, приблизительно, лѣтъ десять. Правда, что со времени ихъ разлуки и до пріѣзда Филиппа утекло еще больше воды, пролетѣло еще больше зимъ и весенъ; правда, что съ того дня, когда друзья въ послѣдній разъ посмотрѣли другъ на друга и простились, оба они выросли по крайней мѣрѣ на цѣлую четверть, успѣли отростить бороды, потолстѣть и измѣнить голоса,— но все-таки вопросъ Матросова показался Филиппу очень жесткимъ и грубымъ.

— Васъ и нужно,— отвѣчалъ онъ въ томъ же тонѣ.

Матросовъ сидѣлъ у окна и читалъ газету, — а теперь онъ швырнулъ се въ сторону. Черные кудрявые волосы его находились въ своемъ обыкновенномъ порядкѣ, но онъ все-таки запустилъ въ нихъ руку, провелъ ею по головѣ и не очень дружелюбно взглянулъ на Филиппа.

— Ну, да; вы отъ Пѣнкина, что ли? отрывисто и опять грубо спросилъ онъ.

— Это что же за Пѣнкинъ такой? Купецъ? Трактирщикъ? И отчего онъ самъ не придетъ, а другихъ будетъ посылать? А? Чортъ возьми! Да неужели ты никакъ не можешь узнать меня? Ну, на, посмотри,— я пожалуй и очки сниму для тебя. Нѣтъ? все-таки не узналъ? И не помнишь, кто это мнѣ лобъ разсѣкъ бабкой? Не помнишь?....

Матросовъ смотрѣлъ, смотрѣлъ на него во время этого монолога, наконецъ плюнулъ.

— Тьфу! Ослѣпъ... Здравствуй... Я тово.... спутался, ждалъ тутъ одного человѣка, о немъ и думалъ, не особенно радостно и дружелюбно проговорилъ онъ.

— Это Пѣнкина-то? Что за Пѣнкинъ такой?

— А здѣсь есть... Знакомый одинъ.

Матросовъ отвѣтилъ это сухо, такъ сухо, что какъ будто бы холодной водой облилъ товарища своего дѣтства. Послѣ этого отвѣта онъ сѣлъ на свое мѣсто и искоса, холоднымъ взглядомъ, осмотрѣлъ Рябинина.

— Давно ли пріѣхалъ? Только вчера? Гм... По дорогамъ, я думаю, грязно очень? дожди все идутъ....

Говорилъ онъ сдержанно, съ порядочной дозой холода въ своемъ взглядѣ и голосѣ, и вообще всѣ его поступки, какъ и его фигура, очень ясно показывали, что онъ или очень недоволенъ своимъ старымъ другомъ, или непростительно обиженъ имъ.

Сначала Рябининъ смотрѣлъ на него очень вопросительно, съ видимымъ недоумѣніемъ, по потомъ успокоился и повелъ разговоръ въ томъ же тонѣ. Говорили они о желѣзной дорогѣ, проектированной земствомъ, о новомъ губернаторѣ, о банкротствѣ извѣстныхъ и почтенныхъ лѣтъ десять назадъ здѣшнихъ купцовъ, объ упадкѣ города, о грязи на улицахъ, — не говорили или почти не говорили только о самихъ себѣ.

Въ этомъ тонѣ проговорили они съ добрый часъ. Наконецъ Матросову видимо тяжело стало держаться въ этой натянутой, полухолодной, полудружеской позиціи. Правда, онъ былъ мнителенъ, подозрителенъ, легко обижался, но при этомъ онъ имѣлъ похвальную привычку,— посердившись немного, сейчасъ же просить объясненія. Онъ могъ жестоко обидѣться, если его родственникъ не пригласилъ его на свою свадьбу, могъ послѣ этого ворчать своимъ густымъ басомъ, что не пригласить его — значитъ или забыть о немъ, или но считать его человѣкомъ, умѣющимъ держать себя въ обществѣ, или, наконецъ, не хотѣть знаться съ нимъ; онъ былъ въ состоянія глубоко взволноваться, если его знакомый не поклонился ему при встрѣчѣ съ нимъ на улицѣ; онъ могъ счесть себя смертельно оскорбленнымъ, если его пріятель встрѣтившись съ нимъ гдѣ нибудь, забывалъ подать ему руку. Все это онъ могъ, и все это случалось съ нимъ сотни разъ, но при всемъ этомъ онъ имѣлъ неизмѣнную, и тѣмъ болѣе похвальную привычку, посердившись немного, — требовать обстоятельнаго объясненія: почему его не пригласили, отчего не поклонились ему или не подали руки? Если данное объясненіе было удовлетворительно и притомъ сопровождалось приличной нотаціей со стороны дававшаго это объясненіе, то Матросовъ немедленно перемѣнялъ свой гнѣвъ на милость. Если же нѣтъ, если оно не было удовлетворительно, если страдало нѣкоторою неискренностью, сухостью, холодностью, въ такомъ случаѣ Матросовъ надѣвалъ свою шляпу, уходилъ изъ квартиры вѣроломнаго пріятеля и отрясалъ прахъ отъ своихъ ногъ. Послѣ этого бывшій пріятель могъ, если ему угодно, употреблять всевозможныя старанія, чтобы возвратить утраченную дружку,— всѣ они оставались безплодны и втунѣ, потому что Матросовъ никогда не забывалъ и не прощалъ разъ нанесенной ему обиды.

— А вѣдь однако ты очень скверно обошелся со мной,— началъ онъ послѣ наступившей въ ихъ разговорѣ паузы. — Обидно, непростительно обошелся.

— Я ужъ давно вижу, что ты вбилъ себѣ въ голову какую нибудь непростительность, — съ приличною суровостью отвѣчалъ Филиппъ. — Теперь ее и клиномъ не вышибешь.

— Нѣтъ, ты не горячись,— разсудительно и степенно остановилъ его другъ дѣтства, хотя внутренно былъ очень доволенъ этою суровостью, служившей для него нѣкоторымъ предзнаменованіемъ, что его подозрѣнія неосновательны, и что обидѣть его Филиппъ не думалъ.— Ты не сердись. Ты выслушай. Ты скажи мнѣ: возможно ли, позволительно ли это, чтобы порядочному человѣку не отвѣчали сперва на одно письмо, потомъ на другое, а тамъ и совсѣмъ прекратили съ нимъ переписку? За что это? Сдѣлалъ я тебѣ что нибудь? Пакость какую нибудь? Или слышалъ ты что нибудь?

— Да потому же, пойми ты, что съ такимъ гусемъ, какъ ты, не только что переписываться, а и говорить не слѣдуетъ. Сидя въ одной комнатѣ съ тобой, свиснуть нельзя: ты вѣдь сейчасъ на свой счетъ примешь...

— Это не отвѣтъ. Ты объясни лучше свои поступки,— сказалъ хозяинъ, заложивъ руки въ карманы и покачиваясь на стулѣ. Хотя онъ и убѣдился уже, что человѣкъ, сейчасъ назвавшій его, Петра Васильевича Матросова, гусемъ, ни въ какомъ случаѣ и никогда не имѣлъ намѣренія обижать его, но все-таки его лицо не сбросило еще съ себя приличной дѣлу серьезности.

— Да что ты наконецъ въ самомъ дѣлѣ! принялся Филиппъ за свое объясненіе.— Ты меня за другого кого нибудь, можетъ быть, принимаешь? Вѣдь ты долженъ же знать, что письма у насъ по на казенный счетъ пересылаются, что письмо стоитъ одинадцать, двѣнадцать копѣекъ. Неужели въ твою голову никогда не могла забрести такая свѣтлая мысль, что, можетъ быть, у него, у Рябинина, не всегда есть десять копѣекъ? Что, можетъ быть, у него, у бѣдняка, иногда и пяти копѣекъ не найдется, чтобы купить хлѣба? Нѣтъ, ты не это думалъ.... Ты думалъ вонъ что....

— Эхъ, ты не сердись,— успокоивалъ его Матросовъ переставъ качаться и потрепавъ его по плечу. Я это понимаю. Я и не говорю, чтобы каждый день писать. Три, два, хоть одно письмецо въ годъ,— и довольно. Это вѣдь можно бы.

— Ну, и это, братъ, пустяки; я лучше табаку на эти деньги куплю, чѣмъ письмо тебѣ какое-то напишу. И какое это письмо, скажи ты мнѣ на милость? Такое письмо, что такъ, молъ, и этакъ, любезный другъ, а дѣла мои плоховаты, который вотъ мѣсяцъ безъ сапогъ хожу, притомъ насморкъ, платковъ-то у меня нѣтъ, такъ я рукавъ вырвалъ у рубашки,— такъ, за мѣсто платка, и идетъ. Да стану я кому нибудь такія письма писать, о грѣхахъ своихъ плакаться! Нѣтъ, братъ, это ужъ не по мнѣ. Да и ты, я знаю, не единаго письма такого не написалъ бы...

— Эхъ, ты не сердись... Кто тебя трогаетъ? Ну кто? Не можешь ты толкомъ говорить? Я говорю, ты хоть бы о пріѣздѣ-то увѣдомилъ... Притомъ была же когда нибудь и улыбка Фортуны; такъ хоть одно бы...

— Не хотѣлъ писать — и баста. Прощай-ко, вотъ тебѣ и улыбка Фортуны.— рѣшительно проговорилъ Филиппъ, забирая шляпу и перчатки...

— Нѣтъ, ужъ этого нельзя! Посто-ой! вскричалъ Матросовъ, вскочивъ со своего стула и насильно усадивъ Филиппа на его прежнее мѣсто.— Этого ужъ нельзя. Ну ихъ, въ самомъ дѣлѣ, всё эти письма-то... Что за комедія такая! Мы вѣдь, почитай, ни о чемъ еще и не говорили...

— Я тоже думаю, что комедія.

— Посиди немножко, Филь, англичанинъ ты этакой. Комедія и есть,— повторилъ онъ, торопливо направляясь къ двери.

Филиппъ между тѣмъ занялся осмотромъ комнаты своего пріятеля... Комната эта была большая, свѣтлая, въ два свѣта, съ обоями оборванными и какъ будто бы не вездѣ одинакими. Онъ всталъ, подошелъ поближе: да, дѣйствительно не одинакіе обои,— одни клѣтками, а другіе мелкими цвѣточками. Мебель все простая; все стулья, да стулья тѣсно расположились у всѣхъ стѣнъ, только около печки стоитъ кровать, загороженная синими ширмами, да посрединѣ комнаты одиноко расположился большой, неуклюжій обѣденный столъ.

Пришла какая-то женщина и поставила на этотъ столъ подносъ съ закуской, съ водкой и винами. Рябинину при видѣ всѣхъ этихъ графиновъ и бутылокъ подумалось, что его пріятель, должно быть, попиваетъ; подумалось это ему на томъ основаніи, что у Матросова, глаза немного припухшіе, а носъ пылаетъ нѣсколько излишнимъ румянцемъ...

— А ты должно быть прибѣгаешь? безъ околичностей спросилъ онъ его, указывая на подносъ.

— А что?

— Да ничего особеннаго. Прибѣгаешь или нѣтъ?

— Отчего же мнѣ и не прибѣгать? Ты куришь?

— Курю.

— А я и курю, и пью. Да кромѣ того каждый день умываюсь, нерѣдко хожу въ баню, каждый день газету читаю... Мало ли какія привычки бываютъ у человѣка?

Филиппъ невольно засмѣялся.

— Однако, братъ, какъ видно ты выработалъ какой-то особенный взглядъ на жизнь, замѣтилъ онъ, — Скверно только то, что у такого красиваго господина, Лихача — Кудрявича, носъ такой красный сдѣлался...

— Да, это грустное приключеніе, охотно согласился Матросовъ.— И взглядъ мой — самый вѣрный взглядъ. Пойдемъ и прибѣгнемъ.

— Для меня ты напрасно безпокоился. Я не изъ охотниковъ.

— Для не охотниковъ здѣсь иностранцы есть. Тѣ все равно, что чай. Чай возбуждаетъ и они возбуждаютъ, да кромѣ того нѣкоторые изъ нихъ еще и въ болѣзняхъ подкрѣпляютъ. А вѣдь мы всѣ больные, всѣ больные . О-охъ!

При этомъ восклицаніи онъ выпилъ рюмку, засунулъ руки въ карманы и призадумался, повидимому ему даже взгрустнулось немного. Филиппу тоже почему-то невесело стало, хотя онъ ничего

20

еще не выпилъ. Тихій ангелъ пролетѣлъ надъ ними, и, можетъ быть, отъ крыльевъ его повѣяло на нихъ воспоминаніями дѣтства, свѣжаго, прекраснаго дѣтства, когда еще они не составили себѣ никакихъ привычекъ и не думали о томъ, что всѣ люди — больные люди. О дѣтство, дѣтство, золотое дѣтство. съ мягкими кудрями, съ звонкимъ смѣхомъ! Кто не вздыхалъ и не задумывался, когда ты приснишься во снѣ или просто среди бѣлаго дня, среди ранняго утра или грустнаго вечера придешь на память. Люди въ цвѣтѣ силъ, люди съ сильными руками, съ опытною головою, полною всевозможныхъ знаній, вздохнутъ и задумаются, когда ты мелькнешь передъ ними своими чистыми, безоблачными днями. И чѣмъ соблазняешь ты, безсильное, этихъ сильныхъ людей? О чемъ они вздыхаютъ и о чемъ они жалѣютъ? О беззаботномъ ли смѣхѣ твоемъ? О томъ ли прекрасномъ и свѣтломъ мірѣ, который окружалъ тебя? О той ли необъятной и великой будущности, которая открывалась передъ тобою и мечталась тебѣ? Или о всемъ этомъ вмѣстѣ? Вѣдь никогда больше они, эти сильные люди, не засмѣются твоимъ звонкимъ, беззаботнымъ смѣхомъ, никогда глаза ихъ и во снѣ не увидятъ теперь прекраснаго, свѣтлаго міра, потому что но свѣтсіъ и не прекрасенъ міръ ихъ окружающій. А будущность, великая будущность видится она теперь въ потертомъ сюртукѣ, кашляетъ, куритъ табакъ, "прибѣгаетъ" и никакъ не можетъ порѣшить мудреную задачу: что лучше: умереть или продолжать жить?..

— Такъ носъ у меня очень красенъ? спросилъ Матросовъ.

— А ты и не видалъ этого? Нельзя сказать, что обыкновенный. А что?

— Какъ что? Носъ иногда — очень важная вещь. Сунься-ка жениться на богатой невѣстѣ,— сейчасъ и замѣтятъ, что носъ красенъ. Примочки, что ли, какія нибудь дѣлать? Такая грустная исторія. Въ газетѣ вонъ все болѣе о Наполеонѣ строчатъ,— нѣтъ, чтобы написать что нибудь объ обыкновенномъ носѣ. И отъ него иногда судьба зависитъ.

— Ты выписываешь эту газету?

— Выдумалъ что: выписываешь! Сосѣдъ, протопопъ, выписываетъ, а я только пользуюсь. Прежде выписывалъ одну, по своему вкусу,— да черезъ это и погибъ.

— То есть какъ погибъ.

— А ну, мѣста лишился. Не знаешь ты нашего здѣшняго, провинціальнаго языка, ничего не понимаешь. Погибъ — попросту выходитъ, что мѣста лишился. Иванъ Иванычъ говоритъ: изъ за этого самаго вина я и погибъ; а ты и понимай, что изъ за своей привычки къ водкѣ онъ мѣсто потерялъ. Анна Ивановна скажетъ тебѣ: изъ за этихъ самыхъ выдумокъ новыхъ сынъ мой погибъ; а ты такъ и понимай, что ея сынокъ за штатомъ остался.

21

Трогательно это слово: погибъ. Не то чтобы разстроился, не то чтобы запутался, нѣтъ, прямо и окончательно погибъ. Есть мѣсто — живъ; нѣтъ мѣста — погибъ. Кромѣ чиновничества ничего для этихъ служилыхъ людей нѣтъ, весь остальной міръ — пустота какая-то, пропасть, въ которой нельзя не погибнуть. Ремесла никакого они не знаютъ, наукамъ не учились, землю пахать не умѣютъ, торговать — капитала нѣтъ, дрова колоть — силы нѣтъ... Такъ и погибъ... Трогательное слово...

— А съ тобой что же случилось?

— Да; такъ вотъ я газетку выписывалъ. Газетка, ты знаешь, не то, чтобы перваго сорта и всегда свѣжая,— этого нельзя сказать; но все-таки я къ ней, во-первыхъ, нѣкоторую симпатію нигалъ, во-вторыхъ, уже три года ее выписывалъ, а въ третьихъ, регулярно почитывая ее въ теченіи такого долгаго времени, привыкъ смотрѣть на нее какъ на свою, родную мнѣ. Выбранитъ ее кто нибудь при мнѣ,— такъ у меня даже кровь взволнуется, все равно, что меня самого ни за что, ни про что выбранили. О подпискѣ своей она начнетъ въ каждомъ нумерѣ печатать, презенты начнетъ обѣщать почтеннѣйшей публикѣ, такъ меня тоже тревога объемлетъ. Ой, моль, дѣла, какъ видно плохи: ей тяжкія времена пришли. Однимъ словомъ, между нами установилась какая-то таинственная симпатія. Вотъ, одно время, она захирѣла что-то. Тощая такая приходитъ, унылая, языкъ едва ворочается. Ахъ, ты, Господи, думаю, жаль бѣдную. Дай, думаю, напишу что нибудь. А разъ подумаешь что нибудь, такъ потомъ и клиномъ не вышибешь. Дай напишу, дай свѣжую струю впущу,— только и думается... Ну, и пустилъ струю. Прошлою осенью у насъ здѣсь случай вышелъ: квартальный погибъ изъ за этихъ длинныхъ хвостовъ женскихъ... Ну да, изъ за хвоста и погибъ. Осенью у насъ здѣсь праздникъ бываетъ, встрѣча иконы, и большой праздникъ, потому что чуть не вся губернія стекается сюда. Каждая этакая крохотная старушеночка бредетъ, потому, говоритъ, что праздникъ этотъ всего одинъ разъ въ годъ бываетъ, всего только одинъ разочикъ. Весь этотъ народъ въ церковь стремится, и выходитъ тамъ давка большая. Въ этой давкѣ и оторвали одинъ женскій хвостъ. Хвостъ былъ важный. Особа сдѣлала изъ-за этого хвоста большую исторію. Къ означенному происшествію я и придрался, и написалъ, отчетливо, художественно и съ чувствомъ написалъ для моей любимицы статеечку о непрочности судьбы человѣческой, между прочимъ и случай этотъ привелъ, какъ фактическое подтвержденіе. Статью эту помѣстили, хороша она вышла въ печати-то,— славная, убѣдительная и, вмѣстѣ съ тѣмъ, грустная такая; а меня розыскали и сказнили.

— Давно?

— Мѣсяца уже съ три, должно быть... Да это пустяки и вздоръ.

Я вотъ немного еще подожду, не попадется ли какого нибудь мѣста, а потомъ женюсь на одной богатой купчихѣ. Только бы вотъ носъ не помѣшалъ какъ нибудь,

— А до того времени какъ?

— До того времени, во-первыхъ, недолго, а во вторыхъ, ты знаешь ли, какая исторія вышла со мной. Только-что я освободился отъ своихъ служебныхъ обязанностей, съ слѣдующаго же утра начались ко мнѣ визиты пріятелей, знакомыхъ, полузнакомыхъ,— всѣ лезутъ. Одинъ говоритъ: я вамъ, Петръ Васильевичъ, должокъ принесъ,— помните на крестины мнѣ пять рублей ссудили; другой тоже суетъ: помните, говоритъ, на свадьбу десять рублей одолжили. На улицѣ кого нибудь встрѣчу: "Здравствуйте" — "Здравствуйте", "А я, говоритъ, къ вамъ шелъ, должекъ тащилъ". Тьфу! А я ничего и не знаю,— забылъ. Такъ что же ты говоришь? Да я, можетъ быть, еще тысячь пять получу этихъ старыхъ доджковъ-то. Почемъ мы знаемъ?

— Я никогда не живу на такихъ квартирахъ, чтобы окнами на дворъ выходили или вверху гдѣ нибудь торчали,— говорилъ онъ черезъ полчаса, когда Филиппъ пересѣлъ отъ стола къ окну и посмотрѣлъ въ него.— Всегда внизу нанимаю и окнами на улицу. Главное, ради того, что весело, — особенно, когда на улицѣ грязно. Барышня какая нибудь идетъ, платьице приподниметъ и видишь: чулочки бѣленькіе, ножки маленькія, прелесть... Ахъ, любовь, любовь! продолжалъ онъ, вздохнувъ.— Конечно, я на богатой купчихѣ скоро женюсь, а все-таки, что можетъ быть лучше любви... Что можетъ быть выше перваго объясненія, напримѣръ? Сидитъ молодой мужчина, напротивъ него молодая женщина. Говорятъ, говорятъ,— о погодѣ, о чувствахъ, о мухахъ говорятъ, и вдругъ разомъ вспыхнутъ, сердца у нихъ замрутъ, заколотятся: тукъ-тукъ, тукъ-тукъ, тукъ-тукъ,— и женщина падаетъ въ объятія мужчины.

— Все вретъ, все вретъ, подумалось Филиппу.

— Я бы только и дѣлалъ, что въ любви объяснялся. Объяснился бы съ одной и раскланялся, съ другой бы съизнова началъ. Съ этой объяснился,— и опять раскланялся бы. Такъ бы и странствовалъ все...

— "Пакостный языкъ и золотое сердце" — невольно сложилось у Филиппа прозвище для своего стараго друга.— Все ты врешь,— сказалъ онъ громко.— А мнѣ вѣдь, пожалуй, пора и отправиться.

— Э, вздоръ какой, будто ужь безъ тебя и не пообѣдаютъ? Посидимъ-ка лучше, Филь, англичанинъ, выпьемъ, потомъ перекусимъ чего нибудь, а тамъ я тебя къ Мочалову сведу. Куда тебѣ спѣшить? Ты мнѣ разскажи лучше, видѣлся ты съ кѣмъ нибудь здѣсь? ходилъ на поклоны?

— Когда мнѣ было ходить? Вчера ночью я пріѣхалъ; къ тебѣ пришелъ...

— Ну, ладно, стой. Но ты спросилъ...

— И къ кому пойти?

— Прежде къ Щепоткину, потому, во-первыхъ, что онъ близкій родственникъ тебѣ, а во-вторыхъ, жена у него хорошенькая. Потомъ къ Семенъ Иванычу ступай, — тоже вѣдь близкій.

— Говорятъ, у него дѣтей развелось...

— Страсть, я тебѣ скажу, страсть... Каждый годъ, каждый годъ... Что, какъ моя купчиха такъ же будетъ презентовать меня?

— Онъ впрочемъ къ тому предназначенъ, — сказалъ смѣясь Филиппъ.— Помню я лѣтъ пятнадцать назадъ мы какъ-то черезъ рѣку переѣзжали. Мнѣ было лѣтъ пятнадцать, ему двадцать. Вѣтеръ поднялся, волны пошли, лодка наша такъ и хлѣбаетъ, потому перевозчикъ на веселѣ былъ. Смотрю я, Семенъ Иванычь за лавочку схватился, окаменѣлъ и слова одного не скажетъ. Спрашиваю его, молчитъ, и только ужь какъ вышли мы на берегъ, тогда у него и языкъ появился. "Что, спрашиваю, заговорилъ?" "Тебѣ-то, говоритъ, хорошо храбриться, а у меня дѣти будутъ".

Матросовъ прыснулъ, подумалъ, припомнилъ, потомъ такъ и покатился со смѣху.

— Врешь... Быть этого не можетъ... Дѣти будутъ! ха-ха-ха... Быть этого не можетъ...

— Я тебѣ не ручаюсь... А только что-то въ родѣ этого было...

— Врешь... Быть этого не можетъ... не можетъ, не можетъ. Дѣти будутъ, повторялъ онъ, опять заливаясь хохотомъ и стуча руками по столу, ногами по полу, точно маленькій ребенокъ, котораго защекотали чуть не до истерики. Ахъ, дѣти будутъ... Ахъ, Господи Боже...

Даже и серьезный Филиппъ, глядя на него, не могъ удержаться отъ заразительнаго смѣха, тихонько, беззвучно подсмѣивался въ свою бороду, откашливался и закусывалъ губы.

— Ну, будетъ! вскричалъ вдругъ Матросовъ, вскочилъ, весь красный, на ноги, вытянулся, погладилъ грудь и съ серьезнымъ лицомъ усѣлся напротивъ своего собесѣдника.

— Когда ты уѣхалъ,— вскорѣ послѣ этого,— Семенъ Иванычь женился,— началъ онъ, утирая глаза платкомъ.— За женой ничего не взялъ, жалованье имѣетъ маленькое, такъ на первое время рамочки всякія клеилъ, коробочки, гравюрки покупалъ и обдѣлывалъ ихъ въ рамки на продажу... Каждая копѣйка ему не легко доставалась. Вина никогда никакого не пилъ, табаку не курилъ, въ карты не игралъ, передъ начальствомъ кротокъ былъ и смиренъ сердцемъ. Вотъ ты и учись, какъ надо жить. Черезъ такое поведеніе онъ теперь и самъ сытъ и десятокъ дѣтей сытно кормитъ. Теперь онъ человѣкъ всѣми уважаемый, видное лицо; даже маменька твоя и та за совѣтомъ ходитъ къ нему. Вотъ онъ здѣсь что такое. Ты это прими во вниманіе.

— А мнѣ что въ немъ?

— Да отчего не сходить къ нему? Во-первыхъ, онъ человѣкъ добрый, даже очень добрый, ничего эдакаго, закоренѣлаго въ немъ нѣтъ. А во-вторыхъ, зачѣмъ обижать человѣка?

— Я и не говорю, что не пойду;— схожу...

— То-то. Я только понятіе хотѣлъ дать тебѣ о человѣкѣ. Больше ничего...

Онъ посмотрѣлъ на проходившаго по улицѣ офицера, какъ будто бы вспомнилъ что-то при видѣ его и вдругъ задумался.

— Ты что нахмурился? спросилъ Филиппъ.

— Такъ... Одинъ человѣкъ все путаетъ меня сегодня...

— Это не Пѣнкинъ ли?

— Пѣнкинъ. Такая исторія пакостная вышла, — заговорилъ онъ помолчавъ.— Не такъ давно встрѣтился я въ трактирѣ съ однимъ черномазымъ прапорщикомъ. Юный такой: Поговорили, поиграли на бильярдѣ, извѣстились, что онъ Пѣнкинъ, я Матросовъ.— Стали знакомы: онъ ко мнѣ, я къ нему, вмѣстѣ въ трактиръ идемъ, однимъ словомъ, чортъ связалъ веревочкой.— По правдѣ сказать, не нравился онъ мнѣ, да такъ ужь... Онъ красавцемъ себя считаетъ (рябой такой), стихи пишетъ ужасъ какіе страшные: все кинжалы, да пули, да страсти, да горы Кавказа. При этомъ юпочникъ. Дернулъ же его чортъ разсказать мнѣ однажды, что здѣсь у него есть другъ, и что съ женой этого друга онъ, Пѣнкинъ, въ связи.— Ты понимаешь-ли, какъ это меня возмутило? Самъ его другомъ зоветъ, а между тѣмъ за носъ водить. Понятно, меня взорвало. Я тутъ же, въ трактирѣ, написалъ этому другу письмо, что такъ молъ и такъ, сейчасъ только услышалъ я отъ Пѣнкина вотъ то и то, а подъ письмомъ, разумѣется, такъ и подмахнулъ: Петръ Матросовъ... Не стану же я анонимныя письма писать....

— И что тебя дернуло вообще писать то?

— Да взорвало, пойми ты, — взорвало. Что за гнусность такая! Не могъ я этого вынести, пойми это...

Филиппъ махнулъ рукой.

— Ну, и что же?

— Оказалось, что дѣло не тово... Пѣнкинъ-то похвастался только. Его, разумѣется, обругали и въ шею выгнали оттуда,— А вчера онъ мнѣ встрѣтился на улицѣ, красный такой. Такъ вы, говоритъ, вотъ какъ?— Вотъ какъ, говорю... Хорошо же, говоритъ, вы завтра обо мнѣ услышите....

— Дуэль значитъ?

— Понятное дѣло....

— И ты будешь драться?

— Что, братецъ ты мой, станешь дѣлать! И не хотѣлъ бы, да нельзя. Физіономіи нельзя будетъ никуда показать, — сгоришь. Проходу не будетъ.

— Послалъ бы ты ему свою карточку фотографическую. Пускай, если у него руки зудятъ, лупитъ въ нее нулями. А я, молъ, не дуракъ.

— Н-да, не дуракъ. Трусъ, скажутъ.

— Да пускай скажутъ... Или ты влюбленъ, можетъ быть? Возлюбленной своей стыдишься? Рыцаремъ хочешь передъ ной показаться? плюнь ты на нее, если она дурно подумаетъ о тебѣ, когда ты откажешься отъ убійства. Плюнь. Вѣдь это грустно очень, что честный и добрый малый можетъ быть застрѣленъ какъ собака, потому только, что подлѣ него есть какой-то хвастунишка Пѣнкинъ. Вѣдь это безсмысленно..

— Ты не говори мнѣ, Филь, — задумчиво проговорилъ Матросовъ.— Я самъ очень хорошо понимаю, что никакого смысла нѣтъ въ этой дуэли. Самъ понимаю, да не могу я.— Я знаю, что если откажусь, такъ мнѣ отъ самого себя не убѣжать: такъ и буду денно и ночно гвоздить себя, что трусъ, трусъ, трусъ, струсилъ.... А я вовсе не трусъ. Въ другое время ничего бы, горя мало, а вотъ какъ нарочно теперь и не тово....

— Я говорю, что ты влюбленъ.

Матросовъ точно и не слышалъ этого замѣчанія.

— Въ романахъ я читывалъ, что въ этихъ случаяхъ нужно становиться къ противнику какъ можно больше бокомъ, правымъ бокомъ, а сердце-то спрятать. Это я знаю. Жаль, что я толстый сталъ, не промахнется шельма: Ну, да авось въ жиру застрянетъ. А вотъ какъ въ голову, какъ въ голову тяпнетъ, ну, тогда....

— А знаешь что? спросилъ Филиппъ.

— Что?

— Вѣдь это вѣрно, что онъ похвастался благосклонностью этой госпожи?

— Совершенно вѣрно...

— Такъ ты не хочешь ли пари держать противъ меня, что онъ и вчера похвастался только, а на самомъ дѣлѣ и не думаетъ драться?

— А можетъ быть.... Можетъ быть,— повторилъ онъ, подумавъ.— Однако должно быть давно уже пора обѣдать. Тошнитъ даже отъ голода.

— Тошнитъ даже?

— А что?

— Какъ видно тебя но очень волнуетъ эта дуэль, если даже и аппетита не портитъ.

— Эхъ, если бы только она въ другое, въ другое время.... Ну, обѣдать; потомъ къ Мочалову.

26

IV

У Мочаловыхъ былъ нѣкогда свой собственный маленькій домикъ, стоявшій рядомъ съ домомъ Рябининыхъ.— Странный, должно быть, былъ тотъ человѣкъ, который строилъ и обставлялъ этотъ Мочаловскій домикъ. Все свое жилище обсадилъ онъ деревьями; на улицу сдѣлалъ передъ окнами палисадникъ и посадилъ тамъ шесть березокъ; на дворѣ, передъ самыми окнами, онъ тоже выростилъ цѣлые два ряда, цѣлую аллею деревьевъ. Темновато было въ комнатахъ отъ этихъ живыхъ стѣнъ, но за то хорошо было въ этомъ домѣ лѣтомъ, когда зеленыя вѣтви кивали и заглядывали въ окна, да и всегда, правду сказать, какъ-то особенно уютно было сидѣть въ темноватыхъ мочаловекихъ покояхъ. Сегодня Рябининъ, выходя изъ своего дома, замѣтилъ, что въ палисадникѣ осталось теперь одно дерево, а, заглянувши въ ворота, увидѣлъ онъ, что прекрасная аллея, въ которой онъ часто игралъ въ былые годы, почти изчезла,— кое-гдѣ только осталось жалкое догнивающее деревцо, на сухихъ вѣтвяхъ котораго развѣшано мокрое бѣлье. Мочаловы уже не живутъ здѣсь. Когда умеръ глава этого семейства, угрюмый штабсъ-капитанъ Мочаловъ, его вдова, поразстроипшись въ своихъ дѣлахъ, продала этотъ домикъ, а сама переселилась на наемную квартиру. Во время этого переселенія на ея рукахъ находились двое сыновей, дочь, и ихъ старый, глухой дѣдъ.— Потомъ смерть мало-по-малу посократила это семейство, такъ посократила, что къ пріѣзду Рябинина на бѣломъ свѣтѣ осталось всего только двое Мочаловыхъ: старушка Евгенія Ильинична и ея сынъ, офицеръ, молодой человѣкъ, больной, нелюдимый и раздражительный. Онъ былъ другомъ и товарищемъ Рябинина въ то время, когда они еще были сосѣдями и когда каждому изъ нихъ лѣтъ было меньше чѣмъ пальцевъ на рукахъ. Потомъ дороги ихъ разошлись, такъ какъ одинъ учился въ гимназіи, а другого предназначили къ военной службѣ. Затѣмъ через много лѣтъ имъ пришлось встрѣтиться въ мѣстѣ довольно странномъ для обоихъ молодыхъ людей,— какъ для того, который готовился быть докторомъ, такъ и для другого, который долженъ былъ носить эполеты. Мѣсто это было фабрика.

Рябининъ былъ на этой фабрикѣ рабочимъ; Мочаловъ явился туда же искать работы и хлѣба. Въ то время онъ былъ совсѣмъ юноша, свѣжій юноша, съ прекрасными темными глазами, съ нѣжнымъ румянымъ лицомъ, съ длинными и пышными волосами,— юноша больше похожій на студента или художника, чѣмъ на рабочаго; болѣе подготовленный къ умственнымъ занятіямъ, чѣмъ къ фабричнымъ мускульнымъ работамъ.

Да онъ никогда и не думалъ быть простымъ рабочимъ, онъ вовсе и не имѣлъ особенной любви къ черному, механическому труду, онъ пріѣхалъ въ столицу не затѣмъ, чтобы сдѣлаться фабричнымъ, а за тѣмъ, чтобы поступить въ университетъ, но нужда загоняетъ человѣка и въ каторгу. Онъ хотѣлъ поступить въ университетъ.— Ошибочно ли, нѣтъ ли, но онъ чувствовалъ въ себѣ большія силы, съ которыми можно бы было перевернуть весь міръ, указать ему новую дорогу и обновить его; мечты у него были великія. Ему нужно было развить эти силы, нужно было осуществить эти мечты. Но нужда повела его по другой дорогѣ и, послѣ тщетныхъ поисковъ за работой и хлѣбомъ, онъ опять поступилъ въ военную службу.

Матросовъ говорилъ Рябинину, что къ Мочалову нужно ходить непремѣнно вечеромъ, потому что по утрамъ онъ какъ-то очень ужь страшенъ: блѣденъ, желтъ, апатиченъ и желченъ, и только къ вечеру мало-по-малу разгуливается и но производитъ такого подавляющаго, впечатлѣнія.

Онъ былъ правъ. Когда они пришли къ своему старому товарищу, было еще свѣтло. Холодно и тяжело сдѣлалось на сердцѣ Рябинина, когда онъ, вмѣсто румянаго, живого, горячаго юноши, еще такъ недавно видѣннаго имъ, увидѣлъ длинную, вялую фигуру, неподвижно помѣщающуюся въ креслѣ, увидѣлъ желтое лицо, обратившееся къ нему, холодные и потускнѣвшіе глаза, безъ всякаго выраженія смотрѣвшіе ему въ глаза.

Когда наконецъ этотъ больной человѣкъ узналъ Рябинина, онъ протянулъ ему холодную, бѣлую руку, посмотрѣлъ на него и потомъ на его губахъ показалась улыбка.

— Такъ докторъ? спросилъ онъ.

О, это была ужасная улыбка. Въ ней соединялась и ядовитая зависть, и та злость, которая всегда идетъ за завистью, и жгучая боль.— Если солдатъ, смертельно раненый и умирающій на полѣ сраженія, можетъ когда побудь улыбнуться, то вѣроятно онъ улыбнулся бы точно такой же страшной улыбкой при видѣ уцѣлѣвшихъ и побѣдившихъ товарищей, возвращающихся домой.

— Такъ офицеръ? спросилъ Рябининъ.

Онъ безсознательно поразилъ Мочалова въ самое сердце.— Щеки больного вспыхнули легкимъ мгновеннымъ румянцемъ, улыбка изчезла, потомъ опять понемногу начала появляться.

— Вотъ когда, я воображаю, нашъ городъ начнетъ процвѣтать,— ядовито отвѣчалъ онъ.— Больные будутъ быстро излечиваться, повальныя болѣзни изчезнутъ съ лица нашей земли, смертность уменьшится. Привѣтствуемъ васъ, докторъ!...

Это привѣтствіе было далеко не дружелюбно, но я понимаю его и нахожу вполнѣ достойнымъ извиненія.— Я воображаю себя въ настоящую минуту такимъ человѣкомъ, который нѣкогда, можетъ быть весьма недавно, мечталъ, надѣялся, сообщалъ своимъ друзьямъ, что онъ черезъ нѣсколько лѣтъ сдѣлается

28

извѣстнымъ ученымъ, а теперь, въ настоящую минуту, въ силу обстоятельствъ, сдѣлался ни больше не меньше, какъ корридорнымъ лакеемъ въ гостиницѣ и чиститъ чужіе сапоги. Прибавьте къ этому, что Мочаловъ былъ боленъ и раздражителенъ и вы, можетъ быть, извините его выходку.

Однако же эта выходка все-таки оставалась очень недружелюбною, такъ что Матросовъ не могъ удержаться, чтобы не воскликнуть внутренно: "этакъ мы его, бѣднягу, вѣжливо принимаемъ!"

— Ты все еще придерживаешься высшихъ взглядовъ? смѣясь спросилъ Рябининъ, который, какъ уже извѣстно, и самъ не особенно высоко цѣнилъ свою профессію.

— А ты уже оставилъ ихъ?

— Боже меня сохрани.

— И несчастный ты человѣкъ, вмѣшался Матросовъ своимъ густымъ, веселымъ басомъ.

Онъ вовсе не гнался за тѣмъ, чтобы высказать при этомъ случаѣ свое мнѣніе или замѣчаніе. Онъ имѣлъ въ виду совершенно постороннюю цѣль. Онъ зналъ, что Мочаловъ не интересуется какими нибудь отдѣльными лицами, въ родѣ Семена Иваныча, какими нибудь городскими происшествіями или новостями, въ родѣ новаго губернатора,— ничего о нихъ не знаетъ и не любитъ говорить ни о нихъ, ни о чемъ либо другомъ, кромѣ вопросовъ отвлеченныхъ, теоретическихъ, возвышенныхъ, какъ выражается наша публика. Поэтому Матросовъ и билъ прямо на то, чтобы повернуть разговоръ на отвлеченности, въ сферѣ которыхъ Мочаловъ будетъ, по всей вѣроятности, краснорѣчивъ и оживленъ и ужь, во всякомъ случаѣ, не будетъ говорить грубостей.

— Ничего на свѣтѣ нѣтъ хуже этихъ высшихъ взглядовъ, говорилъ онъ.— Какъ это вы понять не можете, что чѣмъ тупѣе и непросвѣщеннѣе человѣкъ, тѣмъ онъ счастливѣе. Ты пойми, напримѣръ, что я лакей. Тупъ и лакей. Даютъ мнѣ, какъ слѣдуетъ, хорошее жалованье, квартиру и платье, щи и кашу, и все, что останется отъ господскаго стола. Ну, вотъ работа у меня легкая, сытъ я и пьянъ, одѣтъ я и беззаботенъ. Такъ или нѣтъ? Пойми же теперь, что если я, лакей, возьму себѣ, въ свою глупую голову ваши высшіе взгляды, такъ я несчастнѣйшій человѣкъ буду. Съ мѣста я отойду; потому можно ли съ высшими взглядами мести полъ и чистить сапоги? Щей у меня не будетъ, одежы тоже, денегъ ни гроша.... Такъ какъ же!

— Ну такъ какъ же? смѣясь повторилъ Рябининъ.— Что же лучше: быть сытымъ холопомъ или голоднымъ, но вольнымъ человѣкомъ?

— Эхъ!— Матросовъ только рукой отмахнулся.— Я не тово. Примѣръ не тово.... Ну, ты пойми, напримѣръ, съ другой стороны;

вотъ хоть бы радости эти прими въ соображеніе. Если я сытъ и тупъ, такъ мнѣ каждый поросенокъ, котораго я мечтаю купить и зажарить къ празднику, радостью будетъ. Каждая новая пара сапогъ, которую я сошью при полученіи жалованья, будетъ для меня источникомъ чистыхъ наслажденій. А жена? А хозяйство это? А всѣ эти горшки, кострюлечки, кадочки съ груздями; кадочки съ вареньемъ, кадочки съ солеными огурцами? Вѣдь это что? Вѣдь это радости все, чистыя безгрѣховныя радости. Ну, а если я высшими соображеніями обзаведусь? Да вѣдь такъ все погибло. Вѣдь этакъ всѣ кадочки съ однимъ, кадочки съ другимъ, кадочки съ третьимъ всякую прелесть для меня потеряютъ. Ну, и нѣтъ радостей. Впрочемъ это дѣло вкуса.

— Да братъ, это дѣло вкуса. Я говорю только то, что напрасно иногда на жизнь нападаютъ, будто-бы ужь она такая подлая, что ничего съ ней не подѣлаешь, и остается только руки сложить, ненужныя руки на ненужной груди. Я говорю что въ этомъ случаѣ не жизнь и не обстоятельства виноваты, а въ самомъ человѣкѣ есть изъянъ...

Матросовъ хихикнулъ.

— Вотъ тоже самое и хозяйка моя, почтенная старушка, говоритъ. Ужь и не понимаю, говоритъ, какъ это люди все на судьбу жалуются: во всемъ у нихъ судьба виновата, а какъ поглядѣть, говоритъ, такъ ничѣмъ она не виновата,— самъ человѣкъ виноватъ.

Мочаловъ захохоталъ прямо въ глаза Рябинину. Рябининъ вспыхнулъ.

— Скажите пожалуйста! вскричалъ Мочаловъ.— А вѣдь я тоже думалъ, что это судьба помѣшала мнѣ поступить въ университетъ. А выходитъ я самъ себѣ помѣшалъ....

Рябининъ сидѣлъ съ опущенной головой и, кусая губы, безпрестанно мѣняясь въ лицѣ, не могъ разрѣшить трудную задачу: уйти-ли ему отъ негостепріимнаго хозяина или попробовать умиротворить его.

— Такъ по твоему я виноватъ, что не попалъ въ университетъ, продолжалъ раздражительнымъ тономъ Мочаловъ;— но развѣ позволительно сваливать вину съ здоровой головы на больную? Развѣ возможно говорить, что человѣкъ виноватъ?— Всѣ, всѣ неудавшіеся герои, всѣ больные люди, разочарованные люди, подлые люди, глупые люди, всѣ они жертвы обстоятельствъ, воспитанія, условій жизни, пищи на конецъ. Возьми біографію извѣстныхъ людей; разсмотри жизнь твоихъ знакомыхъ, загляни въ статистику ...

— Да я и не обвиняю никого....

— Какъ не обвиняешь? Ты людей обвиняешь; говоришь, они виноваты....

— Ну поѣхали,— подумалъ про себя Матросовъ и усѣлся въ

кресло, глядя на Мочалова съ такимъ же чувствомъ, съ какимъ иногда ямщикъ смотритъ на только-что наложенное имъ и подмазанное колесо, бойко катящееся по гладкой дорогѣ. Посидѣвъ немного, онъ не торопясь закурилъ сигару, засунулъ руки въ карманы и, прислонившись поудобнѣе къ спинкѣ кресла, приготовился слушать пренія своихъ пріятелей... Они могли спорить, горячиться, волноваться, сколько имъ было угодно,— Матросовъ не усталъ бы ихъ слушать съ полнымъ вниманіемъ, не упустилъ бы изъ виду ни одной фразы, освѣщающей съ новой стороны предметъ разговора, не оставилъ бы безъ приличнаго замѣчанія ни одного промаха, сдѣланнаго тѣмъ или другимъ изъ ораторовъ, но при всемъ этомъ онъ ни на одну минуту не вышелъ бы изъ своего созерцательнаго, спокойнаго положенія, ни на одну минуту не увлекся бы, не взволновался бы. Онъ былъ человѣкъ преимущественно практическій. Въ его головѣ сидѣло убѣжденіе, что какъ бы люди горячо ни спорили, какъ бы они краснорѣчиво ни разсуждали обо всѣхъ этихъ отвлеченностяхъ, а по окончаніи спора они все-таки преспокойно примутся за свои прежнія занятія, и никакого измѣненія въ ихъ дѣятельности не произойдетъ: чиновникъ будетъ все также переписывать и подписывать бумаги, докторъ лечить, офицеръ командовать. И изъ за чего, въ такомъ случаѣ, горячиться? Всѣ эти споры отвлеченные были на его взглядъ время препровожденіемъ, пожалуй пріятнымъ, пожалуй капельку и полезнымъ даже, но все-таки времяпрепровожденіемъ. Другое дѣло были для него споры, практическіе, такіе споры, предметомъ которыхъ было дѣло, живое дѣло, лежащее уже подъ руками и остающееся неначатымъ потому только, что дѣятель не рѣшилъ: съ такой или съ какой нибудь другой стороны нужно за него взяться. Вотъ дуэль, напримѣръ. По поводу этого вопроса Матросовъ но прочь бы былъ и пошумѣть, и погорячиться, потому что здѣсь дѣло зашло бы о живой жизни, но объ отвлеченности или мечтѣ, а о завтрашнемъ днѣ, о завтрашнемъ утрѣ, когда ему, можетъ быть, подадутъ пистолетъ и спросятъ, хочетъ ли онъ рисковать жизнью или не хочетъ? стоитъ ли рисковать жизнью или не стоитъ!

Въ этомъ отношеніи, какъ и почти во всемъ прочемъ, онъ былъ прямою противоположностью Мочалову, только и дышавшему свободно, что вдали отъ дѣйствительной жизни, далеко выше ея, въ сферѣ теорій, идеаловъ, вообще отвлеченностей. Это различіе въ складѣ ума и характеровъ впрочемъ вовсе не отталкивало ихъ другъ отъ друга, далеко нѣтъ. Правда, Матросовъ часто сердился на своего стараго товарища за его нетерпимость къ чужимъ мнѣніямъ, за его придирчивость и привязчивость къ самымъ обыкновеннымъ человѣческимъ слабостямъ, которыхъ не чуждъ былъ и самъ Мочаловъ, но несмотря на это онъ любилъ его, любилъ странною, впрочемъ, любовью, совершенно, безъ остатка, изчезавшею въ жалости, такъ что иногда и вся любовь эта казалась ничѣмъ инымъ, какъ жалостью, состраданіемъ. Онъ превосходно, глубоко понималъ Мочалова и не могъ не жалѣть его. Мочаловъ былъ страшно самолюбивъ, считалъ себя далеко выше всѣхъ смертныхъ, думалъ, что на его завѣтныя мысли, явившіяся въ тишинѣ глубокихъ ночей, когда болѣзнь, не слышно пожиравшая его тѣло, гнала отъ его изголовья сонъ, воспаляла его мозгъ, раздражала его нервы,— онъ мечталъ, я говорю, что на эти его завѣтныя мысли, взглянутъ съ священнымъ трепетомъ, преклонятся предъ ними, примутъ ихъ какъ святыню, — а между тѣмъ не было дома, на который онъ могъ бы указать со словами, что здѣсь есть у него хоть одинъ другъ, не было человѣка, за котораго онъ могъ бы поручиться, что тотъ не смѣется надъ нимъ и надъ его фантазіями. Матросовъ все это зналъ и видѣлъ. Онъ очень хорошо могъ себѣ представить, каково душевное состояніе человѣка, воображающаго себя пророкомъ и между тѣмъ всюду осмѣиваемаго и побиваемаго каменьями. Онъ очень хорошо понималъ, каково чувствовать себя отчужденнымъ отъ общества человѣку самолюбивому, жаждущему проповѣдывать и руководить...

— Ну можно ли такъ обходиться съ людьми? говорилъ иногда Матросовъ, серьезно разсердившись на Мочалова.— Развѣ возможно фыркать въ глаза человѣку? Вѣдь это даже невѣжливо наконецъ. И потомъ, позволительно ли чуть не прямо дуракомъ называть человѣка, который не можетъ согласиться съ тобой? Подумай, братецъ... Вѣдь этакъ тебѣ скоро нельзя будетъ никуда показаться...

— Пойми ты, что я боленъ,— обыкновенно отвѣчалъ Мочаловъ — не могу я сдерживаться, когда человѣкъ говоритъ чортъ знаетъ что.

— Не чортъ знаетъ что, а свое мнѣніе... Я не дуракъ, а тоже больше согласенъ съ нимъ, чѣмъ съ тобой.

— Прощай...

— Пожалуй прощай.

Послѣ этого они разставались серьезно злые другъ на друга; а черезъ какой нибудь часъ Матросовъ уже жалѣлъ, что подлилъ еще новую каплю желчи въ горькую и безъ того жизнь своего стараго товарища... Вообще онъ любилъ Мочалова, кажется, больше всего потому, что никто другой не любилъ его, что онъ былъ совсѣмъ одинокъ.

Случись какимъ нибудь чудомъ или по недоумѣнію, что Мочаловъ, при тѣхъ же самыхъ качествахъ своихъ, при нетерпимости, раздражительности и насмѣшливости, сдѣлался бы любимцемъ общества, счастливымъ человѣкомъ, Матросовъ, можетъ быть, сейчасъ возненавидѣлъ бы его.

Впрочемъ, не совсѣмъ одинокъ былъ Мочаловъ... На бѣломъ свѣтѣ былъ одинъ человѣкъ, который и любилъ его, и охотно признавалъ въ немъ великій геній, и съ уваженіемъ и вѣрою вслушивался въ каждое его слово. Этотъ человѣкъ былъ — мать его. Это была высокая, прямая старушка съ сѣдыми волосами и моложавымъ лицомъ, добрымъ, открытымъ, чрезвычайно симпатичнымъ лицомъ. Какъ старушка Рябинина постоянно заботилась о накопленіи земныхъ благъ, такъ мать Мочалова вѣчно сидѣла за книгами, читала все, что попадалось подъ руку: и романы, и сказки, и ученыя книги, и сочиненія, трактующія о хозяйствѣ... Какъ Анна Романовна не знала ничего, кромѣ базарныхъ цѣнъ, азбуки и святцевъ, такъ Евгенія Ильинична могла при случаѣ поговорить и о китайцахъ, и о жителяхъ Патагоніи, и объ искуственномъ разведеніи рыбъ, и объ основаніяхъ раціональнаго сельскаго хозяйства.— Книги составляли для нея свѣтъ ея жизни. Самый языкъ ея сдѣлался книжнымъ.

Нельзя о ней сказать, чтобы она была геніальная женщина, только простодушные старички и старушки, воспитывавшіеся на мѣдные гроши, могли по своей простотѣ называть ее ученой женщиной, но что она была старушка неглупая, добрая, милая, святая старушка, во всю свою жизнь несдѣлавшая никому зла и никогда позаботившаяся лично о себѣ, — это не подлежитъ ни малѣйшему сомнѣнію. Ближняго своего, гостя какого нибудь, она могла при случаѣ угостить,— напоить и напитать,— съ заботливостію и усердіемъ, нисколько неуступавшими таковымъже качествамъ какой нибудь хлѣбосольной, патріархальной старушки; но что касается до самой себя, то, засидѣвшись за какой нибудь книгой, Евгенія Ильинична частенько забывала, обѣдала она или нѣтъ. По поводу какого нибудь совсѣмъ незнакомаго ей бѣдняка, котораго она случайно увидѣла въ окно, она могла опечалиться и сокрушиться, что озябъ онъ, окоченѣлъ и побѣлѣлъ, что одежда на немъ худенькая, легонькая; но о себѣ самой, о своемъ собственномъ комфортѣ и о своемъ собственномъ костюмѣ она никогда не заботилась. Есть у нея теплое платье на зиму,— хорошо, она надѣнетъ его, а если нѣтъ — и не вспомнитъ о немъ; есть у нея хорошія топлыя перчатки, хорошія теплыя калоши,— прекрасно, а если онѣ развалились совсѣмъ, негодятся никуда,— она ничего этого не замѣтитъ и ни за что новыхъ не купитъ.

Эта-то женщина и была единственнымъ, неизмѣннымъ другомъ своего сына,— была для него единственнымъ человѣкомъ, котораго онъ любилъ любовью постоянною, никогда неугасавшею, никогда невозмущаемою ни завистью, ни ссорами изъ за несходства въ мнѣніяхъ, такъ часто омрачавшими и даже

33

убивавшими его другія, временныя привязанности. Въ своихъ отношеніяхъ къ этой женщинѣ, матери своей, Мочаловъ совершенно преображался. Передъ нею онъ забывалъ свое самолюбіе: нерѣдко обращался къ ней за совѣтами, желалъ узнать ея мнѣніе о какой нибудь изъ своихъ мыслей или фантазій, покорно и терпѣливо выслушивалъ ея замѣчанія или возраженія и охотно принималъ ихъ къ свѣдѣнію, если они имѣли въ себѣ нѣкоторую долю основательности. Ее онъ любилъ, о ней онъ заботился, ея настоящее и будущее горячо онъ принималъ къ своему сердцу. Даже на мелочи,— неслыханное и чудное дѣло для этого мечтателя,— даже на мелочи, на какія нибудь перчатки, калоши, на кресла — и на тѣ онъ обращалъ серьезное вниманіе, если онѣ имѣли какое нибудь отношеніе къ его матери.

— А вѣдь здѣсь дуетъ отъ окна, маменька, страшно дуетъ,— вдругъ замѣчалъ онъ иногда съ чрезвычайно озабоченнымъ лицомъ, осматривая со всѣхъ сторонъ окно и поднося руку то къ одной щелочкѣ, то къ другой, то къ одному стеклу, то къ другому...

— Нѣтъ, мой другъ, это вѣроятно показалось тебѣ, что дуетъ,— невозмутимо отвѣчала старушка.— Здѣсь я сижу по цѣлымъ днямъ и не могла бы не замѣтить, еслибы дѣйствительно дуло. Тебѣ показалось, мой другъ...

— Нѣтъ, не показалось, маменька. И какъ это я раньше не обратилъ на это вниманія! Нужно послать за стекольщикомъ... Какъ это я раньше не посмотрѣлъ? восклицалъ онъ.

Въ другой разъ ему вдругъ покажется, что сахаръ наколотъ слишкомъ крупно, слишкомъ неудобенъ для рѣдкихъ и слабыхъ зубовъ его матери. Онъ выйдетъ изъ за чайнаго стола, вооружится молоткомъ, ножикомъ и, усѣвшись на полу, съ самымъ серьезнымъ видомъ примется колоть сахаръ на маленькіе, маленькіе кусочки. Страивая эта была картина! Странно было видѣть за подобнымъ занятіемъ этого черстваго, повидимому, человѣка, никогда неимѣвшаго привычки справиться у лучшаго изъ своихъ знакомыхъ о его здоровьѣ или житьѣ-бытьѣ...

А между тѣмъ, пока я излагаю свои воспоминанія объ этой четѣ, — старые товарищи все говорятъ да говорятъ, на небѣ показались звѣзды, въ комнатѣ давно горитъ лампа и безстрастно освѣщаетъ взволнованныя и раскраснѣвшіяся лица спорящихъ.

— Опытъ! восклицалъ Мочаловъ,— И что ты носишься съ этимъ опытомъ? Зачѣмъ онъ? Какое значеніе онъ можетъ имѣть для кого нибудь изъ насъ?

— Опытъ? Опытъ зачѣмъ? отвѣчалъ Рябининъ.— Да что ты можешь сдѣлать безъ него? Какая теорія можетъ...

— Я не о научныхъ опытахъ говорю... О жизни говорю. Развѣ непремѣнно нужно сходить въ избу мужика, отвѣдать его хлѣба, видѣть, какъ умираютъ его дѣти? Развѣ непремѣнно нужно видѣть все это, чтобы составить себѣ понятіе о жизни мужика? Никогда! Достаточно пройти по улицамъ города, взглянуть на тѣ столики, на которыхъ продается вся эта гниль: печенка, рыба, заплеснѣвѣлый хлѣбъ... достаточно взглянуть на все это, чтобы понять жизнь тѣхъ, кто питается этого пищею... И этого даже много. Достаточно знать только требованія человѣческаго организма вообще... Достаточно и этого, чтобы понимать, какъ невыносима жизнь человѣка, у котораго требованія эти или совсѣмъ не удовлетворяются, или удовлетворяются ненормально... Свѣтъ нуженъ человѣку,— свѣтъ проходитъ къ нему черезъ какія-то отдушины; воздухъ нуженъ человѣку,— воздухъ его окружающій пропитанъ ядомъ...

— То-то и есть, что нужно видѣть, насколько и какъ удовлетворяются эти требованія организма.

— Не нужно видѣть! Въ томъ-то и дѣло, что не нужно: мы всѣ знаемъ, какъ строится изба нашего мужика, мы всѣ знаемъ, каковъ воздухъ въ подвалахъ, въ курныхъ избахъ, въ мастерскихъ, на фабрикахъ. Этого довольно, довольно!

— На что ты надѣешься? восклицалъ онъ черезъ минуту.— Чего хочешь? Какія средства полагаешь ты пригодными для усовершенствованія общественнаго строя? Ты, я вижу, политической экономіей занимаешься.... Можетъ быть, въ ней и видишь разрѣшеніе задачи? О раціональномъ распредѣленіи богатствъ мечтаешь? О новыхъ условіяхъ труда? Объ уменьшеніи значенія капитала? Не такъ ли?

Онъ расхохотался и потрепалъ Рябинина по плечу.

— Политико-экономистъ.... да, прибавилъ онъ.... Справедливый и бережливый экономъ, разумный хозяинъ...

Рябининъ призадумался.

— Неужели все это для тебя смѣшно? Не больше? спросилъ онъ тихо и серьезно.

Мочаловъ фыркнулъ вмѣсто отвѣта.

— И важное значеніе труда, и его будущность, все, все смѣшно? Что же для тебя не смѣшно? Гдѣ, въ чемъ серьезное дѣло?

— Въ томъ, чтобы люди перестали мясо ѣсть,— невозмутимо спокойно отвѣчалъ Матросовъ, стряхнувъ пепелъ съ своей сигары.

— Что?

— Чтобы мясо вышло изъ употребленія, повторилъ Матросовъ...

— Ну да, чтобы мы перестали питаться животной пищей, подтвердилъ Мочаловъ съ вызывающимъ видомъ,

У Рябинина руки опустились. Прежде всего ему пришло въ голову, что Мочаловъ не больше, какъ шутитъ; потомъ въ немъ мелькнуло въ видѣ вопроса смутное подозрѣніе, что не сумасшедшій-ли сидитъ передъ нимъ и рекомендуетъ ему свои странныя фантазіи? Съ минуту разсматривалъ онъ, молча и со вниманіемъ лицо своего больного товарища.

— И только? спросилъ онъ наконецъ, все еще не придя въ себя.

— И только, насмѣшливо отвѣчалъ Мочаловъ....

— Ничего больше?

— Еще не мѣшало бы устроить большія кухни, въ родѣ химическихъ лабораторій, и приготовлять новую пищу, — сказалъ Матросовъ.— Новую, совсѣмъ особенную, химическую.

Рябининъ опять смотрѣлъ на Мочалова. Мочаловъ барабанилъ пальцами по столу и насмѣшливо улыбался; но какія внутреннія страданія, какую горечь скрывала улыбка, это никому не было извѣстно. Не могъ же не понимать онъ, что на него смотрятъ, какъ на сумасшедшаго.

— Что же выйдетъ изъ этого? спросилъ опять Рябининъ.

— Только тогда возможно новое, усовершенствованное общество.

— На чемъ же ты основываешься?

— На томъ, что человѣкъ долженъ быть пересозданъ и преобразованъ, насмѣшливо отвѣчалъ Мочаловъ.— На томъ, что теперь онъ эгоистъ, грубый эгоистъ, совершенно неспособный къ общественной жизни. Въ какія условія его ни ставь, а онъ все останется эгоистомъ, все о себѣ будетъ думать... Ни къ какой, однимъ словомъ, новой жизни, основанной на справедливости и любви, мы неспособны.... Вотъ и все...

— И все это оттого, что мы ѣдимъ мясо?

— Оттого...

— Здѣсь ты на чемъ основываешься?

— На исторіи человѣка и на жизни животныхъ, съ ядовитой улыбкой отвѣчалъ Мочаловъ.— Развѣ народы чисто земледѣльческіе, живущіе растительной пищей, индусы, напримѣръ, не отличаются отъ народовъ, питающихся мясомъ? Развѣ животныя плотоядныя живутъ когда нибудь обществами?

— И ты не думаешь, что это происходитъ отъ другихъ совсѣмъ обстоятельствъ, а не отъ пищи? Ты не думаешь, напримѣръ, что причина этому не мясо, а разныя условія добыванія пищи? Коровамъ и въ обществѣ можно ѣсть траву, находящуюся подъ ихъ ногами; а тиграмъ не совсѣмъ удобно цѣлой гурьбой охотиться за какимъ нибудь поросенкомъ. Цѣлая сотня коровъ можетъ наѣсться до сыта на одномъ лугу; а тиграмъ непремѣнно нужно разбрестись подальше другъ отъ друга.... Ты не думаешь этого?

Мочаловъ отрицательно покачалъ головой. Молодой докторъ задумался. По его глазамъ, по его лицу Мочаловъ понялъ, что Рябинину не смѣшна эта исторія, не кажется нелѣпостью, не возбуждаетъ въ немъ желанія поглумиться, нѣтъ, напротивъ, она какъ будто бы заняла и поразила его. Тогда желчная и вмѣстѣ съ тѣмъ грустная усмѣшка изчезла съ губъ Мочалова, глаза его просвѣтлѣли, онъ горячо заговорилъ о томъ, что все, что онъ ни читалъ въ послѣдніе годы, онъ читалъ съ единственною цѣлью — провѣрить свою гипотезу, что у него есть цѣлыя тетради выписокъ, массы фактовъ, поддерживающихъ его мнѣніе.

Рябининъ внимательно слушалъ. Иногда на его губахъ появлялась улыбка сожалѣнія, по онъ умѣлъ скрывать ее.

— Знаешь что? сказалъ онъ наконецъ.— Не мнѣ произносить приговоръ въ этомъ дѣлѣ. Можетъ быть,— ты правъ, а можетъ быть — и нѣтъ. Я не знаю, не могу говорить ни за твою теорію, ни противъ нея. Очень можетъ быть, что ты и правъ..

Мочаловъ даже вспыхнулъ. Больше ему ничего и не нужно было. Онъ былъ благодаренъ Рябинину даже и за то, что тотъ не глумился надъ его завѣтной мыслью....

— Но на счетъ твоей нетерпимости, — ты меня извини, продолжалъ Рябининъ.— Возможно ли, позволительно ли говорить въ наши времена, что всѣ попытки къ преобразованію общественныхъ условій жизни безполезны и смѣшны? Позволительно ли честному человѣку проповѣдывать, что человѣчество бѣдно и несчастно оттого, что оно мясо употребляетъ?.. Понимаешь ли ты? Поди въ тѣ избы, подвалы, фабрики, о которыхъ ты говорилъ, попробуй развить передъ этими людьми твою теорію: они захохочутъ тебѣ въ глаза, оплюютъ тебя. Имъ нуженъ пока кусокъ хлѣба, кусокъ мяса, одежда, а не твой идеальный человѣкъ, не твое идеальное общество. Твоя теорія — дѣло далекаго будущаго, а у настоящаго есть свои дѣла и свои требованія. Твоя теорія можетъ быть вѣрна, — мясо можетъ быть вредно для человѣка, но у настоящаго времени есть свои заботы, передъ ними есть вещи въ тысячу разъ вреднѣйшія. Не отводи отъ нихъ глаза. Пойми это...

— Я понимаю. Пожалуй я даже готовъ согласиться съ тобой, но все-таки остаюсь при томъ, что всѣ эти общественныя, внѣшнія перестройки врядъ-ли далеко уведутъ насъ...

Матросовъ пересѣлъ къ нимъ поближе. Ему ни разу не приходилось еще видѣть, чтобы Мочаловъ изъявлялъ готовность сдѣлать какія нибудь уступки, а теперь это чудо повидимому совершилось.

— Ну, и говядину ты опять будешь ѣсть? спросилъ онъ.

— А ты не ѣшь? подхватилъ Рябининъ.

— Не употребляю, отвѣчалъ Мочаловъ.

— По принципу?

— Не по принципу, а просто не могу ѣсть,— противно. И не понимаю я, какъ другіе ее могутъ ѣсть — удивляюсь.

— Чему тутъ удивляться? Вѣдь и твое отвращеніе къ котлетамъ

явилось, я думаю, тогда уже, когда ты составилъ себѣ свою теорію?... Не прежде, я думаю? Такъ что оно пожалуй изъ теоріи родилось, а не изъ чего другого?

— Ошибаешься!

— Такъ какъ же оно появилось? Когда?

— У насъ вотъ всегда такъ дѣлается, съ сердцемъ замѣтилъ Мочаловъ,— прежде посмѣются надъ человѣкомъ, поднимутъ его на смѣхъ, а потомъ уже и поинтересуются,— не имѣетъ ли онъ за себя какихъ нибудь серьезныхъ основаній? Не безъ толку ли мы смѣялись?..

— А что? спросилъ вдругъ Матросовъ.— Твоихъ-то никого, должно быть, нѣтъ дома.

— Никого. А что?

— То-то, сегодня имянинницъ много. А я на счетъ-того, что не отправиться ли намъ куда нибудь чайку напиться? Грѣшнымъ дѣломъ, я ужь соскучился безъ него...

— Ко мнѣ развѣ? сказалъ Рябининъ.

— Можно и ко мнѣ, можно и въ трактирчикъ. Всѣ въ троемъ и прогулялись бы. А?

— Пожалуй,— согласился Мочаловъ.

V

Вечеръ былъ тихій, теплый, небо ясное, усѣянное звѣздами. Шли они не спѣша. Мочаловъ надѣлъ пальто въ накидку и, обѣими руками, плотно прикрывалъ его воротникомъ свою шею и подбородокъ. Матросовъ не упускалъ при случаѣ заглянуть въ какое нибудь окно, неприкрытое ни ставнями, ни занавѣсками.

— Смерть моя,— съ сокрушеніемъ отвѣчалъ онъ на замѣчачаніе Рябинина,— не могу я не заглянуть хоть однимъ глазкомъ въ эти храмы семейной жизни. Никакъ не утерплю...

— Когда-то мнѣ пришлось жить въ деревнѣ,— разсказывалъ Мочаловъ.— Полкъ тамъ стоялъ,— въ N-ской губерніи... Я тогда только-что поступилъ опять въ военную службу. Немного боленъ былъ. Изба, въ которой я стоялъ, не изъ богатыхъ была; чистой половины въ ней не имѣлось. Все, знаешь, вмѣстѣ жили: и старики, и дѣти, и теленокъ, и поросята тутъ бѣгали.— Вотъ въ поросятахъ-то этихъ заключается вся суть. При мнѣ они родились, на моихъ глазахъ росли, часто они меня развлекали: знаешь — въ родѣ комнатной собаченки были для меня. Наблюдалъ я ихнюю, свиную жизнь, философствовалъ по поводу ея, параллели проводилъ между этимъ поросячьимъ существованіемъ и нашимъ. Поучительныя выходили у меня параллели; я тебѣ когда нибудь покажу: онѣ у меня сохранились,— записанныя.— Ну, однимъ словомъ, понимаешь ты,— эти животныя имѣли для меня свой смыслъ. И вдругъ пришло же хозяину въ голову угостить меня этими самыми поросятами... Понимаешь ли ты, что не могъ я ѣсть ихъ... Тьфу!..

Онъ плюнулъ, плотнѣе закутался въ свое пальто и замолчалъ.

— Ну, и съ тѣхъ поръ...

— Пускай другіе ѣдятъ,— глухо проворчалъ Мочаловъ изъ своего воротника..

— И съ тѣтъ поръ заинтересовался вегетаріанизмомъ?

Мочаловъ ничего не отвѣчалъ.

— А здѣсь вотъ Щепоткина живетъ, прошепталъ, довольно впрочемъ громко, Матросовъ.— Родственница твоя. Сходи, непремѣнно сходи: я бы на твоемъ мѣстѣ каждый день ходилъ; сходилъ бы, посмотрѣлъ, вздохнулъ и ушелъ, сходилъ бы, посмотрѣлъ, вздохнулъ и ушелъ. Такъ бы и бѣгалъ все. А здѣсь вотъ тоже...

— Ахъ, противенъ мнѣ этотъ городъ! желчно прервалъ его Мочаловъ.— Не смотрѣлъ бы на него, убѣжалъ бы, умеръ бы...

— Всѣ у насъ такіе...

— Ну, для меня не можетъ быть хуже этого. Онъ для меня тюрьма какая-то, адъ какой-то, въ которомъ меня мучатъ за мои грѣхи. Солдаты эти, граждане, женщины,— все это какъ будто нарочно подобрано. Если выселить всѣхъ здѣшнихъ жителей, а на мѣсто ихъ водворить пятнадцать тысячъ свиней, то и свиньи не найдутъ здѣсь для себя ничего лишняго. Ничего лишняго для свиней не окажется. Трактиры, спальни, дворы полные навоза, улицы запруженные грязью... Можно ѣсть, спать, добывать пищу, разводить семейство, играть на площадяхъ — и ничего больше, ни университета, ни порядочной библіотеки, ни какихъ бы то ни было средствъ заниматься наукой... Наслѣдство бы откуда нибудь получить, что ли. Уѣхалъ бы тогда за границу, на югъ куда нибудь: заниматься бы сталъ. Я вѣдь не солдатъ. Какой я солдатъ? И служить я не могу. Торговать тоже неспособенъ... А для науки, чувствую, я могъ бы кое-что сдѣлать. Мнѣ двадцать шесть лѣтъ пока; не старь еще: могъ бы наверстать то, что не смогъ раньше сдѣлать.— Въ университетъ поступилъ бы... А потомъ. — Онъ оступился въ грязь, ушибъ ногу и заскрипѣлъ зубами...

— Грязь, грязь проклятая одна, хлѣвъ свиной,— проворчалъ онъ сквозь стиснутью зубы.

Дѣйствительно, дорога сдѣлалась грязна, мостки пошли узенькіе, скользкіе, такъ что и двумъ нельзя было идти рядомъ.— Разговоръ совсѣмъ прекратился, тѣмъ болѣе, что Мочаловъ на всѣхъ нагналъ тоску своимъ желчнымъ монологомъ. Даже невозмутимый Матросовъ и тотъ сначала повѣсилъ голову, потомъ вздохнулъ, затѣмъ началъ было мурлыкать какую-то пѣсенку, но скоро оборвался на половинѣ слова и погрузился въ мертвое молчаніе.— Можетъ быть, вспомнился ему Пѣнкинъ съ его дуэлью, вспомнилось и то, можетъ быть, что онъ, Петръ Матросовъ, находится пока безъ мѣста и безъ всякихъ средствъ къ существованію; пришло, вѣроятно, ему на мысль, что и будущее его весьма темно и неопредѣленно. Вмѣстѣ съ этимъ припомнились ему конечно кое-какія надежды, мечтанія, безъ которыхъ ни одинъ человѣкъ не обходится,— и вышло въ концѣ концовъ такъ, что и пѣсенка но пѣлась, и губы смыкались, и голова опустилась.— У Рябинина не было впереди дуэли и призрака смерти, не лишился онъ мѣста, которое кормило его, позаботился онъ объ отысканіи средствъ къ существованію, но и имъ овладѣла тоска, скука, апатія. Съ самаго его пріѣзда передъ нимъ являлись, одинъ за другимъ, все какіе-то больные люди, несчастные люди, изуродованные люди и не давали ему ни минуты отдыха. Сначала встрѣтила его мать, опустившаяся, состарѣвшаяся, зачерствѣвшая; за нею скучающая сестра, потомъ Матросовъ, человѣкъ, можетъ быть, и веселый, но очевидно не особенно счастливый и, наконецъ, послѣ всѣхъ, больной Мочаловъ съ его больными фантастическими, уродливыми теоріями, напрасными мечтами и безсильной злобой. Все это было какое-то больное, грустное; всѣ эти люди были не на своихъ мѣстахъ, всѣ безъ дѣла, безъ своею дѣла, всѣ они шли по какимъ-то не своимъ вовсе дорогамъ, или изъ нужды, изъ подъ неволи, или съ отвращеніемъ, со скукой, не имѣя впереди ни цѣли, ни пристани, ни свѣта. И не чужіе были ему всѣ эти люди, и чужое страданіе, чужіе стоны хватаютъ человѣка за сердце; а вѣдь здѣсь — мать, сестра, друзья дѣтства, люди любимые, дорогіе по воспоминаніямъ прошлаго.— Родной домъ, родной городъ, близкіе люди,— немного радости дали они ему при этомъ давно желанномъ свиданіи! Улица грязная, темная, домишки все маленькіе, бѣдные,— и люди тоже все какіе-то неудавшіеся, захирѣвшіе.

Дошли наконецъ и до стараго гнѣзда Рябининыхъ. Филиппъ взглянулъ вверхъ, на окна. Свѣта, огня не видно было ни въ одномъ окнѣ; но за то увидѣлъ онъ, что прямо надъ его головой повисли скатившіеся съ крыши двѣ-три тесовыя доски и точно въ раздумьѣ висѣли, покачиваясь внизъ и вверхъ отъ легкаго вѣтра. Въ домѣ не слышно было ни одного звука, на дворѣ тоже не было, казалось, ни одного живого существа, Невольно подумалось Филиппу о матери.— Подумалось ему, что, вѣроятно, она теперь возлагаетъ на него большія надежды, мечтаетъ, что онъ обновитъ этотъ старый домъ, заведется семьей, отопретъ, провѣтритъ всѣ эти давно уже неотворявшіеся амбары, конюшни, каретники и опять населить и наполнить ихъ тѣмъ, для чего они строились: лошадьми, коровами, экипажами, хозяйственными припасами.

— Горько, горько разочаруется старуха, подумалъ онъ, невольно улыбнувшись и покачавъ головой,

— О чемъ задумался? крикнулъ Матросовъ, догнавъ его на лѣстницѣ и ударивъ по плечу.— Не робѣй, Филь... А! Здравствуйте, Катенька...— Катенькой назвалъ онъ старую дѣвицу Катерину, отворившую имъ дверь,

— А Анна Романовна, можно надѣяться, на имянинахъ? спросилъ онъ Зою, низко ей поклонившись.— Отъ души желаю ей веселиться. Мы съ вашимъ братомъ были въ гостяхъ у одного молодого человѣка, но у него не оказалось въ настоящую минуту ни щепотки чаю,— Поэтому мы всѣ втроемъ и прибѣгаемъ къ вамъ.. Потапъ Потапычу мое почтеніе... Какъ рыба?

И Потапъ Потапычъ былъ здѣсь.

Но, читатель, позвольте представить вамъ эту новую личность въ исторіи моего товарищества. Потапъ Потапычъ былъ человѣкъ маленькій, худенькій. Если вы смотрѣли на него въ нѣкоторомъ отдаленіи или слушали его, не глядя ему въ лицо, то вамъ непремѣнно казалось почему-то, что вы слушали человѣка уже очень пожилаго. Если же вамъ приходилось попристальнѣе и поближе взглянуть въ его лицо, то вы съ величайшимъ изумленіемъ открывали, что передъ вами находится человѣкъ еще молодой, лѣтъ развѣ тридцати восьми, съ физіономіей гладкой, неимѣющей ни одной морщины и притомъ подернутой легкимъ румянцемъ. Ваше открытіе было совершенно вѣрнымъ открытіемъ, а между тѣмъ черезъ минуту вы уже забывали о немъ и опять смотрѣли на Потапа Потапыча, какъ на человѣка пожилого. Это происходило, во-первыхъ, оттого, я думаю, что этотъ господинъ всегда являлся въ костюмѣ отставного землемѣра, въ полувоенномъ, старомъ-престаромъ, въ десяти мѣстахъ заштопанномъ, сюртукѣ съ свѣтлыми пуговицами и зеленымъ воротникомъ,— въ такомъ костюмѣ, который придавалъ ему видъ чиновника, вышедшаго въ отставку по выслугѣ узаконеннаго числа лѣтъ и теперь весьма экономно существующаго на какую нибудь крошечную пенсію. Во-вторыхъ, оттого, я думаю, показывался онъ старѣе своихъ лѣтъ, что растительность на его головѣ и лицѣ была чрезвычайно скудная: темя его имѣло видъ плѣшиваго, баки его были такіе рѣденькіе и тоненькіе, что чрезъ нихъ безъ всякаго труда можно было прочитать цѣлую страницу книги, напечатанной самымъ мелкимъ шрифтомъ. Да, наконецъ, и то въ немъ вводило въ заблужденіе на счетъ его настоящаго возраста, что говорилъ онъ большею частію все о такихъ солидныхъ, практическихъ вещахъ, какъ, напримѣръ, яйца и несущія ихъ курицы, мыши и средства къ ихъ истребленію, урожай или неурожай хлѣба и имѣющее за этимъ послѣдовать измѣненіе базарныхъ цѣнъ. Притомъ онъ какъ-то никого не могъ пропустить безъ того, чтобы не посовѣтовать чего либо, но предостеречь отъ чего нибудь или даже не прочитать при случаѣ приличнаго наставленія. Здѣсь же можно замѣтить, что узаконеннаго числа лѣтъ онъ никогда не выслуживалъ, пенсіи поэтому не получалъ никакой и кромѣ того не имѣлъ и съ другихъ сторонъ ни малѣйшихъ средствъ къ существованію. Долгое время былъ онъ лѣснымъ ли, полевымъ ли землемѣромъ, но, къ величайшему своему сожалѣнію, получилъ вдругъ довольно сильное пристрастіе къ крѣпкимъ напиткамъ, сдѣлался вслѣдствіе этого непокоренъ, неисправенъ, сочинилъ нѣсколько исторій съ начальствомъ и принужденъ былъ подать въ отставку года за два до выслуги пенсіона. Это послѣднее обстоятельство горькимъ, вѣчнымъ упрекомъ легло на душѣ Потапа Потапыча. Два, только два года — и онъ могъ бы быть до нѣкоторой степени обезпеченъ на всю свою жизнь! А теперь онъ никакихъ опредѣленныхъ средствъ къ существованію но имѣетъ и живетъ нѣсколько чудеснымъ, непостижимымъ образомъ. Только что придетъ весна, вскроются рѣки, Потапъ Потапычъ облекается въ пальто сѣраго солдатскаго сукна, въ какіе-то невообразимые, нигдѣ больше во всемъ мірѣ несуществующіе красновато-желтые панталоны, привязываетъ за плечи нѣчто среднее между чемоданомъ, ранцемъ и портфелемъ, и отправляется на рѣки, озера и пруды ловить рыбу. Рыба у него всегда есть въ это время; но откуда беретъ онъ хлѣбъ? И всегда ли у него бываетъ насущный хлѣбъ? Правда, случается, что Поганъ Потапычъ хлопочетъ иногда по дѣлу какого нибудь крестьянина, продаетъ имъ самимъ изобрѣтенныя ловушки для мышей, клѣтки, коробочки; правда, что онъ самъ себѣ чинитъ и шьетъ сапоги, безъ срока и безъ износа носитъ одно и тоже одѣяніе, но я все-таки недоумѣваю и спрашиваю: всегда ли у него бываетъ хлѣбъ и соль къ пойманной имъ рыбѣ?

У Рябининыхъ онъ другъ дома. Зоя такъ и называетъ его. Она любитъ его, потому что находитъ въ немъ золотое, любящее, честное сердце. Филиппъ, котораго Потапъ Потапычъ училъ нѣкогда дѣлать бумажные змѣи, сохранилъ къ нему и до сей поры нѣкоторую привязанность. Любитъ Потапа Потапыча и старушка Рябинина за то, что онъ почтителенъ и вѣжливъ къ ней, за то, что онъ относится къ ней съ нѣкоторымъ уваженіемъ, за то, напримѣръ, что онъ и поможетъ ей при случаѣ, дверь, напримѣръ, обить войлокомъ или зимнія рамы вставить, и съ благодарностью поужинаетъ или пообѣдаетъ тѣми протухшими остатками, которые Анна Романовна хранитъ для подобныхъ случаевъ въ чуланѣ. Даже дѣвица Катерина, такъ боящаяся веселыхъ мужчинъ, и та, какъ кажется, любитъ Потапа Потапыча, потому что вралемъ и шутникомъ онъ съ роду не бывалъ.

— Какъ рыба? спросилъ его Матросовъ.

Потапъ Потапычъ былъ человѣкъ конфузливый. Сначала онъ немного заметался, когда увидѣлъ около себя такое большое общество, но потомъ, придравшись къ вопросу Матросова, усѣлся около него и почти шопотомъ началъ разсказывать ему о состоянiи рыбы въ нынѣшнемъ году. Онъ и всегда говорилъ тихонько, полушопотомъ; даже и въ обществѣ, если онъ имѣлъ что нибудь замѣтить или возразить, то никогда не объявлялъ свою мысль во всеуслышанiе, а выбиралъ изъ собесѣдниковъ посмирнѣе и начиналъ потихоньку излагать ему свое мнѣнiе.

Мочаловъ не сказалъ никому ни слова, поклонился дѣвицѣ Катеринѣ, пожалъ руку Зоѣ и началъ ходить по комнатѣ, потирая руки...

— А ты не можешь не соврать чего нибудь? мимоходомъ замѣтилъ онъ Матросову, очевидно намекая на его выходку на счетъ чая.

Матросовъ взглянулъ на него и, не переводя духа, отвѣчалъ:

— Нѣкогда я тоже былъ рыбакъ, коренной рыбакъ, милостивые государи. Верстъ на двадцать кругомъ города не было тропинки, не было ручейка, котораго бы я не зналъ, милостивые государи... Стрѣлялъ и рыбачилъ...

Мочаловъ, ожидавшiй, повидимому, чего-то другого, отвернулся и опять началъ ходить...

— Случалось ли вамъ, Зоя Петровна, услыхать когда нибудь, чтобы человѣкъ спалъ и въ это же самое время ходилъ? Путешествовалъ, ходилъ и въ это же самое время спалъ? обратился онъ къ Зоѣ, вошедшей въ это время въ комнату.— Случалось ли вамъ? А между тѣмъ это бывало со мной.— До сихъ поръ живъ одинъ охотникъ, который побожится вамъ, что я не лгу. Спросите-ка его,— онъ вамъ поразскажетъ, а пожалуй и въ лицахъ представить эту исторiю. Однажды я, изволите видѣть, не смыкалъ глазъ въ теченiи двухъ сутокъ. Въ ночь на третьи сутки возвращались мы съ этимъ охотникомъ домой, въ городъ. Онъ шелъ вотъ такъ, впереди, я за нимъ по его слѣдамъ. Когда пришли мы домой, я, конечно, принимаюсь раздѣваться,— не то, чтобы сознательно раздѣваться, а такъ, по привычкѣ. Берусь за шапку,— шапки нѣтъ; за ягдташъ,— ягдташа нѣтъ... Что, думаю, за чудо такое? Удочки были на плечѣ — и тѣхъ нѣтъ... Тутъ только я и проснулся... бросился искать весь этотъ скарбъ, — одно нашелъ на дворѣ, другое на улицѣ, третье за городомъ. Охотникъ потомъ разсказывалъ, что я всю дорогу храпѣлъ и бормоталъ,— ну, какъ обыкновенно во снѣ бываетъ...

— И вы не шутите? спросила Зоя.

Матросовъ укоризненно покачалъ головой.

— Васъ-то я стану обманывать? Васъ-то? Эхъ, какъ однако мнѣ вѣрятъ плохо. Дурныя настали времена для старика Матросова.

43

Прежде бывало по двое, по трое сутокъ глазъ не смыкалъ; прежде бывало вѣрили Матросову... А теперь... теперь толстѣть началъ, отяжелѣлъ, изолгался. О-охъ плохія времена. Ну, какъ поживаете, Зоя Петровна? Давненько я васъ не видалъ...

— Такъ же живу, какъ и прежде, какъ и давно... А вы?

— Я день ото дня хуже, Зоя Петровна... Что ни день, то хуже; а какъ мѣсяцъ назадъ заглянешь, такъ и совсѣмъ себя не узнаешь. Прежде я хоть что нибудь былъ, — хоть чиновникъ былъ, опредѣленное положеніе въ обществѣ имѣлъ... А теперь я что? Ничто... И ничего я не знаю; обратите вы вниманіе на то обстоятельство, что я ничего о себѣ не знаю. Вѣдь всякая тварь, всякая скотина, съ позволенія сказать, имѣетъ свою будущность. Лошадь какая нибудь, и та можетъ быть увѣрена, что если ничего особеннаго и необычайнаго съ нею не случится, такъ она будетъ себѣ до скончанія своего вѣка способствовать передвиженію человѣчества съ мѣста на мѣсто. Свинья и та имѣетъ опредѣленную будущность, что изъ нея великолѣпные окорока сдѣлаютъ. Ну, а я, позвольте васъ спросить? Я — что такое? Вѣдь ничего этого неизвѣстно. Можетъ быть, я опять буду чиновникомъ, можетъ быть, въ солдаты наймусь, можетъ быть... да ничего, однимъ словомъ, ничего неизвѣстно... Вотъ вѣдь что обидно... Нѣкоторымъ образомъ игралище вѣтровъ...

Мочаловъ, вслушивавшійся въ его слова, сѣлъ около нихъ и задумчиво кусалъ ногти.

— Будто ужь ты одинъ такой,— замѣтилъ онъ...

— Во-первыхъ, нужно тебѣ сказать, что и въ компаніи въ этомъ случаѣ нисколько неутѣшительнѣе...

— А во-вторыхъ?

— И во-вторыхъ тоже самое,— дважды неутѣшительнѣе,— не задумываясь отвѣчалъ Матросовъ.

— Въ третьихъ, продолжалъ онъ собравшись съ духомъ.— Насъ здѣсь... разъ, два... пять человѣкъ, шестой человѣкъ въ кухнѣ; шестого мы, ради его стыдливости, въ счетъ брать не будемъ. Одинъ изъ пяти носитъ эполеты и служитъ; можно надѣяться, что онъ и до конца своей жизни останется вѣренъ своей профессіи...

— Это неизвѣстно,— раздражительно замѣтилъ Мочаловъ...

— Полагаемъ извѣстнымъ. Второй изъ пяти лекарь и будетъ лекаремъ...

— Бабушка на двое сказала,— откликнулся Филиппъ, набивавшій вдали отъ всѣхъ папиросы.

— Полагаемъ дѣломъ рѣшеннымъ. Третій изъ насъ посвятилъ себя кроткому занятію рыбаря и, можно полагать, если не навсегда, то надолго пребудетъ вѣренъ своимъ ершамъ и окунямъ...

44

— Нѣтъ ужъ... Мѣстечко какое нибудь надо бы, шепнулъ Зоѣ Потапъ Потапычъ.

— Наконецъ, и четвертый человѣкъ. Зоя Петровна, выручите, голубушка: вѣдь вы имѣете въ виду что нибудь?

— Я опять уроки буду давать,— сказала она.

— Четвертый человѣкъ будетъ уроки давать... И такъ, милостивые государи и милостивыя государыни,— обратился онъ, вставъ и кланяясь вошедшей съ самоваромъ дѣвицѣ Катеринѣ,— остается одинъ пятый человѣкъ, пятое колесо въ колесницѣ, старикъ Матросовъ, который ничего не имѣетъ, ничего не дѣлаетъ и ничевошеньки не знаетъ на счетъ того, что онъ будетъ дѣлать. Понимаете ли вы, милостивые государи и государыни? Понимаете ли вы то, что каждый изъ васъ если и не навсегда спокоенъ, то на сегодняшній и завтрашній день спокоенъ, если не навсегда имѣетъ прибѣжище, то на завтрашній день его имѣетъ, — если не можетъ назвать той профессіи, которою онъ будетъ заниматься въ послѣдній годъ своего существованія, то, по крайней мѣрѣ, знаетъ имя той профессіи, которою онъ будетъ заниматься завтра. У каждаго изъ васъ есть вѣрное, опредѣленное завтра; есть свое завтра. Можетъ быть, вы не любите этого "завтра", можетъ быть, вздыхаете и зубами скрипите, когда вспоминаете на сонъ грядущій объ этомъ "завтра", но все-таки оно есть у васъ... Въ томъ и дѣло, что оно есть у васъ. У меня же его нѣтъ, никакого нѣтъ, и пмяни его я не знаю, и представить себѣ не могу я, въ какомъ платьѣ оно передо мной явится: въ формѣ ли гражданской, въ мундирѣ ли военномъ, въ образѣ ли кабацкаго завсегдатая съ краснымъ носомъ и подбитымъ глазомъ, въ видѣ ли наконецъ законнаго супруга купчихи Кобылятиной...

Онъ вдругъ вспомнилъ о присутствіи Зои, вспыхнулъ, смѣшался, громко высморкался, какъ будто хотѣлъ заглушить свое неблагозвучное слово...

— И такъ, торопливо началъ онъ продолжать, но за тѣмъ махнулъ рукой.— А впрочемъ и безъ того понятно; пора чай пить...

Онъ торопливо пробрался къ Филиппу.

— Ты какъ думаешь, — обидѣлась она? тихонько спросилъ онъ.

— Кто? Чѣмъ?... спросилъ Филиппъ.

— Да она... Еще спрашиваетъ... Обидѣлась она, что я Кобылятину-то эту влѣпилъ?

— Да она не знаетъ тебя что ли? Видишь — смѣется, и всѣ смѣются... Чего еще тебѣ?

— А ты хмуришься что-то... Ты, Филь, не обидѣлся ли, голубчикъ? Я вѣдь не тово, не хотѣлъ...

Филиппъ, вмѣсто отвѣта, взялъ его за плечо и отвелъ къ чайному столу.

45

— И такъ, милостивые государи и государыни,— заговорилъ Матросовъ успокоившись и остановился передъ столомъ, опершись на него обѣими руками,— если я говорилъ, что мое настоящее положеніе гораздо хуже положенія несчастной извощичьей клячи, то я говорилъ неопровержимую истину. Если я говорилъ, что мое положеніе несравненно хуже положенія Катеньки, прибавилъ онъ, завидѣвъ дѣвицу Катерину, появившуюся съ тарелкой,— Катеньки, имѣющей прочную и благодарную профессію, то я говорилъ правду.

Дѣвица Катерина не дошла до стола и вернулась въ кухню.

— И если нашелся одинъ молодой человѣкъ, который желалъ опровергнуть меня, то этимъ своимъ желаніемъ онъ обнаружилъ только неосновательность своихъ взглядовъ. Я все сказалъ.

Онъ сѣлъ и невозмутимо занялся чаемъ. Филиппъ Рябининъ по прежнему оставался пасмуренъ и, хмуря брови, крутилъ въ рукахъ попавшійся ему уголъ скатерти.

— Если отбросить въ сторону ораторскія тонкости,— такъ всѣ мы одинаково хороши, сказалъ онъ какъ бы про себя...

— Кромѣ тебя и Мочалова всѣмъ одинаково хорошо,— согласился Матросовъ.

— Ну, это еще вопросъ, проворчалъ Мочаловъ;— это еще вопросъ: что лучше: не имѣть ли вѣрной работы или быть пригвожденнымъ къ такому дѣлу, котораго терпѣть не можешь?

— Брось свое дѣло, и будешь тогда завидовать мнѣ... Этакое право у него несчастье: мѣсто онъ имѣетъ.

Всѣ засмѣялись, засмѣялся даже и самъ Мочаловъ; одинъ только Рябининъ оставался серьезенъ и, повидимому, даже не слышалъ, что говорилось около него,

— Вамъ, кажется, нездоровится? Или озябли вы? спросила Зоя Мочалова, все еще непереставававшаго потирать руки и пожиматься...

— И то, и другое кажется,— сказалъ Мочаловъ.

— Ѣхалъ бы ты куда нибудь въ Италію, — посовѣтовалъ Матросовъ...— Нанялъ бы тамъ, на берегу моря, виллу, окруженную лимонами и лаврами. Взялъ бы съ собой Филиппа, чтобы онъ тебя лечилъ и меня, чтобы я тебя наставлялъ своими совѣтами. Что брать, тебѣ жить здѣсь? Скучно, холодно...

Онъ подперъ рукой лобъ и долго, пристально смотрѣлъ на синевато-блѣдное лицо Мочалова, въ его глаза, окруженные глубокими темными кругами. Потомъ онъ тихонько толкнулъ локтемъ сидѣвшаго рядомъ съ нимъ Филиппа и постарался обратить его вниманіе на тотъ же предметъ.

— О-охъ! вздохнулъ потомъ Матросовъ,— Италія, Италія!... Не приняться ли мнѣ съ вами, Потапъ Потапычъ, рыбу ловить, если живъ останусь? Вы какъ полагаете?

— Чтожъ, я пожалуй къ завтрему удочки припасу...

— А вотъ мы еще подумаемъ немного, Потапъ Потапычъ... Такъ какъ же, Зоя Петровна, за уроки опять принимаетесь?

— А что?

— Да ничего, я такъ, разговора ради только. Впрочемъ, можно сказать, что обидное это занятіе: каждый лакей, каждая горничная за свои труды холопскіе больше получаетъ, чѣмъ воспитатели дѣтей нашихъ.

— Что же дѣлать? Берешь,— что есть...

— И за то еще спасибо, что хоть что нибудь есть; именно, именно...

Филиппъ, разсматривавшій въ это время какую-то старую, запачканую гравюрку, снятую имъ со стѣны, отодвинулъ ее, повернулъ свое задумчивое, серьезное лицо къ разговаривающимъ и, повидимому, намѣревался прервать наконецъ свое упорное, начинавшее всѣмъ бросаться въ глаза, молчаніе.

— Я думаю не совсѣмъ невозможно и для насъ — сдѣлаться господами своей судьбы, сказалъ онъ.

— Трудновато, голубчикъ. Вотъ когда я женюсь на своей купчихѣ, тогда конечно... И то съ ограниченіями, разумѣется...

— Конечно, не легко. Я говорю, что невозможности нѣтъ...

— Невозможное дѣйствительно трудно себѣ представить... Почемъ мы знаемъ: можетъ быть, у каждаго изъ насъ есть по одному и по двое неизвѣстныхъ дядей въ Америкѣ? Завтра они всѣ умрутъ, и у каждаго изъ насъ будетъ по десяти милліоновъ чистаго капитала. Что тутъ такого особеннаго, невозможнаго? Напротивъ, очень натурально...

— Ну, а безъ всякихъ случайностей и неожиданностей? Въ силу одного своего желанья?

Матросовъ прихлѣбнулъ изъ стакана и износа посмотрѣлъ на Филиппа, лицо котораго показалось ему какимъ-то страннымъ, тревожнымъ. Нетрудно было замѣтить, что Рябининъ не спроста задавалъ свои вопросы, а съ какою-то затаенною цѣлью.

— Въ силу-то желанія я сомнѣваюсь... Ужъ сколько я желалъ-желалъ, — нѣтъ, все ничего не выходило...

— А у другихъ выходитъ... Былъ такой случай въ Англіи, что нѣсколько голодныхъ бѣдняковъ-ремесленниковъ пожелали выйти изъ своего бѣдственнаго положенія... Ну, и вышли, самъ ты знаешь...

— Вотъ что! Такъ это ты вотъ къ чему... Гм... гм...

— Такъ это въ Англіи, замѣтилъ Мочаловъ;— притомъ ремесленники. А мы вѣдь дворяне, русскіе дворяне... Мы что?

— Какъ что?

— Будемъ деньги откладывать, копилку такую устроимъ; ну, а потомъ что? Куда мы ихъ дѣнемъ? Проѣдимъ что ли? Обѣдъ себѣ устроимъ?

— Зачѣмъ проѣдимъ? Я бы на первыхъ порахъ открылъ библіотеку для чтенія и книжный магазинъ... Вѣдь ничего бы, пошло, я думаю?

— Это пошло бы, должно полагать,— поддержалъ Матросовъ, повидимому, сильно заинтересовавшійся и на время даже примолкшій, задумавшійся. — Всѣ эти семинаристы, гимназисты, молодые чиновники, барышни нонѣшнія,— они поддержатъ... Это пошло бы, должно полагать...

Мочаловъ тоже призадумался. Во-первыхъ, на него нѣсколько подѣйствовало то, что даже и скептическій Матросовъ отнесся къ этому дѣлу съ нѣкоторою серьезностью; а во-вторыхъ, и самое представленіе о книжномъ магазинѣ и библіотекѣ имѣло для него свое очарованіе.

— Да, я не прочь бы былъ куда нибудь въ библіотеку пристроиться, особенно въ свою, сказалъ онъ въ раздумьѣ;— это пріятно бы было. Да вѣдь что же?.. какъ?..

— Да такъ, возьмемъ да и устроимъ...

Наступило общее молчаніе. Всѣ задумались, никто не смотрѣлъ на каждый всякъ какъ-то въ себя спрятался; одинъ только Рябининъ поглядывалъ то на Мочалова, то на Матросова. Случайно взглядъ его упалъ на Зою; она взглянула на него и улыбнулась ему; на его губахъ тоже мелькнула мимолетная улыбка.

— Да, братъ,— сказалъ наконецъ Матросовъ;— тебѣ это хорошо всякую храбрость оказывать. Кто тебя знаетъ, можетъ быть тебя здѣсь золотомъ будутъ осыпать. А что я, напримѣръ? Что Потапъ Потапычъ? Мы вѣдь рыбари. Мы причемъ здѣсь?

— А мы помогать другъ другу будемъ,— смѣясь сказалъ Рябининъ.— Почему ты знаешь, въ какіе хоромы можетъ завести меня моя профессія? Тогда я и тебѣ мѣсто доставлю, и Потапъ Потапыча пристрою...

— Развѣ, что съ твоей протекціей. Развѣ что такъ... Ну, такъ какъ же? прибавилъ онъ послѣ долгаго молчанія... Основываемъ, что ли, товарищество-то? Правила надо бы постановить, законы въ нѣкоторомъ родѣ. А? Филь? Какія бы правила-то?

— Я бы такъ предложилъ, что каждый изъ насъ долженъ вносить въ общую кассу десятую или пожалуй пятую часть всѣхъ денегъ, какія онъ только получитъ откуда либо. А главное (это разумѣется дѣло совѣсти нашей), чтобы каждый изъ насъ по возможности ограничивалъ себя...

— То есть, какъ же это ограничивалъ? съ нѣкоторымъ испугомъ спросилъ Матросовъ.

— Насколько кто можетъ...

— Ну, напримѣръ, и водку нельзя пить?

— Если можешь не пить, такъ не пей; а не можешь, что съ тобой дѣлать.

— Ну, нѣтъ; этого ужь я не могу, чтобы не пить. Ты знаешь: Ломоносовъ... Онъ вѣдь оттого и умеръ, что пересталъ пить... И я непремѣнно умру. Притомъ я вѣдь не тово, не очень...

— Я и говорю, что на сколько кто можетъ...

— А остальное въ общую кассу...

— Въ общую кассу...

— А потомъ библіотеку?

— Библіотеку... А потомъ, когда она станетъ на свои ноги, еще что нибудь новенькое. И чѣмъ дальше, тѣмъ шире, чѣмъ...

— Чѣмъ дальше, тѣмъ шире, чѣмъ дальше, тѣмъ шире, — подхватилъ Матросовъ, принимая опять свою ораторскую позу.— За библіотекой мы открываемъ фабрику, за фабрикой заводъ, за заводомъ мы строимъ пароходы и желѣзныя дороги, преобразуемъ нашу родину, изливаемъ щедроты на тысячи и милліоны нашихъ соотечественниковъ... Милостивые государи и государыни, рѣшайтесь, я съ своей стороны, на все согласенъ... Я на все согласенъ! Я не желаю быть хуже всякой скотины, которая знаетъ свою судьбу;— я тоже желаю имѣть свою будущность и потому приношу въ нашу общую кассу сіи три рубля, составляющіе нѣкоторую значительную часть моего капитала. Слѣдуйте моему примѣру, друзья мои, и вручайте ваши деньги этой юной особѣ, которую я предлагаю избрать нашимъ кассиромъ. Филь, другъ моего дѣтства, давай свои деньги; и ты, другой товарищъ моего младенчества, прими во вниманіе ожидающую насъ великую будущность и спѣши сдѣлаться членомъ нашего товарищества... Зоя Петровна! Потапъ Потапычъ!

— Но, милостивые государи и государыни, продолжалъ онъ, послѣ небольшого молчанія, — считаю долгомъ своимъ заранѣе умѣрить ваши, можетъ быть, черезчуръ пылкія, мечты и вмѣстѣ съ тѣмъ внушить вамъ довѣріе къ нашему предпріятію. Не всегда небо бываетъ безоблачно, не всегда дороги бываютъ ровны и не всегда рѣки текутъ спокойно, гладкія, какъ зеркало.— Бываютъ бури, бываютъ и ухабы на дорогахъ.— Можемъ и мы видѣть бури, можемъ и мы на нашей дорогѣ встрѣтиться съ препятствіями, съ трудностями. Можемъ и мы, нѣкоторымъ образомъ, очутится въ каменистой пустынѣ, блуждать въ ней цѣлые годы, но видѣть желанной пристани... Если мы падемъ духомъ и возвратимся вспять, тогда все погибло... Если же мы...

Онъ вдругъ остановился и глубоко, мрачно вздохнулъ.

— Аннѣ Романовнѣ мое почтеніе, сказалъ онъ совсѣмъ уже другимъ тономъ, и направился изъ за стола къ старушкѣ.

Наступило какое-то унылое молчаніе; у всѣхъ лица вытянулись, всѣ по немногу разбрелись изъ за стола по разнымъ угламъ и раздѣлились на пары сдержанно разговаривающіе о только что происходившемъ. Рябининъ ходилъ взадъ и впередъ по комнатѣ съ Мочаловымъ и выслушивалъ кое-какія предложенія его насчетъ скорѣйшаго основанія библіотеки.

Зоя разсказывала Потапу Потапычу исторію Рочдельскаго общества.

Матросовъ же разсуждалъ о чемъ-то съ Анной Романовной.

VI

Часовъ въ двѣнадцать, когда уже гости всѣ разбрелись по своимъ домамъ, Филиппъ Рябининъ получилъ записку слѣдующаго содержанія;

"Сдѣлайте милость — пріѣзжайте немедля.

Парфеновъ."

Авторъ этой лаконической записки очевидно былъ далеко не въ спокойномъ положеніи, когда писалъ ее. Рука его замѣтно дрожала, когда выводила буквы; время казалось ему настолько дорогимъ, что нельзя было терять ни одной секунды на засыпаніе носкомъ мокрыхъ строчекъ и потому они вышли изрядно испачканными и полустершимися.

— Парфеновъ, задумчиво проговорилъ Филиппъ, положивъ въ карманъ сигары и надѣвая шляпу...— Кто такой Парфоновъ?

— Егоръ Васильевичъ... Купецъ первой гильдіи, отвѣчалъ кучеръ, принесшій записку и дожидавшійся у двери...

— Онъ жилъ въ Петербургѣ! спросилъ Филиппъ, спускаясь съ лѣстницы.

— Точно такъ. Воспитывались въ университетѣ.

— Ты изъ солдатъ?

— Точно такъ...

И такъ Филиппъ зналъ этого господина, былъ его товарищемъ по университету, немного былъ знакомъ съ нимъ, благодаря тому, что оба они родились въ одномъ городѣ, и только одному этому. Больше между ними не было ничего общаго. Одинъ былъ бѣднякъ; другой сынъ извѣстнаго на ихъ родинѣ богача; одинъ всегда отличался своею способностію увлекаться фантазировать, создавать проэкты насчетъ перестройки окружающаго его общества, проповѣдывагь ихъ и рекомендовать всѣмъ имѣющимъ уши слышать; другой, напротивъ, поражалъ своею молчаливостію и скрытностью. Какія мысли занимали Рябинина, какія у него были радости и печали, какого мнѣнія былъ онъ о томъ или другомъ,— это могъ узнать всякій, хотя бы и не думалъ

50

выпытывать его душу; что же касается до убѣжденій, плановъ на будущее, мечтаніи и думъ Парфенова, то свѣденіями о нихъ, хотя бы даже скудными свѣденіями, не могли похвастаться и тѣ, которые подъ часъ очень интересовались его личностью. Одѣвался онъ всегда хорошо, но въ высшей степени просто, такъ просто, что казалось на немъ никогда не бывало вещей новыхъ съ иголочки, только-что принесенныхъ изъ магазина, а все было уже поношенное; квартира у него была хорошая, но всякому, заходившему въ нее, почему-то непремѣнно бросалось въ глаза, что онъ по своимъ средствамъ могъ бы имѣть въ десять разъ лучшую.

Если ему представлялся случай помочь кому нибудь деньгами или рекомендаціей, онъ всегда помогалъ и никто не могъ бы сказать, что онъ помогаетъ скупо, неохотно, съ досадой, но вмѣстѣ съ тѣмъ не нашлось бы и такого человѣка, который подумалъ бы, что Парфеновъ радъ случаю оказать помощь... Казалось, что до того человѣка, котораго онъ вытаскивалъ изъ бѣды, ему было столько же дѣла, сколько и его кошельку. Въ лицѣ у него не было ничего напоминающаго обыкновенный купеческій типъ,— оно было блѣдно, худощаво, серьезно и красиво.

Вотъ все, что Рябининъ зналъ объ этомъ человѣкѣ, и понемногу припоминалъ теперь.

Что же теперь онъ? Богатъ, бѣденъ, раззорился, можетъ быть, какъ большая часть здѣшнихъ купцовъ? Однако-же нѣтъ,— купецъ первой гильдіи, слѣдовательно богатъ, силенъ, вліятеленъ. Чего же можно ждать отъ него? Какія установятся между ними отношенія? Что такое наконецъ самъ по себѣ купецъ съ университетскимъ образованіемъ? Какъ ладитъ у него его умственное развитіе съ торгашеской практикой? думалъ Филиппъ и при послѣднемъ вопросѣ пожалъ плечами.

Затѣмъ ему припомнилось все, что слышалъ онъ когда нибудь вообще о лицахъ купеческаго сословія, побывавшихъ въ университетѣ. Одни изъ нихъ, окончивъ образованіе, бросали профессію своихъ отцевъ и дѣлались чиновниками; другіе, напротивъ, предпочитали бросить подъ прилавокъ все то, что они привезли въ родной городъ изъ университета, и усвоить себѣ всѣ тайны и тонкости русской коммерціи. Онъ зналъ одного господина, который, блистательно окончивъ курсъ въ университетѣ, объѣхалъ почти всю Европу и потомъ вернувшись туда, гдѣ находились его магазины, бородатые родственники и прикащики, началъ, какъ ни въ чемъ ни бывало, торговать съ тѣми-же самыми пріемами, какими съ успѣхомъ пользовался его сосѣдъ лавочникъ, недавно начавшій съ десяткомъ рублей въ карманѣ торговать хомутами, горшками, дегтемъ и черезъ два года открывшій отличный магазинъ съ колоніальными товарами. Да, онъ зналъ вотъ такихъ купцовъ, зналъ купцовъ, сдѣлавшихся чиновниками, но не зналъ ни одного человѣка, который, оставаясь купцомъ, остался бы вмѣстѣ съ тѣмъ человѣкомъ способнымъ сдѣлаться реформаторомъ по своей профессіи... Филиппъ и не замѣтилъ, какъ они повернули въ растворенные ворота и въѣхали въ узенькій дворикъ. Слѣва чернѣли стѣны и темныя окна, справа тоже стѣны, крылечко и рядъ оконъ, съ третьей стороны высокимъ заборомъ возвышался рядъ деревьевъ, въ тѣни которыхъ совершенно изчезали и ворота въ садъ и его рѣшетка. Ни въ одномъ окнѣ не видно было огня, ни откуда не слышно было хоть какого нибудь движенія, которое показало бы, что доктора ждутъ съ нетерпѣніемъ и торопятся встрѣтить.

Все было тихо и сонно.

— Какъ видно вовсе незачѣмъ было ѣхать "немедля", подумалъ Филиппъ, взбираясь по темной лѣстницѣ.— А можетъ быть поздно уже,— мелькнула у него мысль.

Когда онъ только-что дотронулся до двери, она вдругъ отворилась передъ нимъ такъ неожиданно, что онъ даже вздрогнулъ и отступилъ назадъ.— На порогѣ стоялъ блѣдный, высокій человѣкъ со свѣчей, приподнятой почти въ уровень съ его лицомъ.

— Поздно, сказалъ онъ.— Здраствуйте, въ невеселый часъ пришлось намъ... прибавилъ онъ какъ-то растерянно и не докончилъ.

Это былъ Парфеновъ. Бѣлокурая и волнистая бородка его дрожала, когда онъ произносилъ эти слова; карманные часы его, къ которымъ онъ долженъ быть часто прибѣгалъ въ этотъ вечеръ, выскользнули изъ жилетнаго кармана и съ открытой верхней доской висѣли на воздухѣ: глаза его, обыкновенно непроницаемые и спокойные, были теперь не то испуганы, по то встревожены и какъ-то растерянно метались съ одного предмета на другой.

— У доктора большая часть его знакомствъ завязывается въ невеселые часы, проговорилъ Рябининъ, снимая пальто.— Такъ опоздалъ?

— Да, поздно, поздно,— со вздохомъ отвѣчалъ Парфеновъ, вводя его въ слѣдующую комнату и поставивъ свѣчу на столъ.— Ахъ, еслибы я только немного пораньше узналъ, что вы здѣсь, пріѣхали... Я увѣренъ, она была бы жива... Такая молодая, такая...

Онъ опять схватилъ свѣчу и повелъ Филиппа дальше, въ спальную умершей.

Это была молодая, очень молодая женщина. Ей было лѣтъ восемнадцать, но человѣкъ менѣе опытный, чѣмъ лекарь, принялъ бы ее за пятнадцатилѣтнюю дѣвочку. Плечики у нея были худенькія, грудь какъ будто еще не совсѣмъ сформировавшаяся, руки тоже тоненькія и какъ будто нѣсколько длинныя, не по росту длинныя. Казалось, она еще росла. На блѣдномъ мертвомъ лицѣ ея ярко выдѣлялись черныя, красивыя брови, которыя какъ будто немного сдвинулись и придавали этому чистому лицу какое-то задумчивое, невеселое выраженіе. Филиппу подумалось почему-то, что глаза у нея должны быть черныя, и что хороша она была въ то время, когда со щекъ ея еще не изчезъ румянецъ.

Онъ вышелъ въ другую комнату и сѣлъ у открытаго окна. Оно выходило въ садъ; тамъ шелестили листья на деревьяхъ, ночной вѣтеръ гулялъ тамъ, гоня передъ собой ароматъ цвѣтовъ и травъ, роса падала.

Парфеновъ тоже сѣлъ.

— Немного она пожила, замѣтилъ лекарь...

— Это былъ единственный человѣкъ въ мірѣ, котораго я любилъ,— сказалъ Парфеновъ.

Онъ смотрѣлъ совсѣмъ смущеннымъ и разтерянными, то начиналъ ходить по комнатѣ, то опять садился, то поднималъ съ полу упавшій платокъ, клалъ его нетвердыми руками на столъ, то вдругъ, какъ будто опомнившись, торопливо засовывалъ его въ карманъ.

Рябинину, машинально наблюдавшему его, приходили въ голову странныя воспоминанія. Вспомнилъ онъ, какъ однажды, на его глазахъ, полупьяный ямщикъ загналъ лошадь и какъ онъ растерялся, почти потерялъ разсудокъ, когда увидѣлъ, что она пала. Мужикъ, казалось, рѣшительно не ожидалъ того. Онъ пробовалъ приподнимать мертвое животное, потомъ принялся зачѣмъ-то поправлять на ней хомутъ, пощупалъ оглоблю и подпруги и въ заключеніе всего зачѣмъ-то покрѣпче привязалъ къ козламъ свои вожжи. Также вспомнилъ Рябининъ, какъ однажды ребенокъ убилъ камнемъ ворону. Онъ съ недоумѣніемъ подошелъ къ ней, осмотрѣлъ ее, погладилъ и подбросилъ на воздухъ. Когда убитая птица все-таки не улетѣла, тогда онъ отнесъ ее на дерево, а самъ отошелъ подальше, спрятался за уголокъ и сталъ ожидать ея воскресенія.

Съ какой стати все это приходило теперь ему на память? Неужели въ самомъ дѣлѣ Парфеновъ былъ въ это время похожъ на этого ямщика или ребенка?

Филиппъ спросилъ о болѣзни умершей.

Парфеновъ кратко объяснилъ, что она была беременна, выкинула, вслѣдствіе этого и заболѣла...

— Еслибы я раньше узналъ о вашемъ пріѣздѣ, еслибы раньше... Жива бы она была, жива... Увѣренъ я въ этомъ, не умерла бы,— сказалъ онъ въ заключеніе,

— Развѣ докторъ былъ плохъ?

— Да, не могла она умереть отъ этого, съ нѣкоторымъ раздраженіемъ отвѣчалъ Парфеновъ.— Я знаю десятки женщинъ, которыя не умерли... А онѣ были слабѣе ея... Не отъ этого она умерла. Доктору немного нужно было труда и знанія. Не болѣзнь, а невѣжество, невѣжество врача убили ее... Нужно было быть коноваломъ, а не докторомъ, чтобы такъ дѣйствовать...

Рябинину опять припомнился ямщикъ съ своей павшей лошадью. Тотъ тоже никакъ не хотѣлъ думать, что онъ загналъ ее и упорно настаивалъ на томъ, что бѣдное животное испортили.

— Я это знаю, увѣренъ въ этомъ, повторялъ Парфеновъ, ходя какими-то неожиданными зигзаками по комнатѣ.— Она жила бы, да жила.

Онъ вдругъ захлебнулся на этомъ словѣ, кашлянулъ и высморкался...

— Пройдемте въ садъ, докторъ, — сказалъ онъ, быстро растворивъ садовую дверь и, не ожидая отвѣта, сошелъ съ лѣстницы.

— Здѣсь правда сыро немного, роса;— сказалъ онъ, когда Филиппъ догналъ его...— Но тамъ убирать будутъ,— непріятно... Можетъ быть, вы боитесь простудиться?... Вотъ здѣсь, по песку будемъ ходить.

— Ничего, здѣсь легче дышется,— лаконически отвѣчалъ лекарь...

— Да, да... Вы совсѣмъ сюда переѣхали? Навсегда?

— Теперь пока совсѣмъ, не знаю только навсегда-ли. Человѣкъ, какъ извѣстно, только предполагаетъ. Если будетъ хорошо, отчего не остаться и навсегда.

— Гдѣ же хорошо-то бываетъ. Развѣ вонъ тамъ, куда теперь ее снаряжаютъ,— отвѣчалъ Парфеновъ, указывая на освѣщенныя окна, въ которыхъ теперь копошились какія-то тѣни.

— Нѣтъ, другого такого человѣка никогда не будетъ подлѣ меня, продолжалъ онъ послѣ небольшаго молчанія.— Поистинѣ это былъ единственный человѣкъ, котораго я любилъ. Это было какое-то необыкновенное существо, какое-то странное, даже удивительное... Можете-ли вы представить себѣ; она жила только мной и для меня, точно будто ничего, кромѣ меня, не было на свѣтѣ.. Огорченія ея, бѣдняжки, всѣ были только изъ за меня, да и удовольствія ея тоже всѣ были во мнѣ. Я знаю женщинъ. Для нихъ человѣкъ, котораго они полюбятъ, только средство. Будь на ея мѣстѣ другая женщина, она постаралась бы изъ меня высосать все, что только можно высосать. Она постаралась бы вылѣзть черезъ меня въ общество, старалась бы промѣнять своихъ бѣдныхъ родственниковъ на мою родню, богатую; свою темную фамилію на мою, довольно извѣстную. Другая, по меньшей мѣрѣ, не пожалѣла бы трудовъ опутать меня, овладѣть мной такъ, чтобы я сталъ ея рабомъ и думалъ только о ея капризахъ и прихотяхъ. Другая потребовала бы отъ меня денегъ, нарядовъ, лошадей, чтобы создать себѣ толпу обожателей и цѣлые дни проводить въ болтовнѣ и шмыганьѣ изъ дома въ домъ.

— Однако судьба знакомила васъ не съ особенно привлекательными женщинами...

— Таковы здѣсь всѣ, кромѣ нея. Кромѣ той, которой ужь нѣтъ, отвѣчалъ Парфеновъ,— и подобной которой никогда ужь не будетъ.

— Она же, продолжалъ онъ послѣ небольшаго молчанія, — никогда даже не намекала мнѣ, издалека не намекала, что хотѣла бы сдѣлаться моей женой... Конечно ея положеніе было не легко для такой чистой души, какая была у нея, но она все сносила... Все сносила. И какую же жизнь она вела? Она могла бы жить роскошно, наряжаться, щеголять; а между тѣмъ откройте ея шкафы и вы увидите, что ни одно изъ ея дорогихъ платьевъ не было надѣвано. На нихъ ни пылинки, ни пятнышка; онѣ висятъ тамъ съ той самой минуты, какъ ихъ принесли изъ магазина. Выходила она только въ церковь и кромѣ дороги въ нее, я думаю, не знала ни одной здѣшней улицы. Вѣчно она сидѣла дома, шила, читала что нибудь,— читать она очень любила, — а иногда ей по цѣлымъ днямъ не приходилось слова перемолвить съ кѣмъ нибудь... Вчера она отдала мнѣ свою шкатулку. Какъ вы думаете, что тамъ было? Всѣ деньги и бѣздѣлушки, которыя я когда либо дарилъ ей...

— А вѣдь, я думаю, вамъ иной разъ тяжело было смотрѣть на нее? вдругъ спросилъ Рябининъ съ видимымъ волненіемъ въ голосѣ.

— Тяжело? Отчего тяжело? удивился его собесѣдникъ...

— Мнѣ все казалось бы, что ей скучно и тяжело живется.

— Вѣдь она могла бы, еслибы хотѣла, и иначе жить... Ничего не было легче.

— Да, какъ-то двусмысленно согласился Рябининъ.— Бѣдное дитя...

— А что? подозрительно и торопливо спросилъ Парфеновъ.

— Да умерла такъ рано. Почти вѣдь не живши умерла. Что, ей лѣтъ девятнацать было?

— Да, около этого.

— Бѣдное дитя...

— Да; нельзя и постороннему не пожалѣть о ней. Что же я? Мнѣ каково-же?

При этихъ словахъ Рябининъ нѣсколько разъ укусилъ свою сигару. Ему было какъ-то досадно слушать.

— Иногда я... Вѣдь мы всѣ люди. Всѣ мы попорчены. Я человѣкъ тоже, и мое мнѣніе, что всѣ люди не безъ подлости въ душѣ...

— Да, всѣ мы не безъ грѣха,— подтвердилъ лекарь.

— Иногда я былъ жестокъ съ ней, — не думайте, докторъ, чтобы я билъ ее, — оговорился онъ торопливо и некстати, чѣмъ и

55

вызвалъ на лицѣ Рябинина мгновенную усмѣшку.— Я былъ несправедливъ иногда, жестокъ, придирчивъ, а она никогда не упрекала, меня за это и все сносила молча, можетъ быть, съ израненнымъ сердцемъ, но молча. Всѣ мысли свои она считала какъ бы мнѣ принадлежащими, и своихъ, тайныхъ, не было у нея. Если какая нибудь изъ ея мыслей не нравилась мнѣ, эта мысль уже никогда не высказывалась ею въ другой разъ. Если платье ея не нравилось мнѣ, это платье уже никогда не появлялось.

Онъ опять захлебнулся, кашлянулъ и опустился на скамью, закрывъ лицо руками. А между тѣмъ небо быстро блѣднѣло, приближалось утро. Деревья какъ будто просыпались и поднимали вѣтви, бѣлыя стѣны домовъ казались особенно, небывало бѣлыми, съ травы и земли поднимался густой туманъ, тоже ослѣпительно бѣлый,

— Вотъ и вторую ночь провожаю съ открытыми глазами,— проговорилъ Парфеновъ вставая.

Лицо его было дѣйствительно какое-то зеленое, глаза впали и какъ-то дико смотрѣли изъ этихъ глубокихъ впадинъ, окруженныхъ темно-синими кольцами. Довольно длинная, но тонкая, покрывавшая только небольшой кружекъ подбородка, борода его опять немного дрожала.

— Ступайте спать, докторъ,— прибавилъ онъ, направляясь къ дому.— Ахъ,— еслибы я могъ раньше, немного раньше позвать васъ!

VII

Слѣдующіе дни Рябининъ посвятилъ своимъ родственникамъ. Былъ онъ и у Семена Ивановича, былъ и у Щепоткиной, видѣлся и со многими другими, дальными и близкими, которыхъ оказалось вовсе не такъ мало, какъ онъ думалъ. Въ Семенѣ Ивановичѣ онъ дѣйствительно не нашелъ ничего закоренѣлаго, какъ выразился Матросовъ,— но и симпатіи особенной не почувствовалъ Филиппъ къ этому почтенному человѣку. Семенъ Ивановичъ былъ отецъ семейства и больше ничего. На рукахъ у него было восемь человѣкъ дѣтей, жена и ея престарѣлая матушка. Все это многочисленное, безпомощное стадо постоянно требовало хлѣба, одежды, и потому ничего, нѣтъ непонятнаго въ томъ, что Семену Иванычу нельзя было быть ничѣмъ инымъ, кромѣ какъ отцомъ семейства. Онъ служилъ, онъ занимался земледѣліемъ, то есть арендовалъ около своего дома, стоящаго за городомъ, небольшой клочекъ земли, на которомъ и сѣялъ овесъ; онъ устроилъ тутъ же около своего жилища, маленькій кирпичный заводъ, кромѣ того держалъ у себя нахлѣбниковъ, — и ко всему этому его подвигало единственно то, что у него на плечахъ сидитъ десять человѣкъ семейства. Онъ былъ отецъ семейства и больше ничего. Если бы ему предложили большія деньги съ тѣмъ, чтобы онъ совершилъ путешествіе во внутреннюю Африку,— онъ бы отправился и въ Африку; еслибы ему пообѣщали порядочное вознагражденіе за то только, что онъ основательно изучитъ химію,— онъ и химію изучилъ бы; еслибы открылось какое нибудь мѣсто пономаря, приносящее значительный доходъ,— то Семенъ Иванычъ сдѣлался бы и пономаремъ. Путешествовать-ли, заниматься-ли науками, звонить ли въ колокола — это для него было положительно все равно. Онъ думалъ только о томъ, что у него большое семейство, которое нуждается въ насущномъ хлѣбѣ и что хлѣбъ этотъ нужно достать; для другихъ же мыслей въ его головѣ не было мѣста.

Филиппа онъ принялъ радушно, сытно накормилъ его, разспространился за обѣдомъ насчетъ того, что теперь онъ, Филиппъ, обязанъ покоить свою матушку, исправить домъ, выдать замужъ сестру.

— А тамъ, прибавилъ онъ въ заключеніе,— какъ устроишься хорошенько, совьешь себѣ гнѣздышко (у каждой птички есть гнѣздышко), тогда мы и тебя женимъ...

Въ тотъ же день онъ былъ у Щепоткиной и съ удовольствіемъ провелъ у нея вечеръ.— Мужа ея не было дома; онъ довольно давно уже уѣхалъ въ другой городъ, гдѣ ему обѣщали мѣсто. Мѣста онъ пока еще не получилъ, но все-таки не терялъ надежды добиться его; вслѣдствіе этого и самъ онъ не возвращался, и жена не рѣшалась ѣхать къ нему, ожидая со дня на день окончанія этого дѣла.

Она была очень молоденькая женщина, лѣтъ двадцати трехъ. У нея было уже двое дѣтей, но она все еще больше походила на дѣвушку, чѣмъ на женщину. Хорошенькое лицо ея было такое молодое, нѣжное: черные глазки ея такіе свѣтлые, чистые, что, казалось, никакія заботы, никакія мелкія дрязги семейной жизни не были еще ей извѣстны и она, какъ ребенокъ, ожидала встрѣтить впереди однѣ только свѣтлыя картины, одни только свѣтлые дни. Симпатичное было у нея лицо, но еще симпатичнѣе были ея слова, разговоры, мысли. Не то, чтобы она говорила все умныя рѣчи, — нѣтъ, она даже какъ будто нарочно старалась прикинуться глупенькой, вѣтреной женщиной, какъ будто бы нарочно старалась болтать все веселый вздоръ, но въ этомъ вздорѣ постоянно слышалось что-то странное, загадочное. Слышалось въ немъ нѣчто въ родѣ того, что какъ будто бы онъ, этотъ веселый вздоръ, только покрывало, небольше какъ покрывало, которымъ прикрывается какая-то жгучая ранка. Тому, кому это слышалось, иногда казалось почему-то, что не отъ другихъ только прячетъ и скрываетъ свою жгучую ранку эта веселая женщина,— нѣтъ, а даже и отъ самой себя скрываетъ.

Въ первый разъ Рябининъ былъ у нея съ Зоей. Дня черезъ два онъ уже одинъ зашелъ къ ней. И не хотѣлъ онъ быть у нея, а такъ какъ-то случилось проходить ему мимо ея квартиры, не утерпѣлъ онъ и зашелъ. Она была не одна; съ ней сидѣла какая-то другая, незнакомая Филиппу, молодая женщина, вся въ черномъ. Щепоткина назвала ее Евлаліей Александровной Сорокиной.

Хозяйка по обыкновенію болтала безъ умолку; Сорогина мало говорила, и говорила коротко, какъ будто неохотно.

Рябининъ освѣдомился у хозяйки о ея мужѣ. Оказалось, что все еще ничего не рѣшено и неизвѣстно.

— Но наконецъ это надоѣдаетъ, сказала она;— хоть что нибудь,— или бы онъ возвращался, или бы написалъ мнѣ приказаніе ѣхать къ нему. Пожалуй даже — Богъ съ нимъ, пусть ни онъ не возвращается, ни меня не зоветъ, я вовсе не плачу о немъ,— пусть онъ только дастъ мнѣ какую нибудь стражу, тѣлохранителей, которые охраняли бы меня...

— Со шпагами и заряженными ружьями? Но отъ кого? Впрочемъ я, кажется, могъ бы и не спрашивать. Догадаться нетрудно.

— Ничего вы не знаете и ни о чемъ н.е можете догадываться. Я вижу теперь что вы ничѣмъ не лучше нашихъ провинціальныхъ знатоковъ женскаго сердца... Ну скажите на милость — что это такое вы такъ быстро изволили угадать?..

— Самъ я тутъ ни при чемъ,— заранѣе оговариваюсь. Одинъ мой знакомый говорилъ мнѣ сегодня что-то о вашихъ поклонникахъ. Кажется, что ихъ много очень...

— Ну да, ну да... я такъ и знала, что вы нисколько не лучше этихъ господъ, которые безпрестанно сводятъ свои разговоры съ женщиной на любовь, на поклонниковъ и все въ этомъ родѣ. Право это даже обидно...

Она очень комично приняла видъ разсерженной и съ минуту молчала, погрузившись въ свою работу...

— Отъ кого защищать? Отъ чего защищать? Какъ въ самомъ дѣлѣ отвѣчать на этотъ вопросъ? опять заговорила она и вдругъ обратилась къ Филиппу, какъ будто ожидая отъ него отвѣта..— Лучше молчите, прервала она, когда онъ собрался было уже говорить.— Я сама справлюсь... Ну, хоть отъ моей трусливости защищать... Развѣ я виновата въ томъ, что у меня пылкое воображеніе и трусливая натура. Мой мужъ зналъ, какой онъ меня бралъ изъ дома моихъ родителей. И если онъ взялъ меня отъ моего папаши и моей мамаши, лишилъ меня ихъ покровительства, то теперь ужъ его обязанность защищать меня.

— Чего же собственно вы боитесь?

— Чего? Боже мой,— всего... Каково, напримѣръ, мое

58

положеніе, когда я вдругъ просыпаюсь ночью и слышу, что на дворѣ ходятъ, суетятся, слышатся какіе-то странные голоса... Что если пожаръ? что если разбойники?

— Именно разбойники,— согласился Филиппъ.

Она сердито взглянула на него и обратилась къ молчаливой гостьѣ, ясно показывая лекарю, что больше не хочетъ имѣть съ нимъ никакого дѣла.

— Или вотъ, вообразите себѣ, Евлалія Александровна; я очень хорошо знаю, что въ комнатѣ, сосѣдней съ моей спальной, нѣтъ ни одного живого существа. И вдругъ, проснувшись ночью, я слышу, что тамъ кто-то тихонько ходитъ — ходитъ, потомъ точно собака побѣжитъ и застучитъ по полу когтями...

Сорогина вдругъ сильно вздрогнула, по тѣлу ея пробѣжалъ морозъ и она, опустивъ руки, взглянула на хозяйку.

— Какъ однако вы умѣете разсказывать, сказала она.— Я навѣрное во сто разъ трусливѣе васъ. На васъ этотъ ужасъ находитъ только ночью.— При словѣ ужасъ она опять вздрогнула.

— И въ сумерки...

— Ну да, и въ сумерки; а я не избавлена отъ этого и днемъ. Когда я моложе была, я хоть днемъ не боялась, — но чѣмъ дальше, тѣмъ хуже...

— Развѣ это но ужасно? спросила хозяйка, обратившись къ Филиппу.— Отчего это мы такъ трусливы, докторъ?

— Я думаю отъ того, что всѣ мы немного попорчены въ дѣтствѣ по милости нашихъ нянюшекъ и матерей, отвѣчалъ онъ.— Онѣ черезъ мѣру населяли наше воображеніе мертвецами, чертями, вѣдьмами и все въ этомъ родѣ. Я могу вамъ, напримѣръ, разсказать свою собственную исторію. Сколько помню, я въ дѣтствѣ былъ не очень трусливъ. Сны мои вовсе не пугали меня, темные углы по казались мнѣ полными чудовищъ, пустыя комнаты не представляли для меня ничего таинственнаго, пока не попалась мнѣ одна книжонка французскаго издѣлія. Ее замѣтилъ еще Бѣлинскій и отнесся объ ней, какъ о книжкѣ вредной, могущей запугать и изуродовать дѣтей. И онъ былъ совершенно правъ. Когда я прочиталъ ее, я сдѣлался несчастнымъ. Въ ней были изображены, въ уродливыхъ картинкахъ, сердца порочныхъ людей; и сердца эти, сообразно различнымъ порокамъ, были представлены полными самыхъ разнообразныхъ чудовищъ, начиная отъ сатаны и кончая свиньей. Представьте себѣ теперь, что послѣ прочтенія этой книжки, всѣ изображенныя въ ней чудовища перешли если не въ сердце мое, то въ воображеніе, преслѣдовали меня и въ снахъ моихъ, и изъ темныхъ угловъ, и изъ подъ дивановъ. Даже тогда, когда уже на моихъ губахъ начали показываться усики, даже и тогда еще эти уроды нерѣдко заставляли меня кричать во снѣ, дрожать, обливаться холоднымъ потомъ...

— Но потомъ вы отдѣлались отъ нихъ?

— Не скоро.

— Однакоже отдѣлались? И вы не хвастаетесь? Это вовсе не отвѣтъ, что вы смѣетесь.— Я все-таки думаю, что вы хвастаетесь. Мой мужъ, когда онъ еще немного любилъ меня и но только не придирался къ пустякамъ, но даже, съ очевиднымъ пристрастіемъ, старался оправдывать нѣкоторыя изъ моихъ слабостей, говорилъ мнѣ, что не я одна трусиха, что онъ почти не встрѣчалъ и мужчинъ, которые не были бы подвержены этому сверхъ-естественному страху или страху сверхъ-естественнаго... Какъ однако неудобно не знать грамматику... Вы знаете грамматику, докторъ?

— Кажется. Вашъ мужъ былъ совершенно правъ... Я тоже знаю не очень много господъ, которые равнодушно остались бы ночью въ одной комнатѣ съ покойникомъ...

— И однакоже знали такихъ? Что же они? Какія у нихъ были необыкновенныя качества, что они не походили на простыхъ смертныхъ?

— Они, напримѣръ, убѣждены были, что ничего сверхъ-естественнаго ни въ какихъ темныхъ углахъ не бываетъ.

— Да и я убѣждена въ этомъ...

— Ну, они, можетъ быть, тверже немного были убѣждены въ этомъ. Кромѣ того у нихъ нервы были въ большемъ порядкѣ и владѣли ими эти господа съ большею властью...

— А! Вотъ это совсѣмъ другое дѣло; а то, что вы мнѣ говорите объ убѣжденіи; когда я сама твердо убѣждена... Нервы у меня дѣйствительно не въ порядкѣ... Вы вылечите ихъ, докторъ? Мой мужъ будетъ вамъ очень благодаренъ... Да, что такое вы еще сказали? Какъ это владѣть нервами? Скрывать? Такъ эти господа только скрывали? Можетъ быть, и вы тоже скрываете, не больше?

— Не только скрывать. Можетъ, напримѣръ, кому нибудь тоже показаться, что ночью, въ совершенно пустой комнатѣ вдругъ появилась откуда-то собака и бѣгаетъ. Нервы его могутъ встревожиться, сердце у него можетъ на минуту дрогнуть,— но только на минуту. Онъ скоро сообразитъ, что ничего особеннаго быть не можетъ, осмотритъ комнату, убѣдится, что ему только почудилось и затѣмъ, успокоивъ голосомъ разсудка свое сердце, спокойно заснетъ... Вамъ понятно мое объясненіе?..

— Да, я понимаю-съ, отвѣчала она, сжавъ губы и съ легкимъ поклономъ.

— Я думаю,— продолжалъ Рябининъ послѣ небольшаго молчанія,— что на наши нервы между прочимъ имѣетъ большое вліяніе,— вредное вліяніе я хочу сказать,— наша сидячая, бездѣятельная жизнь въ кабинетахъ, гостиныхъ, вообще въ искуственномъ воздухѣ. Нѣсколько недѣль, проведенныхъ мною въ лѣсахъ и горахъ, имѣли на меня очень хорошее вліяніе...

60

— Въ лѣсахъ? въ горахъ? съ величавшимъ ужасомъ вскричала хозяйка...— Но, Боже мой, не разбойникомъ же вы были?

Онъ, казалось, ожидалъ эту выходку и, тихонько подсмѣиваясь, кусалъ свою бороду.

— Это ужасно,— продолжала хозяйка.— Взгляните на него, пожалуйста, обратилась она къ своей гостьѣ;— неправда ли, онъ пожалуй могъ быть и бандитомъ?

— Вы были въ военной службѣ? спросила гостья, дѣйствительно съ любопытствомъ взглянувъ на него.

— Нѣтъ, и вообще не люблю военныхъ...

— Я тоже. Вы имѣли какія нибудь непріятныя столкновенія съ ними?

— Нѣтъ,— отвѣчалъ онъ, удивившись немного, что она вдругъ оживилась, что и лицо и глаза ея вдругъ вспыхнули гнѣвомъ и волненіемъ, когда онъ заявилъ свою нелюбовь къ военнымъ.

— Ахъ, я понимаю, съ видомъ разочарованія сказала хозяйка;— онъ нѣсколько недѣль былъ лѣснымъ топографомъ и потомъ его выгнали оттуда за дурное поведеніе.

Рябининъ опять покачалъ головой и все-таки молчалъ.

Хозяйка съ минуту смотрѣла на него и потомъ вдругъ приняла свой натуральный, добродушный образъ.

— Ну, разскажите, Филиппъ Петровичъ, попросила — она. Времени еще немного, спать рано, что намъ дѣлать? Разскажите же, какъ вы попали въ лѣса, и что тамъ дѣлали?

— Разсказать я не прочь, отвѣчалъ онъ;— но напередъ объявляю, что необыкновеннаго въ моемъ разсказѣ вы ничего не найдете... Приключеній тоже никакихъ нѣтъ... Вообще разсказъ выйдетъ самый прозаическій...

— Я, кажется, не говорилъ вамъ,— началъ онъ, что въ здѣшней гимназіи я не кончилъ курса, меня выгнали отсюда...

— За что?

— Ахъ это была дѣйствительно кровавая исторія. Въ гимназіи мы размѣщались по мѣстамъ въ алфавитномъ порядкѣ: прежде всѣхъ сидѣли Армяковы, Архиповы, потомъ Булдышины, Бунины и такъ далѣе — рядомъ со мной помѣщался сынъ нашего инспектора, котораго, то есть сына, я, мимоходомъ сказать, терпѣть не могъ, точно также какъ и онъ меня. Такъ какъ онъ былъ Рябовъ, а я Рябининъ, то онъ сидѣлъ какъ разъ около моего сердца и, нужно сказать, порядочно кипятилъ его. Однажды, во время лекціи, ему пришло въ голову заняться отъ скуки ремесломъ закройщиковъ и онъ чрезвычайно ловко распоролъ перочиннымъ ножемъ спинку моего вицмундира. Сначала я хоть и слышалъ, что на заднихъ скамейкахъ что-то очень волнуются, хихикаютъ и даже бранятся, но не обратилъ на это вниманія. Потомъ, слышу,— меня сзади тихонько зовутъ и зовутъ въ нѣсколько голосовъ.— Я оглянулся; сторона, сочувствующая моему врагу, закрываетъ свои

61

рты платками и сидитъ красная, точно вареная, а сочувствующіе мнѣ усердно указываютъ на свои спины. Тутъ же кстати нитка на спинкѣ моего вицмундира начала лопаться, и когда я дотронулся до нея рукою, то уже не трудно было понять, что случилось и по чьей милости. Тутъ я схватилъ своего сосѣда за руку и не долго думая воткнулъ ему въ бокъ его собственный перочинный ножикъ. Да, вы правы, это была скверная исторія. Онъ кричалъ, какъ поросенокъ. Сиди онъ у меня съ правой руки, такъ что его сердце было бы у меня подъ рукою,— исторія вышла бы, можетъ быть, еще хуже. Съ тѣхъ поръ я ненавижу алфавитный порядокъ, гдѣ бы онъ ни встрѣчался, потому что онъ сплошъ и рядомъ дѣлаетъ сосѣдями самыхъ непримиримыхъ враговъ.

— Ну-съ, такъ изъ гимназіи меня исключили. Исторія, какъ видите, очень непріятная. Не знаю, какое бы направленіе приняла моя жизнь, еслибы для меня не явилась совершенно неожиданная помощь; но, къ счастію, помощь явилась. Въ это время проѣзжалъ черезъ нашъ городъ одинъ дальній нашъ родственникъ. Должно быть, я понравился ему, и онъ предложилъ мнѣ ѣхать съ нимъ и жить у него, пока я не приготовлюсь въ университетъ или вообще не изберу себѣ какой нибудь профессіи. Я поѣхалъ. Жилъ онъ чуть не въ Монголіи, вдали отъ всякихъ пароходныхъ путей. Я пользовался его гостепріимствомъ около двухъ лѣтъ; наконецъ нужно было и честь знать. Я рѣшился ѣхать въ петербургскій университетъ. Дѣло было весной. Самъ собой представился вопросъ, какъ проѣхать ту тысячу верстъ, которая отдѣляла меня отъ ближайшей пароходной пристани. Одному ѣхать было дорого, съ попутчиками тоже не дешево, а деньгами мы были бѣдны. Прежде всего мнѣ представилась великолѣпная мысль купить лодку, — это стоило бы всего рубля три, и отправиться на ней изъ одной маленькой рѣчки въ другую, немного большую, изъ этой въ третью еще побольше и такъ далѣе — до тѣхъ поръ пока не добрался бы до Камы. Но этотъ планъ не былъ принятъ; во-первыхъ, потому что путь по этимъ маленькимъ рѣчкамъ безпрестанно загораживается мельницами, пересѣкается, какъ заборами, рыбацкими заѣздками, мордами, такъ что въ иныхъ мѣстахъ лодку пришлось бы вытаскивать на берегъ черезъ каждые десять-двадцать сажень; а во-вторыхъ, эта мысль оттѣснилась на задній планъ другою, болѣе заманчивою. Я затѣялъ купить лошадь и отправиться верхомъ. Разсчетъ заключался въ томъ, что по пріѣздѣ до мѣста, до пристани, я могъ продать моего Буцефала за тѣже деньги, за какія его купилъ, а, можетъ быть, кромѣ того получилъ бы еще кой-какой барышъ. Такъ и сдѣлали. Купили лошадь, купили деревянное сѣдло, покрытое войлокомъ, деревянныя стремена, переметную суму, полушубокъ на случай холодовъ, однимъ словомъ, все какъ слѣдуетъ, и я отправился... На лошади высокое сѣдло, на сѣдлѣ въ видѣ подушки полушубокъ, такимъ образомъ я сидѣлъ очень высоко и приготовлялся наблюдать жизнь.

— Да это донъ Кихотъ! воскликнула хозяйка.

— Вы находите? Пусть по вашему... Въ первый день я проѣхалъ сорокъ пять верстъ и остановился ночевать у одного знакомаго.

Ночь проспалъ отлично, потому что усталъ порядкомъ, и поѣздка моя началась превосходно, слѣдовательно на душѣ у меня было и легко и спокойно. Ѣхалъ быстро, легко, лошадь казалась превосходною, положеніе было ново, путешествіе представлялось мнѣ какимъ-то праздникомъ. Рано утромъ отправился въ конюшню, чтобы свести лошадь на рѣку, напоить. Отвязалъ ее, повелъ, смотрю — хромаетъ и тяжело хромаетъ.

Началась тревога, сошлись знатоки лошадиной породы и нашли, что на задней ногѣ моего коня давно уже открылась гнойная ранка, правда, нисколько не серьезная, немѣшающая даже ѣхать, но все-таки для меня это было очень прискорбно. Я тамъ прожилъ дня три, пока лечили лошадь, потомъ опять отправился. Скоро начались Уральскія горы, высокія, лѣсистыя, пустынныя. Днемъ было жарко ѣхать и потому я пускался въ путь только вечеркомъ, ѣхалъ ночь и раннее утро. Представьте же себѣ этотъ путь по горамъ, по лѣсамъ и ночь. Дорога идетъ то въ крутую гору, на которую подымаешься какъ на черную стѣну, то внизъ, какъ будто въ бездонную пропасть, въ которой ничего не видно кромѣ какого-то чернаго тумана. Поднимаешься вверхъ, торчатъ одинокія, голыя, какъ сахарныя головы, верхушки горъ; спустишься внизъ, дорога идетъ по дну оврага, посерединѣ котораго бѣжитъ ручей, по бокамъ высоко поднимаются горы, на вершинѣ ихъ лѣса, а въ лѣсу иной разъ горитъ огонекъ. Что такое тамъ? думаешь: бѣглый, можетъ быть, варитъ кашу, конокрадъ, можетъ быть, пріютился на ночь? Оврагъ вдругъ круто повернетъ въ сторону, развернется въ долину и передъ глазами откроется озеро, покрытое туманомъ и потому кажущееся какъ бы затопившимъ все видимое глазами. Кажется, что нѣтъ мимо него дороги, и лошадь несетъ васъ прямо въ волны. И все тихо кругомъ, никто не встрѣтится на встрѣчу, голоса ни чьего не слышишь... Великое впечатлѣніе имѣла на меня эта пустыня. Подъ ея вліяніемъ мысль дѣлается какъ-то чище, сильнѣе, возвышеннѣе, ничто мелкое и грязное не касается ея. Невольно бросается въ глаза то грустное явленіе, что природа богата, прекрасна, могла бы кормить и обогащать милліоны людей, а между тѣмъ и тѣ тысячи, которые пріютились здѣсь, бѣдны и несчастны. Невольно задумываешься и надъ судьбой бѣглаго, и надъ жизнью конокрада, которыхъ подозрѣвалъ я около этихъ огоньковъ, горящихъ въ непроходимыхъ трущобахъ. Надъ собой самимъ задумываешься, и опять-таки въ виду этой пустынной суровой природы взглянешь на свою особу не сквозь пальцы, а глазами строгаго судьи взглянешь. Многое передумалъ я тогда. Многихъ, кого ненавидѣлъ тогда, я простилъ и оправдалъ, многихъ передъ кѣмъ прежде благоговѣлъ, тогда началъ ненавидѣть. Многія мысли, явившія во время этихъ ночей, сдѣлались руководящими въ моей жизни.

Онъ видимо былъ подъ впечатлѣніемъ своихъ воспоминаній и глубоко волновался, но чѣмъ сильнѣе и серьезнѣе становились его слова, тѣмъ шутливѣе были его жесты и тѣмъ чаще онъ улыбался. Казалось, онъ стыдился своего увлеченія и самъ старался осмѣять его.

— Каждую почти ночь останавливался я на часокъ покормить лошадь, — продолжалъ онъ послѣ небольшой остановкѣ и возвративъ къ себѣ свое спокойствіе.— Остановишься обыкновенно у воды, разведешь огонь, засыпешь лошади овса и сидишь себѣ, покуривая папиросу, и поглядывая кругомъ себя. Звѣзды какъ будто дремлютъ, лѣсъ, поля, вода, все дремлетъ, лошадь меланхолически жуетъ овесъ, иногда на минуту остановится, послушаетъ и опять примется за свою работу. Тутъ вотъ я наблюдалъ надъ собой и надъ своими нервами. Самъ мало слышишь, услышишь развѣ, что въ лѣсу вѣтка хрустнула, гдѣ-то что-то шлепнуло и забурчало, какъ будто кто-то по болоту два шага сдѣлалъ и только, а лошадь больше слышитъ. Въ первые дни, какъ увидишь, что она внимательно слушаетъ и перестаетъ ѣсть,— сердце такъ и затрепещетъ; а когда она послѣ этого вдругъ круто повернется задними ногами въ ту сторону, куда слушала, такъ даже вздрогнешь. А потомъ ничего, привыкъ,— только развѣ посмотришь внимательнѣе. Въ одну изъ такихъ ночей, лошадь моя что-то очень тревожилась, то есть не то чтобы тревожилась, а слышала что-то. Я около нея лежалъ. Потомъ пошелъ напиться. Только-что отошелъ немного, вдругъ мужикъ изъ лѣсу выскочилъ, къ лошади бѣжитъ, торопится. Я на перерѣзъ къ нему побѣжалъ; встрѣтились. Воронко! кричитъ, Воронко! Это къ лошади обращаясь. Нѣтъ, братъ, говорю, этого Гнѣдкомъ зовутъ, ошибся ты. Подошелъ онъ къ лошади, за волосы себя схватилъ, деретъ и плачетъ. А я, говоритъ, верстъ семь за тобой бѣжалъ; припаду ухомъ къ землѣ, слышу, что точно верховой ѣдетъ, и опять побѣгу. Какъ ты остановился и запалилъ огонь, такъ я перекрестился даже: слава тебѣ Осподи, ворочу лошадь.. Онъ, видите ли, ѣхалъ съ возомъ, остановился въ полѣ кормить лошадь, самъ заснулъ, а лошадь-то у него отрѣзали и угнали. Горя такого я никогда не видалъ. Поѣлъ немного хлѣба и опять убѣжалъ искать свою лошадь въ этихъ трущобахъ. Гдѣ тутъ найдешь! Это было самое достопамятное изъ моихъ приключеній, больше не было.

То есть, если хотите и еще есть. Однажды, сидя въ сѣдлѣ, я вздумалъ справиться съ своей картой (Была у меня такая карта, на которой я обозначилъ свой маршрутъ и записалъ названія всѣхъ селеній, долженствовавшихъ мнѣ встрѣтиться). Я ее вынулъ изъ кармана, развернулъ съ большимъ шумомъ,— лошадь испугалась, рванулась, сѣдло оборвалось, и я со всей поклажей свалился на землю. Задача была въ томъ, чтобы поймать лошадь. Только я подойду къ ней, она бѣжать; я за ней,— она отъ меня. Версты двѣ пробѣжалъ я порядочной рысцой и не думаю, чтобы послѣ этого представлялъ очень приличную фигуру... Въ другой разъ, когда я проѣзжалъ черезъ село, меня остановилъ волостной писарь и потребовалъ у меня наши паспорты,— то есть мой и моей лошади (у лошади тоже долженъ быть какъ слѣдуетъ засвидѣтельствованный паспортъ), оба они были у меня въ порядкѣ; но этотъ почтенный юристъ никакъ не хотѣлъ повѣрить, чтобы я былъ дворянинъ, потому что по его убѣжденію никогда никакой дворянинъ не поѣдетъ верхомъ въ такую дальнюю дорогу. Я очень краснорѣчиво доказывалъ ему, что въ этомъ заключается мой прямой разсчетъ. Онъ также краснорѣчиво развивалъ въ мое опроверженіе, что никогда никакой дворянинъ не станетъ тревожить себя и трястись верхомъ тысячу верстъ изъ-за подобныхъ разсчетовъ. Однако мы разстались очень дружелюбно.

Приближаясь къ концу своего путешествія, я даже пожалѣлъ, что оно такъ скоро кончилось. Да, такая жизнь имѣетъ свою прелесть. Понемногу началъ я подыскивать покупщика для своей лошади. Но тутъ она сыграла со мной скверную штуку. Утомила ли со далекая дорога, слишкомъ ли скоро я ѣхалъ, только она (оставаясь съ виду такою же сытой и гладкой, какой я купилъ ее) начала ложиться на землю сейчасъ же какъ только я ее разсѣдлаю. Всѣ, кто ни посмотритъ, всѣ говорятъ, что лошадь разбилась на ноги.

На силу сбылъ я ее за третію часть цѣны. А потомъ она везла меня (уже въ повозкѣ) еще верстъ пятьдесятъ до пристани и всѣ эти пятьдесятъ верстъ пробѣжала безъ отдыха, легко, какъ ни въ чемъ небывало. Даже досадно было смотрѣть, какъ она меня надула. Прости ей Аллахъ. По ея милости моя дорога обошлась мнѣ такъ, какъ будто бы я ѣхалъ бариномъ, на парѣ лошадей и всю дорогу спалъ или болталъ съ своимъ попутчикомъ. Впрочемъ я не сержусь на нее...

Онъ взглянулъ на часы.

— Вы уже думаете бѣжать, сказала хозяйка.— Было такъ хорошо (по крайней мѣрѣ мнѣ), такъ весело и вмѣстѣ съ тѣмъ поучительно, — прибавила она, изкоса взглянувъ на Рябинина,— и за тѣмъ все изчезаетъ. Остаются пустыя комнаты, ужасы ночи и одни воспоминанія. Такова жизнь. Но, во всякомъ случаѣ, я не отпущу васъ безъ ужина.

Въ столовой она придралась къ вину.

— Вы пьете вино, докторъ? Во всякомъ случаѣ, вы должны выпить со мной,— докторъ Копфшталь посовѣтовалъ мнѣ пить портвейнъ, какъ укрѣпляющій элексиръ, и я нахожу теперь, что Копфшталь очень умный и ученый человѣкъ. Пріятный человѣкъ. По вотъ у меня была тетушка, которая учила меня, что когда хозяйка дома одна, то есть при ней нѣтъ ни мужа, ни брата, то она не только имѣетъ полное право, но даже, нѣкоторымъ образомъ, не должна давать вина своимъ гостямъ... Какъ вамъ это покажется?

— Ваша тетушка была очень почтенная женщина. Вы, нѣкоторымъ образомъ, выказываете мнѣ большое довѣріе, что оставляете на столѣ эти бутылки. Вы вѣрите мнѣ, что я не напьюсь пьянъ и не надѣлаю вамъ дерзостей.

— Прекрасно, докторъ! Продолжайте всегда такъ думать. Отчего бы, напримѣръ, намъ, слабымъ женщинамъ, не ставить въ дверяхъ какого нибудь драбанта, кучера, когда насъ вздумаетъ навѣстить мужчина?

— Очень часто и это не мѣшаетъ, лаконически замѣтила Сорогина.

— Я тоже думаю, согласился Рябининъ.

Хозяйка пожала плечами и замолчала.

— Скажите пожалуйста, обратилась къ Рябинину молчаливая гостья;— мнѣ не разъ говорили, что въ Петербургѣ женщинѣ немного образованной нетрудно найти себѣ занятія и средства къ существованію. Правда ли это?

Рябининъ покрутилъ въ рукахъ салфетку, подумалъ, потомъ засмѣялся.

— Я знаю только два мѣста, въ которыхъ эти средства легко достаются.

— Какія это?

— Кавказъ и Туркестанская область. Тамъ очень мало женщинъ. Особа, отправившаяся туда,— будь она стара или молода, хороша собой или безобразна,— очень скоро найдетъ себѣ мужа... Другихъ мѣстъ и другихъ средствъ къ существованію я не знаю...

— Къ сожалѣнію, я уже замужемъ.

Она облокотилась на столъ и на минуту задумалась.

Рябининъ вторично, еще съ большимъ любопытствомъ обратилъ на нее свои глаза. Въ эту минуту въ красивомъ лицѣ ея, нѣсколько напоминавшемъ цыганскій типъ, широкомъ, смугломъ, съ узкимъ лбомъ, съ прямыми черными волосами,— явственно видѣлось болѣзненное и напряженное выраженіе, немного близкое къ тому странному выраженію, которое Рябинину случалось видѣть въ лицахъ сумасшедшихъ.

— Не родственникъ ли вамъ Сорогинъ въ N? все еще не спуская глазъ съ нея, спросилъ Рябининъ.

Она вздрогнула и съ испугомъ взглянула на него.

— Это мой мужъ, быстро за тѣмъ отвѣтила она, и съ той же тревогой и съ недоумѣніемъ продолжала смотрѣть на него.— А вы знали его?

— Нѣтъ; впрочемъ одинъ разъ видѣлъ мелькомъ...

— Такъ слышали о немъ?

— Да, приходилось...

Она опустила глаза, задумалась и черезъ минуту вышла въ залу. Тамъ она прошлась раза два по комнатѣ, потомъ сѣла за фортепьяно, но не играла, а какъ-то изрѣдка, мимоходомъ, дотрогивалась до клавишь, точно она разговаривала съ кѣмъ нибудь, забывалась въ этомъ разговорѣ и потомъ вдругъ ей бросалось въ глаза открытое передъ нею фортепьяно.

Когда она ушла, Рябининъ ударилъ себя по лбу.

— Что вы? спросила хозяйка.

— Надо же мнѣ когда нибудь научиться быть поосторожнѣе, сказалъ онъ, показавъ глазами на дверь, въ которую вышла Сорогина.

— Вы что слышали о ея мужѣ?

— Ничего хорошаго, по правдѣ сказать. Говорили мнѣ, что онъ шулеръ, пьяница и все въ этомъ родѣ... Можетъ быть, все это вздоръ одинъ?

— Она уѣхала отъ него въ какомъ-то ужасѣ, тихо отвѣчала хозяйка, покачавъ головой.— Ей все казалось, что онъ гонится за нею, отниметъ у нея ея дѣтей, и она ѣхала какъ сумасшедшая день и ночь; давала ямщикамъ по рублю на водку, только чтобы они ѣхали не останавливаясь и какъ можно скорѣе... Вотъ какой онъ человѣкъ.

Рябининъ внимательно и серьезно слушалъ.

— Я боюсь, что она сойдетъ съ ума. У нея на рукахъ двое дѣтей, средствъ почти никакихъ нѣтъ, и ко всему этому она еще въ вѣчномъ волненіи, въ ужасѣ какомъ-то, что вотъ за ней пріѣдутъ, схватятъ, увезутъ... Право, я думаю, дѣло кончится сумасшествіемъ.

— Онъ, сколько я могу догадаться, кажется, ударилъ ее, прибавила хозяйка потомъ, послѣ небольшой паузы.

Рябининъ быстро повернулъ къ ней голову, взглянулъ ей въ глаза, но ничего не сказалъ, скоро вышелъ изъ за стола и началъ собираться домой.

Сорогина тоже уходила. Она жила недалеко, всего только перейти черезъ улицу и потомъ пройти еще дома три. Она просила Рябинина сдѣлать небольшой крюкъ и проводить ее до дому.—

Ночь была свѣтлая, лунная.— Когда они переходили черезъ улицу, съ противоположнаго тротуара сошелъ имъ на встрѣчу высокій, прямой, какъ палка, господинъ, немного шатавшійся, но нисколько неизмѣнявшій при этомъ своего прямолинейного положенія. Когда онъ вышелъ изъ тѣни отъ сосѣдняго дома, Сорогина вздрогнула и пугливо бросилась въ сторону. Рябининъ тоже вздрогнулъ и не могъ отвести глазъ съ этой прямолинейной фигуры, шатавшейся какъ мачта на качающемся кораблѣ. Онъ былъ почти увѣренъ, что передъ нимъ тотъ самый пьяница и шулеръ, о которомъ только-что былъ разговоръ,— однимъ словомъ мужъ Сорогиной.

Рябининъ видѣлъ его дѣйствительно только одинъ разъ, но и этого раза было достаточно, чтобы надолго, если не навсегда, сохранить въ памяти его наружность.

— Это онъ, прошептала Сорогина, дрожа всѣмъ тѣломъ, когда они торопливо подошли къ дому, въ которомъ она жила.— Онъ узналъ меня? Видѣлъ?

— Онъ не обратилъ на васъ вниманія. Я узнаю — онъ-ли... Какъ его зовутъ? Да, помню... Ступайте.

Онъ торопливо пожалъ ей руку и быстро пошелъ обратно, за идущимъ не спѣша прямолинейнымъ человѣкомъ.

Тотъ шелъ не оглядываясь, поставивъ свою голову прямо, какъ будто онъ маршировалъ во Фронтѣ и заложивъ обѣ руки въ карманы, причемъ его локти чуть не встрѣчались за спиной, а грудь выпятилась колесомъ.

— Матвѣй Иванычъ, назвалъ его Рябининъ.

Незнакомецъ немного повернулся къ нему ухомъ, и все шелъ впередъ.

— Матвѣй Иванычъ, повторилъ Рябининъ еще разъ, и положилъ къ нему на плечо руку.

Незнакомецъ обернулся, пошатнулся немного и сурово посмотрѣлъ на него.

— Извините, ошибся, сказалъ Филиппъ, невольно засмѣявшись при видѣ такой суровости.— Удивительное сходство...

— Что-съ?..

— Я принялъ васъ за одного изъ моихъ лучшихъ друзей, отвѣчалъ Рябининъ. Отличнѣйшій человѣкъ и поразительное сходство съ вами...

— Гм! громко прочистилъ свое горло незнакомецъ, плюнулъ, при чемъ покачнулся,— и пошелъ дальше.

Рябининъ тихо воротился обратно, раздумывая, какъ бы ему теперь же увѣдомить Евлалію Александровну о ея ошибкѣ и притомъ такъ увѣдомить, чтобы не возбудить своимъ позднимъ визитомъ какихъ нибудь сплетенъ. У самаго ея дома онъ остановился, ничего еще не придумавъ. Вдругъ надъ самой сто головой растворилось окно.

— Что?... Онъ? прошепталъ знакомый, дрожащій голосъ.

— У этого господина огромнѣйшій носъ и совсѣмъ рыжіе волосы. Спокойной ночи,— быстро, по возможности тихо, отвѣчалъ Филиппъ и пошелъ своей дорогой, подозрительно оглянувшись по сторонамъ.

(Окончаніе первой части)

ЧАСТЬ ВТОРАЯ

I

Старушка Анна Романовна еще не ложилась спать, когда Филиппъ пришелъ домой. Ей меньше, чѣмъ кому бы то ни было другому, могло быть прiятно то обстоятельство, что ея единственный сынъ имѣетъ привычку засиживаться гдѣ-то до полуночи. Брюзгливая и недовольная, съ подозрительнымъ взглядомъ, съ отвисшей внизъ нижней губой, вышла она къ нему на встрѣчу и поставила свѣчу на его столъ.

— Я ужъ думала, ты не придешь сегодня ночевать, сказала она.

Затѣмъ она глубоко вздохнула. Сегодняшнiй день былъ для нея тяжелый и обидный день. Утромъ Филиппъ замѣтилъ, что чай почему-то отзывается тараканами. За обѣдомъ Зоя нашла, что кушанье (изготовленное всего только два дня назадъ) испортилось, и какъ она, такъ и ея братъ вышли изъ-за стола, ни до чего не дотронувшись. Вечеромъ приходилъ женихъ, Поворотовъ, но Зоя только пожаловалась ему на головную боль и затѣмъ почти ничего не говорила съ нимъ.

— Гдѣ же это ты засидѣлся? спросила Анна Романовна, послѣ глубокаго вздоха, и съ такимъ сердечнымъ сокрушенiемъ осмотрѣла Филиппа съ ногъ до головы, какъ будто бы онъ былъ измятъ, всклоченъ, весь въ грязи, весь пропитанъ запахомъ водки и имѣлъ по крайней мѣрѣ одинъ подбитый глазъ.

— Я у Лизаветы Ивановны засидѣлся, отвѣчалъ онъ, заводя свои часы.— Дѣйствительно поздно,— первый часъ... Я, правда, не привыкъ рано ложиться спать, но это весьма непрiятно, если вамъ придется всякiй разъ дожидаться меня... Я, знаете ли, думалъ уже, не взять ли намъ еще кого нибудь для прислуги, мальчика, что ли?.. Вы какъ думаете?

Но на ея немного вытянувшемся впередъ, во время его рѣчи, лицѣ, онъ увидѣлъ только тоску и ужасъ. Она ужаснулась отъ одной мысли, что въ ея домѣ будетъ жить еще одинъ человѣкъ, что за ея столъ хотятъ посадить еще одного человѣка, Ее нисколько не смягчало то обстоятельство, что этотъ человѣкъ предполагается маленькимъ; ей сейчасъ же пришло въ голову, что эти маленькiе люди ѣдятъ не меньше, если не больше большихъ, притомъ всегда голодны, вѣчно подвержены искушенiю забраться какъ нибудь въ чуланъ, стащить какой нибудь кусокъ хлѣба,— и она съ самымъ убитымъ видомъ объявила Филиппу, что онъ можетъ дѣлать какъ ему угодно, но что она, съ своей стороны, рѣшительно не понимаетъ, зачѣмъ ему нуженъ мальчикъ. Глядя на ея лицо,

Филиппъ, вовсе небывшій пророкомъ, легко могъ представить себѣ, какая голодная, жалкая, невыносимая жизнь ожидала, въ этомъ домѣ того мальчика, котораго онъ взялъ бы въ себѣ для посылокъ и отпиранія дверей. Будь этотъ мальчикъ и въ своемъ родномъ домѣ не особенно сытъ, не особенно чисто одѣтъ, не очень любимъ своими родителями или родственниками, ему все-таки лучше оставаться тамъ, гдѣ онъ находится теперь, чѣмъ перебираться въ домъ госпожи Рябининой.

Холодно и тяжело сдѣлалось на сердцѣ у Филиппа. Долго и мать, и сынъ молчали. Наконецъ, она взяла свою свѣчку и собралась уйдти, но и уходить ей какъ будто не хотѣлось.

— Былъ кто нибудь у Лизаветы Ивановны? спросила она, нѣсколько нерѣшительно,

Филиппъ вздрогнулъ при звукѣ ея голоса.

— Сорогина была, нѣсколько торопливо отвѣчалъ онъ, какъ бы очнувшись отъ дремоты:— вы, вѣроятно, не знаете ее?

— Какъ не знать Евлалію Александровну,— знаю, отвѣчала она уныло, точно будто подавляемая самыми тоскливыми мыслями.— Ноньче она прославилась, всѣмъ извѣстна сдѣлалась... А я ее еще маленькой видала, конфетки ей возила... Конечно, мало ли что мы, глядя на дѣтей, думаемъ; мало ли какія надежды мы на нихъ имѣемъ, чего ждемъ не дождемся... Ну, что жь... Что жь дѣлать, если не того дождешься... Ну, что жь...

Филиппъ невольно взглянулъ на. нее. Что-то скорбное, грустное слышалось въ ея голосѣ. Бокомъ она прислонилась къ косяку двери; одна ея рука была занята подсвѣчникомъ, въ другой она перебирала связку большихъ желѣзныхъ ключей, тихо позвякивавшихъ, а ея большая, сѣдая голова въ грязномъ чепцѣ поникла внизъ въ какомъ-то тяжеломъ раздумья. И о чемъ думала она? Какое это томительное, тоскливое чувство виднѣлось въ складѣ ея ввалившихся губъ, въ неподвижно-остановившихся глазахъ, во всей ея позѣ, въ ея голосѣ? Сокрушалась ли она о томъ (какъ можно было подумать по ея послѣднимъ словамъ) что ея дѣти не выполнили всѣхъ тѣхъ надеждъ, которыя она на нихъ возлагала, выросли не такими, какими она хотѣла бы ихъ видѣть и вообще Мало радуютъ ее, плохо благодарятъ ее за все то, что она для нихъ дѣлала, думаютъ больше о себѣ, чѣмъ о старухѣ матери? Навѣяли ли на нее всѣ мелкія дрязги и непріятности сегодняшняго дня ту грустную мысль, что она какъ будто бы одна одинехонька въ своемъ домѣ, никѣмъ не любима, всѣми оставлена, даже какъ будто бы во враждѣ со всѣми: съ дочерью ли встрѣтишься и заговоришь, — у дочери все свои мысли, свои планы, свои взгляды, несходные съ ея взглядами; съ сыномъ ли заговоришь,— и съ сыномъ ни въ чемъ не сойдешься, и онъ поговорить, поговорить, да и замолчить, какъ будто бы думая про себя, что не стоитъ спорить со старухой? Сухое ли старческое недовольство грызло ее, чувство ли человѣческое, чувство человѣка, покинутаго всѣми, брошеннаго всѣми,— поднялось и заговорило въ ней.

— Вы бы сѣли, маменька, сказалъ Филиппъ съ невольнымъ участіемъ и пододвинулъ къ ней кресло.

— Не привыкла я сидѣть-то, отвѣчала она, и, положивъ руку на спинку кресла, опять осталась въ той же скорбной и задумчивой позѣ.

— Такъ что же? спросилъ Филиппъ.— Отъ Евлаліи Александровны не того можно было ожидать?

— Богъ ее знаетъ, чего отъ нея можно было ожидать. Гдѣ и ждешь, да не дождешься, а гдѣ и не думаешь, да увидишь. Думали мы, что ей не долго придется пожить ни свѣтѣ, а она и до сей поры здравствуетъ. Хворая такая была; что ни день, то новая болѣзнь. Трусиха была такая, что я и не видывала этакого ребенка. Другія дѣти — какъ дѣти, а эта собаку увидитъ,— испугается, кошку увидитъ, — тоже въ слезы. Чего другого, а слезъ у нея было вдоволь. Голова болитъ, — плачетъ, гулять хочется, — плачетъ, не пускаютъ ее куда нибудь, сейчасъ плакать, и добро бы поплакать то какъ другія плачутъ, нѣтъ, на полъ упадетъ, и ногами, и головой колотится, посинѣетъ, почернѣетъ вся, платье на себѣ рветъ. Потомъ и рады бы были сдѣлать по ея, отпустить, куда она просилась, да ужъ поздно: разболится она, голова на плечахъ не держится, горячая вся, какъ огонь. Эдакого капризнаго, эдакого злого ребенка я и не видывала никогда. Вздумай ты ее постращать чѣмъ нибудь, побранить се попробуй... Да она тебя, кажись, убить готова за одно слово!.. Я ей одинъ разъ пальцемъ погрозила; такъ, шутя погрозила... Такъ она какъ вздрогнетъ, какъ схватитъ со стола подсвѣчникъ,— большой такой, мѣдный подсвѣчникъ — замахнулась на меня и стоитъ, а у самой лицо такое бѣлое сдѣлалось, глаза злые, презлые... Убить готова!..

Старушка вся переполнилась негодованіемъ, взволновалась и дрожащей рукой поправила свой чепецъ.

— И умная была дѣвочка? невольно спросилъ Филиппъ.

— Не видала я у нея особеннаго ума, не видала что-то. И училась она не бойко. Все только приставала ко всѣмъ: какъ, да почему, да отчего, а сама видно не могла ничего понять и за книжкой посидѣть не любила...

— Что жь она? Сама, по своей волѣ, по любви вышла замужъ?

— Кому жь было ее приневоливать?.. Она сама всѣми командовала. Не изъ-подъ неволи, по любви шла подъ вѣнецъ, души не слышала въ своемъ женихѣ, дневникъ для него писала. Хочу, говоритъ, чтобы онъ зналъ, съ кѣмъ соединяетъ свою жизнь. Ну, и вотъ... Бѣжала... Пяти лѣтъ не прошло — и бѣжала.

Она развела руками съ видомъ полнѣйшаго презрѣнія къ той непостоянной женщинѣ, о которой шла рѣчь, и опять взялась за оставленный ею на время подсвѣчникъ.

— Есть у нея какія нибудь средства? Ничего нѣтъ? спросилъ Филиппъ.

— Ничего должно быть нѣту... Что и осталось ей отъ отца, да послѣ матери, такъ я думаю, давнымъ давно все спустила. Наряжаться-то она тоже любила.

— И никого у нея здѣсь нѣтъ?

— Кому быть? Кто умеръ, кто уѣхалъ, а кто и въ домъ ее къ себѣ не пустить теперь. Кому быть?

Филиппъ покачалъ головой, задумался, потомъ всталъ и началъ ходить по комнатѣ. Старинные часы съ шипѣньемъ и глухимъ ворчаньемъ провозгласили въ сосѣдней комнатѣ два часа. Немного оживившаяся Анна Романовна отправилась, наконецъ, въ свою мрачную спальню. Филиппъ остался одинъ, но не думалъ ложиться спать и съ скрещенными на груди руками долго ходилъ и ходилъ по своей комнатѣ, изъ одного угла въ другой, отъ одной бѣлой стѣны до другой, противоположной. Лампы онъ не зажигалъ; одна только сальная свѣча горѣла на его столѣ и наполняла большую пустынную комнату самымъ мрачнымъ полусвѣтомъ, полумракомъ, въ которомъ, какъ маятникъ, двигались двѣ фигуры — Филиппъ и его огромная черная тѣнь, скользившая по бѣлымъ стѣнамъ.

Два человѣка овладѣли на этотъ вечеръ мыслями Филиппа. Возставалъ передъ нимъ образъ его матери, не той матери, которая вѣчно копошится въ своей спальной, между старою рухлядью, считаетъ сальные огарки, кормится испортившимися кушаньями,— а о той матери, которая впервые явилась передъ нимъ сегодня, о грустной, несчастной, всѣми покинутой, нелюбимой даже своими дѣтьми матери. Онъ могъ понимать то горе, то страданіе, которое онъ сегодня впервые прочиталъ на ея лицѣ. Часто ли посѣщало се это горе, случайнымъ ли и минутнымъ гостемъ оно посѣтило ее сегодня, — Филиппу не было до этого дѣла, ему достаточно было и того, что не совсѣмъ опустилась и зачерствѣла его мать, что въ ней живо еще человѣческое чувство, не угасла еще способность любить, способность страдать изъ за чего нибудь высшаго, чѣмъ тѣ обрѣзки, лоскутья и вся та дрянь, которой она посвятила послѣдніе годы своей жизни. Легче и свѣтлѣе сдѣлалось на сердцѣ Филиппа, и какое-то нѣжное и теплое чувство согрѣло его, точно будто онъ только-что сейчасъ свидѣлся съ своей матерью, точно будто онъ только лишь пріѣхалъ въ свой родной домъ и увидѣлъ тѣ стѣны, ту мебель, тѣ гравюрки, все то, что окружало его въ дѣтствѣ. Много нѣжности и теплоты проснулось въ немъ теперь, по эта нѣжность была грустная нѣжность, эта сердечная теплота была какая-то сердцещемящая теплота. Горе ея — большое горе, страданіе ея — тяжелое страданіе: невесело матери видѣть, что ея присутствіе тяжело ея дѣтямъ, что ея домъ душенъ для нихъ, что ея мечты объ устройствѣ ихъ счастья кажутся имъ мечтами объ ихъ погибели, что дѣти отвернулись отъ нея, прячутъ отъ нея свои мысли, надежды, планы, не находятъ, о чемъ говорить съ нею, что она ихъ не понимаетъ, и они ея никогда не поймутъ; но что же дѣлать? Что дѣлать? Гдѣ тѣ дѣйствія, мысли, предметы, въ которыхъ имъ можно быть за одно, не обижая другъ друга? Гдѣ тотъ предметъ, о которомъ дѣти могли бы говорить безъ всякаго опасенія, что ихъ слова покажутся матери странными или можетъ быть обидными, или можетъ быть еще того хуже. Гдѣ тѣ уступки, наконецъ, которыя они могли бы сдѣлать другъ другу? Не выйдти же Зоѣ замужъ за человѣка, котораго она терпѣть не можетъ; не обратиться же ему, Филиппу, къ образу жизни своей матери, неспособенъ онъ къ тому, чтобы копить деньги, хозяйничать, скопидомничать во всемъ, возиться съ старымъ тряпьемъ и старою домашнею рухлядью. Не можетъ и мать уступить въ чемъ нибудь: не въ ея лѣта перерождаться для новой жизни, мѣнять свои привычки, взгляды, мнѣнія... Грустное дѣло! Грустное дѣло!...

Думалъ Филиппъ и объ Евлаліи Александровнѣ, о той больной, молчаливой женщинѣ, у которой никого здѣсь нѣтъ, потому что кто умеръ, кто уѣхалъ, а кто и въ домъ къ себѣ ее не приметъ. До нея какое ему было дѣло? Что ему? Хорошая знакомая была она ему? Родственница? Заинтересовала она его своей особой? Виды какіе нибудь имѣлъ онъ на нее? Вовсе нѣтъ.

Странный человѣкъ былъ этотъ Филиппъ Рябининъ. Я на своемъ вѣку мало видѣлъ такихъ людей. Всѣ мы — люди какъ люди, практическіе, разсудительные и спокойные люди. Мало ли случается намъ видѣть больныхъ, несчастныхъ, безпомощныхъ, голодныхъ: намъ какое до нихъ дѣло? Всѣхъ ихъ приберутъ, пристроятъ куда слѣдуетъ; у кого какіе нибудь земляки или родственники найдутся, кого въ больницу свезутъ, кого на кладбище отправятъ, кого въ острогъ запрутъ, кто (поглупѣе который) зарѣжется или въ воду бросится. Намъ какое дѣло? Всякъ непремѣнно найдетъ свое мѣсто.

Но не таковъ, неразсудителенъ и непрактиченъ былъ Филиппъ. До всякаго человѣка ему было дѣло, точно будто службу такую онъ исправлялъ, чтобы пяньчиться со всѣми. Кто бы вы ни были, но заболѣйте вы опасно, Филиппъ будетъ сидѣть надъ вами цѣлыя ночи, будетъ покупать вамъ лекарство, если у васъ нѣтъ своихъ собственныхъ денегъ, будетъ пожалуй кормить васъ. Скажите вы при немъ, что у васъ мѣста нѣтъ, денегъ нѣтъ,— онъ задумается, будетъ усердно размышлять, куда бы васъ пристроить, станетъ тревожиться за васъ, волноваться, и если наконецъ онъ таки ничего для васъ не придумаетъ, то ему будетъ такъ совѣстно, такъ совѣстно, какъ будто бы онъ обокралъ васъ. Въ немъ хуже гвоздя всякаго засѣло и корни пустило совершенно фантастическое убѣжденіе, что онъ долженъ, долженъ и долженъ няньчиться со всѣми, кто имѣетъ нужду въ немъ и для кого онъ можетъ сдѣлать хоть что нибудь. Потому-то и совѣстился онъ такъ въ вышеприведенномъ случаѣ: онъ долга своего фантастическаго не исполнялъ.

Я не знаю, можетъ быть ему надоѣдало подъ часъ это вѣчное няньчанье. Можетъ быть, потому-то онъ и мечталъ устроить русскій Нью-Лэнаркъ, что хотѣлъ за-разъ пристроить и обезпечить возможно большое количество нуждающихся, чтобы разомъ отвязаться отъ всѣхъ ихъ и не няньчиться съ каждымъ изъ нихъ порознь; но только онъ вѣчно задавался подобными мечтами и планами, вѣчно онъ строилъ что нибудь. Онъ видѣлъ уже не одинъ разъ основаніе и паденіе маленькихъ ассоціацій, основывавшихся по его мысли, по его начинанію, и всякій разъ съ ними повторялась одна и таже исторія, разыгрывалась одна и таже комедія. Основывалось маленькое общество, на него возлагались большія или малыя, смотря по обстоятельствамъ, надежды, — съ энтузіазмомъ, ликованіемъ, юношескимъ восторгомъ основывалось; Филиппъ начиналъ надѣяться, мечтать, принимался вдвое больше работать, питался чуть не однимъ хлѣбомъ, спалъ чуть не на голыхъ доскахъ. Потомъ начиналъ онъ понемногу открывать, что никто изъ его сотоварищей и сочленовъ новымъ обществомъ не интересуется, великими планами не задается, думаетъ только о своихъ собственныхъ личныхъ интересахъ, только ими одними дорожитъ — и мало-по-малу энтузіазмъ Филиппа смѣнился горькими насмѣшками, руки его опускались, голова тоже. Затѣмъ онъ первый плевалъ на созданное имъ общество и первый покидалъ его. Гдѣ же люди, гдѣ настоящіе люди? спрашивалъ онъ. Гдѣ найти ихъ? Впрочемъ онъ только любопытствовалъ знать, гдѣ находятся настоящіе люди, гдѣ найти ихъ; по никогда, никогда не продавался онъ полному разочарованію, никогда не посѣщала его мысль, что настоящихъ-то, какихъ ему нужно было, людей, можетъ быть, и нигдѣ нѣтъ, никогда не отчаивался онъ въ возможности осуществленія своихъ плановъ.

Филиппъ не могъ и не умѣлъ дѣйствовать одинъ, стремиться къ осуществленію своихъ всевозможныхъ мечтаній, полагаясь только на одни свои собственныя силы. Назовите это слабостью, назовите безхарактерностью, смотрите на это съ какой хотите точки зрѣнія; но это фактъ, совершенно вѣрный фактъ: Филиппу непремѣнно нужно было, чтобы около него былъ кружокъ людей,

75

которые стремились бы къ одной съ нимъ цѣли, которыя жертвовали бы для этой цѣли своимъ личнымъ комфортомъ, счастьемъ, всѣмъ жертвовали бы. Когда былъ около него этотъ кружокъ, или когда Филиппъ воображалъ видѣть его вокругъ себя, тогда онъ способенъ былъ быть героемъ, титаномъ, рыцаремъ безъ страха и упрека. Но когда кружка не было, когда очарованіе изчезало, Филиппъ спускался съ своихъ облаковъ на землю и дѣлался обыкновеннымъ смертнымъ, простымъ, добрымъ, немного, можетъ быть, скучающимъ и насмѣшливымъ, по вовсе не разочарованнымъ человѣкомъ.

Зоѣ онъ говорилъ, что одно время былъ гулякой. Онъ хорошо помнитъ это время и считаетъ его какимъ-то особеннымъ періодомъ своей жизни, но, право, о немъ вовсе не стоило бы помнить и упоминать. Этотъ періодъ продолжался всего только какихъ нибудь два жалкихъ мѣсяца, а можетъ быть и того меньше, я не помню этого хорошенько. Тогда только-что лопнуло одно изъ надежнѣйшихъ маленькихъ обществъ, основанныхъ Филиппомъ. Онъ немного скучалъ; ходилъ по вечерамъ пить дрянное виво въ нѣмецкихъ Bier-Halle, посѣщалъ какой-то кафе-шантанъ, въ которомъ благодушно проигрывалъ свои кровные заработки, раза три подрался съ какими-то полупьяными сомнительными личностями, одинъ разъ попалъ въ кварталъ — и только. И не то, чтобы онъ съ увлеченіемъ предавался этимъ похожденіямъ, не то, чтобы они имѣли для него какое нибудь значеніе, затянули и увлекли его такъ, чтобы ему трудно было потомъ переломить себя, нѣтъ, просто человѣкъ вышелъ погулять, себя показать и другихъ посмотрѣть, а потомъ считаетъ это событіе какимъ-то особеннымъ періодомъ своей жизни. Чудакъ былъ этотъ Филиппъ Рябининъ! Маленькое, крошечное пятнышко въ своей жизни онъ считалъ какимъ-то океаномъ мерзостей; лучшій изъ своихъ хорошихъ поступковъ находилъ онъ иногда далеко не хорошимъ, а скорѣе жалкимъ, мизернымъ, маленькимъ, нестоющимъ ни малѣйшаго вниманія, и на самого себя смотрѣлъ съ нѣкоторымъ сокрушеніемъ, даже иногда какъ будто бы съ презрѣніемъ, — мысленно величалъ себя человѣкомъ безхарактернымъ, тряпкой, наконецъ грубымъ, холоднымъ эгоистомъ. Впрочемъ ему и нельзя было не величать себя всѣми этими скверными словами. По его глубочайшему, вошедшему въ его плоть и кровь, убѣжденію, истинно хорошій человѣкъ не можетъ (по то, чтобы не долженъ, а именно не можетъ) имѣть въ своемъ карманѣ даже какихъ нибудь пяти рублей, если около него есть больные, голодные, нищіе люди; истинно хорошій человѣкъ не можетъ курить пяти-копѣечную сигару въ то самое время, когда тутъ же, подлѣ него находятся десятки семействъ, которымъ ѣсть нечего; истинно хорошій человѣкъ не можетъ прогуливаться, наслаждаться красотами природы въ то время, когда рядомъ съ нимъ, подъ бокомъ у него, люди копаютъ землю, таскаютъ бревна, камни, невозможныя тяжести, чтобы заработать себѣ нѣсколько копѣекъ на завтрашній день. Таковъ, по его мнѣнію, долженъ быть истинно хорошій человѣкъ: онъ не будетъ, не можетъ жить для себя, онъ всю свою жизнь, все свое имущество, всѣ свои способности посвятить своимъ нуждающимся ближнимъ. Иначе какъ же?

Вы будете наслаждаться жизнью, читать занимательныя книжки, можетъ быть заниматься отъ скуки какой нибудь наукой и равнодушно смотрѣть какъ нашъ сосѣдъ бьется въ безвыходной нуждѣ, ходитъ въ лохмотьяхъ, съ лицомъ грязновато-блѣднымъ, съ запекшимися губами и съ выраженіемъ отчаянія въ своихъ глазахъ? Развѣ это возможно для человѣка, имѣющаго подъ своимъ жилетомъ сердце? удивлялся Филиппъ, никогда не желавшій согласиться, что это возможно. Отвернитесь отъ этого широкаго, необъятнаго базара житейской суеты,— размышлялъ онъ иногда,— отвернитесь на мгновеніе отъ этого шумнаго базара, который ослѣпляетъ ваши глаза, оглушаетъ васъ, развлекаетъ ваше вниманіе, перенесите себя въ болѣе тѣсный мірокъ, вообразите себя въ маленькомъ домѣ, среди небольшой семьи, представьте себѣ, что всѣ члены этой семьи — ваши братья, сестры, родственники, всѣ, однимъ словомъ, кромѣ васъ, голодны, грязны, въ лохмотьяхъ, съ страдальческими лицами. Представьте себѣ все это,— размышлялъ онъ,— и скажите мнѣ, положа руку на сердце, можете ли вы, членъ этой семьи, получивши откуда нибудь деньги, засунуть ихъ въ карманъ, плотно пообѣдать, взять въ зубы сигару и затѣмъ невозмутимо погрузиться въ чтеніе занимательной книжки, не обращая ни малѣйшаго вниманія на то, что дѣлается вокругъ васъ? Можете ли вы слышать около себя проклятія, скрежетъ зубовъ, стоны и спокойно наслаждаться послѣобѣденнымъ отдыхомъ? Можете ли вы видѣть вокругъ себя худыя, истомленныя лица, исхудалыя руки, грустные, больные глаза, и невозмутимо курить сигару, побрякивая въ карманѣ деньгами? Не будетъ ли это безчеловѣчно, чудовищно, отвратительно?

— Да, отвѣчалъ Филиппъ,— это отвратительно, и истинно хорошій человѣкъ никогда по можетъ поступать такимъ образомъ. А онъ, Филиппъ Рябининъ, онъ что такое? Онъ ничего хорошаго не сдѣлалъ, онъ любитъ полѣниться, онъ не прочь поставить въ свою комнату мягкую мебель, не прочь одѣться получше. Отвратительный, эгоистичный, слабый, жалкій человѣкъ, тѣмъ болѣе жалкій и отвратительный, что онъ понимаетъ, хорошо понимаетъ свою отвратительность и все-таки не думаетъ исправляться! Не бѣда, думалъ Филиппъ, если человѣкъ творитъ злое, не вѣдая что онъ творитъ; но если онъ творитъ это злое сознательно,— вотъ это гадко!

77

И отчего это онъ не находилъ для себя никакихъ оправданій? Вѣдь это такъ легко! Вѣдь съ какою изумительною ловкостью и тонкостью всѣ мы умѣемъ оправдать какой угодно изъ нашихъ поступковъ! И отчего не относился онъ ко всѣмъ этимъ проклятымъ вопросамъ жизни шутя, легко, не отвергая ихъ и не предаваясь имъ? Гдѣ научился онъ этому серьезному отношенію къ жизни? Даже и въ дѣтствѣ имъ уже страдалъ отъ этой серьезности. Другъ ли какой нибудь ему измѣнить — Филиппа потрясетъ и глубоко огорчитъ эта измѣна, накажутъ ли его безвинно, — онъ, обыкновенно выносливый на наказаніи,— не вынесетъ безвинной обиды и рыдаетъ, цѣлый день рыдаетъ жгучими и горькими слезами; пообѣщаютъ ли его свозить куда нибудь въ гости и не свозятъ,— онъ какъ будто удивится сначала, задумается, а потомъ станетъ смотрѣть на обманувшихъ его чуть не какъ на клятвопреступниковъ. Откуда же взялась эта серьезность? Не имѣла ли здѣсь нѣкотораго вліянія одна старая, старая исторія, относящаяся еще къ тѣмъ временамъ, когда Филиппу было всего только семь лѣтъ и онъ совершалъ ежедневныя путешествія въ низшій классъ приходскаго училища? У него былъ въ то время одинъ задушевный другъ, нѣкто Вася Коробкинъ, рыженькій, покрытый веснушками, кривоногій мальчикъ, отданный потомъ въ услуженіе къ живописцу, а нынче и самъ называющійся художникомъ. Я не могу сказать, чтобы онъ стоилъ дружбы Филиппа, не въ этомъ дѣло, дѣло въ томъ, что Филиппъ былъ привязанъ къ нему, какъ иногда собака бываетъ привязана къ своему хозяину. И какъ ему было не привязаться къ этому рыженькому чертенку? Дома Филиппу нечего было дѣлать: отецъ его былъ больной, желчный и недовѣрчивый человѣкъ, невѣрившій никому, ни отцу, ни брату, ни другу, ни женѣ, воображавшій, что всѣ его надуваютъ, что всѣ передъ нимъ лгутъ, что жена вышла за него замужъ не по любви, а изъ разсчета, и потому отъ всѣхъ онъ сторонился, отъ всѣхъ прятался въ своемъ кабинетѣ за дѣлами и появлялся только за тѣмъ, чтобы поворчать по поводу человѣческой лжи и коварства. Мать вѣчно была занята по хозяйству, на кухнѣ, въ погребахъ или же въ спальной, гдѣ только-что появилась на свѣтъ Божій крошечная Зоя. Она, то есть мать, была далеко не нѣжной матерью. Она зорко смотрѣла за тѣмъ, чтобы рубашки Филиппа не были запачканы, панталоны изорваны, сапожки не были въ дегтю и не испачкали бѣлый полъ; но на нѣжности, разсказы, сказки, на то, чтобы приласкать и занять ребенка, — на это она была не мастерица. Въ этомъ отношеніи маленькій, рыженькій чертенокъ, Вася Коробкинъ, былъ неизмѣримо выше ея. Не то, чтобы онъ ласковъ и нѣженъ былъ, нѣтъ, вовсе нѣтъ, онъ только умѣлъ занять кого угодно изъ своихъ сверстниковъ. Онъ всегда имѣлъ у себя утащенную откуда нибудь на нѣсколько часовъ книгу съ картинками, которыя онъ весьма любилъ; въ его карманѣ всегда были карты, въ которыя онъ немилосердно обыгрывалъ Филиппа на яблоки, орѣхи, куски хлѣба съ масломъ и на что угодно другое, хотя бы на обломокъ грифеля; въ другомъ его карманѣ постоянно имѣлись папиросы, украденныя имъ у большого брата. При всемъ томъ этотъ кривоногій мальчикъ имѣлъ великую страсть обладать своимъ собственнымъ, созданнымъ его собственными руками, жилищемъ и, побуждаемый этою страстью, онъ, при помощи Филиппа, выстроилъ въ одномъ углу огорода, заброшенномъ, заросшемъ кустами малины углу, небольшую досчатую хижину, двѣ стѣны которой образовывались заборомъ, сошедшимся здѣсь угломъ, а остальныя двѣ состояли изъ досокъ, поставленныхъ стойма. Это былъ храмъ уединенія нашихъ друзей. Здѣсь они разсматривали картинки, здѣсь въ полумракѣ кривоногій, маленькій художникъ занимался рисованіемъ, здѣсь они играли въ карты и проигрывали другъ другу все свое состояніе, здѣсь они иногда горько терзались послѣ куренья крѣпкихъ папиросъ. Жизнь потеряла бы много прелести для Филиппа, если бы онъ въ это время по какому нибудь случаю потерялъ своего друга. И однакожъ онъ потерялъ его. Нужно же было, чтобы въ одинъ прекрасный вечеръ, когда оба они стояли около своей хижины у забора и вырѣзывали на немъ перочиннымъ ножикомъ свои вензеля,— нужно же было, чтобы въ это самое время проходилъ по серединѣ переулка приходскій учитель, тотъ самый учитель, который раза два уже высѣкъ рыженькаго друга Филиппа. Нужно же было, чтобы маленькому мстительному художнику пришла фантазія швырнуть въ него камнемъ и — чтобы этотъ камень попалъ ему въ спину. Въ одно мгновеніе разъяренный педагогъ очутился верхомъ на заборѣ, потомъ свалился въ огородъ, страшно ломая своимъ тяжелымъ тѣломъ сухой хворость, скопившійся около забора,— не прошло и полминуты, какъ онъ уже поймалъ кривоногаго мальчика за воротъ и съ торжествомъ потащилъ его за убѣгавшимъ домой Филиппомъ. Черезъ пять минутъ Филиппъ былъ преданъ и осужденъ. Другъ измѣнилъ ему и предалъ его. Рыжій, кривоногій мальчикъ, привыкшій таскать папиросы и книги, привыкшій попадать въ бѣду и выходить изъ нея, клялся и божился, и крестился, что не онъ, а Филиппъ бросилъ камнемъ. Филиппъ не умѣлъ такъ яростно и краснорѣчиво клясться, отецъ, невѣрившій никому на свѣтѣ, не расположенъ былъ вѣрить и сыну,— и онъ былъ жестоко, жестоко наказанъ. Будь это наказаніе справедливое и заслуженное, Филиппъ, можетъ быть, легко перенесъ бы его и скоро забылъ бы о немъ. Но эта масса несправедливости, горькой обиды, лжи, гнусной измѣны — глубоко потрясла его, и дѣло кончилось тѣмъ, что въ эту же ночь маленькій Филиппъ тяжело заболѣлъ. Онъ долго былъ боленъ; поправлялся медленно и долго, долго лежалъ на постели слабый, исхудалый, грустный, лежалъ молча, съ глазами печально и задумчиво остановившимися на какомъ нибудь нисколько неинтересномъ предметѣ, съ какою-то невыразимо горькою и безотрадною мыслью въ этихъ дѣтскихъ слабыхъ глазахъ. Послѣ этой-то болѣзни въ немъ кажется и появились зачатки серьезнаго отношенія къ жизни. Романы ли читалъ Филиппъ, онъ съ особенною любовью останавливался не на богатыряхъ и на побѣдоносныхъ герояхъ, побивающихъ цѣлые полки и рати, не на представителяхъ силы мускульной, красоты, блеска, а на представителяхъ силы внутренней, на тѣхъ герояхъ, которые никогда въ своей жизни не лгутъ, которые, давши слово, непремѣнно исполнятъ его, хотя бы это стоило имъ жизни, которые, давши обѣщаніе явиться туда-то, за тысячи верстъ, въ такое-то время, непремѣнно, непремѣнно, хотя бы весь міръ противился этому, не опоздаютъ ни одной минутой явиться въ условленное мѣсто. Особенно сильно дѣйствовали на него тѣ страницы, въ которыхъ этихъ героевъ ведутъ на казнь. Одного лживаго слова, одного отреченія отъ своихъ словъ, мыслей, убѣжденій совершенно достаточно, чтобы осужденные получило жизнь и свободу; но Филиппъ вѣруетъ, знаетъ, что его любимцы вынесутъ тысячи мученій, но не произнесутъ этого лживаго слова, не произнесутъ отреченія,— и великимъ восторгомъ и трепетомъ наполнялось его сердце, когда герой оправдывалъ его ожиданія.

Что-то болѣзненное, задумчивое, странное замѣчалось въ немъ въ это время. Сосѣдки и родственницы глубокомысленно покачивали головой, глядя на него и поговаривали между собою, что не даромъ произошла въ ребенкѣ такая перемѣна, что должно быть, не долго ему жить на свѣтѣ, что его дѣтская, чистая душа предчувствуетъ скорое разставаніе съ этою земною жизнью. Но не сбылись ихъ предсказанія. Филиппъ поправился, возвратилъ свои прежнія силы, прежнюю веселость, блѣдность оставила его щеки, болѣзненное выраженіе оставило его глаза,— не оставила его только серьезность, а напротивъ пустила въ немъ глубокіе корни. Другомъ ли называлъ онъ кого нибудь, — онъ серьезно смотрѣлъ на свою дружбу, готовъ былъ за этого друга идти на какія угодно истязанія, готовъ былъ принять на себя всѣ его грѣхи и шалости, считалъ своимъ долгомъ дѣлиться съ нимъ всѣмъ, что только имѣлъ. Слово-ли, обѣщаніе-ли какое нибудь нечаянно срывалось съ языка Филиппа, онъ горько терзался, если потомъ не былъ въ состояніи выполнить его. Такъ, года уже черезъ четыре послѣ его болѣзни, случилось, что онъ забросилъ на крышу большой мячь. Мячь лежалъ на виду. Матросовъ, тогдашній другъ Филиппа, хотѣлъ было ужо лѣзть за нимъ.

— Зачѣмъ? сказалъ Филиппъ,— Да я его камнемъ сшибу.

— Камнемъ не сшибешь.

— Сшибу; съ трехъ разъ сшибу, похвастался Филиппъ, забирая камень.

— И съ десяти не сшибешь.

— Господи! Да я цѣлый день ѣсть не стану, если въ этакую корову, да не попаду съ трехъ разъ!

Бросилъ разъ — мимо; другой — тоже; не попалъ и въ третій.

— Ну, и не буду ѣсть весь день, сказалъ онъ, отвернувшись отъ Матросова, и сѣлъ въ сторонку, задумавшись и чуть не плача съ досады и стыда.

Напрасно уговаривалъ его добросердечный Матросовъ, напрасно увѣрялъ онъ Филиппа, что тотъ только въ шутку обѣщалъ не ѣсть, напрасно представлялъ онъ ему, что на другой день къ вечеру Филиппъ непремѣнно умретъ, напрасно наконецъ доказывалъ Матросовъ, что его другъ обѣщалъ не ѣсть только днемъ, что, слѣдовательно, ночью поѣсть можно,— нашъ маленькій герой сдержалъ свое слово.

И никогда впослѣдствіи не пріобрѣлъ онъ этой ловкости, чтобы, давъ обѣщаніе не ѣсть нѣсколько дней, онъ потомъ вывернулся тѣмъ, что его обѣщаніе не касается до ночей, и что по ночамъ ѣсть можно. Никогда впослѣдствіи не отдѣлался онъ отъ своей серьезности. И, по правдѣ сказать, не краснѣе сдѣлалась отъ этого его жизнь. Пошутить ли кто нибудь вздумаетъ надъ нимъ,— напримѣръ, неожиданно дернетъ его за ухо въ то время, когда Филиппъ весь погрузится въ книгу,— онъ вздрогнетъ, вспыхнетъ, глаза у него сдѣлаются злые, и смотритъ онъ на эту шутку, какъ на оскорбленіе, на обиду. Разсказать ли кто нибудь вздумаетъ въ классѣ, что Рябининъ сдѣлалъ или говорилъ вотъ то и это, чего Филиппъ никогда не дѣлалъ и не говорилъ,— онъ поблѣднѣетъ какъ полотно, онъ задыхается отъ гнѣва, потому что смотритъ на эту шутку не какъ на шутку, а какъ на ложь, гадость, оскорбленіе. Несправедливость ли какую нибудь инь встрѣтитъ, она глубоко и надолго огорчитъ его. Пріятель ли поступитъ съ нимъ не по пріятельски, это потрясетъ его.

А дальше, позднѣе,— онъ и къ наукѣ не могъ относиться, какъ къ казенной надобности, къ пріятному времяпрепровожденію. Узнаетъ онъ, напримѣръ, что каждый человѣкъ, нежелающій убивать свое здоровье, долженъ всегда имѣть на свою долю столько-то кубическихъ футовъ чистаго воздуха,— онъ и встрепенется, какъ будто бы передъ нимъ цѣлый полый міръ открылся. Узнаетъ ли онъ, что есть на свѣтѣ трудъ производительный и трудъ непроизводительный,— онъ не подумаетъ, что это говорится такъ вообще, ни до кого лично не касается, а обратитъ вниманіе именно на себя самого: что онъ

81

такое? Какъ онъ намѣренъ устроить свою жизнь? Не тунеядецъ ли онъ?

Да, по правдѣ сказать, не краснѣе была жизнь Филиппа оттого, что ему выпалъ на долю рѣдкій и драгоцѣнный даръ серьезнаго отношенія къ жизни. Создать себѣ высокій идеалъ порядочнаго человѣка, слѣдить за каждымъ своимъ поступкомъ, судить самого себя, горько упрекать себя за каждое отступленіе отъ этого идеала, даже презирать себя за эти отступленія — что во всемъ этомъ хорошаго, что веселаго? Не умѣлъ онъ обмануть себя, не умѣлъ оправдать или извинить свой дурной поступокъ, не умѣлъ при случаѣ отречься отъ того, что онъ считалъ своимъ долгомъ. Боже мой! Да я думаю, что если бы онъ, въ двадцать съ небольшимъ лѣтъ отъ роду, влюбился и поклялся своей возлюбленной въ неизмѣнной вѣрности и преданности ей, то несмотря ни на какія разочарованія въ владычицѣ своего сердца, несмотря даже на то, что онъ полюбилъ бы другую женщину, ни на что несмотря, онъ никогда, никогда не на шелъ бы въ себѣ силъ измѣнить своей клятвѣ до тѣхъ поръ, пока та, которой онъ клялся, имѣла бы къ нему хоть каплю любви. Онъ и обѣщаніе свое не смогъ бы назвать глупымъ, онъ и счастье чужое разрушить не рѣшился бы, а скорѣе свое убилъ бы.

Таковъ онъ былъ въ двадцать лѣтъ. Съ тѣхъ поръ онъ успѣлъ много пережить, много вынести разочарованій, наслушаться много умныхъ, практическихъ разсужденій насчетъ необходимости кое-какихъ уступокъ изъ нашихъ убѣжденій, увидѣть какъ его лучшіе друзья дѣлали эти уступки, увидѣть какъ люди, громче и краснорѣчивѣе всѣхъ проповѣдывавшіе общее благо, истину, справедливость,— дорожили больше всего на свѣтѣ своимъ собственнымъ комфортомъ. Съ тѣхъ поръ онъ сдѣлался уступчивѣе и сговорчивѣе.

Бросайте въ него за это каменьями или радуйтесь за него,— какъ вамъ больше нравится.

II

Филиппъ, хотя и не особенно страстный къ своей профессіи, намѣренъ былъ добросовѣстно исполнять свое дѣло и не переставалъ изучать ого. Вставалъ онъ часовъ въ восемь утра, выпивалъ стаканъ чаю, выкуривалъ, ходя по комнатѣ, папиросу, и затѣмъ часа на четыре садился заниматься.

На другой день послѣ приведеннаго выше разговора Филиппа съ его матерью, часовъ въ двѣнадцать пріѣхалъ Семенъ Иванычъ. Это былъ господинъ средняго роста, темноволосый, съ добрыми голубыми глазами, съ тонкими, полу-серьезными, полу-готовыми цѣловаться губами, стройный. У него было слишкомъ много заботъ о своемъ многочисленномъ семействѣ, чтобы онъ могъ толстѣть.

— А что, Филиппъ Петровичь, нельзя ли мнѣ залучить тебя къ намъ? спросилъ онъ послѣ коротенькаго предисловія и дружески трепнулъ Филиппа по плечу.

— Что такое у насъ случилось?

— Мальцы мои все проказятъ. Забрались вчера въ мой кабинетъ, сургучомъ побаловались. Печатали, печатали, да Лизанькѣ пальчикъ и припечатали... Малы — глупы... Думали мы, что ничего, пустяки; а ночью съ Лизанькой жаръ сдѣлался, разболѣлась... Ты ужь посмотри, дружокъ...

Одѣвшись, Филиппъ зашелъ на минуту къ сестрѣ.

— А что, Зоя? тихо спросилъ онъ, усѣвшись противъ нее.— Я еще вчера хотѣлъ тебя спросить: что наше товарищество?.. Будетъ оно принимать новыхъ членовъ или не будетъ?

— Развѣ у тебя есть кто нибудь въ виду? полюбопытствовала она.

— Нельзя сказать, чтобы были,— нѣтъ; а на всякій случай не мѣшало бы намъ условиться. Ты какъ думаешь?

— Отчего же, я думаю, не принимать? Чѣмъ больше членовъ, тѣмъ лучше, мнѣ кажется, тѣлъ скорѣе пойдетъ дѣло.

— Гм... да, въ раздумьѣ произнесъ онъ.— Я сегодня увижусь съ Матросовымъ, поговорю съ пилъ. Ну, до свиданья.

Тотъ близкій человѣкъ, которому случалось попасть къ Семену Иванычу передъ обѣдомъ, непремѣнно долженъ былъ остаться у него обѣдать. Тотъ близкій человѣкъ, которому случалось обѣдать у Семена Иваныча, всегда испытывалъ послѣ трапезы почти непреодолимое искушеніе заснуть во что бы то ни стало. Самъ хозяинъ спалъ; жена его, пухлая, вялая женщина безпрестанно и стыдливо прикрывая свою вѣчно растрепанную грудь, возилась съ груднымъ ребенкомъ, всегда имѣющимся въ домѣ, дѣти притихали, старались не шумѣть, не уронить чего нибудь и наступала какая-то унылая тишина, нарушаемая только монотоннымъ стукомъ маятника, да рѣдкимъ скрипомъ двери въ нижнемъ этажѣ, въ кухнѣ,— какимъ-то подземнымъ, жалобнымъ скрипомъ. Это же непреодолимое влеченіе ко сну испыталъ сегодня и Филиппъ. Долго крѣпился онъ, игралъ, полулежа на диванѣ, съ дѣтьми, зѣвалъ, курилъ одну за другою папиросы и наконецъ не вытерпѣлъ,— тутъ же на диванѣ и заснулъ.

Солнце уже закатывалось, когда онъ открылъ глаза и съ величайшимъ удивленіемъ взглянулъ вокругъ себя. Что за чудеса! Никогда этого со мной не бывало! подумалъ онъ, поправляя передъ зеркаломъ волосы. И всё радуются и смѣются, когда онъ

83

вышелъ въ столовую, гдѣ давно уже былъ готовъ самоваръ. И Семенъ Иванычъ сіяетъ и жена его весело улыбается и даже ребятишки радуются, точно будто онъ, Филиппъ, всѣмъ имъ, всѣмъ сдѣлалъ величайшее наслажденіе, что проспалъ у нихъ часа три.

— Чему, чему радуются-то они? удивлялся онъ.

И какъ это Семенъ Иванычъ можетъ жить и нескучать этой жизнью? думалъ онъ, выбравшись наконецъ изъ этого соннаго царства и идя къ Матросову. Какъ это онъ можетъ переносить это однообразіе? Вѣдь вотъ иногда ѣдешь по голой, ровной степи, смотришь-смотришь кругомъ себя и не на чемъ остановить взгляда, не къ чему прислушаться — точно въ могилѣ, и лютая тоска береґъ отъ этого тяжелаго, мертваго однообразія! Какъ же онъ-то не тяготится монотонностью своей жизни? иди и въ ней, можетъ быть, есть разнообразіе? Да, есть. Но и въ степи оно пожалуй есть. Или у этого Семена Иваныча какая нибудь особенная натура? И какая у всю натура? Слышно, что добрый онъ человѣкъ и великодушный, говорятъ, что честенъ онъ, видно, что и въ характерѣ, и въ силѣ воли у него нѣтъ недостатка. Вѣдь это все хорошія, почтенны качества; вѣдь это пожалуй хорошая, свѣтлая натура. Отчего же она не жаждетъ и жизни свѣтлой, болѣе человѣческой? Отчего этотъ человѣкъ со всей своей хорошей натурой и среди вѣчныхъ пеленокъ, среди вѣчныхъ, ничѣмъ, болѣе лучшимъ, незамѣняющихся заботъ по хозяйству, среди всей этой мелочности чувствуетъ себя привольно, какъ рыба въ водѣ, какъ птица въ своей родной стихіи? Отчего все, что находится внѣ забора, окружающаго его домъ, или по самой большой мѣрѣ — внѣ черты его родного города,— какъ будто бы не существуетъ для него? Отчего всѣ стремленія и радости его ограничиваются тѣмъ только, чтобы его семейство наслаждалось здоровьемъ и благоденствіемъ, чтобы хлѣбъ и деньги никогда у него не переводилось?

Съ этого мыслью Филиппъ постучался къ Матросову. Однакожъ оказалось, что Петра Васильевича нѣтъ дома, и что онъ вѣроятно сидитъ теперь въ трактирѣ "Пристань". "Пристань" находилась недалеко, на этой же улицѣ, только въ концѣ ея, почти на самомъ берегу ея, у перевоза и пароходныхъ конторокъ. "Пристань" не была собственно трактиромъ, нельзя ее было назвать и гостинницей, а и то и другое мирно соединилось здѣсь подъ одной небольшой крышей, въ семи, восьми комнатахъ. Въ одной изъ нихъ помѣщался буфетъ съ большимъ прилавкомъ, съ маленькими столиками, съ десяткомъ стульевъ, съ патентами и гравюрками на стѣнахъ; въ другой стоялъ бильярдъ, а три-четыре крошечныя, чистенькія комнатки отведены были подъ нумера для пріѣзжающихъ.

Когда Филиппъ подошелъ къ "Пристани", окна ея были открыты и какъ бы приглашали всякаго прохожаго безъ церемоніи заглянуть въ нихъ. Филиппъ такъ и сдѣлалъ. Матросовъ былъ тутъ,— за бутылкой пива, а противъ него, за тѣмъ же столомъ расположился еще какой-то чисто одѣтый, толстый господинъ съ добродушнымъ, совершенно багровымъ лицомъ, созданнымъ какъ бы нарочно для напоминанія людямъ о существованіи на свѣтѣ апоплексическихъ ударовъ и вообще внезапной смерти, стоящей, можетъ быть, ужь за нашими плечами. Онъ, какъ видно, уже до нѣкоторой степени потерялъ власть надъ своими мускулами, потому что, сказавъ что-то Матросову, совершенно не кстати качнулся къ нему всѣмъ тѣломъ, и повернувшись въ сторону, чтобы посмотрѣть на вошедшую въ это время пожилую, худощавую женщину съ шарманкой, немного придержался рукой за столъ. За прилавкомъ появился на минуту и опять ушелъ хозяинъ трактира, невысокаго роста, блѣдный и серьезный господинъ лѣтъ подъ сорокъ, въ черномъ сюртукѣ и съ золотою цѣпочкою на черномъ жилетѣ.

— Самъ пришелъ или меня искалъ? спросилъ Филиппа Матросовъ.

— Тебя.

— Ну, вотъ; что ни говори, а я еще совсѣмъ порядочный человѣкъ: по крайней мѣрѣ, всегда знаютъ, гдѣ меня найти можно.

Господинъ, угрожаемый апоплексическимъ ударомъ, съ недоумѣніемъ осмотрѣлъ Филиппа съ головы до ногъ, а потомъ взялся обѣими руками за свой подносикъ съ графиномъ, рюмками, тарелочками и тихонько, тихонько потащилъ его, опасаясь не безъ основанія, что какъ только онъ довезетъ его до края стола, такъ о свалитъ что нибудь на подъ.

— Вы не безпокойтесь, Иванъ Федорычъ, поспѣшилъ Матросовъ остановить его, — мѣста намъ всѣмъ будетъ. А этотъ молодой человѣкъ — хорошій мой пріятель, Филиппъ Петровичъ Гябишинъ, новоиспеченный докторъ Иванъ Федоровичъ Тихоновъ,— купецъ здѣшній.

Иванъ Федоровичъ молча прикоснулся своей жирной, потной рукой до руки Филиппа, потомъ отправился за платкомъ и все продолжалъ искоса, бычкомъ и съ тупымъ любопытствомъ пьянаго человѣка разсматривать нашего героя. Только маленькіе дѣти да пьяные люди умѣютъ такъ серьезно и настойчиво смотрѣть въ лицо незнакомаго человѣка.

Нѣтъ, кажется, такого уголка въ Россіи, нѣтъ такого города, такой улицы во всѣхъ этихъ губернскихъ, уѣздныхъ и заштатныхъ городахъ, которая не слышала бы хоть одинъ разъ неизмѣннаго, распѣваемаго и разбитыми шарманками и всевозможными голосами — "Хуторка". Услышала его въ этотъ вечеръ и "Пристань". Бродячая артистка въ тысячный разъ завертѣла ручку своего разбитаго инструмента и задумчиво бродила своими когда-то красивыми глазами по лицамъ слушателей, стараясь, вѣроятно, угадать по ихъ выраженію, насколько глубоко проникаетъ ея музыка въ ихъ сердца и сколько лишнихъ копѣекъ можетъ она унести отсюда.

При первыхъ же звукахъ Иванъ Федорычъ поникъ головой; потомъ онъ началъ тихонько покачивать ею въ тактъ музыки, а за тѣмъ и руки, и все тѣло его пришли въ ритмическое движеніе.

— Не могу, не могу, со вздохомъ пояснилъ онъ, обратившись къ Филиппу,

Чѣмъ дальше подвигалась пѣсня, тѣмъ сильнѣе, размашистѣе дѣлались его движенія и когда наконецъ смолкли звуки, онъ съ недоумѣніемъ, съ немного раскрывшимся ртомъ взглянулъ на артистку и потомъ уныло повѣсилъ голову.

— Не могу, повторилъ онъ Филиппу, разведя руками.— Бери что хочешь, обратился онъ къ артисткѣ,— и играй, потому твоя музыка душу мою жжетъ. Сними съ меня хоть и сюртукъ, потому мнѣ ничего больше не надо.

Онъ мрачнымъ взоромъ окинулъ кругомъ. Шарманка опять запѣла. Иванъ Федорычъ облокотился обѣими руками на столъ, подперъ обоими кулаками подбородокъ и уставился красными, тупыми глазами въ жилетъ Филиппа. Понемногу эти красные глаза поднимались все выше и выше, и наконецъ неподвижно остановились на лицѣ нашего героя. Вдругъ Иванъ Федорычъ нетерпѣливо махнулъ рукой шарманщицѣ и рѣшительно обратился къ Филиппу.

— Скажи ты мнѣ, я тебя прошу, сказалъ онъ, взявъ его за пуговицу.— Могу я убить тебя?

— То есть какъ убить?!.

— Всячески убить Не токмо ребенка, ангельскую душу, лишить жизни; а тебя, тебя могу ли я убить? Такое ли у меня сердце, чтобы я тебя убить могъ?

— Ну нѣтъ. Гдѣ ужъ вамъ убить человѣка. Что вы? полусмѣясь, полунедоумѣвая отвѣчалъ Филиппъ, съ любопытствомъ вглядываясь въ его тупое, но добродушное лицо.

Иванъ Федорычъ стукнулъ кулакомъ по столу и всталъ.

— Ну вотъ! съ торжествомъ сказалъ онъ, взглянувъ на хозяина, опять появившагося за прилавкомъ.

— Всякъ это скажетъ, отвѣчалъ хозяинъ.

— Да-а! съ негодованіемъ произнесъ Иванъ Федорычъ, надѣвая фуражку.— Даа! Потомъ онъ постоялъ противъ шарманщицы, пристально посмотрѣлъ въ ея лицо, какъ будто припоминая что-то, медленно досталъ ей денегъ, кивнулъ всѣмъ головой и ушелъ.

— Злой сегодня; руки никому не подалъ, замѣтилъ Матросовъ хозяину.

— Выпивши, но въ мѣру, объяснилъ хозяинъ.

— Это что же онъ такое? о какомъ убійствѣ? спросилъ Филиппъ.

— Странная, братъ, это исторія, отвѣчалъ Матросовъ;— психологическая. Я порекомендую ее твоему вниманію. Начало ея было уже давно, лѣтъ пятнадцать, я думаю, назадъ. Былъ онъ видишь ли, какъ тебѣ сказать...

— Простымъ мужикомъ былъ; плоты сплавлялъ, подсказалъ хозяинъ.

— Ну да, лѣсъ, бревна продавалъ. Какъ-то, по веснѣ стоялъ онъ съ своими плотами у одного села; а недалеко чуть не подъ бокомъ у него протекала маленькая, мелкая рѣченка, пересыхавшая въ жаркую лѣтнюю пору. Случилось, что изъ села отправились за эту рѣченку три, четыре маленькія дѣвочки. Пошли онѣ въ бродъ. Одна изъ нихъ возьми да и сбейся съ настоящей дороги: попала въ яму, оборвалась и — слѣдъ простылъ. Другія домой бросились, кричатъ.— Спалъ ли Иванъ Федорычъ, обѣдалъ ли, дѣломъ ли былъ занятъ, — только онъ и но подумалъ бѣжать на помощь, хотя хорошо слышалъ въ чемъ дѣло. Прибѣжала мать утопшей, рыбаки сбѣжались и вытащили дѣвочку уже мертвую Мать упрекнула Ивана Федорыча, что онъ ближе всѣхъ былъ, могъ бы пожалуй во время поспѣть, а Иванъ Федорычъ огрызнулся только: этого добра-то, говоритъ, нечего тебѣ жалѣть,— еще дюжину успѣешь натаскать. Началось, по обыкновенію, слѣдствіе. Созвали всѣхъ прикосновенныхъ. Становой сильнѣе всѣхъ напустился на Ивана Федорыча. Сначала онъ говорилъ, что плавать не умѣетъ,— все равно ничего бы не могъ сдѣлать; потомъ ссылался на то, что дѣломъ былъ занятъ, а затѣмъ запираться началъ, увѣрять, что ничего не слыхалъ, однимъ словомъ, вывелъ становаго изъ терпѣнія. Да ты, сказалъ становой, знаешь ли, что ты такое? Вѣдь если бы ты потревожилъ немного свою спину, побѣжалъ бы на мѣсто при первомъ крикѣ, такъ, можетъ быть, дѣвочка-то была бы жива. Вѣдь теперь ты, знаешь ли, что ты такое? Вѣдь ты, можетъ быть, убійца!..

— Сначала Иванъ Федорычъ, вѣроятно, не тронулся этими жалкими словами, серьезно смотрѣть на нихъ и не думалъ; незамѣтно этого было. А потомъ уже, когда онъ деньгу нажилъ, потолстѣлъ, намѣревался было пожинать плоды трудовъ своихъ, тогда-то эти слова ему и вспомнились. Какъ только потолстѣлъ онъ, изнѣжился, такъ его тутъ кондрашка и хватилъ; то есть, понимаешь ты: Иванъ Федорычъ смерть передъ собой увидѣлъ, струсилъ, каяться началъ, А къ этому присоединилось еще то, что у него дѣти никакъ не могутъ ужиться на бѣломъ свѣтѣ: родится ребенокъ, поживетъ немного и умретъ, родится и помретъ, только-что купель вынесутъ изъ дома, нужно гробъ заказывать. Ну, понимаешь ли ты теперь душу этого Ивана Федорыча? Вѣдь онъ думаетъ, что это его все казнятъ за его фантастическое убійство. Вотъ что преслѣдуетъ его всю жизнь.

— Это вѣрно, подтвердилъ хозяинъ.

— Непремѣнно, неиначе — казнятъ его за убійство, все казнятъ.

— Ахъ! кстати объ убійствахъ. А вѣдь Пѣнкинъ-то дѣйствительно струсилъ, вдругъ вспомнилъ Матросовъ и весь, съ сіяющимъ лицомъ повернулся къ Филиппу. — Ни — ни, ничего не слышно.

— Ну, вотъ: я тебѣ говорилъ... Съ перваго же взгляда видно, что этотъ господинъ хвастунъ и ничего больше...

— Вчера я его опять встрѣтилъ на улицѣ. Скромно такъ прошелъ мимо меня, глазки потупивши. Вѣтреный человѣкъ. Впрочемъ я очень благодаренъ ему, что онъ оставилъ меня въ покоѣ. Не то чтобы я былъ трусъ или жизнью своей многогрѣшной очень дорожилъ; нѣтъ, вовсе нѣтъ, пожалмета ты не подумай этого. Нѣсколько времени назадъ я пожалуй даже обрадовался бы этой исторіи: тогда она впору бы была, какъ дождь на страдающее отъ засухи поле, какъ капля воды на запекшіяся губы. Однимъ словомъ, развлеченіе доставило бы. Ну, а теперь не то. Во первыхъ, я теперь собираюсь жениться на богатой особѣ изъ купеческаго сословія, во-вторыхъ, ты пріѣхалъ,— потомъ компанія тутъ у насъ составилась,— можетъ быть, въ скоромъ времени богатъ буду.

При этомъ онъ многозначительно подмигнулъ.

— А главное все-таки то, что не въ далекимъ будущемъ я вижу передъ собою радости супружеской жизни — Это главное... Однако удалимся изъ сего дома, ибо мнѣ надо бы посѣтить одно очень почтенное семейство... А по дорогѣ можемъ и побесѣдовать.

— Любопытно мнѣ, сказалъ Филиппъ, когда они вышли на улицу, — есть ли въ твоихъ словахъ объ этой женитьбѣ хоть маленькая частица, правды или ты изобрѣтаешь ее?

— Любопытно? Въ самомъ дѣлѣ? двусмысленно, точно подсмѣиваясь переспросилъ Матросовъ.— А ты какъ думаешь объ этой матеріи? Хорошая была бы штука, если бы я женился?... Ты какъ на это смотришь?

— Какъ мнѣ смотрѣть? Почему я знаю, кого ты тамъ выбираешь въ подруги своей жизни? Я не пророкъ и но угадчикъ.

— Нѣтъ, а вообще? Ты мнѣ выскажи свое мнѣніе о женитьбѣ вообще...

— А вообще мое мнѣніе такое, что иногда женитьба бываетъ хорошее дѣло, иногда дурное — смотря по обстоятельствамъ, серьезно отвѣчалъ Филиппъ послѣ небольшаго раздумья.

Матросовъ плюнулъ.

— Знаешь что, мой милый? А вѣдь ты педантъ, скучный, сухой резонеръ, съ досадой заговорилъ онъ.— Всѣ эти твои сужденія составляются какъ-то по соображеніи наимельчаіннихъ пунктиковъ, по тщательномъ взвѣшиваніи наимельчайшихъ мелочей. Даже тошно становится. Педантъ ты, вдохновенія въ тебѣ нѣтъ.

— А вѣдь это правда. У меня дѣйствительно есть эта слабость резонерствовать, наивно согласился Филиппъ.— Съ чего бы это она у меня появилась? съ любопытствомъ спросилъ онъ.

Матросовъ пожалъ плечами.

— Вообще о женитьбѣ можно еще сказать, что это серьезное дѣло, прибавилъ Филиппъ,— очень серьезное дѣло...

— А я тебѣ скажу, что жениться — значитъ возложить на себя крестъ, надѣть вериги, плавать въ сапогахъ, наполненныхъ пескомъ,— вотъ что!.. Жениться — это значитъ — связать себѣ и руки, и ноги, и даже духъ свой связать Прежде я не струсилъ бы дуэли съ Пѣнкинымъ, а теперь... тово... она не по душѣ мнѣ; до сихъ поръ я не тяготился своей бѣдностью, даже не чувствовалъ ея, а въ случаѣ женитьбы, бѣдность эта сна меня лишитъ, душу мою измучитъ... Не за себя мнѣ будетъ тяжело, а за другого... О себѣ я никогда и не подумалъ бы, а для этого другого я, можетъ быть.... позволю себѣ въ физіономію наплевать.

— Въ такомъ случаѣ тебѣ не слѣдуетъ жениться...

— А если нельзя не жениться?

— Нельзя? вскричалъ Филиппъ и вдругъ остановился и смотрѣлъ на Матросова, точно будто испуганный.

Матросовъ тоже какъ будто испугался и тоже остановился.

— Эхъ, нѣтъ, не то, спохватился онъ и повлекъ Филиппа дальше.— Какъ нельзя?.. Конечно можно... то есть, пожалуй можно бы и не жениться... Да вѣдь вотъ: тянетъ, увлекаетъ, силъ нѣтъ, очарованіе какое-то...

— Превозмоги, педантически замѣтилъ успокоившійся Филиппъ.

Матросовъ плюнулъ, потомъ вздохнулъ и замолчалъ.

— Вчера я встрѣтилъ у Щепоткиной одну госпожу, заговорилъ Филиппъ послѣ продолжительнаго молчанія. Больная госпожа; бѣжала отъ жестокостей мужа, ищетъ работы, вообще находится не въ блестящемъ положеніи.

— И хороша собой? тоскливо спросилъ Матросовъ, съ сожалѣніемъ глядя на него.

— Вообще положеніе ея заставило меня нѣсколько задуматься о ней, продолжалъ Филиппъ, не обращая на него вниманія.— Ну, и между прочимъ вспомнилось мнѣ и наше товарищество. Будемъ мы вербовать въ него новыхъ членовъ или но будемъ?

— Влюбишься ты въ нее или не влюбишься? разсуждалъ

Матросовъ.— Эхъ, ты не сердись, прибавилъ онъ.— Если тебѣ необходимо знать мое мнѣніе, такъ я скажу его тебѣ. О вербовкѣ вообще я думаю, что хорошихъ подходящихъ людей отчего и не завербовать, а дурныхъ не надо. Доволенъ ли ты моимъ мнѣніемъ? Впрочемъ въ настоящую минуту меня болѣе всего занимаетъ — влюбишься ты или не влюбишься? Я думаю, что влюбишься, Во-первыхъ она больна, несчастна, возбуждаетъ сочувствіе; во-вторыхъ находится въ романическомъ положеніи... Непремѣнно влюбишься... И что хорошо въ твоемъ романѣ,— это законный супругъ., въ отдаленіи... По крайнейтмѣрѣ совершенно безопасно. Можно приволокнуться, убить время, а потомъ подобрать свое сердце и — въ сторону.

— Зачѣмъ ты врешь? смѣясь, сказалъ Филиппъ.— Зачѣмъ ты выставляешь себя такимъ негодяемъ! Вѣдь иной подумаетъ, что и въ сердцѣ у тебя такая же пакость, какъ на языкѣ.

Матросовъ остановился и снявъ фуражку вытеръ платкомъ лобъ. Глаза его такъ и смѣялись, и сіяли.

— И хорошенькая она? Молодая? Неопытная? спрашивалъ онъ.

— Двое или трое дѣтей есть...

— Вотъ это нехорошо, неромантично, серьезнымъ шепотомъ и качая головой, сказалъ Матросовъ.— А впрочемъ не мое дѣло. Теперь у меня свое есть. Твоя дорога направо, вонъ туда, а моя обратно. До свиданья.

— Послушай, ты въ самомъ дѣлѣ собираешься жениться? серьезно спросилъ Филиппъ.

— Непремѣнно — на богатой купчихѣ.— До свиданья...

Филиппъ постоялъ, посмотрѣлъ ему вслѣдъ, потомъ пошелъ своей дорогой. "Вретъ или не вретъ?" думалъ онъ. "Конечно вретъ... А впрочемъ кто его знаетъ... Можетъ быть, не на богатой купчихѣ, не на Кобылятиной, — а все-таки есть у него кто-то на сердцѣ и на примѣтѣ."

Матросовъ между тѣмъ дѣйствительно шелъ обратно. Пройдя шаговъ сто, онъ оглянулся, посмотрѣлъ, не слѣдитъ ли за нимъ Филиппъ; черезъ нѣсколько домовъ опять оглянулся и наконецъ свернулъ съ мостковъ къ калиткѣ маленькаго одноэтажнаго домика. "Домъ купца Ивана Федоровича Тихонова" — говорила красная жестяная дощечка, прибитая на верхней перекладинѣ воротъ. Подлѣ этой дощечки была другая, поменьше, и изображала зеленую бочку, обитую черными желѣзными обручами.

Дворикъ Ивана Федоровича былъ не великъ, въ ширину всего сажень десять. Направо отъ воротъ находилось чистое крыльцо въ домъ, налѣво — кухня и погреба, въ глубинѣ двора ворота въ садъ, а подлѣ нихъ маленькій сарайчикъ, въ которомъ рычала цѣпная собака, выпускаемая изъ своего заточенія только на ночь. Обыкновенно, по всему двору бродили здѣсь куры, утята, индѣйки, но теперь вся эта пернатая тварь столпилась въ глубинѣ двора около толстенькой, весьма уже пожилой женщины, въ темномъ ситцевомъ платьѣ, съ засученными по локоть рукавами. Она какъ какая нибудь торговка на базарѣ раставила около себя чашки съ мѣсивомъ, чашки съ овсомъ, блюда и корытца съ водой и зорко поглядывала вокругъ себя, наблюдая, чтобы все было въ порядкѣ и куры не обижали утятъ. Глазки у нея были маленькіе, черные, живые, движенія быстрыя, морщинки около глазъ и губъ такъ и бѣгали, такъ и переливались. Это была жена Ивана Федоровича.

— Здравствуй, здравствуй,— нечего раскланиваться-то, привѣтствовала она Матросова, который уже отъ самыхъ воротъ началъ привѣтствовать ее размашистымъ скидываніемъ своей фуражки.— Что давно не видать тебя? Вотъ постой, Бѣлка-то вылетитъ на тебя,

— А я ее спиной придержу, отвѣчалъ Матросовъ и сѣвши около сарайчика, началъ вытирать платкомъ лобъ и лицо.— Во-первыхъ, какъ поживаете? Во-вторыхъ, я дѣйствительно давно уже не былъ въ семъ домѣ: дня три пожалуй. Все дѣла у меня — большія, важныя.

— Извѣстное дѣло, у кого и дѣла какъ не у тебя...

— Правда, правда... А благополучно ли возвратился сегодня Иванъ Федоровичъ домой?

— А ты почемъ знаешь, какой онъ возвращался сегодня?

— Мнѣ ли не знать этого, Дарья Ивановна? Вѣдь мы съ нимъ всегда вмѣстѣ бражничаемъ. Вотъ и сегодня вмѣстѣ кутили. Я же и подпоилъ-то его... Нарочно...

— Ври больше; такой ты человѣкъ, чтобы соблазнять сталъ...

— Я вамъ говорю. Ну, а потомъ шарманщица явилась. Иванъ Федоровичъ и говоритъ: бери что хочешь, хоть послѣднюю рубашку бери, только полюби меня...

— Тьфу... И не узнать тебя, Петръ Васильевичъ, и смѣясь и съ сердцемъ заговорила Дарья Ивановна.— Послушать тебя, такъ хуже всякаго послѣдняго пропойцы сдѣлался;— срамъ...

— Однако шарманщицѣ Иванъ Федоровичъ не понравился; поэтому онъ и пошелъ домой въ разстроенномъ и грустномъ настроеніи... Теперь вѣроятно спитъ, несчастный?

Дарья Ивановна не отвѣчала.

— А Катерина Игнатьевна дома находится?..

— Я тебѣ какое до нея дѣло? Можетъ быть, Катенька теперь одна сидитъ...

— И отлично...

— Ты думаешь, я тебѣ такъ и позволю глазъ на глазъ сидѣть съ ней? Какже!.. Ты такихъ словъ наскажешь дѣвушкѣ, что уши завянутъ... Я ужъ подумывала было, чтобы тебя и совсѣмъ не допускать къ ней...

— А это вы очень хорошо бы сдѣлали, Дарья Ивановна. Ахъ, какъ хорошо, сказалъ Матросовъ, немного задумавшись.— Теперь же я пойду къ ней, быстро прибавилъ онъ и пошелъ.

Дарья Ивановна посмотрѣла какъ онъ прошелъ по двору, какъ взошелъ на крылечко, потомъ машинально отвела голову, разсѣянно взглянула на суетившуюся около нея птицу и призадумалась. Странно и невесело какъ-то подѣйствовали на нее послѣднія слова Матросова и даже не столько эти слова подѣйствовали, сколько тонъ, которымъ онѣ были сказаны, сколько задумчивость, съ которою произнесъ ихъ Петръ Васильевичъ. Что разумѣлъ онъ, когда говорилъ ихъ? Чѣмъ хорошо сдѣлала бы я, если бы не допускала его сидѣть съ Катенькой? думала она. Что тамъ у нихъ творится? До чего они договорились и додумались, мелькнуло у нея въ головѣ,— но эта мысль явилась какою-то странною, случайною, дикою и не остановилась на ней Дарья Ивановна. Хотя она и говорила, что Матросова нельзя оставлять съ глазу на глазъ съ дѣвушкой, что онъ наговоритъ ей Богъ знаетъ какихъ грубостей, но это была только шутка съ ея стороны; на самомъ же дѣлѣ она была увѣрена, что Матросовъ меньше чѣмъ кто либо другой способенъ испортить, соблазнить или обмануть кого нибудь. Онъ былъ ея любимецъ. Она была знакома еще съ его покойницей матерью. Самого же его она знала уже лѣтъ десять, а цѣнить и любить его начала еще съ тѣхъ поръ, какъ онъ послѣ смерти своего отца вышелъ, не окончивши курса, изъ шестого класса гимназіи и началъ содержать свою мать. Всегда то онъ веселый, бодрый и вѣрующій въ себя; и хоть иной разъ кошки скребутъ его за сердце, а онъ и виду не покажетъ, все вретъ, все балагуритъ, точно будто ему и море по колѣно — вотъ за это и любила его Дарья Ивановна. Еще и за то она его любила, что онъ не только никогда не бывалъ лицемѣромъ, не только никогда и ни передъ кѣмъ не прикидывался скромницей, тихоней и святымъ человѣкомъ, но даже какъ будто бы въ пику всѣмъ ханжамъ и святошамъ выставлялъ себя какой-то отпѣтой и пропащей головой, чѣмъ-то неизмѣримо худшимъ, чѣмъ онъ былъ на самомъ дѣлѣ. Дарья Ивановна очень любила посидѣть съ нимъ часъ-другой за чаемъ или обѣдомъ, поболтать съ нимъ, прочитать ему наставленіе, которое онъ всегда выслушивалъ съ самымъ серьезнымъ видомъ. Иногда она обращалась къ нему за совѣтами; Матросовъ, съ своей стороны, нерѣдко заимствовался у нея на нѣсколько дней деньгами. Одно только въ немъ сокрушало Дарью Ивановну — это его бѣдность, изъ которой она никакъ не могла вытащить его. Сколько ужъ разъ находила она, чуть не изъ земли выкапывала для него богатыхъ невѣстъ,— нѣтъ, все не удавалось ей пристроить его; ни невѣсты ему не нравились, ни деньги его не соблазняли. Годъ назадъ она уже совсѣмъ было потеряла надежду видѣть его женатымъ и обезпеченнымъ, но съ той поры до настоящаго времени утекло много воды и между прочимъ произошло такое обстоятельство, которое совершенно перемѣнило положеніе дѣла. Умерла родная сестра Дарьи Ивановны, вдовая купчиха, жившая въ другой губерніи. Послѣ нея осталась круглой сиротой семнадцатилѣтняя дочь Катя, Катерина Игнатьевна, Дарья Ивановна, по желанію умиравшей сестры, должна была заступить Катѣ мѣсто матери и ввела ее за, свой домъ, какъ родную дочь. Этой-то молодой особѣ и суждено было сдѣлать нѣкоторый переворотъ въ жизни и намѣреніяхъ Петра Васильевича Матросова. Неразвитая, но отъ природы умная, красавица, гордая, съ такими же какъ у тетки маленькими, черными и живыми глазами, она съ перваго же раза произвела на Матросова такое впечатлѣніе, что онъ какъ-то притихъ, и кажется въ первый разъ въ своей жизни казался скромнымъ молодымъ человѣкомъ. Дарья Ивановна скоро замѣтила происшедшую въ немъ перемѣну. Сначала это обстоятельство подѣйствовало на нее по видимому непріятно, точно будто или Матросовъ потерялъ въ ея глазахъ свою цѣну, или же для своей племянницы она желала бы подыскать жениха болѣе виднаго, не такого голаго и безчиновнаго, какъ Матросовъ. Она даже сердилась на него довольно долгое время и далеко не показывала ему прежней дружбы и прежняго радушія. А Матросовъ какъ будто бы ничего не видалъ и никакой перемѣны за собой не зналъ. Но прежнему ходилъ онъ къ нимъ, ни чаще, ни рѣже; попрежнему безсовѣстно вралъ съ Дарьей Ивановной, попрежнему бесѣдовалъ съ Иваномъ Федоровичемъ о средствахъ къ сохраненію здоровья, носилъ Катеринѣ Игнатьевнѣ занимательныя книжки, то сплетничалъ и болталъ съ нею, то изъ этихъ же самыхъ сплетень выводилъ горячій споръ о возвышенныхъ матеріяхъ. Проходили недѣли, мѣсяцы, а онъ все молчитъ, все ни гу-гу о любви и сватьбѣ. Прошла осень, зима; Дарья Ивановна успѣла разсудить, что хоть Матросовъ и бѣденъ, но все-таки онъ честный, хорошій, дѣльный человѣкъ и что если ему дать въ руки тысячъ пять Катонькина приданаго, такъ онъ съумѣетъ пустить ихъ въ дѣло,— а онъ все молчитъ.

Пробовала Дарья Ивановна допытать сторонкой племянницу — и съ этой стороны не добилась никакого толку; прибѣгала раза два-три къ подслушиванію, но и подслушиванье не привело ее ни къ какому результату. Такъ она и не знала до настоящаго времени, какія у Матросова намѣренія относительно ея племянницы, до чего договорились между собою молодые люди и какія чувства питаютъ они другъ къ другу.

Пока Матросовъ шелъ отъ Дарьи Ивановны къ крыльцу, беззаботное выраженіе его лица все больше омрачалось, пропадало и замѣнялось почти тревожнымъ выраженіемъ. Когда онъ отворилъ наконецъ дверь въ залу, его глаза почти мрачно взглянули на сидѣвшую у окна дѣвушку, точно будто она была его непримиримымъ врагомъ и обидчикомъ. Она, повидимому, уже ожидала его прихода, сидѣла безъ дѣла и играла съ котенкомъ.

— Такъ это вы все соблазняете дядю? спросила она, когда Матросовъ подошелъ къ ней и протянулъ руку.

— А вы опять подслушивали? сердито спросилъ онъ.

— Ничего я не подслушивала... Я стояла въ своей комнатѣ у окна и цвѣты поливала, а вы заговорили тамъ чуть не надъ самымъ моимъ ухомъ. Не бѣжать же мнѣ было. Ну, а чѣмъ это было бы хорошо, еслибы тетя не позволила вамъ видѣться со мной?

— И это слышали?..

— Какже, и это слышала... Что же вы хотѣли этимъ сказать? спроепла она съ самымъ невиннымъ видомъ.

— Во всякомъ случаѣ, ужь никакъ не то, что вы думаете, раздражительно отвѣчалъ онъ, чуть не съ яростью обрѣзывая и закуривая сигару.

— Я думала такъ, что если бы вы не видѣлись со мной, то не переносили бы столько... огорченій и не сердились бы такъ много... Я такая глупая, капризная...

— Какое мнѣ дѣло до того, капризны вы или не капризны... Развѣ я вашъ учитель или слуга вамъ? Тѣмъ дѣйствительно было бы дѣло до того, — понятливы вы или непонятливы, капризны или кротки. А мнѣ что до этого за дѣло? Развѣ я вамъ слуга или учитель, что принужденъ переносить отъ васъ огорченія и все-таки оставаться при васъ? возразилъ онъ, стараясь казаться но возможности спокойнымъ и даже сильно удивленнымъ нелѣпостью ея словъ.

Однакожъ онъ видимо сердился.

— Право я не знаю, отчего вы до сихъ-поръ не бросите меня на произволъ судьбы,— вѣроятно изъ жалости, съ кроткимъ видомъ и со смѣхомъ въ глазахъ отвѣчала она;— но что вы мой учитель, такъ это правда, это, ужь какъ вы хотите, а правда.

— Я? Учитель?..

— Конечно. Кто, какъ не вы, пріучилъ меня читать книги? Кому, какъ не вамъ, должна я быть благодарна, что узнала изъ этихъ книжекъ много-много полезныхъ вещей.. Вотъ, напримѣръ...

— Да, да, да, такъ учитель... И нянька пожалуй? чуть не съ отчаяніемъ спрашивалъ онъ, избѣгая ея смѣющихся глазъ.

— Пожалуй и нянька даже...

Онъ высоко вздернулъ плечами, отеръ платкомъ лобъ и

откинувшись къ спинкѣ кресла, погрузился въ равнодушное созерцаніе бахромы на концахъ скатерти, покрывавшей переддиванный столъ.

— Странно, а я думалъ до сихъ поръ, что я для васъ ни больше ни меньше, какъ такъ себѣ — знакомый, сказалъ онъ, усиливаясь показать ей, что ему нѣтъ до нея ни малѣйшаго дѣла и что поэтому всѣ ея слова кажутся ему чрезвычайно странными.

Но ей, какъ видно, уже надоѣло забавляться надъ нимъ. Она отвернулась къ окну, облокотилась на него и молчала.

— Гдѣ это играетъ музыка? спросила она послѣ долгаго молчанія и уже совершенно другимъ,— усталымъ и тихимъ голосомъ.

— Въ саду, я думаю...

— Такъ бы выскочила въ это окно и убѣжала бы куда нибудь, почти прошептала она, помолчавъ немного.

— Скучно?..

Она посмотрѣла на него своими черными, бархатными глазами и медленно, точно ножомъ рѣзнула его, кивнула головой. У него сердце сжалось отъ тоски и какой-то обиды. Ему подумалось, что она ужь слишкомъ безжалостно обращается съ нимъ и что онъ кажется начинаетъ ненавидѣть ее.

— Что жь? Читаете теперь что нибудь? спросилъ онъ отрывисто и съ злымъ выраженіемъ въ глазахъ.

— Да, вы возьмите эту вашу книгу: путешествіе... Вонъ оно на столѣ, за вами...

— Просмотрѣли уже?..

— Просмотрѣла. Приключенія тамъ есть интересныя, ихъ прочитала; а описанія всѣ эти, разсужденія — скука.

Матросовъ взялъ книгу, перелистовалъ ее, потомъ вдругъ засмѣялся.

— Знаете, я думалъ прежде, что вы только притворяетесь, будто бы вамъ та, другая книга скучна показалась и будто вы ее не читали. Я думалъ, что вы только такъ говорите, а на самомъ дѣлѣ не разъ прочитали ее и хорошо познакомились съ нею...

— Въ самомъ дѣлѣ? съ удивленіемъ спросила она и задумалась надъ его словами, какъ будто бы соображала, что подобная штука была бы очень оригинальная и забавная штука.

— Нѣтъ, напрасно...

— Я вижу, что напрасно, отвѣчалъ онъ съ тѣмъ же злымъ смѣхомъ.— Теперь я ужь и не подумаю этого.

Онъ бросилъ книгу на столъ, закусилъ губу, потомъ вздохнулъ.

— Вотъ мнѣ Настенька принесла романъ, равнодушно продолжала Катерина Игнатьевна, доставая изъ за цвѣтовъ на окнѣ маленькую книжку.

— Какая Настенька? Ахъ, эта... бойкая, что замужъ стремится?

95

Любопытно, какими это книжками она васъ снабжаетъ? Гм, гм... Виконтъ де Бражлонъ, романъ Александра Дюма... Очень хорошо, очень хорошо. Чрезвычайно должно быть увлекательно?..

— Увлекательно, невозмутимо спокойно отвѣчала она.— Вы сегодня злой. Отыщите, тамъ есть закладка въ книгѣ и читайте мнѣ пожалуста вслухъ. Скучно такъ сидѣть.

Матросовъ искоса взглянулъ на нее, развернулъ книгу, налегъ на нее рукой, такъ что переплетъ затрещалъ и наконецъ, кусая ногти, началъ читать сквозь стиснутые зубы. "Мы, мессиръ д'Артаньянъ, отставной поручикъ королевскихъ мушкетеровъ". (Знаю, знаю я этого д'Артаньяна. Это тотъ самый, что тоненькой шпажонкой побивалъ тьмы-темъ враговъ). Знаете, Катерина Игнатьевна, мнѣ въ голову пришелъ тоже романъ. Нѣкто заключенъ врагами въ темницу. Стѣны въ темницѣ толстыя, запоры желѣзные; у моего же героя всего только и есть что мѣдная уховертка. Однако же онъ не робѣетъ,— стѣны сокрушаетъ уховерткой, выходитъ на свободу и мститъ своимъ врагамъ.

— Что жь, напишите...

Матросовъ опять принялся за чтеніе. Мало-по-малу онъ началъ успокопваться и если все-таки читалъ не особенно хорошо, то по крайней мѣрѣ безъ злости и не сквозь стиснутые зубы. Повидимому мысли его были весьма мало заняты поручикомъ д'Артаньяномъ и его приключеніями; знаками препинанія онъ не стѣснялся, слова и цѣлыя строки пропускалъ и но замѣчалъ этого.

— Изъ за чего я кипячусь и волнуюсь? думалъ онъ.— Какъ это смѣшно и по ребячески и глупо... Раздражить ее, настроить ее враждебно противъ меня — этого я конечно не могу добиться подобнымъ образомъ дѣйствій. Притомъ могу еще выставить себя въ смѣшномъ видѣ, что кажется и случилось уже... О, глупость! глупость!.. И изъ за чего?.. Изъ за того, что ей скучна серьезная книга; изъ за того, что эта дѣвочка еще не доросла до того, чтобы серьезная книга могла ей нравиться. И какъ глупо отнесся я къ этому глупому роману. Пускай читаетъ, ежели онъ ей нравится. Не въ томъ дѣло, чтобы не давать ей въ руки глупыхъ романовъ, а въ томъ, чтобы она поняла ихъ глупость и сама, сама не стала бы читать ихъ. Не лучше ли было бы, еслибы я, не говоря дурного слова, принялся читать этого виконта и потомъ уже спокойно, въ видѣ обмѣна мыслей и впечатлѣній, освѣтила, бы ей пустоту всѣхъ этихъ героевъ и ненатуральность ихъ дѣйствій? Какъ глупо, какъ глупо!

— Будетъ тебѣ глаза портить,— брось, Петръ Васильевичъ, замѣтила появившаяся на минуту въ дверяхъ Дарья Ивановна, у которой и руки, и лицо были выпачканы въ мукѣ.— Брось, темно, повторила она и опять ушла, скрипнувъ дверью и брякнувъ захваченною ею посудой.

— Оставьте, въ самомъ дѣлѣ, сказала Катерина Игнатьевна.— Вотъ лучше подержите мнѣ мотокъ... Сядьте сюда, ближе...

Матросовъ пересѣлъ къ ея окну.

— А музыка все играетъ, все играетъ, заговорила она какъ будто про себя.

— Что она вамъ?..

— А я все въ тюрьмѣ, все въ тюрьмѣ, продолжала она тѣмъ же тономъ.— Хоть бы вы познакомили меня съ кѣмъ нибудь...

— Съ кѣмъ?..

— Есть же у васъ родственницы, знакомыя... Хоть бы изрѣдка они меня выводили куда нибудь отсюда; а то къ обѣднѣ, да къ какимъ нибудь староверамъ въ гости,— только я и вижу свѣта... Скучно... Вонъ Настенька попросится къ вечернѣ въ дѣвичій монастырь, да и гуляетъ себѣ подъ вуалемъ гдѣ хочетъ... А я не могу этого...

— Не можете обмануть Дарью Ивановну?..

— Нѣтъ, не то... Не Богъ знаетъ какой грѣхъ обмануть ее въ этомъ... Дѣло въ томъ, что если Настенька и попадется, такъ ей ничего: ее и бранятъ и стыдятъ, — ей все ничего. А у меня не такой характеръ. Если бы я попалась, да стали бы меня за это стыдить, какъ маленькую дѣвочку,— такъ я навѣрное убѣжала бы отсюда...

— Куда?..

— Я почему знаю? Куда нибудь убѣжала бы,— здѣсь не осталась бы. Тетку я видѣть не могла бы, возненавидѣла бы ее... Вы что на меня засмотрѣлись?

— За что же вы возненавидѣли бы Дарью Ивановну?

— Какъ за что? Мало того, что она стала бы стыдить и пилить меня, — она весь городъ извѣстила бы объ этой исторіи...

— Такъ что-же?..

— Что же! И простила бы я ей, что она меня на смѣхъ подняла!

— Самолюбивая вы...

— Да, я гордая...

Матросова, опять засмотрѣлся на нее. Она сидѣла спокойная, бѣлая, какъ мраморная, съ опущенными глазами и съ слегка нахмурившимися черными бровями, обдумывала что-то. Вдругъ она, какъ будто почувствовавъ его пристальный взглядъ, подняла голову и взглянула ему прямо въ глаза.

— Что же вы? спросила она.

— Что такое?

— Познакомите меня съ кѣмъ нибудь?

Матросовъ сложилъ руки и задумался, потомъ закурилъ сигару и прошелся по комнатѣ. Брови у него нахмурились, кругомъ рта поднялись бугры и складки и вообще все выраженіе лица сдѣлалось такое брюзгливое, такое недовольное, что Катерина Игнатьевна навѣрное расхохоталась бы, еслибы въ комнатѣ не было такъ темно и она могла бы разсмотрѣть его черты. Внутренно онъ дѣйствительно брюзжалъ и чуть не плакалъ отъ одной мысли, что эта дѣвушка познакомится съ его знакомыми, что Филиппъ Рябининъ, Мочаловъ и прочіе, и прочіе, имъ же числа нѣтъ, будутъ при взглядѣ на нее внутренно подсмѣиваться и съ удивленіемъ думать, что вотъ въ эту-то самую хорошенькую, но капризную и весьма мало развитую мѣщаночку, которая такъ любитъ романы Дюма, наряды и публичныя гулянья, безъ памяти влюбленъ ихъ общій другъ Матросовъ. Ну и зачѣмъ, зачѣмъ лѣзетъ глупый ребенокъ знакомиться со всѣми этими простофилями? брюзжалъ онъ про себя. Развѣ съумѣютъ они, эти простофили, разгадать, какія богатыя силы таятся въ этой пустенькой съ виду дѣвушкѣ? Куда имъ! Они замѣтятъ только, что держитъ она себя въ обществѣ, какъ красивая кукла, что кладетъ она въ карманъ орѣхи и конфекты, которыми ее угощаютъ; что говоритъ она любитъ и умѣетъ только о нарядахъ и гуляньяхъ; а того, какой у нея свѣтлый умъ, какой у нея самостоятельный и сильный характеръ, какое у нея доброе сердце — имъ ни въ вѣкъ не оцѣнить. Вотъ если бы она подождала еще, поработала съ помощью его, своего учителя, падь собой и уже потомъ, потомъ, вышла бы изъ своего уединенія, какъ съ облаковъ упала бы въ среду этихъ простофиль, явилась бы между ними блистающая красотой, развитымъ умомъ, свѣтлымъ и широкимъ взглядомъ на міръ Божій,— вотъ тогда...

— Эхъ! невольно вскричалъ онъ и ожесточенно бросилъ о полъ потухшую сигару.

— Что вы, Богъ съ вами! спросила Катерина Игнатьевна.

— Ничего, такъ... Разсуждаю я, разсуждаю, съ досадой отвѣчалъ онъ, въ волненіи расхаживая изъ угла въ уголъ.

— И разсуждайте,— никто вамъ не мѣшаетъ,— только зачѣмъ же сигары на полъ бросать. Дарья Ивановна разсердится...

— Ничего еще не придумали? прибавила она насмѣшливо.

— А вы думаете какъ? Взялъ, да сразу, въ одинъ мигъ и разрѣшилъ всякую задачу? ворчалъ онъ, поднимая сигару и обмахивая платкомъ полъ.

— Какія же вамъ задачи заданы? Это, — чтобы вы меня познакомили съ кѣмъ нибудь? Это задача? Трудная?..

— А вы думаете не задача?.. Легкая задача?.. Какже! Вонъ сигара у меня была хорошая, вкусная, я ее испортилъ. Вы думаете изъ-за чего? Все изъ-за этого...

— И напрасно вы ее испортили, напрасно вы такъ горячитесь. Ну, не нужно; не нужно мнѣ ничего отъ васъ... Успокойтесь... Не знакомьте меня ни съ кѣмъ... Не нужно, тихо проговорила она и отвернулась къ окну.

Матросовъ стоялъ въ раздумьѣ и хмурился все больше и больше.— Да, какже! думалъ онъ.— Станетъ она ждать, да сидѣть взаперти и за книжкой. Такая она! Выйдетъ себѣ со скуки замужъ или набѣдокуритъ чего нибудь.

— Не нужно, повторилъ онъ наконецъ и какъ бы про себя.— А вотъ вы съ этой... съ Настенькой знакомы же.

— Такъ что же? неохотно и необорачиваясь къ нему отвѣчала она.— Что изъ этого? Я вотъ и съ вами знакома.

— И очень хороши и дружны съ ней...

— Такъ что же наконецъ изъ этого? Пожалуй я и съ вами хороша...

— Ну меня-то вы ужъ напрасно безпокоите, ворчалъ онъ, угрюмо барабаня пальцами по столу.

— Познакомить ее въ самомъ дѣлѣ съ кѣмъ нибудь, что ли, опять внутренно приставалъ онъ къ самому себѣ, приставалъ сердито, точно съ ножемъ къ горлу.— Съ Зоей напримѣръ? Пойти къ Зоѣ, разсказать по секрету всю эту исторію и умолить только, чтобы она никому не выдавала меня. Выдастъ она меня или не выдастъ? Если бы не выдала, такъ пожалуй, что мои дѣлишки очень бы поправились. Зоя хорошая дѣвушка, не чета Настенькѣ. Она, можетъ быть, поусмирила и образовала бы этого глупаго ребенка, изгнала бы изъ него кое-какихъ бѣсенятъ...

Онъ искоса взглянулъ на Катерину Игнатьевну, подумалъ, потомъ полѣзъ за часами.

— Девять;— пойду похлопочу, произнесъ онъ со вздохомъ.

— О чемъ? встрепенулась она.

— А вотъ насчетъ задачи этой... Прощайте...

— Да куда вы пойдете? Зачѣмъ? Я вѣдь сказала вамъ, что не хочу я, не хлопочите, не нужно мнѣ ничего, увѣряла она, впрочемъ, вовсе не особенно настойчиво.— И къ кому вы пойдете?

— А тамъ узнаете... Прощайте...

— Тамъ узнаю... По крайней мѣрѣ завтра вы зайдете къ намъ хоть на минутку?..

— Смотря по обстоятельствамъ... Прощайте, еще разъ, все также сердито повторилъ онъ и затворилъ за собою дверь.

— Въ ноги что-ли поклониться Зоѣ? разсуждалъ онъ, медленно идя по улицѣ. Поклониться въ ноги и умолять ее, чтобы она никому меня не выдавала, никому не говорила, что я обратилъ вниманіе на эту глупую дѣвочку и чортъ знаетъ сколько времени убилъ на ея образованіе и развитіе . Непремѣнно нужно, чтобы она по выдала меня никому, даже брату... Иначе мнѣ проходу не будетъ: вездѣ будутъ кричать, что я влюбленъ... Влюбленъ! Чортъ ихъ возьми!.. Много они смыслятъ въ распознаваніи человѣческаго сердца! Если я отнесъ какой нибудь дѣвочкѣ двѣ, три книжки, да прочиталъ ей нѣсколько десятковъ страницъ какого нибудь путешествія вокругъ свѣта, такъ, по мнѣнію этихъословъ, я непремѣнно влюбленъ! Что за глупая манера! Да и она, эта неразумная дѣвочка, кажется, тоже воображаетъ, что я лежу у ея ногъ! Подсмѣивается тоже... Я ей учитель, видите ли, я ей нянька даже! Чортъ знаетъ, что за дребедень! И не сообразить она того, что еслибы я хоть капельку былъ влюбленъ въ нее, такъ я долженъ бы былъ находиться теперь въ тоскѣ и отчаяніи, потому что вѣдь я очень, очень хорошо вижу, что ей до меня столько же дѣла, сколько мнѣ до той кошки, которая тамъ мяукаетъ, поганая... А развѣ я въ отчаяніи, тоскую, терзаюсь? Желалъ бы я найти человѣка настолько равнодушнаго, какъ я, желалъ бы!..

Онъ сдернулъ фуражку и распахнулъ на груди сюртукъ.

— Еслибы я могъ сію минуту выпить еще стаканъ чаю, я былъ бы совершенно доволенъ и счастливъ. Больше у меня нѣтъ никакихъ печалей. И если я иду теперь хлопотать объ исполненіи ея прихотей, если я хочу познакомить ее съ порядочной дѣвушкой, Зоей, — такъ я это дѣлаю вовсе не изъ какой нибудь любви, далеко нѣтъ. Я не хочу только, чтобы всѣ мои труды надъ ея очеловѣченіемъ пропали даромъ. Мнѣ мой трудъ тоже я думаю дорогъ. Можетъ быть, подъ вліяніемъ Зои, она сдѣлается порядочнымъ человѣкомъ. Конечно, я тогда порадуюсь: пріятнѣе видѣть порядочнаго человѣка, чѣмъ дрянь какую нибудь. Что же касается до того, любить она меня или нѣтъ,— полюбить когда нибудь или никогда не полюбить, — до этого мнѣ нѣтъ ни малѣйшаго дѣла...

Калитка въ домѣ Рябининыхъ была отперта, крыльцо тоже. Матросовъ, не безпокоя никого, поднялся по лѣстницѣ, остановился у двери въ кабинетъ Филиппа и заглянулъ въ маленькое круглое окошечко, прорѣзанное въ этой двери. Филиппъ сидѣлъ спиной къ нему у письменнаго стола и, подперевъ одной рукой голову, писалъ. Передъ нимъ лежало на столѣ нѣсколько исписанныхъ листовъ, груда книгъ.

— За работой, подумалъ Матросовъ.— Пишетъ. Собирался онъ писать что то такое въ пользу кассы нашего товарищества... Охота ему идеалами заниматься; няньчился бы лучше съ глупыми дѣвчонками, подражая мнѣ. Что можетъ быть возвышеннѣе такаго времяпрепровожденія, ворчалъ онъ, спускаясь опять по лѣстницѣ, чтобы пройти къ Зоѣ по другому крыльцу, не отвлекая никого отъ работы.

— Кто тамъ? крикнулъ Филиппъ, отворивъ двери.

— Бездѣльникъ, брюзгливо отвѣчалъ Матросовъ снизу.— Бездѣльникъ, который только и знаетъ — что шатается по лѣстницамъ, да отвлекаетъ добрыхъ людей отъ работы, брюзжалъ онъ, опять поднимаясь вверхъ и входя въ комнату.— Торчать въ трактирахъ, обивать чужіе пороги, няньчиться съ глупыми дѣвчонками,— вотъ моя профессіи. Однимъ словомъ, я бездѣльникъ,— Зоя Петровна не спитъ еще?

— Я думаю, что не спитъ. Ея дома нѣтъ...

— Вотъ и это тоже хорошо... Шелъ, обсудилъ что скажу и какъ скажу, совсѣмъ приготовился и вдругъ дома нѣтъ...

— И обсуждалъ, и приготовился, и трепеталъ, можетъ быть, замѣтилъ Филиппъ, садясь опять на свое мѣсто.— Можно подумать, что ты шелъ съ намѣреніемъ сдѣлать ей любовную декларацію.

— Именно, отвѣчалъ Матросовъ.— И скоро она воротится, ты какъ думаешь?

— Не могу тебѣ этого сказать... Она уѣхала совсѣмъ изъ города...

— Изъ города? Какъ изъ города? Какъ совсѣмъ?

— Чего же ты такъ озлился? Должно быть она твоего позволенія не спросила? Взяла да и уѣхала... Представилось ей мѣсто гувернатки, вотъ она и поѣхала ознакомиться съ людьми и мѣстностью. Впрочемъ, это не такъ далеко, кажется тринадцать верстъ отсюда.

— Чортова дюжина!.. Что же тамъ, село, деревня, лѣсъ?..

— Стеклянный заводъ...

На столѣ стоялъ стаканъ чаю. Матросовъ задумчиво помѣшалъ въ немъ ложечкой, потомъ началъ съ нее прихлебывать, потомъ, немного погодя, выпилъ и весь стаканъ и все сидѣлъ ладъ нимъ, позвякивая ложкой и раздумывая о чемъ-то. Очевидно было, что онъ совершенно не сознавалъ, гдѣ былъ, и что дѣлалъ, Онъ какъ-то совсѣмъ растерялся. Нѣсколько минутъ назадъ въ его воображеніи смутно рисовалось какое-то очень пріятное для него будущее; мечталось ему, что Зоя въ самомъ непродолжительномъ времени окажетъ наиблаготворнѣйшее вліяніе на эту капризную, неразумную дѣвочку, въ которой онъ принималъ такое горячее участіе; мечталось ему, что, можетъ быть, недалеко то время, когда эта неразумная дѣвочка будетъ въ состояніи хоть немного понять его, Матросова, и воздать ему должное по его заслугамъ и вдругъ.... Зои нѣтъ, Зоя уѣхала и не будетъ жить здѣсь... Теперь ему представилось, что въ Зоѣ онъ потерялъ свою послѣднюю опору, послѣднюю надежду. Безъ нея капризная, дикая дѣвочка выскользнетъ изъ его рукъ, освободится изъ-подъ его слабѣющаго вліянія на нее и уйдетъ... Куда уйдетъ?.. Съ Настенькой уйдетъ... туда, гдѣ музыка играетъ, гдѣ весело... А что ей весело?..

Онъ вдругъ вскочилъ.

— Извини пожалуста... Ей Богу совсѣмъ забылъ, нечаянно! умоляющимъ голосомъ вскричалъ онъ.

Филиппъ даже испугался.

— Да что такое? Что ты? спрашивалъ онъ, смотря по всѣ глаза и на него и вокругъ себя.

— Да вотъ... я твой чай выпилъ... Вообразилось, что мой... Чортъ знаетъ, что такое... Ей Богу нечаянно; ну, право нечаянно...

— Эхъ; испугалъ только. Я думалъ, Богъ знаетъ что... Ты еще не хочешь ли?..

— Нѣтъ... Чортъ знаетъ, чортъ знаетъ, что такое со мной... Пойду лучше спать... Прощай...

— Ты бы подождалъ немного... Можетъ быть сестра пріѣдетъ сегодня...

Матросовъ задумался.

— Да нѣтъ... Пойду ужъ... Вѣдь не будетъ она здѣсь жить, такъ что мнѣ въ ней? сказалъ онъ наконецъ, какъ будто про себя и для себя.— Пойду лучше спать... Говорятъ, кто спитъ, тотъ святъ, — глупостей не дѣлаетъ... И хоть бы ты меня въ самомъ дѣлѣ пристроилъ къ какому нибудь занятію... А то вѣдь совѣстно наконецъ. Ты вонъ всякія дѣла дѣлаешь: и ординарныя, по профессіи, и экстраординарныя; а я что такое? Бездѣльникъ я, братъ, бездѣльникъ, а также членомъ одного товарищества состою... Стыдно, скверно, совѣстно... Прощай...

Филиппъ невольно пожалъ плечами, глядя въ его разстроенное, красное лицо и слушая его странныя рѣчи.

— Пьянъ или влюбленъ? мысленно спросилъ онъ, заперевъ за нимъ дверь.— Или боленъ? прибавилъ онъ, садясь опять къ столу. Подумавъ съ минуту, онъ еще разъ пожалъ плечами и потомъ, машинально склонившись надъ исписанными имъ листами, принялся перечитывать написанное.

III

Перечитавъ рукопись, Филиппъ опять взялся за перо. Но отяжелѣвшая голова отказывалась мыслить. Скоро онъ положилъ перо, всталъ и открылъ окно.

— Глупый день! мысленно жаловался онъ.— Обѣдать у гостепріимнаго Семена Ивановича... послѣ его неудобоваримыхъ яствъ уснуть часа на два на узенькомъ диванѣ, не подложивши даже подушки подъ голову... потомъ тянуть пиво съ этимъ бездѣльникомъ, какъ онъ самъ себя называетъ... Послѣ всего этого конечно нельзя и требовать, чтобы голова отличалась особенною свѣжестью...

Ночь была тихая; воздухъ вливался въ окно свѣжій и ароматный; а городъ начиналъ уже понемногу засыпать: огни одни за другимъ гасли, смѣшанный уличный гулъ становился все тише и тише, какъ будто отдаленнѣе, и уже не покрывалъ собой отдаленныхъ голосовъ и звуковъ. Рѣзко и отчетливо было слышно, какъ гдѣ-то, не близко, заскрипѣли ворота, захлопнулись, потомъ отскочивши, хлопнули потише и задвигался запиравшій ихъ засовъ, стукая въ желѣзныя скобы,— какъ гдѣ-то въ ближайшей улицѣ поворотилъ изъ-за угла кучеръ или извозчикъ, ѣдущій порожнемъ, не спѣша: слышенъ былъ каждый шагъ лошади, каждый камень, на который наѣзжало колесо, слышно было, какъ въ это время вздрагивалъ и покачивался экипажа, можно было разслышать каждое слово пѣсни, которую напѣвалъ возница. Вдалекѣ, за городомъ, звенѣлъ колокольчикъ, звенѣлъ бойко, безъ перерывовъ,— видно, что ѣхали скоро.

— Не Зоя ли это ѣдетъ домой? подумалось Филиппу.— И что, пойдетъ она на это мѣсто или не пойдетъ, — не понравится оно? Скорѣе можно было думать, что она не откажется отъ этого мѣста: условія были сравнительно выгодныя, а Зоя, въ послѣднее время, только и думала, только и говорила, какъ бы ей найти работы побольше, занятій повыгоднѣе, чтобы не сидѣть сложа руки, не мечтать только, а понемногу подвигаться впередъ, къ осуществленію тѣхъ плановъ, о которыхъ мечталось при основаніи ихъ товарищества. Вѣроятно она останется жить на заводѣ. Да,— думалось Филиппу,— такъ вотъ и она будетъ не безполезна для товарищества... Я тоже пріобрѣтаю порядочную извѣстность въ городѣ: докторъ Копфшталь, говорятъ, ругаетъ меня, лекарь Глазковъ страшно хандритъ и скучаетъ, что большая часть экипажей, останавливавшихся прежде передъ его домикомъ, ждутъ теперь у моихъ воротъ. Статья моя тоже выходитъ не дурна для перваго раза Матросову также скучно становится сидѣть безъ дѣла и вѣроятно онъ скоро куда нибудь да пристроится... И почему знать?.. Можетъ быть, черезъ годъ, можетъ быть, и раньше товарищество уже не будетъ ограничиваться одними мечтами, и начнетъ понемногу приводить ихъ въ исполненіе, дѣйствовать? О, время, время! Иди скорѣй, лети какъ на крыльяхъ! Пускай эти дни, недѣли и мѣсяцы жизни обыденной, мелкой пройдутъ какъ сонъ одной ночи...

Филиппъ глубоко вздохнулъ. На сердцѣ у него было и хорошо, и вмѣстѣ съ тѣмъ, грустно, онъ какъ будто уже близко, близко увидѣлъ свой желанный, прекрасный день и вмѣстѣ съ тѣмъ боялся, что не доживетъ до этого дня, умретъ наканунѣ его. Онъ отвернулся отъ окна и опять сѣлъ къ столу, но посидѣвъ минуты двѣ съ опущенной на руки головой, съ закрытыми глазами, поднялся, походилъ по комнатѣ, потомъ одѣлся и вышелъ на улицу.

Легкій, немного влажный вѣтеръ освѣжилъ его горѣвшее лицо. Онъ тихо пошелъ противъ вѣтра, не заботясь о томъ, куда зайдетъ по этой дорогѣ. Было уже поздно. На главной улицѣ изрѣдка еще мелькали прохожіе, проѣзжали экипажи, виднѣлись огни въ домахъ: а дальше, за нею, все спало или укладывалось спать и только надъ дверьми кабаковъ свѣтились красные, синіе и разноцвѣтные фонари. На площади, гдѣ были выстроены лавки, выли и лаяли голодные, злые псы, звеня и гремя своими цѣпями; вездѣ, точно перекликаясь, сторожа били въ доски, чугунныя и деревянныя.

Шагахъ въ тридцати, впереди Филиппа шелъ, пошатываясь и покуривая папиросу, мастеровой въ халатѣ. Онъ очень выразительно разсуждалъ о чемъ-то вполголоса, но о чемъ — Филиппъ, несмотря на всѣ свои старанія, никакъ не могъ разобрать хоть одно слово.

— Кто идетъ?? крикнулъ вдругъ почти дѣтскій голосъ.

Мастеровой такъ и присѣлъ на одномъ мѣстѣ, пугливо выглядывая изъ за плеча въ ту сторону, откуда послышался окликъ А тамъ полулежалъ на скамейкѣ у воротъ ночной сторожъ,— мальчишка лѣтъ четырнадцати.

— Вотъ испужалъ, вотъ испужалъ, вотъ страсть, бормоталъ мастеровой, подходя поближе и разсматривая мальчишку, какъ какого нибудь звѣря.

— Ахъ, какой молодецъ; ахъ, какой молодецъ! удивлялся онъ, заходя съ другой стороны и склонивъ голову на бокъ.— Росту такого страшеннаго, и на лавкѣ лежитъ, и картузъ на бокъ, и дубинища это у него здоровая, прездоровая... и вдругъ "кто идетъ"? Помилуйте-съ... Я что?... Я ничего... Только сегодня у насъ понедѣльникъ... Сами посудите: какже... Потому я и поздно... Ахъ, какой молодецъ!.. И дубинища этакая, — вотъ здоровая дубинища!.. Ежели этакую отличную дубинищу да показать вору, такъ онъ я думаю тутъ и помретъ — не иначе...

— Проваливай...

— И говоритъ басомъ! Ахъ ты мой Господи! Не иначе какъ басомъ. Вотъ ежели бы да этакимъ здоровымъ голосомъ въ церкви сказать: "бра-атіе-ее". Вотъ бы всѣ диву дались! Ай-ай-ай! сказали бы всѣ людіе. И что за человѣкъ, что за человѣкъ такой: и ростомъ онъ отличился, и голосъ у него вонъ какой, и картузъ большой, и окромя того вонъ какой домище сохраняетъ. Не будь этакого человѣка, — бѣда... Пришелъ бы воръ, да и унесъ бы все въ кабакъ; все бы пропить: и домъ пропилъ, и хозяина пропилъ, и ворота пропилъ. Воръ, ты знаешь, какой человѣкъ... Ну, или теперь пожаръ? Что ты безъ этого золотого человѣка противъ пожара подѣлаешь? Пришелъ пожаръ, а его никто и не видалъ; пожаръ хозяйничаетъ, а настоящій хозяинъ спитъ; на утро добрые люди проснулись, а отъ твоего хозяина только головешки остались... Поцѣлуй меня, золотой человѣкъ...

— Вотъ я тебя поцѣлую! взбѣсился наконецъ золотой человѣкъ.— Иванъ! а Иванъ!..

— Ну, вотъ; сейчасъ и Иванъ!.. Иванъ теперь спитъ. У Ивана ты знаешь, какая постель?.. сласти И ежели ты теперь Ивана разбудишь, такъ онъ тебѣ спасибо не скажетъ. А мнѣ что? Я съ этимъ Иваномъ двадцать пять лѣтъ знакомъ, въ одинъ день съ нимъ родился. У Ивана твоего борода пѣгая, брюхо большое, глаза безстыжіе, въ волосахъ сѣно, а за голенищемъ трубка. Вотъ какой онъ, Иванъ-то твой... И кромѣ того пьяница онъ, непремѣнно когда нибудь сѣноваль зажжетъ...

Наконецъ его слушатель окончательно потерялъ терпѣніе и ушелъ во дворъ, сильно хлопнувъ калиткой и ругаясь.

— Прощай, прощай, молодецъ,— прощай, провожалъ его мастеровой.— Будь здоровъ и Ивану кланяйся; скажи, дѣдушка молъ твой велѣлъ тебѣ поклониться... Дѣдушка, скажи...

Пошли дальше. Филиппъ перешелъ на другую сторону улицы, пропустилъ халатника впередъ и потомъ опять пошелъ за нимъ. Свернулъ въ другую улицу. Здѣсь кто-то не то пѣлъ, не то плакалъ. Халатникъ насторожилъ уши, пересталъ разсуждать вслухъ и пошелъ быстрѣе. Филиппъ тоже ускорилъ шаги.

Около одного дома, на уступѣ деревяннаго тротуара, сидѣла женщина, свѣсивъ на руки голову, покрытую платкомъ и то пѣла, то плакала.

Стонетъ сизый голубочикъ,
Стонетъ онъ и день, и ночь...

запѣвала она и вдругъ прерывала свое пѣніе горькимъ, протяжнымъ полуплачемъ, полупричитаньемъ:

За рѣкой на горѣ
Лѣсъ дремучій шумитъ;
За рѣкой, подъ горой
Хуторочекъ стоитъ...

нервно вскрикивала она потомъ, какъ будто очнувшись и черезъ минуту ея пѣніе опять переходило въ истерическій полуплачь, полухохотъ, въ которомъ все-таки продолжался мотивъ пѣсни, и тѣмъ тяжелѣе дѣйствовалъ этотъ плачь на слушателей.

Халатникъ тихонько обошелъ ее, осмотрѣлъ со всѣхъ сторонъ, потомчэ остановился.

— Эхъ, сказалъ онъ съ глубокимъ вздохомъ.

Она не замѣчала его или не обращала на него вниманія. Тогда онъ зашелъ съ другого ея бока, вытянулъ шею, посмотрѣлъ.

— Эхъ, произнесъ онъ еще съ большимъ сокрушеніемъ.

Она замолчала и немного повернула къ нему голову. Невдалекѣ горѣвшій фонарь освѣтилъ очень уже не молодое, изрѣзанное морщинами, красное отъ слезъ и водки лицо и пьяные, какъ масломъ подернутые глаза.

— Матушка ты моя, голубушка, съ жаромъ и участіемъ заговорилъ халатникъ.— Плюнь ты на нихъ, и не убивайся... Поди спи съ Богомъ.

Подлецы они; всѣ подлецы, никто про нихъ слова хорошаго не скажетъ... Поди спи съ Богомъ; не убивайся, потому не стоитъ...

— По-ди про-очь... Бе-ре-гись! печально и заунывно выводила она извѣстный припѣвъ цыганской пѣсни.

— Голубушка ты моя, поди съ Богомъ... спи съ Богомъ, началъ опять мастеровой и вдругъ остановился и взглянулъ на окно ближилго дома, въ которомъ отворили или скорѣе рванули форточку, такъ что въ ней стекло зазвенѣло.

— Няня! Иди пожалуйста домой! произнесъ дрожащій и печальный женскій голосъ.

Филиппъ вздрогнулъ, отступилъ назадъ, въ тѣнь и осмотрѣлся вокругъ.

— Зовутъ, тихонько сказалъ халатникъ, дотронувшись до плеча плачущей женщины,— зовутъ...

Она замолчала и какъ бы въ раздумья и недоумѣніи начала закутываться въ свой платокъ.

— Няня! Иди пожалуйста! повторилъ тотъ же голосъ.

Халатникъ, — какъ это ему ни трудно было, — помогъ пьяненькой встать и дойти до воротъ, отворилъ ей калитку, потомъ, охая и ворча, отправился дальше. Филиппъ опять пошелъ за нимъ, еще разъ оглянувшись вокругъ себя. Невдалекѣ, на другой сторонѣ улицы, онъ увидѣлъ высокій, бѣлый каменный домъ, въ которомъ жила Щепоткина. Дѣйствительно, онъ не ошибся: женщина, отворившая форточку, была Сорогина, а пьяненькая пѣвица — ея нянька... Странно!

Мастеровой между тѣмъ повернулъ въ переулокъ и вдругъ сдѣлался какъ-то особенно тревоженъ: ворчалъ, останавливался, закуривалъ папиросу, потомъ опять ворчалъ и тушилъ ее, плотно придавливая ногой къ землѣ и тщательно притаптывая. Наконецъ онъ остановился у деревяннаго двухъ-этажнаго домика и робко постучалъ желѣзнымъ кольцомъ калитки. Вдалекѣ гдѣ-то гамкнула собака, выскочила откуда-то, враждебно высунула острый, волчій носъ въ подворотню, начала съ остервененіемъ рычать и лаять.

Въ верхнемъ этажѣ зашевелились; стукнуло одно окно и растворилось.

— Кто тамъ? спросилъ сонный и вялый женскій голосъ.

— Я, Пелагея Степановна, это я, полушепотомъ отвѣчалъ халатникъ.

— Кто?.. Ась?.. Степка?.. заговорилъ другой, уже мужской,

106

хриплый съ просонокъ, отрывистый и повелительный голосъ.— Ворота ему отпереть?.. А? Ворота?.. Дрыхни на улицѣ!..

И говорившій это, казалось, уткнулся въ подушку.

— Отопри, Иванъ Васильичъ, жалобно попросилъ мастеровой.

— Я тебѣ отопру, о-то-пру! свирѣпо и съ нетерпѣніемъ загремѣлъ опять тотъ же голосъ. Я тебѣ хозяинъ... не мальчишка!.. Молчи!— дрыхни тамъ! Холодно? И отлично! пускай тебя проберетъ, пускай!.. Только ты у меня пикни, такъ я тебѣ сейчасъ и отопру!..

— Сказано, — Иванъ Грозный; пра-аво, пробормоталъ мастеровой, и постоялъ еще съ минуту, въ раздумьи держась за кольцо, потомъ запахнулся въ свой рваный халатъ и присѣлъ у воротъ на камень.

Филиппъ стоялъ и ждалъ, что будетъ дальше. Въ домѣ опять все затихло, даже собака успокоилась; халатникъ сидѣлъ неподвижно, прислонясь спиной къ воротамъ, склонивъ голову и казалось дремалъ. Филиппъ пошелъ дальше, дошелъ до рѣки, посмотрѣлъ на ея темныя, холодныя волны, на фонари, блиставшіе какъ звѣздочки на мачтахъ большихъ парусныхъ лодокъ, закурилъ сигару и, плотнѣе запахнувъ пальто, вернулся той же дорогой обратно. Становилось холодно. Мастеровой все еще сидѣлъ на камнѣ у воротъ и повидимому спалъ, плотно укутавшись въ свой халатъ; но, подойдя поближе, можно было разслышать отчаянный барабанный бой, производимый его зубами, — можно было разсмотрѣть, что все его тѣло тряслось, билось и перегибалось во всѣ стороны, какъ вершина дерева во время сильной бури.

— Не пойду, Ива-ва-нъ Грозный, пробормоталъ онъ, увидѣвъ Филиппа.— Здѣсь др-р-рыхну...

Филиппъ подошелъ къ калиткѣ и изо всей силы, безъ умолку и остановки забарабанилъ по ней желѣзнымъ кольцомъ. Собака взвыла, въ верху захлопали двери, кто-то скрипя отъ злости зубами сбѣжалъ по деревянной лѣстницѣ, калитка распахнулась.

— Ты что? Ты что? А? задыхаясь бормоталъ Иванъ Грозный, выскакивая на улицу.

— Это твой работникъ? холодно и сухо прервалъ его Филиппъ.— Его лихорадка трясетъ, а ты... калитку отпереть не можешь?

— Не ваше дѣло-съ, рѣзко отвѣчалъ Иванъ Грозный, потомъ схватилъ мастероваго за рукавъ, втащилъ его въ калитку, захлопнулъ ее ногой и повлекъ халатника дальше, по двору, по лѣстницѣ. Тамъ, на верху ея, что-то свалилось и забормотало. Филиппъ махнулъ рукой и пошелъ прочь.

Проходя мимо низенькаго, покачнувшагося домика, въ которомъ жила Сорогина, онъ пошелъ тише, всматриваясь въ окна и прислушиваясь, точно будто онъ ожидалъ опять услышать дикое пѣнье, сопровождавшееся пьянымъ смѣхомъ и пьяными слезами. Но все было тихо, безжизненно, и только въ послѣднемъ окнѣ еще виднѣлся свѣтъ. Бѣленькая занавѣска на этомъ окнѣ немного сбилась на сторону и позволяла разсмотрѣть съ улицы частичку комнаты, половину пялецъ съ рѣзко выступавшими изъ нихъ роскошными букетами цвѣтовъ, вышитыхъ разноцвѣтными шерстями и — наклоненное надъ вышиваньемъ лицо Сорогиной. Она казалась очень больной и утомленной: лицо ея было блѣдно, на щекахъ и подъ глазами лежала зловѣщая тѣнь, брови какъ-то напряженно, страдальчески сдвинулись и образовали поперегъ лба глубокія, тонкія морщины. Она торопилась.

— Нѣтъ, тому халатнику все-таки лучше, думалъ Филиппъ, пристально смотря на нее;— онъ, по крайней мѣрѣ, хоть сытъ каждый день и за будущее свое не дрожитъ. А эта особа послѣ своей полуночной работы поужинаетъ, можетъ быть, вонъ тѣмъ кусочкомъ полу бѣлаго хлѣба и той чашкой чаю, которые стоятъ вонъ тамъ, на комодѣ. Право, я сильно боюсь, что это весь ея ужинъ... Чортъ знаетъ какъ это обидно: обѣдать у Семена Иваныча, потомъ видѣть голоднаго человѣка,— скверно, обидно... И хоть бы она имѣла въ себѣ силы шутить и балагурить, какъ недавно балагурилъ этотъ бѣдняга халатникъ надъ тѣмъ мальчишкой — сторожемъ. Нѣтъ, куда ей!.. Въ ея сердцѣ, я боюсь, ничего нѣтъ кромѣ тоски и отчаянія. Вонъ вѣдь она какая; глаза больные, мрачные, такъ и грозятъ самоубійствомъ или сумасшествіемъ, губы тоже какъ-то болѣзненно сжались. Нѣтъ, куда ей балагурить и смѣяться... Ну, и пусть даже не смѣется, только неужели на комодѣ стоитъ весь ея ужинъ?.. Чортъ возьми, я кажется былъ бы счастливъ, еслибъ она теперь улыбнулась чему побудь, я кажется спалъ бы эту ночь спокойно, если бы ея лицо хоть немного прояснилось... Нѣтъ, лучше уйти... Она больна, дуракъ я буду, если она долго продержится на ногахъ...

Онъ взглянулъ на часы и ускорилъ шаги. У воротъ своего дома онъ встрѣтилъ Зою, только-что пріѣхавшую.

— Ну что? спросилъ онъ.— Покидаешь насъ или не покидаешь?

— Покидаю, отвѣчала она.

IV

Весело проводили этотъ день на заводѣ господъ Барканцсвыхъ, въ домъ которыхъ Зоя вступила сегодня какъ гостья, а завтра вступить въ качествѣ гувернантки.

Было пять часовъ вечера, когда экипажъ, въ которомъ она

ѣхала, свернулъ съ большой дороги на проселочную и началъ подниматься въ красную глинистую гору.

— Вотъ, когда мы поднимемся на эту гору, тогда вы увидите нашъ заводъ. Говорятъ, будто бы съ этой горы онъ очень красивъ, предупредила Зою ѣхавшая съ нею Софья Михайловна Барканцева.

Она была высокая бѣлая женщина, съ свѣтлыми бѣлокурыми волосами, бѣлымъ лицомъ, бѣлыми зубами, и даже сѣрые глаза ея почему-то, можетъ быть но своей безцвѣтности и безвыразительности, казались бѣлыми. Въ ней было нѣкоторое, небольшое, впрочемъ, сходство съ Парфеновымъ, ея двоюроднымъ братомъ. Когда она уставала отъ быстрой ходьбы или была чѣмъ нибудь взволнована, и на ея бѣлыхъ щекахъ выступалъ нѣжный румянецъ, а глаза разгорались, тогда ея лицо дѣлалось очень милымъ и привлекательнымъ; но когда она ничѣмъ не была возбуждена, тогда врядъ ли можно было найти въ ея лицѣ хоть что нибудь симпатичное. Не видно было въ немъ злости или хитрости, не видно было въ немъ чего нибудь отталкивающаго,— нѣтъ, въ немъ совершенно ничего не было видно, ни располагающаго, ни антипатичнаго,— оно было положительно безцвѣтно. Иногда она румянилась, но искуственный румянецъ не оживлялъ ея лица. Она была женщина простая, добродушная, немного апатичная и лѣнивая; любила конфекты и сладкія кушанья, любила лежать на диванѣ или постели и читать романы. И теперь она везла съ собой изъ города цѣлую связку произведеній Понсонъ-дю Террайля.

— Вотъ онъ и весь какъ на ладони, сказала она черезъ минуту,— Это, что огибаетъ рощу,— прудъ; передъ нимъ нашъ домъ; а то, что подальше, въ сторонѣ, это и есть заводъ... Ну, въ заводѣ-то, я ужь не знаю, что можетъ быть хорошаго.

И она была права. Синяя роща, изогнувшаяся правильнымъ полукругомъ, блестящій и широкій прудъ, омывавшій корни ея деревьевъ, бѣлый домъ съ синей крышей и высокими бѣлыми трубами, рѣзко отдѣлявшимися на синевѣ лѣса — эта часть открывшейся передъ ними картины была очень и очень не дурна. Но не такое впечатлѣніе производилъ самый заводъ. Это было длинное, черное зданіе безъ оконъ, съ воротами вмѣсто дверей, съ рядами лѣстницъ и перилъ на крышѣ, на каждомъ концѣ которой находилось по огромной черной отдушинѣ, замѣнявшей трубу. Съ одной стороны этого зданія тянулся рядъ амбаровъ, съ другой были разбросаны тамъ и сямъ небольшіе грязные домишки, окруженные кучами битаго стекла, стеклянныхъ осадковъ и разсыпавшимися полѣнницами дровъ и бревенъ.

Главнымъ своимъ фасадомъ домъ выходилъ въ поле и ступеньки его параднаго крыльца спускались прямо въ зеленую молодую траву. На этихъ ступенькахъ бесѣдовали три человѣка; двое изъ нихъ сидѣли, третій стоялъ, заложивъ руки за перила и присматриваясь къ подъѣзжавшему экипажу.

Это и былъ самъ хозяинъ завода, Барканцевъ, мужъ Софьи Михайловны. Онъ былъ высокій и плотный мужчина съ добродушными и умными голубыми глазами, добродушнымъ взглядомъ, румянымъ лицомъ и окладистою русою бородою. Человѣкъ онъ былъ неученый, но дѣло свое смыслилъ; нищимъ и убогимъ онъ отъ души раздавалъ щедрую милостыню, но отвлеченные вопросы о бѣдныхъ и несчастныхъ его никогда не безпокоили; намѣренно и злостно онъ врядъ ли былъ способенъ и собаку обидѣть, но "невѣдая что творитъ", онъ, можетъ быть, немало дѣлалъ зла. Два старички, сидѣвшіе на ступенькахъ, были его родные дяди. Оба они были низенькіе, коренастые, оба въ длинныхъ сюртукахъ, оба красные, съ красными, широкими носами и вообще очень походили другъ на друга,— только тотъ, что постарше, былъ толстъ, а младшій просто коренастъ.

— Вы, никакъ, покудова только посмотрѣть на насъ пріѣхали? добродушно сказалъ Зоѣ Барканцевъ.— Чтожъ, погостите, посмотрите... Только лучше бы ужъ прямо перѣзжали къ намъ совсѣмъ, безъ хлопотъ... Мы люди простые и не кусаемся...

Старички, тѣ все кланялись и улыбались.

— Батюшка вашъ былъ у насъ постояннымъ покупателемъ, сказалъ коренастый дядя.— Чай завсегда у насъ бралъ, сахаръ...

— У меня въ лавкѣ для него всегда были особенныя сигары, "Самсонъ" назывались, прибавилъ толстый дядя, слѣдуя за Зоей.

— Никогда такого "Самсона" промежду сигарами не было, это табакъ "Самсонъ", проворчалъ его братъ.

— И сигары были "Самсонъ"...

— Не были...

— Ну какъ не были; знаю вѣдь я...

— Не были...

Старички заспорили и остались одни на крыльцѣ.

Въ залѣ, у окна, сидѣли два красные, вспотѣвшіе, взволнованные господина и съ азартомъ играли въ шашки. "Я такъ.— А я такъ.— Мы этакъ... А мы вотъ этакъ" — ехидно переговаривались они и ожесточенно стукали шашками. Поодаль отъ нихъ широкими шагами, заложивъ одну руку за спину, расхаживалъ изъ угла въ уголъ немного поразстроившійся въ своихъ дѣлахъ купецъ Панчевъ и, по обращая ни малѣйшаго вниманія на игроковъ, курилъ сигару за сигарой.

Въ маленькой уютной гостиной, куда хозяйка ввела Зою, оказалось многочисленное женское общество, въ которое затесался изъ мужчинъ всего только одинъ юноша, напомаженный, кроткій, сидѣвшій съ гитарою въ рукахъ у двери на балконѣ и влюбленными, задумчивыми глазами слѣдившій за

110

Вѣрой Панчевой, красивой дѣвушкой, съ темными, длинными локонами и гордо державшейся, хорошенькой головкой. Въ креслѣ у круглаго стола вязала чулокъ мать Барканцева,— сгорбленная, вся бѣлая отъ старости старушка, повязанная шелковой коричневой косынкой, а около нея, или, вѣрнѣе, около конфскть и вареній, стоявшихъ на столѣ, терлись двѣ дѣвочки: одна лѣтъ пяти, кругленькая, рыженькая, вся покрытая веснушками; другая — годами тремя ея постарше,— длинная, бѣлая, съ бѣлыми какъ ленъ волосами и бѣлыми глазами, — очевидно родное дитя хозяйки дома.

— Вотъ эта вотъ, рекомендовала ее мать,— моя дочка Надя, а это Лиза, маменькина крестница и любимица...

— О, какая она мнѣ любимица, отозвалась старушка, выдергивая спицу.— У меня всѣ любимицы. Что внучка, что племянница,— все вѣдь свои. У меня всѣ любимицы.

Остальныя гостьи были все дальнія родственницы, жены тѣхъ взволнованныхъ господъ, что рѣзались въ залѣ въ шашки, племянницы и дочки толстенькихъ старичковъ, встрѣтившихъ Зою на крыльцѣ,— все лица безъ рѣчей, безъ физіономій и ничѣмъ невыдающіяся.

— Маменька за то любитъ Лизаньку, что когда маменькѣ скучно, Лизанька ей пѣсни поетъ и пляшетъ, пояснила Барканцева.

— О, что мнѣ въ ея пѣсняхъ. Что Наденька, что Лизанька — мнѣ все равно: всѣ вѣдь свои, твердила старушка.

— Да, говорите, разсказывайте... А ну, Лизанька, спой "голубокъ мой голубочикъ"...

Лизанька хихикнула и потупилась.

— Что же ты?..

— Не умѣю, вдругъ бойко отвѣтила Лизанька, кокетливо нагнувъ голову на бокъ.

— Какъ не умѣешь?.. Прежде умѣла... Ну потанцуй...

Влюбленный юноша заигралъ на гитарѣ плясовую пѣсню; Лизанька подперлась кулачками въ боки, припрыгнула раза два такъ, потомъ одинъ разъ въ присядку, затѣмъ вдругъ сконфузилась, отошла въ сторону и начала пристально разсматривать свои кулачки, какъ будто бы ихъ кто-то укусилъ или какая нибудь невидимая заноза воткнулась въ нихъ. Она была дѣвочка ученая, какъ бываютъ ученыя собачки: кромѣ искуства пѣть "голубка" и плясать, она умѣла еще дѣлать книксенъ, благодарить, приглашать гостей пить чай или обѣдать, подавать имъ спички или сухари къ кофсю и такъ далѣе, все въ этомъ родѣ. Пади ничего этого не умѣла и весьма апатично наблюдала, какъ ея подруга выдѣлывала свои штуки. Иногда впрочемъ она пробовала подражать ей. Такъ, на этотъ разъ она позвала Лизаньку въ другую комнату и попробовала протанцовать передъ нею казачка, что впрочемъ вышло у ноя не особенно удачно.

Гостьи Барканцевыхъ изподтишка разсматривали и наблюдали Зою, но пристальнѣе и тревожнѣе всѣхъ изучала ее Вѣрочка Панчева. До появленія Зои она находилась въ страшной тревогѣ: то и дѣло поглядывала съ балкона и изъ окопъ въ поле, на дорогу, оправляла на себѣ платье, безпрестанно взглядывала въ зеркало и приводила въ порядокъ прическу. Она ждала Парфенова, къ которому питала въ своемъ сердцѣ самое нѣжнѣйшее изъ нѣжныхъ влеченій. Она была счастлива даже своимъ ожиданіемъ его, — счастлива тѣмъ волненіемъ, которымъ наполняло ее это ожиданіе: глазки ея блестѣли, щеки раскраснѣлись, изъ груди нерѣдко вылетали легкіе вздохи. Когда же она увидѣла передъ собой немного покраснѣвшую и смущенную красавицу Зою, — высокую, стройную, съ худощавымъ, выразительнымъ лицомъ, съ немного застѣнчивыми черными глазами,— тогда она какъ-то притихла, сосредоточилась, задумалась. И чѣмъ больше она смотрѣла на Зою, тѣмъ печальнѣе становились ея глаза, какъ-то по дѣтски печальнѣе, и даже румянецъ пропалъ съ ея лица. Ей представилось почему-то, что Зоя несравненно красивѣе ее, гораздо умнѣе, лучше, и что Парфеновъ непремѣнно отдастъ свое сердце ей, Зоѣ, а на нее, Вѣрочку, не будетъ обращать ни малѣйшаго вниманія. Но печаль Вѣрочки, какъ печаль робенка, не длилась долго. Она была довѣрчивая, добросердечная дѣвочка; ей какъ ребенку приходили иногда на умъ блестящія, ребяческія фантазіи. Глядя на Зою, она вообразила, что Зоя должна быть непремѣнно добрая, честная дѣвушка. На этомъ-то предположеніи она и построила великолѣпный планъ своихъ дѣйствій. Она рѣшила, что подружится съ Зоей, расположитъ ее къ себѣ, потомъ повѣритъ ей тайну своей любви къ Парфенову — и тогда Зоя, какъ честная дѣвушка, конечно не станетъ на дорогѣ своего друга, не сдѣлаетъ его несчастнымъ. По истинѣ это былъ великолѣпный планъ. Вѣрочка не отложила его въ долгій ящикъ, а сейчасъ же, какъ только представилась возможность, подсѣла къ Зоѣ и не безъ робости заговорила съ нею.

Черезъ четверть часа онѣ смотрѣли уже отличными, давнишними друзьями и рука въ руку ходили по дорожкамъ палисадника, разбитаго подъ балкономъ. Глаза у Вѣрочки опять блестѣли, щеки опять раскраснѣлись, а вѣтеръ совсѣмъ растрепалъ ея локоны, отчего она сдѣлалась еще красивѣе.

— Непремѣнно оставайтесь здѣсь, непремѣнно, съ жаромъ просила она Зою.— Здѣсь вамъ будетъ хорошо; здѣсь всѣ добрые, милые... И Софья Михайловна добрая и мужъ ея добрый, очень добрый. Здѣсь вы можете познакомиться — знаете съ какими

112

людьми?.. Ну вы сами увидите... Потомъ скажите мнѣ, какъ онъ вамъ понравится...

— Да кто же такое онъ? простодушно спросила Зоя.

Вѣрочка взглянула въ ея глаза, вспыхнула и чуть-чуть слезы не выступили на ея блестящихъ глазкахъ.

— Вы сами увидите, смущенно отвѣчала она.— Да... а вы видѣли когда нибудь стеклянный заводъ? торопливо спросила она.— Нѣтъ, никогда?.. Пойдемте, я вамъ покажу; туда всѣ ушли...

Пошли на заводъ. Это былъ длинный и мрачный сарай съ огромными печами направо и налѣво отъ главнаго входа. По серединѣ стояла зеленая пожарная труба, какъ бы наблюдавшая за почернѣлою отъ жара и дыма кровлею и готовая дѣйствовать сейчасъ же, какъ только черный потолокъ или балки не вытерпятъ и вспыхнутъ. А жаръ былъ невыносимый. Въ печи пылалъ громадный огонь; поверхъ котла, въ которомъ варилось стекло, клубились цѣлыя тучи дыма; каждое отверстіе въ печкѣ смотрѣло огненнымъ, раскаленнымъ глазомъ. Трудно было дышать.

— Жалко — не увидите вы сегодня ничего интереснаго, Зоя Петровна, сказалъ Барканцевъ.— Работы нынче не будетъ... Ну, да ничего,— успѣете еще: времени у насъ вѣдь много впереди.

— Нечего у тебя и увидать-то, замѣтилъ толстый дядя.— Только у тебя и дѣлаютъ, что синія бутылки для пива, да бѣлые штофы для водки... Кабы да у меня этакой заводъ, такъ я бы всякую бездѣлушечку съумѣлъ предоставить...

— Да еще съ узоромъ, прибавилъ коренастый дядя.

Но Зоя не дослушала ихъ похвальбу. Около устья печи она увидѣла рабочихъ. Что это были за блѣдныя, грязныя, истощенныя лица! Въ синихъ рваныхъ рубахахъ, съ черными босыми ногами, съ худымъ и чахлымъ станомъ, съ больными, тупыми глазами... Впереди стоялъ молодой мастеръ. И онъ былъ блѣденъ, худъ, говорилъ глухимъ, чахоточнымъ голосомъ, но все-таки онъ былъ еще молодецъ сравнительно съ чернорабочими. Преимущественно, что поражало въ нихъ, такъ это страшная худоба; руки ихъ, выглядывавшія изъ разодранныхъ или засученныхъ рукавовъ, были какъ плети; грудь смотрѣла доской, лица казались взрытыми глубокими бороздами.

— Должно быть этотъ жаръ убійственно дѣйствуетъ, невольно замѣтила Зоя Барканцеву.

— Нѣтъ, ничего, съ недоумѣніемъ отвѣчалъ онъ.

— Ну, а зимой?..

— Зимой легче, сказалъ приблизившійся мастеръ.

— Да. Но вѣдь сквозь стѣны дуетъ... Отъ стѣнъ морозъ,— а тутъ жарь нестерпимый...

— Все полегче, повторилъ мастеръ.

— У нихъ это такъ заведено, что если имъ придется не въ мочь

113

отъ жару, такъ они сейчасъ въ прудъ. Въ рубашкѣ туда залѣзетъ, прохладится,— а потомъ сюда бѣжитъ, сказалъ толстый дядя.

— Въ одну минутку обогрѣется, прибавилъ его братъ.

Зоя пожала плечами и отвернулась. Въ это время въ дверяхъ показался Парфеновъ. Общество зашевелилось, подвинулось впередъ, къ нему навстрѣчу, притихло; Вѣрочка вся вспыхнула и, схвативъ Зою подъ руку, потащила ее дальше, торопливо и довольно безсвязно разсказывая, что здѣсь вотъ, въ этой печкѣ, работаютъ въ то время, когда та, другая, работающая теперь, истрескается и испортится отъ жара, а въ этой дѣлаютъ оконныя стекла. Но затѣмъ, за послѣдней печью, дальше уже некуда было идти, нечего было показывать и приходилось возвращаться обратно. Парфеновъ пристально посмотрѣлъ на Зою; она тоже съ любопытствомъ взглянула на этого человѣка, произведшаго своимъ появленіемъ такое волненіе въ здѣшнемъ обществѣ, — и что прежде всего бросилось ей въ глаза, удивило и заинтересовало ее, такъ это то, что одѣтъ онъ былъ далеко не изысканно, не богато и чуть ли даже не хуже всѣхъ его окружающихъ. На немъ былъ бѣлый пиджакъ изъ коломенки, голову его покрывала бѣлая же, поношенная фуражка. На лицо его она взглянула только мелькомъ, вскользь, и впечатлѣніе, которое оставилъ въ ней этотъ первый взглядъ, было не совсѣмъ благопріятное: лицо Парфенова показалось ей черствымъ и холоднымъ, а взглядъ хитрымъ. Онъ подошелъ къ Вѣрочкѣ, потомъ обратился къ Зоѣ и самъ представился ей, сказавъ, что знакомъ съ ея братомъ и былъ его товарищемъ по университету.

— А здѣсь вотъ дѣлаютъ изъ глины котлы, сказала Вѣрочка, когда они вышли изъ сарая и проходили мимо одной избы, изъ оконъ которой слышалось постукиванье молотковъ.— Какіе они большіе, красивые!.. Зайдемте...

— Тамъ больной, заикнулся было Барканцевъ, но его не слышали и уже вошли въ избу.

Воздухъ былъ здѣсь сырой и теплый; пахло мокрой глиной и угаромъ.

— Вотъ это толчея, болтала Вѣрочка;— тамъ за стѣной лошадь запрягается въ машину и ходитъ, а здѣсь толчетъ... Вонъ они, рабочіе, разбиваютъ старые котлы на мелкіе кусочки и ссыпаютъ ихъ сюда, а толчея толчетъ... А здѣсь вотъ лѣпятъ котлы... А здѣсь сушатъ; вонъ они...

Она вдругъ смолкла, широко раскрывъ глаза, немного поблѣднѣвъ, съ вытянутой впередъ рукой, стояла какъ окаменѣлая и смотрѣла въ уголъ. Тамъ, на низенькой лавкѣ, лежалъ рабочій въ синей, грязной рубахѣ и, размахивая свѣсившейся къ полу рукой, бредилъ,— не то умолялъ и плакалъ о чемъ-то, не то пѣлъ.

— Больной... Пойдемте чай пить, смущенно, вполголоса проговорилъ Барканцевъ, чуть не за руку уводя Зою и Вѣрочку.

— Что такое онъ говоритъ? спросила Зоя.— Можетъ быть, проситъ чего нибудь?.. Можетъ быть, пить проситъ?..

— Нѣтъ; это онъ поетъ. "Ой разикъ, ой разъ, еще маленькій разокъ", отвѣчалъ толстый дядя.— Бурлакъ должно быть былъ?

— Былъ, коротко отвѣчалъ Барканцевъ.

Всѣмъ было какъ-то тяжело, не до разговоровъ.

— И никого около него нѣтъ,— никого нѣтъ, со вздохомъ сказала Зоѣ опечалившаяся Вѣрочка.

— Да, налегкѣ, налегкѣ отправляется, отвѣчалъ Парфеновъ.— Жены нѣтъ около него, дѣтей нѣтъ, родныхъ никого и имущества тоже никакого не имѣетъ... Совсѣмъ налегкѣ... Посмотрите, какое славное пресъ-папье вышло, прибавилъ онъ, поднявъ изъ кучи сору и стеклянныхъ осадковъ большой голубой кусокъ стекла. Желтенькія жилки... Желтенькія, точно золотыя искорки... Право недурно вышло...

———

Послѣ чаю предположено было "неводить", то есть ловить неводомъ рыбу въ прудѣ. Солнце уже закатилось,— становилось свѣжо, когда все общество отправилось длиннымъ обходомъ вокругъ болота и топкихъ мѣстъ, окружавшихъ прудъ, на другой его берегъ, къ рощѣ, у которой намѣревались вытащить неводъ. Больше впрочемъ и негдѣ было его вытащить. На берегу пруда, на которомъ стоялъ домъ, мѣшала плотина, высоко подымавшаяся надъ уровнемъ воды и притомъ вся заросшая кустами и деревьями; на одномъ его концѣ былъ мостикъ черезъ болото, на другомъ топь, и только со стороны рощи некрутой и открытый берегъ представлялся удобнымъ мѣстомъ.

Здѣсь собрались всѣ, за исключеніемъ Барканцева, отправившагося вмѣстѣ съ рыбаками, въ лодкѣ, — распоряжаться забрасываніемъ и заводкой невода. Около Зои все увивался тотъ кроткій, напомаженный юноша, который игралъ ни гитарѣ плясовую пѣсню для Лизаньки. Онъ притащилъ откуда-то дощечку, вытеръ ее платкомъ и, положивъ на землю, убѣдительно приглашалъ Зою сѣсть на все и посидѣть.

— Неводъ еще долго не вытащатъ, — очень устанете, увѣрялъ онъ.

Наконецъ Зоя сѣла.

— Это кто же будетъ тащить неводъ? Рыбаки? спросила она.

— Нѣтъ, рабочіе-съ; простые рабочіе, — тѣ самые, что вы на заводѣ видѣли...

— И сюда его вытащутъ?..

— Сюда-съ; къ ногамъ вашимъ, прибавилъ онъ, заложивъ руки за спину и изогнувшись передъ Зоей.

115

Сидѣвшій съ Вѣрочкой на берегу, впереди ихъ, Парфеновъ оглянулся и съ любопытствомъ осмотрѣлъ любезнаго юношу. Зоя видѣла этотъ взглядъ и немного покраснѣла.

— Какъ же они пройдутъ тотъ уголъ? Вѣдь тамъ болото?..

— Ничего! Пройдутъ, увѣренно отвѣчалъ юноша.— А однако комары ужасъ какъ надоѣдаютъ, началъ онъ новый разговоръ.

— Знаете, опять обернулся къ нему Парфеновъ;— вы бы вѣточку какую нибудь взяли, да и обмахивали бы Зою Петровну, а я, съ своей стороны, пожалуй Вѣру Николаевну сталъ бы защищать... Право...

— И мы бы по хворостинкѣ взяли, да и обороняли бы другъ друга, подхватилъ толстый дядя, обращаясь къ брату.

— И отличное бы было дѣло, отвѣчалъ тотъ.

— Я вотъ, напримѣръ, этакую бы дубнику взялъ...

— А я вотъ этакую; благо этого дубья много въ лѣсу...

И старики расшалились какъ два медвѣдя. Дамы и дѣвицы хихикали и перешептывались, глядя на нихъ; а Парфеновъ съ Вѣрочкой изподтишка опускали какую нибудь вѣтку въ воду и потомъ брызгали ею на шутниковъ-старцевъ. Вдругъ Парфеновъ встревожился и началъ себя обыскивать: и въ карманахъ искалъ, въ травѣ около себя шарилъ, и на Вѣрочку даже взглянулъ подозрительно,— не подшутила ли она надъ нимъ.

— Вы что потеряли? спросила она.

— Да вотъ, курить захотѣлъ... И ничего нѣту,— все тамъ забылъ...

— А-а, съ торжествомъ заговорилъ старшій, толстый дядя.— Зачѣмъ стариковъ обижаешь?!. Вотъ и ступай теперь, благословясь; я думаю, обходомъ-то верста почтенная, почтенная выйдетъ...

— Будутъ и всѣ полторы, поддержалъ его братъ.

— Полторы не будутъ; а почтенная, почтенная этакая верста будетъ... Вотъ ты и ступай съ Богомъ... Ты думаешь, я не видѣлъ, какъ ты въ меня водой-то побрызгивалъ?.. Видѣлъ... Верста туда, да верста обратно — двѣ будутъ... И будетъ съ тебя...

— А вотъ кабы я на твоемъ мѣстѣ былъ, продолжалъ въ томъ же тонѣ его братъ, — такъ я бы въ лодочкѣ съѣздилъ; спокойно... Вонъ она лодочка то... Дно-то у нея разверзлось и воду въ себя пропускаетъ,— и потому тебѣ не переѣхать... А я бы спокойно себѣ переправился... Вонъ и весло есть...

— Весло-то гдѣ? спросилъ Парфеновъ.

— А вонъ гдѣ, за кустикомъ... Тебѣ-то на этой лодочкѣ не переѣхать, а я бы съѣздилъ; даромъ что старикъ, а съумѣлъ бы... Вотъ что значитъ старикъ-то... А ты старика водой кропить... Чего его трогаешь-то? Вѣдь не вытащишь, потому она полнехонька... Оставь лучше...

Однако Парфеновъ вытащилъ лодку, перевернулъ ее вверхъ дномъ, потомъ опять поставилъ какъ слѣдуетъ и столкнулъ въ воду. Все это у него дѣлалось быстро, съ силой, ловкостью и спокойствіемъ. Потомъ онъ остановился и внимательно наблюдалъ быстроту, съ которой вода просачивалась въ лодку сквозь отверстія и щели на днѣ.

— Вотъ какъ прибываетъ-то; страсть! насмѣшливо замѣтилъ толстый дядя.

Парфеновъ сталъ въ лодку, еще разъ посмотрѣлъ на ея дно, потомъ смѣрилъ однимъ быстрымъ взглядомъ разстояніе до противоположнаго берега и вдругъ, плеснувъ на стариковъ весломъ, оттолкнулся отъ земли.

— Ахъ, чтобъ тебя! Ахъ. чтобъ тебя! бормоталъ толстякъ, совсѣмъ ошалѣвъ, разставивъ руки и предоставляя водѣ самой стекать съ его краснаго лица, бороды и усовъ.— И подъ рубашку попало... И за пазуху протекло... Ахъ, чтобъ тебя...

Но на него мало обращали вниманія; больше слѣдили за Парфеновымъ. Онъ гналъ лодку стоя и гналъ ее съ такою быстротой и силой, что, кажется, въ два-три взмаха весла былъ уже на серединѣ пруда.

Вѣрочка хлопала отъ восхищенія въ ладоши; другія дѣвицы ахали; старички ворчали и ругались, и Зоѣ подумалось, что Парфеновъ дѣйствительно "бахвалъ", какъ обозвалъ его мокрый дядя, — хвастается своей силой и ловкостью.

Послышались смѣшанные голоса, топотня ногъ; зашевелились и задрожали кусты, росшіе на берегу и наконецъ показалась изъ за нихъ вереница босоногихъ рабочихъ, тянувшихъ неводь, какъ бурлаки тянуть лямку. Нерѣдко кто изъ нихъ падалъ, споткнувшись за кустъ и, не выпуская лямки, тянулъ за собой другихъ; ругались, кричали.

— Черти! Дьяволы! вопилъ имъ на серединѣ пруда Барканцевъ, размахивая руками и качаясь въ лодкѣ.— Кто насъ гонитъ-то въ шею?.. Въ перегонки что ли вздумали?.. Погодите! Постойте! Стой!.. Ахъ, черти! А тѣ завязли...

Дѣйствительно, рабочіе на другомъ берегу сильно отстали. То приходилось имъ продираться сквозь кусты, то пролѣзать подъ деревьями, склонившимися надъ самой водой. Въ той толпѣ было глубокое молчаніе: должно быть всѣ въ ней сильно утомились. Вотъ, наконецъ, прошли они и кусты и деревья; за то началась топь. Зоя невольно приподнялась. Какъ они тутъ пойдутъ?.. Пошли прямо. Нерѣдко то тотъ, то другой изъ рабочихъ завязалъ по колѣно, выскакивалъ и сейчасъ же опять проваливался; раза два даже чуть не вся вереница рабочихъ разомъ сваливалась въ грязь, барахталась въ ней, опять сваливалась, и въ этихъ случаяхъ между гостями и гостьями Барканцевыхъ и даже между рабочими, стоявшими на этомъ берегу, поднимался громкій и веселый хохотъ.

— Кто плачетъ, кто смѣется! думала Зоя.

Скверно и тяжело сдѣлалось у нея на сердцѣ. И злоба какая-то поднималась въ ней, и хотѣлось ей закрыть глаза, чтобы не видѣть этихъ молчаливыхъ, какъ лошади выбивающихся изъ болота и тутъ же осмѣиваемыхъ людей. Ей было какъ-то обидно за нихъ. Она тихонько закрыла рукой глаза; потомъ, посидѣвъ немного въ этомъ положеніи, встала и пошла по узенькой тропинкѣ въ глубь рощи. Тропинка вывела ее опять къ пруду, только къ другому, отдаленному его концу. Вдалекѣ на горизонтѣ блеснула молнія, потомъ долго, долго спустя послышался глухой, отдаленный громъ. Небо темнѣло и заволоклось тучами; приближалась гроза и ночь.

— Остаться мнѣ здѣсь или не оставаться? думала Зоя, задумчиво смотря на потемнѣвшую воду. Послѣ короткаго раздумья она тихенько пожала плечами, какъ будто удивляясь своему колебанію, и пошла обратно.

Неводъ былъ уже вытащенъ на берегъ, когда о на возвратилась на свое прежнее мѣсто. Недалеко отъ того мѣста, гдѣ вынимали рыбу, горѣлъ и трещалъ костеръ, посылая по вѣтру цѣлыя тучи ѣдкаго дыма, долженствовавшаго спасать гостей отъ нашествія комаровъ, налетѣвшихъ сюда цѣлыми тучами. Вплоть около него сидѣлъ на корточкахъ мокрый дядя и съ угрюмымъ лицомъ просушивалъ свои измоченныя одежды. Съ другой стороны стоялъ серьезный, озабоченный Панчевъ и держа въ рукѣ чуть не цѣлое горящее дерево, закуривалъ на немъ свою вѣчную сигару. Барышни суетились, искали на ближнихъ соснахъ сухихъ вѣтвей и, сломивъ крошечную вѣточку, торопливо бѣжали къ костру и бросали въ него свою находку. А на заднемъ планѣ виднѣлась то изчезающая въ дыму, то какъ изъ земли выростающая въ то время, когда костеръ вспыхивалъ ярче,— черная тѣсная толпа рабочихъ, столпившихся около невода. Тучи все сильнѣе и сильнѣе заволакивали небо; да и безъ нихъ быстро приближалась ночь.

— Вотъ и поэзія, сказалъ чей-то голосъ за плечомъ Зои. Она вздрогнула и оглянулась. Шагахъ въ двухъ отъ нея, прислонясь спиной къ дереву, стоялъ Парфеновъ и смотрѣлъ на нее.

— Вотъ вамъ и поэтическая картина, повторилъ онъ.

Обсушивающійся передъ костромъ мокрый дядя угрюмо посмотрѣлъ на него. Зоя ничего не отвѣчала.

— Я возьму эту рыбку-то, слышалось въ толпѣ рабочихъ.

— Ладно, ладно, нетерпѣливо отвѣчалъ Барканцевъ.

— Окунька махонькаго онъ попросилъ, а леща въ карманъ спряталъ,— лѣшій! ворчалъ кто-то.

118

— Ну, и тутъ тоже поэзія? подумалось Зоѣ.

Однако небо все больше и больше чернѣло; ночь все быстрѣе и быстрѣе приближалась. Пора было уходить подъ крышу, пока еще громъ не загремѣлъ надъ самыми головами и не хлынулъ дождь.

— Отправимтесь, Вѣра Николаевна.. Зоя Петровна, приглашалъ Парфеновъ.— Будемте благоразумны и заблаговременно уйдемъ тихонько, чтобы потомъ не пришлось бѣгомъ бѣжать отъ дождя.

— Мнѣ что дождь! ворчалъ за ними мокрый дядя.— Чѣмъ онъ меня теперь испугаетъ?.. И безъ того вѣдь весь мокрый...

— Развѣ еще не просушился? спросилъ Парфеновъ.

Старикъ молчалъ.

— Слѣдовало бы тебя проучить, по настоящему, ворчалъ онъ черезъ минуту.— Стащить бы съ тебя сапожонки твои, да и бросить ихъ въ воду... Тогда и улепетывай какъ знаешь, въ чулочкахъ...

Вѣрочка вспыхнула, разсердилась и съ раздраженіемъ зашептала что-то Зоѣ.

— Что ты сердишься-то, Хядя? сказалъ, остановившись и съ небольшой досадой, Парфеновъ.— Ну, виноватъ... Ну, на, столкни меня въ воду, если хочешь... Зачѣмъ только сердиться на шутку?.. Ну, столкни...

Злобный старикъ далеко обошелъ его.

— Бахвалъ, проворчалъ онъ.

— И зачѣмъ въ самомъ дѣлѣ я разобидѣлъ старика! вполголоса и повидимому съ искреннимъ сожалѣніемъ сказалъ Парфеновъ, опять догнавъ Вѣрочку и Зою.— Такая досада!. Именно побахвалился...

— Такъ его и надо! сердито отвѣчала Вѣрочка.

— Самому стыдно, прибавилъ онъ.

Вѣрочка многозначительно посмотрѣла на Зою, да и Зоѣ понравилась въ немъ эта черта. А домъ уже висѣлъ надъ ними. Когда они подошли уже къ самому дому, пролетѣлъ тихій и влажный вѣтеръ, листья ближнихъ деревьевъ затрепетали, въ рощѣ за прудомъ послышался быстро приближающійся шумъ и закапали крупныя, рѣдкія, но все больше и больше учащающіяся капли дождя. Всѣ зашумѣли, бросились къ крыльцу,— одинъ только мокрый и обиженный дядя не ускорилъ своихъ шаговъ.

— Чего мнѣ дождя бояться? ворчалъ онъ.— Я безъ дождя мокрый...

Наконецъ и онъ вошелъ въ комнаты, сердитый, угрюмый и сѣлъ въ кресло. Парфеновъ зажегъ свѣчу, поставилъ ее передъ нимъ, искоса посмотрѣлъ на него и скрылся. Дождь лилъ проливной,

— Ну, этотъ скоро пройдетъ, смѣло предсказала Вѣрочка,— вонъ какой крупный.

Въ ту комнату, гдѣ сидѣлъ обиженный Парамоновымъ мокрый дядя, пронесли подносъ съ водкой и закуской. За подносомъ торопливо шелъ Парфеновъ.

— Ну, дядя, выпьемъ на мировую, рѣшительно сказалъ онъ старику, наливая рюмки.

— Уйди отъ меня, а то я уйду, отвѣчалъ упрямый старикъ.

— Не простишь? спросилъ Парфеновъ, неподвижно стоя передъ ни мъ.

— Уйдешь или мнѣ уйти? повторилъ старикъ, тоже вставъ.

— Дядя! смѣясь заговорилъ Парфеновъ.— Вѣдь я... постой...

Старикъ захватилъ свою фуражку, повернулся и пошелъ. Въ передней на него какъ видно напали хозяева,— слышались упрашиванья, объясненія, но, какъ видно, все было напрасно. Растворилась дверь, потомъ послышался стукъ колесъ: старики уѣхали.

— Выпьемте, Николай Степанычъ, немного измѣнившимся голосомъ обратился Парфеновъ къ Панчеву.

— Выпьемте, равнодушно согласился Панчевъ.

Чокнулись, выпили; Панчевъ опять принялся расхаживать по комнатѣ, Парфеновъ ушелъ во внутренніе покои.

Зоя и Вѣрочка видѣли всю эту сцену.

— Скверный этотъ старикъ, чуть не плакала Вѣрочка.

— Странно, сказала Зоя.— И отчего бы ему упрямиться, когда у него просятъ извиненія?

— Скверный, гадкій; онъ ничего не понимаетъ, твердила Вѣрочка.

— А куда всѣ скрылись? съ любопытствомъ спросила Зоя.— Вѣдь мы совсѣмъ однѣ здѣсь...

— Ахъ, это они должно быть пѣть собрались, отвѣчала Вѣрочка, какъ видно злая на всѣхъ.— Всѣ сидятъ теперь въ спальной: кто на кровати, кто на столѣ, а этотъ противный мальчишка съ своей гитарой занялъ самое лучшее мѣсто, чтобы мнѣ его уступить. Не пойду я. Отворимъ дверь на балконъ и сядемъ здѣсь. Дождь прошелъ...

Темна была печь, холоденъ ночной воздухъ, угрюмы и черны тучи. И тамъ, въ дальней комнатѣ, запѣли: "Ночи темныя, тучки грозныя". Вѣрочка тихонько прижалась какъ ребенокъ къ плечу Зои, подпѣвала этому далекому, довольно стройному хору и неподвижно, мечтательно смотрѣла въ темную даль. Пришелъ Парфеновъ и сѣлъ около нихъ. Вѣрочка взглянула на него, долгимъ, многоговорящимъ взглядомъ взглянула и, не переставая пѣть, опять, только крѣпче, прижалась къ Зоѣ.

Пѣніе смолкло.

— Хорошо выбрали пѣсню, сказалъ Парфеновъ.

— Да, согласилась Зоя.

Потомъ хоръ запѣлъ "среди долины ровныя". Сначала Вѣрочка и это пѣла; но у нея должно быть нервы разстроились всѣми волненіями этого дня. Голосъ ея началъ дрожать все больше и больше; потомъ она вдругъ совсѣмъ смолкла, крѣпко сжала руки Зои, прильнула къ ней и казалось готова была разрыдаться.

Вдругъ со стороны завода поднялись крики, брань, тревога, бѣготня.

— Убѣгъ! Убѣгъ! слышалось среди этого шума.

Цѣлая толпа бѣжала къ пруду; слышался трескъ сучьевъ, хвороста на плотинѣ и хлестанье быстро раздвигаемыхъ вѣтвей. Вдругъ что-то тяжело свалилось съ плотины въ прудъ,— вода всплеснулась, заколыхалась,— потомъ все затихло.

— Утопъ! раздалось среди глубокой тишины и оцѣпенѣнія.

— Утопъ... въ воду упалъ... не видать, посыпались потомъ все болѣе и болѣе учащавшіяся восклицанія, быстро перешли въ общій смѣшанный шумъ, и опять началась тревога, бѣготни. Трещалъ хворостъ на плотинѣ, звенѣла цѣпь отвязываемой лодки, потомъ застучали весла, начали всплескивать воду. А ночь стояла черная, угрюмая; ни одной звѣзды но блестѣло на небѣ.

Всѣ сбѣжались на балконъ. "Что тамъ?.. Что тамъ?" слышались безпрестанныя, остававшіяся безъ отвѣта, восклицанія. Нескоро получился, наконецъ, тотъ отвѣтъ, что бывшій въ горячкѣ работникъ убѣжалъ, ушелъ и свалился или бросился въ воду. Барыни засуетились, ахали, вздыхали и напряженно всматривались на берегъ пруда, гдѣ показался фонарь, потомъ другой и таинственнымъ свѣтомъ освѣщали черные стволы и вѣтви деревьевъ, черныя тѣни мужиковъ, и черный уголокъ пруда, гдѣ дрожала рябь и разбѣгались круги. Зоя пробралась впередъ и ступила шага два внизъ, по лѣстницѣ.

— Куда вы? Ахъ, не ходите!.. Ужасъ!.. И хоть бы вы одѣлись! послышались восклицанія, а Барканцева даже дорогу загородила ей.

Зоя пошла одѣться. Парфеновъ была, тоже въ прихожей и не особенно торопливо натягивалъ на себя пальто.

— Посмотрѣть хотите? спросилъ онъ.

И голосъ у него былъ совсѣмъ спокоенъ. Онъ помогъ Зоѣ одѣться, подвинулъ ей калоши. Пошли...

Въ гостиной они увидѣли Барканцева съ фуражкой на головѣ. Стоя у стола, онъ торопливо перелистывалъ какой-то календарь и никакъ не могъ найти того, что ему нужно было. Онъ совсѣмъ растерялся и запыхался.

— Ты что? мимоходомъ спросилъ Парфеновъ.

— Да вотъ, вотъ... Правила тутъ есть... Найти не могу...

— Какія правила?..

— Да вотъ... съ утопленниками... Что нужно съ утопленниками дѣлать?..

121

— Да качать, должно быть... Больше, я думаю, ничего не найдешь...

Спустились съ балкона. Барканцевъ бѣгомъ обогналъ ихъ, торопливо шлепая по лужамъ, споткнулся обо что-то и изчезъ въ толпѣ за деревьями.

Вотъ и утопленникъ. Послѣ долгихъ и безплодныхъ исканій, вытащивъ изъ воды много хвороста, вѣтвей и досокъ, нашли наконецъ и это безжизненное тѣло. Плотно обхватила его мокрая рубаха; зеленый густой илъ оплелъ его руки и ноги, и шею,— поясомъ охватилъ его поясницу; черная вѣтка съ полусгнившими почернѣлыми листьями впилась въ его прильнувшіе къ головѣ волосы.

Долго качали его, — но жизнь не возвращалась въ оставленное ею тѣло. Не разъ переставали качать, не разъ опять принимались и наконецъ оставили, положили на землю, потомъ опять подняли и въ глубокомъ молчаніи унесли прочь.

"Спи дружокъ!" Много онъ поработалъ на своемъ вѣку,— можно теперь и отдохнуть. Былъ онъ и бурлакомъ. Отъ Перми до Астрахани, отъ Златоустовскаго до Нижняго не было такой судоходной рѣки, изъ которой бы не пилъ онъ послѣ своихъ тяжелыхъ трудовъ, не было такого мѣста на берегахъ этихъ рѣкъ, по которому не прошелъ бы онъ хоть одинъ разъ, доставляя то купцамъ товары, то казнѣ оружіе... Работалъ онъ и на заводахъ, и на фабрикахъ, и желѣзныя дороги строилъ... Да, много онъ поработалъ, — можно теперь и отдохнуть... И страдалъ онъ много: знавалъ и голодъ, терпѣлъ и отъ холодовъ лютыхъ, и отъ жара нестерпимаго на заводахъ, и отъ болѣзней, рѣдко его покидавшихъ. Можно теперь отдохнуть и отъ трудовъ, и отъ страданій,— ото всего...

Въ залѣ былъ уже накрытъ столъ для ужина, но ужинать никому не хотѣлось. Одинъ только Парфеновъ сидѣлъ у стола, впрочемъ повернувшись къ нему спиною, и задумчиво барабанилъ ножомъ по колѣнку. Вѣрочка была совсѣмъ больна,— головка у нея разболѣлась. Зоя собиралась ѣхать домой.

— Что же? встрепенулся Парфеновъ. Навсегда уѣзжаете или до завтра?

— До послѣ завтра, отвѣчала Зоя.

V

Ночью въ городѣ была гроза, а утро наступило тихое, ясное; ни одного облачка не было видно на небѣ, ни малѣйшаго дуновенія вѣтра не чувствовалось въ воздухѣ. Сады какъ будто только и ждали грозы и дождя, какъ какого нибудь сигнала: все въ нихъ проснулось, зазеленѣло, заблистало яркими красками, запѣло и зашумѣло. Цвѣты запестрѣли въ травѣ, въ кустахъ и на деревьяхъ; рои пчелъ и шмелей понеслись между зелеными вѣтвями и наполнили сады своимъ густымъ, басистымъ гудѣньемъ. Стонъ стоялъ и на улицахъ. Мѣрно трезвонили во всѣхъ церквахъ большіе праздничные колокола и какъ будто силясь покрыть ихъ, все громче и громче поднимался на улицахъ и площадяхъ гулъ не одной тысячи мужицкихъ голосовъ. День былъ базарный. Вездѣ пахло дегтемъ, всюду мелькали бѣлые и черные армяки, высокія черныя шляпы съ конусообразными, усѣченными вершинами,— бѣлыя ноги, одѣтыя въ новые лапти и до колѣнъ обернутыя въ чистыя, праздничныя онучи. Съ всѣхъ въѣздовъ города валили пѣшіе и конные, въ телѣгахъ и верхами, везли и несли деревенскіе товары, вели лошадей и жеребятъ — и великій гулъ стоялъ надъ городомъ.

Часовъ въ десять утра изъ монастырской церкви вышла закрытая чернымъ вуалемъ женщина. Тихо, опустивъ внизъ глаза и голову, прошла она между рядами нищихъ на паперти и неровной походкой, съ безцѣльно-блуждающимъ взглядомъ, направилась по тѣнистой аллеѣ къ воротамъ. Пройдя нѣсколько шаговъ, она увидѣла скамейку и сѣла на нее. Монастырскій дворъ былъ сквозной; по аллеѣ изрѣдка проходили взадъ и впередъ люди; шаги и голоса ихъ должно быть безпокоили эту женщину, потому что скоро она встала, обошла скамью и сѣвъ спиной къ аллеѣ, опустила голову на руки, точно будто желая защитить ими свои глаза и уши, желая ничего не видѣть и не слышать. Прошло пять, десять минутъ, — она не перемѣняла положенія, не двигалась, не шевелилась, — казалось заснула. Прохожіе взглядывали на нее съ недоумѣніемъ и подозрительно; ребенокъ, вышедшій съ нянькой изъ церкви и съ тревожными, безпрестанными возгласами: "Гдѣ колокольчики? Здѣсь нѣтъ колокольчиковъ." искавшій на лугу цвѣтовъ, остановился передъ нею и выпучивъ свои большіе, голубые глазенки, положивъ въ ротъ одинъ изъ своихъ короткихъ, пухлыхъ пальцевъ, долго-долго смотрѣлъ на нее. И нянька его, — сѣдая, блѣдная старуха съ бѣлыми густыми рѣсницами и строгимъ лицемъ, была не меньше ребенка заинтересована этой, повидимому, спящей женщиной. Она то хмурила свои сѣдыя брови, отворачивалась и хотѣла отвести ребенка подальше, то опять возвращалась и подходила все ближе и ближе къ скамейкѣ. Наконецъ она взяла ребенка, на руки и сѣла шагахъ въ двухъ отъ незнакомки. Та вдругъ пошевелилась, выпрямилась, приподняла вуаль и вынувъ изъ кармана платокъ, поднесла его къ глазамъ.

— Плачетъ, громко шепнулъ ребенокъ.

Незнакомка вздрогнула и оглянулась. Быстро окинула она своими черными, немного влажными глазами старуху,— потомъ остановила ихъ на ребенкѣ и какъ будто видъ его напомнилъ ей о чемъ нибудь, медленно встала со скамьи.

— Туда или сюда нужно идти на Никольскую улицу? кротко спросила она, осмотрѣвшись.

— Сюда, барышня, сюда, мягко отвѣчала старуха; — а изъ воротъ на лѣво пойдете... Не здѣшніе должно быть?

— Нѣтъ, я здѣшняя, отвѣчала она, задумчиво разсматривая ребенка, его свѣжее, толстое лице, поярковую шапочку, бархатные шаровары и сапожки съ красными отворотами.— Я здѣшняя, повторила она съ легкимъ вздохомъ; только давно не была здѣсь,— забыла; и голова у меня идетъ сегодня кругомъ,— болитъ... Была у обѣдни... но могла достоять...

Она опять задумалась и машинально застегивала старенькую, во многихъ мѣстахъ заштопанную, черную перчатку. Глаза у нея были красные, слабые, лицо тоже красноватое, какъ будто покрытое сыпью и полное болѣзненной тоскливости,— а губы сухи и потрескались.

— Да, такъ налѣво? вспомнила она, обошла скамейку и только-что вышла на аллею, встрѣтилась лицомъ къ лицу съ Филиппомъ Рябининымъ.

Она было не замѣтила его,— вообще она ни на что собственно не смотрѣла, и ничего не видѣла, а только скользила по всему блуждающимъ, ничего невидящимъ взглядомъ,— но Филиппъ остановился и кланялся ей. Она съ недоумѣніемъ подняла на него свои глаза.

— Вы не узнаете меня, Евлалія Александровна? спросилъ онъ; потомъ напомнилъ о себѣ.

— Извините, сказала она, протягивая ему руку.

— Однако, что съ вами? серьезно, почти съ испугомъ спросилъ Филиппъ и опять взялъ ея опустившуюся сухую, горячую руку.— Что съ вами?.. Давно вы недомогаете?..

— Знаете,— отвѣчала она прерывающимся голосомъ, и сухія губы ея дрожали, точно она собиралась разрыдаться какъ безпомощный, всѣми покинутый и подавляемый горемъ ребенокъ; знаете, я кажется заболѣю, очень заболѣю...

"Знаете, кажется приближается то, чего я больше всего боялась, то, что для меня всего ужаснѣе. Я заболѣю, можетъ быть умру. Дѣтямъ моимъ и теперь нечего ѣсть; что же съ ними будетъ, что будетъ? Увѣрьте, убѣдите меня, что я ошибаюсь. Поддержите меня и спасите!" — такъ повялъ Филиппъ ея восклицаніе, ея тоску и рыданія, готовыя вырваться изъ ея трепещущей груди.

Сердце у него сжалось.

— У васъ голова болитъ?.. Давно?..

— Дня четыре уже... Очень, очень болить... Жжетъ лицо... глаза, покорно и съ мольбой въ глазахъ отвѣчала она.

— Былъ озпобъ?.. Аппетита нѣтъ? Жажда?..

— Жажда, страшная жажда... Ѣсть я ничего не могу... противно...

— А ознобъ?..

Она посмотрѣла на него молящимъ, воспаленнымъ взглядомъ, хотѣла что-то спросить, но отвернулась, закусила губы и, опустивъ вуаль, пошла впередъ.

— Вы не особенно безпокоитесь, утѣшалъ ее Филиппъ.— Все это можетъ кончиться пустяками.

— И скоро?.. скоро можетъ кончиться? недовѣрчиво спросила она.

— Можетъ быть и очень скоро...

Она покачала головой и съ легкимъ стономъ приложила ко лбу руки. Филиппъ тревожно взглянулъ на нее, заволновался, заторопился, позвалъ извозчика, усадилъ ее въ экипажъ и сѣлъ самъ.

"Чортъ знаетъ что такое! разсуждалъ онъ съ волненіемъ и горькой ироніей.— Идешь на свадьбу,— а попадешь на похороны. Думаешь заняться своимъ собственнымъ дѣломъ, а приходится хлопотать объ одномъ изъ своихъ несчастныхъ ближнихъ. И хоть бы постыдились эти несчастные, что ихъ такъ много,— хоть бы они попрятались куда нибудь. А то живешь,— какъ будто идешь по полю сраженія, по трупамъ и по раненымъ: все смотри себѣ подъ ноги, на каждомъ шагу останавливайся надъ кѣмъ нибудь или обходи кого побудь. Нечего сказать — веселый и прямой путь!.. И никогда никого нѣтъ у этихъ несчастныхъ: всегда они именно на тебя возлагаютъ свою послѣднюю надежду и ни малѣйшаго дѣла нѣтъ имъ, что у тебя есть можетъ быть свои собственныя дѣла и заботы. Посмотрю я, что тамъ за семейство у этой госпожи: навѣрное никто ни на что не годенъ. Дѣти — тѣ только хнычутъ и ѣсть просятъ,— нянька напилась ради праздника,— пьянешенька; а тетка — вѣроятно старая, злая вѣдьма и очень обрадуется, что ея племянница можетъ отправиться на тотъ свѣтъ и впредь не обременять ея домъ своимъ присутствіемъ. Навѣрно, навѣрно".

Домикъ, въ которомъ жила Сорогина, и его узенькій, тѣсный дворикъ бросились въ глаза Филиппу своею ветхостью, запустѣніемъ, бѣдностью и навели его на мысль, что каковы бы ни были прочія добродѣтели и пороки обладательницы этого поросшаго мхомъ и репейникомъ гнѣзда, она ни въ какомъ случаѣ не обладаетъ хозяйственными талантами и хозяйскимъ глазомъ. На верхней ступенькѣ крыльца, прислонившись плечомъ къ круглому столбику, поддерживавшему крышу, опустивъ голову на ладони и изрѣдка охая, сидѣла нянька,— та самая женщина, которая вчера ночью пѣла и рыдала посреди улицы.

— Ну, вотъ, такъ и есть; и у нея голова болитъ послѣ вчерашняго пѣнья, подумалъ Филиппъ.

Дальше, въ первой комнатѣ сидѣли на кровати два мальчика и съ азартомъ играли въ карты, въ три листика. Одинъ изъ нихъ при входѣ Сорогиной всталъ и схватившись за фуражку, проскользнулъ къ двери. Другой, по турецки сидѣвшій на своей собственной подушкѣ, сгребъ лежавшую передъ нимъ кучу орѣховъ и пряниковъ, замѣнявшихъ въ ихъ игрѣ государственную монету, вытащилъ изъ подъ кровати сундучекъ, заслонилъ его плечами, спиной, головой отъ постороннихъ взглядовъ и запряталъ туда свою добычу. Ему было лѣтъ семь; лицо у него было бѣлое съ нѣсколько дерзкимъ и плутоватымъ выраженіемъ, голова большая, казавшаяся еще больше отъ торчавшихъ во всѣ стороны вихровъ.

— Ого! хорошъ и этотъ. Заперъ на замокъ, попробовалъ крѣпко-ли и ключъ въ карманъ спряталъ! подумалъ глядя на него Филиппъ.— Этотъ, кажется, уже сколачиваетъ себѣ состояніе. Что дальше?..

А дальше, въ слѣдующей комнатѣ, тихонько ходилъ изъ угла въ уголъ худой, тощій, съ длиннымъ, блѣднымъ и постнымъ лицомъ мальчуганъ лѣтъ шести и махая рукою какъ будто бы держалъ въ ней кадило, высоко поднявъ брови и вытянувъ губы напѣвалъ по церковному: "Всякое нынѣ... нынѣ... житейское..." Завидѣвъ въ дверяхъ мать и неожиданнаго гостя, онъ смолкъ, закрылъ ротъ, опустилъ брови и началъ около стѣнки пробираться вонъ изъ комнаты; руки, которыми имъ поддерживался иногда за стулья,— длинныя, тощія, неуклюжія.

— Боже мой, Боже мой, какія это дѣти?.. Развѣ такія бываютъ дѣти? удивлялся Филиппъ, наблюдая за нимъ.— Съ кадиломъ!.. И какое у него было лицо, какіе монашескіе, экзальтированные глаза, когда онъ пѣлъ и кадилъ!.. Что же еще не видать тетки? Гдѣ она? Что она?..

Онъ обратился къ нянюшкѣ, велѣлъ ей раздѣть и положить больную въ постель, попросилъ приготовиться сходить въ аптеку, освѣдомился и о тетушкѣ, хозяйкѣ дома. Оказалось, что она уже года два какъ разбита параличомъ и не встаетъ съ постели.

— Воистинну "всякое нынѣ отложимъ попеченіе", подумалъ Филиппъ, опустившись послѣ этого въ кресло и скрестивъ на груди руки.— Такъ я и зналъ, что никто здѣсь ни на что путное не годенъ. Что теперь станешь дѣлать? Человѣкъ въ горячкѣ и ни одного путнаго человѣка нѣтъ около него... Любопытно, чѣмъ все это разрѣшится...

Онъ написалъ рецептъ, поискалъ глазами песку, потомъ какъ будто поразился еще новою мыслью.

— Можетъ быть у нихъ и денегъ-то ни гроша нѣту, подумалъ

126

онъ, помахивая рецептомъ по воздуху.— Ничего не можетъ быть легче. Всѣ эти несчастные большіе безсребренники. Чтобы не приводить ихъ въ безполезное смущеніе, не лучше ли самому съѣздить въ аптеку.

Онъ вошелъ къ больной. Она была уже раздѣта и лежала въ постели, охвативъ лобъ обѣими руками и склонивъ его къ подушкѣ.

— Боже мой, Боже мой, невнятно говорила она, устремивъ на Филиппа свои помутившіеся, воспаленные глаза.— Что же это будетъ?..

Филиппъ подумалъ, что она жалуется на свою головную боль.

— Что съ ними, съ дѣтьми будетъ? нетерпѣливо и болѣзненно-тоскливо прервала она.— Я не понимаю! произнесла она и вдругъ приподнялась, сѣла и тревожно смотрѣла на Филиппа.— Эта глупая, пьяная старуха пойдетъ милостыню просить для нихъ... Ну да, я знаю... Она уже давно мнѣ говорила, что здѣсь есть какіе-то родственники моего мужа... Она пойдетъ, пойдетъ, я знаю; она и мнѣ совѣтовала... Уйдите, пожалуста, я одѣнусь.... сейчасъ, рѣшительно сказала она и заторопилась.

— Я одѣнусь, докторъ, умоляющимъ голосомъ заговорила она;— я встану... Не запрещайте мнѣ, позвольте... Я знаю, что если я буду лежать, я совсѣмъ, совсѣмъ заболѣю... Нужно только переломить себя, пересилить болѣзнь и я буду здорова, завтра же буду здорова... У меня такая натура; я знаю ее... Позвольте... оставьте меня докторъ...

Она смотрѣла на него умоляющимъ взглядомъ и протягивала свои бѣлыя, обнаженныя руки. Филиппъ неподвижно сидѣлъ шагахъ въ трехъ отъ нее, положивъ обѣ руки на спинку стоявшаго передъ нимъ стула и опустивъ подбородокъ на руки.

— Если вы этого непремѣнно хотите, такъ пожалуй вставайте и одѣвайтесь и идите... я вѣдь вамъ не тюремщикъ, отвѣчалъ онъ, повидимому, съ своей обычной флегмой.— Только къ чему всѣ эти ваши опасенія? Милостыню, вы говорите, пойдетъ просить? Милостыню?.. Это слишкомъ скверное слово: милостыня... Есть же наконецъ и около васъ друзья и порядочные люди, которые не допустятъ этого...

Она тихонько опустилась на подушку, лицомъ внизъ, и заплакала.

— Друзья... у меня друзья? горько и безнадежно произносила она, всхлипывая. У меня?..

— Друзья не друзья, а во всякомъ случаѣ порядочные люди, отвѣчалъ Филиппъ, отодвинувъ стулъ и съ вырвавшимся, наконецъ, наружу волненіемъ.— Это ужъ я не знаю, что такое будетъ на свѣтѣ, если даже порядочные люди и бѣдняки перестанутъ помогать другъ другу... Я самъ бывалъ боленъ, въ лихорадкѣ, въ тифѣ... Тогда около меня не было ни друзей, ни родныхъ, ни знакомыхъ. И однакожъ меня не бросили, какъ издыхающую уличную собаку. За мной ходили, обо мнѣ заботились. Кто?.. Бѣдняки, люди, у которыхъ не было ничего, кромѣ добраго сердца. За кого же вы меня принимаете?.. Вы думаете, что я вотъ посидѣлъ у васъ, посмотрѣлъ на васъ, узналъ ваше положеніе, ваше горе и потомъ преспокойно ушелъ къ себѣ и забылъ о васъ, какъ будто выпилъ у васъ чашку чаю и поговорилъ о погодѣ? За кого вы наконецъ принимаете Лизавету Ивановну? Она живетъ въ двухъ шагахъ отъ васъ — и не зайдетъ къ вамъ раза три, четыре въ день, если ея присутствіе будетъ здѣсь нужно?.. Ну, нѣтъ; ошибаетесь вы, Евлалія Александровна. Люди скверны, злы, но не въ такой же степени, нѣтъ... Все это вздоръ, бредъ, пустяки; успокойтесь, Евлалія Александровна, и покоритесь: дѣлать нечего, приходится вамъ немного побольть и полечиться, а тамъ все пойдетъ отлично... Успокойтесь, повторилъ онъ и дружески пожалъ ея руку.

— Вы скажите Лизаветѣ Ивановнѣ, позовите ее, просила она, не выпуская его руку и крѣпко сжимая ее.

— И скажу, и приведу, и все будетъ устроено какъ нельзя лучше, отвѣчалъ имъ.— Сейчасъ же и пойду къ ней...

Онъ оставилъ ее все еще замѣтно взволнованный и пошелъ къ Щепоткиной. Она только что встала и пила чай.

— Скверныя новости, озабоченно заговорилъ онъ. Да, утро великолѣпное, поэтическое; а новости, я говорю, скверныя. Былъ сейчасъ у вашей пріятельницы, Евлаліи Александровны: она въ горячкѣ,— вотъ въ чемъ дѣло...

У Лизаветы Ивановны личико вытянулось и глаза сдѣлались большіе, озадаченные.

— Она еще вчера вечеромъ была у меня, озадаченно проговорила она, потомъ встрепенулась, хотѣла куда-то идти, должно быть одѣваться, и остановилась. И вчера она, правда, смотрѣла нѣсколько больной, жаловалась, что голова болитъ, но...

— Ну, а сегодня горячка, febris continua, отвѣчалъ Филиппъ. Лежитъ наша Евлалія Александровна въ постели, голова у нея въ огнѣ, вообще всякія страданія, а въ домѣ все какія-то пьяненькія, да убогонькія существа...

— И знаете ли, знаете ли, какое, кромѣ того, ея положеніе, горячо зашептала Лизавета Ивановна, наклонившись къ его лицу: нѣсколько дней она была совсѣмъ безъ работы, потомъ ее обманывали, денегъ ей не платили. У нея всѣ платья проданы, все серебро продано, все, все продано. Вчера она попросила у меня... какъ вы думаете?.. пятьдесятъ копѣекъ... Можете себѣ представить?..

Она отшатнулась, скрестила на груди руки и пристально смотрѣла на Филиппа. Онъ кивнулъ головой.

— Вотъ именно насчетъ этого-то полтинника я и хотѣлъ поговорить съ вами, сказалъ онъ. Вѣдь изъ него, по всей вѣроятности, ни гроша не осталось въ той поросшей мохомъ хижинѣ; все ушло. Нужно было, вѣроятно, чаю купить, ужинъ сдѣлать дѣтямъ, свѣчь купить, чтобы можно было дольше работать, по ночамъ работать, высчитывалъ онъ по пальцамъ. Да ничего, однимъ словомъ, не осталось: въ настоящую минуту у нихъ, вѣроятно, гроша нѣтъ. Вы понимаете ли, знаете ли, что значитъ гроша не имѣть? Я знаю: скверно... Нужно бы намъ, Лизавета Ивановна, доставить туда этого презрѣннаго металла; безъ него нельзя, никакъ нельзя, сами посудите...

Лизавета Ивановна немного покраснѣла и опершись руками на столъ, задумалась. Вопросъ о деньгахъ поставилъ ее въ довольно затруднительное положеніе и она раздумывала, какъ бы помочь горю.

— Вы не утруждайте себя,— потому что дѣло вовсе не въ этомъ, смѣясь продолжалъ Филиппъ.— Дѣло стало вовсе не за презрѣннымъ металломъ, то есть не затѣмъ, — откуда бы его достать. Онъ вотъ, говорилъ онъ, опуская руку въ боковой карманъ; вотъ онъ... Если и не металлъ, то весьма годная для безсребренниковъ государственная бумага. Дѣло въ томъ, видите ли, чтобы доставить все это туда, въ ту хижину. Мнѣ самому нельзя. Какъ я доставлю? Съ какой стати!— скажутъ: по какому праву? Я, видите ли, никакого права не имѣю... Ну, и приходится вамъ препроводить эти деньги куда слѣдуетъ и какъ слѣдуетъ, не теряя дорогого времени...

Она задумчиво и въ нерѣшимости смотрѣла на него.

— Вамъ не нужны эти деньги? спросила она наконецъ.

— Ну да, не нужны...

— Можетъ быть скоро понадобятся?.. Часть ихъ я вамъ скоро возвращу, на дняхъ, нерѣшительно проговорила она, все всматриваясь въ него. И вообще эти деньги я буду вамъ должна...

Она была другомъ Евлаліи Александровны, очень любила ее и ей какъ-то страшно и обидно стало, что не подаетъ ли Филиппъ эти деньги какъ милостыню ея пріятельницѣ.

— Хоть сегодня, хоть черезъ годъ,— это какъ вамъ будетъ удобнѣе, равнодушно сказалъ Филиппъ, беря шляпу.— И вы ли мнѣ возвратите эти деньги, или сама Евлалія Александровна, это для меня право нисколько неинтересно и не въ этомъ дѣло. О чемъ мы тутъ толкуемъ? Дѣло въ томъ, чтобы деньги были тамъ, гдѣ они нужны, въ той хижинѣ; а изъ чьего кармана они возьмутся — изъ моего ли, изъ вашего ли и въ чей карманъ они возвратятся оттуда — стоитъ ли толковать объ этомъ. Она тамъ лежитъ, терзается, а мы тутъ чуть-чуть до процентовъ не договорились. Прощайте... поспѣшайте туда...

Подходя къ своему дому, онъ встрѣтился еще съ однимъ безсребренникомъ. Съ противуположнаго троттуара сбѣжалъ мелкими шажками Потапъ Потапычъ, облаченный въ свой странный, спеціально назначенный для рыбной ловли, костюмъ, съ удочками на плечѣ, съ чемоданомъ — портфелемъ за спиной и не то кивая пальцемъ, не то выдѣлывая имъ какіе-то неопредѣленные, нѣсколько даже повелительные знаки, приглашалъ Филиппа остановиться.

— У васъ нѣтъ ли съ собой того... денегъ, то есть мѣдныхъ, мѣдныхъ денегъ? запыхавшись, шепотомъ заговорилъ онъ, тревожно оглянувшись по сторонамъ.

— Убогому желаете подать?..

— Нѣгу; я для самого себя призанялъ бы у васъ малую толику, пятачекъ: знаете, на табачекъ...

— Что вамъ въ пятачкѣ-то?.. Развѣ что плюнуть на него?.. Только...

— На пятачекъ-то плюнуть? На пятачекъ, вы посмотрите, сколько табаку даютъ... Вы деньги-то не носите въ этомъ карманѣ, — сейчасъ вытащатъ... Вотъ въ этотъ, въ этотъ переложите...

И онъ уже бѣжалъ дальше. Филиппъ и прежде слышалъ отъ Зои, что Потапъ Потапычъ не любитъ и не допускаетъ, чтобы кого нибудь изъ его прилично одѣвающихся знакомыхъ видѣли разговаривающимъ или идущимъ по улицѣ вмѣстѣ съ нимъ, несчастнымъ и оборваннымъ Потапъ Потапычемъ. Тогда Филиппъ не обратилъ большого вниманія на эту черту въ его характерѣ и не вникъ въ нее; теперь же онъ понялъ со, эту знаменательную черту, оцѣнилъ и прочувствовалъ. Бѣдность!.. Бѣдность!.. Голодать, жить въ грязи, ходить въ лохмотьяхъ,— мало этого... Нужно еще потерять всякое уваженіе къ самому себѣ, стыдиться самого себя, смотрѣть на себя какъ на какую-то неприличную тряпку, которая не должна показываться при свѣтѣ дня, не должна, появляться въ приличныхъ домахъ и около прилично одѣтыхъ людей. Деликатному бѣдняку нужно вѣчно носить въ своемъ сердцѣ ядовитую и унизительную мысль, что даже его лучшіе знакомые могутъ говорить съ нимъ гдѣ нибудь въ темномъ уголкѣ, съ глазу на глазъ, по никакъ не въ обществѣ, не на улицѣ, не при солнечномъ свѣтѣ. Ему нужно вѣчно помнить, что можетъ быть даже друзья его совѣстятся при людяхъ протянуть ему руку, что ему лучше не узнавать ихъ на улицѣ, лучше не приходить къ нимъ въ то время, когда у нихъ есть кто нибудь посторонній... Гадко, гадко!.. И будетъ ли лучше? спрашивалъ Филиппъ, подумавъ объ устроенномъ имъ товариществѣ. Спасетъ ли оно хоть одного человѣка? Облегчитъ ли оно жизнь хоть одному человѣку,— хотя бы вотъ этому самому Потапу Потапычу, которому такъ немного нужно?

Дома онъ нашелъ одного изъ членовъ этого товарищества. У письменнаго стола сидѣлъ Мочаловъ и углубившись въ чтеніе какой-то книги, до тѣхъ поръ не замѣчалъ появленія хозяина, пока Филиппъ не подошелъ къ самому столу и не поставилъ на него свою шляпу. Тогда Мочаловъ вздрогнулъ, быстро обернулся и поднялся. Должно быть лице его или очень измѣнилось, или сильно поразило Филиппа: нѣсколько мгновеній онъ пристально, почти жадно всматривался въ него.

— Ну что? Что ты? спросилъ наконецъ Мочаловъ съ видимымъ безпокойствомъ.

— Разстегни, коротко отвѣтилъ Филиппъ, проведя пальцемъ по пуговицамъ его сюртука.

Внимательно, долго выслушивалъ онъ его грудь, припадая ухомъ то къ правому легкому, то къ лѣвому, то къ сердцу и иногда точно замирая и заслушиваясь на одномъ мѣстѣ. Потомъ онъ молча отошелъ, сѣлъ въ кресло и закурилъ папиросу.

Онъ курилъ и молчалъ. У Мочалова скривились губы и лице сдѣлалось еще болѣзненнѣе.

— Поетъ птичка? спросилъ онъ.

— Что? встрепенулся Филиппъ.

— Птичка, я спрашиваю, поетъ-ли? Одинъ лекарь въ пьяномъ видѣ говаривалъ мнѣ, что у васъ, говоритъ, въ груди самъ чертъ не разберетъ — что такое: и птичка чирикаетъ, и мѣха раздувательные дѣйствуютъ, и вѣтеръ дуетъ. Я вотъ и спрашиваю: поетъ ли птичка? Поетъ,— такъ хорошо. Или ужь охрипла она, не чирикаетъ?..

— Чирикаетъ; что тутъ хорошаго, что она чирикаетъ... Но ты поправился, пополнѣлъ, у тебя цвѣтъ лица лучше.

— Все это старая, извѣстная, пѣтая и перепѣтая пѣсня, сказалъ Мочаловъ съ нѣсколько прояснившимся лицемъ и все-таки подозрительно. Шагъ назадъ,— къ лучшему,— потомъ шагъ впередъ къ могилѣ; опять шагъ назадъ, а тамъ уже два шага впередъ... Потомъ я и опять могу сдѣлать шагъ назадъ, но уже никогда, никогда не могу возвратиться къ тому состоянію, къ тѣмъ невозвратимымъ временамъ, когда здѣсь, въ этой машинѣ не слышался звукъ разбитаго, треснувшаго горшка... Это все тотъ же лекарь и тоже въ пьяномъ видѣ говаривалъ, мнѣ: о чемъ, говоритъ, вы печетесь? Не пецытесь о многомъ, ибо у васъ здѣсь при постукиваніи слышится треснувшій горшокъ...

— Кто онъ такой?..

— Кто онъ былъ? Онъ былъ полковой лекарь, пьяница, одни говорили — геній своего дѣла, другіе называли его невѣждой. Я не знаю кто правъ. Онъ былъ тоже чахоточный и въ послѣдніе

131

мѣсяцы своей жизни не разъ напоминалъ мнѣ, что скоро намъ дадутъ отпускъ въ путешествіе вокругъ свѣта... Стоитъ вамъ только простудиться и все кончено, предсказывалъ онъ мнѣ. "Подожди немного, — отдохнешь и ты" — любилъ онъ напѣвать, и, иногда, въ пьяномъ видѣ, начиналъ при этомъ плакать.

Филиппу было тяжело и неловко.

— А ты хотѣлъ меня заговорить, какъ говорится? замѣтилъ Мочаловъ. Нѣтъ, лучше къ прежнему разговору возвратимся. Ты говоришь, я пополнѣлъ и поправился и цвѣтъ лица у меня лучше. Что въ этомъ? Еслибъ ты зналъ, какая у меня тоска появилась въ послѣднее время... "Когда-бъ ты зналъ, когда-бъ ты зналъ", тихонько и тоскливо пропѣлъ онъ.

— Тоска — тоже болѣзнь. Ты боленъ, оттого и тоскуешь Когда выздоровѣешь, тогда и тоски не будетъ.

— Если тоска — и болѣзнь, то это появилась у меня новая болѣзнь. Прежде у меня со не было. Нѣтъ, это не болѣзнь,— это нѣчто иное, это можетъ быть прощанье со всѣмъ живымъ, живущимъ и имѣющимъ жить. Знаешь ли, мнѣ кажется иногда, что будто бы люди, солнце, природа, исторія, науки, весь міръ, однимъ словомъ, несется мимо меня, какъ въ какомъ нибудь вихрѣ,— проносится — и я остаюсь одинъ, совершенно одинъ въ пустотѣ и мракѣ... Это болѣзнь?..

— Болѣзнь...

— И когда весь міръ проносится такимъ образомъ мимо, уходитъ изъ подъ ногъ... знаешь ли, какое появляется безумное, жгучее желаніе остановить, удержать эту жизнь, броситься въ самый ея водоворотъ и хоть мѣсяцъ, хоть недѣлю пожить другою жизнью... Другою: не такою... не въ этой агоніи... И это но прощанье, не тоска прощанья? Это все болѣзнь?..

— Болѣзнь...

— И я выздоровѣю?...

— Можешь выздоровѣть...

— Если даже я останусь такимъ, каковъ я есть: съ моимъ характеромъ, съ моими воспоминаніями, съ прежними мыслями и...

Филиппъ безпокойно и тоскливо повернулся въ креслѣ.

— И... при настоящей обстановкѣ?..

— Обстановку можно измѣнить, отвернувшись сказалъ Филиппъ.

— Оставимъ это, сухо и серьезно произнесъ Мочаловъ, протянувъ къ нему руку и какъ будто отстраняя ею что либо.

Затѣмъ онъ медленно всталъ, повернувшись спиной къ Филипппу, прошелъ къ окну и долго стоялъ у него, барабаня пальцами по подоконнику.

Филиппъ былъ грустенъ. Онъ понималъ эту тоску Мочалова о

жизни, проносящейся мимо и уходящей изъ подъ ногъ. Онъ не разъ наблюдалъ у чахоточныхъ эту жажду жизни, это желаніе броситься въ самый водоворотъ ея, въ послѣдній разъ насладиться ею и забыться въ ней. Онъ зналъ, чѣмъ нерѣдко разрѣшается эта жажда. Онъ видалъ, въ какую безумную оргію превращаютъ иногда осужденные на смерть послѣдніе дни своей жизни и какъ топятъ они въ этой оргіи послѣднюю надежду на свое спасеніе, какъ они сами добиваютъ себя.

Молчаніе прервалъ "женихъ" Зои, становой приставъ Новоторовъ, неожиданно явившійся изъ внутреннихъ комнатъ, гдѣ онъ давно уже бесѣдовалъ съ Анной Романовной.

Мочаловъ изкоса осмотрѣлъ внезапно появившагося передъ нимъ гиганта и взялся за фуражку.

— Прощай, коротко сказалъ онъ Филиппу и ушелъ,

Филиппъ облокотился на столъ и сидѣлъ передъ Новоторовымъ неподвижный, молчаливый, задумчивый, какъ будто даже не замѣчалъ его.

— Какъ поживаете, Филиппъ Петровичъ?...

Филиппъ скользнулъ по немъ глазами.

— Ничего, недурно...

— Намъ съ вами рѣдко приходится видѣться; говорить — еще рѣже...

— Не часто...

— И мало вы меня знаете; лучше сказать, даже совсѣмъ не знаете; хотя, по правдѣ сказать, меня и узнавать нечего: я совсѣмъ наружу, какимъ я кажусь, таковъ и есть на самомъ дѣлѣ. Руки у меня, вы видите, черныя, лице — тоже черное, солнцемъ сожженное. Я не бѣлоручка,— перчатокъ и духовъ не употребляю и по люблю тѣхъ людей, которые къ нимъ прибѣгаютъ. Я человѣкъ простой, прямой; платье на мнѣ солдатское, манеры у меня солдатскія, угловатыя: да и въ душѣ я тоже солдатъ...

— Сестра мнѣ тоже говорила, что вы солдатъ, флегматически-простодушно сказалъ Филиппъ, и только бѣглый, злой огонекъ блеснулъ въ его глазахъ.

Передъ нимъ только что носились печальные образы людей, недавно имъ видѣнныхъ, у него еще звучали въ ушахъ отрывки изъ безотрадныхъ рѣчей, подавно имъ слышанныхъ, а тутъ вдругъ "женихъ". У него тяжело было на сердцѣ; гнетущія были у него мысли: "именно, именно по трупамъ и между трупами приходится намъ совершать свои жизненный путь", думалъ онъ, вспоминая Мочалова. А передъ нимъ торчитъ рослый "женихъ" и хвастается своими великими добродѣтелями.

Новоторовъ споткнулся на его зломъ замѣчаніи. Онъ смолкъ и изподлобья посмотрѣлъ на своего собесѣдника; а когда опять заговорилъ, то уже но тотъ былъ у него тонъ и не было прежняго дружелюбія въ его лицѣ.

— Я солдатъ и есть, тяжело и угрюмо говорилъ онъ, какъ будто бы телегу тащилъ. Честно дѣлаю я то, что мнѣ велятъ дѣлать, честно говорю то, что думаю и ни къ какимъ тонкостямъ не прибѣгаю. Зою Петровну я очень хорошо знаю, а уважаю и цѣню со можетъ быть такъ, какъ никто больше не съумѣсть оцѣнить ее. Именно объ ней-то я и желалъ бы переговорить съ вами, Филиппъ Петровичъ.

Филиппъ слушалъ и молчалъ.

— Скажу вамъ прямо, что судьба Зои Петровны ни для кого можетъ быть такъ не близка и не интересна, какъ для меня. Каждый шагъ ея меня интересуетъ. Я давно знаю, что она не бѣлоручка, не пустенькая барышня, а дѣвица умная, дѣятельная, гордая, можетъ быть даже излишне гордая. Она не любитъ быть кому нибудь въ тягость, кому нибудь обязанной и хочетъ содержать себя своими собственными трудами, стремится даже, чтобы другіе были ей обязаны, а но она имъ. До сихъ поръ она жила и трудилась на глазахъ своей матушки. Теперь же, какъ вамъ извѣстно, она намѣрена уѣхать на заводъ Барканцевыхъ,— поступить къ нимъ въ гувернантки. Вамъ, Филиппъ Петровичъ, должно быть не безъизвѣстно, какое положеніе гувернантки въ нашей глуши, въ провинціи. Обязанность ея трудная, положеніе зависимое и тягостное, труды вознаграждаются плохо, а иногда, нерѣдко, ко всему этому присоединяются еще и оскорбленія. Не знаю, какъ вы, а я не желалъ бы видѣть Зою Петровну въ подобномъ положеніи...

— Какое же лучшее положеніе вы порекомендуете? флегматично спросилъ Филиппъ.

— Да, Филиппъ Петровичъ, желалъ бы я предложить ей лучшее положеніе. Я давно уже люблю Зою Петровну. Прежде я не рѣшался заговорить объ этомъ;— многое меня останавливало. Но теперь, когда она думаетъ уѣхать отсюда, жить въ чужихъ людяхъ, не имѣя около себя ни матери, ни родственниковъ, и рискуя можетъ быть даже подвергнуться обидамъ,— я не хочу скрываться. Не могу, и не для такой черной жизни создана Зоя Петровна. Грустно видѣть, что годъ за годомъ ея молодости проходятъ все въ работѣ да работѣ. Ни развлеченій у нея нѣтъ, ни веселой ея не увидишь, ни въ общество она не показывается. Невеселая жизнь, правду сказать. Филиппъ Петровичъ! у меня есть сердце и я человѣкъ честный; я съумѣлъ бы сдѣлать вашу сестрицу счастливой... Притомъ, я человѣкъ и не бѣдный, обезпеченный...

— И любитъ она васъ? равнодушно спросилъ Филиппъ.

— Знаете, Филиппъ Петровичъ: я человѣкъ простой, многихъ тонкостей не понимаю. Не понимаю я и того мнѣнія, что если дѣвушка не влюблена въ кого нибудь, такъ она и замужъ за него не можетъ выйти и счастлива съ нимъ не можетъ быть, будь онъ хоть честный — пречестный, добрый — предобрый... Такъ ли?... По предразсудокъ ли это?

— Не въ томъ дѣло. Если Зоя не любитъ васъ, такъ и замужъ за васъ не пойдетъ.

— Вотъ этого-то я и не понимаю, Филиппъ Петровичъ. Почему? Отчего?...

— А вотъ, подите же вы! Такая ужь должно быть бываетъ натура у иныхъ людей, что имъ противно продавать свое грѣшное тѣло...

— Филиппъ Петровичъ... Нужно вамъ повторить, что я глубоко уважаю Зою Петровну... Здѣсь не можетъ быть и рѣчи о продажѣ...

— По моему — объ ней и рѣчь. Входитъ въ вашъ домъ бѣдная дѣвушка; входятъ она не потому, чтобы страстно любила васъ или глубоко уважала васъ и вообще смотрѣла бы на васъ какъ на лучшаго своего друга,— нѣтъ, вовсе нѣтъ: входитъ она и отдастся вамъ потому только, что вы предлагаете ей довольство, богатство, обезпеченность... Торгъ и есть...

— Наконецъ и матушка ваша этого желаетъ...

— Вы бы лучше всего лично съ сестрой переговорили объ этомъ дѣлѣ. Вѣдь какъ она скажетъ, такъ и будетъ... Не иначе, не иначе...

Новоторовъ всталъ и глубоко вздохнулъ.

— Что дѣлать... Жаль... А я надѣялся, что вы, какъ болѣе опытные въ житейскихъ дѣлахъ, посовѣтуете ей...

— Я затѣмъ и говорилъ съ вами по возможности опредѣленно, чтобы между нами не было впредь подобныхъ недоразумѣній...

Они холодно разстались. Филиппъ почувствовалъ, что нажилъ себѣ новаго врага. Онъ опять опустился въ кресло и съ любопытствомъ слушалъ, какъ Новоторовъ прошелъ въ отдаленныя комнаты, какъ онъ заговорилъ съ Анной Романовной, вѣроятно передавая ей результаты своего разговора съ ея сыномъ. Потомъ, не скоро впрочемъ, послышался шумъ отодвигаемаго стула, опять раздались шаги и затѣмъ все затихло. Тогда Филиппъ пошелъ справиться — дома ли Зоя. Когда онъ подходилъ къ ея комнатѣ, на встрѣчу ему вдругъ показалась мать, сильно дрожащая отъ гнѣва.

— Фи-липпъ! угрожающимъ голосомъ произнесла она, сильно стуча пальцемъ по столу... Ты не становись между мной и Зоей!... Не становись!...

Она съ угрозой посмотрѣла на него, погрозила пальцемъ и пошла прочь.

— А она дома? спросилъ Филиппъ.

— Нѣтъ!...

Филиппъ прошелся раза два по всей анфиладѣ комнатъ. Думалъ онъ о томъ, что мать его узнать нельзя сегодня и что надъ этимъ домомъ, какъ видно, собираются тучи, не тѣ лѣтнія тучи, которыя грозятъ молніями, громомъ и смертью, а тѣ скучныя сѣрыя тучи, которыя осенью заволокутъ все небо, закроютъ солнце и разразятся мелкимъ непрерывнымъ дождемъ, навѣютъ на всѣхъ тоску, хандру и озлобленіе. Усмѣхнулся онъ, думая о своемъ новомъ врагѣ — Новоторовѣ, ратующемъ противъ предразсудковъ и удивляющемся, почему и отчего Зоя не выйдетъ за нею замужъ. Вспомнился ему и Потапъ Потапычъ, и Мочаловъ, и Сорогина, и вообще всѣ встрѣчи и сцены этого дня

— Воистинну, живешь — точно по полю битвы проходишь, еще разъ подумалось ему.

VI

Пришелъ и вечеръ; настала тишина и дремота въ природѣ. Не шумѣли деревья въ садахъ, не вилась пыль на улицахъ, заснули въ своихъ гнѣздахъ птицы, потемнѣли и казалось задремали воды въ рѣкахъ, прудахъ и озерахъ. Горѣла заря на западѣ; выплыла темная тучка на горизонтѣ,— выплыла и остановилась, не двигаясь, точно заштилѣвшій корабль на дремлющемъ морѣ. Вдали играла музыка. Ея тихіе, немного меланхолическіе звуки, проносившіеся по соннымъ улицамъ, какъ тихое вѣяніе вѣтра, ароматъ смоченныхъ росою полей и садовъ, тишина и мракъ наступающей ночи — все это имѣло свое вліяніе на физіономію города. Вотъ въ отворенныхъ окнахъ торчатъ свѣсившіяся на руки головы — сѣдыя и кудрявыя, въ повязкахъ и въ локонахъ, мужскія и женскія — торчатъ и не двигаются, точно окаменѣли, заслушались. Вотъ за воротами сидитъ, чернѣется во мракѣ цѣлая группа мужиковъ и бабъ, тоже свѣсившись на руки головами и — всѣ молчатъ, слушаютъ, отдались самимъ себѣ, своему прошлому и будущему, своимъ воспоминаніямъ и мечтамъ. Вотъ бродячая артель плотниковъ сидитъ за воротами на грудѣ бревенъ: молчали, молчали и потомъ затянули какую-то унылую пѣсню, пѣсню жалобы и горя. Вспомнилась имъ можетъ быть далекая родина,— жены и дѣти, покинутыя тамъ, далеко, — вспомнилась имъ жизнь ихъ цыганская, трудная,— нужда, гонящая ихъ изъ родного дома.

Весело проводили время въ томъ саду, лѣсу или рощѣ, гдѣ играла музыка. Въ главныхъ аллеяхъ, вдоль черныхъ и высокихъ стѣнъ, образуемыхъ столѣтними деревьями, свѣтились ряды разноцвѣтныхъ фонарей. Двигались въ полусвѣтѣ группы гуляющихъ, тамъ и сямъ вспыхивали огоньки сигаръ, звенѣли шпоры и сабли, шелестили по песку женскія платья, слышался говоръ и смѣхъ. Въ ярко освѣщенномъ вокзалѣ гремѣла музыка и мелькали пары танцующихъ; съ балкона полу-цирка, полу-балагана паяцъ, затянутый въ трико, выкрикивалъ усталымъ голосомъ свои воззванія къ публикѣ; тутъ же, на площадкѣ передъ вокзаломъ, разъигрывалась лоттерея; а откуда-то издали, изъ за деревьевъ, слышался стукъ кегельныхъ шаровъ и громкіе возгласы маркера.

Изъ вокзала вышли нѣсколько человѣкъ офицеровъ и группой направились къ выходу изъ сада. Разговоръ между ними шелъ о большой игрѣ, бывшей вчера, о счастьи, которое нѣсколько дней сряду везло Мочалову, а вчера, въ рѣшительный день, какъ будто нарочно подсмѣялось надъ нимъ и отвернулось отъ него; нѣкоторые изъявляли надежду отъиграться сегодня, другіе ворчали, что навѣрное проиграютъ и все таки всѣ шли впередъ, гремя саблями и наполняя аллею запахомъ сигаръ и папиросъ. У самаго выхода отъ этой группы отдѣлился Мочаловъ.

— Ты куда? Ты не пойдешь? Пойдемъ! Что за ребячество! закричали ему.

— Не буду я сегодня играть, тихо, но рѣшительно произнесъ онъ, отвернулся и пошелъ обратно, закинувъ руки за спину.

— Вчера онъ все спустилъ, проворчалъ одинъ изъ офицеровъ.

— Да, проигралъ порядочно; а вѣдь онъ казначей, вотъ что, какъ бы про себя сказалъ другой, пожилой уже и угрюмый воинъ,

— Ну, это лишнее: онъ честный человѣкъ! Это вы совсѣмъ лишнее, горячо и съ негодованіемъ отвѣчали ему почти всѣ и чуть не въ одинъ голосъ.

Дойдя опять до площадки передъ вокзаломъ, Мочаловъ закурилъ свою потухшую сигару и тихо пошелъ въ глубь сада по темной, боковой аллеѣ. О многомъ нужно было ему подумать. Десять минутъ назадъ, когда онъ сидѣлъ въ вокзалѣ и сотни свѣчей бросали свой свѣтъ на его блѣдное, больное лицо, къ нему подошелъ одинъ пожилой, плѣшивый капитанъ, извѣстный добрякъ и честный малый, и сѣвъ подлѣ него, сказалъ ему слѣдующее: "Знаете ли, что я вамъ скажу? Вы можетъ быть разсердитесь на меня, а все таки я вамъ откровенно выскажу, что вы себя губите. Что вы дѣлаете надъ собой? Проводить ночи за игрой вредно и для другихъ, — а для васъ вѣрная смерть. Отъ сильныхъ ощущеній не поздоровится и здоровымъ, — а вамъ они вѣрная смерть. Бросьте вы эту поганую жизнь, плюньте на нее. Вы за послѣднюю недѣлю похудѣли и поблѣднѣли, какъ будто получили смертельную рану. Пожалѣйте если не себя, то свою мать". Думалъ Мочаловъ и о томъ, какъ странно встрѣтилъ его сегодня Филиппъ Рябннинъ, какъ подозрительно кратки и двусмысленны были всѣ его утѣшительные отвѣты, какъ неискренно смотрѣли его глаза въ то время, какъ онъ говорилъ: ты пополнѣлъ, поздоровѣлъ, поправился. Думалъ Мочаловъ и о матери. Думалъ онъ и объ игрѣ, о счастьѣ, такъ обидно подсмѣявшемся надъ нимъ. Еще вчера онъ былъ богатъ, еще вчера онъ съ замираніемъ сердца мечталъ, что еще немного,— всего только два-три счастливыхъ вечера, можетъ быть даже одинъ счастливый часъ и все спасено, все выиграно: онъ оставитъ службу, уѣдетъ въ теплые края, вылечится, а потомъ, точно солнце взойдетъ, откроется передъ нимъ новая, широкая, свободная жизнь. Еще вчера онъ мечталъ объ этомъ, а черезъ нѣсколько часовъ погибло и разбилось все. Не мудрено, что сегодня онъ смотритъ такимъ, какъ будто бы получилъ смертельную рану. Послѣ такого удара даже и совсѣмъ здоровый человѣкъ можетъ показаться больнымъ. Эти соображенія нѣсколько успокоили его, а вслѣдъ за этимъ успокоеніемъ мелькнула мысль,— но попытать ли еще разъ свое счастье, не воротиться ли, не догнать ли своихъ вчерашнихъ противниковъ?

Онъ пріостановился, потомъ опять пошелъ, но пошелъ тихо, колеблясь, готовый съ каждымъ шагомъ вернуться обратно.

Онъ присѣлъ на попавшуюся скамейку, задумчиво кусалъ концы своихъ перчатокъ и все колебался.

Мимо него тихо прошли двѣ женщины, шелестя по землѣ своими платьями. Пройдя нѣсколько десятковъ шаговъ, онѣ повернули обратно и также тихо, въ такомъ же молчаніи приближались опять къ скамейкѣ. Мочаловъ машинально началъ наблюдать за ними и вдругъ ему вспомнился маленькій, невинный романъ, завязавшійся было недѣли двѣ назадъ и потомъ забытый имъ въ то время, когда онъ увлекся игрою. Одинъ разъ, вечеромъ, онъ увидѣлъ въ окнѣ небогатаго мѣщанскаго домика хорошенькую дѣвушку, немного спрятавшуюся за цвѣты и пристально слѣдившую за нимъ сквозь сѣть зеленыхъ листьевъ. На другой день, въ тоже самое время, онъ опять увидѣлъ ее и на этотъ разъ на губахъ и въ глазахъ ея мелькнула быстрая, веселая улыбка. На третій, на четвертый, на слѣдующіе дни онъ, аккуратно въ шесть часовъ вечера, когда начинали звонить къ вечернѣ, появлялся на этой улицѣ и всякій разъ хорошенькая незнакомка, казалось, ожидала его и черные, умные глаза ея улыбались ему.

— Не она ли это? подумалъ онъ, всматриваясь въ молчаливо приближавшіяся къ нему легкія, темныя фигуры, кажущіяся во мракѣ аллеи тѣнями.

Около скамейки они пріостановились въ замѣтномъ смущеніи, колеблясь; послышался отрывистый, едва слышный шепотъ, легкій смѣхъ,— затѣмъ онѣ сѣли.

Нѣсколько мгновеній продолжалось молчаніе.

— Вы были больны эти дни? вдругъ рѣшительно заговорила сидѣвшая ближе къ Мочалову.

"Она!" подумалъ онъ, услышавъ этотъ серебристый, немного трепещущій отъ волненія и, вмѣстѣ съ тѣмъ, насмѣшливый голосокъ.

— Я? Съ чего вы это взяли? Почему вы это думали?..

— Ну, тѣмъ лучше для васъ...

— Но почему вы такъ думали?..

— Почему?.. Мнѣ такъ сказали, потому я такъ и думала...

— Стало быть вы знаете меня?..

— Стало быть... Я думаю, что знаю; очень хорошо знаю васъ. Вы можетъ быть думаете, что я знаю только вашу фамилью, ваше имя и отчество? Нѣтъ, вы ошибаетесь... Я знаю, напримѣръ, что вы опасный человѣкъ, злой человѣкъ, гордый человѣкъ: вы воображаете, что вы умнѣе всѣхъ на свѣтѣ, что всѣ, кто ни живетъ въ нашемъ городѣ, всѣ дурачки, глупенькіе... Впрочемъ, такъ имъ и надо... Вы думаете, что если и есть гдѣ нибудь умные люди, то ужъ никакъ не въ вашемъ городѣ, а гдѣ-то тамъ далеко, за морями, за горами... Со всѣми вы ссоритесь, со всѣми прекращаете знакомство и скоро останетесь одни, совсѣмъ одни, — знаете, какъ Анчаръ въ пустынѣ или какъ зеленый дубъ среди долины ровныя...

Ея подруга весело, отъ души засмѣялась и потирала руки.

— И вы пришли меня утѣшить? спросилъ Мочаловъ, увлеченный этою живою, насмѣшливою рѣчью.

— Я пришла сюда, я вотъ сижу здѣсь, подлѣ васъ — и только... А зачѣмъ?.. Кому какое дѣло, — зачѣмъ я пришла. Это мое дѣло. Можетъ быть отъ скуки, можетъ быть за тѣмъ, чтобы посмотрѣть на такого необыкновеннаго человѣка,— а можетъ быть просто подурачиться...

— Надо мной?..

— Между прочимъ и надъ вами, можетъ быть...

— Ну, такъ я лучше уйду...

— Вы? Нѣтъ, вы не уйдете...

Онъ всталъ.

— Нѣтъ, вы не уйдете, увѣренно и насмѣшливо повторила она.

Онъ поклонился, пошелъ, изчезъ въ темнотѣ аллеи, — а она тихонько смѣялась и говорила своей подругѣ: нѣтъ, онъ не уйдетъ; онъ такой же дурачекъ, какъ и Матросовъ; онъ ни за что теперь не отвяжется отъ насъ...

Прошла минута, двѣ, — Мочалова не видно было. Прошло пять, десять минутъ,— незнакомка, такъ хорошо знакомая съ нашимъ пріятелемъ Матросовымъ, вздохнула и встала.

— Нѣтъ, онъ умнѣе Матросова; пойдемъ, сказала она съ сожалѣніемъ.

— Куда? Домой?..

— Нѣтъ, Настенька, ты подожди немного. Мы еще походимъ,

139

послушаемъ, посмотримъ, отвѣчала она, вглядываясь въ глубь аллеи.— Пойдемъ, Богъ съ нимъ...

Но не прошли они и сотни шаговъ по тому направленію, куда пошелъ Мочаловъ, какъ Настенька ахнула, потомъ засмѣялась и тихонько захлопала въ ладоши: на ближайшей же скамьѣ опять виднѣлась высокая фигура въ сѣромъ офицерскомъ пальто и мерцалъ огонекъ сигары.

— И ушелъ, и не ушелъ; онъ въ самомъ дѣлѣ умница, радостно и опять затрепетавшимъ голосомъ произнесла незнакомка.— Ну, вотъ и мы. А что, если бы мы пошли туда, не въ эту сторону? обратилась она къ Мочалову.

— Пришли бы къ озеру; тамъ озеро, отвѣчалъ онъ, придвинувшись къ концу скамейки и очища имъ мѣсто.

— Въ самомъ дѣлѣ? Вы можетъ быть думаете, что съ горя мы утопились бы въ немъ?..

— А я васъ тоже знаю, сказалъ Мочаловъ, вмѣсто отвѣта,

— Серьезно?.. Характеръ, мои привычки, добрая я или злая, умная или глупенькая? Или только фамилію и имя?..

— И фамилію, и все, кромѣ имени...

— "Что въ имени тебѣ моемъ!" Ну, что же вы знаете? Характеръ?..

— Ну... Да, характеръ... Кто же не узнаетъ вашего характера, встрѣтившись и поговоривъ съ вами при такой романической обстановкѣ, какъ это случилось, напримѣръ, со мной. Характеръ у васъ смѣлый, немного дерзкій, очень насмѣшливый, гордый, самоувѣренный. Съ какой стати, напримѣръ, пришло вамъ въ голову, что, перекинувшись съ вами двумя, тремя словами, я уже не буду въ состояніи уйти отъ васъ?

Она внимательно слушала и кивала головой.

— Вы любите слушать сплетни;— потому что кромѣ самыхъ отчаянныхъ сплетниковъ, кто могъ васъ снабдить такими свѣдѣніями обо мнѣ. Вы непокорная, неблагодарная дочь, нисколько не уважающая своихъ родителей, потому что вы тайкомъ отъ нихъ пришли сюда...

— Вы ошибаетесь; я родилась въ Америкѣ, гдѣ дѣвушки моихъ лѣтъ не привыкли ходить съ провожатыми и няньками, педантично прервала она.

Настенька трепетала отъ неудержимаго внутренняго смѣха, потирала руки и судорожно постукивала каблуками о землю,

— Фамилія ваша — Тихонова...

— Вотъ это вздоръ...

Мочаловъ зажегъ спичку и приподнялъ ее. Лицо Настеньки было ему совершенно незнакомо, а другая, съ бѣлымъ какъ мраморъ, прекраснымъ лицемъ, черными, умными глазами и черными волосами, была та самая дѣвушка, смотрѣть на которую онъ ходилъ столько дней. Она отбросила вуаль, упавшій ей на глаза и тоже, пользуясь свѣтомъ, точно будто изучала лице Мочалова.

— Тихонова, увѣренно повторилъ онъ и бросилъ на земь догорѣвшую спичку.

— Говорю вамъ, что нѣтъ...

— Вы живете въ домѣ Тихонова...

— И что же? Кто тамъ живетъ, тотъ и долженъ называться Тихоновымъ? И о родителяхъ вы говорили тоже вздоръ: у меня нѣтъ отца, нѣтъ матери, а есть дядя, тетка — и ничего, однимъ словомъ, вы не знаете...

— А имя ваше...

— Катерина Игнатьевна. Но, Боже мой! Какъ измѣнились вы за эти немногіе дни, въ которые я не видѣла васъ! Какъ измѣнились! И въ пять, шесть дней!.. Какъ жаль, какъ это грустно, больно...

— Вы знаете, что я былъ боленъ, измѣнившимся голосомъ отвѣчалъ онъ и опустилъ голову на руки.

— Я все знаю; я знаю васъ лучше, чѣмъ вы меня, горячо и нетерпѣливо прервала она. Я знаю, что вы вовсе не были больны въ эти дни, то есть были больны точно также, какъ и всегда. Я заговорила о вашей болѣзни потому только, что нужно же было съ чего нибудь начать. Вы не больны были, васъ измучила не болѣзнь, а тѣ глупыя ночи, что вы провели за картами. А! вы удивляетесь?.. Объ этомъ не знаетъ ваша мать, не знаютъ ваши друзья, — а я знаю... Зачѣмъ вы себя губите? Или вамъ деньги нужны? Или вы игрокъ?..

— Откуда вы это знаете? Вы услышали гдѣ нибудь... здѣсь же, можетъ быть; сегодня? съ удивленіемъ спрашивалъ Мочаловъ.

— Конечно слышала... Не сама же я тамъ была и не играла вмѣстѣ съ вами, стремительно прервала его Катерина Игнатьевна. Конечно слышала. Но не объ этомъ дѣло. Я не понимаю, какъ вы, — умный, честный, гордый, — можете... Вонъ у меня есть одинъ знакомый, — прибавила она со смѣхомъ, мелькнувшимъ въ ея невеселомъ тонѣ, — почтенный, честный, всѣми уважаемый господинъ. Онъ говоритъ, что пьяница отличнѣйшій человѣкъ сравнительно съ игрокомъ. Онъ говоритъ, что пьяница обижаетъ только самого себя, а игрокъ, Богъ знаетъ за что и по какому праву, забираетъ или желаетъ забрать въ свой карманъ чужія деньги... Какъ вамъ это покажется? Что если бы о вашихъ ночныхъ сраженіяхъ узнали ваши друзья? Что скажутъ... Что скажутъ они на это? Каково вамъ будетъ взглянуть имъ въ глаза? А мать?.. Конечно все это вздоръ, но зачѣмъ вы убиваете, зачѣмъ вы убиваете себя? Вотъ что больно.

— Что вамъ до меня? задумчиво сказалъ Мочаловъ.

— Что мнѣ?..

Она облокотилась на свои колѣни, склонилась и опустилась лицемъ на ладони.

— Я слышала, вчера вы проиграли, тихо проговорила она.

— Да, все что выигрывалъ прежде...

— И будете опять играть?..

— Можетъ быть...

Катерина Игнатьевна долго думала, потомъ обернулась и дотронулась до его руки.

— Не играйте... Пожалѣйте себя... Не играйте больше, просила она грустно и умоляющимъ голосомъ.

Онъ вздрогнулъ отъ прикосновенія ея пальцевъ и сжалъ ихъ въ своей рукѣ.

— Да, хорошо. Я надѣюсь, что теперь долго не подумаю объ игрѣ, торопливо и какъ будто совѣстясь отвѣчалъ онъ. Но скажите мнѣ пожалуста, кто такой этотъ почтенный, уважаемый всѣми господинъ, который такъ не уважаетъ игроковъ? Кто онъ?

— А какъ вамъ правится его мнѣніе?..

— Оно вѣрно, со вздохомъ отвѣчалъ Мочаловъ.

Катерина Игнатьевна пожала его руку и тихонько высвободила свою.

— Онъ добрый, хорошій, честный человѣкъ; а кто он зачѣмъ вамъ? Пожалуста,— взгляните на часы...

— Половина одиннадцатаго...

— Вотъ... и пора идти, грустно и съ досадой сказала она.

— Позже нельзя?..

— Вы думаете, я рада возвращаться? Рада? Тороплюсь?..

— И ни минутой позже? уже почти умолялъ онъ.

Она опять склонилась и положила голову на руки, потомъ встрепенулась, протянула ему руку и встала.

— Нѣтъ, пора... Прощайте, до свиданья... Я когда нибудь напишу вамъ, увѣдомлю...

— И скоро?..

— Да, вѣроятно... Не забывайте обѣщанье! громко шепнула она, пройдя нѣсколько шаговъ и обернувшись.

— Помню! отвѣчалъ Мочаловъ.

Онъ облокотился на скамью, потомъ прилегъ на нее и задумчиво смотрѣлъ на черную высокую стѣну деревьевъ, стоявшихъ передъ нимъ и распустившихъ свои вѣтви надъ его головою. Точно сонъ! Точно странные, причудливые сны видятся ему и съ фантастическою быстротою смѣняютъ другъ друга. Давно ли пережилъ онъ страшный сонъ, гдѣ видѣлась ему игорная зала, полная какой-то жаркой, тяжелой и томительной атмосферою, въ которой тяжело сердцу, холодный потъ выступаетъ на лбу, чувствуется лихорадочный, болѣзненный трепетъ и то мечты, надежды овладѣваютъ воспаленнымъ и опьяненнымъ мозгомъ, то леденѣетъ онъ отъ ужаса и отчаянія. Давно ли пережилъ онъ этотъ страшный сонъ?— и вотъ уже другой, такой же фантастическій. Вотъ высокія сосны тихо колеблются надъ нимъ своими вершинами; сквозь вѣтви ихъ виднѣются звѣзды и синее небо; вотъ свѣтящійся червякъ блеститъ зеленымъ свѣтомъ въ темной зелени; вотъ другой, — вотъ птица захлопала крыльями; и посреди этой картины ночи какъ будто носится еще прекрасный, свѣтлый образъ любящей дѣвушки и какъ будто раздаются ея горячія рѣчи. Странный, фантастическій сонъ! Почему изъ за рѣчей этой дѣвушки слышится ему чья-то другая, какъ будто бы знакомая рѣчь? Почему изъ за ея лица видится ему чье-то другое лице, тоже хорошо знакомое? Чья рѣчь? Чье лице? Кто этотъ почтенный, всѣми уважаемый человѣкъ, какъ она его называла? И отчего переданныя ею слова его кажутся ему какими-то знакомыми, но разъ слышанными и имѣютъ на него сильное, глубокое вліяніе, какъ голосъ совѣсти, какъ строгая укоризна честнаго друга? Страшный сонъ, страшный сонъ! Что же! Пускай сны смѣняются новыми снами, погибшія мечты новыми мечтами, разбитыя надежды новыми надеждами,— пускай идетъ жизнь впередъ и впередъ, быстрѣй и быстрѣй, каковъ бы ни былъ ея конецъ; страшно только то состояніе, когда нѣтъ ни грезъ, ни бреда, ни сновъ, ни мечтаніи, ни надеждъ...

А по полю торопились домой героини послѣдняго сна, приснившагося Мочалову.

— Что, если намъ встрѣтится кто нибудь изъ знакомыхъ? Что тогда? спрашивала Настенька.

— Тогда?.. Ты думаешь, тогда меня узнаешь и ты сама? стремительно отвѣчала Катерина Игнатьевна. И тебѣ, мой другъ, не узнать меня. Развѣ я такъ хожу? Развѣ это я? Развѣ это моя фигура?

И она вдругъ вывернула ноги носками внутрь, немного подогнула колѣни, сгорбилась и пошла какъ-то бокомъ, лѣвымъ плечомъ впередъ, склонивъ голову къ лѣвому плечу. Не было ни малѣйшаго сомнѣнія, что это было не простое кривлянье, а походка дѣйствительная, схваченная съ натуры и до тонкости усвоенная. Настенька, присѣла на землю и померла со смѣху.

— Да, это она, Катаева, сказала Катерина Игнатьевна, кивнувъ головой. Ты, если хочешь, можешь изобразить ея брата, только переодѣвшагося ради гулянья въ сестрино платье. Онъ ходитъ точно также, какъ и его сестрица; только сестрица перебираетъ ножками часто и мелко, а онъ шагаетъ крупно и рѣдко... Вотъ, скоро и домой...

— Какую нотацію прочитаетъ тебѣ Дарья Ивановна! Ужасъ, я тебѣ скажу, Катенька,— какъ они умѣютъ читать эти нотаціи... Ты скажи, что у тебя голова болитъ и ложись скорѣе спать.

— Ну, вотъ! Ты думаешь, я такъ и дамъ ой прочитать мнѣ

увѣщаніе? Нѣтъ, не дамъ. Я прямо подойду къ Дарьѣ Ивановнѣ и сяду на полу у ея ногъ, какъ будто на колѣнки стану, а можетъ быть и въ самомъ дѣлѣ стану. Скажу, — браните вы меня, Дарья Ивановна, и уши мнѣ выдерите, — вотъ они, — возьмите ихъ... Я, тетя, Богъ знаетъ что надѣлала. Мы съ Настей Богъ знаетъ гдѣ гуляли, однѣ...

— Нѣтъ, я не хочу... Катенька!..

— Гдѣ же ты гуляла? съ ужасомъ спроситъ Дарья Ивановна, всплеснувши руками. О, скажу, тетя,— ужасъ! ужасъ!.. Мы прошли по всей Московской улицѣ, по всей Дворянской, потомъ около монастыря по набережной гуляли... Вотъ мои уши, тетя,— возьмите ихъ. Ну, и проститъ, даже обрадуется, что дѣло только этимъ кончилось.

VII

Зоя возвратилась домой только къ вечеру. Утро она провела въ приготовленіяхъ къ отъѣзду, сдѣлала кое какія закупки, простилась съ знакомыми и родственниками, а передъ обѣдомъ попала въ гостепріимный домъ Семена Ивановича, откуда и вырвалась не раньше восьми часовъ вечера. Филиппъ съ нетерпѣніемъ поджидалъ ее. Онъ съѣздилъ на нѣсколько минутъ къ Сорокиной и сейчасъ же поспѣшилъ домой, серьезно опасаясь, что Зоѣ не избѣжать какой нибудь исторіи съ матерью, которая, очевидно, задумала дать сегодня рѣшительное сраженіе. Онъ разсчитывалъ, что ему не мѣшало бы нынѣшній день находиться подлѣ сестры и въ случаѣ нужды поддержать ее.

Уже околу часу поджидалъ онъ Зою въ ея комнатѣ, расположившись какъ только можно было поудобнѣе въ старинномъ кожанномъ креслѣ. Невеселое впечатлѣніе производила на него эта комнатка, всегда уютная, свѣтлая, веселая,— а теперь опустѣвшая и какъ будто пріунывшая. Занавѣски какъ были спущены на ночь, такъ и не поднимались; на полу стоялъ чемоданъ, книги съ этажерки изчезли, спрятаны; на столѣ — ни лампы, ни книги, ни какой нибудь работы,— валяются только свертки, бичевки и оберточная бумага. Старый Рябининскій домъ совсѣмъ пустѣлъ для Филиппа; съ завтрашняго же дня въ немъ не будетъ ни одной комнаты, гдѣ Филиппъ чувствовалъ бы себя тепло и дома,— ни одного человѣка, въ которомъ онъ имѣлъ бы друга и близкаго человѣка.

Наконецъ появилась и Зоя, но не одна: за нею слѣдовала Анна Романовна, серьезная и озабоченная.

— Ты гдѣ обѣдала-то? Ну, чтожь... Я такъ и думала, что тамъ.

144

Ну, что Семенъ Ивановичъ? Здоровы дѣти-то? по возможности мягко, при всей своей озабоченности, говорила она.

Потомъ перевела духъ.

— Ты, Зоинька, присядь, да напиши записочку Барканцевой, вымолвила она нѣсколько торжественно и тономъ, хотя ласковымъ, но тѣмъ по менѣе очевидно требующимъ повиновенія и не допускающимъ возраженій.

Зоя вопросительно смотрѣла на мать. Сердце у Филиппа стукнуло: "вотъ что!" подумалъ онъ и опять перевелъ глаза на Анну Романовну. Она мелькомъ, враждебно, взглянула на него, но не сказала ни слова.

— Присядь, возьми перо, бумагу и напиши, повторила она, обратившись къ Зоѣ и сѣла.

Постукивая ключемъ по столу и смотря въ сторону, она очевидно показывала, что даетъ дочери время отыскать перо и бумагу, но не считаетъ нужнымъ давать ей какія нибудь объясненія.

Зоя съ недоумѣніемъ смотрѣла на нее, по все таки взяла что было нужно для письма и тоже присѣла къ столу.

— Ну, напиши... Извинись передъ Софьей Михайловной,— скажи, что ѣхать къ нимъ не можешь... Что перемѣна въ судьбѣ твоей тебѣ не позволяетъ этого, приказывала старушка все тѣмъ же ласковымъ, нѣсколько торжественнымъ и непреклоннымъ голосомъ.

Но Зоя положила перо и сложивъ руки прислонилась къ спинкѣ стула.

— Я ничего не понимаю,— что все это значитъ? спросила она, широко раскрывъ глаза и обращаясь изумленнымъ, но много поблѣднѣвшимъ лицомъ то къ матери, то къ брату. Почему я не могу ѣхать? Какую вы выдумали перемѣну въ моей судьбѣ?..

Филиппъ тихо, беззвучно смѣялся, но рука его, державшая потухшую сигару, замѣтно дрожала.

— Да, да, Зоинька! Великая перемѣна совершилась въ твоей судьбѣ, дрожащимъ голосомъ заговорила Анна Романовна, вынимая изъ кармана платокъ. Незачѣмъ тебѣ теперь ходить по чужимъ людямъ, но будешь ты больше кланяться имъ, а они къ тебѣ придутъ да поклонятся. Нечего мнѣ теперь трястись надъ каждой копѣйкой и о будущемъ твоемъ безпокоиться. Богъ услышалъ мою молитву... Сегодня Антонъ Василичъ просилъ у меня руки твоей... Я дала за тебя согласіе.

— Вотъ что! протяжно произнесла Зоя. Согласіе дали? И даже за меня дали согласіе? А меня не спросили: не спросили, хочу ли я идти за него, люблю ли я его, буду ли я съ нимъ счастлива? Маменька, маменька!.. Напрасно вы этого не сдѣлали; я больше бы васъ любила. Напрасно... Я сказала бы вамъ, что не люблю его... Никогда я его не любила, а теперь, съ этой минуты онъ гадокъ мнѣ и противенъ. Не говорите мнѣ о немъ; оставьте... Прошу васъ, умоляю. Мнѣ больно и тяжело слышать васъ...

— О, глупенькая! тихо отвѣчала мать. Отъ счастья своего отказываешься. Будешь ты потомъ искать и звать счастье, да ужь поздно будетъ. Что въ томъ, что ты не любишь человѣка? Будто бы ужь безъ любви и счастью не бывать? Былъ бы человѣкъ хорошій, да добрый, такъ и счастье будетъ и любовь цридетъ...

Зоя нетерпѣливо стучала погой и хмурила свои черныя брови.

— А тамъ и я пойду на покой, отдохну на старости лѣтъ... Продамъ домъ, заботы и труды свои стряхну съ плечь, да и приду къ тебѣ... Вотъ, скажу, и я, дочка, пришла къ тебѣ; прежде я тебя кормила, а теперь и ты въ свой чередъ пріюти меня, успокой мои старыя кости...

— Напрасно вы, маменька, говорите; только меня мучите, да пропасть между много и вами безъ всякой нужды прокладываете. Не бывать этому,— вотъ и все...

— Зоя, Зоя! съ упрекомъ и угрозой произнесла Анна Романовна.

Зоя молча, блѣдная, укладывала въ чемоданъ лежавшіе на столѣ свертки.

— Помни, Зоя, что я просила, уговаривала тебя...

— А я умоляла васъ! вскричала Зоя, выпрямившись и приложивъ руки къ груди. Умоляла!..

Анна Романовна встала и пошла къ двери.

— Ты что укладываешься-то! холодно спросила она, вдругъ обернувшись. Лучше бы повыбрала все изъ чемодана. Некуда тебѣ ѣхать то...

— Завтра я къ Барканцевымъ уѣду...

— Кто еще позволитъ тебѣ уѣхать! И къ Барканцевымъ ты не поѣдешь, и никуда ты не поѣдешь, покуда замужъ не выйдешь. Ты такъ ужь и знай, что и работать на чужихъ людей тебѣ не позволятъ больше. Дома будешь сидѣть...

Она ушла. Филиппъ вышелъ за нею. Зоя тихо покачала головой, какъ будто бы сказала сама себѣ какую нибудь горькую, насмѣшливую фразу, потомъ облокотилась на край раскрытаго чемодана, закрыла лице руками, — и вдругъ въ опустѣвшей комнатѣ раздались тихія, надрывающія сердце рыданія. Я думаю, эти рыданія задѣли бы за сердце даже и Анну Романовну, если бы она ихъ слышала.

Но она не слышала ихъ, — прошла въ столовую и сѣла у окна, сильно двинувъ кресломъ. Филиппъ сѣлъ противъ нея.

— Это вы что же такое строите, маменька? повидимому спокойно спросилъ онъ. Зоѣ нельзя будетъ ни уѣхать, ни уроки давать, ни шить, ни изъ дома выходить? Что же она будетъ дѣлать?

Анна Романовна какъ будто не видѣла, не слышала его и молча смотрѣла въ окно.

— Дѣйствительно вы пропасть прокладываете между нами и вами, продолжалъ Филиппъ. Зоя это правду сказала. Да, такъ что же она будетъ дѣлать? Знаете что? Черезъ нѣсколько дней ея здѣсь не будетъ; она... убѣжить...

Анна Романовна безпокойно пошевелилась и взглянула на него.

— Да кстати ужь и я уѣду, невозмутимо продолжалъ онъ. Городишка этотъ опротивѣлъ мнѣ хуже Богъ знаетъ чего. Поѣду и я куда нибудь. Ну, такъ вы, маменька, такъ и знайте, что если вы Зою не пустите завтра къ Барканцевымъ, то не позже какъ черезъ двѣ недѣли не будетъ здѣсь ни меня, ни Зои: она убѣжить, а я уѣду. Даю вамъ въ этомъ честное мое слово. А Зоя погибнетъ по вашей волѣ...

Анна Романовна какъ видно не могла усумниться въ прочности его слова. Лицо ея начало подергиваться легкими судорогами, губы вытянулись; потомъ она вынула изъ кармана грязненькій платокъ, поднесла его къ глазамъ и начала всхлипывать.

Филиппъ понялъ, что онъ побѣдилъ.

— Я... погублю свою родную дочь! восклицала она, всхлипывая. Я счастья вамъ желаю, счастья!.. Не о себѣ,— о васъ вѣдь я забочусь. Не нужны стали мои заботы?.. Старая, глупа... Не нужны... Да живите какъ хотите, — живите своимъ умомъ...

Филиппу больше ничего и не нужно было. Подождавъ пока она успокоилась, онъ ушелъ къ сестрѣ и передалъ ей свой разговоръ съ матерью.

— Ну вотъ, я такъ и знала, горько сказала Зоя. Все осталось по прежнему, все на своемъ мѣстѣ и никто ничего не выигралъ. Изъ за чего же нужно было мучить, язвить другъ друга? Изъ за чего нужно было отравить другъ другу нѣсколько часовъ? Рвешься впередъ, впередъ, а тутъ безпрестанно какіе то камни подбрасываютъ тебѣ подъ ноги. Разчищай себѣ дорогу! Нѣтъ, я убѣгу, если меня не оставятъ въ покоѣ. Я тоже жить хочу...

— А я уѣду, флегматично прибавилъ Филиппъ, заслышавъ шорохъ у двери.

Подслушивавшая тамъ Анна Романовна окончательно убѣдилась, что Филиппъ не шутитъ и не осмѣлилась на слѣдующее утро останавливать Зою, когда за ней пріѣхалъ экипажъ Барканцевыхъ.

Уладивъ это домашнее дѣло, Филиппъ поспѣшилъ къ Евлаліѣ Александровнѣ. Она спала и тихо бредила. Лицо ея было красно, губы запеклись, длинные черные волосы разсыпались по ея груди и по подушкѣ.

— Позвольте, докторъ, оставьте меня, чуть не плача просила она въ бреду. Оставьте: я одѣнусь, встану... Я встану, докторъ... Она милостыню пойдетъ просить...

У ея постели сидѣла Лизавета Ивановна; въ самой дальней комнатѣ звенѣли посудой,— собирали дѣтямъ ужинать.

— Устали вы? спросилъ Филиппъ Лизавету Ивановну. Ступайте вы домой и спите, а я здѣсь посижу до утра, покараулю, почитаю. Вонъ я и книгу принесъ съ собой; весьма интересная книга и давно уже собирался я ее прочесть, да все времени не было.

Лизавета Ивановна взглянула на него. Онъ не смѣется, нѣтъ, спокоенъ, даже озабоченъ немного, перелистывая книгу. Тогда она пожала плечами и рѣшилась послѣдовать его совѣту, такъ какъ ей дѣйствительно хотѣлось спать.

Они вмѣстѣ вышли въ столовую, гдѣ ужинали дѣти. Филиппъ присѣлъ около ихъ стола и обратился къ нянькѣ съ просьбой дать ему, если только это возможно, стаканъ чаю.

Нянька опять была немного въ меланхолическомъ настроеніи и если не пѣла и не плакала, какъ вчера, за то безпрестанно охала, вздыхала и стремилась излить передъ кѣмъ нибудь гнетущія ее чувства.

— Прежде вы бы посмотрѣли на наше житье,— не повѣрили бы теперь, что насъ видите, ни за что не повѣрили бы,— говорила она Филиппу, придравшись къ тому, что ложечка въ поданномъ ему стаканѣ была не серебряная и притомъ какая-то зеленая. Отъ серебра у насъ въ прежніе годы шкафы ломились и не только, что ложечки какія нибудь, а и самовары были серебряные и подносы серебряные. Лакей, бывало, идетъ съ подносомъ, такъ насилу несетъ его. А что дорогихъ мѣховъ было, что платьевъ, что брильянтовъ,— такъ объ этомъ и говорить не стоитъ. Повара держали; въ церковь, бывало, ѣдетъ Евлалія Александровна въ каретѣ: пару лошадей имѣли. А вотъ и нынѣче, вы посмотрите: скатерть вонъ грязная, самоваръ нечищенный, дѣти какъ бы совсѣмъ и не дворянскіе сыновья. Ахъ, Господи мои Боже! Какъ подумаешь, что было и что стало,— такъ лучше бы ужъ мнѣ умереть тогда, не доживать до такого сраму. Прежде одной прислуги что было: при всякой малой вещи особый человѣкъ находился. Нянькой я была, такъ и находилась при дѣтяхъ и никакого другого дѣла не знала. А теперь я, старуха, и за дѣтьми присмотри, и кушанье приготовь, и печку затопи... О, Господи, Господи!..

— Бѣдность, говорятъ, не порокъ, продолжала она послѣ небольшаго отдыха. Знаю я, что не порокъ, да сраму много. Какъ посмотришь иной разъ на Евлалію Александровну, что платьице на ней старое, ботинки никуда не годные, порванные, перчатки на рукахъ заштопанныя, перештопанныя, — такъ и горько-то, и стыдно-то за нее сдѣлается. Какая она теперь барыня? Ушла бы я отъ нея куда нибудь, да жаль только: что она безъ меня будетъ? Какая она теперь барыня? Ходитъ по домамъ работу брать, да бѣлье шьетъ, да салфетки, вышитыя шерстями, продастъ. Изъ за рубля-то ходитъ, ходитъ, кланяется, кланяется. Изъ за копѣекъ-то ночь сидитъ, работаетъ... Всякая горничная лучше живетъ, чѣмъ такая барыня. Срамъ, срамъ!..

— И горды же мы, сударь, при такомъ срамѣ. Ѣсть нечего, надѣть на себя нечего, на столѣ ложки деревянныя,— а гордости у насъ какъ у княгини какой нибудь. Мужъ, изволите видѣть, сгоряча ударилъ насъ, легонько ударилъ, такъ мы и отъ мужа ушли, обиды такой великой не перенесли и покориться ему не хотѣли. А мужъ-то, я вамъ скажу, не то, что мы: это, я вамъ скажу, баринъ, настоящій баринъ. Какъ бы тамъ его ни обзывали, что онъ будто бы и могъ, и пьяница, и картежникъ, а ужь никогда онъ не допустилъ бы въ своемъ домѣ такого сраму, всегда-то онъ съумѣлъ бы понести свою фамилію на барскую ногу. Истинный былъ баринъ! И при немъ у насъ, сударь, бѣдность была; да это что за бѣдность, когда съ ней умѣешь справиться. Бывало, что иной разъ обѣдъ не на что приготовить, да за то мы пороговъ не обивали, не просили какую нибудь рубашку починить, но кланялись изъ за копѣйки и ни о чемъ виду не подавали. Все у насъ было чисто, квартира богатая, зеркала да картины но стѣнамъ висѣли. Чуть не каждый вечеръ гости наѣзжали, десятки свѣчей засвѣтятся въ залѣ, духами пахнетъ, большая игра идетъ до свѣту. Такъ развѣ это бѣдность? А кто умѣлъ поддержать фамилію въ такомъ родѣ, на барской ногѣ? Все онъ, мужъ... А она въ то время только плакать умѣла, да жизнь ему отравлять своими жалобами, да по церквамъ все ѣздила, какъ будто ея жизнь и Богъ знаетъ какая была несчастная. Вотъ теперь и дожила своимъ-то умомъ до великаго счастья!..

— Ахъ, сударь, такого великаго счастья врагу нашему грѣхъ пожелать. Бѣдность, срамъ, на улицу стыдно выйти, на дѣтей стыдно посмотрѣть: грязныя, оборванныя, неделикатныя, совсѣмъ не дворянскія дѣти. Развѣ будутъ они любить свою мать, зная, что она имъ такую жизнь сотворила? Нѣтъ, сударь...

— Они не любятъ ее? спросилъ Филиппъ.

— Да и возможно ли это, сударь, сами вы посудите. За что имъ ее любить, когда она ихъ изъ барскаго, богатаго дома чуть не на улицу бросила? Старшій-то, я вамъ прямо скажу, въ грошъ ее не ставитъ, а при случаѣ пожалуй и въ глаза выругаетъ. Что ужь тутъ за любовь. У папеньки своего онъ былъ любимецъ и баловень и всегда при немъ находился и вмѣстѣ съ нимъ надъ Евлаліей Александровной надсмѣхался, когда она начнетъ жаловаться, да плакать, да укорять мужа. Когда папенька въ карты играетъ, Володенька около него сидитъ. Когда папенька выиграетъ — и Володѣ отдѣляется доля за его счастье. А теперь онъ что? Въ стоптанныхъ сапожкахъ ходитъ.

— А младшій?

Она махнула рукой.

— Сами, сударь, видѣли какой онъ. Съ колыбели глядючи, какъ мать все плачетъ, да молится,— вонъ онъ какой вышелъ. Либо поетъ что нибудь церковное, либо молчить по цѣлымъ днямъ, въ уголъ забившись... Лучше бы не глядѣть, сударь...

Тихо возвратившись въ комнату больной, Филиппъ взглянулъ на нее совсѣмъ иными глазами.

— Бѣдная, бѣдная! думалъ онъ, глядя на нее съ тоской и глубокою любовью. Одинокая ты, всѣми покинутая, презираемая! Старая холопка, которую ты кормишь, издѣвается надъ тобой. И дѣти, которыхъ ты вынесла изъ грязнаго омута, для которыхъ несешь ты всѣ муки и лишенія честной нищеты,— чужія тебѣ.

Съ глубокимъ волненіемъ наклонился онъ надъ нею и прикоснулся губами къ пряди волосъ, спустившейся съ подушки.

VIII

Утромъ на другой день Зоя уже ѣхала къ Барканцевымъ. Родной городъ остался за нею далеко позади, выглядывая издали только бѣлыми вершинами своихъ церквей, а сердце у Зои билось тревожно и вмѣстѣ съ тѣмъ радостно, точно будто она изъ тюрьмы бѣжала или отъ какой нибудь погони ушла. Немного жаль ей было старый, разрушающійся родной домъ, которому она какъ будто бы измѣнила; жаль ей было свою маленькую уютную комнатку, гдѣ было ею столько пережито, передумано и перечувствовано,— гдѣ каждая щель въ полу ей знакома, гдѣ каждая трещина въ желтомъ потолкѣ смотрѣла на нее, какъ какой нибудь старый знакомый; жаль ей было Филиппа, жаль старую дѣвицу Катерину, разчувствовавшуюся и расплакавшуюся при прощаньи съ нею,— не жалѣла она только о матери, а скорѣе съ какимъ-то страхомъ думала о ней и желала бы еще дальше — дальше уѣхать отъ нея. Мать не хотѣла проститься съ нею. Она заперлась въ своемъ чуланѣ и оттуда кричала Зоѣ, съ угрозой стуча по двери: "ступай, ступай; поѣзжай, поѣзжай!.." Въ ушахъ Зои еще до сихъ поръ звучалъ этотъ хриплый, старческій голосъ и отъ него-то рада была она уйти.

Утро тихое, ясное. Скрипятъ крестьянскія телѣги, направляющіяся въ городъ. Баба торопится но пѣшеходной тропинкѣ около дороги, таща въ обоихъ рукахъ по какому-то кузову; плотникъ идетъ съ сапогами и котомкой за плечами, а изъ за котомки у него высунулось и при каждомъ его шагѣ поблескиваетъ на солнцѣ лезвее топора. Вонъ, вдали, виднѣется какое-то сѣрое пальто, будто бы съ красной, большой заплатой на спинѣ,— мелькаютъ красновато-желтыя панталоны и босыя ноги. Всматривается Зоя,— какъ будто что-то знакомое. Подъѣхали ближе: на плечѣ у прохожаго качается пукъ удочекъ, красная заплата на спинѣ обозначилась яснѣе и оказалась ничѣмъ инымъ, какъ чемоданомъ-порфелемъ Потапа Потапыча.

— Потапъ Потапычъ! крикнула Зоя, высунувшись изъ тарантаса.

Потапъ Потапычъ пріостановился, не осмѣливаясь однакоже оглянуться, точно будто его объялъ ужасъ, потомъ быстро юркнулъ за кусты, торопливо натянулъ за ними сапоги на свои босыя ноги и затѣмъ уже мелкими, торопливыми шажками выбѣжалъ на середину дороги. Онъ взялся рукой за край тарантаса и пошелъ рядомъ съ нимъ; удочки на его плечѣ подпрыгивали, чемоданъ на спинѣ трясся и бренчалъ.

— Да вы садитесь... Куда вы?.. Вѣдь вы туда же?.. въ ту сторону?..

— Въ Высокое...

— Ну и садитесь; вѣдь мы вплоть до Высокаго доѣдемъ, а потомъ уже и свернемъ въ сторону съ большой дороги... Садитесь же; сюда...

— Нѣтъ, нѣтъ: я на козлы сяду... Нѣтъ; тамъ какъ можно, тамъ увидятъ, что скажутъ... Я на козлы, обѣгая вокругъ тарантаса и рѣшительно отмахиваясь головою, говорилъ Потапъ Потапычъ.

Онъ поспѣшно влѣзъ на козлы, усѣлся, поставилъ около себя удочки и, переведя духъ, обернулся.

— Такъ совсѣмъ ѣдете, Зоя Петровна?..

— Совсѣмъ...

Онъ покачалъ головой и вздохнулъ.

— Жаль, жаль. Взяли вы, да и ушли отъ насъ, покинули... И Анна Романовна не того ожидала, обидно ей... Ну, что дѣлать, что дѣлать! Рыба ищетъ гдѣ глубже, а человѣкъ гдѣ лучше...

— Я тамъ кое-кого поспрашивалъ, справки наводилъ, шепнулъ онъ, нагнувшись къ ней; всѣ говорятъ,— люди хорошіе, добрые тѣ, къ кому вы ѣдете-то... Ничего...

Потомъ онъ засучилъ немного рукавъ своего пальто и рукавомъ рубашки отеръ себѣ лобъ, подбородокъ, губы.

— Жаркій день,— паритъ, вымолвилъ онъ, дохнувъ ноздрями, какъ лошадь, переводящая духъ послѣ быстраго бѣга.

— И отчего вы около города не рыбачите, — въ даль такую идете?..

— Что тамъ около города! пасмурно отвѣчалъ онъ.— Ничего тамъ нѣтъ хорошаго. Мѣстовъ привольныхъ около него нѣтъ, потому въ рѣкѣ все больше глина, а въ этакіе жары рыба не держится на глинѣ,— на песокъ уходитъ. А если и есть гдѣ

151

подходящія мѣста, такъ я къ нимъ теперича на пять верстъ близко не подойду. Пробовалъ я прежде, да потомъ и закаялся: житья на нихъ нѣту. Только что ты обладишь все какъ слѣдуетъ, колья вобьешь, прикормъ положишь, — смотришь — у тебя за спиной ужь и торчитъ какой нибудь франтъ въ перчаткахъ, въ шляпѣ, да еще пожалуй и съ барыней подъ ручку. Радъ сквозь землю провалиться, какъ они начнутъ тебя разсматривать, да сужденія свой произносить. Дѣлать нечего, скрѣпя сердце перейдешь подальше, снова устроишься, приладишься... Немного погодя, глядишь — и опять кто нибудь идетъ... Плюнешь и уйдешь . А не уйдешь отъ нихъ, — цѣлая толпа около тебя соберется... Нѣтъ, Богъ съ нимъ, съ городомъ!.. Оно, знаете ли, Зоя Петровна, и лучше какъ заберешься въ какую нибудь глушь, гдѣ около тебя и мѣста жилаго нѣтъ по близости. Дѣлай что хочешь, никому до тебя дѣла нѣтъ, никто не подсматриваетъ, не мѣшаетъ — хочешь спать,— ложись на траву, да и спи себѣ; хочешь нѣтъ — пой себѣ сколько душѣ угодно и никто тебя не осмѣетъ за то, что по голосу ты козлу братъ родной. А какъ ночь, какъ ночь придетъ! Дровъ себѣ наколишь, мѣстечко отъ травы очистишь, да и запалишь костеръ. На огонь чайничекъ поставишь,— чайку съ лимономъ напьешься, уху себѣ сваришь, поужинаешь. А вокругъ-то тебя тишь ночная: рѣка, кормилица твоя, заснула около тебя до утренняго свѣта; въ полѣ-то туманъ, сыро, а тебѣ около огня-то какъ въ раю. Погрѣешься, пообсушишься, покуришь, вздремнешь часокъ, другой, третій, а тамъ глядишь, — рѣка ужь и бѣлѣть стала: вставай рыбакъ!.. Нѣтъ, около города мнѣ нечего дѣлать; подальше отъ него — лучше...

— Все это хорошо, да голодно и холодно...

— Мнѣ вотъ ружьемъ бы гдѣ нибудь раздобыться; еще стрѣлять бы сталъ...

— Всего бы лучше къ какому нибудь дѣлу пристроиться...

Потапъ Потапычъ лукаво кивнулъ ей.

— Вы помалчивайте только, Зоя Петровна. Помалчивайте только, а мы и къ дѣлу можетъ быть пристроимся...

— Къ какому дѣлу?...

Онъ усмѣхнулся, стащилъ съ своихъ плечь чемоданъ, вынулъ изъ него бѣлую, деревянную, очевидно самодѣльную коробку съ папиросами, толкнулъ локтемъ кучера — и оба они закурили.

Зоя между тѣмъ тихонько взяла съ козелъ чемоданъ-портфель Потапа Потапыча, раскрыла было его, потомъ попросила у Потапа Потапыча позволенія осмотрѣть внутренность его походнаго ранца. Потапъ Потапычъ обернулся къ ней, точно будто его змѣя ужалила, испуганнымъ голосомъ и протягивая обѣ руки, вытребовалъ у нея свой чемоданъ и затѣмъ опять прицѣпилъ его къ себѣ на спину. И что особеннаго было въ этомъ чемоданѣ?

Отчего Зоя не получила позволенія осмотрѣть его? Она нашла бы въ немъ мѣдный, почернѣвшій отъ дыму чайникъ, небольшой топоръ, запасныя рыболовныя принадлежности,— ковригу черстваго хлѣба, два-три яйца, соль, завернутую въ тряпочку, сверточекъ чаю, нѣсколько кусочковъ сахару, лимонъ, и наконецъ рубашку и портянки Потапа Потапыча. Что могло привести въ такой ужасъ этого чудака? Я думаю, что не одно только воспоминаніе о грязныхъ портянкахъ, которыя онъ намѣревался вымыть въ той рѣкѣ или въ томъ озерѣ, гдѣ будетъ сегодня рыбачить. Потапъ Потапычъ былъ вообще человѣкъ очень деликатный; онъ но любилъ, чтобы кто нибудь изъ знакомыхъ видѣлъ бѣдную квартиру, гдѣ онъ жилъ,— не желалъ, чтобы кто нибудь замѣчалъ заплаты на его сапогахъ, боялся, чтобы кто нибудь не увидалъ, какъ и чѣмъ онъ обыкновенно обѣдаетъ и вообще изо всѣхъ силъ старался по возможности скрыть и спрятать всю ту нищету, которая точила его.

— Говорятъ,— какой у Барканцовыхъ прудъ богатый насчетъ рыбы, заговорилъ онъ, немного успокоившись послѣ своего волненія и страха. Вотъ куда бы мнѣ забраться...

— Какъ бы это было хорошо! сказала Зоя. Вы хоть изрѣдка стали бы приходить туда, — хоть изрѣдка мы видѣлись бы съ вами: все же былъ бы около меня свой, близкій человѣкъ, старый другъ. Поѣдемте; я васъ довезу, отрекомендую — и отлично!

— Нѣтъ ужъ, задумчиво отвѣчалъ Потапъ Потапычъ, рекомендовать меня какъ можно; въ такомъ видѣ мнѣ нельзя, и вамъ не хорошо... Нѣтъ ужъ, я знаю, что не хорошо... Вотъ еслибы такъ, что, пріѣхавши, я бы прямо на прудъ пробрался, а вы бы имъ потомъ какъ нибудь изъ окна на меня показали, изъ окна... да. и попросили бы...

Такъ и рѣшено было сдѣлать: указать на Потапа Потапыча издали и попросить не возбранять ему ловить рыбу.

Вотъ, наконецъ, свернули съ большой дороги, поднялись на красную, глинистую гору, съ которой открывался заводъ. Потапъ Потапычъ соскользнулъ съ козелъ и, кивнувъ Зоѣ, отправился пѣшкомъ по направленію къ пруду. На крыльцѣ, выходящемъ въ поле, показалось бѣлое пальто Барканцева; потомъ выбѣжали дѣвочки, а за ними появилась и Софья Михайловна. Всѣ вышли встрѣчать Зою. Она съ перваго же своего посѣщенія понравилась и полюбилась всѣмъ на заводѣ. Не зная еще ее, Барканцевы слышали о ней со всѣхъ сторонъ, что она дѣвушка кроткая, тихая, серьезная, вѣчно занятая какой нибудь работой и о работѣ только и думающая;— что она никогда не показывается на какихъ нибудь вечерахъ или гуляньяхъ, что никогда никакая клевета или сплетня не осмѣливалась прикоснуться къ этой чистой дѣвушкѣ и даже никто еще не отзывался о ней дурно или съ неуваженіемъ.

Основываясь на этомъ описаніи, Барканцевы воображали себѣ Зою старой, перезрѣлой дѣвушкой, притомъ дурнушкой или даже уродцемъ, отказавшимся отъ всякихъ надеждъ выйти замужъ и вслѣдствіе этого отдавшимся скромной, труженической жизни. Такъ думали всѣ они. И вдругъ передъ ними является двадцатилѣтняя красавица-дѣвушка, высокая, прекрасно сложенная, съ блестящими какъ звѣздочки, черными глазами, раскраснѣвшаяся отъ смущенія! И притомъ съ перваго ея взгляда, съ перваго ея слова чувствуется, что къ ней дѣйствительно по смѣетъ прикоснуться ничто грязное, никакая сплетня, что сердце у этой дѣвушки чистое и доброе и даже всѣ мысли ея свѣтлы и чисты, какъ ея ясный взглядъ. Барканцевы встрѣтили ее теперь какъ любимую родную.

Ей отвели большую и хорошенькую комнату окнами въ палисадникъ, съ бѣлыми, только что наклеенными обоями и убранную лучшей мебелью, какая отыскалась въ домѣ.

— Ради дорогой гостьи, добродушно сказалъ Барканцевъ.

Зоя отвѣчала, что она хотѣла бы сдѣлаться для нихъ не гостьей, а "своимъ" человѣкомъ и тутъ же попросила, чтобы и дѣвочки спали вмѣстѣ съ нею, въ этой же комнатѣ.

— Пускай я и для нихъ буду "своя", совсѣмъ своя, близкая, пояснила она. Вы ужъ такъ и отдайте ихъ мнѣ, пока я живу здѣсь...

— Хоть и совсѣмъ возьмите, чтобы я ихъ не видѣла больше, отвѣчала Софья Михайловна. А вы имъ сказки не будете разсказывать по ночамъ?..

— Еще бы! весело отозвалась Зоя. Я затѣмъ къ вамъ и пріѣхала, чтобы дѣтямъ сказки разсказывать. Какая же я была бы учительница, еслибы не умѣла, разсказывать.

Вспомнила она и о Потапѣ Потапычѣ и, указавъ его на берегъ пруда, разсказала Барканцевымъ, что онъ за человѣкъ, какую жизнь ведетъ и рекомендовала его какъ своего лучшаго друга.

— Надо бы его позвать сюда, засуетился Барканцевъ; мы сейчасъ будемъ обѣдать... Какъ не пойдетъ?... Чтожъ такое, что въ плохомъ костюмѣ? Онъ, вы говорите, вашъ другъ, а мы его и чаю не попросимъ напиться? Нѣтъ, какъ же можно!..

И онъ отправился таки къ Потапу Потапычу. Зоя стояла у окна и смѣясь смотрѣла, какъ Барканцевъ упрашивалъ и жестикулировалъ передъ ея другомъ, и даже тащилъ его за руку, а Потапъ Потапычъ стойко держался въ своей позиціи, моталъ головой, махалъ руками, указывалъ на свой костюмъ, на сапоги и наконецъ, протянувъ руку по направленію къ красной горѣ, на которой показался черный кабріолетъ, рѣшительно усѣлся на землю, поплевалъ на червяка и забросилъ удочку въ воду.

Барканцевъ посмотрѣлъ на приближающійся экипажъ, заслонивъ рукой глаза отъ солнца,— затѣмъ еще разъ обратился къ

Потапу Потапычу и наконецъ, махнувъ рукой, усѣлся въ лодку. Вся эта сцена происходила на томъ берегу пруда.

— Парфеновъ ѣдетъ, съ нѣкоторымъ недоумѣніемъ объявилъ онъ женѣ, явившись въ комнаты.

— Братъ, передала Софья Михайловна Зоѣ, и тоже какъ будто удивилась.

— А! равнодушно сказала Зоя.

Парфеновъ только на минуту пріостановился около крыльца, забралъ въ свой кабріолетъ обѣихъ дѣвочекъ и быстрою рысью покатилъ съ ними дальше.

— Странно, что это такое съ нимъ сдѣлалось, сказала Софья Михайловна. Онъ никогда не бывалъ такимъ любезнымъ. Только и можно подумать, что не околдовали ли его черные глазки Зои Петровны.

Зоя покраснѣла, потомъ опечалилась. Барканцевъ почесалъ въ затылкѣ.

— Вы шутите, сказала Зоя.

— Нѣтъ, право больше ничего нельзя придумать. Что такое съ нимъ, что онъ такъ скоро опять удостоилъ посѣтить насъ?..

— Это было бы очень жаль, сказала Зоя тихо и серьезно. Въ такомъ случаѣ я и здѣсь не буду такъ спокойна, какъ бы мнѣ хотѣлось.

Барканцевъ нетерпѣливо привскочилъ со стула.

— Ахъ, Зоя Петровна! воскликнулъ онъ. Не слушайте вы ее и никогда не слушайте. Она все спитъ да романы читаетъ и Богъ знаетъ что съ ней отъ этого дѣлается. Ежели, я вамъ скажу, какая нибудь муха среди зимы очнется да пошевелится, такъ Софьѣ Михайловнѣ сейчасъ представится, что лѣто наступило. Я вамъ говорю... Нѣтъ, вы ее не слушайте... Однако, надо бы обѣдать; ѣсть хочется, закончилъ онъ, усѣвшись къ столу и наливая себѣ рюмку водки.

Скоро явился и Парфеновъ. Первый взглядъ его упалъ на Зою, но обмѣнявшись съ ней нѣсколькими пустыми фразами о томъ, какъ она доѣхала въ прошлый разъ до дому и не засталъ ли ее на дорогѣ дождь, онъ больше не обращалъ на нее почти никакого вниманія, по крайней мѣрѣ замѣтнаго вниманія, потому что на самомъ дѣлѣ онъ довольно внимательно слѣдилъ за нею и вслушивался въ каждое ея слово.

Только что встали изъ за стола,— на дорогѣ зазвенѣлъ колокольчикъ. Съ красной горы быстро спускался открытый тарантасъ.

— Новоторовъ, становой приставъ, равнодушно сказалъ Барканцевъ, сидя на окнѣ и щелкая орѣхи.

Зоя замѣтно поблѣднѣла. Что это такое? Неужели онъ и здѣсь будетъ меня преслѣдовать? подумала она.

155

— Вы съ нимъ знакомы? спросила она Барканцева.

— Нѣтъ, нельзя сказать... Дѣла случалось имѣть, а не знакомъ. Онъ сюда на слѣдствіе катитъ: дознаніе будетъ производить о нашемъ утопленникѣ...

Она вздохнула свободнѣе и поспѣшила уйти въ свою комнату. Вскорѣ ее позвали пить чай. Дѣлать было нечего, она вышла. Новоторовъ сидѣлъ угрюмый, блѣдный, какъ громомъ пораженный только что услышанною имъ вѣстью, что Зоя здѣсь и будетъ жить здѣсь. Онъ всталъ, когда она вошла, протянулъ ей дрожащую черную руку.

— Такъ вы здѣсь, Зоя Петровна! произнесъ онъ невнятно и нетвердымъ голосомъ.

Больше онъ ничего не сказалъ, опустился на свое мѣсто, долго молчалъ, точно будто собираясь съ мыслями, и наконецъ съ измѣнившимся лицемъ, измѣнившимся голосомъ возобновилъ прерванный разговоръ съ Барканцевымъ. Иногда его угрюмые, мрачные, съ желтоватыми бѣлками глаза подолгу останавливались на Зоѣ и смотрѣли на нее какъ-то странно, точно будто и молили ее и вмѣстѣ съ тѣмъ угрожали ей. Зоѣ было невыносимо сидѣть подъ этими взглядами; она блѣднѣла отъ нихъ, иногда у нея нижняя губа вздрагивала отъ гнѣва. Наконецъ она ушла съ дѣтьми гулять, намѣреваясь проходить какъ только возможно дольше, чтобы возвратиться домой только тогда, когда Новоторовъ уже окончитъ свое дознаніе и уѣдетъ. Она вышла съ дѣвочками въ поле и направилась къ синѣвшему вдали лѣсу.

Часа два ходила она съ дѣтьми по окрестностямъ завода и вѣроятно проходила бы до самой ночи, чтобы только не встрѣчаться съ Новоторовымъ, — но отъ безпокойно проведенной ночи, отъ всѣхъ волненій сегодняшняго утра у ней разболѣлась голова. Разстроенная и блѣдная вернулась она къ заводу, прошла по ту сторону пруда и сѣла около Потапа Потапыча.

— Ну что хорошаго? устало спросила она.

— Отлично, отлично, отвѣчалъ онъ и весело потеръ руки. Вонъ ее сколько!..

— Да, много... Какъ у меня голова болитъ, вяло прибавила она.

Онъ опустилъ удилище въ воду и всѣмъ тѣломъ повернулся къ Зоѣ.

— Богъ съ вами! испуганно проговорилъ онъ. Лица на васъ нѣту... Ахъ, Зоя Петровна! Да вы бы пошли скорѣе домой, въ постельку бы легли, заснули бы...

— Какъ глупо! тихо сказала она. Давно бы нужно сказаться больной...

— А что? Что такое?.. Нѣтъ, не говорите, послѣ скажите, потомъ... А теперь идите, Зоя Петровна, идите поскорѣе...

— Да, я пойду, согласилась она и встала. Вы вѣдь будете

приходить сюда? Скоро придете? Ну, тогда поговоримъ побольше, а теперь прощайте, мой добрый другъ. Вы вѣдь другъ мнѣ? Да? Ну, прощайте...

Зоя тихо, съ опущенною внизъ головой прошла сквозь рощу, вышла на мостикъ, подняла голову, чтобы взглянуть, кто это такъ тяжело идетъ по тому его концу и вздрогнула. Это шелъ Новоторовъ. Она хотѣла пройти мимо его; онъ заслонилъ ей дорогу.

— Зоя Петровна, сказалъ онъ.

Она тоскливо оглянулась назадъ, потомъ взглянула на него.

— Такъ вы остаетесь здѣсь? грустно спросилъ Новоторовъ.

— Здѣсь, отвѣчала она, опершись руками о перила и съ тоской глядя въ сторону.

— Вы слышали отъ Анны Романовны.....?

— Все, все слышала... все... Здѣсь остаюсь...

— Зоя Петровна!.. Если бы вы знали, какъ грустно мнѣ слышать это отъ васъ. Я смѣю надѣяться...

— Оставьте эти надежды! Оставьте меня, не преслѣдуйте! заговорила она нервно и громко, такъ что проходившіе въ рощѣ Барканцевъ и Парфеновъ вздрогнули и остановились.— Чего вы отъ меня хотите? Что вамъ нужно? Вы не вѣрите, чтобы я не захотѣла сдѣлаться вашей женой? Вы спрашивали у брата объясненій... Я объясню вамъ, все объясню. Я никогда не любила васъ, а теперь почти ненавижу... Знаете почему? Не знаете?.. Потому, что вы меня хотѣли силой, безъ любви взять, купить, какъ невольницу какую нибудь. Вотъ за что. Вѣдь вы даже не спросили меня, хочу ли я быть вашей женой, а пошли уже съ братомъ, съ матерью совѣтоваться. Какъ невольницу покупали вы меня!.. И изъ-за васъ я должна была ссориться съ матерью, выносить отъ нея незаслуженныя мною обиды. Знаете,— она не хотѣла даже изъ дому меня выпускать, пока я не приму ваше предложеніе... Вотъ за что я васъ ненавижу... и... призираю...

Она обошла его и тихо пошла къ дому. Новоторовъ стоялъ блѣдный какъ полотно, свѣсивъ на грудь голову и опершись обѣими руками о перила. Потомъ онъ съ ненавистью взглянулъ вслѣдъ удалявшейся Зоѣ, съ страшною силою потрясъ толстыя перила и пошелъ къ своему экипажу.

Барканцевъ съ удивленіемъ покачалъ головой и затѣмъ пожалъ плечами.

— Этакая дѣвушка! Этакая дѣвушка! бормоталъ онъ.

— Я думаю, онъ теперь всю свою жизнь отдалъ бы, чтобы хоть одинъ день повластвовать надъ нею, проворчалъ Парфеновъ.

— Ну вотъ!.. Что ему?..

— Да отмстить, вотъ что... Я на его мѣстѣ отдалъ бы, отдалъ бы, говорилъ Парфеновъ.

IX

Было часовъ десять. Барканцевъ и Парфеновъ сидѣли на ступенькахъ крыльца, выходящаго въ поле. Тихая, благодатная была ночь. Трава, разстилавшаяся передъ ними, не шелохнется, на деревьяхъ ни единый листъ не затрепещетъ. Еслибъ не близость пруда — душно было бы. Вдали блеснула вершина холма, изъ за котораго выглянулъ мѣсяцъ, и на ней, между глазомъ и мѣсяцемъ, какъ два исполина освѣтились два старые дуба съ разбитыми грозой верхушками. Больше и больше выходитъ изъ за холма мѣсяцъ и все веселѣе становится видъ. Какъ серебристая лента блеснулъ подлѣ холма ручей, забѣлѣлъ песокъ на его берегу, освѣтились малорослые густые кустарники по извилинамъ этого берега. Въ дальней рощѣ запѣлъ соловей. Барканцевъ находился въ благодушнѣйшемъ и даже немного сантиментальномъ настроеніи, чему особенно способствовало то, что, провожая Новоторова, онъ выпилъ двѣ — три рюмки сверхъ положенія. Онъ подперъ рукою подбородокъ, вперилъ глаза вдаль и тихонько покачиваясь пѣлъ:

Коль возлюбленна селенія твоя, Господи!

Парфеновъ полулежалъ на ступенькѣ и задумчиво смотрѣлъ въ поле. Ему и скучно было здѣсь, хотѣлось домой уѣхать, и вмѣстѣ съ тѣмъ думалось ему и ожидалось, что не выйдетъ ли Зоя, не удастся ли ему еще разъ взглянуть на нее. Онъ не безъ досады признавался самому себѣ, что ему было бы очень непріятно уѣхать, не посмотрѣвъ на нее еще разъ.

— Отъ скуки, братъ, видно никуда не уйдешь и не уѣдешь, благодушно заговорилъ Барканцевъ, какъ будто вдохновившись своимъ пѣніемъ. Ты вспомни: жилъ ты въ Петербургѣ — тебѣ было скучно, жилъ съ нами — и здѣсь тоже, и вездѣ тоже. Этотъ врагъ насъ вездѣ преслѣдуетъ — и куда ни бѣги ты, въ какія дальнія страны ни удалось — нигдѣ ты отъ него не сокроешься. Я тебѣ намекну: не лучше ли тебѣ въ самаго себя заглянуть, отыскать въ себѣ тотъ ключъ, которымъ ты сердце свое замкнулъ...

Парфеновъ ничего не отвѣчалъ на этотъ намекъ и удивился, какъ его собесѣдникъ угораздился съ трехъ-четырехъ рюмокъ охмѣлѣть и, какъ кажется, въ довольно значительной степени. Парфеновъ былъ знатокъ человѣческаго сердца и великій мастеръ устроивать свои дѣла. Давно ли Барканцевы смотрѣли нѣсколько подозрительно на его неожиданный пріѣздъ къ нимъ; а теперь они были вполнѣ убѣждены, что Парфеновъ пріѣхалъ сегодня вовсе не ради Зои, а единственно потому, что его скука одолѣваетъ, что онъ мѣста себѣ не находитъ и надѣется получить у нихъ облегченіе, утѣшеніе, совѣтъ. Имъ было лестно думать, что въ нихъ ищутъ опоры и утѣшенія; они по мѣрѣ силъ своихъ старались развлечь Парфенова и надѣлить его благими совѣтами; а онъ съ своей стороны былъ тоже очень доволенъ, что не только на этотъ разъ отвелъ имъ глаза, но даже и впредь можетъ пріѣзжать когда ему угодно, не возбуждая уже никакихъ подозрѣній.

"Ибо птица обрѣте себѣ храмину и
Горлица гнѣздо себѣ"...

съ умиленіемъ пѣлъ Барканцевъ, опять вперившись въ облака своими голубыми глазами и тихонько покачиваясь впередъ и назадъ.

— Да, Егоръ Васильичъ, съ величайшимъ убѣжденіемъ произнесъ онъ, дотронувшись рукой до плеча Парфенова, оттого и скука тебя одолѣваетъ, что ты сердце свое замкнулъ. Отыщи въ себѣ ключъ этотъ, отомкнись, и скука твоя въ воду уйдетъ, какъ рукой ее сниметъ.

— Какъ отомкнись?..

— Да, отомкнись... Гордъ ты, Егоръ Васильичъ, высокомѣренъ, пренебрежителенъ, много о себѣ мечтаешь, правду тебѣ сказать, отвѣчалъ Барканцевъ, подъ вліяніемъ вина и сантиментальности смотрѣвшій въ эту минуту на Парфенова какъ на друга. Способности твои и таланты мы всѣ знаемъ и цѣнить ихъ умѣемъ: — большіе они; но ты уже черезъ мѣру гордъ, черезъ мѣру пренебрегаешь людьми. Оттого всѣ тебя и оставили, отступились отъ тебя; оттого всѣ тебѣ и недоброжелатели, всѣ враги тебѣ, оттого и одинокъ ты между людьми. Вѣдь одинокій ты, Егоръ Васильичъ, совсѣмъ одинокій...

— Да наплевать...

Барканцевъ вздохнулъ.

— Кого я обидѣлъ? полюбопытствовалъ Парфеновъ.

— Всѣхъ обидѣлъ и всякаго, прибавилъ Барканцевъ. Не въ томъ твоя обида великая, что ты выбранилъ кого нибудь или прибилъ, или иначе какъ оскорбилъ, а въ томъ, что ты отъ нашего брата, простого неученаго человѣка, и держишься-то подальше, какъ отъ паршиваго какого нибудь, и ни съ кѣмъ не поговоришь по душѣ, по откровенности: неровня, молъ, вы мнѣ. Вотъ что обидно... Оттого тебѣ и враги всѣ; оттого тебя и скука одолѣваетъ, что ты всѣмъ чужой. Наплевать, ты говоришь; нѣтъ, не наплевать! Сердце-то твое не то говоритъ: оно тоскуетъ. Сердце-то наше все знаетъ, все скажетъ и но прайдѣ, безъ обману скажетъ. Гордость твоя говоритъ, что всего у тебя много, ничего тебѣ ненужно, наплевать тебѣ на все; а сердце знаетъ правду и тоскуетъ себѣ. Вотъ онъ гдѣ — корень-то твоей скуки, вотъ въ чемъ...

159

Парфеновъ молчалъ.

— Отомкнись, отыщи въ себѣ этотъ ключъ, что ты забросилъ... хорошо будетъ...

Парфеновъ все молчалъ и все неподвижно, задумчиво смотрѣлъ вдаль.

— О-охъ-хо-хо! Дѣла, дѣла! вздохнулъ съ чего-то Барканцевъ послѣ довольно продолжительнаго молчанія и нехотя поднявшись, отправился осмотрѣть заводъ.

Парфеновъ не двигался. Подозрѣвалъ ли онъ, что откровенныя разсужденія сильно затуманившагося въ своихъ мысляхъ Барканцева заставятъ его задуматься? Подозрѣвалъ ли онъ, что эти сантиментальныя рѣчи, столь смѣшныя ему сначала, подъ конецъ прильютъ къ самому его сердцу, взволнуютъ его и заставятъ сжаться отъ какого-то тягостнаго чувства? А это случилось.— Такъ вотъ что! думалъ онъ съ нѣкоторымъ изумленіемъ и волненіемъ. Всѣ эти мои знакомые, родственники, пріятели, жмущіе мнѣ руки и такъ пристально-пристально смотрящіе мнѣ въ глаза — все это "недоброжелатели" мои, обиженные мной и втайнѣ ненавидящіе меня. Такъ вотъ отчего дядя, котораго я облилъ водой, ни за что не хотѣлъ простить мнѣ моей шутки, вотъ отчего. У всѣхъ у нихъ какъ видно много, много горечи на меня накопилось, много-много злобы противъ меня накипѣло. Оттого они и смотрятъ на меня такъ пристально, что каждое мое слово запоминаютъ и взвѣшиваютъ, каждое мое движеніе наблюдаютъ, чтобы потомъ осмѣять или осудить его.

— Наплевать: пускай судятъ! прошепталъ онъ и, приподнявшивсь изъ своего полулежачаго положенія, облокотился обѣими руками на колѣни и опустилъ лицо на ладони.

И это восклицаніе было совершенно искренно: онъ дѣйствительно былъ довольно равнодушенъ къ своимъ недоброжелателямъ. Если онъ задумался, то задумался надъ тѣмъ вопросомъ: отчего у него дѣйствительно нѣтъ ни одного человѣка, если нелюбящаго его, непреданнаго ему, то, по крайней мѣрѣ, расположеннаго къ нему? Отчего въ самомъ дѣлѣ ему не приходится ни съ кѣмъ поговорить по душѣ, по откровенности? Отчего никто никогда не придетъ къ нему — повѣрить ему свое горе или свою заботу, — никто ни въ чемъ не посовѣтуется съ нимъ,— никто никогда не предупредитъ его, когда ему случается предпринять какое нибудь неразсчетливое дѣло? Пускай будутъ враги и недоброжелатели и, пускай ихъ будетъ вдесятеро больше — это ничего, это даже лестно, весело, забавно; но отчего у него нѣтъ друзей, нѣтъ людей, которые вѣрили бы въ его умъ и сердце, плотно держались бы около него, спѣшили бы къ нему съ своими заботами и надеждами, радостями и, огорченіями, успѣхами и неудачами? Отчего, отчего? Неужели именно оттого, что не вѣрятъ въ его умъ и сердце? Неужели всѣ считаютъ его недостойнымъ своей дружбы? Неужели всякій другой больше его заслуживаетъ довѣрія и уваженія, что его всѣ обходятъ? Всякому другому повѣряютъ свои тайны, домашнія дѣла, семейныя огорченія, — а передъ нимъ молчатъ. Вотъ это было ему горько и обидно.

Мысленно перенесся онъ назадъ, на годъ, на два, наконецъ ко временамъ студенческой жизни, — перенесся въ гимназію, къ тому періоду, когда всѣ богаты друзьями: нѣтъ, и тамъ тоже "одиночество", и тамъ не найти никакихъ теплыхъ воспоминаній о дружбѣ или привязанности. Враги, завистники есть, а друзей нѣтъ. Только тамъ, въ самомъ далекомъ дѣтствѣ, какъ въ туманѣ, видится, припоминается ему другъ. Кто онъ такой былъ, куда онъ потомъ дѣвался, какъ его фамилія,— ничего этого Парфенову неизвѣстно. Только и помнитъ онъ, что звали этого друга Клавдіемъ. Это былъ худенькій, блѣдный мальчикъ. Онъ часто, жаловался, что его бьетъ братъ и бьетъ большая сестра, требующіе, чтобы Клавдій былъ передъ ними по первому ихъ зову "какъ листъ передъ травою", что не всегда возможно. Когда этотъ Клавдій начиналъ мечтать и выдумывать какія нибудь чудесныя приключенія, то дѣло всегда доходило до того, что или онъ спасалъ жизнь Парфенову, или Парфеновъ выручалъ его. У нихъ не было тайнъ другъ отъ друга; они вмѣстѣ учились, всѣмъ дѣлились.

Вспомнилась Парфенову изъ этого отдаленнаго времени толстая книга, арифметика, должно быть долго лежавшая въ сыромъ мѣстѣ и потому страшно отдававшая гнилью. Изъ этой книги вспомнилась задача: "летѣла стая гусей". Представился ему зимній вечеръ, комната въ старомъ домѣ, на стѣнѣ горитъ сальная свѣча, а около нея онъ и Клавдій вычисляютъ количество гусей въ стаѣ. Гдѣ онъ, Клавдій? Живъ ли? Неужели никогда больше не придется встрѣтиться съ нимъ? Что, если придется?

Есть и еще одно теплое воспоминаніе, есть и еще одинъ образъ, припомнить который Парфеновъ не можетъ равнодушно, безъ любви, безъ тоски, безъ замиранія сердца. Это образъ той женщины, которая любила его и которой нѣтъ теперь. Да, вотъ былъ человѣкъ! Онъ вѣрилъ Пароенову, открывалъ ему свое сердце, повѣрялъ каждую мысль свою, радовался его радостями, огорчался его огорченіями,— посвящалъ ему всего себя. Теперь этого человѣка нѣтъ? Не самъ ли Парфеновъ убилъ его? Не былъ ли онъ слишкомъ холоденъ съ этимъ ребенкомъ, безгранично ему преданнымъ. Не смотрѣлъ ли онъ на эту любящую женщину какъ на рабыню, а не какъ на друга? Не отвѣчалъ ли онъ на ея любовь и довѣріе одною эгоистическою черствостью? Не самъ ли онъ убилъ ее?

Парфеновъ глубоко вздохнулъ и погрузилъ лицо глубже въ свои ладони. Нѣсколько минутъ провелъ онъ въ этомъ положеніи; потомъ вдругъ опомнился, какъ будто проснулся и первое, что ему пришло въ голову, это то, что подлѣ него есть кто-то. Онъ оглянулся и немного отодвинулся, какъ будто очищая дорогу. За нимъ, на верхней ступенькѣ виднѣлась высокая стройная фигура Зои, прислонившейся къ периламъ, и бѣлѣло ея длинное свѣтлое платье.

— Славная ночь! произнесла она.

— Ночь хорошая, отвѣчалъ онъ.— Что ваше нездоровье? Лучше ли вамъ?

Зоя отвѣчала, что чувствуетъ себя какъ нельзя лучше; и дѣйствительно, давно уже не дышалось ей такъ легко и вольно, какъ въ этотъ первый вечеръ, проведенный ею вдали отъ родного дома. Она присѣла на верхнюю ступеньку; теперь мѣсяцъ освятилъ ея худощавое, блѣдное, полное безмятежнаго спокойствія лицо, блеснулъ своими лучами въ ея большихъ глазахъ, бродившихъ по полямъ и облакамъ. Парфеновъ слѣдилъ за ея взглядомъ.

— Вы не рисуете ли? спросилъ онъ.

— Нѣтъ, не рисую.

— Жаль. Я пожалуй изобразилъ бы эту картину, еслибы умѣлъ. Изобразилъ бы всѣ эти облака и тѣни, холмики и ручейки, мостики и кустарники; а съ боку гдѣ нибудь прилѣпилъ бы это крыльцо въ томъ видѣ, какъ оно было нѣсколько минутъ назадъ. То есть на немъ находятся два человѣка: одинъ видимо въ возбужденномъ, сантиментальномъ настроеніи блуждаетъ глазами въ облакахъ, покачивается и поетъ нѣчто въ родѣ хвалебнаго гимна красотамъ вселенной — это Барканцевъ; а другой погруженъ въ глубокую задумчивость или, вѣрнѣе сказать, дремлетъ. Таково дѣйствіе красотъ ночи. Впрочемъ я, кажется, даже и въ душѣ не артистъ.

— Развѣ вы думали, когда и пришла?..

— Дремалъ...

Она какъ будто недовѣрчиво взглянула на него. Вѣритъ или не вѣритъ, подумалъ Парфеновъ.

— Вы не видѣли,— ушелъ тотъ человѣкъ въ сѣромъ пальто, что былъ тамъ, на той сторонѣ пруда, рыбу ловилъ?..

— Ушелъ въ Высокое. Спрашивалъ о васъ; хотѣлъ завтра навѣдаться о вашемъ здоровьѣ. Что это за господинъ?

— Онъ отставной землемѣръ.

— Чудакъ, какъ видно...

— Очень добрый, хорошій господинъ; больше бѣденъ, чѣмъ чудакъ...

— Онъ вашъ родственникъ?..

— Нѣтъ...

162

— Знакомый...

— Больше чѣмъ знакомый,— другъ, отвѣчала она съ легкой улыбкой.

— Ну, вотъ, произнесъ Парфеновъ, совсѣмъ повернувшись къ ней, и вы на ту же тему... Мы только что разсуждали съ Барканцевымъ о дружбѣ. Онъ все о томъ распространялся, что я будто бы гордъ, пренебрежителенъ и вся моя бѣда въ томъ, что у меня друзей нѣтъ. Какъ это такъ сдѣлать, чтобы и обо мнѣ говорили: другъ? Какія для этого нужны качества, какія добродѣтели? Посовѣтуйте. Зоя Петровна, объясните...

— Какъ я вамъ объясню? Почему я знаю...

— Какія качества, какія добродѣтели нужны для этого? Что нужно дѣлать? Ну вотъ, напримѣръ, этотъ господинъ въ сѣромъ пальто вамъ другъ. За что вы удостоили его этого имени? Чѣмъ онъ заслужилъ вашу дружбу?..

— Мою,— это другое дѣло. А вообще, всеобщую дружбу,— почему я знаю, какъ заслужить всеобщую дружбу... Да, я думаю, и нельзя. Не знаю...

— Всеобщую мнѣ и не нужно Богъ съ ней. Мнѣ хоть чью нибудь. Ну, хоть дружбу человѣка подобнаго вамъ. Чѣмъ этотъ господинъ въ сѣромъ пальто заслужилъ вашу дружбу? Вѣдь вы обратите вниманіе на то, какъ этотъ вопросъ меня интересуетъ. Объясните...

— Какъ вамъ объяснить? Время какъ то сдѣлало насъ друзьями...

— Время. Нѣтъ, одного времени мало... Онъ добродѣтеленъ, честенъ, добръ?..

— Да,— честенъ, добръ...

— Онъ желаетъ вамъ добра, принимаетъ участіе въ вашей судьбѣ, слѣдитъ за нею какъ за своей собственной... Такъ?..

— Да, и это такъ. Но притомъ вы вглядитесь пристальнѣе въ его лицо, и вслушайтесь когда нибудь въ его голосъ. Вы сами можетъ быть невольно подумаете, что у него все искренно, все отъ сердца идетъ и что никому, никогда онъ не сдѣлаетъ и не способенъ сдѣлать какой нибудь гадости или даже непріятности. Онъ хорошій человѣкъ, истинно хорошій человѣкъ, не безъ жара заключила Зоя, нѣсколько задѣтая какъ будто бы насмѣшливымъ и недовѣрчивымъ отношеніемъ Парфенова къ Потапу Потапычу.

Онъ внимательно слушалъ ее и наблюдалъ ея лицо, освѣщенное мѣсяцемъ.

— Онъ совѣты мнѣ даетъ, наставленія мнѣ читаетъ, продолжала Зоя, переходя въ шутливый тонъ. Если бы онъ увидѣлъ, что я въ сумерки, въ темнотѣ книгу читаю, онъ побранилъ бы меня за то, что я глаза себѣ порчу. Если бы я вздумала теперь пройтись безъ калошъ по этому полю, по росѣ, онъ можетъ быть не пустилъ бы меня и во всякомъ случаѣ страшно разворчался бы. Если бы мнѣ случилось заболѣть, онъ, я думаю, не былъ бы спокоенъ. Да, я знаю, что онъ завтра чѣмъ свѣтъ будетъ здѣсь, чтобы справиться — прошла ли моя головная боль.

— Все это я могу, какъ будто про себя пробормоталъ Парфеновъ.

— Ко всему этому онъ бѣденъ...

— Развѣ и это добродѣтель? встрепенулся онъ.

— Можетъ быть, нерѣшительно и не вдругъ отвѣтила она.

— Во всякомъ случаѣ тотъ, кто хочетъ быть вашимъ другомъ долженъ быть бѣденъ? Живо я настойчиво спросилъ онъ.

— Что общаго можетъ быть между мною, нищей — гувернанткой, и людьми богатыми? нехотя сказала она.

— Нѣтъ, вскричалъ онъ, качнувъ головой:— нѣтъ! Это вы не свои слова говорите; это вы такъ только... Вонъ это всегда въ романахъ такъ пишется: "что можетъ быть общаго между бѣдной дѣвушкой и вами, лордомъ благороднымъ!" Вы оттуда и взяли эти слова, чтобы отъ меня отдѣлаться. Не ваши это слова, Зоя Петровна.

— Мои; мои слова, мои и мысли. А не вѣрите, — думайте какъ хотите, равнодушно отвѣчала она и съ спокойнымъ лицомъ, невозмутимо спокойными глазами смотрѣла какъ на горизонтѣ вспыхивала зарница.

— Не можетъ этого быть, не вѣрю: не ваши слова, не ваши мысли, твердилъ Парфеновъ.

Она пожала плечами.

— Что можетъ быть общаго, говорите вы, продолжалъ онъ. Какъ, что общаго! Да все, все можетъ быть общее: одинаковое образованіе, одинакое развитіе, одни и тѣже мысли, взгляды, понятія...

Зоя тихо покачала головой.

— Нѣтъ? спросилъ онъ съ изумленіемъ.

— Ничего общаго, также нехотя произнесла она.

Парфеновъ въ свою очередь пожалъ плечами и на минуту призадумался.

— Я не понимаю... Образованіе, напримѣръ? озадачено переспросилъ онъ.

— Объ образованіи я не спорю...

— Такъ взгляды, мысли, понятія разныя? Интересы разные?..

— Противоположные, поправила она.

— Вотъ что! протяжно произнесъ онъ и даже всталъ съ своего мѣста, впрочемъ, сейчасъ же опять опустился. Противоположные? повторилъ онъ. Напримѣръ у меня съ вами?

— Я думаю, отвѣчала она и улыбнулась тому напряженному любопытству, съ которымъ онъ смотрѣлъ на нее и ждалъ ея отвѣта.

— И цѣлая бездна, непроходимая бездна лежитъ между мной и вами? Вы изгоняете богатыхъ изъ царствія небеснаго? Вы не только лишаете ихъ своей дружбы, но даже какъ видно расположены къ нимъ враждебно? спрашивалъ онъ.

Она посмотрѣла на него и улыбнулась.

— Я говорю только, что общаго между нами ничего нѣтъ, бездна непроходимая, отвѣчала она, смѣясь.

— Непроходимая? переспросилъ онъ. Ни дружбы, ни большого уваженія, ничего подобнаго не можетъ быть между тѣни, кто на одномъ краю этой бездны и тѣми кто на другомъ?

Зоя покачала головой.

— Даже еслибы вамъ встрѣтился богатый человѣкъ, который, несмотря на свое богатство, былъ бы во сто разъ лучше и выше этого господина въ сѣромъ пальто?..

— Такіе люди, какъ этотъ господинъ въ сѣромъ пальто не умѣютъ и но могутъ быть богатыми. Въ нихъ слишкомъ мало эгоизма, слишкомъ много великодушія и сердца. Нѣтъ, не могутъ...

— А еслибы ему завтра же свалилось бы большое наслѣдство?...

Она пожала плечами.

— Я думаю, онъ скоро очутился бы опять такимъ же бѣднякомъ, каковъ онъ теперь, и опять появился бы съ удочками и въ сѣромъ пальто...

Парфеновъ прекратилъ разговоръ и отвернулся въ сторону съ такимъ видомъ, по которому было видно, что ни на грошъ не вѣритъ мнѣнію Зои о человѣкѣ въ сѣромъ пальто.

— Что это тамъ такое? Зарево? тревожно спросила Зоя, поднявшись и протянувъ впередъ руку.

— Зарево...

— Пожаръ?..

— Можетъ быть известь гдѣ нибудь обжигаютъ, или рыбаки развели огонь. Далеко... А можетъ быть и пожаръ; теперь самая пора пожаровъ...

— Въ деревнѣ гдѣ нибудь?..

— Вѣроятно...

Она посмотрѣла, вздохнула и ушла въ комнату. Парфеновъ не хотѣлъ и не сталъ бы продолжать съ нею разговоръ, но ему все-таки непріятно, жаль было, что она ушла. Она обидѣла, уязвила его, но несмотря на это, а можетъ быть и вслѣдствіе этого сдѣлалась для него какъ-то особенно привлекательна, дорога, "желанна". Но зачѣмъ ей нужно было уязвить его эгоизмомъ, богатствомъ? Что она такое? Проповѣдница, пропагандистка? Нѣтъ, она не проповѣдывала, она даже неохотно говорила, и каждое слово приходилось вынуждать у ней. Мечтательница? Да, можетъ быть, но не такая мечтательница, которыхъ онъ нерѣдко встрѣчалъ, что мечтаютъ по поводу луны, по поводу сна, мечтаютъ объ идеальномъ мужѣ, мечтаютъ о смерти и загробной жизни. Нѣтъ, мечтательница въ новомъ родѣ. Странная, прекрасная, гордая дѣвушка! Гордая и сильная дѣвушка! думалъ онъ, вспоминая подслушанный имъ разговоръ ея съ Новоторовымъ. Какимъ путемъ пойдетъ она, если она не пойдетъ старымъ путемъ, какимъ всѣ идутъ? Куда приведетъ ее эта гордая воля, эта жажда свободы? Кому она отдастъ свое сердце? Кому? Или можетъ быть оно уже отдано? Нѣтъ, не можетъ, не можетъ этого быть: не была бы она такая невозмутимо спокойная, не былъ бы ея взглядъ такъ ясенъ и спокоенъ, наконецъ не была бы она здѣсь. Нѣтъ, быть этого не можетъ!

"Ничего нѣтъ общаго между мною и ею! думалъ онъ дальше. Ни дружбы, ни взаимнаго уваженія и ничего подобнаго не можетъ быть между нами! Бездна, непроходимая бездна раздѣляетъ насъ!" Все это слова и слова; и притомъ не ея слова: слова брата, слова вычитанныя изъ книжекъ. Это кровь кипитъ, это силъ избытокъ, это юная, незрѣлая мысль буйствуетъ. Настанетъ время,— придетъ любовь,— и эта бездна сравняется, перестанетъ быть бездной; всѣ эти безумныя и гордыя мечты, всѣ эти дерзкія и странныя мысли, придающія такую прелесть этому ребенку, забудутся, прахомъ разсыплются. И явится тогда прелестная, любящая женщина, все существо отдавшая любимому человѣку, ни о чемъ кромѣ его не думающая, имъ живущая, имъ дышащая.

Да! думалъ онъ поднявшись съ своей ступеньки и положивъ руку на перила. Она могла бы быть мнѣ другомъ! Она могла бы! Умная, гордая, смѣлая, она не умѣетъ быть рабыней. Нѣтъ, это другого рода женщина. Нѣтъ, бездна не должна меня пугать, бездна — это одно громкое слово, да и то не ея слово.

Онъ вошелъ въ комнаты, рѣшившись до поры до времени держать себя относительно Зои такъ, какъ будто бы между ними дѣйствительно не было ничего общаго: быть почтительнымъ, вѣжливымъ, говорить съ ней о пустякахъ я по возможности не замѣчать ея.

А когда онъ ѣхалъ домой, Зоя сидѣла въ своей комнатѣ у окна, смотрѣла какъ катился вдали едва уже виднѣвшійся его кабріолетъ и тоже съ своей стороны думала объ этомъ человѣкѣ. Она только что слышала разговоръ Барканцевыхъ, въ которомъ говорилось о Парфеновѣ, что онъ гордъ, высокомѣренъ, холоденъ, что онъ всѣхъ отъ себя отталкиваетъ своею гордостью, что у него нѣтъ ни одного друга, доброжелателя, и наконецъ, что онъ скучаетъ, чуть не всю свою жизнь жалуется на скуку. Отчего онъ скучаетъ? размышляла Зоя жизнью ли онъ пресытился? Дѣятельностью ли своей онъ не удовлетворяется? Особенныя ли какія нибудь, большія силы въ немъ есть, которымъ нѣтъ приложенія? Цѣли ли, свѣта не достаетъ для его жизни?

Она опустила голову на руку и задумалась. Думалось ей, что этотъ Парфеновъ долженъ быть недюжинный, сильный человѣкъ. Мечталось ей, что хорошо бы было, еслибъ нашелся такой человѣкъ, что съумѣлъ бы направить дѣятельность Парфенова въ другую благотворную сторону,— съумѣлъ направить ее къ лучшей цѣли.

X

Часъ одиннадцатый вечера. Окна въ квартирѣ Матросова закрыты ставнями всѣ, кромѣ одного; на обѣденномъ столѣ горитъ лампа и освѣщаетъ все знакомыя лица: около стола сидятъ Филиппъ Рябининъ и Потапъ Потапычъ, Матросовъ ходитъ взадъ и впередъ по своей просторной комнатѣ, а въ углу окна виднѣется блѣдная физіономія Мочалова, апатично и молчаливо слушающаго рѣчь Матросова.

— Не знаю я, что изъ нашего товарищества выйдетъ дальше, говорилъ Матросовъ, но что оно и теперь уже имѣетъ свою долю благодѣтельнаго вліянія,— это мнѣ по опыту извѣстно. Пока товарищество наше — это, знаешь ли, нѣчто въ родѣ палки, дубины этакой здоровой, что надъ нашей головой виситъ, надъ моей, по крайней мѣрѣ. Какъ для другихъ,— не знаю. Иной разъ, знаете, взгрустнется нѣсколько,— такъ взгрустнется, что плюнулъ бы, махнулъ рукой и ни на что бы не смотрѣлъ,— потому мѣста нѣтъ, занятія никакого нѣтъ, дѣла мои на счетъ женитьбы на богатой купчихѣ не клеятся и вообще всакая и вездѣ пакость. Не будь этой палки, отстрастки этой,— навѣрное бы плюнулъ на все, запилъ бы, замоталъ бы, навѣрное, навѣрное. Ну, а по милости дубинки этой, что надъ головой виситъ,— стыдно, совѣстно, крѣпишься, да притомъ все еще кое-какую надежду на лучшее будущее питаешь. Да, съ этой стороны — но безполезная вещь наше товарищество, не безполезная. Не знаю какъ другимъ, а для меня подобная палка не излишняя вещь. Инымъ она кажется ненужной. Дурно ли — хорошо ли, трудно ли — легко ли этимъ инымъ живется, а они ничего себѣ: все идутъ, все идутъ себѣ впередъ, не теряя присутствія духа. Я же не таковъ. У меня бываетъ иногда это расположеніе потерять присутствіе духа, плюнуть на все и во всякія скверны погрузится. Тутъ ужъ мнѣ безъ узды, безъ дубинки, безъ какого нибудь хорошаго толчка — плохо, совсѣмъ плохо. А дадутъ толчекъ, есть на меня узда или дубина,— ну и прибодряться, устоишь на ногахъ, опять пойдешь впередъ. Дай Богъ, дай Богъ здоровья нашему товариществу! Дубина хорошая... Ну, Филь; что ты хотѣлъ намъ сообщить? Дерзай, голубчикъ; я кончилъ...

Филиппъ, задумчиво слушавшій его и пристально наблюдавшій за его лицомъ, принялъ со стола локти и отстранился къ спинкѣ своего стула.

— Товарищество наше намѣревается Потапъ Потапычъ въ ходъ пустить, дѣла начать, сказалъ онъ, не стряхнувъ еще съ себя задумчивости, омрачившей его лицо.

И дѣйствительно сильно перемѣнился Матросовъ за послѣдніе дни. Щеки его впали, скулы высунулись, глаза напротивъ ввалились и даже самый носъ его, всегда пламенѣвшій, замѣтно, побѣлѣлъ и немного заострился. Дѣла Петра Васильевича были весьма плохи: мѣста не находилось, деньги ушли, вывелись, такъ что онъ въ послѣдніе дни пересталъ даже курить, самъ себѣ сапоги чинилъ и принужденъ былъ обратиться въ кассу товарищества за помощью. Кромѣ того другая,— сердечная печаль сушила его. Самыя рѣчи, спичи его утратили свою прежнюю силу, горячность, стремительность и лились вяло, уныло, точно будто онъ и въ самомъ дѣлѣ идетъ впередъ не по своей силѣ и волѣ, а поддерживается чѣмъ-то внѣшнимъ, безъ чего онъ дѣйствительно не вынесъ, упалъ бы.

— Благое дѣло и въ добрый часъ, отозвался онъ. Дерзай дальше, голубчикъ; какимъ образомъ?

— Столярную мастерскую хочетъ открыть...

Мочаловъ переложилъ ногу на ногу и немного нагнулся впередъ. Матросовъ и тутъ оказался не прежнимъ Матросовымъ: онъ не пришелъ въ восторгъ, не началъ импровизировать какое нибудь похвальное слово Потапу Потапычу, а только пріостановился и крѣпко потрепалъ его по плечу.

— "За дѣло, съ Богомъ"! протяжно и, возвысивъ нѣсколько голосъ, произнесъ онъ. Не робѣй, не робѣй, Потапъ Потапычъ! Выручай. Придетъ, можетъ быть, день, когда и я къ тебѣ явлюсь, скажу: выручай меня, дай маѣ дѣло,— воду носить, дрова колоть и накорми. Хватитъ ли денегъ на обзаведеніе? Я найму, займу, украду, достану...

— Не надо. Денегъ и въ кассѣ хватитъ, сказалъ Филиппъ.

— И дѣло это разумѣешь, можешь, Потапъ Потапычъ?..

— Дѣло не Богъ знаетъ какое, скромно отвѣчалъ Потапъ Потапычъ. Я къ нему давно присматривался. Ну, тоже у меня и помощникъ хорошій будетъ. Онъ самъ имѣлъ прежде столярное заведеніе, да запилъ...

— Вотъ, значитъ, и не было на него дубины, замѣтилъ Матросовъ.

Чего только не звалъ и не умѣлъ Потапъ Потапычъ! Онъ былъ рыбакъ, онъ дѣлалъ метеорологическія наблюденія, добиваясь достигнуть до возможности предсказывать погоду, онъ былъ изрядный сапожникъ, умѣлъ обжигать кирпичи, дѣлать горшки, зналъ токарное мастерство и давно уже мечталъ открыть столярное заведеніе Столярная работа была его любимая. Но мечта объ этомъ долго оставалась самой безнадежной мечтой. Препятствія были серьезныя: во-первыхъ, что средствъ не имѣлось, а во-вторыхъ Потапъ Потапычъ, былъ не чуждъ нѣкоторыхъ предразсудковъ. Онъ вѣровалъ, что пятница — тяжелый день, что женщины имѣютъ нѣкій "утробный разумъ", посредствомъ котораго могутъ предугадывать и предчувствовать будущее, вѣровалъ также, что отставному чиновнику, дворянину, совершенно неприлично посвятить себя какому нибудь ремеслу. Это было чуть ли не самое главное препятствіе. Когда въ кассѣ товарищества начали скопляться порядочныя деньги, въ немъ все сильнѣе и сильнѣе развивалась внутренняя борьба: ему и хотѣлось осуществить свою мечту, и страшно ему становилось при одной мысли, что какъ это онъ, баринъ, займется вдругъ производствомъ столовъ, стульевъ и прочей мебели. Онъ и резоны всякіе представлялъ себѣ, онъ и съ Анной Романовной заговаривалъ издалека объ этомъ предметѣ, онъ и съ Зоей и съ Филиппомъ говорилъ хотя тоже намеками и какъ будто не о себѣ, а о третьемъ лицѣ. Анна Романовна говоритъ: неприлично; Филиппъ и Зоя твердятъ: хорошее дѣло. Кончилось тѣмъ, что въ одно утро Филиппъ явился къ нему на квартиру и прямо приступилъ къ тому, что отчего бы ему, Потапу Потапычу, не открыть какую нибудь мастерскую, такъ какъ и его собственное положеніе незавидно, и деньги лежатъ въ кассѣ даромъ, безплодно. Потапъ Потапычъ не выдержалъ и, махнувши рукою, объявилъ, что онъ и самъ тоже думаетъ, что это было бы дѣло хорошее.

— Пускай говорятъ что хотятъ; я по крайности сытъ и одѣтъ буду, порѣшилъ онъ.

Оказалось, что у него есть даже и мастера на примѣтѣ, все люди знакомые ему, порядочные, которые съ радостью перейдутъ къ нему на его условіяхъ.

— А какія условія? полюбопытствовалъ Матросовъ.

— Да какія условія, отвѣчалъ Филиппъ. Мы не торгаши и не барышники. Пускай они выплатятъ по мѣрѣ возможности то, что заняли изъ кассы, а тамъ все ихнее: и матеріалъ и инструменты. Потапъ Потапычъ условится съ ними насчетъ жалованья себѣ, а остальное все ихнее; каждому по его работѣ...

— Нѣтъ же! крикнулъ Матросовъ, стукнувъ кулакомъ по столу. Дѣлаюсь и я столяромъ... Кончено, учиться начинаю...

— Есть у меня еще одно предложеніе, это уже болѣе важное, монотонно продолжалъ Филиппъ, покачиваясь на стулѣ. Если мы будемъ ждать, пока у насъ соберутся порядочныя деньги, напримѣръ, чтобы можно было открыть библіотеку или книжный магазинъ, такъ до этого намъ не скоро придется дожить, много воды утечетъ. Не сдѣлать ли намъ заемъ подъ наше общее поручительство? Неужто никто не дастъ?...

— Ты поручишься за меня? спросилъ Матросовъ, остановившись и медленно потянувшись рукой къ гвоздю, за фуражкой.

— Ну, разумѣется...

— И ты, Мочаловъ, тоже?...

— Поручусь...

— Ну и превосходно...

Онъ надѣлъ фуражку, взялъ палку, стукнулъ ею и направился къ двери.

— Ты это за деньгами? флегматично спросилъ Филиппъ.

— Ну, да...

— Не добудишься, я думаю... Ты крѣпче постучись, потому двѣнадцатый часъ пошелъ, тѣмъ же тономъ продолжалъ Филиппъ.

Совершенно озадаченный, Матросовъ задумчиво постоялъ у двери, остомъ медленно подошелъ къ столу и съ фуражкой на головѣ, съ палкой въ рукѣ сѣлъ на стулъ, въ недоумѣніи смотря на Филиппа.

— Филь! тихо и озабоченно сказалъ онъ. А вѣдь я должно быть боленъ, голубчикъ.

— Я тоже думаю, мой другъ...

— Должно полагать, что вслѣдствіе всѣхъ этихъ передрягъ, неудачъ и треволненій я заболѣлъ немного. Вѣдь этакая исторія со мной не впервый разъ случается. Иной разъ ходишь, ходишь по этой комнатѣ, думаешь-думаешь, да и придумаешь: дай молъ схожу туда-то, справлюсь, освѣдомлюсь. Ну, и пойдешь; а на дворѣ третій часъ ночи и свѣтать начинаетъ! Лекарство бы какое нибудь, что ли...

— Да: мѣсто бы какое, нибудь найти рублей хоть въ тридцать и сердечныя твои дѣла устроить... Отличное лекарство...

— Именно; это вѣрно...

Онъ повѣсилъ фуражку на гвоздь, поставилъ въ уголъ палку опять присѣлъ.

— А деньги, я думаю, дадутъ, сказалъ онъ.

— Ну, такъ и мѣста тебѣ не нужно будетъ. Станешь въ магазинѣ хозяйничать...

Матросовъ запустилъ всѣ десять пальцевъ въ свои черные кудрявые волосы, опустилъ голову и долго-долго о чемъ-то раздумывалъ. Соблазнительно было ему подобное будущее, раемъ казалось оно ему въ сравненіи съ настоящимъ, но не забывалъ онъ и того, что объ этомъ же самомъ мѣстѣ мечталъ и Мочаловъ.

— Нѣтъ, нейдетъ, сказалъ онъ наконецъ.

— Что такъ?...

— Я въ столяры пойду, къ Потапу Потапычу. Пускай лучше Мочаловъ выходитъ въ отставку и сидитъ въ магазинѣ, а мнѣ наплевать на магазинъ...

— Мнѣ тоже наплевать; я не пойду въ отставку, сказалъ

Мочаловъ. Если дѣла пойдутъ хорошо и понадобится другой человѣкъ,— тогда пожалуй. А рисковать я вовсе не желаю...

И онъ вралъ. Ему вовсе не страшно было рискнуть, но онъ ни мало не способенъ былъ лишить Матросова куска хлѣба.

— Я не пойду, упрямо твердилъ Матросовъ.

— Я тѣмъ болѣе, отвѣчалъ Мочаловъ.

Филиппъ махнулъ на нихъ рукой и взялся за шляпу; Мочаловъ тоже заблагоразсудилъ уйти.

— Ну, и убирайтесь, если такъ, брюзгливо проворчалъ Матросовъ.

XI

На другой день Матросовъ принарядился, на сколько это было возможно при его, быстро разрушавшемся гардеробѣ, и явился къ Тихоновымъ. Ивана Федоровича не было дома, да въ немъ и не нуждался Матросовъ, хорошо знавшій, что главой этого дома была Дарья Ивановна. Она находилась въ гостиной и вязала чулокъ, поглядывая по временамъ въ окно на каждаго проходящаго и проѣзжающаго. У другого окна сидѣла Катенька и что-то шила. Кромѣ ихъ были еще двѣ кошки, расположившіяся — одна въ креслѣ, другая на диванѣ,— а по полу бѣгали котята. Сначала Матросовъ церемонно и натянуто раскланялся съ Дарьей Ивановной, потомъ съ таковымъ же поклономъ, храня невозмутимое молчаніе, обратился къ Катеринѣ Игнатьевнѣ и затѣмъ присѣлъ на кончикъ стула.

— Осмѣлюсь освѣдомиться о вашемъ драгоцѣнномъ здоровьѣ? обратился онъ къ Дарьѣ Ивановнѣ.

— Насморкъ вотъ откуда-то привязался, отвѣчала она, прибѣгая къ носовому платку.

— Непріятная, я вамъ скажу, исторія. Слышалъ я, что нѣкоторые въ подобныхъ случаяхъ прибѣгаютъ къ нюханію зажженной пробки; но полагаю, что кромѣ дурного запаха ничего отъ этого не получится. Вы какъ изволите поживать, Катерина Игнатьевна?

— Слава Богу: съ каждымъ днемъ все лучше и лучше.

— Очень это пріятно слышать, отвѣчалъ Матросовъ, приложивъ руку къ сердцу и слегка поклонившись. Желаю вамъ и впредь такого же преуспѣянія. Осмѣлюсь доложить только, что по непостижимымъ для васъ судьбамъ и по непрочности вообще хорошо живется человѣку передъ неудачами, тяжело живется человѣку передъ счастливыми днями. Бренная жизнь человѣческая — что море зыбучее и измѣнчивое: за хорошей

171

погодой нужно ждать грозы и бури, во время бури можно надѣяться, что завтрашній день будетъ хорошій день.

— Полно тебѣ, Петръ Васильичъ. Что ты точно воронъ каркаешь? И какую такую ты комедію разыгрываешь?..

— Комедія, Дарья Ивановна? Я истину говорю. Все на свѣтѣ комедія, только мотива не есть комедія. А впрочемъ можетъ быть и истина бываетъ иногда комична, не знаю. Но сегодня я во всякомъ случаѣ меньше всего расположенъ къ комедіи. Сегодня я пришелъ сюда за разрѣшеніемъ вопроса о моей жизни и смерти. Это уже не комедія, Дарья Ивановна. Вопросъ о нашемъ бытіи или небытіи вовсе не комедія. А впрочемъ, можетъ быть, и это комедія. Не знаю...

— Ты это все врешь или вправду говоришь? нѣсколько озабоченно спросила Дарья Ивановна, взглянувъ на него изподлобья.

— Что вы должны будете судьбу мою рѣшить?.. Правду говорю...

Наступило молчаніе и раздумье: о какой судьбѣ будетъ говорить Матросовъ? Не думаетъ ли онъ наконецъ предложить свою руку Катенькѣ.

— Притомъ желательно бы мнѣ было переговорить наединѣ съ вами, Дарья Ивановна...

Катенька вспыхнула, потомъ поблѣднѣла, сердце у нея забилось,— и широко раскрытыми, немного испуганными глазами взглянула она на Матросова. Онъ сидѣлъ скрестивъ на груди руки, покусывая губу и задумчиво смотря куда-то внизъ. Она встала.

— Не то, чтобы я желалъ таиться передъ вами, въ видѣ извиненія обратился къ ней Матросовъ, но... впрочемъ сами узнаете, вдругъ прибавилъ онъ, внезапно понявъ, какого разговора ждали отъ него обѣ эти женщины и разразился внутреннимъ смѣхомъ, такъ что у него даже глаза заблестѣли и губы немного задрожали.

Но этотъ веселый смѣхъ озарилъ его только за одну минуту. Тааке мысль, которая вызвала въ немъ этотъ смѣхъ, наполнила его затѣмъ и грустью. Онъ облокотился на колѣно и закрылъ пальцами и ладонью глаза. Потомъ всталъ и тихо прошелся по комнатѣ.

— Скверно живется на свѣтѣ, Дарья Ивановна, вымолвилъ онъ.

— Кому какъ, батюшка: иному скверно, а иному хорошо. Тебѣ-то, я вижу, нечѣмъ похвалиться: на самаго себя непохожъ ходишь. И что ты, Петръ Васильичъ, Богъ съ тобой? Нездоровится тебѣ что ли? Или ужь это непріятности и неудачи твои тебя доѣхали?

— Я всѣмъ доволенъ, Дарьи Ивановна. Ничѣмъ я не забытъ и не оставленъ, задумчиво отвѣчалъ Матросовъ, и жаловаться мнѣ не за что: есть у меня и неудачи, и непріятности, и болѣзни,— все есть...

— Что у тебя болить-то? съ участіемъ спросила она, оставивъ работу и посвятивъ ему все свое вниманіе.

— Здѣсь болить, отвѣчалъ онъ, мимоходомъ приложивъ руку къ сердцу.

— Грудь?..

— Сердце, самое сердце болить...

— Кто тебя разбереть,— смѣешься ты или правду говоришь, съ легкой досадой и съ упрекомъ сказала она. Можеть быть, и вправду болить? Ты скажи правду... Да и какъ мнѣ опять понимать тебя: больно ли оно у тебя болить или такъ,— тоскуеть только? Будешь ли ты толкомъ говорить, чтобы тебя можно было уразумѣть?

— Буду, Дарья Ивановна. Безъ боли оно у меня болить; тоскуеть не тоскуеть, а нѣчто въ родѣ этого. Оно и понятно. Дѣла мои вамъ хорошо извѣстны,— не Богъ знаеть какъ они хороши; а которые и неизвѣстны вамъ, такъ и тѣ не лучше.

— Еще что тамъ у тебя есть? Какія еще печали?..

— Есть, Дарья Ивановва, есть и еще; да нечего бередить эти раны, не поможете...

— Почему знать; можеть быть, у меня за все есть лекарство...

— Нѣтъ, не поможете. Лучше ужь мы побесѣдуемъ о томъ, что извѣстно вамъ. И надъ тѣмъ много хлопотъ.

— Какъ знаешь, со вздохомъ отвѣчала она.

— Да, лучше ужь объ этомъ побесѣдуемте, повторялъ онъ и молчаливо прошелся но комнатѣ, потомъ также молчаливо у окна постоялъ, наконецъ заговорилъ:

— Знаете ли, Дарья Ивановна, какая самая скверная минута, то есть для бѣдняка самая скверная, для того вотъ, кому вообще скверно живется на свѣтѣ? Это та минута, когда у него совсѣмъ не хватаеть больше его собственныхъ силъ, когда его собственныя ноги не держать больше, когда его собственныя руки оказываются совсѣмъ безсильными. Это та, однимъ еловомъ, минута, когда онъ рѣшается взывать о помощи, просить поддержки. Самая скверная, убійственная вещь — это просить помощи.

— Это ты не обо мнѣ ли говоришь, Петръ Васильичъ?..

— О себѣ говорю я, Дарья Ивановна, о себѣ...

— Нѣтъ, да это не у меня ли обидно тебѣ попросить три, четыре рубля? А? Не стыдно тебѣ?

— Нѣтъ, не стыдно. У васъ ли, у брата ли, у друга ли — все равно скверно... Видите-ли, милостивая государыня, продолжалъ онъ, усѣвшись близко противъ нея, облокотившись обѣими руками на столъ и опустивъ подбородокъ на ладони: есть здѣсь у меня друзья, люди порядочные и меня не забывають. Взбрела одному

173

изъ нихъ въ голову шальная, маловѣроятная мысль превратить меня, Петра Матросова, въ человѣка обезпеченнаго и до нѣкоторой степени знаете ли самостоятельнаго, да, самостоятельнаго. Обратите на это вниманіе. Былъ человѣкъ безпрiютенъ я безнадеженъ, не зналъ, что онъ завтра будетъ ѣсть и что станетъ дѣлать; а тутъ вдругъ задумали сдѣлать изъ него человѣка обезпеченнаго и самостоятельнаго! Да! Не сумасбродная ли это идея?!

Дарья Ивановна слушала его съ глубочайшимъ вниманіемъ.

— И что же, вы думаете, этотъ мой другъ выдумалъ? Магазинъ, говоритъ, открой, книжный магазинъ, библіотеку и все тому подобное!.. Пойдетъ, говоритъ. Я самъ знаю, что пойдетъ, самъ знаю, что это дѣло вѣрное,— да вѣдь мало ли какія есть вѣрныя дѣла!..

— Денегъ-то видно не даетъ?..

— Нѣтъ, денегъ не даетъ, потому у него у самаго ихъ нѣту. А если бы были — далъ бы. Но замѣсто денегъ онъ такую штуку предлагаетъ: ты, говоритъ, займи подъ залогъ твоего будущаго магазина, а мы, всѣ твои друзья, за тебя поручимся. Онъ, нужно вамъ сказать, докторъ здѣшній, Филиппъ Петровичъ Рябининъ; потомъ у него сестра есть, живетъ въ гувернанткахъ и рублей пятнадцать — двадцать въ мѣсяцъ получаетъ; да еще есть у меня одинъ пріятель, офицеръ здѣшній же. Всѣ они готовы за меня поручиться.

Дарья Ивановна немножко отвернулась отъ него и задумалась.

— Много ли нужно денегъ то? спросила она потомъ, бѣгло и искоса взглянувъ на него.

Онъ почесалъ голову и тяжело вздохнулъ.

— Тысячи полторы...

Она опять отвернулась и погрузилась въ раздумье. Матросовъ принялся въ тревожномъ и задумчивомъ ожиданіи ходить по комнатѣ.

— Чтожъ, Петръ Васильичъ, сказала она наконецъ. Хочешь, я пожалуй похлопочу для тебя объ этихъ деньгахъ. Поговорю съ Иваномъ Федорычемъ, посовѣтуюсь... Жаль мнѣ тебя... Авось поправишься съ моей руки...

Странно какъ-то это говорилось у нея: чувствовалось, что эти деньги у нея у самой есть, что она уже рѣшилась ссудить ими Матросова и ссудить, непремѣнно ссудить, но все-таки въ ней есть нѣкоторое колебанье. Казалось, что этимъ ея колебаньемъ заразился и Матросовъ. Онъ пріостановился, пристально посмотрѣлъ іа все и переступилъ съ ноги на ногу.

— Подумайте, Дарья Ивановна... Какъ тамъ ни прикидывать, а

дѣло это не безъ риску, не безъ риску, Дары Ивановна... Самъ я чувствую, что не безъ риску для васъ...

Она подумала и развела руками.

— Что ты тутъ придумаешь... Ну, и не безъ риску; да мнѣ тебя-то жаль, вотъ вѣдь что: ты вѣдь мнѣ все равно что свой, сколько лѣтъ я тебя знаю. Смотрѣть я на тебя не могу, какъ ты бьешься....

— Ну, и не смотрите, Дарья Ивановна. Денегъ, молъ, у меня нѣту, да притомъ и смотрѣть-то мнѣ на тебя тошно, не показывайся ты ко мнѣ... Все и устроится къ общему удовольствію...

Она махнула на него рукой и отвернулась.

— Самое святое дѣло, продолжалъ онъ. А то всѣ мы люди, всѣ смертные, никто изъ васъ не воленъ въ своей жизни и смерти. Я могу умереть, пріятели мои тоже, а магазинъ сгорѣть можетъ. Наплюйте вы на это дѣло, Дарья Ивановна...

— А ты какъ?..

— И на меня тоже наплюйте. Самое святое, вѣрное дѣло...

Онъ сѣлъ въ кресло, опустилъ голову и задумался. Дарья Ивановна пристально вглядѣлась въ его наклоненное, немного тоскливое лице, вздохнула и потомъ рѣшительно принялась опять за свою работу.

— Нѣтъ, Петръ Васильичъ, сказала она, будь спокоенъ. Я тебѣ это дѣло устрою. А что рискъ есть, такъ гдѣ его нѣтъ, голубчикъ? Вездѣ рискъ. Вонъ у одной моей знакомой всѣ деньги были отданы въ оборотъ Королеву. Самъ вѣдь, я думаю, слыхалъ о Королевѣ? Богачъ былъ, умный человѣкъ, надежнымъ казался; а вѣдь лопнулъ же онъ, банкротъ сталъ и всѣ, кто ему вѣрилъ, безъ гроша остались. Такъ рискъ вездѣ есть; а нужно только, чтобы его поменьше было. Вотъ я посовѣтуюсь ужо съ Иваномъ Федоровичемъ. Будь спокоенъ, какъ нибудь устроимъ... Поправляйся, я говорю, съ моей руки... Вонъ ты какой сталъ худой, да тощій, да страшный...

— Чѣмъ страшный?..

— Посмотри въ зеркало-то: лицо худое, глаза ввалились, недобрые сдѣлались. Съ виду-то ты мной часъ какъ будто бы и повеселѣешь, даже врать примешься по прежнему, а они все недобрые. Ты скажи: какія у тебя еще есть печали? Можетъ у меня и въ самомъ дѣлѣ на все есть лекарство... Посовѣтую...

Онъ тихо, не глядя на нее, покачалъ головой.

— Не скажешь?..

— Не могу, словъ нѣту, не поможете, почти умоляющимъ голосомъ отвѣчалъ онъ.

— Ну, Богъ съ тобой... Видно, какъ волка ни корми, онъ все волкъ будетъ... Пойду лучше птицу посмотрю...

— Погодите, Дарья Ивановна; придетъ время, — все вамъ

разскажу,— никакихъ тайнъ у меня не будетъ отъ васъ, говорилъ онъ точно извиняясь. А теперь не могу, словъ нѣтъ...

Она махнула рукой и оставила его одного. Матросовъ еще съ минуту походилъ по комнатѣ, созерцая внезапно открывающуюся передъ нимъ будущность, потомъ тихонько пріотворилъ дверь въ сосѣднюю комнату я заглянулъ въ нее; въ комнатѣ никого не было. Онъ прошелъ черезъ нее, остановился опять у слѣдующей двери и тихонько стукнулъ въ нее.

— Можно войти?..

— Идите, если хотите, холодно и непріязненно отвѣчала Катерина Игнатьевна.

Матросовъ растворилъ дверь и остановился въ ней, какъ-то странно, какъ будто бы насмѣшливо и даже нѣсколько враждебно всматриваясь въ Катерину Игнатьевну. Она сидѣла у окна, отложивъ далеко въ сторону свою работу, сложивъ на колѣняхъ руки и искоса, съ испугомъ, съ тревогой, съ непріязнью взглядывала по временамъ на Матросова. Она предполагала, что онъ рѣшился наконецъ просить ея руки и именно объ этомъ и бесѣдовалъ съ теткой. Матросовъ съ своей стороны угадывалъ ея предположеніе, видѣлъ ея испугъ, ея холодность, но ему мало было этого, его подталкивало и подмывало заставить ее высказаться яснѣе, рѣзче, чтобы никакихъ недоразумѣній не оставалось больше между ними. Онъ въ волненіи ходилъ по комнатѣ изъ угла въ уголъ, нарочно или нечаянно задѣвая иногда за мебель. Лицо его было смущенно, разстроено, заложенныя руки судорожно сжимали одна другую, глаза избѣгали встрѣчи со взглядомъ Катерины Игнатьевны и вообще вся его фигура, все его поведеніе только больше и больше убѣждали испуганную дѣвушку, что ея предположеніе вѣрно и что сейчасъ онъ сдѣлаетъ ей объясненіе въ любви. Конечно она скажетъ, что не можетъ быть его женой; конечно никто не въ состояніи заставить ее идти съ нимъ подъ вѣнецъ,— во Боже мой, Боже мой, какія все-таки тяжелыя, непріятныя исторіи видятся ей впереди! Какъ поразится ея отказомъ Дарья Ивановна, какъ она начнетъ приставать къ ней, убѣждать ее, уговаривать, какъ будетъ въ душу ея заглядывать! Прощай ея воля! Не уйдетъ она теперь куда и когда хочетъ, потому что съ этого дня ее вѣроятно будутъ подозрѣвать, станутъ, можетъ быть, слѣдить за нею; а между тѣмъ никогда еще ей не была такъ дорога и нужна ея свобода, какъ именно теперь, когда въ ея словѣ и поддержкѣ нуждается тотъ человѣкъ, котораго она любитъ. Да, она нужна, необходима этому человѣку,— а когда теперь удастся ей увидѣться съ нимъ? Она сегодня надѣялась увидѣть его и вотъ что принесло это сегодня, вонъ какую мрачную будущность обѣщаетъ это сегодня.

Она почти съ ненавистью смотрѣла на Матросова, а онъ все въ

томъ же смущеніи расхаживаетъ взадъ и впередъ и все молчитъ. Или, можетъ быть, ничего и не будетъ, никакого объясненія не будетъ? Ошиблась она?

— Да, такъ вотъ... вопросъ жизни и смерти, судьбы моей, произнесъ онъ наконецъ, бѣгло взглянувъ на нее и сейчасъ опять отвернувшись.

Сердце ея билось сильнѣе и сильнѣе.

— Что же? рѣшилась она выговорить.

— Жизнь или смерть? Не знаю еще, Катерина Игнатьевна, не знаю. Можетъ быть, вы не знаете ли?.. Вы не рѣшите-ли?..

Опять взглянулъ онъ на нее мелькомъ, вскользь и опять быстро отвелъ свои глаза.

— Вы не рѣшите ли? повторилъ онъ, не глядя на нее, отворачиваясь и быстро, очевидно въ волненіи, ходя изъ угла въ уголъ.

Она затаила дыханіе, а сердце у нея билось, точно испуганная птица въ клѣткѣ. Вотъ сейчасъ заговоритъ! Можетъ быть, даже на колѣни встанетъ, — съ тоской и злостью думала она, блѣднѣя и кусая губы.

— Скверна моя жизнь, Катерина Игнатьевна, заговорилъ онъ, волнуясь. Живешь какъ собака; не какъ холеная, барская собака, не какъ вольная дикая собака, нѣтъ: барской собакой я не способенъ быть, вольной собакой воли нѣтъ... Нѣтъ, это не то: живешь, какъ цѣпная собака у бѣдныхъ и скупыхъ хозяевъ. Вертишься все на одномъ мѣстѣ, лаешь и злишься безсильно! злостью; безсильно! злобой иной разъ взвоешь съ тоски и муки; сегодня старую корку гложешь, завтра обглоданную кость бросятъ въ подачку, а послѣ завтра голодомъ просидишь, забытый и брошенный на произволъ судьбы. Жалкая, одинокая жизнь, Катерина Игнатьевна. Одинокая жизнь. Конечно есть и у меня друзья. Да у нихъ свои дѣла имѣются, свои заботы и муки,— имъ приходится свою собственную жизнь отстаивать, — у нихъ своего собственнаго неотложнаго дѣла слишкомъ много, чтобы можно было имъ думать еще о моихъ дѣлахъ. Они и рады бы помочь мнѣ, да силъ нѣту. Потому и приходится оставаться одинокимъ, безпомощнымъ, брошеннымъ. Скверно живется на свѣтѣ, когда нѣтъ у насъ ни надежды впереди, ни выхода, ни единой какой нибудь путевой звѣздочки, которая свѣтила бы изъ-за тучь и скрашивала бы темную дорогу. Въ моей жизни нашлась эта звѣздочка, давно уже загорѣлась...

При этихъ словахъ Матросовъ пріостановился съ своимъ монологомъ и взглянулъ на Катерину Игнатьевну. Она сидѣла немного склонивъ голову, сдвинувъ черныя брови, крѣпко сжавъ губы и нетерпѣливо, почти судорожно постукивая по полу носикомъ башмака.— Вотъ оно участіе этой дѣвчонки къ своему

177

воспитателю, обреченному вести собачью жизнь! съ горечью и тоской подумалъ Матросовъ.

— Да, нашлась, нашлась звѣздочка! повторилъ онъ съ горькой ироніей, не замѣтить которую могла только Катерина Игнатьевна, вся поглощенная ожиданіемъ любовнаго объясненія.

— Какая? рѣзко спросила она, вдругъ вскинувъ на него блестящіе, холодные глава.

— Какая! насмѣшливо повторилъ онъ, ходя изъ угла въ уголъ. Гм, какая!.. Звѣздочка надежды, жизни новой.

Она съ какимъ-то отчаяніемъ вздохнула и отвернулась къ окну.

— Много, много надежды подала мнѣ Дарья Ивановна... Но она не все можетъ; не отъ нея зависитъ окончательное рѣшеніе моей судьбы... Не отъ нея...

— Да скажите же наконецъ? вскричала ока, повернувъ къ нему свое блѣдное лицо. Не мучьте меня! Отъ кого зависитъ? Что такое вы тамъ выдумали?

Онъ какъ будто бы удивился ея волненію и рѣзвости, остановился и смѣрилъ ее съ ногъ до головы.

— Да книжный магазинъ задумалъ открыть, холодно и понизивъ тонъ отвѣчалъ онъ. Денегъ просилъ у Дарьи Ивановны.

У нея и руки опустились, и вся она какъ-то растерянно прилегла къ спинкѣ стула.

— А препятствія... Не отъ нея, вы говорили, зависитъ...

— Ну, да, все тѣмъ же недоумѣвающимъ тономъ отвѣчалъ Матросовъ. Нужно же ей посовѣтоваться съ Иваномъ Федоровичемъ... Неизвѣстно, что еще скажетъ; не согласится, можетъ быть.

— И это все?.. Ничего больше не говорили вы съ Дарьей Ивановной? Ни о чемъ? Мнѣ показалось...

— Что вамъ показалось? насмѣшливо спросилъ Матросовъ.

— Что вы еще что-то хотѣли сказать...

— Нѣтъ, ничего больше не хотѣлъ сказать. И ни о чемъ больше не говорили, рѣшительно ни о чемъ. Пожалуй, вонъ Дарья Ивановна разсказывала еще, что одна ея знакомая отдала все свое состояніе Королеву, а Королевъ взялъ да и обанкротился, все также насмѣшливо отвѣчалъ Матросовъ. А больше ничего, ни о чемъ...

Онъ былъ мраченъ и немного блѣденъ. Катерина Игнатьевна горько каялась, что обидѣла его, — и плакать ей хотѣлось съ досады и злости на самую себя.

— Странно... Вы какъ будто испугались чего-то, меня испугались, горько сказалъ Матросовъ, взявъ въ руки фуражку. Напрасно, напрасно! Нѣтъ, Катерина Игнатьевна, бойтесь скорѣе звѣздъ, которыя на васъ смотрятъ изъ такой дали, бойтесь скорѣе собственной вашей тѣни, что ходитъ за вами,— а меня не бойтесь. Нечего вамъ меня бояться.

— Ахъ, Петръ Васильичъ, грустно начала она, не боюсь я васъ; не то.. Вы уходите?.. Куда вы?

— А здѣсь есть нѣкто лекарь Рябининъ. Вы его не знаете? Ну, такъ вотъ туда...

Онъ поклонился, не протянулъ ей руки и ушелъ, медленно, опустивъ голову. Отличнѣйшій однако способъ выдумалъ я объясняться въ любви, ни однимъ словомъ не упоминая о самой любви, думалъ онъ. И отвѣтъ полученъ, я самолюбіе не такъ огорчено.

— Ты что? спросила его на дворѣ Дарья Ивановна, когда онъ явился къ ней и подсѣлъ опять около сарайчика, въ которомъ была заперта собака.

— А что, Дарья Ивановна?

— Обидѣла, тебя Катенька, что ли? Что ты какимъ-то битымъ смотришь...

— Удивительно, какъ научились вы читать на моемъ лицѣ! уныло произнесъ онъ. Дѣйствительно обидѣла. Началъ я ей жизнь свою расписывать, огорченія свои перечислять; съ жаромъ, знаете ли, съ чувствомъ,— а она какъ крикнетъ на меня: "Что, говоритъ, вы меня мучите? Не можете вы мнѣ толкомъ сказать въ чемъ дѣло!" Точно холодной водой она меня облила! жаловался онъ плачевно.

Дарья Ивановна опять-таки недоумѣвала, вретъ онъ или правду говоритъ.

— Привралъ что нибудь? недовѣрчиво спросила она.

А онъ вмѣсто отвѣта только вздохнулъ.

— Знаешь что, Петръ Васильичъ? заговорила Дарья Ивановна, подождавъ, не скажетъ ли онъ еще чего нибудь. Я вотъ все о тебѣ раздумывала. Жениться бы тебѣ... Я бы тебѣ хорошую невѣсту сосватала, хорошую, добрую дѣвушку, и съ капитальцемъ.

Онъ всталъ и плотно надвинулъ на голову фуражку.

— Покорно васъ благодарю! Жену мнѣ, жену!. Ядовитое существо, о которомъ я буду заботиться, печься, которому душу свою отданъ и которое вмѣсто благодарности... Нѣтъ, покорно васъ благодарю! Покорно благодарю!..

И онъ быстро направился къ воротамъ.

Солнце уже закатывалось; въ комнатахъ начинало темнѣть. Катерина Игнатьевна вышла на крыльцо, постояла, посмотрѣла, гдѣ Дарья Ивановна, ушелъ ли Матросовъ и потомъ присѣла на ступеньку. Въ загородномъ саду опять играла музыка. Катерина Игнатьевна слушала ее и пригорюнилась, полузакрыла лицо руками. Сердце у нея замирало, рвалось туда, откуда доносились эти меланхолическіе звуки. Видѣлась ей темная длинная аллея, по сторонамъ которой, какъ волшебные огоньки, блестятъ зеленоватымъ, дрожащимъ свѣтомъ свѣтящіеся червяки, видѣлись ей темныя сосны, высокими — высокими черными стѣнами окружившія ее, слышался ей шумъ ихъ, слышалось ей дыханіе ночи, чувствовалась ей близость милаго, дорогого человѣка. А за ней точно какія-то цѣпи надѣты и тяготятъ ее, воли лишаютъ.

— Что пригорюнилась? спросила ее Дарья Ивановна и подсѣла къ ней.

— Скучно что-то, тетя; да и голова немного болитъ. Я ужь думаю, не сходить ли мнѣ къ Настенькѣ: можетъ быть, и головѣ будетъ легче, какъ пройдусь немного.

— Чтожъ? Сходи. Только не сиди долго-то...

— Тетя, тетя! Что это вы у меня каждый лишній часъ усчитываете; на одинъ лишній часъ не дадите мнѣ воли, съ упрекомъ и съ горечью сказала Катенька.

Дарья Ивановна тревожно посмотрѣла на нее.

— Очень головка-то у тебя болитъ? озабоченно спросила она, дотрогиваясь рукой до ея лба. Какъ ребенокъ какой капризный: воли ему мало, воли ему нужно. Бери ее сколько хочешь; только что ты съ ней дѣлать-то будешь? Что у васъ тамъ съ Петромъ Васильичемъ вышло?

— Ничего, тетя, не вышло. Метался, метался онъ изъ угла въ уголъ, молчалъ, молчалъ, да потомъ, Богъ его знаетъ, что такое заговорилъ. Сани вы знаете, какъ онъ иной разъ говоритъ: не то шутитъ онъ, не то правду говоритъ и никакъ не поймешь, къ чему онъ все это ведетъ. Не вытерпѣла я да и сказала ему: не мучьте меня; что у васъ тамъ такое? А онъ какъ будто бы и обидѣлся этимъ...

Дарья Ивановна подумала и махнула рукой.

— Кто васъ тамъ разберетъ, проворчала она, вставая.— Хоть подеритесь теперь, такъ я не стану васъ разнимать, прибавила она съ досадой и даже плюнула.

XII

Вотъ и на иву склоняются и шумятъ надъ головой Катеньки высокія сосны.. Она спѣшитъ по темной извилистой аллеѣ и вглядывается въ глубь ея,— не бѣлѣется ли сѣрое пальто Мочалова, не мерцаетъ ли вдали огонекъ его сигары.

Странныя отношенія установились между нею и Мочаловымъ. Она влюбилась въ него, влюбилась какою-то фантастическою, заочною любовью, влюбилась, почти ни разу не видавъ его, не слыша его голоса, отдала ему свое сердце за то только, что онъ странный, одинокій, со всѣми враждующій и ни въ комъ не встрѣчающій участія. Но онъ не любилъ ее, то есть не любилъ тою любовью, какою полюбила она его. Онъ думалъ о ней не иначе, какъ о своемъ "маленькомъ другѣ"; онъ смотрѣлъ на нее не иначе, какъ не какого-то милаго, добраго, чувствительнаго ребенка, за что-то привязавшагося къ нему всѣмъ своимъ сердцемъ и подарившаго ему свою чистую, безкорыстную дѣтскую дружбу. И дѣйствительно она для него была "маленькій другъ", другъ-ребенокъ. Ему было какъ-то теплѣе и легче въ ея присутствіи; онъ съ готовностью, хотя далеко не торопливо и безъ всякаго сердечнаго трепета, шелъ на назначенное ею свиданье, охотно отвѣчалъ на ея подробные допросы, какъ онъ велъ себя въ послѣднее время, что дѣлалъ, какъ себя чувствуетъ, не ссорился ли съ кѣмъ нибудь, не имѣлъ ли какихъ нибудь непріятностей и покорно выслушивалъ ея совѣты, наставленія и выговоры, если поведеніе его оказывалось на ея взглядъ не весьма удовлетворительно. Онъ былъ благодаренъ ей за ея горячее участіе къ нему, благодаренъ за нѣжныя, теплыя слова, всегда находившіяся у нея для него, но всего больше былъ благодаренъ за тѣ часы спокойствія и забвенія, которыя переживалъ въ этой темной аллеѣ или такъ, внизу ея, около маленькаго озерка, покрытаго кувшинками и большими круглыми листьями. Она какъ-то умѣла отвлечь его своей нолуребяческой болтовней, умѣла заставить его забыть свое вѣчное недовольство всѣмъ и всѣми и вѣчную злость на людей и на обстоятельства, окружающія его жизнь. Она имѣла на него вліяніе, правда небольшое, не сильное, не могущее перестроить его внутренній міръ, не способное озарить яркимъ и прекраснымъ свѣтомъ послѣдніе дни Мочалова,— но все-таки хорошее вліяніе. Онъ сдѣлался мягче и снисходительнѣе, не такъ раздражался отъ противорѣчій, терпимѣе относился къ чужимъ мнѣніемъ; а по временамъ въ немъ ослабѣвало даже Предсмертное желаніе безнадежно больного человѣка "броситься въ самый водоворотъ жизни", то есть, говоря другими словами,— добить себя. Иногда онъ чувствовалъ и сознавалъ ея вліяніе и тогда, странное дѣло, оно казалось ему какою-то цѣпью, какимъ-то стѣсненіемъ. Тогда ему приходило въ голову, что не лучше ли бы было, еслибы онъ съ перваго же разу отклеимъ дружбу этого страннаго ребенка, съ перваго же свиданья убилъ бы возникающую въ ней любовь къ нему? Да и теперь, не лучше ли будетъ, если онъ прекратитъ эти небезопасныя для нея свиданія? Зачѣмъ развивать въ ней напрасную, нераздѣляемую любовь? Изъ за чего позволять ей рисковать своимъ добрымъ именемъ? А съ другой стороны ему жаль было ее, своего маленькаго друга!, да и ему самому скучно бы было безъ нея.

Катенька торопливо прошла чрезъ всю аллею; вотъ уже и конецъ сада, бѣлѣютъ жерди полу развалившагося забора,— а

Мочалова все нѣтъ. Она вышла за заборъ, къ возвышавшейся около озерка одинокой группѣ деревьевъ я наконецъ увидѣла того, кого искала. Мочаловъ только-что пришелъ и усѣвшись на поваленномъ бурею деревѣ, закуривъ сигару.

— Холодно сегодня, сказалъ онъ, завернувшись въ свое пальто.

— Холодно? Нѣтъ, вы должно быть опять чѣмъ нибудь погубили свое здоровье, съ грустью и упрекомъ отвѣчала она. Чѣмъ вы это его погубили? Давно ли? И зачѣмъ вы пришли сюда? Васъ слѣдовало бы запереть въ комнатѣ и никуда не пускать, потому что вы не стоите такой ночи.

Онъ что-то проворчалъ вмѣсто отвѣта. Ему дѣйствительно нездоровилось и, какъ всегда въ этихъ случаяхъ, онъ немного хандрилъ.

— Зачѣмъ вы пришли сюда, когда вамъ нездоровится? Зачѣмъ?..

— Вы звали. Я думалъ, что, можетъ быть, нуженъ вамъ или дѣло жакое нибудь есть...

— Я каюсь, горько каюсь... Идите домой: у меня никакого дѣла нѣтъ и ничего со мной не случилось.

— Такъ скучно вамъ?..

— Идите, я говорю, домой. Впредь я всегда буду писать вамъ, что "приходите, если хотите и можете", но напередъ знайте, что ничего дѣльнаго отъ меня не услышите и только убьете время въ пустой болтовнѣ съ глупой дѣвочкой. Какое у меня можетъ быть дѣло? Странно! Ступайте, идите...

— Присядьте, сказалъ онъ. Еслибы я былъ и въ самомъ дѣлѣ немного нездоровъ, я все-таки пришелъ бы повидаться съ вами. Такъ скучно вамъ? Потому вы и звали меня? Мнѣ тоже. Отчего вамъ скучно?..

— А вамъ?..

— Мнѣ... отъ бездѣлья, можетъ быть...

— Мнѣ тоже, можетъ быть... Хоть бы вы мнѣ задали какое нибудь дѣло; только такое чтобы я его для васъ дѣлала, не для себя и не для другихъ. Дайте мнѣ такое дѣло, какое хотите трудное: я все сдѣлаю. Нѣтъ ли у васъ такого дѣла?

— Нѣтъ, у меня и для самаго себя ничего нѣтъ...

— Что же вы дѣлаете?..

— Ничего не дѣлаю...

— А держите ли вы свое обѣщаніе? Не картежничаете ли, не убиваете ли эти славныя ночи въ томъ, чтобы товарища своего ограбить? Не грабили ли?..

— Нѣтъ, никого не грабилъ; а иногда не прочь бы, не вдругъ отвѣчалъ онъ и слегка вздохнулъ.

182

— Вы о томъ и вздыхаете, что связали себя честнымъ словомъ? Можетъ быть, вы способны и нарушить его?..

— Можетъ статься, когда нибудь и нарушу...

— Вы?.. Свое честное слово нарушите?.. какъ же мнѣ тогда назвать васъ? Какъ же вы тогда сани себя назовете, сами на себя посмотрите? горячо и съ негодованіемъ вскричала она.

— Я думаю самое лучшее будетъ — назвать несчастнымъ человѣкомъ...

— Нѣтъ, этого мало!..

— Ребенокъ вы! Ну, называйте какъ хотите; что въ этомъ? Придумывайте для меня самыя позорныя имена; казните меня, клеймите... Что въ этомъ? Что вы этимъ исправите?..

— Да, вамъ дѣйствительно все равно, съ грустію согласилась она.— Плачу ли я изъ за-васъ, ночи ли не сплю, терзаясь о васъ или счастлива и спокойна — какое вамъ до этого дѣло! Дурно ли я буду думать о васъ, сомнѣваюсь ли въ васъ или буду гордиться вами, — что вамъ въ этомъ, не все ли равно для васъ? Вы только говорите, что я другъ вамъ.

— Нѣтъ, мнѣ не все равно, счастливы ли вы или несчастливы, дурно или хорошо обо мнѣ думаете...

— Вы сами сказали: что въ этомъ!..

— Я не то хотѣлъ сказать. Пока я могу крѣпиться,— сдержу свое обѣщаніе, хоть оно и глупенькое. А если придется нарушить его, тогда что мнѣ до того, какими именами вы будете обзывать меня! Не все ли равно тогда? Вѣдь дѣло уже сдѣлано будетъ, не воротить его...

— И вы, вы можете слово свое не сдержать!..

— Скучно, Катерина Игнатьевна. Нужно же человѣку занять себя чѣмъ нибудь, нельзя безъ этого. Всякъ чѣмъ нибудь да развлекается: кто спитъ цѣлые дни, кто пьетъ, кто въ карты или на бильярдѣ играетъ... А другое что же? Другихъ и занятій у насъ никакихъ нѣтъ. Въ нашемъ городѣ и новую книгу трудно встрѣтить.

— Вотъ одинъ мой знакомый хочетъ... намѣревалась она сообщить ему новость о предполагаемомъ книжномъ магазинѣ Матросова и вдругъ спохватилась.

— Что онъ хочетъ? быстро спросилъ Мочаловъ.

— Книгъ мнѣ принесть... Не хотите ли, пришлю вамъ?..

— Книгъ принесть. А я думалъ книжный, магазинъ открыть. И кто это у васъ такой ученый, такой любопытный знакомый, что и книги читаетъ, и довольно оригинальныя мнѣнія высказываетъ. Вѣдь это его мнѣніе о картежникахъ передавали вы мнѣ въ первое наше свиданіе?

— Его. Онъ чиновникъ.

— Въ отставкѣ? То есть лучше сказать безъ мѣста чиновникъ?..

— Да, безъ мѣста. Макаровъ его фамиліи...

— Макаровъ? Нѣтъ, Макарова я не знаю; я о другомъ думалъ. Гдѣ вы учились, Катерина Игнатьевна?..

— Далеко. Я вѣдь не здѣсь родилась, въ другомъ городѣ, въ другой губерніи. У насъ былъ свой домъ съ садомъ, на берегу рѣки. Дворъ у насъ былъ большой, весь зеленой травой поросъ; голубятня была большая, кошекъ было много,— они все голубей ѣли. Такъ вотъ на дворѣ этомъ, да на берегу я и училась вмѣстѣ съ другими дѣвочками. Куклы себѣ шили, кошекъ мучили, голубей пугали, изъ травы, да изъ тряпокъ разные головные уборы дѣлали себѣ, и даже платья. А потомъ, бывало, цѣлый день у окошка сидишь и смотришь, что дѣлается на улицѣ, какъ люди ходятъ, какъ они одѣты, какъ кланяются, какими словами говорятъ другъ съ другомъ.

— Тамъ же вы книги научились читать, и съ русскими писателями познакомились?..

— Нѣтъ; потокъ ко мнѣ какая-то монашка ходила и читать учила...

— Такъ она съ русскими писателями васъ познакомила? Можетъ быть, она же вамъ и вольнодумныя, вѣтреныя мысли проповѣдывала?..

— Нѣтъ, это ужъ тотъ... какъ его. Макаровъ виноватъ...

— Макаровъ... Что онъ не старъ еще?..

— Нѣтъ, ему лѣтъ тридцать, тридцать пять...

— И давно онъ принялся за ваше воспитаніе?..

— Не больше года...

— Талантливый, талантливый должно быть господинъ. Что онъ, влюбился въ васъ?..

— Не знаю; можетъ быть, отвѣчала она смѣясь.

— Но не говорилъ вамъ ни слова? Не намекалъ даже? Не намекалъ? А все-таки, я увѣренъ, что онъ любитъ васъ. Вы же съ своей стороны вѣроятно мучите его, обижаете его, даже дружбы своей не удостоиваете его...

— Это вы почему думаете?..

— Такова ваша человѣческая натура. Эгоисты мы. Человѣкъ отдаетъ вамъ сердце свое, посвящаетъ вамъ лучшія свой силы, пересоздаетъ насъ, подниметъ за такую высоту, до которой мы никогда не поднялись бы безъ его помощи,— а мы въ благодарность за его труды и любовь повернемся къ нему спиной. Подѣломъ ему. Не вмѣшивайся въ наши дѣла, не воображай, что ты по гробъ обязалъ насъ!

— Вамъ, кажется, хочется, чтобы я по полюбила? съ досадой спросила Катенька.

— Я думаю только, что вы ему весьма многимъ обязаны и скверно, если вы его обижаете...

— Ничѣмъ я его не обижаю, съ досадой отвѣчала она.

— У насъ много случалось новостей, заговорила она послѣ

небольшого молчанія.— Вчера цѣпная собака вырвалась на улицу, страху на всѣхъ васъ нагнала и суматохи въ домѣ надѣляла. Потомъ вечеромъ кухарка напилась пьяна и наговорила Дарьѣ Ивановнѣ непріятностей; изъ-за этого тоже было Много волненія и шума. Потомъ утята у насъ отчего-то стали умирать. Еще что?.. Корова захромала; на сосѣднемъ дворѣ самоваръ ставили, да чуть было пожара не надѣлали: крыльцо у нихъ загорѣлось... Такая скука, такая скука!.. Ахъ, другъ мой, другъ мой (какъ вы меня назвали въ прошлый разъ), будетъ ли когда нибудь лучше, не такъ скучно? Скоро ли это будетъ?..

— Да, я въ ваши года тоже твердилъ эти вопросы и все думалъ, что скоро, скоро... А вотъ пожилъ, дожилъ... Конечно, я больной человѣкъ. Ваша дорога — иная, легче. Толцыте и дастся вамъ, ищите и обрящете...

— Это вы опять насчетъ того, чтобы работать, учиться... Ахъ, еслибы я только знала, что вы тогда не такъ будете смотрѣть на меня, что я поднимусь въ вашихъ глазахъ, — я уѣхала бы, съ радостью уѣхала бы учиться.

— Единственно ради меня уѣхали бы? Ну, это какое же ученье. А впрочемъ, что же, поѣзжайте, все-таки будетъ не безполезно...

— Поѣду: вотъ только вы выздоровѣете и я буду спокойна за васъ, сейчасъ и поѣду...

Онъ вздохнулъ.

— Скоро, можетъ быть, успокоитесь за меня, скоро, апатично произнесъ онъ и задумался.

Думалось ему, что вотъ, можетъ быть, въ самомъ дѣлѣ эта дѣвушка, его "маленькій другъ" не закоснѣетъ среди той мѣщанской жизни, какая окружаетъ ее теперь, не сживется съ нею, а пойдетъ впередъ, развиваться будетъ, ростя, и станетъ впослѣдствіи недюжиннымъ человѣкомъ, будетъ дѣло дѣлать, будетъ жить настоящею жизнью, живою жизнью. А что съ нимъ будетъ къ тому времени? Въ землѣ ли онъ будетъ уже покоиться? Останется ли онъ, какъ какая нибудь окаменѣлость, все въ томъ же положеніи, въ какомъ и теперь онъ живетъ? Именно, именно, жизнь мимо его проносится, ускользаетъ отъ него.

А Катенька тоже пригорюнилась при мысли о разлукѣ съ нимъ. Потомъ она замечталась, какъ бы хорошо было, чтобы ей никогда съ нимъ не разлучаться, ни на одинъ день не разлучаться — и задумчиво скользила глазами то по сонному тихому озерку, покрытому, какъ узоромъ, цвѣтами и листьями водяныхъ растеній, то по полю, въ которомъ бродилъ и клубился туманъ, то но облакамъ, плывущимъ по ночному небу.

— А что, когда зима, придетъ? Гдѣ мы будемъ видѣться? спросила она и сердце у нея вдругъ сжалось, захотѣлось ей плакать.

— Зима? повторилъ онъ, очнувшись отъ своего раздумья.— Далеко до зимы... Къ зимѣ, я думаю, вы уже уѣдете отсюда.

— Вы меня гоните, гоните, раздражительно произнесла она.— За что вы меня гоните? Зачѣмъ? Мнѣ ничего не нужно отъ васъ. Дайте мнѣ только видѣть васъ, говорить съ вами; больше мнѣ ничего не нужно. Зачѣмъ вы меня гоните? спрашивала она дрожащимъ голосомъ.

— Не гоню я васъ; какъ хотите, такъ и дѣлайте, отвѣчалъ онъ и крѣпче закутался въ свое пальто.

— Вамъ опять холодно? спросила она, торопливо отеревъ платкомъ слезы на своихъ глазахъ.

— Холодно, сказалъ онъ, вставая съ мѣста.— Пойдемте; я пойду въ вокзалъ и выпью чаю, а вамъ домой пора.

— Вы совсѣмъ нездоровы, тревожно говорила она.— Мнѣ теперь покоя не будетъ, мнѣ каждый день покажется теперь недѣлей, пока я не увижу васъ... Знаете что? Обѣщайте мнѣ, что если съ вами случится что нибудь особенное: заболѣете ли вы серьезно, несчастіе ли какое нибудь случится, что бы тамъ ни было,— вы сейчасъ же увѣдомите меня.

Онъ молчалъ.

— Обѣщайте же; я тогда спокойна буду...

— Пожалуй... хорошо...

— Слово даете?..

— Даю слово...

— Ну, теперь прощайте,— до свиданья...

Она скрылась въ боковую аллею Мочаловъ повернулъ въ другую сторону, но и не думалъ идти въ вокзалъ, а долго еще бродилъ по саду. Какъ видно, ему вовсе не было особенно холодно.

XIII

— Ну, Филь, цѣлуй меня! вскричалъ Матросовъ, входя въ комнату Филиппа и, бросившись въ кресло, торопливо отеръ платкомъ лобъ, лицо, губы, точно оцъ дѣйствительно готовился облобызаться.

Филиппъ безпокойно оглянулся, кивнулъ ему на двери въ сосѣднія комнаты и погрозилъ пальцемъ.

— Есть кто нибудь?..

— Маменька...

— Одна?..

Филиппъ утвердительно кивнулъ головой; Матросовъ съ удивленіемъ смотрѣлъ на него.

— Это что же такое (извини пожалуйста): у двери она что ли находится?

— Очень можетъ быть...

— Гм...

Матросовъ всталъ, нахмурилъ брови и съ безпокойнымъ лицомъ прошелся по комнатѣ.

— Въ такомъ случаѣ, не отправимся ли мы, голубчикъ, до "Пристани"? Ты бы меня на радостяхъ пивомъ угостилъ, тѣмъ болѣе, что я его давно не пилъ; къ тому же и прогулялись бы,— вечеръ весьма хорошій...

Дорогой онъ разсказалъ Филиппу свои переговоры съ Дарьей Ивановной, впрочемъ называя ее просто "почтенной особой, принимающей въ немъ участіе".

— Подождемъ еще, — дастъ ли, недовѣрчиво сказалъ Филиппъ.— Да, прибавилъ онъ съ легкимъ вздохомъ, только бы это удалось, только бы это удалось, тогда все сдѣлано...

— То есть что же это "все", полюбопытствовалъ Матросовъ.

— Основаніе было бы положено; дѣлай что хочешь, и притомъ всякое дѣло легко пойдетъ, быстро пойдетъ, задумчиво отвѣчалъ Филиппъ.— Если бы намъ только удалось основать этотъ книжный магазинъ, да потомъ общими усиліями поскорѣе раздѣлаться съ долгомъ, тогда чтожъ? Подъ магазинъ мы безъ всякаго труда можемъ опять получить деньги, — устроить при какомъ нибудь дѣлѣ еще кого нибудь изъ нашего товарищества. Затѣмъ на основаніи этихъ двухъ (а съ Потапа Потапыча мастерской — трехъ) обзаведеній можно будетъ строить опять новое, въ большемъ размѣрѣ. Понимаешь ли ты? Вѣдь это новый міръ открывается для насъ! Вѣдь это начнется наконецъ жизнь, настоящая жизнь!

— Ну, спросилъ Матросовъ,— а если кто нибудь изъ таковыхъ, пристрастныхъ къ дѣлу, членовъ нашего товарищества не захочетъ слѣдовать твоимъ благодѣтельнымъ планамъ, а богатѣть захочетъ? Напримѣръ хоть бы я. Не захочу я, чтобы настоящими хозяевами дѣла были рабочіе, а богатѣть захочу? Захочу, чтобы всѣ барыши ко мнѣ въ карманъ шли? Тогда какъ? Что ты тогда подѣлаешь со мной?

— Ктожъ тебѣ это позволитъ? Развѣ ты одинъ будешь распорядителемъ твоего мечтаемаго магазина? Товарищество будетъ распоряжаться: и ты, и я, и сестра, и Мочаловъ, и всякій, кто тамъ еще поступитъ. Если кто нибудь и собьется съ истиннаго пути, такъ другіе наставятъ, поправятъ.

Матросовъ задумался, вздохнулъ, потомъ покачалъ головой.

— Что, если эта почтенная особа, принимающая во мнѣ участіе, въ самомъ дѣлѣ надуетъ меня? живо и съ нѣкоторымъ испугомъ спросилъ онъ.— Жаль, жаль будетъ: пропадутъ наши великія мечтанія, ни за грошъ пропадутъ.

— Отложатся на нѣкоторое время, а не пропадутъ...

187

— Нѣкоторое время, нѣкоторое время! меланхолически воскликнулъ Матросовъ.— Кто знаетъ, какъ велико это нѣкоторое время и что можетъ втеченія его произойти. Эй дружокъ! грустно обратился онъ къ пьяненькому мастеровому, переходившему черезъ улицу.— Черезъ нѣкоторое время ты будешь заработывать вдвое больше, будешь ходить въ сюртукѣ и не станешь въ кабакъ ходить... Это вѣрно! Черезъ нѣкоторое время на всей землѣ воцарится миръ и благоденствіе, но тогда мы уже въ землю будемъ зарыты.

Мысль, что Дарья Ивановна не выручитъ его, не дастъ ему денегъ, что всѣ надежды на лучшее будущее пойдутъ прахомъ и останется одно только неутѣшительное настоящее, — эта мысль какъ видно сильно потрясла Матросова и на нѣсколько минутъ сковала его языкъ, непривыкшій подолгу оставаться безъ дѣла. Дошли до "Пристани".

— Петру Васильичу! встрѣтилъ его хозяинъ этой гостинницы, Низко ему кланяясь.— Что это вы насъ совсѣмъ оставили? Все ли въ добромъ здоровьѣ находитесь?

— Боленъ былъ, боленъ: въ мысляхъ немного поразстроился, сумрачно отвѣчалъ Матросовъ, ткнувъ себя пальцемъ въ лобъ.— До того доходилъ, что переставалъ различать, день ли на дворѣ, ночь ли. Потому докторъ мнѣ и запретилъ употреблять всякія зелья, какія тамъ у васъ находятся въ продажѣ. Дайте-ко намъ куда нибудь подальше въ уголокъ пива.

Онъ вздохнулъ и пригорюнившись сѣлъ въ отдаленный уголъ.

— Такъ какъ же ты думаешь, Филь? спросилъ онъ.— Дастъ эта "почтенная особа" денегъ или не дастъ?

— Пожалуй и не дастъ. Это было бы очень ужь хорошо, еслибы она дала, слишкомъ хорошо; за что вдругъ на насъ свалится такая благодать? Не за что вѣдь?..

Иногда, особенно находясь въ критическомъ положеніи, Матросовъ былъ точно ребенокъ: то онъ, при малѣйшемъ проблескѣ счастья, предавался самымъ несбыточнымъ мечтамъ и надеждамъ, то отъ одного какого нибудь пустого, скептическаго замѣчанія своихъ друзей и даже безъ всякихъ причинъ впадалъ въ самое мрачное отчаяніе.

— Оставимъ это, сказалъ онъ, махнувъ рукой.— Подождемъ, что будетъ; а теперь скажи мнѣ лучше, что такое у тебя съ Анной Романовной? Почтенная такая женщина и вдругъ Богъ знаетъ что: можетъ быть, говоритъ, она у дверей находится... Гм... Какъ бы мнѣ весело ни было, а встрѣтившись съ ней, я сейчасъ же теряю всю свою веселость и невольно проникаюсь самымъ серьезнымъ настроеніемъ... Такая почтенная старушка... Что такое у васъ?

— Я все больше и больше подумываю: не оставить ли мнѣ мой отчій домъ и не перѣѣхать ли на вольную квартиру, сказалъ Филиппъ.

188

— Что ты говоришь? закричалъ Матросовъ, широко раскрывъ глаза.

— Серьезно. Что, я думаю, по этому случаю много бы было шума въ городѣ? Ты какъ думаешь?..

— Неслыханное дѣло! Тридцать лѣтъ живу я въ этомъ городѣ, со всѣми сплетниками знакомъ, знаю тысячи семейныхъ драмъ и скандаловъ, а такой исторіи но слыхивалъ. Ну, на это, разумѣется, наплевать; но все-таки неловко, странное, непріятное дѣло. Да, да, Филь, да, неловкое дѣло; ты подумай...

— Давно уже я раздумываю. Ничего путнаго не придумаешь; только все больше и больше убѣждаешься въ томъ, что, несмотря на все свое миролюбіе, я положительно не способенъ жить съ нею въ добромъ согласіи.

— Да отчего? Отчего,— ты мнѣ скажи... Кто васъ натравляетъ другъ на друга? Не можете вы сидѣть смирно, каждый въ своемъ углу?

Филиппъ разсказалъ ему исторію сватовства Новоторова.

— Ну, нетерпѣливо сказалъ Матросовъ, — это причина, съ этого началось, понимаю... Чтожь она тебѣ дѣлаетъ? Бьетъ тебя что ли?.. А?..

— Слушай дальше, продолжалъ Филиппъ вмѣсто отвѣта.— Мало того, что я убилъ ея надежды на Зою, мало того: я и самъ отъ себя ничего не приношу ей взамѣнъ этой потери, да и не могу принести. Она желала бы, чтобы я хозяйствомъ занялся, домъ нашъ возстановилъ въ его прежнемъ величіи. Ну, а какой я хозяинъ? Развѣ я къ тому иду, чтобы гнѣздо себѣ строить? Она желала бы, чтобы я на нее работалъ, тащилъ къ ней въ сундуки каждый рубль, который получу. Ну, а развѣ я могу тащить?

— Все это я и такъ понимаю, что она не можетъ особенно радоваться на тебя. Нѣтъ, ты мнѣ скажи,— что она тебѣ дѣлаетъ, что ты хочешь такой скандалъ произвести?..

— Жизнь она мнѣ отравляетъ, ничего больше, задумчиво сказалъ Филиппъ.

— Тѣмъ, что у дверей подслушиваетъ? Да пускай, Богъ съ ней... Любознательная старушка, ничего больше. Пускай ее слушаетъ. Изъ-за чего тутъ заводить исторію?

— Ты знаешь ли, что называется "пилить" человѣка? Не испыталъ?..

— То есть ворчитъ она на тебя? Ну чтожь? Какая же старушка не ворчитъ? Всякая старушка даже наединѣ ворчитъ, не можетъ безъ этого. А ты молчи, не слушай, въ книги свои погрузись.

— Въ книги погрузись, съ горечью повторилъ Филиппъ — Я давно уже не обѣдаю дома, чтобы только не встрѣчаться съ нею, лишній часъ пробыть внѣ дома, на свободѣ и не слышать ея голоса...

— Вотъ и отлично. Я бы такъ и посовѣтовалъ, чтобы домой ты приходилъ только ночевать, а то все на свободѣ бы бродилъ...

— Что ты такое врешь! раздражительно вскричалъ Филиппъ.— Гдѣ же я буду заниматься, гдѣ буду принимать больныхъ? Или мнѣ все бросить? А?

— Эхъ! съ глубокимъ вздохомъ произнесъ Матросовъ.— Не люблю я этихъ семейныхъ исторій. Потерпи какъ нибудь. Непріятно, непріятно, если этакую старушку всѣ бросятъ на произволъ судьбы.

— Кто ее бросить на произволъ судьбы? угрюмо и раздражительно спросилъ Филиппъ.

— Эхъ, не то, не такъ ты понялъ. Одинокая она останется...

— Потерпи, повторилъ Филиппъ, отвернувшись отъ него.— Я думаю, она сама рада бы была спровадить меня куда нибудь подальше. "Зачѣмъ только ты, говоритъ, пріѣхалъ. Лучше бы, говоритъ, ты и не пріѣзжалъ сюда. Замѣнъ только я тебя выкормила. Лучше бы, говоритъ, я на тебя и не смотрѣла". Слышишь ли ты что?..

— Это только такъ говорится, Филь, — слова однѣ; чувствуется не то...

— А что, ты полагаешь, чувствуется? Какія, ты думаешь, у нея чувства ко мнѣ? Любовь? Нѣтъ, мой милый. Слишкомъ живо слышится въ каждомъ ея словѣ, что у нея нѣтъ этого чувства ко мнѣ; а если и есть оно, то его мало, такъ мало, что оно совсѣмъ не видно я не можетъ идти въ разсчетъ. "Пилитъ" ли она меня, то "пилитъ" не спроста, не по старческой ворчливости, а стараясь, чтобы каждое слово поглубже, побольнѣе, помучительнѣе уязвило меня. Старается въ самое сердце попасть. Напримѣръ, утромъ сегодня я думалъ было "въ книги погрузиться", какъ ты совѣтуешь. Она въ сосѣдней комнатѣ была, у окна сидѣла. Проходитъ мимо какая-то знакомая. Разговорились онѣ. Маменька, разумѣется, свела разговоръ на меня, поведеніе мое преступное стала казнить, сердце мое окаменѣлое стала описывать. И вѣдь чувствуется, слышится, что не для того она это говорятъ, чтобы душу свою излить или пожаловаться на меня своей знакомой, — нѣтъ, для того говоритъ, чтобы меня уязвить, для того, чтобы я ее слушалъ. Нарочно голосъ возвысила. Каково мое положеніе? Что мнѣ присовѣтуешь дѣлать?

Матросовъ хмурилъ брови, качалъ головой и молчалъ.

— Мало этого, продолжалъ Филиппъ.— Мало ей того, чтобы одного меня клеймить всякими словами. Нѣтъ, она набрасывается еще я на тѣхъ людей, къ которымъ я близокъ, въ которыхъ принимаю какое нибудь участіе. Она и тѣхъ старается очернить. Это обиднѣе и тяжелѣе всего. За что, напримѣръ, она оскорбляетъ и чернитъ одну честную, ни въ чемъ неповинную женщину, съ которой меня совершенно случайно столкнула судьба? За то только, что я принимаю въ этой женщинѣ участіе, уважаю ее. За то только, что когда эта женщина лежала больная, въ горячкѣ, я лечилъ ее, заботился о ней, а теперь, когда она поправилась — мы, естественно, сблизились, сдружились съ нею... Понимаешь ли ты, какія должны быть чувства къ тебѣ того человѣка, который нарочно при тебѣ, въ твоемъ присутствіи поноситъ тѣхъ, кого ты любишь и уважаешь, клевещетъ на нихъ, распускаетъ объ нихъ самыя грязныя сплетни? Понимаешь ли ты, что я долженъ чувствовать и выносить? Прибавь къ этому, что женщина, о которой я говорю,— честное, хорошее, въ высшей степени несчастное существо и безъ того уже всѣми покинутое, и безъ того уже выносящее на своихъ плечахъ слишкомъ много горя. Понимаешь ли ты теперь мое положеніе?

Онъ былъ взволнованъ и немного блѣденъ.

— Все это понятное дѣло, сумрачно сказалъ Матросовъ;— ревнуетъ она тебя къ этой женщинѣ, боится что эта женщина совсѣмъ овладѣетъ тобой...

— Не въ томъ дѣло, холодно возразилъ Филиппъ.— Разумѣется, что всякій, даже самый безумный поступокъ имѣетъ свою причину и свое оправданіе. Но каково мнѣ? Что мнѣ дѣлать?

— Терпи, Филь, пока есть возможность терпѣть, мягко посовѣтовалъ Матросовъ.

— Что же я дѣлаю, если не терплю? съ досадой сказалъ Филиппъ, взявшись за шляпу.— Но всякому терпѣнію есть предѣлъ, когда нибудь и лопнетъ оно наконецъ.

— Понимаю я, голубчикъ, все понимаю,—самъ вижу теперь, что врядъ ли есть какая нибудь возможность примирить васъ. Но все-таки... Съ одной стороны шумъ поднимется большой, скандалъ; а съ другой, я самое главное, самому тебѣ будетъ тяжело при мысли, что вотъ, молъ, бѣдная старуха осталась теперь совсѣмъ одна одинехонька. Вотъ вѣдь что!..

— Если бы не это, такъ что же связывало бы меня съ ней? Давно бы ушелъ, сказалъ Филиппъ и протянулъ Матросову руку.

— До свиданья, голубчикъ. Крѣпись, мужайся въ виду нашихъ великихъ надеждъ. А во всякомъ случаѣ, хотя бы ты даже и учинилъ этотъ великій скандалъ, о которомъ шла рѣчь, я за тебя буду, потому что я понимаю наконецъ твое положеніе и чувствую.

— Ахъ, Анна Романовна! Ахъ, почтенная старушка! мысленно восклицалъ онъ, оставшись одинъ и наливая новый стаканъ пива. Несмотря на преклонныя свои лѣта, кровопролитныя битвы задаетъ, сражается; несмотря на долголѣтнюю опытность свою, забываетъ, что обнажившіе мечъ отъ меча же и погибнутъ! Удивительно однако, какъ это люди, прожившіе пятьдесятъ, шестьдесятъ лѣтъ на божьемъ свѣтѣ, все-таки ничего не смыслятъ въ психологіи. Зачѣмъ она это "честное и доброе существо" обижаетъ? Что она этимъ выиграетъ? Проиграетъ напротивъ, все

191

проиграетъ. Вѣдь "слышится и чувствуется", что миролюбивый и мягкосердечный Филь можетъ ей простить все, все, кромѣ тѣхъ оскорбленій, какія она наноситъ этому "честному и несчастному" существу! Этого онъ не проститъ, нѣтъ. И кромѣ того онъ еще ближе прижмется къ этому "несчастному существу", сильнѣе полюбитъ его! Удивительно, какъ люди несообразительны!..

Филиппъ вернулся съ дороги и, не снимая шляпы, опять подсѣлъ къ Матросову.

— Я забылъ тебѣ сказать, тихо заговорилъ онъ.— Вчера, когда мы сидѣли у тебя, Мочалову показалось, что кто-то нѣсколько разъ подходилъ, къ окну, заглядывалъ сквозь ставень и какъ будто бы даже прислушивался. Мочаловъ, ты помнишь, все сидѣлъ у самого окна, въ темномъ уголкѣ. Его не видно было съ улицы, а онъ видѣлъ.

— Чегожь онъ молчалъ? вскричалъ Матросовъ, стукнувъ кулакомъ по столу.

— Онъ и собирался уже сказать, да ты въ это время заспорилъ съ нимъ; онъ и забылъ. Какая бы это могла быть шельма? Не сказываются ли тутъ тѣ самыя подслушиванья, къ которымъ ты такъ снисходительно относишься? Не довелось ли подслушать кому нибудь хоть одно слово: товарищество? Вѣдь изъ этого слова можно состроить чортъ знаетъ какіе ужасы? Прими и это къ свѣдѣнію. До свиданья.

ЧАСТЬ ТРЕТЬЯ

I

Дня черезъ три, подъ вечеръ, Матросовъ опять явился къ Филиппу. На этотъ разъ Петръ Васильичъ смотрѣлъ такимъ серьезнымъ и озабоченнымъ, лицо у него казалось такимъ вытянутымъ, а брови такъ высоко и круто изогнулись надъ глазами, что Филиппъ невольно подумалъ: должно быть дѣло плохо.

— Вотъ, братъ, озабоченно сказалъ Матросовъ, сунувъ на столъ черный, туго набитый бумажникъ; возьми пожалуйста.

— Это что же такое? озадаченно спросилъ Филиппъ.

— Деньги, братъ, задумчиво отвѣчалъ Матросовъ, отирая потъ съ лица. Полторы тысячи; и еще бумажникъ дали; говорятъ, счастливый.

— Да неужели въ самомъ дѣлѣ? недовѣрчиво и почти съ упрекомъ спросилъ Филиппъ, начиная подозрѣвать, что Матросовъ издѣвается надъ нимъ.

Онъ разсчитывалъ, что если бы и нашлись такіе храбрые поди, которые рискнули бы дать деньги товариществу голяковъ, ничѣмъ не обезпеченныхъ, никому неизвѣстныхъ, то въ самомъ лучшемъ случаѣ дѣло не обошлось бы безъ долгихъ переговоровъ, справокъ насчетъ положенія поручителей и, вѣроятно, требованій болѣе надежныхъ обезпеченій; а тутъ вонъ что: въ три дня все кончено! Но Матросовъ казался еще болѣе пораженнымъ. Онъ высоко вздернулъ плечи и поднялъ глаза къ небу.

— Получилъ! отвѣчалъ онъ разводя руками и такимъ тономъ, какъ будто бы окончательно недоумѣвалъ, какъ могло все это случиться. Ты ужъ пожалуйста возьми ихъ, озабоченно обратился имъ къ Филиппу. Давно ли онѣ у меня въ рукахъ? Полчаса, часъ, небольше, а онѣ, что называется, вытянули изъ меня всю душу. Думаю: въ боковой карманъ положить — такъ выпадутъ, если забудусь и нагнусь зачѣмъ нибудь; въ это гъ положить, такъ вытащатъ пожалуй или вмѣстѣ съ платкомъ самъ вытащу, да уроню... Наконецъ положилъ сюда, въ панталоны, и всю дорогу рукой ихъ придерживалъ, всю дорогу объ нихъ проклятыхъ думалъ... Нѣтъ, Богъ съ ними. Всегда я былъ въ нѣкоторомъ родѣ "Вальтеръ Голякъ", такъ не привыкъ съ этакими капиталами обращаться. Возьми, голубчикъ, а я пожалуй еще потеряю, да на всѣхъ насъ петлю затяну, собственныя свои сѣдины стыдомъ и отчаяніемъ покрою... Я и такъ уже въ ужасъ пришелъ и даже поблѣднѣлъ, когда мнѣ дали эти деньги, и даже хотѣлъ бѣжать.

Что, думаю, какъ прогоримъ мы, обанкрутимся, не возвратимъ эти деньги? Справимся ли мы, голубчикъ Филь?.. Выплатимъ ли этотъ долгъ? А? озабоченно спрашивалъ онъ, принявъ самый серьозный и дѣловой видъ.

— Отчего же? Развѣ придетъ холера и умремъ всѣ... Да и то магазинъ останется...

— А какъ магазинъ сгоритъ?..

— Можно застраховать...

Матросрвъ вздохнулъ.

— Такъ ты думаешь выплатимъ? А?

— Если не помремъ всѣ, такъ выплатимъ, я думаю. Съ сегодняшняго же дня всѣ усилія къ этому направимъ; всѣ излишки, какіе у насъ будутъ оставаться, будемъ употреблять на уплату долга. А тамъ, въ скоромъ времени, когда ты откроешь, наконецъ, свой магазинъ, дѣло пойдетъ и еще быстрѣе.

— Да, поскорѣе, поскорѣе бы надобно, заторопился Матросовъ, поспѣшно засовывая свой платокъ обратно въ карманъ. Вотъ теперь нужно бы насчетъ разрѣшенія и прочаго... А открыть его я полагалъ бы, не на мое, не на твое имя, нѣтъ, а на имя... Анна Романовна дома находится? спросилъ онъ, вдругъ спохватившись. Дома? Здѣсь?

— Ну, слава Богу, продолжалъ онъ, когда Филиппъ увѣрилъ его, что Анны Романовны нѣтъ дома; одно воспоминаніе о ней ложится надо мной, какъ черная туча надъ кораблемъ, которому она угрожаетъ бурей и гибелью. Чортъ знаетъ, что это за страшная старушка! прибавилъ онъ и понизилъ голосъ.

Филиппъ горько усмѣхнулся.

— Понимаю, понимаю твое положеніе, Филь. Ныньче къ тебѣ никому ходить не слѣдуетъ и говорить тебѣ не слѣдуетъ иначе, какъ шопотомъ, на ушко. Грустно, грустно, голубчикъ, но все-таки имѣй терпѣніе: что станешь дѣлать?..

— Ну, такъ на чье же имя? прервалъ его Филиппъ.

— Да; такъ вотъ этихъ-то и подобныхъ старушекъ обоего пола я и имѣю въ виду, когда говорю, что не слѣдуетъ открывать магазинъ на твое или мое имя. Самъ ты говоришь, что кто-то пронюхалъ уже или подслушалъ, что между нами устроено какое-то товарищество, общество, даже тайное общество, понимаешь-ли? Вѣдь объ этомъ таинственномъ товариществѣ или обществѣ въ скоромъ времени узнаетъ весь городъ. Вѣдь изъ этого товарищества всѣ наши почтенныя старушки создадутъ, непремѣнно создадутъ какое нибудь пугало, какой нибудь страшный призракъ, однимъ словомъ, нѣчто ужасное и богопротивное. Нѣтъ, чортъ ихъ возьми, голубчикъ; — дудки имъ! Я вовсе не хочу, чтобы изъ за ихъ невинной болтовни нашъ магазинъ сдѣлался сомнительнымъ, наши деньги пропали, наши дѣла разстроились и мы, наконецъ, покрыли бы свои головы стыдомъ и отчаяніемъ. Вовсе я не этого хочу; пускай лучше магазинъ будетъ подъ фирмой Ивана Федоровича Тихонова, который самъ въ своемъ родѣ почтенная старушка. Пускай его тронутъ, пускай! Это тотъ самый Иванъ Федорычъ что въ "Пристани" съ тобой познакомился, спрашивалъ тебя, можетъ ли онъ кого нибудь убить и хотѣлъ отдать шарманщицѣ свой сюртукъ. Онъ, ты видѣлъ, человѣкъ почтенный и мнѣ пріятель. Ну, разумѣется, мы съ нимъ и условіе заключимъ на всякій сличай, тѣмъ болѣе, что онъ апоплексіи подверженъ. Ты какъ объ этомъ разсуждаешь?

— Чтожъ, это ничему не помѣшаетъ, согласился Филиппъ.

— Именно, А пользу, между тѣмъ, можетъ при случаѣ принести большую, весьма большую, я полагаю. Чортъ вѣдь ихъ знаетъ, что теперь говорятъ о нашемъ товариществѣ, если ужъ въ самомъ дѣлѣ до того дошло, что явились таинственные незнакомцы, которые шляются подъ окнами и подсматриваютъ...

— И что всего досаднѣе для меня, съ волненіемъ прервалъ его Филиппъ, отвернувшись и вставъ съ своего мѣста, такъ это то, что всѣ непріятности, всѣ сплетни, какія могутъ быть по поводу нашего товарищества, исходятъ отсюда, не изъ какого другого источника, какъ изъ этого дома. Вѣдь до нѣкоторой степени я виноватъ, что не остерегся и не предостерегъ другихъ, чтобы приходя ко мнѣ, говорили потише...

— Эхъ, ну! ты ужъ и огорчился! успокоивалъ его Матросовъ. Ты ужъ и опять волноваться началъ! А, можетъ быть, никакихъ такихъ сплетень и не выходило отсюда. Можетъ быть, все это пустяки; и таинственный незнакомецъ не имѣлъ, можетъ быть, никакихъ преступныхъ намѣреній, кромѣ развѣ невиннаго желанія при случаѣ стянуть какую нибудь серебряную ложку.

— Во всякомъ случаѣ мнѣ теперь нельзя принимать у себя своихъ знакомыхъ, а если и можно принимать, такъ говорить съ ними нельзя, не безопасно...

— Эхъ! Все это страхи твоей фантазіи, мой другъ. Имѣй въ виду то, что если ты поступишь, какъ блудный сынъ, и покинешь этотъ священный для тебя домъ, тогда еще хуже будетъ, тогда на тебя со всѣхъ сторонъ падутъ громы и молніи, тогда начнется уже открытая, безпощадная воина. Вотъ вѣдь что!..

Онъ опять отеръ платкомъ свой лобъ и покосился на бумажникъ, лежавшій на столѣ.

— Но неужели же, Филь, я въ самомъ дѣлѣ буду хозяиномъ этого магазина? А? Я вѣдь, прежде, чѣмъ къ тебѣ пойти, зашелъ къ Мочалову, хотѣлъ ему всучить эту обузу, — пускай бы и онъ въ свою очередь узналъ, что значитъ имѣть такую кучу денегъ въ своемъ карманѣ. Чтожъ ты думаешь? Онъ вѣдь прогналъ меня... И вообще, я тебѣ скажу, съ тѣхъ поръ, какъ мнѣ всучили въ руки этотъ проклятый черный бумажникъ, отъ меня всѣ мои знакомые отрекаются. Чѣмъ ты это можешь объяснить? Право отрекаются! Зашелъ я по дорогѣ къ той богатой купчихѣ, на которой все намѣреваюсь жениться, разсказалъ ей, что деньги получилъ, что съ этихъ поръ въ судьбѣ моей долженъ произойти переворотъ къ лучшему и такъ далѣе... Чтожъ, ты думаешь, она? Очень, говоритъ, рада; желаетъ мнѣ всякаго успѣха и благополучія. Потомъ что-то такое заговорила о себѣ... что-то такое мало понятное: что она капризная, неблагодарная, не умѣетъ цѣнить своихъ друзей... Затѣмъ, наконецъ, все въ томъ же неудобопонятномъ родѣ, договорилась до того, что характеры наши слишкомъ разные, что слѣдовательно и дороги наши должны быть различны. Ты, значитъ, направо, а я налѣво, заключилъ онъ, ткнувъ рукой направо и налѣво.

Чѣмъ дальше онъ разсказывалъ о своемъ свиданіи съ богатой купчихой, на которой намѣревался жениться, тѣмъ пасмурнѣе становилось его лицо. Когда же онъ окончилъ свой разсказъ, тогда облокотился на колѣни, опустилъ голову на руки и погрузился въ печальное раздумье. Глядя на его разстроившееся лицо, Филиппъ пожалъ плечами.

— Скажи мнѣ наконецъ, какъ мнѣ тебя понимать? спросилъ онъ. Есть сколько нибудь правды въ твоихъ воздыханіяхъ объ этой таинственной купчихѣ или же ты все врешь, отъ перваго слова до послѣдняго?

— Чего тутъ тебѣ понимать, когда я самъ ничего не знаю и не понимаю, проворчалъ Матросовъ, отмахнувшись отъ него одной рукой и забросивъ назадъ свѣсившіеся внизъ волосы — другой. Вотъ тоже и Мочаловъ, какъ видно, усмотрѣлъ какіе-то различные для насъ пути. Сначала еще ничего, хотя все-таки замѣтно было, что онъ вовсе не радъ моему посѣщенію; а потомъ, когда я попробовалъ сунуть ему деньги, онъ взялъ меня за плечи, повернулъ и выпроводилъ. Злой какой-то, блѣдный, и шипитъ и хрипитъ въ разговорѣ, яду всякаго подпускаетъ. А впрочемъ, говоритъ, не хочешь ли, я эти деньги пущу сегодня въ выгодный, хотя и рискованный оборотъ... Не хочешь ли, говоритъ, я ихъ сегодня же поставлю на карту? Конечно, говоритъ, можетъ быть и обанкрутимся; а можетъ быть и богачами сдѣлаемся. Тогда, говоритъ, я разомъ поправлюсь, на ноги стану, вылечусь и прочее... Не хочешь ли, не хочешь ли? присталъ. А не хочешь, говоритъ, такъ и убирайся. Ну, я и ушелъ... Чортъ знаетъ что такое... И ты не намѣреваешься ли прогнать меня, что все на часы посматриваешь?

Филиппъ признался, чіо онъ дѣйствительно собирается оставить его и съѣздить къ Зоѣ

— Ну, и отлично, равнодушно сказалъ Матросовъ. Вмѣстѣ

поѣдемъ. Барканцевъ уже разъ десять приглашалъ меня на свой заводъ. Отправимся. А деньги то, деньги-то куда бы намъ припрятать? Чуетъ мое сердце, что я изъ-за нихъ пущу себѣ пулю въ лобъ, чуетъ оно. Отправимся, голубчикъ, поймаемъ какого нибудь возницу и покатимъ себѣ среди полей, среди "березонекъ съ кудрявыми косами"...

— Вотъ здѣсь есть славная квартира, замѣтилъ Филиппъ, когда они проѣзжали мимо одного хорошенькаго небольшого домика съ мезониномъ, изъ-за котораго зеленѣли вершины деревьевъ. Внизу двѣ комнатки, хорошо меблированныя, ходъ съ улицы, а на дворѣ подъ окнами садикъ. Хорошенькая, соблазнительная для меня квартирка.

Матросовъ упорно смотрѣлъ въ противоположную сторону и, казалось, не намѣренъ былъ ни вступать въ разговоръ объ этомъ предметѣ, ни даже обращать на него вниманія.

— По правдѣ сказать, заговорилъ онъ, когда они уже выѣхали за городъ, мнѣ вовсе не особенно желательно повидать господина Баркаицева или супругу его,— нѣтъ, мнѣ только бы къ кому нибудь приткнуться, поболтать съ кѣмъ нибудь, посидѣть около кого нибудь, хоь бы около тебя, напримѣръ. Знаешь, какъ иногда въ виду какой нибудь бѣды, собака трется поближе къ человѣку, становится нѣкоторымъ образомъ подъ его защиту? Ну, такъ и для меня бываютъ иногда минуты и дни, когда мнѣ непремѣнно нужно, чтобы около меня былъ кто нибудь, нѣкоторымъ образомъ мѣшалъ бы мнѣ оставаться наединѣ съ самимъ собой. А не случится такого человѣка, — ну и скучно, пусто, хандришь... Иногда бываетъ и такъ, что одного присутствія какого нибудь такого человѣка, одной болтовни — мало бываетъ, недостаточно,— нужно, чтобы дѣло какое нибудь было, мечта, цѣль... Вотъ оно, въ этомъ случаѣ, товарищество-то наше, и служитъ мнѣ службу великую, великую...

Филиппъ внимательно слушалъ и пристально смотрѣли въ его лицо.

— Да что съ тобой? спросилъ онъ наконецъ.

— Со мной что? Слабость духа, обыкновенная человѣческая слабость и ничего больше. Знаешь вѣдь ты. я думаю, что иногда самая ничтожнѣйшая ничтожность, самая пустѣйшая неудача можетъ привести человѣка въ унынiе и горесть Да и что я говорю — привести въ унынiе? Сокрушить можетъ, совсѣмъ сокрушить! Сколько мы знаемъ примѣровъ, что жили-были на свѣтѣ умные, великiе люди, дѣлали они дѣла большiя и благодѣтельныя, а изъ за чего они, эти великiе люди погибали иногда? Изъ за пустяка, изъ за мелочи, изъ за огонька блудящаго!

— Изъ за любви, напримѣръ?.. А?..

Матросовъ развелъ руками.

— Ну, вотъ! произнесъ онъ съ сокрушеніемъ. Говорилъ, говорилъ именно съ тою цѣлью, чтобы разсказать тебѣ мою бѣдственную исторію, попросить тебя взглянуть на нее спокойнымъ окомъ посторонняго къ дѣлу наблюдателя, разрѣшить нѣкоторые мои вопросы; а какъ дошелъ до самаго дѣла, такъ и вижу, что напрасно заговорилъ,— не могу... Нѣтъ, подожди, Филь... Когда самъ что нибудь пойму и узнаю, тогда и разскажу... Не теперь. Теперь не могу, нечего...

Филиппъ пожалъ плечами.

— Только я и могу тебѣ сказать, что въ эти бѣдственныя для меня времена, когда меня обуревали и неудачи и сердечныя страданіе, я многимъ, многимъ одолженъ нашему товариществу. Оно не только поощрительная дубинка, но вмѣстѣ съ тѣмъ и нѣкая нравственная ограда, изгородь. Не будь вотъ около этого поля сей изгороди, пришли бы на поле коровы и козлища и свиньи хрюкающія и опустошили бы его. Не будь около Матросова вышеупомянутаго товарищества, и въ его сердце вторглось бы уныніе, отчаяніе безнадежное и опустошили бы ею, взрыли, обезобразили... По истинѣ, Филь, мнѣ за послѣднее время разъ десять приходила на память нѣкоторая Рахиль или Іезавель, живущая невдалекѣ отъ меня. Дай, думаю, снесу къ ней мою волчью шубу, такъ какъ до зимы еще не близко. Получу отъ Іезавели злата и повеселюсь на него нѣкоторое время, горе свое размыкаю: все веселѣе будетъ. Не будь нѣкоторой надежды на товарищество, такъ бы я и сдѣлалъ. Шуба моя пропала бы или въ долги бы влѣзъ; съ холода или изъ сокрушенія о своихъ долгахъ и грѣхахъ началъ бы все больше и больше прибѣгать къ успокоительнымъ средствамъ; такъ оно и пошло бы, какъ колесо подъ гору. Все это мнѣ хорошо извѣстно изъ моихъ многочисленныхъ наблюденій, а отчасти и изъ опыта, хотя, по правдѣ сказать, никогда еще я не былъ въ такомъ неутѣшительномъ положеніи, какъ въ этомъ году. Ты какъ думаешь о нашемъ товариществѣ?

— Я вотъ думаю теперь, куда, оно послѣ нашего магазина направится?..

— Куда?.. Надо бы ему вотъ сюда на пустынные холмы и поля выйти, отвѣчалъ Матросовъ. Вонъ какая бѣдная пустыня. Земля здѣсь — песокъ и глина, тощая, неблагодарная кормилица. Вонъ въ той крошечной деревушкѣ ложки ковыряютъ, въ той, что изъ за холма выглянула, лопаты и полозья дѣлаютъ; въ третьей какіе-то несчастные горшки лѣпятъ, а вообще изъ всѣхъ деревень больше разбродятся по всей Россіи на разные промыслы, преимущественно бурлачить. Сядутъ послѣ дневныхъ трудовъ поужинать, такъ всего ужина у нихъ: хлѣбъ, весьма неприличный съ виду, лукъ и квасъ. Только и есть. А между тѣмъ подъ ногами у нихъ, если мы съ Потапомъ Потапычемъ не ошибаемся, есть желѣзная руда, можно подозрѣвать и каменный уголь. Вотъ вѣдь что. Придутъ промышленники, заберутъ все это въ свои руки, построятъ заводы, а наши Иваны, Минаи и Пантелеи будутъ въ дыму и копоти, и въ потѣ лица своего загребать золото... въ чужой карманъ. Отлично бы было вонъ тамъ около лѣска, на холмикѣ, поставить огнедѣйствующій заводикъ, пустить его въ ходъ и потомъ передать въ руки самихъ рабочихъ? А? Филь? Хорошо бы было? оградивши разумѣется эту передачу тѣмъ условіемъ, чтобы заводъ принадлежалъ дѣйствительно только тѣмъ, кто на немъ работаетъ, а не кому другому. А? хорошо бы было?..

— Хорошо, очень хорошо, самъ и отвѣчалъ онъ, не дожидаясь отвѣта. Не говоря уже о торжествѣ угнетенной добродѣтели, сколько на нашу долю досталось бы чести и славы. Спроси тогда любого Пантелея или Миная: знаешь ли, молъ, такого-то Петра Матросова? Какъ, скажетъ, не знать Петра Васильича! Какъ не знать! И вѣрили бы эти Пантелеи Петру Васильичу, вѣрили бы... Одно досадно, что старъ уже становлюсь, нѣсколько облѣнился и слабъ, духомъ слабъ, далеко не уйду.

Онъ вздохнулъ, закурилъ сигару и призамолкъ.

— Когда это ты успѣлъ постарѣть? спросилъ Филиппъ

— Когда? Не знаю я когда? Должно быть сидя въ канцеляріяхъ, сидя въ "Пристани", сидя въ нашемъ городѣ и вообще отъ этой сидячей жизни. Только вѣдь и было этой жизни, что сидѣлъ, пилъ пиво и смотрѣлъ на барышень. Какихъ силъ можно набраться въ этакой жизни? Конечно, нѣтъ ея; нѣтъ этого юношескаго жара, нѣтъ юношеской вѣры, что для человѣка нѣтъ ничего невозможнаго Да, старъ сталъ, облѣнился.

Онъ опять вздохнулъ.

— Мачаловъ вонъ умретъ скоро, сказалъ онъ подумавъ. Умретъ вѣдь?

Филиппъ долго ничего не отвѣчалъ и смотрѣлъ въ противоположную сторону.

— Я думаю, скоро, отвѣтилъ онъ наконецъ. Конечно могъ бы и живъ быть... да умретъ. До весны, можетъ быть, протянетъ.

— Могъ бы, проворчалъ Матросовъ. Вотъ вѣдь что обидно. И ничего не подѣлаешь... Вотъ вѣдь что обидно и горько, и до нѣкоторой степени совѣстно. Мы жить будемъ, даже дѣлишки свои устроимъ, а онъ помретъ. Что ты тугъ подѣлаешь? Что ты тугъ подѣлаешь? спрашивалъ онъ снявъ фуражку и немилосердно ероша волосы. Ну, продолжалъ онъ, отмахнувшись рукою и какъ будто оттоняя отъ себя эти вопросы, Потапъ Потапычъ, какъ нѣкій младенецъ, ходитъ шажками маленькими, крошечными, придерживаясь за няньку, и тоже не уйдетъ далеко. Теперь ты. Ты, голубчикъ, Филь... не знаю я, далеко ли ты пойдешь, не знаю, не вѣдаю. Есть за тобой этакой грѣшокъ, большой въ этомъ отношеніи грѣшокъ; именно, что ты на. мелочи разбрасываешься, въ мелочахъ путаешься. Отъ излишней ли это чувствительности или Господь тебя знаетъ отъ чего, только ты въ мелочахъ путаешься и на бездѣлицы тратишься.

— А вѣдь это правда, флегматично сказалъ Филиппъ. Ты думаешь я вотъ все это время о товариществѣ думалъ? Нѣтъ; о семейныхъ дрязгахъ думалъ, да еще объ одной особѣ, которая находится теперь въ нуждѣ и безъ работы. Вотъ что меня занимало.

— Чтожь ты станешь дѣлать, отвѣчалъ Матросовъ, разведя руками. Всѣ эти семейные и несемейные дрязги... знаю я, какіе они, на своихъ плечахъ я выносилъ ихъ, знаю. Нѣтъ — нѣтъ, да и стянутъ они человѣка съ облаковъ на какую нибудь коровью улицу. Плюнуть бы на нихъ нужно, Филь...

— Чтожь, и отлично;— давай плюнемъ на нихъ — я на свои дрязги, ты на свои неудачи, какія тамъ тебя сокрушаютъ. Плюнемъ и дѣльному дѣлу предадимся...

Матросовъ ничего не отвѣчалъ на это и молча курилъ.

Начали подниматься на гору, за которой спрятался заводъ Барканцевыхъ; Матросовъ проворчалъ, что "блаженъ иже и скоты милуетъ" и слѣзъ на землю; Филиппъ послѣдовалъ его примѣру и пошелъ рядомъ съ нимъ.

— Такъ не вѣруешь, чтобы мы далеко пошли? А? спросилъ онъ.

— Не знаю, что будетъ гуртомъ, стадомъ, товариществомъ, отвѣчалъ Матросовъ; а въ одиночку мы не герои, не герои, Филь. Что же, братъ, дѣлать? Заняться перевоспитаніемъ самихъ себя, что ли? Насадить какую нибудь школу для воспитанія героевъ? А?..

— Что станешь дѣлать; ничего видно не подѣлаешь... Я къ тому все это говорю, что мечтанія и планы являются у насъ эвона какіе великіе, — взглядомъ не охватишь; а люди-то мы простые, рядовые смертные, не безъ грѣховъ и слабостей. Куда, думаешь, намъ! Это-то и обидно, и прискорбно, и какъ холодная вода дѣйствуетъ.

— А ты утѣшай себя тѣмъ, что мы но въ одиночку бредемъ, а арміей въ нѣкоторомъ родѣ, смѣясь утѣшалъ его Филиппъ,— арміей, которая будетъ все увеличиваться и увеличиваться. Это ужь сила, братъ?

— Развѣ что такъ, развѣ что такъ,— если только армія наша не разстроится. На нее только и уповаю...

Онъ поднялся на вершину горы, перевелъ духъ и отеръ потъ съ своего лба.

— Я то вонъ вѣдь что, совсѣмъ я старикъ, продолжалъ онъ,

обмахиваясь платкомъ. Даже одышка появилась; на гору, на лѣстницу утомительно теперь подняться. А прежде то, прежде, бывало; бродишь цѣлые дни съ ружьемъ и удочками и ничего. Каждая тропинка была мнѣ здѣсь знакома, каждое деревцо зналъ. О, юность, юность! О, молодость, молодость! Гдѣ ты? Проспалъ ее, проспалъ...

— Вонъ они, мирные граждане; на крылечкѣ сидятъ, продолжалъ онъ, въ дружелюбной бесѣдѣ проводятъ вечоръ воскреснаго дня. Вонъ самъ властелинъ сихъ прелестныхъ мѣстъ — Барканцевъ; вонъ почтенные толстенькіе старички "дядюшки," не знаю только чьи, его или его супруги. Всѣхъ-то я знаю, со всякимъ-го гражданиномъ здѣшняго города хоть одинъ разъ да ужь видѣлся гдѣ нибудь и бесѣдовалъ о какой нибудь глупости.

— Властелину сихъ прекрасныхъ луговъ, лѣсовъ и замковъ мое нижайшее! привѣтствовалъ онъ Барканцева.

— Какой онъ властелинъ; у него жена командуетъ надо всѣмъ, замѣтилъ толстый дядя, а онъ такъ-себѣ, за штатомъ.

— Мужъ и жена едино суть. Не все ли равно, я полагаю, возразилъ Филиппъ.

— Это вѣрно. Вы насъ, Филиппъ Петровичъ, должно быть не помните, потому еще вы маленькій тогда были,— а мы съ вашимъ батюшкой были хорошо знакомы. Онъ у насъ былъ постояннымъ покупателемъ: у меня чай и сахаръ бралъ, у брата — сигары, рекомендовались Филиппу старички-дяди.

— Да, такъ вотъ какъ добрые люди живутъ, разсуждалъ Матросовъ, оглядываясь вокругъ себя. Дано имъ благотвореніе воздуховъ, тишина полей, цвѣточки подъ ихъ ногами благоухаютъ и самое солнце смотритъ на нихъ не такъ, какъ на насъ, городскихъ обывателей: не поджариваетъ ихъ, какъ грѣшниковъ въ аду, а любовно такъ смотритъ, словно примазывается къ нимъ. По правую руку у нихъ плодится въ прудѣ рыба для ихъ ужина, по лѣвую — растутъ даровыя дрова для печекъ, подъ ногами произростаетъ даровое сѣно для домашней скотины, а въ довершеніе всего этого имѣется крошечный заводикъ, на которомъ выдѣлывается и чай, и сахаръ, и сукно, и платья для супруги хозяина.

— И лошадей дѣлаетъ, добродушно замѣтилъ толстый дядя, и коровокъ фабрикуетъ этотъ заводикъ, дай ему Богъ здоровья.

— Не завидуй, Петръ Васильичъ, съ самымъ серьознымъ и даже зловѣщимъ видомъ сказалъ Филиппъ. Живи лучше тамъ, гдѣ живешь, и не жалуйся. Вонъ холера идетъ; горячки вездѣ бродятъ...

— Ну, такъ чтожь?.. Чтожь? тревожно спросилъ Барканцевъ.

— Да не желалъ бы я жить около такихъ дикарей, какъ ваши рабочіе, зловѣщимъ тономъ отвѣчалъ Филиппъ. Неловко около нихъ. Спятъ они, кажется, на землѣ, ходятъ чуть не въ костюмѣ Адама, а что такое пьютъ и чѣмъ питаются, объ этомъ я и не говорю. Этакіе дикари такъ къ себѣ и притягиваютъ какую нибудь холеру или горячку, Я бы или убѣжалъ отъ нихъ подальше, или ужь какъ нибудь пріумылъ ихъ, пріодѣлъ, не давалъ бы имъ всякую дрянь употреблять въ пищу. Опасный, весьма опасный въ этомъ случаѣ народъ

И онъ, не желая ослаблять дальнѣйшимъ разговоромъ эффектъ, произведенный его словами, пошелъ къ сестрѣ. Черезъ минуту явился въ ихъ комнату и Матросовъ, весь красный отъ внутренняго напряженія, сѣлъ въ кресло и, закрывъ лицо обѣими руками, качаясь и зажимая себѣ ротъ, залился неудержимымъ беззвучнымъ хохотомъ. По временамъ только, когда его ладони расходились, мелькалъ красный, широко-раскрытый ротъ и бѣлые какъ молоко зубы.

— Кашу, говоритъ, надо бы варить, шепталъ онъ задыхаясь и трясясь,— кашу. Я говорю, манную, манную... Не знаю, говоритъ, хорошо ли, хорошо-ли...

И опять откидывалъ онъ голову на спинку кресла и, задыхаясь, глоталъ воздухъ.

II

Сообщили Зоѣ о совершенно неожиданномъ успѣхѣ задуманнаго ими займа для книжнаго магазина, говорили объ устроеваемой Потапомъ Потапычемъ столярной мастерской и, ободренные удачами настоящаго, мечтали о будущемъ.

— Кончено и рѣшено! восклицалъ Матросовъ, совершенно забывшій о всѣхъ сокрушавшихъ его дрязгахъ, сердечныхъ страданіяхъ и сомнѣніяхъ. Эти лѣса, луга и замки будутъ въ рукахъ нашего товарищества. Посвящаю свою жизнь изученію производства стекла, бутылокъ и стакановъ, изучаю теорію и практику сего производства и затѣмъ пріобрѣтаю у Барканцева этотъ заводикъ.

У Зои глаза сіяли отъ радости за настоящее и надежды на лучшее будущее. Увлекся и замечтался даже Филиппъ и изъявилъ надежду, что дѣла товарищества пойдутъ такъ хорошо, что по уплатѣ долга лежащаго на магазинѣ, можно будетъ безъ особеннаго труда найти тысячъ пять. На это Матросовъ зімѣтилъ, что не мало ли пяти тысячъ, не лучше ли просить и всѣ пятьдесятъ. Затѣмъ долго говорили и спорили,— кому предоставить завѣдываніе имѣющимъ открыться магазиномъ,— Мачалову или Матросову,— и все-таки не могли рѣшить этого вопроса. Матросовъ истощилъ все свое краснорѣчіе, доказывая, что не можетъ онъ принять этого мѣста, что совѣсть его не позволяетъ ему этого сдѣлать, что совѣсть загрызетъ его, если онъ сдѣлается хозяиномъ магазина и позволитъ, чтобы Мачаловъ на его глазахъ умеръ медленною смертью, не имѣя возможности выбраться изъ того ненавистнаго ему положенія, въ какомъ находится. Наконецъ онъ выбился изъ силъ, махнулъ рукой и отвернулся къ окну.

— Не могу я; вотъ и все, заключилъ онъ съ досадой. Вонъ еще какая-то большая бородавка пріѣхала на ворономъ конѣ и въ вороной телѣжкѣ, прибавилъ онъ. Бѣлокурый, блѣдный и ничего себѣ, очень даже красивый, джентльменъ; только бороденка у него нѣсколько сплоховала. Точь въ точь выросла у него на подбородкѣ большая бородавка, да и поросла длинными волосами; въ этомъ и вся его борода.

— Это Парфеновъ, сказала Зоя, и вдругъ какъ то преобразилась, притихла и спряталась въ свою работу, лежавшую у нея на колѣняхъ.

Филиппъ сдѣлалъ невольное движеніе удивленія. Матросовъ торопливо выглянулъ въ окно.

— Такъ вотъ онъ, вотъ онъ этотъ знаменитый Парфеновъ, бормоталъ Матросовъ, принимаясь расхаживать по комнатѣ. Вотъ бы кому приставить нѣсколько исправленную голову, вложить въ него новое, другое сердце, да и пріобщить этакою человѣка къ нашему товариществу. Вотъ чье могущество и чью волю дать бы намъ.

— Кулакъ, замѣтилъ Филиппъ.

— Кулакъ, кремень, желѣзо, деспотъ, бормоталъ Матросовъ.

— Да, деспотъ, подтвердилъ Филиппъ, кивнувъ головой.

— Вотъ она враждебная сила, темная сила, продолжалъ ворчать Матросовъ, обуреваемый какими-то мрачными мыслями и съ любопытствомъ пріотворилъ дверь въ сосѣднюю комнату, гдѣ впрочемъ ничего не увидѣлъ. Какими путями наживалось это громадное состояніе! Сколько грязи и крови въ тѣхъ темныхъ исторіяхъ, которыя бродятъ въ народѣ насчетъ этого богатства? Интересно, интересно...

Наступило довольно продолжительное молчаніе. Былъ уже часъ восьмой вечера; солнце закатывалось, въ комнатахъ темнѣло и вездѣ распространялась вечерняя тишина.

— Неужели, вдругъ спросила Зоя, неужели никогда не бываетъ такихъ случаевъ, чтобы цѣль оправдывала средства? Неужели никогда не простится, еслибы я или кто нибудь изъ насъ сдѣлалъ для общей пользы что нибудь нехорошее, недостойное? Неужели это никогда не простится?

Филиппъ вопросительно смотрѣлъ на нее. Матросовъ

остановился посреди комнаты и, заложивъ руки за спину, немного склонивъ голову но направленію къ Зоѣ, тоже внимательно всматривался въ нее. Обоихъ ихъ поразило, что она нѣсколько поблѣднѣла, смутилась, волновалась, какъ будто бы вопросъ былъ о ея личномъ дѣлѣ, о ея личномъ поступкѣ. Къ тому же и предложила она этотъ вопросъ какъ-то совершенно неожиданно, безъ всякихъ предисловіи и объясненій, безъ всякихъ поводовъ въ предшествовавшемъ разговорѣ.

— Да, да, встрепенулся Матросовъ, быстро заходилъ изъ угла въ уголъ,— былъ у меня пріятель, укралъ у одного казнокрада деньги, да выстроилъ на нихъ торговыя бани... Да, да, я понимаю: воръ у вора дубинку укралъ.

— Но если бы онъ сдѣлалъ изъ нихъ другое, лучшее, во сто разъ лучшее употребленіе? кротко спросила Зоя, какъ будто прося его отнестись къ ея вопросу спокойнѣе.

— Чтожь?... И лучшее дѣлаютъ, отвѣтилъ Филиппъ. Строятъ на краденыя деньги и богадѣльни, и пріюты, и школы. Заведенія все общеполезныя; а воры все-таки въ безпристрастную исторію заносятся съ именами воровъ, и въ памяти народной слывутъ подъ именами грабителей... Незавидная слава...

— Я не понимаю, возразила Зоя съ пылающими щеками и съ лихорадочнымъ блескомъ въ глазахъ: въ чемъ же тогда заключается добродѣтель? Въ томъ ли, чтобы вести себя скромно, не пьянствовать, не буянить и щепетильно отстраняться отъ всякаго вмѣшательства въ чужія дѣла или въ томъ, чтобы выше всею на свѣтѣ, выше самаго себя, своей жизни и чести ставить общее благо? Въ чемъ она? И кто для васъ выше, лучше: добродѣтельный ли Семенъ Иванычъ, несдѣлавшій никому зла, но тоже и добра ни для кого несдѣлавшій или вотъ хоть тотъ человѣкъ, который цѣною преступленія основалъ пріютъ для дѣтей, далъ имъ возможность жить, учиться... Вы любите трезвыхъ музыкантовъ, которые хоть и дерутъ уши, но за то не употребляютъ хмѣльнаго.

— Чортъ знаетъ, чортъ знаетъ что такое, сердито шепталъ Матросовъ, усѣвшись около Филиппа.

— А сколько эти геніальные, но нетрезвые музыканты натворятъ зла, прежде чѣмъ примутся за дѣла благодѣтельныя? замѣтилъ Филиппъ,

— Ахъ, я не о томъ говорю! Украсть, убить — кто на это пойдетъ, кто можетъ? Я говорю о тѣхъ случаяхъ, когда человѣкъ никого не грабитъ, никого не убиваетъ, а на одного себя принимаетъ всю тяжесть и всѣ муки своего преступленія... Да вотъ... вотъ... У меня одно письмо есть... Отъ моей знакомой... У нея — мать, отецъ, маленькія братья и сестры. Отецъ безъ мѣста; имъ ѣсть нечего, съ квартиры ихъ гонятъ, вещи у нихъ всѣ заложены, дѣтей не только не на что воспитать, но и кормить нечѣмъ. Между тѣмъ за этой юной особой, которая пишетъ мнѣ письмо, ухаживаетъ одинъ богатый господинъ. Что же ей дѣлать,— вы щепетильные, строгіе люди? Что дѣлать, я васъ спрашиваю? Сохранить ли ей свою свободу, независимость, добродѣтель и твердо смотрѣть, какъ ея семья терзается и голодаетъ или пожертвовать собою, своимъ счастьемъ, добродѣтелью? Что лучше? Что выше?...

Отвѣтомъ ей было глубокое молчаніе.

— Вотъ, вы молчите, не отвѣчаете, съ усмѣшкой продолжала она. Да я и такъ, безъ вашего отвѣта знаю, что вы пожалѣли бы эту женщину, назвали бы ее несчастной. Вы не отнеслись бы къ ней съ презрѣніемъ и негодованіемъ, поступокъ ея вы не назвали бы гадкимъ, вы назвали бы его жертвой, самопожертвованіемъ.

Они молчали.

— Жертвой назвали бы вы этотъ поступокъ. Но взгляните же теперь попристальнѣе, раскроите хорошенько ваши глаза. Нѣтъ ли и около васъ голодныхъ, нищихъ братьевъ и сестеръ, братьевъ, можетъ быть, не родныхъ, не по крови, но все-таки братьевъ. Что если вы тоже можете имъ помочь съ пожертвованіемъ своего счастья, спокойствія, честнаго имени? Тутъ уже преступленіе будетъ?..

Опять наступила пауза. Матросовъ тяжело, грузно вздохнулъ и отеръ потъ, проступившій у него на лбу. Нѣсколько нагнувшійся впередъ и внимательно слушавшій сестру, Филиппъ отодвинулся къ спинкѣ кресла и вдругъ, среди глубокой тишины, раздался его смѣхъ. Филиппъ рѣдко смѣялся и тѣмъ сильнѣе подѣйствовалъ теперь его нѣсколько злой и холодный смѣхъ.

— О ты, сладкогласная сирена! отвѣчалъ онъ. Ты Ундіянка, самоотверженная Ундіянка, бросающаяся подъ колеса священной колесницы, дабы умилостивить разгнѣванное божество! Вотъ это филантропія, это филантропія, желающая своими слезами утолить жажду всѣхъ жаждущихъ міра сего; своей собственной особой намѣревающаяся заткнуть всѣ прорѣхи общественной жизни. Успокойся, Зоя, и побереги свое великодушіе, не бросайся подъ колеса. Напрасно будетъ... Я не говорю уже о томъ, что путь твоей и всякой другой филантропіи кривой и безнадежный путь, я уже и не говорю объ этомъ... Но что дашь однимъ изъ своихъ братій, то другіе отнимутъ. На сколько ты дашь однимъ изъ своихъ братій, на столько же отнимешь у другихъ... И даже больше, несравненно больше ты отнимешь, чѣмъ дашь,— больше сдѣлаешь вреда, чѣмъ пользы.

— Вреда? спросила она гордо и съ изумленіемъ.

— Ну, да, вреда. Раздавай какую угодно милостыню, строй какія угодно школы, посѣвай какія угодно идеи — все будетъ безплодно и напрасно, какъ скоро ты "пожертвовала своимъ честнымъ именемъ". Ты дашь другому кусокъ хлѣба, милостыню, выскажешь ему какую нибудь хорошую, честную мысль, но сама же и убьешь эту честную мысль, убьешь ее своею жизнью и своимъ примѣромъ. Примѣръ — великое дѣло. Одна свѣтлая и высокая личность поднимаетъ изъ грязи и возвышаетъ сотни другихъ. Одна грязная, почему нибудь выдѣлившаяся изъ толпы личность, развращаетъ тысячи другихъ. Воображаю я какого нибудь добродушнаго, честнаго юношу или таковую же юную дѣвицу, которые, послушавъ твоихъ рѣчей объ общемъ благѣ, приблизились бы къ тебѣ. Что сталось бы съ ними? Или, ты думаешь, на нихъ не подѣйствовало бы зрѣлище того, какъ мало ты дорожишь своимъ честнымъ именемъ и какъ ты не пренебрегаешь никакими средствами? Не поколебалась ли бы ихъ вѣра въ твои идеи? Не пропала ли бы ихъ энергія? Не разрѣшили бы они и себѣ пользованіе всякими средствами для своихъ собственныхъ цѣлей? Нѣтъ, все въ нихъ погибло бы потому, что ты развратила бы ихъ. Чѣмъ шире были бы твои дѣла, тѣмъ больше встрѣчалось бы такихъ юношей и не юношей А они въ свою очередь развращали бы другихъ.

Матросовъ широкими, тяжелыми шагами расхаживалъ по комнатѣ и, почти при каждой фразѣ Филиппа, одобрительно кивалъ головой. Зоя задумчиво сидѣла въ своемъ креслѣ, опустивъ голову на руку, поникнувъ лицомъ, и ни однимъ словомъ не возражала больше. Филиппъ зажегъ свѣчу, закурилъ сигару и, подождавъ еще немного,— не будетъ ли отвѣта или возраженія,— взглянулъ на часы.

— Оставимъ это, произнесъ онъ устало и какъ-то брюзгливо. Вотъ есть здѣсь одна барыня, очень хорошая особа...

— Хорошее и честное существо, также брюзгливо прибавилъ Матросовъ. Знаю я... Чего ей?..

— Хлѣба и работы,— только...

— Немногаго захотѣла!.. Какой работы?..

— Шить, вышивать, дѣтей учить, затѣмъ, но словамъ Щепоткиной,— она хорошая музыкантша...

— Чтожь? Постараться развѣ для нея? прокричать, протрубить о ней на всѣхъ перекресткахъ, что вотъ, молъ, какая превосходная музыкантша, ученица самаго Гензельта или какія тамъ есть знаменитости...

— Это въ нашемъ-го городѣ училась она у Гензельта?..

— Чтожь? Нарочно, молъ, для нея пріѣзжалъ сюда и притомъ инкогнито, подъ именемъ какого нибудь Іоганна Шустера или Сидора Клавикордова. Да не въ томъ дѣло; въ этомъ родѣ, однимъ словомъ...

— Хорошо, если не умретъ съ голода, покуда ты ее успѣешь прославить...

— Экъ ее! Подождать не можетъ... Ну, въ товарищество что ли принять ее, если она дѣйствительно существо честное и хорошее и ничего неимущее. Есть же вѣдь какіе нибудь остатки и крохи въ нашей кассѣ?..

— Я тоже думалъ предложить вамъ. Вы посмотрите на нее, познакомтесь: хорошая, надежная женщина. Главное, что ее пріободрило бы товарищество, нравственно бы ее поддержало. А это можетъ быть самое главное и есть для человѣка, у котораго впереди ничего не видится, кромѣ голода и горя...

— "Ничего въ волнахъ не видно!" знаю, знаю я это положеніе; скверная болѣзнь, опасная и дѣйствительно товарищество въ ней помогаетъ. Прими ее, голубчикъ Филь.... Примемъ, Зоя Петровна? А? Повѣримъ на слово этому молодцу, что она дѣйствительно "существо хорошее"?.. Онъ вѣдь, я полагаю, влюбленъ въ это существо,— все съ нимъ няньчится въ ущербъ интересамъ товарищества; такъ пускай поскорѣе успокоится.

— Что-жь? Я очень рада буду, отвѣчала Зоя, выйдя наконецъ изъ своей неподвижности и поднявъ голову. Кромѣ того я переговорю о ней съ Барканцевыми, съ ихъ дядями, Парфенову скажу.

Филиппъ нахмурился при послѣднемъ имени и принялся усердно кусать ногти.

— Пожалуй, скажи... Это они могутъ, нехотя отвѣчалъ онъ. Нужно только тебя предупредить, что всѣ эти почтенныя старушки пожалуй косо посмотрятъ на эту особу, потому что она находится здѣсь на положеніи бѣглянки отъ своего мужа. Самую себя и дѣтей своихъ она спасала отъ него своимъ бѣгствомъ; а эти старушки скажутъ: развратница... Судъ вѣдь у нихъ короткій, скорый и приговоры готовые... Ты предупреди ихъ, затушуй это какъ нибудь...

— Чего какъ нибудь? вмѣшался Матросовъ. Имъ только подсказать стоитъ, стоитъ только напередъ ихъ забѣжать: вотъ молъ какая несчастная, любящая, прекрасная мать: своимъ собственнымъ спокойствіемъ пожертвовала, свое доброе имя подвергла осужденію, чтобы только вырвать чадъ своихъ изъ подъ растлѣвающшо вліянія своего родителя. Для вящщей убѣдительности его можно изобразить въ видѣ лубочнаго дьявола: страшенъ, молъ, и дерется, водку пьетъ и въ карты играетъ...

— Ненужно и придумывать; онъ и на самомъ дѣлѣ таковъ...

— Молодецъ. Ну, и отлично...

— Хорошо; я скажу, тихо и устало проговорила Зоя.

Матросовъ покосился на нее, потеръ лобъ, поморщился и опять присѣлъ около Филиппа;

— Да что такое? Что съ ней? шепталъ онъ, поглаживая усы и заслоняя ротъ ладонью.

Филиппъ пожалъ плечами.

— Ѣдемъ что ли? спросилъ онъ.

— Какъ хочешь. Мнѣ гдѣ ни торчать — все одно; вся вселенная — прекрасна... Ѣдемъ...

III

Проводивъ этихъ гостей, Зоя опять возвратилась въ свою комнату. Она притворила за собою дверь какъ-то машинально, не глядя, поставила на комодъ свѣчу и, скрестивъ руки на груди, поникнувъ головою, стала ходить взадъ и впередъ по комнатѣ. Домъ стоялъ пустой и молчаливый; ни одного голоса, никакого движенія и признака жизни не слышно было въ комнатахъ, только на окнахъ трепетали цвѣты и шуршали занавѣски, колеблемыя ночнымъ вѣтромъ, да шумѣли въ полисадникѣ листья деревьевъ, да шелестило по полу платье Зои. Вѣтеръ поднимался сильнѣе и сильнѣе. Свѣча отекла; пламя ея то вздрагивало, то колебалось и бродило во всѣмъ направленіямъ, то стремительно бросалось въ одну сторону и съ легкимъ свистомъ вытягивалось въ длинную, синеватую и тоненькую струйку, точно будто силясь оторваться отъ своей свѣтильни и улетѣть. Тѣни бродили на бѣлыхъ обояхъ блѣдныя и дрожащія, тоже какъ будто куда-то стремившіяся уйдти; шумъ деревьевъ въ рощѣ становился все слышнѣе и слышнѣе

Одинъ разъ Зоя остановилась передъ готовой погаснуть отъ порыва вѣтра свѣчи и заслонила ее отъ окна. Худощавыя щеки ея были блѣдны, около губъ и между бровями лежали морщинки, придававшія лицу ея тоскливое выраженіе,— какъ будто подернутые туманомъ глаза ея смотрѣли мечтательно и вмѣстѣ съ тѣмъ грустно. Она перенесла свѣчу на столъ и опять продолжала ходить по комнатѣ, машинально и медленно приглаживая рукою развеваемые вѣтромъ волосы. Вдругъ она остановилась, приподняла голову и прислушалась: послышались шаги. Она торопливо пошла къ двери, потомъ вернулась, схватила свѣчу и опять бросилась къ двери.

— Можно войти? спросилъ за дверью Парфеновъ и стукнулъ дверною ручкой.

Она стояла по эту сторону двери и не знала, что ей дѣлать.

— Сейчасъ, отвѣчала она наконецъ не то раздражительно, не то съ досадой, отошла отъ двери, медленно накинула на плечи большой платокъ и отворила дверь.

— Извините, я ухожу, сухо сказала она.

Онъ молча посторонился, пропустилъ ее впередъ и также молча пошелъ за нею. Въ залѣ она остановилась, поставила свѣчу на столъ и взглянула на Парфснова.

— Вы хотите мнѣ сказать что нибудь? также сухо спросила она.

— Я не задерживаю васъ, отвѣчалъ онъ, вынувъ изо рта сигару.— Идите, куда хотѣли; они тамъ, въ полѣ. Я за вами послѣдую, если позволите; могу говорить и на ходу...

Она пожала плечами.

— Вы не сердитесь на меня? спросилъ Парфеновъ послѣ небольшого молчанія.

— За что?..

— Я тоже думаю,— не за что, тихо согласился онъ.— Во всякомъ случаѣ — не сердитесь за тѣ слова, что сорвались у меня въ прошлый разъ: что я пріѣзжаю сюда для васъ, единственно для васъ. Вы тогда ушли, не сказавши мнѣ ни слова; въ тотъ вечеръ я больше и не видалъ васъ. А теперь вы вонъ какія: сухи, холодны, горды... Вы сердитесь?..

— Лучше, еслибъ вы не говорили тѣхъ словъ; мнѣ спокойнѣе было бы...

Она стояла передъ круглымъ, переддиваннымъ столомъ, положивъ на него одну руку; Парфеновъ по другую его сторону тоже стоялъ, прислонившись плечомъ къ косяку двери и куря сигару. Говорили они очень тихо.

— Какого еще спокойствія хотите вы? сказалъ онъ не безъ горечи — Вы и такъ полны самаго презрительнаго спокойствія. Я вамъ сказалъ нѣсколько неугодныхъ вамъ словъ, а вы встали, повернулись ко мнѣ спиной и спокойно ушли, — точно какую-то нибудь пылинку стряхнули съ своего платья. Я вотъ теперь осмѣлился приблизиться къ вамъ, а вы отвернулись и ушли прочь... и вонъ какое ледяное равнодушіе покоится на вашемъ лицѣ...

Она бѣгло взглянула на него и опять пожала плечами.

— Я не въ такомъ аристократическомъ смыслѣ говорила... Не о своемъ душевномъ спокойствіи я говорю. Нѣтъ, я о своемъ мѣщанскомъ комфортѣ забочусь. Когда вотъ вы постучались сейчасъ въ мою комнату, я, можетъ быть, вовсе не хотѣла изъ нея выходить, а ушла, принуждена была уйти..

— Бѣжать принуждены были? спросилъ онъ, переступивъ съ ноги на ногу.

— Да, бѣжать... А мнѣ дорогъ мой мѣщанскій комфортъ. Когда я перѣѣхала сюда изъ города, я мечтала, что здѣсь меня никто не будетъ преслѣдовать, что здѣсь мнѣ спокойно будетъ и никто никакими исторіями не будетъ меня мучить. Кажется, я горько ошиблась. Не говорю уже о томъ, что меня безпокоятъ ваши преслѣдованія; мнѣ и въ будущемъ, и отъ другихъ слѣдуетъ ожидать много непріятнаго. Замѣтятъ ваше поведеніе относительно меня, начнутъ перешептываться, подозрительно и съ любопытствомъ вглядываться въ меня... Чтожъ?.. Придется мнѣ бѣжать и отсюда? Этого ли вы хотите? спрашивала она, поднявъ на него какой-то нерѣшительный, грустный взглядъ.

— Что же мнѣ дѣлать? спросилъ онъ.

— Оставьте меня...

— Оставить... Не смотрѣть на васъ? Не говорить съ вами? Однимъ словомъ не ѣздить сюда?

— Да, не ѣздить; вѣдь вы говорили, что для одной меня ѣздите сюда. Если такъ,— не ѣздите...

Онъ тихо и рѣшительно покачалъ головой.

— Нѣтъ, этого я не могу, произнесъ онъ и опять покачалъ головой.

Она отвернулась отъ него и пошла въ прихожую.

— Что же мнѣ дѣлать? спросила она, опять обратившись къ нему и тихо возвращаясь на прежнее мѣсто.— Скажите мнѣ... Бѣжать отсюда? Или прежде предупредить Софью Михайловну и разсказать ей мое положеніе? Пожаловаться ей нѣкоторымъ образомъ? Просить у нея защиты?..

— Да, по всей вѣроятности она тогда вѣжливо выгонитъ меня изъ своего дома, согласился онъ.— Она вѣдь не очень ко мнѣ расположена. Нѣтъ, вы не дѣлайте этого, не жалуйтесь. Вы лучше позвольте мнѣ иногда видѣть васъ, хоть издали; позвольте иногда говорить съ вами. И буду скроменъ по возможности, во всемъ скроменъ: во взглядахъ и въ разговорахъ. Позвольте это. Я буду видѣть васъ и слышать вашъ голосъ, а вы будете погружены въ ваше ледяное и презрительное спокойствіе. Что вамъ? Зачѣмъ вамъ меня гнать? И куда, далеко ли можете вы прогнать меня? Только и можете, что воспретить мнѣ входъ въ эти комнаты. А тамъ... тамъ я вездѣ свободенъ... Я могу пробираться, какъ воришка, къ вашему окну и смотрѣть на васъ, слушать, что вы говорите, слушать, какъ вы играете на фортепьяно. Въ видѣ охотника или въ какомъ нибудь другомъ образѣ я могу бродить около этого пруда, но этой рощѣ, по этимъ болотамъ и поджидать васъ. Все это я могу и буду такъ поступать, если вы меня изгоните. Уѣдите вы? Хорошо. Куда вы уѣдите? Домой? Я все-таки буду васъ встрѣчать и видѣть... Въ другой городъ уѣдите? Въ столицу? На край свѣта? Я послѣдую за вами всюду.. Я ничѣмъ не связанъ... Не могу я такъ жить, чтобы не видѣть васъ, нельзя этого, до такой же степени нельзя, какъ и безъ воздуха жить...

Онъ взялъ свѣчу и закурилъ потухшую во время этого монолога сигару. Голосъ его былъ печаленъ, лицо блѣдно, но рѣшительно и спокойно.

— А самое лучшее, прибавилъ онъ, поставивъ свѣчу и опять

прислонившись къ косяку двери, — самое лучшее: позвольте мнѣ видѣть васъ и изрѣдка говорить съ вами о какихъ нибудь пустякахъ. Не гоните меня...

Лицо Зои было тоже блѣдно, глаза смотрѣли гнѣвно, а губы начинали немного дрожать гнѣвнымъ и презрительнымъ трепетомъ,

— Такъ вы думаете, я ничего, ничего не могу? Я беззащитна противъ васъ, вы думаете?..

— Въ томъ смыслѣ, что вы не въ состоянiи запретить мнѣ смотрѣть на васъ? Да, конечно...

— И никто не защитить меня отъ вашихъ преслѣдованiй? Никто? Некому вы думаете? Нѣтъ, вы ошибаетесь... У меня есть братъ, есть друзья... Вы ошибаетесь, съ гнѣвомъ и угрозой вскричала она.

Онъ вздохнулъ и пожалъ плечами.

— Какое мнѣ до нихъ дѣло? И что они могутъ сдѣлать мнѣ? Посадить меня въ тюрьму, на цѣпь, заковать? Нѣтъ, не могутъ... Убить меня? Это развѣ? Ну, это разумѣется могутъ, не спорю, это они могутъ... А больше ничего...

— Это нагло, прошептала она.

— Наглость, встрепенулся онъ.— Нѣтъ, нѣтъ, умоляю васъ! выразительно и съ мольбой въ голосѣ говорилъ онъ, ступивъ шагъ впередъ и нагнувшись къ ней черезъ столъ. Никто не можетъ уважать васъ такъ, какъ я... Никто... вѣрьте мнѣ... Я не могу быть съ вами дерзокъ... Нѣтъ... Это не наглость, это нѣчто другое, что выше, сильнѣе меня, надъ чѣмъ не властенъ ни я, ни вы и никто другой. Я не могу иначе поступать. Это чувство, я вамъ говорю, сильнѣе меня... Я не могу, не могу вамъ покориться въ этомъ случаѣ.

— Какое чувство? гнѣвно и раздражительно спросила она.— Нѣтъ, это не то чувство, на которое вы намекаете. То чувство не выражается въ какомъ-то дикомъ и оскорбительномъ преслѣдованiи; то чувство не позволило бы вамъ гнать меня изъ этого дома.

Онъ съ какимъ-то отчаянiемъ вздохнулъ, отвернулъ отъ нея лицо и опять, какъ статуя, прислонился къ двери. Зоя въ волненiи ходила по комнатѣ.

— Что это они тамъ кричатъ? спросила она, остановившись и прислушиваясь.

Парфеновъ тоже прислушался. Дѣйствительно въ сторонѣ завода слышался шумъ и раздавались крики, но вѣтеръ относилъ ихъ, такъ что нельзя было разобрать ни одного слова.

— Ссорятся вѣроятно, равнодушно отвѣчалъ онъ.

Она опять стала ходить по комнатѣ.

— И чего вы наконецъ хотите отъ меня? продолжала она, какъ

211

будто не въ силахъ была уйти, отвернуться отъ него, какъ ушла отъ Новоторова.— Чего ждете и надѣетесь вы отъ меня? Изъ за чего всё эти преслѣдованья? Изъ за того только, чтобы говорить со мной, видѣть меня? Что можетъ быть между нами общаго, я не понимаю? Не говорила ли я вамъ, что между мною и вами бездна, непроходимая бездна... Развѣ вы не видите, не понимаете этого?..

— Не вижу и не понимаю, отвѣчалъ онъ.— Вы говорили — въ мнѣніяхъ, во взглядахъ, въ убѣжденіяхъ эта бездна. А я говорю теперь, что нѣтъ этой бездны и быть ея не можетъ. Скажите мнѣ, какія у васъ мысли; я приму ихъ, своими буду считать. Мнѣ все равно: у меня никакихъ нѣтъ. Скажите, какія у васъ есть мечты, надежды, стремленія,— я проникнусь ими и попробую осуществить ихъ для васъ...

— Да, для меня, со вздохомъ прошептала она.— Не ради ихъ самихъ, а ради меня...

— Скажите, что вы любите,— то и я буду любить; назовите мнѣ, кого вы ненавидите; тѣхъ людей и я буду ненавидѣть, они сдѣлаются злѣйшими моими врагами. Скажите, назовите: кого?..

— Васъ я ненавижу, грустно сказала она, взглянувъ на него впрочемъ далеко не взглядомъ ненависти, а скорѣе досады и сожалѣнія.

Онъ окаменѣлъ. Блѣдное лицо его сдѣлалось еще блѣднѣе.

— Не можетъ быть, прошепталъ онъ и провелъ рукой по своему лбу, покрывшемуся холоднымъ потомъ.

— Очень, очень можетъ быть, что скоро возненавижу, если вы не съумѣете оставить меня въ покоѣ, прибавила она.

На лицѣ ея,— между бровей и около губъ,— опять набѣжали морщинки и набросили на него нерѣшительное и тоскливое выраженіе; глаза ея опять подернулись какимъ-то туманомъ, сквозь который просвѣчивала и мечтательность, и тоска, и какая-то борьба съ самой собою. Поникнувъ головой, скрестивъ на груди руки, она ходила и ходила взадъ и впередъ по комнатѣ, казалось, совершенно забывъ о томъ блѣдномъ человѣкѣ, что стоялъ у двери и пристально слѣдилъ за нею, изрѣдка стряхивая пепелъ съ своей сигары.

Но вотъ подъ окномъ торопливо пробѣжалъ кто-то, за нимъ другой...

— Что тамъ такое, съ безпокойствомъ спросила Зоя, какъ будто встрепенувшись отъ сна, и неподвижно остановилась на мѣстѣ.

Парфеновъ вышелъ. Она подождала немного, выглянула въ окно, потомъ поспѣшно бросилась на крыльцо. Какъ будто бы гдѣ-то звонилъ колоколъ, относимый и заглушаемый вѣтромъ, какъ будто бы кричали и говорили объ огнѣ, о пожарѣ... Ночь была вѣтряная, темная; небо все задернуто разорванными сѣроватыми

212

облаками и тучами, которыя неслись, какъ клубы дыма, гонимаго и развѣваемаго вѣтромъ. Въ сторонѣ завода, точно пламя костра, отражавшагося въ текучей водѣ, дрожало красное, зловѣщее зарево; а подъ нимъ, съ одной стороны, заслоненная лѣсомъ, съ другой вся открытая, ярко горѣла небольшая деревня, всего верстахъ въ трехъ отсюда. Потокъ пламени становился все шире и шире, пучки горящаго сѣна летали надъ деревней все многочисленнѣе и гуще, какъ стаи огненныхъ птицъ, поднятыхъ изъ своихъ гнѣздъ и кружащихся въ вышинѣ надъ ними, пока не уйдетъ тотъ, кто поднялъ ихъ. Окрестность проснулась и наполнилась глухимъ шумомъ; тамъ, на мѣстѣ пожара, точно шумѣла мельница, здѣсь, по дорогѣ, бѣжали люди и стучали колеса. Барканцевъ поѣхалъ съ своей пожарной трубой; толстый дядя посадилъ въ телѣгу человѣкъ десять рабочихъ съ завода и во всю конскую прыть мчалъ эту живую силу къ мѣсту несчастія.

Парфеновъ подъѣхалъ въ своемъ кабріолетѣ къ Зоѣ и Софьѣ Михайловнѣ. Онъ ни мало не суетился, не безпокоился и докуривалъ свою сигару.

— Не хотите ли прокатиться туда? спросилъ онъ, ни къ кому собственно не обращаясь.— Нѣтъ? Не желаете?

Онъ еще подождалъ немного, потомъ взглянулъ на горящую деревню и, бросивъ въ траву окурокъ сигары, тронулъ лошадь. Сначала онъ ѣхалъ тихо, шагомъ, какъ будто все еще ожидая — не остановятъ ли его, не поѣдутъ ли съ нимъ, и только когда отъѣхалъ уже довольно далеко отъ завода, тогда погналъ лошадь. Зоя слѣдила за нимъ, пока онъ не скрылся изъ вида, а потомъ ушла въ домъ.

Пожаръ былъ и внутри ея самой. Щеки ея горѣли, сердце билось тревожно и замирало, точно она стояла надъ какой нибудь пропастью и всматривалась въ ея страшную глубину; а мысли въ ней бродили неясныя, темныя, спутанныя, какъ тѣ сѣроватыя облака, что неслись въ это время по небу, гонимыя вѣтромъ.

— Точно онъ отъ слезъ захлебывается! думала она, стоя съ пылающими щеками у окна и прислушиваясь къ торопливому, трепетному, часто относимому вѣтромъ и дѣйствительно точно захлебывающемуся набату. И какъ не плакать? Одна искра — и погибло все, что копилось, собиралось десятками лѣтъ. Одна глупая искра — и цѣлая сотня людей пошла по міру. Да, вотъ скоро они потянутся съ нищенскими котомками за плечами, пойдутъ здѣсь подъ окнами... Имъ бросятъ грошъ и черствый кусокъ хлѣба...

— И буду ли я когда нибудь сильнѣе? Неужели всегда на всякую чужую бѣду я стану откликаться одними только вздохами? Неужели наше товарищество только въ нашихъ мечтахъ будетъ сильно и могущественно? Дождусь ли я этого времени? Увидятъ ли мои очи обѣтованную землю? Или это только одна мечта? Чгожъ, можетъ быть, и мечта... Мы не умѣемъ ходить свободно: мы трусимъ и при каждомъ шагѣ ощупываемъ ногою землю — не грязно ли? Мы мечтаемъ о великой, далекой цѣли, стремимся къ ней, но только боимся выпачкать по дорогѣ ботинки

Она судорожно закусила губу и закрыла рукой глаза.

— Зачѣмъ они меня удерживаютъ? Зачѣмъ? чуть не плакала она отъ тоски и сомнѣній.— Зачѣмъ они сбили, заговорили меня? Вѣдь они сами выразились о немъ, что, если бы ему вложить другое сердце, онъ могъ бы сослужить великую службу для ихъ цѣлей? Что же они могли бы возразить мнѣ? Я вложу въ него это другое сердце, я приведу его въ ихъ лагерь... Что имъ за дѣло до того, какъ приведу... Можетъ быть, я люблю его...

Она глубоко вздохнула, отошла отъ окна и опять въ борьбѣ съ самой собою, въ тоскѣ и волненіи стала ходить по комнатѣ.

Прошло около получаса. Стукъ экипажа, подъѣхавшаго къ крыльцу, вывелъ ее изъ задумчивости. Вошелъ Парфеновъ, снялъ свою бѣлую фуражку и лѣниво опустился въ кресло.

— Ну что? спросила она остановившись.

— Пустяки... Деревня всего дворовъ въ двадцать...

— Вся сгорѣла?..

— Догораетъ. Скоро вся сгоритъ...

— Конечно пустяки, съ горечью сказала она, отвернувшись, и отошла прочь.— Ваши обороты вѣдь не пострадаютъ отъ того, что лишняя сотня человѣкъ пойдетъ но міру?

— Ничуть, равнодушно согласился онъ, взглянувъ на часы и потомъ поднося ихъ къ уху.

— Я впрочемъ не къ тому говорю, что пустяки, прибавилъ онъ вставая и опять взявшись за фуражку.— Къ тому говорилъ, что эту бѣду ничего не стоитъ поправить. Ѣхавши съ пожара, я думалъ было устроить подписку въ пользу этихъ погорѣльцевъ... Да не стоитъ... Я и одинъ могу сдѣлать это дѣло. Дѣло только въ томъ, что я завтра уѣзжаю изъ города недѣли на двѣ. Не возьметесь ли вы помочь мнѣ? Или Софью Михайловну придется мнѣ потревожить.

IV

Возвратившись въ городъ и высадивъ Матросова около его любезной "Пристани" Филиппъ поспѣшилъ къ Евлаліѣ Александровнѣ, чтобы передать ей благія вѣсти о нѣкоемъ товариществѣ, о его надеждахъ, его небольшихъ средствахъ, готовыхъ къ ея услугамъ и о тои помощи, которую оно дружески

214

предлагаетъ ей. Всю дорогу отъ завода Барканцевыхъ до города онъ былъ невеселъ, тревоженъ и на воркотню, тоже не совсѣмъ спокойнаго Матросова, отвѣчалъ больше однимъ молчаніемъ, раздумывая о той, необѣщающей ничего добраго, перемѣнѣ, какую они замѣтили въ Зоѣ и о тѣхъ таинственныхъ и подозрительныхъ замыслахъ, которые созрѣвали въ ней. Но когда они наконецъ разстались и Филиппъ въѣхалъ въ улицу, гдѣ стоялъ тотъ низенькій, почернѣлый отъ времени и непогодъ домикъ, въ которомъ онъ провелъ не одну безсонную ночь, сидя у постели больной, всѣми покинутой женщины, — тогда лицо его прояснилось.

Евлалія Александровна выздоровѣла на столько, чтобы быть въ состояніи выходить изъ дома и работать, но все еще была очень и очень больна. Въ первые дни, когда къ ней только-что возвратилось сознаніе, она была съ Филиппомъ кротка, признательна ему и послушна, какъ ребенокъ; но чѣмъ больше возстановлялись ея силы, тѣмъ страннѣе и непостояннѣе становилась она. То она принимала относительно его какой-то сухой и холодный тонъ, какъ будто бы она была важная и богатая особа, а онъ — плебей-лекарь, получавшій отъ нея по столько то рублей за визитъ и ничѣмъ кромѣ этой платы съ нею несвязанный; то вдругъ забывала эту холодную роль, заливалась слезами и, протягивая къ нему руки, въ безсвязныхъ, болѣзненныхъ рѣчахъ говорила, что она его рабыня, что она погибала и погибла бы безъ него, но что онъ спасъ, воскресилъ ее и что она пойдетъ за нимъ всюду, жизнь свою отдастъ за него, что она, какъ милостыни, ждетъ, чтобы онъ приказалъ ей что-нибудь; велѣлъ что-либо... А черезъ нѣсколько минутъ послѣ этого она вспыхивала, раздражалась отъ какого-нибудь самаго невиннаго слова и, задыхаясь отъ волненія, съ смертельно-поблѣднѣвшемъ лицомъ и сверкающими глазами, осыпала его оскорбленіями. Еще минута,— она вдругъ приходила въ себя, смолкала, опять заливалась болѣзненными слезами и чуть не на колѣняхъ просила: "забыть все. простить ее, не покидать."

А Филиппъ... Филиппъ и безъ ея просьбъ и извиненій не покинулъ бы ее, не отвернулся бы отъ нея. Часто,— когда она или принимала относительно его сухой, презрительный тонъ, или жестоко окорбляла его въ своей болѣзненной раздражительности,— онъ вдругъ блѣднѣлъ, устремлялъ на нее сверкающіе гнѣвомъ глаза... казалось, — вотъ-вотъ все теперь между ними кончено и они разойдутся ожесточенными врагами; но Филиппъ неожиданно опомнится, отвернется и потомъ заговоритъ хотя холодно, насмѣшливо, даже съ оттѣнкомъ нѣкоторой грубости, но грубости все-таки дружеской, сквозь которую просвѣчиваетъ любовь и участіе. И въ подобныхъ случаяхъ онъ не пересиливалъ себя, не принуждалъ къ снисхожденію, вовсе нѣтъ: онъ рѣшительно не могъ оставить ее, не могъ. Если бы даже когда-нибудь и случилось такъ, что выведенный изъ себя ея болѣзненными капризными выходками, онъ надѣлъ бы шляпу и ушелъ съ твердымъ намѣреніемъ не возвращаться больше къ своей паціенткѣ, то не прошло бы дня, можетъ быть двухъ-трехъ часовъ, какъ онъ все-таки возвратился бы. И не потому онъ возвратился бы къ ней, не потому не могъ оставить, чтобы ему жаль было ее, совѣстно было бросить на произволъ судьбы въ такомъ безвыходномъ положеніи, безъ друзей, безъ поддержки,— нѣтъ, а потому, что онъ успѣлъ привязаться къ этой женщинѣ, что она сдѣлалась ему дорога, можетъ быть, дороже его собственной жизни

— Странное дѣло, вырвалось у него одинъ разъ, когда рѣчь зашла о ея мужѣ, о томъ, гдѣ онъ теперь, не собирается ли пріѣхать сюда или потребовать къ себѣ ее и дѣтей;— странное дѣло: я человѣкъ мирный, флегматикъ, а, кажется, убилъ бы его, еслибы онъ пріѣхалъ сюда... Что онъ сталъ поперегъ чужой дороги? Что портитъ чужую жизнь? Вонъ онъ: точно живой стоитъ передо-мной...

Лицо у него сдѣлалось при этихъ словахъ какое-то непріятное и синевато-блѣдное, дыханіе почти прекратилось, не слышно его было, а глаза остановились неподвижные, почти сумасшедшіе, точно онъ въ самомъ дѣлѣ видѣлъ того человѣка, о которомъ говорилъ и собирался зарѣзать его. И слова эти вышли у него прямо изъ сердца, просто, безъэффектно вышли, даже какъ будто противъ его воли. Въ это время онъ способенъ бы былъ выполнить ихъ,— ушелъ бы изъ за этой женщины на каторгу, всю свою жизнь погубилъ бы также легко и незамѣтно, какъ выпилъ бы глотокъ воды.

Чѣмъ дальше, тѣмъ больше ея раздражительность сообщалась и ему. Обыкновенно спокойный, сдержанный къ капризнымъ выходкамъ этой больной женщины, онъ въ послѣднее время все ближе и ближе принималъ къ сердцу эти капризы: иногда впадалъ въ какую-то хандру, въ задумчивость, такъ что ей трудно было добиться отъ него хоть одного слова, иногда самъ дѣлался сухъ и холоденъ съ нею, иногда не показывался день, даже два. Такъ было и теперь: онъ не былъ у нея уже три дня. Евлалія Александровна измучилась, ждавши его; то плакала отъ досады, какъ больной и капризный ребенокъ, то вдругъ воображала, что съ нимъ должно быть случилось какое-нибудь несчастіе или онъ боленъ и хотѣла сама идти къ нему, то останавливалась на томъ убѣжденіи, что она ненавидитъ его, что онъ ухаживалъ за ней во время болѣзни единственно изъ обиднаго состраданія, какъ за нищей, и что съ нимъ непремѣнно, ни мало не медля слѣдуетъ разчитаться наличными деньгами за всѣ его хлопоты.

Она сидѣла у окна и ждала Филиппа, когда онъ подошелъ къ калиткѣ. Она была все еще очень худа и блѣдна. Одѣвалась она въ послѣднее время особенно тщательно и изысканно; даже причесывалась теперь иначе, чѣмъ прежде и именно такъ, какъ бывало убирала свою голову въ то время, когда еще не потеряла любви къ своему мужу.

— Ахъ это вы, сухо сказала она, когда Филиппъ вошелъ въ ея комнату.

Все спокойствіе пропало съ его лица, когда онъ услышалъ это холодное восклицаніе. За что она меня мучитъ? подумалъ онъ. Чѣмъ я ее обидѣлъ? И чего мнѣ нужно? Зачѣмъ я хожу сюда, зачѣмъ шляюсь?..

— Какъ видно вы совершенно напрасно прожили на божьемъ свѣтѣ эти три дня, раздражительно заговорилъ онъ, усѣвшись противъ нея по другую сторону стола и мелькомъ взглянувъ на ея лицо.— Даромъ пользовались воздухомъ, безъ пользы солнце васъ грѣло: ни крошечки вы ней оправились...

— Ошибаетесь; я теперь совершенно здорова.

— Совершенно? Ну, я думаю, что вы въ этомъ дѣлѣ ничего не смыслите... Вы полагаете, что если ноги кое-какъ носятъ, руки въ состояніи вышивать какую-нибудь дрянь, которая дастъ вамъ двѣ копѣйки въ день на кусокъ чернаго хлѣба,— такъ вы и здоровы? Если нѣтъ жару или озноба, нигдѣ не ноетъ, не ломитъ и не стрѣляетъ,— то вы и здоровы?..

— Я вамъ говорю, что я чувствую себя совершенно здоровой, разражительно повторила она.

— Если вамъ угодно, пусть такъ и будетъ. Мнѣ все равно. Я буду думать, что вы очень пополнѣли, что цвѣтъ лица у васъ отличный, а глаза такъ и сіяютъ веселостью и здоровьемъ... Отлично. Все къ лучшему Услуги и совѣты доктора вамъ больше не нужны...

— Я тоже думаю, сказала она, кусая губы и съ нѣсколько раздувающимися ноздрями, какъ будто собираясь заплакать.— Я вамъ очень благодарна за всѣ ваши заботы обо мнѣ, очень благодарна,— тоскливо и торопливо прибавила она. Мое горе, мое несчастіе, что я не могу теперь же расплатиться съ вами... Вы знаете мое положеніе; я рѣшительно не могу... Но я постараюсь, всѣ усилія употреблю, чтобы поскорѣе, какъ только возможно поскорѣе...

Филиппъ слегка поблѣднѣлъ, пристально посмотрѣлъ на нее, взялъ шляпу и тихо прошелся по комнатѣ.

— Потомъ, заговорила она.

Онъ остановился и приготовился слушать ее съ такимъ же выраженіемъ въ лицѣ, какъ будто бы всматривался въ человѣка, внезапно сошедшаго съ ума.

— Потомъ, продолжала она,— я только сегодня узнала, что,

когда я лежала въ горячкѣ, вы бросили мнѣ новую милостыню. Вы взяли на себя содержаніе моихъ дѣтей. Благодарю. Можетъ быть, я ни за что въ мірѣ не согласилась бы принять эту милостыню... Но все равно... По крайней мѣрѣ, хоть теперь я могу сказать вамъ, что я не прошу и не беру милостыни... Я отдамъ вамъ, все отдамъ... скоро... Я продамъ послѣднія тряпки, какія у меня есть еще, и выплачу этотъ ненавистный долгъ... Онъ мнѣ дышать не даетъ...

Филиппъ еще подождалъ нѣсколько секундъ, потомъ опять прошелся по комнатѣ.

— Удивительно, пробормоталъ онъ.— Должно быть въ воздухѣ носится что нибудь особенное, располагающее людей къ сумасшествію. Тамъ проповѣдуются какія-то фантастическія теоріи; здѣсь ни за что, ни про что третируютъ порядочнаго человѣка, какъ порядочнаго негодяя. За что? За что, смѣю васъ спросить? За то только, что вы больны? За то, что у васъ нервы разстроены, воображеніе воспламенено остатками горячки? За то, наконецъ, что васъ мучитъ это тягостное положеніе безъ работы и безъ здоровья? Къ вамъ приходитъ человѣкъ, котораго вы еще вчера называли своимъ другомъ, — вы нѣкоторымъ образомъ выгоняете его вонъ? И вы можете увѣрять меня, что вы не больны? Вы не больны, когда вамъ вездѣ и во всемъ представляется, что вамъ подаютъ милостыню, бываютъ у васъ изъ состраданія, ищутъ вамъ работу изъ желанія васъ облагодѣтельствовать?... Нѣтъ, я конечно уйду. Мои посѣщенія, какъ видно, только разстроиваютъ ваше воображеніе. Я уйду; но вы больны, очень еще больны... Вотъ что скверно... До свиданья...

— Вы уходите? встрепенулась она, поднявъ на него блѣдное, измученное лицо.

— Ухожу...

— Совсѣмъ? Навсегда уходите?...

Онъ отвернулся и опять началъ ходить по комнатѣ.

— Нѣтъ, идите, оставьте, бросьте меня, заговорила она, махнувъ рукой.— Состраданія мнѣ не нужны, это состраданіе сводитъ меня съ ума; а дружбы вашей я не стою, не заслуживаю ее. Я неблагодарна, недовѣрчива, подозрительна . Я могу только тяготить и мучить тѣхъ, кто приближается ко мнѣ съ искреннимъ участіемъ. Я не могу... Я неблагодарна, зла, горда: оставьте меня... Когда придетъ время и случай, тогда приходите ко мнѣ, если я буду жива; скажите мнѣ, прикажите: сдѣлай то или поди туда,— я все сдѣлаю, я всюду пойду для васъ... Но теперь оставьте, забудьте меня. Не стою я... Здѣсь вы можете, услышать только жалобы, вздохи, увидѣть слезы и капризы... Я вамъ говорю, что я могу только мучить тѣхъ, кто ко мнѣ приближается. А состраданія я не хочу... Прощайте...

Онъ все ходилъ по комнатѣ и долго молчалъ.

— Странные случаи бываютъ на свѣтѣ, произнесъ онъ наконецъ.— Вы говорите, что все для меня сдѣлаете и всюду пойдете; ну и я, съ своей стороны, могу отплатить вамъ тѣмъ же... Чѣмъ, кажется, не друзья? А между тѣмъ вы гоните меня...

— Для васъ, ради вашего спокойствія, не ради себя...

Онъ грустно покачалъ головой.

— Не знаю, ничего не знаю и не понимаю. Вижу только, что вы больны, нехорошо вамъ и плохо вы меня знаете, мало мнѣ вѣрите; больше ничего не знаю...

Онъ постоялъ у окна, повернувшись къ ней спиной, задумчиво побарабанилъ но стеклу, потомъ медленно обернулся.

— Есть здѣсь одно товарищество, Евлалія Александровна, заговорилъ онъ какимъ-то совсѣмъ упавшимъ голосомъ и съ поблѣднѣвшимъ лицомъ.— Средства у него крошечныя, сподвижниковъ мало, но надежды у насъ все-таки великія. Не захотите-ли вы войти въ нашъ кружокъ?

Онъ подробно разсказалъ ей всю исторію товарищества, его цѣли, средства, и условія.

— Что же я буду дѣлать въ этомъ товариществѣ? Помощь отъ него получать? Опять милостыню? горько спросила она.— Нѣтъ, мнѣ нечего дѣлать въ этомъ товариществѣ...

— Нѣтъ? Нечего? безнадежно повторилъ онъ.— Опять милостыню усматриваете вы въ моемъ предложеніи?

— Да. не хочу я... Вотъ если найду какое нибудь занятіе, тогда...

— Тогда, повторилъ онъ тѣмъ же тономъ.— Чтожь? Тогда, такъ тогда... Очень можетъ быть, что это занятіе и скоро найдется. Можно надѣяться...

Онъ всталъ, постоялъ нѣсколько секундъ въ раздумьѣ; не попробовать ли ему уговорить ее теперь же вступить въ товарищество? Потомъ молча протянулъ ей руку. Она тоже молча, но не вдругъ, нерѣшительно подала ему свою. Когда онъ выходилъ изъ комнаты, Евлалія Александровна привстала, хотѣла, казалось, позвать, воротить его,— но дверь уже затворилась за нимъ.

V

Часа въ два ночи Филиппъ только-что заснувшій, былъ разбуженъ звонкомъ. Онъ наскоро одѣлся, прибавилъ свѣту въ едва мерцавшей лампѣ и вышелъ въ свою пріемную комнату. На стулѣ горѣлъ крошечный огарокъ свѣчки въ деревянномъ подсвѣчникѣ, поставленный тутъ дѣвицей Катериной; сама она, растрепанная, заспанная и изумленная, выглядывала изъ-за притворенной двери, а по комнатѣ ходилъ широкими, медленными шагами Мочаловъ. Онъ былъ блѣденъ, какъ полотно, глаза свѣтились лихорадочнымъ блескомъ, да и весь онъ былъ въ лихорадкѣ,— всѣмъ тѣломъ вздрагивалъ.

— Ты спалъ? спросилъ онъ Филиппа, не подавая ему руки

— Спалъ...

Мочаловъ что-то пошевелилъ губами и сѣлъ къ письменному столу. Филиппъ заперъ дверь, спровадилъ дѣвицу Катерину спать, принесъ изъ своей спальной папиросы и сѣлъ противъ Мочалова.

— Ты уже спалъ? опять спросилъ Мочаловъ, очевидно забывъ, что онъ спрашивалъ объ этомъ и получилъ отвѣтъ достаточно удовлетворительный.

— Да, я спалъ, повторилъ Филиппъ, смотря на него съ тяжелымъ ожиданіемъ чего-то недобраго.

Мочаловъ налилъ стаканъ воды, выпилъ его съ лихорадочною жаждою, походилъ по комнатѣ, опять сѣлъ и вдругъ устремилъ на Филиппа пристальный, вызывающій и полный какой-то болѣзненной насмѣшки взглядъ.

— А я проигралъ... тѣ деньги, сказалъ онъ.

Филиппъ посмотрѣлъ на него широко-раскрытыми глазами, потомъ измѣрилъ быстрымъ взглядомъ съ головы до ногъ.

— Какія? холодно спросилъ онъ.

— Тѣ... казенныя...

Наступило мертвое молчаніе; Филиппъ неподвижно смотрѣлъ въ сторону, немного отвернувшись отъ своего ночного гостя; Мочаловъ искоса посмотрѣлъ на него, — какое выраженіе его лица, — потомъ весь нагнулся и головой поникъ, какъ будто разсматривая половицы или свои сапоги? Усмѣшка изчезла съ его губъ и изъ глазъ, не удалась, не выдержалась; на его лицѣ осталось выраженіе одного только глубокаго и безъисходнаго страданія.

— Много? спросилъ Филиппъ, изъ состраданія по глядя на него.

Мочаловъ махнулъ рукой, всталъ и опять началъ ходить по комнатѣ. Иногда онъ подходилъ къ двери, дотрогивался до ея ручки, какъ будто хотѣлъ уйти, потомъ оставлялъ это намѣреніе и тихо, неровными шагами бродилъ по комнатѣ, застегивая до верху свое пальто и пряча руки въ карманы. Глаза его сдѣлались на выкатѣ, свѣтящіеся мутнымъ, стекляннымъ блескомъ и вмѣстѣ съ тѣмъ неподвижные, безцѣльно останавливающіеся то на одномъ, то на другомъ предметѣ.

— Однако? спросилъ Филиппъ.— Много-ли?

— Около пятисотъ, отвѣчалъ Мочаловъ такимъ невнятнымъ и глухимъ голосомъ, что Филиппъ довольно рѣзко переспросилъ: пяти? шестисотъ?

Мочалова поразилъ этотъ рѣзкій и досадливый тонъ. Онъ остановился и взглянулъ на Филиппа.

— Нѣтъ, тихо и горько сказалъ онъ,— ничего, ничего мнѣ не нужно... Надоѣло мнѣ все это... Прощай...

Филиппъ предупредилъ его и заслонилъ дверь, ставши къ ней спиною.

— Что тебѣ тамъ надоѣло? Жизнь, что-ли? шепталъ онъ, блѣдный и съ стѣсненнымъ дыханіемъ, крѣпко схвативъ Мочалова за руку.— Мало ли что надоѣло... Мало ли что... Не пущу я тебя!..

— Пусти... Я пойду... домой пойду, глухо шепталъ Мочаловъ.

— Не пущу я тебя, рѣшительно сказалъ Филиппъ, заперевъ дверь и положивъ ключъ въ карманъ.

— Такъ порядочные люди не дѣлаютъ, шепталъ онъ, задыхаясь отъ волненія.— Мало ли что тебѣ надоѣло... Ты прежде устрой свои дѣла... Прежде поправь свой грѣхъ, а потомъ уже и дѣлай что хочешь... Тогда ты воленъ, не держу... А то съ пятномъ на лбу, съ позорнымъ пятномъ...

Онъ спохватился, бѣгло взглянулъ на Мочалова и замолчалъ. Мочаловъ сѣлъ или лучше сказать упалъ на диванъ, съ трудомъ переводя дыханіе послѣ усилій, употребленныхъ имъ, чтобы оттолкнуть Филиппа отъ двери,— потомъ легъ и тяжело дыша, съ широко-раскрытыми глазами, смотрѣлъ въ потолокъ.

Умереть! Умереть! Не перенести ему этой ночи! уже съ тоской думалъ Филиппъ, ходя по комнатѣ и взглядывая въ лицо своего ночного гостя, на щекахъ котораго вдругъ выступилъ румянецъ, яркій, какъ листья пунцовой розы. Быть всю жизнь честнымъ человѣкомъ и вдругъ сдѣлать гадость, подлость, воровство! И главное,— сдѣлать это какъ будто бы по своей собственной волѣ, по свободному выбору... Вотъ что гнусно... Да, какъ не своя воля, какъ не свободный выборъ! У человѣка земля обрушилась подъ ногами, онъ и упалъ въ бездну. Пойдетъ, пойдетъ туда онъ по собственной волѣ? Въ бездну пойдетъ? Какже? Такой онъ человѣкъ, чтобы пойти на гадость! Нѣтъ, здѣсь земля обрушилась, земля обрушилась!

Онъ взглянулъ на часы, поднесъ ихъ къ уху, — не стоятъ ли, потомъ отдернулъ занавѣску и заглянулъ въ окно: небо уже побѣлѣло, скоро взойдетъ солнце.

— Скорѣе бы, скорѣе бы день, какъ бы про себя сказалъ онъ.— За Матросовымъ нужно послать.

Потомъ опять походилъ по комнатѣ.

— Я говорю, скорѣе бы день, сказалъ онъ громче, остановившись надъ Мочаловымъ.— Надо послать за Матросовымъ... Безъ него нельзя... Деньги у насъ есть, ты самъ видѣлъ; но безъ Матросова ничего не могу. Онъ придетъ, скажемъ ему, тогда и устроимъ все...

— Это тѣ деньги? На магазинъ которыя? глухо спросилъ Мочаловъ.

— Тѣ...

Мочаловъ отвернулся лицомъ къ стѣнѣ и опять надолго замолчалъ Изрѣдка онъ шевелился, поджималъ ноги, тянулъ свое пальто выше, какъ будто хотѣлъ закутаться въ него весь, съ головой и ногами.

Вотъ и еще новая змѣя ужалила его, думалъ Филиппъ. Раздумываетъ имъ теперь, что не только самъ на себя пятно наложилъ, но еще и товарищество наше поразстроилъ. Горько ему это, обидно. Гордъ онъ.

Вдругъ Мочаловъ повернулся, спустилъ ноги на полъ и нетвердыми шагами направился къ столу. Онъ налилъ себѣ воды, причемъ руки его тряслись такъ, что стаканъ колотился о горлышко графина.

— Все это пустяки, сказалъ онъ твердо и холодно.— Вы мнѣ дадите денегъ пополнить недочетъ,— слѣдовательно время будетъ выиграно. А это все. Кромѣ времени мнѣ ничего и не нужно. Тамъ я распродамъ все, что у насъ есть... все сдеру съ себя и съ матери... Тѣмъ только и окончится дѣло, что одной бѣдной ограбленной старухой будетъ больше... Чтожъ дѣлать?..

Но видно это было не настоящее спокойствіе, а только отчаянное усиліе воротить это спокойствіе. Онъ схватился обѣими руками за голову.

— Какъ это подло! Какъ это гадко! воскликнулъ онъ.— Ограбить старуху, мать... Ничего ей не оставить, все отнять!.. Ограбить!..

За этимъ крикомъ и взрывомъ опять наступила полоса самаго безотчетнаго отчаянія.

— Глупо, продолжалъ онъ задумчиво.— Зачѣмъ я шелъ къ тебѣ? Зачѣмъ? Глупо. Не все ли равно: мѣсяцемъ раньше, мѣсяцемъ позже... Все равно умру... Зачѣмъ шелъ человѣкъ? Дуракъ! Они обыграли, они и заплатили бы какой тамъ послѣ меня оказался бы недочетъ... Они эти деньги пропьютъ, бросятъ; а теперь старуха ограблена...

— Ну, а клеймо, которое осталось бы на твоемъ имени?..

— Клеймо... Что клеймо! Вѣдь все равно подлецъ; самъ знаешь. Ты вѣдь и самъ теперь смотришь на меня, да и думаешь про себя: подлецъ — подлецъ! А? Вѣдь такъ?— говорилъ онъ, смотря прямо въ глаза Филиппу и сопровождая слово подлецъ укоризненнымъ покачиваніемъ головы.

— Ничего я не думаю, грустно сказалъ Филиппъ.— Какой ты подлецъ? Вѣдь я знаю тебя. Не похожъ ты на него.

— Не похожъ? Будто?..

Онъ отвернулся и опять прилегъ на диванъ.

— Сонъ! Кошмаръ! тихо произнесъ онъ, затѣмъ повернулся лицомъ къ стѣнѣ и, дрожа всѣмъ тѣломъ, закутался въ пальто.

Филиппъ вздохнулъ. Нисколько я не думаю, что ты подлецъ,

думалъ онъ. Какой ты подлецъ. Несчастный ты человѣкъ, а не подлецъ. Не подлость двинула тебя поставить на карту чужія деньги, нѣтъ, не подлость, а увлеченіе, болѣзнь, съумасшествіе. Ты навѣрно самъ не зналъ, что дѣлалъ, навѣрное былъ въ то время въ такой же лихорадкѣ, какъ и теперь, въ съумасшествіи находился. Старуху ограбилъ! Старуху-мать, которую, можетъ быть, одну только въ цѣломъ свѣтѣ и любилъ! Любилъ и ограбилъ! Богъ съ тобой, какой ты подлецъ! Да, дѣйствительно, ограбилъ. Придется весь домашній скарбъ продать, все твое наслѣдство продать. Твое наслѣдство, — потому что ты умрешь, не вынесешь... Скоро намъ, твоимъ товарищамъ, придется нести тебя туда, гдѣ люди находятъ невозмутимый покой. А старушонка-мать пойдетъ въ черномъ платьѣ за твоимъ гробомъ. Плакать будетъ... Конечно, она такъ, въ черномъ платьѣ и останется до конца своей жизни. Можетъ быть, все въ томъ же, въ которомъ пойдетъ за твоимъ гробомъ, и будетъ носить его, пока смерть не придетъ и за нею. Не долго ей жить, да и слишкомъ бѣдна она останется, чтобы новыя платья дѣлать. Нищая будетъ... Пенсіонъ должно быть есть; да великъ ли? Можетъ быть, въ богадѣльнѣ пристроится. Да, горько, горько... Дѣйствительно нечего тебѣ дѣлать. Пулю себѣ пустить въ лобъ,— воромъ тебя назовутъ; расплатиться,— мать свою ограбить... Что лучше? Или что хуже?

Онъ тихо прошелъ въ спальню, чтобы принести подушку и одѣяло своему несчастному гостю. Переступивъ порогъ, онъ чуть не выронилъ изъ рукъ свѣчу. На его кровати, въ ногахъ ея, сгорбившись сидѣла Анна Романовна. На плечахъ у нея былъ кое-какъ накинутъ большой платокъ, сѣдые волосы заплетены въ жиденькую, коротенькую косичку, а босыя ноги она поджала подъ кровать. Филиппъ почти съ отчаяніемъ смотрѣлъ на нее. Потомъ поставилъ свѣчу на комодъ, облокотился на него и мрачно смотрѣлъ на мать. Что дѣлать? Просить ее молчать, — тогда она еще съ большимъ рвеніемъ примется разсказывать всѣмъ и и-секрету то, что слышала, и го, чего не слышала. Урезонить, — ничѣмъ не урезонишь. Не можетъ она хранить про себя такую важную тайну. Что дѣлать? А она покачала головой изъ стороны въ сторону, потомъ, скрестивши руки на груди, покачала сверху внизъ и затѣмъ съ глубокимъ вздохомъ подняла глаза къ потолку.

— Пьянъ, сказалъ Филиппъ.

— И пьянъ? съ ужасомъ прошептала она.

— А больше ничего. Только и есть, что пьянъ, а больше ничего. Вамъ что еще показалось?..

— Ничего мнѣ, батюшка, не показалось, обидчиво отвѣчала она и, покачивая головой, пошла въ свою комнату. "Дѣла у нихъ, дѣла!" долетѣло до Филиппа ея восклицаніе, исполненное изумленія.

Онъ затворилъ за нею дверь, заставилъ ее комодомъ и возвратился къ Мочалову. Онъ блѣдный, съ выраженіемъ болѣзненнаго испуга въ глазахъ, съ всклоченными волосами, стоялъ у дивана и смотрѣлъ на дверь, изъ которой выходилъ Филиппъ.

— Кто тамъ? Съ кѣмъ ты говорилъ? со страхомъ шепталъ онъ.

— Мать приходила...

— Мать?.. слышала она? А? Слышала? Слышно оттуда?

— Нѣтъ, кажется, она только-что пришла...

— Кажется?.. Можетъ быть, и слышала? Впрочемъ все равно, все равно: пускай знаютъ, слышать, пускай... Все равно.

Однако онъ въ видимомъ волненіи началъ ходить по комнатѣ. Но должно быть ему тяжело было, что постороннiй человѣкъ слѣдить за каждымъ его движеніемъ: скоро онъ опять легъ на диванъ, повернувшись лицомъ къ стѣнѣ.

VI

— Хорошая или дурная вѣсть?.. читай скорѣе, озабоченно шепнула всегда веселая и вертлявая Настенька, явившись на другой день утромъ въ спальню Катерины Игнатьевны и сунувъ ей въ руки записку отъ Мочалова, писанную имъ въ прошлую ночь, вскорѣ послѣ того, какъ онъ всталъ изъ-за игорнаго стола.

Записка была всего въ двѣ строчки. Въ верхней было торопливо написано: "Не ждите меня. Мочаловъ"; а потомъ, внизу прибавлено болѣе ровнымъ почеркомъ: "Прощайте, мой маленькій другъ; не осуждайте меня и не печальтесь". Сначала Катерина Игнатьевна изумилась, потомъ задумалась, наконецъ пожала плечами и швырнула записку на столъ.

— Что это за свинство! раздражительно вскричала она.— Это онъ, должно быть, пьяный писалъ. Что это за почеркъ! Что это за слова! Не осуждайте, говорить! Такая я старая сплетница, чтобы порицать кого нибудь!.. Не печальтесь, пишетъ! Стану я печалиться, какъ же! О комъ это? О немъ? Боже мой!..

И она опять принялась убирать передъ зеркаломъ свои волосы. Настенька задумчиво перечитала записку и не улыбнулась, слова не вымолвила на восклицаніе подруги.

— Но главное, каковъ тонъ! Торжественность какая! Пишетъ человѣкъ такъ, какъ будто бы онъ умеръ и его отпѣли, въ землю закопали; а на самомъ дѣлѣ у него насморкъ, должно быть, сдѣлался. Ну, да! Что ты такъ смотришь на меня? Я тебѣ говорю, насморкъ сдѣлался, не больше. Что ты какъ въ воду опущенная? Онъ обѣщалъ написать въ случаѣ бѣды... Настенька! Да что это такое? Что ты? Говори же!..

— Говорятъ, будто онъ сегодня ночью проигралъ казенныя деньги, робко сказала Настенька.— Много, говорятъ, прибавила она, со страхомъ глядя, какъ Катерина Игнатьевна медленно поднималась со стула, блѣдная, съ побѣлѣвшими губами, даже какъ будто разомъ состарившаяся.

— Ну чтожь? Застрѣлился онъ? Да? спросила она усталымъ, болѣзненно-спокойнымъ голосомъ, какъ на смерть раненная и совсѣмъ безсильная.

— Я ничего не знаю, Катенька... Ничего не знаю... Можетъ быть, онъ и не проигрывалъ, все это выдумали на него... Ей Богу я ничего не знаю!..

— Не знаешь?.. Скажи прямо. Мнѣ все равно... Не мучь меня...

— Ей Богу ничего не знаю... Мнѣ, честное слово, ничего объ этомъ не говорили...

Катерина Игнатьевна вдругъ круто отъ нея отвернулась и бросилась одѣваться. Настенька совсѣмъ струсила, растерялась и только и думала, какъ бы ей незамѣтно пробраться домой, такъ незамѣтно, чтобы ее не видала ни Дарья Ивановна и никто въ домѣ. А Катерина Игнатьевна въ одну минуту была совсѣмъ одѣта и, не говоря ни слова, съ крѣпко-сжатыми губами вышла изъ комнаты.

— Куда вы? вскрикнула бывшая на дворѣ Дарья Ивановна.

Настенька покраснѣла и сконфуженная воротилась обратно; Катерина Игнатьевна даже головы не повернула и скользнула въ калитку. Съ опущенными въ землю глазами, съ раскрывшимися отъ быстрой ходьбы губами, она шла все быстрѣе и быстрѣе. Прохожіе сторонились передъ нею и потомъ съ нѣкоторымъ изумленіемъ оглядывались на хорошенькую, молоденькую дѣвушку, которая почти бѣжала куда-то съ такимъ тоскливымъ, полнымъ сердечной муки лицомъ, какъ будто бы или въ воду хочетъ броситься, или отъ преслѣдованія спасается, или у нея тамъ гдѣ-то умираетъ братъ, женихъ, любовникъ. Ей не нужно было распрашивать гдѣ живутъ Мочаловы; она часто проходила мимо этого дома и теперь прямо шла въ ихъ квартиру. Въ сѣняхъ она остановилась, перевела дыханіе и, наконецъ, отворила дверь.

Вышла мать Мочалова, спокойная, тихая, съ неторопливыми движеніями, съ совершеннымъ спокойствіемъ на своемъ блѣдномъ, старческомъ лицѣ.

— Моего сына нѣтъ дома, сказала она своимъ обыкновеннымъ книжнымъ языкомъ.— И мнѣ очень жаль, что я не могу даже сказать вамъ, когда онъ придетъ домой. Онъ ничего не говорилъ мнѣ.

— И давно онъ ушелъ? настоятельно спросила Катерина Игнатьевна.

— Да онъ со вчерашняго вечера не былъ дома. Я полагаю, что онъ вчера засидѣлся у кого нибудь изъ своихъ друзей и остался

225

тамъ ночевать, чтобы не безпокоить меня своимъ позднимъ приходомъ. Можно думать поэтому, что онъ уже скоро теперь придетъ.

— Позвольте мнѣ воды, прошептала Катерина Игнатьевна, прислонившись къ косяку двери, около которой стояла, и прилегла къ ней головой.

Старушка засуетилась и видимо начала волноваться.

— Сядьте, пожалуйста, говорила она.— Вотъ сюда, на диванъ... Я окно открою...

Но молодая дѣвушка уже оправилась.

— Вы не знаете, гдѣ онъ былъ вчера вечеромъ? стремительно продолжала она допрашивать такимъ настоятельнымъ тономъ, такъ упорно глядя прямо въ глаза старушкѣ, что та и не на такіе вопросы не замедлила бы ей отвѣчать.

— Нѣтъ, этого я не знаю...

— Не слышали? Не говорили вамъ, не намекали? Никто не дѣлалъ вамъ какихъ нибудь намековъ?..

Старушка все больше и больше волновалась. Лицо у нея сдѣлалось тоскливое, она вопросительно смотрѣла на хорошенькую незнакомку и, подойдя къ ней поближе, оперлась обѣими руками на спинку стула. Можетъ быть, эта дѣвушка пришла увѣдомить ее, приготовить ее...

— Скажите,— вы знаете что нибудь о немъ? тоскливо спросила она.— Что съ нимъ?..

Катерина Игнатьевна тихо покачала головой.

— Нѣтъ, ничего, ничего не знаю...

— Одна моя знакомая намекнула мнѣ сегодня въ церкви, что будто бы мой сынъ проигралъ ввѣренныя ему деньги, продолжала Евгенія Ильинична тихимъ и дрожащимъ голосомъ.— Но я знаю, что этого не можетъ быть, потому что онъ неспособенъ на это. Нѣтъ, это неправда... Можетъ быть, и до васъ дошли эти слухи? Скажите мнѣ...

Колокольчикъ на двери опять звякнулъ. Вошелъ Мочаловъ. Пріостановившись на одно мгновеніе, онъ взглянулъ на мать, взглянулъ на Катерину Игнатьевну, потомъ отвернулся такъ быстро, что это движеніе походило больше на содроганіе, и, не снимая фуражки, не заходя въ эту комнату, прошелъ къ себѣ.

— Маменька! позвалъ онъ, взявшись за ручку своей двери, полуобернувшись черезъ плечо.

Мать пришла къ нему. Онъ ходилъ взадъ и впередъ, заложивъ руки за спину. Занавѣска на окнѣ была спущена, въ комнатѣ царствовалъ полусвѣтъ... Знаетъ она или не знаетъ? Неужели знаетъ? думалъ онъ и искоса я бѣгло взглянулъ на мать, входившую въ комнату. Скорѣе бы сбросить всю эту тягость! съ отчаяніемъ подумалъ онъ и остановился передъ матерью, готовый сейчасъ же признаться ей во всемъ. Но сердце у него такъ забилось, руки такъ задрожали и такая тяжесть сдавила его грудь, что онъ отвернулся и отошелъ.

— Что ей? спросилъ онъ, не поднимая глазъ.— Меня видѣть? Пусть зайдетъ сюда... А вы не уйдете? дома будете? Мнѣ очень нужно говорить съ вами... потомъ... послѣ, когда она уйдетъ, прибавилъ онъ судорожно звучавшимъ голосомъ.

Она нѣсколько минутъ колебалась между желаніемъ заговорить съ нимъ и между какимъ-то напавшимъ на нее страхомъ, побуждавшимъ ее уйти отъ него и хоть на нѣкоторое время отложить предстоящій разговоръ съ нимъ, приготовиться къ этому разговору; даже пускай вовсе бы и не было этого разговора, пускай все что случилось въ прошедшую ночь, пройдется молчаніемъ, какъ будто бы ничего и не было. Къ чему эти разговоры?.. И такъ все понятно!..

Сгорбившись, понуривъ голову, нетвердыми шагами вышла она изъ комнаты и послала къ сыну Катерину Игнатьевну.

Она вошла, притворила за собою дверь и бросилась къ Мочалову, готовая прижаться къ его груди и плакать отъ радости, что онъ живъ и невредимъ. Онъ отступилъ шага на два и едва притронутся до ея руки своими дрожащими пальцами. Лицо у него было, повидимому, такое холодное, движенія такъ рѣзки, что глаза Катеньки наполнились слезами, и она печально отошла отъ него.

— Сядьте, сказалъ онъ, придвинувъ стулъ къ маленькому круглому столику, и самъ сѣлъ по другую его сторону.

Она повиновалась. Онъ облокотился обѣими руками на столикъ, и, придвинувшись почти къ самому лицу Катеньки, заговорилъ глухимъ, осторожнымъ шопотомъ:

— Вы слышали что нибудь? Да? Потому и пришли? Слышали, что я проигралъ? Да?..

— Да, я слышала, робко отвѣчала она.

— Отъ кого?..

Она сказала.

— Проклятая старуха, вѣдьма! Она у двери стояла! шепталъ онъ съ отчаяніемъ.— А мать знаетъ? А? Сказали ей?.

— Сказали. Но она не вѣритъ. Она говорила мнѣ: этого не можетъ быть. Никому не повѣрятъ...

— Да, да не повѣритъ, почти простоналъ онъ.— Не повѣритъ.

Онъ откинулся къ спинкѣ стула, опустился головой на руку и замолчалъ. Потомъ всталъ и опять началъ ходить по комнатѣ.

— А вы думали я застрѣлился? вдругъ спросилъ онъ съ исказившимся лицомъ.

Она ничего не отвѣчала, а все больше и больше задумывались, все пристальнѣе и пристальнѣе смотрѣла на него.

— Да?.. Нѣтъ, какъ можно. Какъ можно лишить отечество такого нужнаго человѣка! злобно говорилъ онъ.— Нельзя этого.

227

Ну, идите себѣ съ Богомъ, неожиданно прибавилъ онъ, остановившись въ глубокомъ раздумья.— Мнѣ предстоитъ еще переговорить съ матерью.

Катерина Игнатьевна не тронулась съ мѣста.

— Но, наконецъ: успокойте меня; правда или неправда?..

— Что неправда? Какъ неправда?! раздражительно вскричалъ онъ, смотря на нее во всѣ глаза.

— Въ самомъ дѣлѣ...

— Да о чемъ же мы съ вами говорили? зашепталъ онъ, опять присѣвъ противъ нея.— Все, все правда... Но если вы услышите, что я казенныя деньги проигралъ, говорите, что это вздоръ. Это пустяки... казенныя деньги будутъ цѣлы. Я мать обыгралъ, мать ограбилъ. Слышите ли вы? Вотъ въ чемъ дѣло... Все, что здѣсь есть, все, что на матери есть,— все будетъ продано, чтобы выкупить... Я честь свою проигралъ, такъ чтобы ее выкупить... если это возможно... Впрочемъ, я думаю, что невозможно... Во всякомъ случаѣ, я ограбилъ старуху. Она будетъ нищая... Вотъ въ чемъ дѣло, а остальное все вздоръ. Впрочемъ и остальное, пожалуй, правда. Все, все правда...

Онъ отвернулся и отошелъ.

— Ну, идите же. Теперь все знаете... Больше мнѣ нечего вамъ говорить... Все сказано...

— Боже мой! вскричала она.— Какіе, должно быть, пустяки вы проиграли? И изъ-за этого? Такое отчаяніе?..

— Еще бы! Разумѣется! Нищаго обокралъ! Много ли у нищей имущества! Конечно пустяки! раздражительно шепталъ Мочаловъ.

— И изъ-за чего вы? спросила она съ удивленіемъ.— Успокойтесь. Не говорите вашей матери ничего, ни слова. Я вамъ дамъ эти деньги...

— Ахъ!.. Зачѣмъ мнѣ? нетерпѣливо вскричалъ онъ, отмахнувшись рукой.— Мнѣ уже даны эти деньги... Даны, слышите ли вы? Не нужно мнѣ...

— Кто далъ?...

— Вамъ какое дѣло? Не все ли равно — кто? Вы ли, другой ли кто нибудь; все равно нужно расплачиваться. Или вы хотите мнѣ подарить ваши деньги? Очень, очень вамъ благодаренъ...

— Не то: вы у бѣдняка ихъ взяли. Ему нужны они. Вы торопитесь расплатиться съ нимъ, хотите все распродать. А мнѣ не нужны они. Я богата. Я могу ждать долго, очень долго. Подумайте...

Онъ, наконецъ, понялъ, чего она хотѣла, обратилъ вниманіе на ея предложеніе и задумался, остановился.

— Нѣтъ, произнесъ онъ въ раздумьи,— что вы тамъ говорите: молчать, не говорить ни слова. Не могу я молчать, нельзя этого.

— Ну скажите, если хотите — все равно. Но вамъ не зачѣмъ

раззоряться, продавать ваши вещи; вы будете понемногу расплачиваться со мной, понемногу...

— Да, я понимаю, понимаю, нетерпѣливо прервалъ онъ, какъ будто его мучили всѣ эти предложенія, и бросился на стулъ, кусая ногти.— Какъ мнѣ все это гадко! какъ все это мнѣ надоѣло? тихо воскликнулъ онъ съ глубокимъ вздохомъ.— Отовсюду благодѣянія, сожалѣнія; всѣ желаютъ мнѣ благодѣтельствовать! Невыносимо! Понимаете ли вы, какъ это должно быть невыносимо?...

— Я не вамъ, не для васъ предлагаю мою помощь... Вамъ она не нужна...

— Не для меня, повторилъ онъ горько.

— Конечно, сказала она и ступила шага два къ двери.— Я принесу вамъ эти деньги. Вы возмете ихъ, должны взять. Вы называли меня своимъ другомъ, говорили, что я такъ близка къ вамъ, какъ никто другой. Отъ кого вы тамъ приняли помощь? Любить ли онъ васъ такъ, какъ я? Дороги ли вы ему, какъ мнѣ? Можетъ быть, онъ теперь скрипитъ зубами отъ злости и досады, что разстался съ своими деньгами? Можетъ быть, онъ будетъ теперь считать васъ своимъ должникомъ, себя вашимъ благодѣтелемъ? А я... я счастлива буду... Нѣтъ, вы не должны, не должны отказываться...

И Катерина Игнатьевна, не дожидаясь возраженій, поторопилась уйти.

Мочаловъ задумался. Казалось, что все устроивалось къ лучшему. Сначала его еще смущала та мысль, что онъ принужденъ принимать чужую помощь, нѣкоторымъ образомъ быть облагодѣтельствованнымъ, но потомъ это смущеніе все больше и больше блѣднѣло передъ наплывовъ новыхъ мыслей. Неужели все спасено? Неужели на происшествія прошлой ночи можно теперь взглянуть, какъ на страшный сонъ, неимѣющій никакого вліянія на его жизнь? Неужели все останется по прежнему и начинается опять таже жизнь, что была и до вчерашней ночи? Точно камень свалился съ его груди. Ему казалось, что надъ нимъ взошла какая-то новая, счастливая звѣзда; ему мечталось, что онъ вышелъ изъ мрачнаго, душнаго подземелья на свѣтъ, что въ немъ произошелъ внезапный и чудесный переворотъ. Онъ вдругъ пересталъ думать о смерти, началъ вѣрить въ будущее и твердо былъ увѣренъ, что въ этомъ будущемъ онъ съумѣетъ загладить свой проступокъ. Болѣзнь больше не пугала его, не казалась ему опасной, онъ даже началъ нѣсколько сомнѣваться въ ея существованіи. Съ горящими глазами, съ яркимъ пунцовымъ румянцемъ на щекахъ онъ пришелъ къ матери и разсказалъ ей все, разсказалъ безъ отчаянія, безъ горечи и злости, какъ будто о давно-давно сдѣланномъ проступкѣ, уже заглаженномъ и поправленномъ. О настоящемъ онъ мало думалъ въ эту минуту, потому что слишкомъ много надѣялся на будущее.

VII

У Дарьи Ивановны даже руки задрожали и слезы выступили на глазахъ отъ гнѣва и обиды, когда Катенька, не обращая ни малѣйшаго вниманія на ея вопросъ, скользнула въ калитку и убѣжала Богъ знаетъ куда. Дарья Ивановна была женщина добрая, но эта доброта нисколько не мѣшала ей имѣть характеръ властный, вспыльчивый, впечатлительный. Она не привыкла, чтобы ей безнаказанно наступали на ноги, чтобы на ея слова обращали столько же вниманія, какъ на лай какой нибудь собаченки, и кому она меньше всего была способна простить подобное презрѣніе къ ея особѣ, такъ это именно Катеринѣ Игнатьевнѣ. Катенька была ей какъ своя родная дочь; Катеньку она искренно любила, Катеньку баловала, Катенькѣ прощала многіе грѣшки и капризы — и вотъ за всю эту любовь вотъ чѣмъ ей платятъ! Знать ее не хотятъ! Не хотятъ на нее обращать и вниманія! Нѣсколько минутъ она бродила такъ, какъ будто бы у нея голова кружилась и глаза ничего не видѣли; потомъ какъ будто бы мимоходомъ обратилась къ Настенькѣ:

— Куда она пошла-то? сумрачно и неохотно спросила Дарья Ивановна.

Настенька не отличалась ни особенною храбростью, ни изобрѣтательностью, но за то обладала непоколебимѣйшемъ упрямствомъ и своего рода стойкостью. Какъ бы ее ни допрашивали насчетъ какого нибудь изъ ея грѣшковъ, какія бы улики противъ нея ни представляли, она неуклонно продолжала твердить, что знать ничего не знаетъ и вѣдать не вѣдаетъ. Такъ же поступила она и въ этомъ случаѣ. Она не знала ни того, куда ушла Катенька, на того, чѣмъ Катенька разстроена и, не смущаясь, объявила, кромѣ того, что никакого разговора между ними не было, а Катенька такъ, ни съ того, ни съ сего, взяла да и ушла. Дарья Ивановна оставила Настеньку въ покоѣ и ушла отъ нея какъ черная туча. Въ домѣ стало не видно ея, не слышно ея голоса; наступило нѣчто въ родѣ той зловѣщей тишины, которая бываетъ иногда передъ грозой.

Наконецъ Катенька возвратилась. Дарья Ивановна отрывисто кликнула ее въ свою комнату. Катенька вошла и остановилась въ дверяхъ.

— Если ты, матушка, хочешь разгуливать гдѣ тебѣ угодно, заговорила Дарья Ивановна, вскинувъ на нее свои блестящіе гнѣвомъ глазки и какъ топоромъ вырубая каждое слово,— такъ чтобы тебя не было въ моемъ домѣ. Слышишь? Иди, куда хочешь! Поѣзжай въ Москву къ теткѣ или крестной матери... Куда хочешь! Можетъ, онѣ тебѣ все позволятъ. А я не позволю, нѣтъ... Если у меня хочешь жить, такъ мое слово пусть будетъ для тебя свято... Ступай!..

Катенька не тронулась и неподвижно стояла въ дверяхъ, придерживаясь одной рукой за притворенную половинку. Сердце ея такъ билось, что Дарья Ивановна навѣрное услышала бы его торопливые, глухіе, точно подземные удары, если бы у нея самой кровь не стучала въ голову. Казалось, что вотъ-вотъ сейчасъ вспыхнетъ и Катенька, и поведетъ дѣло совсѣмъ на разрывъ. Вдругъ она совсѣмъ вошла въ комнату и опустилась къ ногамъ Дарьи Ивановны, положивъ руки ей на колѣни.

— Ахъ тетя, тетя! тихо и чуть не плача воскликнула она.— Вы сердитесь на меня; а если бы знали, какъ мнѣ тяжело, что со мной дѣлается... Я все вамъ скажу, все...

И она дѣйствительно все разсказала. То почти плача, то почти смѣясь, разсказала она, какъ впервые познакомилась съ Мочаловымъ изъ юмористическихъ разсказовъ о немъ Матросова, какъ эти разсказы заинтересовали ее, расположили въ пользу страннаго человѣка, который со всѣми въ ссорѣ, никѣмъ не любимъ и подвергается насмѣшкамъ даже со стороны тѣхъ, кто всѣхъ ближе къ нему. Разсказала какъ и гдѣ увидѣла его въ первый разъ, гдѣ встрѣчалась съ нимъ, о чемъ они говорили. Изрѣдка, умоляющими глазами взглядывала она въ лицо тетки, а то все перебирала нлатье на ея колѣняхъ и смотрѣла на складки, образовывавшіяся подъ ея руками.

— Господи, Господи! восклицала иногда Дарья Ивановна и, крѣпко сложивъ на груди руки, сжавъ губы, смотрѣла на племянницу" округлившимися, разширившимися глазами, исполненными такого сокрушенія и ужаса, какъ будто та оказалась въ конецъ и на вѣки погибшей женщиной.

— Господи! Ничего-то я не понимаю! воскликнула она наконецъ.— Ходятъ, ходятъ на свиданья, говорятъ, говорятъ... А о свадьбѣ-то вы говорили ли хоть разъ?

— Онъ не любитъ меня, тетя, — не любитъ, отвѣчала Катенька и тутъ наконецъ расплакалась.

— Не любитъ, а на свиданье ходитъ! Можетъ, думалъ, что ты нищенка какая нибудь? Не слышалъ о приданомъ?.. А?.. Не говорилъ объ этомъ? Нѣтъ?.. Ну, узнаетъ, такъ сейчасъ и полюбитъ и свататься станетъ...

О самомъ главномъ, о проигрышѣ, еще не было рѣчи. Дарья Ивановна узнала только о совершенно невинной любви, о совершенно невинныхъ свиданіяхъ и начала понемногу успокоиваться, такъ какъ вся эта исторія очевидно не успѣла еще выйти наружу, сдѣлаться предметомъ сплетенъ и потому не могла имѣть большого вліянія на будущность ея племянницы. Катенька приступила къ разсказу о произшествіи прошедшей ночи. Дарья

Ивановна внимательно выслушала, потомъ встала и задумчиво прошлась по комнатѣ.

— Мотъ, картежникъ, деньги казенныя проигралъ, мать по міру пустилъ! Хорошъ! отрывисто заговорила она.— Нѣтъ, тебѣ этакого мужа не надо... Не бывать ему твоимъ нуженъ... Слышишь?..

— Тетя,— дайте мнѣ эти деньги, еще разъ повторила свою просьбу Катенька, ловя ея руку.

— И видѣться съ нимъ ты больше не думай... Слышишь, Катя? Говори же: слышишь ты, что я тебѣ говорю... Чтобы все было кончено...

Катенька подумала, потомъ тяжело вздохнула.

— Хорошо; я не буду видѣться, не буду писать къ нему,— только дайте деньги...

— Какія деньги!?.

Дарья Ивановна какъ будто только сію минуту услышала, что нужны деньги.

— Тетя! Я все сдѣлаю... Я не взгляну на него, слова съ нимъ не скажу, пока вы не позволите... Только дайте эти деньги, спасите его.... И не его,— мать его спасите...

— Какія такія деньги? Откуда я ихъ возьму? На огородѣ что ли онѣ у насъ ростутъ? Ты никакъ совсѣмъ спятила?..

— Не ваши, я прошу мои деньги....

— Твои! Это твои-то деньги брошу я, подарю Богъ знаетъ кому! съ ужасомъ воскликнула Дарья Ивановна.— Да ты совсѣмъ, совсѣмъ сумасшедшая... Хороша бы я была!... Порадовалась бы на небесахъ мать твоя, глядя на мои дѣла.

— Что вамъ! Это не ваши, мои деньги. Я что хочу, то и, дѣлаю съ ними! Хоть въ воду брошу! Вамъ какое дѣло? вспылила Катенька.

Дарья Ивановна смѣряла ее презрительнымъ взглядомъ.

— Такое дѣло, что эти деньги не твои, а мои, холодно сказала она.— Когда выйдешь замужъ,— твои будутъ. Да и то, если съ моего позволенія выйдешь замужъ... Тогда твои... А теперь мои...

Она отвернулась, взяла съ комода ключи и пошла изъ комнаты. Катенька загородила ей дорогу и упала на колѣни. Волосы ея разбились, лицо разгорѣлось и было мокро отъ слезъ, глаза блестѣли.

— Нѣтъ, отрѣзала Дарья Ивановна, отвернулась и вошла въ другія двери.

— Вѣдь я обѣщала! съ отчаяніемъ вскрикнула Катенька.

Но Дарья Ивановна и не оглянулась. Катенька все еще стояла на колѣняхъ, протянувъ къ ней руки. Потомъ она упала лицомъ на стоящій подлѣ нея стулъ и зарыдала. Черезъ минуту опять поднялась, порывисто отерла слезы и начала быстро ходить по комнатѣ. Ею овладѣло сильное раздраженіе; она придумывала, чтобы ей сдѣлать съ Дарьей Ивановной, какъ бы ей отомстить, оскорбить, унизить ее, насмѣяться надъ ней. Затѣмъ само собою опять явилась мысль: какъ исполнить свое обѣщаніе Мочалову. Что дѣлать?... Откуда взять деньги?...

VIII

Вечеромъ, когда Дарья Ивановна совершала обычное кормленіе куръ, утокъ и прочей домашней птицы, явился Матросовъ. Сначала впрочемъ явилась въ калиткѣ одна только его черная, кудрявая голова. Прежде онъ внимательно осмотрѣлъ, не выпущена ли изъ сарая собака и потомъ уже выступилъ всею своею особою,— въ черномъ, сильно поношенномъ сюртукѣ, въ клеенчатой фуражкѣ и съ толстой палкой въ рукѣ.

— Мой вамъ салютъ! еще издалека привѣтствовалъ Дарью Ивановну, размахивая фуражкой.

А она серьезно, не говоря ни слова, не кланяясь, смотрѣла на него; подождала, пока онъ подошелъ къ ней, потомъ повернулась и пошла въ садъ.

— Здравствуй, коротко сказала она, не взглянувъ на него. Матросовъ шелъ рядомъ съ нею и искоса посмотрѣлъ на нее.

Онъ началъ подозрѣвать, что здѣсь что-то не ладно. Что бы это могло быть? На лбу у него образовалась морщинка, онъ въ раздумьѣ потеръ ее и опять также искоса взглянулъ на Дарью Ивановну.

— Что омрачаетъ сердце Ваше?.. Какія мысли, заботы и печали?— нѣсколько торжественно спросилъ онъ.

— Такія, батюшка, печали, какія мнѣ и во снѣ не снились. Не знаю только, говорить ли тебѣ, нерѣшительно отвѣтила она.

Лицо ея было такое суровое и озабоченное, въ ея нерѣшимости высказать Матросову свои печали было такъ много угрожающаго и зловѣщаго, что Петру Васильевичу показалось, что будто бы воздухъ вдругъ сдѣлался какъ-то тяжелъ и удушливъ, точно гроза сбиралась, а на лбу его выступилъ легкій потъ.

— Отчего не поговорить съ хорошимъ человѣкомъ, не вдругъ возразилъ онъ.— Тѣмъ болѣе, что всѣ эти печали и сокрушенія — самое тлѣнное, самое плевое дѣло. Вы посмотрите вокругъ себя, Дарья Ивановна: яблони и вишни подъ тяжестью своихъ плодовъ гнутся, солнышко свѣтитъ, закатываясь, птички чирикаютъ, каждая травка благоухаетъ, красота, однимъ словомъ. И все это вѣдь вѣчно! А печаль что? Она, печаль, сегодня есть, а завтра ея и нѣтъ... Печаль-то прошла, пропала, а вѣчная красота осталась по прежнему незыблема... Это, я вамъ скажу, хорошая, очень хорошая философія...

— Такъ отчего же, я говорю, и не поговорить съ хорошимъ человѣкомъ, продолжалъ онъ, не дождавшись, чтобы Дарья Ивановна прервала его и заговорила не о философіи, а о дѣлахъ текущихъ.— Какія тамъ у васъ есть печали и сокрушенія? Иванъ Федоровичъ благополученъ ли?.. Катерина Игнатьевна въ добромъ ли здоровьѣ?.. Не капризничаетъ ли она?.. Или, можетъ быть, кухарка надѣлала какихъ нибудь пакостей?..

— Простись ты съ Катериной Игнатьевной; она топиться хочетъ, коротко и задумчиво вымолвила Дарья Ивановна.

Матросовъ выронилъ свою палку, машинально поднялъ ее и несмотря на то, что вслѣдствіе этого движенія кровь должна бы была, кажется, прилить къ его лицу, она, напротивъ, быстро покидала его. Воздухъ становился для него все тяжелѣе и тяжелѣе.

— Что такъ? Развѣ и ей надоѣла жизнь, ей, незнавшей ни горя, ни житейскихъ мукъ? спросилъ онъ измѣнившимся голосомъ.

— Такъ. Прозѣвали мы ее съ тобой, батюшка... хочешь, такъ послушай, какія у меня заботы...

Онъ конечно слушалъ, а она коротко и въ отрывистыхъ выраженіяхъ передала ему все, что сама знала. Она говорила сухо, не горячилась, не волновалась, не прибѣгала къ жалобнымъ или гнѣвнымъ восклицаніямъ, но чувствовалось, что это дѣло глубоко ее поразило, что ей больно даже говорить о немъ. Матросовъ былъ такъ блѣденъ, что даже его вѣчно пламенѣвшій носъ — и тотъ замѣтно побѣлѣлъ. Во всей фигурѣ Петра Васильевича выражалось, такое страданіе, что его можно бы было пожалѣть; но Дарья Ивановна не только не расположена была къ жалости, но даже какъ будто бы нарочно язвила его: "что, молъ, не дался тебѣ этотъ кладъ? Не съумѣлъ ты его сохранять? Изъ рукъ онъ у тебя ушелъ?.." Онъ шелъ, понуривъ голову и машинально закручивая длинные концы своего чернаго галстука, такъ что онъ свернулся въ видѣ тоненькаго снурочка и врѣзался въ его шею; а вѣтви яблонь и акацій то и дѣло задѣвали его по лицу. Дарья Ивановна давно кончила свое повѣствованіе, а онъ все еще молчалъ.

— Что скажешь? спросила она наконецъ.

Теперь кровь стала все быстрѣе и быстрѣе возвращаться къ его лицу. Казалось, онъ начиналъ сердиться.

— Ну чтожъ? сказалъ онъ, пустивъ свой галстукъ и окончательно раскраснѣвшись.— Чтожъ?— разъединять любящія сердца...

Тутъ онъ пріостановился и раза два ударилъ своей палкой по травѣ.

— Да соедините ихъ... Свадьбу играйте. Чего тутъ! воскликнулъ онъ въ величайшемъ гнѣвѣ.

— Хорошъ мужъ!..

— Хорошъ... А чѣмъ дуренъ? Скажите мнѣ, пожалуйста, чѣмъ онъ дуренъ? злобно приставалъ Матросовъ.— Геніальный человѣкъ, который не употребляетъ поросятины и вообще мяса!.. Человѣкъ до того насъ всѣхъ превосходящій, что онъ никого изъ насъ не уважаетъ, ни съ кѣмъ изъ насъ не хочетъ дружиться!.. Притомъ недуренъ собой, интересенъ, блѣденъ и сверхъ всего этого носитъ мундиръ и эполеты... Эполеты вѣдь!.. Вотъ какая штука!..

Тутъ онъ спохватился, что, можетъ быть, ему не слѣдовало бы говорить такимъ тономъ о своемъ пріятелѣ, медленно скрестилъ на груди руки и тяжело вздохнулъ.

— Нѣтъ, онъ человѣкъ порядочный, произнесъ онъ тише и совсѣмъ въ другомъ тонѣ.

Дарья Ивановна презрительно усмѣхнулась.

— Картежникъ, вы думаете? спросилъ онъ, мрачно взглянувъ на нее.— Мотъ?.. Нѣтъ, полноте. Куда ему! Онъ, я думаю, какъ деньги-то проигралъ, такъ, воображаю, точно съ кровли свалился. Какъ, молъ, это меня угораздило? Непорочный онъ человѣкъ въ этомъ отношеніи. Черствъ онъ, сухъ,— это правда; любви ему недоставало, любви въ немъ не было... Теперь она пришла... ну... другой будетъ...

Она покачала головой.

— Не любитъ онъ ее...

— Не любитъ!.. Какъ не любитъ!.. Да вамъ это почему знать?.. Говорилъ онъ вамъ, что ли?..

— Она говорила...

— Она?!.

Онъ на минуту пріостановился съ удивленными, широко-раскрытыми глазами, потомъ опять принялся закручивать свой галстукъ.

— А впрочемъ, все равно, пробормоталъ онъ.— Не любитъ, такъ не любитъ... Пускай и не любитъ. Это она изъ-за того и топиться хочетъ, что онъ ее не любитъ...

— Да нѣтъ же... Говорила я тебѣ, что она деньги проситъ...

— Ахъ, да... Деньги.. Ну, дайте ей...

— Чего дайте?..

— Деньги...

— Ты, батюшка, я вижу, тоже совсѣмъ рехнулся...

— Не утопится, вы думаете? спросилъ онъ такимъ голосомъ, по которому ясно было видно, что онъ или совершенно не думаетъ о томъ, что говоритъ, или же созерцаетъ это сквозь густой туманъ, сквозь вереницы мыслей, совершенно до этого предмета неотносящихся.

Предложивши этотъ довольно странный вопросъ, онъ сѣлъ, не ожидая отвѣта, на попавшуюся по дорогѣ скамью и, полузакрывши одной рукой лицо, безсознательно принялся чертить палкой по песку разные неопредѣленные узоры. Въ головѣ его вертѣлись вереницы мыслей, безчисленное множество жалобныхъ, грустныхъ и тоскливо юмористическихъ восклицаній, масса воспоминаній,— тысячи сценъ изъ недавняго прошлаго — и все это было такъ же отрывочно и неопредѣленно, какъ и тѣ узоры, что безсознательно чертила его правая рука. То складывалась въ его умѣ цѣлая челобитная на ту тэму, что вотъ онъ душу свою положилъ за эту дѣвушку, воспитывалъ ее, умъ ея возвышалъ и развивалъ, любилъ ее какъ хорошая, вѣрная собака и т. д. То вспоминалось ему, какъ она въ одинъ прекрасный весенній день, увлеченная какою-то повѣстью, крѣпко пожала ему руку,— какъ у него сердце замерло отъ этого пожатія, голова закружилась и какъ онъ послѣ этого цѣлую ночь бродилъ за городомъ, слушалъ, какъ пѣлъ соловей и сладко мечталъ. То вдругъ воскресло въ его памяти, какъ онъ укралъ у нея перчатку, — какъ онъ перелистывалъ побывавшія въ ея рукахъ книги и по цѣлымъ часамъ перелистывалъ ихъ, всматриваясь въ каждую строчку, нѣтъ ли чего нибудь отмѣченнаго ею, нѣтъ ли какихъ нибудь мимолетныхъ слѣдовъ ея чувства и мысли.

— Никогда ничего не было! угрюмо проворчалъ онъ.

— Что? спросила Дарья Ивановна.

Но онъ не слышалъ ея вопроса, а пробовалъ защититься отъ этого наплыва ядовитыхъ воспоминаній подъ щитомъ своей хорошей философіи, очень хорошей философіи. Все это пройдетъ, минетъ,— разсуждалъ онъ,— пройдетъ моя глупая любовь, пройдетъ эта глупая тоска, а міръ останется во всей прелести. По прежнему будутъ въ немъ соловьи пѣть, цвѣты цвѣсти, по прежнему будутъ въ немъ отъ времени до времени появляться прекрасныя молодыя дѣвушки съ черными и голубыми глазами, которыя нисколько не хуже этихъ глазъ. Все вздоръ, все пустяки!.. Но и философія мало возвышала его упавшій духъ. Все передъ нимъ стояла эта неблагодарная, вѣтреная, но все-таки дорогая ему дѣвушка, смотрѣла на него своими чарующими глазами, какъ будто бы подслушивала его разсужденія, воспоминанія, восклицанія, философію и отъ души подсмѣивалась надъ нимъ.

— Вѣдь давно бы долженъ былъ знать это, вслухъ произнесъ онъ съ движеніемъ досады.

— Что знать?.. Что она влюбилась-то?..

Матросовъ съ изумленіемъ повернулся къ Дарьѣ Ивановнѣ, посмотрѣлъ на нее такъ, какъ будто она упала къ нему съ близъ стоящей яблони, и потомъ ужь отвѣчалъ:

— Нѣтъ,— что она меня не любитъ...

Она тоже съ нѣкоторымъ удивленіемъ осмотрѣла его.

— Ты мнѣ скажи, что дѣлать-то?..

Онъ призадумался.

— Ничего. Самое лучшее...

— Какъ ничего? Да что же это будетъ?..

— А кто ихъ знаетъ, что тамъ будетъ... Придумаютъ что нибудь. Столкуются, можетъ быть, да свадьбу и сыграютъ. А то, можетъ быть, и ничего не будетъ..

— Ну, Петръ Васильевичъ, сегодня съ тобой говорить, надо самому угорѣлымъ быть, сухо отвѣтила на это Дарья Ивановна и встала со скамьи.

Матросовъ какъ будто и не слышалъ; наклонившись подбородкомъ на набалдашникъ палки, онъ задумчиво смотрѣлъ куда-то вдаль, въ зеленую чащу сада. Воспоминанія и тоска о потерянныхъ мечтахъ опять уносили его далеко прочь отъ сердитой Дарьи Ивановны.

— Пойдемъ лучше чай пить...

— Нѣтъ, не пойду, коротко отвѣчалъ онъ и всталъ.— Что я тамъ стану дѣлать...

— Что дѣлать! Чай пить, я говорю... Куда же ты?..

— Домой пойду...

Онъ опять принялся медленно крутить свой галстукъ и пошелъ изъ сада.

IX

Въ то время, какъ Матросовъ брелъ домой, Филиппъ Рябининъ уже съ добрые полчаса шлялся, какъ маятникъ, изъ угла въ уголъ по своей комнатѣ. Онъ повидимому и не думалъ зажигать огонь, хотя становилось уже совсѣмъ темно. Да ему и не нужно было огня. Онъ злился, хандрилъ, скучалъ, а заниматься подобнымъ дѣломъ можно и безъ огня; въ потьмахъ, пожалуй, даже еще лучше, потому что ничто не развлекаетъ больной и раздраженной мысли, ничто не мѣшаетъ ей напряженно работать въ одномъ исключительномъ направленіи и раздражаться еще больше. Уличная жизнь засыпаетъ, дома, что стоятъ напротивъ, темны, угрюмы, тоже будто дремлютъ и стоитъ вездѣ глубокая грусть и хандру навѣвающая тишина. Огонь ли одинокій гдѣ нибудь покажется, онъ какъ-то непривѣтливо и печально смотритъ сквозь закоптѣвшія стекла, дверь ли гдѣ нибудь скрипнетъ среди глубокой сумеречной тишины, этотъ звукъ какъ-то рѣзко я дико ударитъ по нервамъ,— точно будто плачетъ эта дверь или стонетъ или вскрикнула она. Вездѣ мракъ, вездѣ тишина и когда сердце человѣка проектъ жизни, когда ему свѣта нужно, когда на душѣ у него и безъ того мрачно, тогда невыносимъ этотъ сумеречный мракъ, невыносимо это сонное безмолвіе и раздражаютъ они и безъ того раздраженные нервы, навѣваютъ тоску и отчаяніе.

Еще вчера утромъ Филиппъ былъ спокоенъ, даже преисполненъ большихъ надеждъ, но съ того утра, казалось ему, Богъ знаетъ сколько воды утекло и какъ много прошло времени, сквернаго, тяжелаго времени, за которое все измѣнилось, все стало гадко и безотрадно. Съ тѣхъ поръ онъ успѣлъ повидаться съ сестрой и вынесъ изъ этого свиданія предчувствіе чего-то недобраго, какой-то тайны, которая, можетъ быть, погубитъ Зою; потомъ онъ видѣлся съ любимой женщиной.

— Въ послѣдній разъ, прошепталъ онъ.

Больше онъ не хотѣлъ показываться къ ней, потому что она, ясно, ненавидитъ его, ей тяжело его видѣть, ей кажется, что онъ приходитъ къ ней, какъ кредиторъ, какъ благодѣтель. Конечно онъ больше не пойдетъ къ ней... Затѣмъ послѣдовало ночное посѣщеніе Мочалова... Что послѣ этого мечтать о товариществѣ, по поводу котораго было такъ много говорено, на которое возлагалось такъ много надеждъ! Гдѣ его благодѣтельное вліяніе, о которомъ недавно распространялся Матросовъ? Чувствовалъ ли это вліяніе Мочаловъ, когда ставилъ на карту чужія деньги? Положимъ, его довела до этого скука, хандра, отчаяніе. Онъ игралъ потому же, почему другіе пьютъ. Положимъ. Но вѣдь значитъ товарищество не пробудило въ немъ надежды на лучшее будущее, не внесло свѣта въ его жизнь, не пробудило въ немъ заснувшей энергіи. Выходитъ, оно не коснулось его внутренней жизни, онъ не думалъ о немъ, этомъ товариществѣ, оно было ему совсѣмъ постороннее, чужое, неинтересное дѣло. Вотъ что безотрадно. Отчего послѣ этого не подозрѣвать, что и другіе — Матросовъ, Потапъ Потапычъ, точно также равнодушны къ товариществу, что оно и для нихъ совсѣмъ постороннее дѣло? Потапъ Потапычъ вонъ пропалъ гдѣ-то, глазъ не показываетъ... Все, все расползается врозь. Дома становится наконецъ невыносимо: воркотня, брань, сплетни...

— Вонъ она опять идетъ! Боже мой, Боже мой! шепчетъ Филиппъ, съ ужасомъ глядя, какъ отворяется дверь, врывается въ комнату полоса свѣта и является Анна Романовна со свѣчей въ рукѣ.

Лицо его блѣдно и полно тоски, волосы въ безпорядкѣ, руки плотно и съ видомъ отчаянія скрещены на груди. Онъ не смотритъ на нее, какъ будто ее не замѣчаетъ и тяжело и широко продолжаетъ шагать по комнатѣ.

— Завтра на базаръ нужно идти, за провизіей, говоритъ Анна Романовна, сурово и скорбно глядя въ сторону.

— Денегъ?.. Вотъ деньги...

Онъ отдаетъ деньги и опять ходитъ по комнатѣ.

— Деньги! Какія это деньги! съ горечью начинаетъ Анна Романовна, медленно сосчитавъ ихъ.— Куда ихъ потянуть? Вонъ говядины нужно купить, вонъ жалованье Катеринѣ отдать, вонъ плотнику надо заплатить...

— Нѣтъ у меня.. Катеринѣ отдано жалованье, плотнику заплачено... Нѣтъ у меня...

— Нѣтъ... Отъ Пыхляевыхъ вчера пятнадцать рублей получилъ; Бороздины сегодня сколько тебѣ заплатили? Пять вѣдь?.. Ты думаешь, я не знаю?.. Все знаю... Гдѣ они?..

Филиппъ стоитъ у окна, повернувшись къ нему лицомъ и смотритъ на темную улицу.

— Нѣтъ у меня, шопотомъ повторяетъ онъ.

— А гдѣ они? Гдѣ? Тамъ, гдѣ ты до полуночи просиживаешь, у любовницы твоей. Вотъ гдѣ... Смотри, скоро будетъ богата; зазнается, въ каретѣ будетъ ѣздить...

У окна слышится что-то въ родѣ хрустенья сжатыхъ или ломаныхъ пальцевъ — и только

— А тутъ у тебя домъ совсѣмъ развалился. Въ этомъ домѣ вѣдь твой отецъ жилъ. Мать-то твоя какъ какая нибудь нищая ходитъ. Сестра въ чужихъ людяхъ живетъ...

Отвѣта нѣтъ.

— Господи, Господи! Совсѣмъ каменный, шепчетъ Анна Романовна съ глубокимъ вздохомъ и берется за ручку двери.

Дверь затворилась, свѣтъ изчезъ и Филиппъ опять принимается ходить по комнатѣ. Нѣтъ, думаетъ онъ, это невыносимо; завтра же перееду на другую квартиру. Пускай говорятъ, что хотятъ, а здѣсь жить нельзя, силъ никакихъ нѣтъ.

Онъ вдругъ зажегъ свѣчу; кто-то тихонько, легко идетъ по лѣстницѣ и шаги кажутся знакомыми. Какъ будто Потапъ Потапычъ. Дѣйствительно онъ.

— А я думалъ, вы утонули или на одрѣ болѣзни лежите, пасмурно встрѣтилъ его Филиппъ.— Заходилъ сегодня къ вамъ. Говорятъ, здоровъ...

Онъ подвинулъ гостю папиросы и продолжалъ ходить по комнатѣ.

— Да я вотъ все раздумывалъ объ этомъ дѣлѣ, Филиппъ Петровичъ, нѣсколько нетвердымъ голосомъ произнесъ Потапъ Потапычъ и смущенно кашлянулъ.

— О какомъ дѣлѣ?

— А вотъ что вы насчетъ мастерской говорили...

Филиппъ вдругъ остановился и пристально взглянулъ на него. Лицо, у него совсѣмъ сконфуженное, глаза опущены въ землю, сидитъ онъ на самомъ кончикѣ стула, какъ будто ожидая, что его вотъ-вотъ выгонятъ отсюда. У Филиппа даже кровь бросилась въ

239

лицо отъ злости и досады; ему точно шепнулъ кто, что Потапъ Потапычъ пришелъ, отказаться отъ мастерской.

— Еще разъ обдумали? спросилъ онъ съ горечью.— Чтожъ, портные говорятъ, что семь разъ примѣрь, да ужь тогда отрѣжь. Ну чтожъ?.. Какъ видно, раздумали..?

— Вы извините, Филиппъ Петровичъ, пробормоталъ Потапъ Потапычъ — Такъ мнѣ передъ вами совѣстно...

— Не безпокойтесь обо мнѣ; ничего, тихо отвѣтилъ Филиппъ, отвернувшись,— Отсовѣтовали?.. Да?..

— Не совѣтовали... А главное не могу я, неловко...

— Да, понимаю: дворянинъ, процѣдилъ сквозь зубы Филиппъ не то презрительно, не то съ какимъ-то сожалѣніемъ и опустился въ кресло.

Потапъ Потапычъ мелькомъ взглянулъ на него въ это время.

Филиппъ, казалось, уже пересталъ сердиться; лицо у него было блѣдно, вяло, апатично, углы губъ опускались, только брови были нахмурены.

— Чтожъ? Такъ жить, какъ до сихъ поръ жили, лучше?... А? спросилъ онъ безучастно и глядя въ сторону.

— Нѣтъ, мнѣ мѣсто обѣщаютъ дать...

— А!.. Мѣсто!.. Опять землю мѣрять?...

— Да, землемѣромъ...

— Чтожъ, мѣряйте, мѣряйте...

Онъ задумчиво побарабанилъ по столу, зѣвнулъ, потомъ опять обратился къ Потапу Потапычу.

— Вы думаете, я сержусь на васъ? Нѣтъ, нисколько. Конечно жаль, да чтожъ... Не сержусь; а если я смотрю кислымъ, такъ это оттого, что я нездоровъ немного, не выспался и непріятности разныя...

— Я слышалъ, что будто бы съ Мочаловымъ случилось несчастіе, осмѣлился замѣтить нѣсколько пріободрившійся Потапъ Потапычъ.

Филиппъ вопросительно смотрѣлъ на него.

— Проиграли они, говорятъ...

— Да. Да вѣдь кто играетъ, такъ сегодня проиграетъ, завтра выиграетъ... Самое обыкновенное дѣло...

— Говорятъ, они увлеклись очень; будто бы казенныя проиграли...

— Кто же это говоритъ?...

— Мнѣ одна знакомая старушка разсказывала; говоритъ, отъ Анны Романовны слышала...

— Какіе пустяки. Анна Романовна должно быть черезъ десять дверей подслушивала, не такъ разслышала...

Потапъ Потапычъ, пугливо покосившись на дверь, освѣдомился, дома ли Анна Романовна и поспѣшилъ удалиться къ ней. Филиппъ съ минуту чертилъ на бумагѣ какія-то каракули;

затѣмъ отчетливо вывелъ слово "дворянинъ", потомъ тщательно вырисовалъ два слова "подъ гору", поставилъ подлѣ нихъ восклицательный знакъ, бросилъ перо и ушелъ изъ дома. Онъ направился къ Матросову.

Петръ Васильевичъ сидѣлъ за чайнымъ столомъ. Чай онъ уже кончилъ пить, но вставать изъ-за стола и не думалъ и продолжалъ сидѣть въ глубокой задумчивости.

— Ты что тутъ? спросилъ Филиппъ.

Матросовъ вопросительно приподнялъ на него глаза.

— О чемъ это ты такъ задумался? пояснилъ Филиппъ.

Петръ Васильевичъ однако не намѣренъ былъ такъ сразу а выдать причины своей задумчивости. Онъ немного помолчалъ, потомъ принялъ со стола локоть, провелъ рукой по лицу и затѣмъ указалъ глазами на собаку, лежавшую у его ногъ.

— Да вотъ, произнесъ онъ меланхолически.

— Это чтожъ такое?..

— Собака; простая собака, обыкновенная, русская... Уши стоячія, морда короткая и т. д.

— Ну такъ чтожъ такое?...

— Да ничего. Привязалась ко мнѣ и пришла со мной; должно быть судьбу мою желаетъ раздѣлить, потому худая и голодная. Я ее покормилъ немного, а у нея желудокъ и разстроился... Впрочемъ дѣло не въ томъ... А вотъ что участь мою она желаетъ дѣлить, такъ это меня очень разсмѣшило и на разныя размышленія навело.

— А я, глядя на тебя, подумалъ, что ты занятъ Богъ знаетъ какими вычисленіями...

— Да? Нѣтъ, это еще что! А я вотъ одинъ разъ видѣлъ: купецъ въ лавкѣ сидитъ. Почтенный такой купецъ, борода большая, жена и дѣти есть, — сидитъ и размазываетъ пальцемъ по прилавку На прилавокъ этотъ чаемъ плеснули что ли, даже можетъ быть, плюнулъ онъ, прости его Господь,— ну и размазываетъ это пальцемъ, разрисовываетъ. Размазываетъ себѣ, а физіономія у него глубокомысленная, мудрая, премудрая такая...

Филиппъ пристально разсматривалъ его, какъ будто изучалъ.

— А любопытно бы мнѣ было знать, о чемъ это ты въ самомъ дѣлѣ думаешь? Какія такія мрачныя думы обуреваютъ тебя? спросилъ онъ.

Матросовъ уставился на него изподлобья угрюмымъ и насмѣшливымъ взглядомъ.

— Весьма любопытно? А? Интересно? Очень? поддразнилъ онъ.

— Очень любопытно..

— Да, дѣйствительно интересно, угрюмо повторилъ Матросовъ, медленно отвелъ отъ него свои глаза и уставилъ ихъ на пустой стаканъ.

— А наши дѣла пошли совсѣмъ подъ гору, сказалъ Филиппъ, вдругъ совсѣмъ перемѣнивъ тонъ и съ какою-то рѣшимостью.

— Подъ гору?..

— Да. Потапъ Потапычъ надулъ насъ...

— Какъ надулъ?..

— Такъ, не хочетъ быть столяромъ, хочетъ быть чиновникомъ...

Сначала Матросовъ какъ будто не повѣрилъ, потомъ увѣровалъ, поднялся съ своего стула и плюнулъ.

— Тьфу! Чортъ знаетъ, чортъ знаетъ что такое! Одинъ проигрался, другой отказался, третій... чортъ знаетъ что такое! пробормоталъ онъ.— Оттого ты и кислый, а я и не замѣчаю...

Филиппъ молчалъ.

— Эхъ, стыдно! Эхъ чего не видалъ: Потапъ Потапычъ его надулъ! Срамъ! Меня вонъ... та богатая купчиха надула; которую я хотѣлъ подъ вѣнецъ вести, съ которою жизнь свою мечталъ раздѣлить; она, я тебѣ говорю, надула, — однако я ничего...

Филиппъ усмѣхнулся.

— Да, она измѣнила! Это вѣдь не Потапъ Потапычъ... Это звѣзда, звѣзда была... И вдругъ нѣтъ звѣзды... Угасла...

Онъ снова сѣлъ къ своему столу и уставился въ пустой стаканъ, а Филиппъ не переставалъ наблюдать за своимъ пріятелемъ.

— Да, такъ чтожъ? встрепенулся Матросовъ, вспомнивъ о чемъ шла рѣчь.— Надулъ, ты говоришь? Что же ты думаешь дѣлать?

— Я думаю бросить все это дѣло, сказалъ Филипнъ — Бросить товарищество да и все тутъ...

Матросовъ смотрѣлъ на него во всѣ глаза.

— Что такое ты говоришь? А? Что такое? съ неудовольствіемъ заговорилъ онъ.

— Товарищество бросить... Что за комедія такая... Тѣ деньги, что въ кассѣ были и Потапу Потапычу назначались, дадимъ Мочалову; а свои полторы тысячи ты возврати... И конецъ...

Матросовъ мрачно смѣрилъ его съ головы до ногъ.

— Убирайся ты пожалуйста вонъ; оставь меня въ покоѣ, заговорилъ онъ наконецъ, весь раскраснѣвшись и вставая со стула, причемъ гнѣвно оттолкнулъ его.— Видишь ты, что человѣку не по себѣ, а лѣзешь къ нему чортъ знаетъ съ чѣмъ. Шутишь ты, такъ это очень глупо; а не шутишь, такъ и убирайся куда знаешь... Пойми ты, что я хоть и разстроенъ, и болѣнъ, — а не одурѣлъ еще... Уходи...

Филиппъ засмѣялся и тоже всталъ.

— Постой... Еще одно слово... Шутишь ты или нѣтъ, серьезно говоришь? остановилъ его Матросовъ.

Филиппъ опять засмѣялся, но громче.

— Интересно тебѣ это знать? А? Очень? передразнилъ онъ.

— Убирайся!..

И онъ ушелъ за свои ширмы и легъ на постель. Филиппъ посмотрѣлъ ему вслѣдъ, подумалъ, потомъ налилъ себѣ стаканъ чаю и не торопясь выпилъ его; Матросовъ не говорилъ ни слова.

— Прощай, сказалъ Филиппъ, надѣвая шляпу.

Матросовъ не отвѣчалъ.

Небо было все въ звѣздахъ, когда Филиппъ вышелъ на улицу. Онъ взглянулъ направо, взглянулъ налѣво, очевидно недоумѣвая, куда бы ему направить свои шаги, постоялъ на одномъ мѣстѣ, посмотрѣлъ на звѣздное небо и, наконецъ, рѣшился тронуться въ путь. Шелъ онъ тихо, забросивъ за спину руки, понуривъ голову. Шутилъ онъ въ самомъ дѣлѣ съ Матросовымъ или не шутилъ, — серьезно предлагалъ ему бросить товарищество? Ни то, ни другое... А впрочемъ скорѣе онъ серьезно говорилъ, чѣмъ шутилъ. Ему вдругъ стало въ тягость это дѣло, которое всѣ бросаютъ, о которомъ никто не думаетъ. Къ чему же лицемѣрить? Если Матросовъ согласится, что нужно бросить, — такъ больше ничего и не остается дѣлать; а если нѣтъ, скажетъ, что бросать не слѣдуетъ, — тогда значитъ еще не все пропало, значитъ еще не всѣ надломлены, не всѣ нравственно пали. Вотъ и все...

Да, вотъ и все... И вдругъ на него нашла тяжелая, сердце щемящая тоска; ему что-то горло захватило и грудь сжало. Отчего, отчего я никогда не могу идти до конца, не колеблясь, не разочаровываясь и не падая? спрашивалъ онъ. Отчего при первой неудачѣ, самой ничтожнѣйшей неудачѣ, у меня падаетъ вся вѣра въ самого себя, въ людей, въ то дѣло, надъ которымъ я работалъ? И можно ли съ такимъ характеромъ приниматься за какую нибудь серьезную, большую работу? Къ чему раздражать себя великолѣпными, грандіозными мечтами? Блестящія мечтанія, колоссальные планы — и жалкое безсиліе ихъ выполнятъ. Обидно, горько! Положимъ, не виноватъ я, не совсѣмъ виноватъ, нечего мнѣ больше дѣлать. Что же въ самомъ дѣлѣ дѣлать, когда видишь, что никого подлѣ тебя нѣтъ, что одинъ ты? Да и не въ томъ дѣло, кто виноватъ, — совсѣмъ не въ томъ дѣло. Дѣло въ томъ, что въ результатѣ все-таки одно — безсиліе. Мечты, много разговоровъ, споровъ, предположеній — а въ результатѣ нѣтъ ни силы, ни дѣла. Есть ли теперь во мнѣ хоть одна искра, жалкая искра надежды на товарищество? Нѣтъ, ни тѣни надежды. А потомъ, вѣроятно, опять зашевелится надежда, опять составится новое товарищество и въ результатѣ опять ничего не будетъ. Горько, скучно!

Онъ шелъ по той улицѣ, гдѣ жила Евлалія Александровна. Вотъ и ея домъ, вотъ окно ея комнаты,— видѣнъ въ ней свѣтъ, у окна опять пяльцы съ начатой работой. Зайти или нѣтъ? Зачѣмъ зайти? Не все ли между ними было покончено вчерашнимъ разговоромъ? Нѣтъ, не все. Ему вспомнилось, какъ иногда она бывала нѣжна съ нимъ, съ какимъ искреннимъ, глубокимъ страданіемъ просила у него прощенія въ своихъ болѣзненныхъ выходкахъ. Нѣтъ, послѣдняго слова не было сказано. Пойти,— сказать это слово, кончить все.

Филиппъ вошелъ. Евлалія Александровна только-что пришла откуда-то и снимала шляпу.

— Это вы? вы? вскричала она, бросившись къ нему.— Не навсегда ушли? Простили меня? Да?

Голосъ ея дрожалъ, рука, сжавшая его руку, тоже трепетала.

— Какой вы блѣдный! замѣтила она.— Вы больны? Или устали, можетъ быть? Садитесь... Вотъ сюда...

Она сѣла противъ него, облокотилась на колѣно и, положивъ на руку подбородокъ, пристально смотрѣла въ глаза Филиппа.

— Такъ простили? Нѣтъ, постойте; а вамъ все скажу, все объясню. Я горда,— видите ли,— я избалована... Я никогда не знала этой нищеты, не привыкла быть нищей... Я не привыкла, чтобы меня жалѣли. Что можетъ быть обиднѣе этой жалости? Вѣдь она оскорбляетъ, мучитъ; отъ одной мысли, что меня жалѣютъ, у меня кровь бросается въ голову... Такъ вотъ...

Она почти задыхалась, слезы слышались въ ея голосѣ.

— Вѣдь вы... Мнѣ казалось, что вѣдь вы мнѣ милостыню подали... Да, милостыню... И потомъ... мнѣ казалось вы только прикрывались дружбой ко мнѣ. Вы изъ жалости не покидали меня, все изъ жалости, изъ состраданія... Да это мнѣ и теперь кажется... Не могу я... Скажите: вѣдь это не дружба, нѣтъ? Это жалость?

Филиппъ прикрылъ рукой глаза. "Высказать, кончить", мелькнуло у него въ закружившейся головѣ.

— Нѣтъ; это не дружба, съ усиліемъ произнесъ онъ.— Это любовь...

Она вдругъ медленно поднялась и тихо отошла прочь. Руки ея дрожали, лицо было блѣдно, а глаза горѣли какъ сумасшедшіе.

— Нѣтъ; это не то, шептала она, остановившись и поникнувъ головой.— Это ложь... Вы лжете...

Филиппъ всталъ блѣдный не меньше ея...

— Ну, и отлично, тихо сказалъ онъ.— По крайней мѣрѣ, все сказано и... кончено.

Онъ пошелъ къ двери. Она загородила ему дорогу, взглянула въ его глаза своимъ безумнымъ взглядомъ и охватила руками его шею...

— Все равно, зашептала она.— Пускай лжешь, пускай обманываешь меня... Что мнѣ.... Я люблю тебя. Я только-что ходила къ тебѣ, чтобы сказать тебѣ все... Презирай меня, бей, обманывай,— что хочешь дѣлай... Но я люблю тебя...

— Отчего ты мнѣ не вѣришь? спросилъ Филиппъ, отстранивъ ее и почти со страхомъ глядя въ ея горящіе глаза.

244

Она расплакалась...

— Не могу я, шептала она сквозь рыданіе.— Нѣтъ, это ты изъ жалости... Это ты опять милостыню мнѣ даешь...

X

Прошло уже около недѣли послѣ всѣхъ этихъ большихъ и маленькихъ происшествій въ средѣ нашего товарищества, а Зоя все еще ничего о нихъ не знала.

Она была нездорова. По утрамъ ее мучила лихорадка, по вечерамъ начинались головныя боли, сопровождаемыя жаромъ во всемъ тѣлѣ; ночью она иногда бредила. Это продолжалось уже третій день. Барканцевы ухаживали за нею, какъ за больнымъ ребенкомъ, только и смотрѣли ей въ глаза: не нужно ли ей чего нибудь, не хочетъ ли она лечь заснуть, не мѣшаютъ ли они ей. Ходили они не иначе какъ на ципочкахъ, говорили не иначе какъ шепотомъ. Зоя дѣйствительно сдѣлалась для нихъ какъ родная.

Съ того дня, какъ Зоя заболѣла, Парфеновъ почти поселился на заводѣ. Онъ уже и не думалъ скрывать отъ хозяевъ свои чувства къ Зоѣ; кажется, что онъ даже излилъ ихъ передъ Софьей Михайловной и съ волненіемъ заявилъ, что намѣренія его самыя добрыя. Вообще онъ сильно перемѣнился за эти три-четыре дна: сдѣлался откровеннѣе, проще въ обращеніи, задушевнѣе въ разговорахъ, въ немъ замѣтно стало участіе къ тѣмъ людямъ, которые были около него. Лицо его замѣтно похудѣло и поблѣднѣло, глаза были полны тревоги и печали, и часто, когда больная спала въ своей комнатѣ и весь домъ притихалъ на это время, онъ по цѣлому часу неподвижно сидѣлъ въ залѣ, курилъ и думалъ какія-то, ему одному извѣстныя думы. А когда Зоя выходила, онъ такъ и впивался въ нее своими глазами, такъ и слѣдилъ за нею, ловилъ каждое ея движеніе, каждый взглядъ: не отодвинуть ли отъ нея лампу, не притворить ли окно, не ищетъ ли она глазами чего нибудь. А она странно и неровно держала себя относительно его. Замѣтно было, что въ ней совершается борьба по поводу этого человѣка. То она какъ будто бы рѣшалась отстраниться отъ него, не замѣчала его, избѣгала говорить съ нимъ или же говорила холодно, съ замѣтнымъ неудовольствіемъ; а то вся эта рѣшимость внезапно пропадетъ въ ней: когда онъ не смотритъ на нее, занятъ чѣмъ нибудь или читаетъ что нибудь, она долго, съ видимымъ волненіемъ и чувствомъ смотритъ украдкой въ его лицо, какъ будто его изучая, и затѣмъ вдругъ сама заговоритъ съ нимъ, заговоритъ дружески, довѣрчиво.

Парфеновъ каждый день хотѣлъ съѣздить за Филиппомъ, но

Зоя всякій разъ останавливала его, увѣряя, что ей лучше, завтра она будетъ совсѣмъ здорова.

Наконецъ Филиппъ пріѣхалъ.

— Филиппъ! Что ты? Что съ тобой случилось? Болѣнъ ты? вскричала Зоя, всплеснувъ руками.

— Я болѣнъ? переспросилъ онъ усмѣхнувшись.— Тотъ баринъ говорилъ мнѣ, что ты больна. А я здоровъ. Впрочемъ онъ меня просилъ не выдавать, что онъ меня привезъ. Ну что, Зоя, милая? Въ чемъ дѣло?..

Трудно было повѣрить, что это не болѣзнь измѣнила его такъ сильно и въ такое короткое время. Глаза у него ввалились, казалось, больше, чѣмъ прежде и все смотрѣли куда-то въ сторону или внизъ, тяжело, неподвижно и не мигая, какъ у человѣка, которымъ овладѣла какая-то упорная, мрачная идея, повсюду его преслѣдующая и недающая ему обратить вниманіе на что либо постороннее. Онъ очень похудѣлъ; голосъ его былъ тихъ, въ разговорѣ съ сестрой слышалась особенная нѣжность.

— Нѣтъ, я здоровъ, сказалъ онъ, переговоривши съ Зоей о ея болѣзни.— А случиться,— дѣйствительно кое-что случилось. Я вѣдь теперь не съ матерью живу. Слышала?.. Да, переѣхалъ. Съ недѣлю уже переѣхалъ. Жить подлѣ нея, я думаю, только глухо-нѣмой можетъ. Да и то врядъ ли: глухо-нѣмого она пожалуй бить стала бы. Говорить подлѣ нея нельзя, потому что она сейчасъ подслушаетъ и сплетню пустить; заниматься тоже, нельзя: она гостью какую нибудь приведетъ, начнетъ ей ругать меня и дверь нарочно растворить, чтобы и я слышалъ. Это ты и сама знаешь. Но въ моей исторіи вышло еще нѣкоторое осложненіе...

Онъ придвинулся къ ней и тихо, почти шопотомъ, точно передавалъ ей какой нибудь кладъ, какое нибудь сокровище, которое нужно отъ всѣхъ беречь и скрывать, разсказалъ о своихъ отношеніяхъ къ Евлаліи Александровнѣ.

— Въ четвергъ вечеромъ она пришла ко мнѣ. Покончить нужно было всѣ эти недоразумѣнія. Меня дома не было; я у Матросова былъ. На лѣстницѣ ее мать встрѣтила, — дверь ей отворила. Евлалія Александровна спросила, дома ли я. Она подъ вуалемъ была. Однако мать узнала ее... Крикъ подняла, вой, брань самую грубую, грязную... Потомъ окно открыла; изъ окна продолжала кричать и ругаться... Мерзко, однимъ словомъ, отвратительно...

Онъ провелъ рукой по глазамъ, вѣроятно, желая скрыть ихъ выраженіе и опустилъ голову.

— Воротился я часовъ въ двѣнадцать. Мать ждала меня. Только-что я вошелъ, она накинулась на меня, съ торжествомъ такимъ, точно Богъ знаетъ какое дѣло сдѣлала. "Была, говоритъ, она была!" А у меня, только-что я ее увидѣлъ, руки задрожали, въ головѣ и груди точно молотами стучатъ и глаза ничего не видятъ... Ну, однако ничего... Постояли мы другъ передъ другомъ... молча... Потомъ она къ себѣ ушла, я къ себѣ... Показалось мнѣ, что она вдругъ очень поблѣднѣла; а, можетъ быть, и нѣтъ... Плохо я видѣлъ... На другое утро перѣхалъ...

— Что же мать?..

— Ни слова. Слонялась только изъ угла въ уголъ и шептала что-то... Какъ видно поражена была, растерялась... Потомъ, когда уже все увезли и я уходить собрался, она припала лицомъ къ косяку и заплакала...

— Досадно, сказала Зоя, — что ты, я думаю, весь городъ взволновалъ. Сколько шуму, толковъ...

Филиппъ взглянулъ на часы и, забросивъ руки за спину, торопливо прошелся по комнатѣ. Онъ, казалось, не слышалъ ея замѣчанія, лицо его сдѣлалось тревожно, глаза смотрѣли неподвижно. Упорная и мрачная идея, какъ видно, опять овладѣла имъ.

— Что ты говоришь? встрепенулся онъ.— Да... толки... Удивительное. Никогда я не повѣрилъ бы, что изъ-за такого происшествія можетъ быть такъ много тревоги и шума... Никогда... Это удивительно! Только-что покажешься на улицѣ,— видишь, что люди бросаются къ окнамъ, стремглавъ бросаются, торопятся, толкаютъ другъ друга и всѣ, встревоженные, съ округлившимися отъ любопытства глазами, всматриваются въ тебя... Иной разъ слышишь даже, какъ они тамъ вскрикиваютъ: Рябининъ, Рябининъ ѣдетъ!.. Въ домъ ли въ какой нибудь входишь, къ больному, такъ даже и такіе больные, которымъ бы, казалось, интереснѣе всего ихъ немощи, — и тѣ смотрятъ на тебя какъ будто бы ты или феноменъ, или циклопъ, или каторжникъ, или убійца... Я ужъ думалъ, не показалось ли матушкѣ, что я хотѣлъ ее убить? Не обвинила ли она меня въ этомъ? А? Съ чего же въ противномъ случаѣ всѣ такъ смотрятъ на меня, впиваются въ меня? А? Съ чего?..

— Неужели это такъ сильно мучитъ тебя?

— Это мучитъ?.. Нѣтъ; Богъ съ ними; пускай смотрятъ, пускай шумятъ... Это комары! Вотъ они что... Шумятъ, кричатъ. Много шуму, но мало боли. Богъ съ ними... Это комары... А ты думала, они для меня змѣи? Нѣтъ, пускай ихъ; есть вещи похуже...

Онъ присѣлъ поближе къ ней и опять заговорилъ чуть не шопотомъ.

— Странные бываютъ случаи... Позавчера вечеромъ мы съ Евлаліей Александровной были въ загородномъ саду. Долго гуляли. Держались, конечно, подальше отъ тѣхъ мѣстъ, гдѣ было много огня и народу. Потомъ попали въ ту аллею, гдѣ, если помнишь, стоитъ почти развалившаяся бесѣдка, въ которой самоубийство случилось. Глухая, дальняя аллея; рѣдко кто тамъ бываетъ. Сидѣли мы на скамьѣ, говорили. Ночь была очень томная; а въ этой аллеѣ темень, какъ въ могилѣ. Только сидимъ мы и слышимъ, идутъ по этой аллеѣ и говорятъ... Идутъ тихо; говорятъ довольно громко. По голосу мнѣ показалось, что одинъ — твой женихъ, Новоторовъ; другой голосъ мнѣ незнакомый, но Евлалія Александровна увѣряетъ, что это долженъ быть одинъ родственникъ ея мужа. Очень можетъ быть. Дѣло шло именно о томъ, чтобы вызвать сюда ея мужа. Да, милая, они хотятъ вызвать его сюда. Я, говоритъ Новоторовъ, сочинилъ уже письмецо. Могу сказать, хорошее письмо. Вы прочтите,— знаю, что одобрите. Кое-что, разумѣется, слѣдуетъ еще поприбавить; а потомъ перепишите, да и отсылайте съ Богомъ. Дойдетъ ли только? Потому вѣдь теперь ярмарка; господинъ Сорогинъ вѣроятно играть отправится... Дойдетъ, говоритъ тотъ другой господинъ, и объяснилъ почему дойдетъ и какъ дойдетъ. Объяснилъ такъ хорошо, что намъ нечего было больше сомнѣваться, о комъ шла рѣчь. Они въ это время остановились закурить сигары. Спички одна за другой гасли, а эти господа все говорили и говорили.

— Я, сказалъ еще Новоторовъ,— распространился въ моемъ посланіи насчетъ того, что Евлалія Александровна теперь, молъ, весьма и весьма богата. Это, я полагаю, будетъ Матвѣю Ивановичу очень лестно и заманчиво. А вы, съ своей стороны, поговорите о безчестіи, наносимомъ его имени, о срамѣ, которому она всѣхъ васъ подвергаетъ. Я самъ не написалъ этого; потому у васъ эта статья должна лучше выйти; вы вѣдь тоже родственникъ. Сами чувствуете ея дѣла...

Тутъ Филиппъ отодвинулся отъ Зои и откинулся къ спинкѣ кресла.

— Вотъ они гдѣ, змѣи-то, сказалъ онъ.— Это змѣи... А то комары, Зоя, комары, моя дорогая, не больше...

— Что же вы хотите дѣлать? спросила Зоя.

— Да что дѣлать?.. Подождемъ его, подождемъ, повторилъ онъ и въ лихорадочномъ волненіи потеръ руки.

— Какъ подождете? Чего? Чтобы онъ пріѣхалъ?..

— Да, да, именно... Ты не волнуйся только, тише говори... Случаи бываютъ странные, я тебѣ говорю. Съ тѣхъ поръ, какъ мнѣ удалось подслушать ихъ разговоръ, я боюсь говорить громко. Мало ли что бываетъ, можетъ быть, вонъ тамъ подъ, окномъ стоитъ кто нибудь и слушаетъ...

Онъ подозрительно взглянулъ на окно и опять наклонился къ сестрѣ.

— Такъ я говорю, ждать будемъ, зашепталъ онъ.— Потому больше нечего дѣлать. Конечно, съ перваго взгляда казалось бы, что самое лучшее — уѣхать ей отсюда. Куда нибудь подальше уѣхать и тамъ ждать, что будетъ. Съ перваго взгляда это такъ, но на дѣлѣ но то, нельзя этого. Потому нельзя, что она не хочетъ ѣхать безъ меня, ни за что не соглашается. И не потому единственно не хочетъ она уѣхать, чтобы не хотѣла разстаться со мной, нѣтъ... Конечно и это имѣетъ свою долю вліянія, но кромѣ этого здѣсь тоже выходитъ нѣкоторое осложненіе. Нужно тебѣ сказать, что она нервная женщина, до того больная, что иной разъ доходитъ почти до галлюцинацій, до бреда, до сумасшествія. Это ужасно, Зоя. Мнѣ иногда кажется, что она и совсѣмъ съ ума сошла, и меня заражаетъ своимъ сумасшествіемъ, и что я тоже схожу съ ума. Можешь ли ты себѣ представить до чего довели ее всѣ эти сплетни, весь этотъ шумъ въ городѣ, всѣ эти исторіи съ моими родными? Ты никогда себѣ не представишь подобнаго состоянія, не повѣришь, можетъ быть... Она вообразила, что мои и ея родные сговорились подкараулить меня ночью и убить... Да, убить!.. Когда меня требуютъ ночью къ кому нибудь изъ больныхъ, на нее ужасъ нападаетъ, съ ней почти бредъ дѣлается... Это ужасно, Зоя... Это ея положеніе довело ее до этого; опасенія, что мужъ каждую минуту можетъ пріѣхать и взять ее къ себѣ, оскорбленія, которымъ она подвергалась отъ многихъ и въ томъ числѣ отъ нашей матери, вотъ что довело ее до этого. Понятно ли тебѣ теперь, что она ни за что не согласится уѣхать отсюда? Для меня понятно... Затѣмъ остается еще одно: уѣхать и мнѣ вмѣстѣ съ нею... Это такъ... но, Зоя, Зоя! Оставить мѣсто, съ которымъ уже освоился, познакомился, оставить мѣсто, гдѣ уже есть много людей, которые и знаютъ тебя, и любятъ, и вѣрятъ тебѣ... Это тяжело, Зоя... А такихъ людей уже много есть здѣсь. Я не говорю о богатыхъ. Это комары. Богъ съ ними. Я говорю о тѣхъ, что живутъ въ скверныхъ избенкахъ, за визиты мои платятъ не монетой, а теплымъ словомъ, искреннею благодарностью. Ихъ мнѣ не хотѣлось бы оставлять: я нуженъ имъ, а они нужны мнѣ; безъ нихъ какъ-то пусто было бы на свѣтѣ. Да и зачѣмъ ѣхать? Куда торопиться? Можетъ быть, этотъ господинъ еще и не осчастливитъ насъ своимъ посѣщеніемъ, по крайней мѣрѣ, еще не осчастливилъ. Въ самомъ дѣлѣ теперь вѣдь ярмарка въ Нижнемъ. Ему нужно быть тамъ, жатву сбирать...

— Нѣтъ, я думаю пріѣдетъ, замѣтила Зоя.— Вѣдь ему пишутъ, что его жена богата теперь. Какъ ему не ѣхать. Я думаю, даже поспѣшить...

— Поспѣшить? переспросилъ Филиппъ, глубоко вздохнулъ, задумался и опять взглянулъ на часы.

— Ну чтожъ? заговорилъ онъ послѣ довольно долгаго раздумья.— Пускай ѣдетъ, пускай... Мы ждемъ его; у насъ уже все готово... Пускай его прогуляется...

— Что же ты думаешь дѣлать, когда онъ вдругъ явится передъ вами?..

— Передъ нами?.. Нѣтъ, передъ нами онъ не явится, почти изъ ужасомъ вскричалъ Филиппъ.— Нѣтъ, этого не будетъ. Мы такъ рѣшили, что какъ только онъ пріѣдетъ, Евлалія Александровна выѣзжаетъ отсюда и слѣда не оставить по себѣ. Пускай ищутъ... Двѣсти верстъ ѣзды на лошадяхъ, двадцать часовъ, а тамъ пристань, пароходы идутъ и вверхъ, и внизъ... Пускай, пускай ищутъ!..

— Но какъ же ты узнаешь?..

— Въ томъ-то и дѣло, что узнаю, быстро и все шопотомъ прервалъ онъ.— У нихъ условлено, чтобы онъ прямо къ нимъ въ домъ пріѣхалъ. И Новоторовъ, и тотъ другой, — родственникъ этого шулера, — теперь друзьями сдѣлались, живутъ въ одномъ домѣ. Такъ онъ, я говорю, къ нимъ пріѣдетъ. Они, видишь-ли, хотятъ сообща дѣйствовать, — какой нибудь остроумный планъ сочинить, великій скандалъ устроить... Ха, ха, ха...

Засмѣялся онъ тихо, почти беззвучно, но съ такой злобой въ лицѣ, которая поразила Зою.

— А мнѣ сейчасъ же и дадутъ знать о его пріѣздѣ. Ты помнишь Фильку десятскаго? Онъ купленъ мной; то есть не деньгами купленъ, а услугой. Онъ руку себѣ сломалъ. Новоторовъ (дуракъ) сбросилъ его съ козелъ тарантаса. А я его лечилъ... Ну, вотъ и все... Она изъ рукъ у нихъ уйдетъ, изъ-подъ носа...

Онъ опять засмѣялся, потеръ руки и въ лихорадочномъ волненіи прошелся по комнатѣ.

— Положимъ, сказала Зоя.— Ну, а потомъ?

— Когда потомъ?..

— Если онъ будетъ ждать и жить здѣсь?..

Филиппъ тихо опустился въ кресло и прикрылъ рукой глаза. Волненіе и одушевленіе внезапно оставили его. Казалось, онъ окаменѣлъ и неподвижная, тяготѣющая идея опять появилась въ его глазахъ.

— Тогда... увидимъ, тяжело и глухо произнесъ онъ.

— Вѣдь это невыносимо однако: если даже онъ и уѣдетъ отсюда, то вѣдь каждый день можетъ опять возвратиться. Никогда нельзя быть спокойнымъ...

— Да... некогда, тѣмъ же тономъ повторилъ Филиппъ.

— И нигдѣ...

Онъ молчалъ и смотрѣлъ себѣ подъ ноги тяжелымъ и неподвижнымъ взглядомъ.

— Онъ всюду будетъ угрожать ей, продолжала Зоя.— Я думаю, никогда не оставить въ покоѣ. Что за мучительная жизнь!..

— Да; нужно избавиться, какъ бы про себя согласился Филиппъ.

— Но какъ?..

На это онъ не отвѣтилъ ни слова.

— Одного я боюсь, чтобы онъ какъ нибудь безъ меня не

250

пріѣхалъ... Девять часовъ... Домой нужно ѣхать, отрывистой устало сказалъ онъ и принялся свертывать себѣ папиросу.

— Избавиться, ты говоришь... Но какъ же? еще разъ спросила Зоя.

Онъ пожалъ плечами.

— Не знаю... Какъ избавиться?.. Никакъ, вѣроятно, не избавишься, неохотно произнесъ онъ.

Зоя долго смотрѣла на него, потомъ какъ будто испугалась, притихла и сжалась вся.

— Филиппъ! У тебя что-то недоброе, злое на душѣ, замѣтила она робко.

— Что такое? спросилъ онъ весь погруженный въ свое занятіе.

— Мнѣ кажется, ты убьешь его, почти прошептала она.

Онъ не шевельнулся и продолжалъ насыпать табакъ.

— Какой вздоръ! сказалъ онъ наконецъ.— Будетъ говорить объ этомъ... Довольно...

Наступило молчаніе. Наконецъ Филиппъ окончилъ свою работу, закурилъ папиросу и, облокотившись обѣими руками на столъ, взглянулъ на Зою. Лицо его было очень блѣдно, взглядъ блестящъ и холоденъ.

— Можетъ быть, ты поинтересуешься дѣлами нашего товарищества? спросилъ онъ.

— Да, конечно, задумчиво отвѣчала она.— Что сдѣлалось съ Потапомъ Потапычемъ? Онъ давно уже не бывалъ здѣсь...

— Совѣстно ему должно быть, — оттого и нейдетъ... Говорятъ, онъ мѣсто получилъ... А товариществу онъ измѣнилъ,— покинулъ насъ...

— Этого я не ожидала, прошептала Зоя.

— Мочаловъ проигралъ казенныя деньги. Мечтаетъ теперь начать новую жизнь и дѣйствительно вступить въ нее, только будетъ играть совершенно пассивную роль?— умретъ скоро...

— Боже мой! Ну,— Матросовъ? Матросовъ? вскрикнула Зоя, невольно поднявшись со стула.

— Матросовъ все бѣгаетъ гдѣ-то. Ему тамъ измѣнилъ кто-то. Подъ вѣнецъ, говоритъ, хотѣлъ вести — и вдругъ нѣтъ ничего...

Зоя молча, пораженная смотрѣла на брата.

— Что же это?.. Все разстроилось, кончено.

Онъ махнулъ рукой, отодвинулъ кресло и сталъ искать свою шляпу.

XI

Почти каждый день Филиппъ посѣщалъ Мочалова и съ каждымъ визитомъ все меньше и меньше надѣялся спасти угасающую жизнь своего стараго, бѣднаго товарища. Та роковая ночь, въ которую Мочаловъ, какъ выражался онъ, "ограбилъ мать свою", убила его. Силы его быстро падали. Онъ почти ничего не ѣлъ, ночи были для него длиннымъ рядомъ разныхъ призраковъ и мукъ... Что это за мучительныя были ночи! Одолѣваетъ сонъ, смыкаетъ глаза,— вотъ уже какое-то сновидѣніе является, мелькнула какая-то фигура, послышался чей-то разговоръ, чей-то голосъ и вдругъ все изчезаетъ,— точно какая-то веревка начинаетъ подниматься на блокѣ въ его груди и кашель душитъ его, душитъ, безъ конца душитъ. Сонъ изчезъ. Душно, жарко, зловѣщій потъ покрываетъ все тѣло. Свѣча горитъ на столѣ, кругомъ мертвое молчаніе, только часы тикаютъ, быстро, рѣзко, отчетливо и страшно торопливо тикаютъ. Куда они спѣшатъ? Неужели и имъ тяжела эта ночь? День бы скорѣе! А вотъ и опять сонъ, опять что-то похожее на сонъ, опять мелькнуло чье-то лицо и слышится чья-то рѣчь, отрывокъ рѣчи, а затѣмъ опять вертится блокъ и нестерпимо больно рѣжетъ грубая веревка, точно скачками двигаясь не самому сердцу. Да и сонъ ли это? Точно кто-то подъ окномъ прошелъ я говорилъ, точно кто-то въ комнату входилъ и сказалъ что-то, точно будто кто-то за стѣной есть,— а вовсе это не сны.

Филиппъ дѣлалъ, что было можно. Онъ успѣлъ остановить кашель, возвратилъ больному сонъ. Мочаловъ возмечталъ, что онъ спасенъ, что онъ быстро поправляется. Филиппъ не возражалъ на это.

Однажды онъ встрѣтился на улицѣ съ Матросовымъ.

— Послушай, отчего ты не зайдешь къ Мочалову? спросилъ Филиппъ.

Матросовъ молча и изподлобья осмотрѣлъ его.

— А что? спросилъ онъ наконецъ пасмурно.

— Да отчего — я удивляюсь... Имѣешь ты что нибудь противъ него, что ли? А его, какъ видно, это очень безпокоитъ и смущаетъ... Онъ, можетъ быть, ужъ недолго проживетъ...

— Плохъ?...

— И очень плохъ. Презираешь ты его, что ли? Казнишь за его грѣхъ? А?..

— Чтожъ я зайду, видимо холодно сказалъ Матросовъ, не глядя на Филиппа, и, протянувъ ему два пальца, приподнялъ другой рукой свою фуражку.

— Постой; за что ты на него сердишься?...

— Кто? Я-то? Нѣтъ, чтожъ... Однако прощай; некогда...

Такъ онъ и ушелъ, вѣжливый и пасмурный, опять приподнявъ фуражку. Когда онъ былъ золъ на своего собесѣдника, или если этотъ собесѣдникъ выказывалъ желаніе заступиться за человѣка, на котораго Матросовъ былъ золъ, тогда онъ обыкновенно дѣлался очень сдержанъ и вѣжливъ.

252

На другой день вечеромъ, когда Филиппъ сидѣлъ у Мочалова, явился Матросовъ. Филиппъ съ нѣкоторымъ безпокойствомъ взглянулъ на него. Взглядъ Петра Васильевича, какъ и вчера, былъ нѣсколько холоденъ; въ пріемахъ, можетъ быть, и противъ его воли, проглядывала зловѣщая вѣжливость и нѣкоторая церемонность. Не вздумалъ бы онъ пуститься въ какія нибудь глупыя объясненія,— тревожно думалъ Филиппъ.

— Ну, какъ дѣла? Лучше? спросилъ Матросовъ послѣ небольшого молчанія.

Филиппъ вздохнулъ свободнѣе. Каковы бы ни были настоящія чувства Матросова, онъ, какъ кажется, не намѣренъ ихъ высказывать и даже поддѣлывается подъ свой обычный свободный и чистосердечный тонъ.

— То есть сравнительно съ чѣмъ же лучше? не безъ горечи спросилъ Мочаловъ, грустно и съ упрекомъ смотря ему въ лицо, какъ будто прибавляя, что "ты вѣдь совсѣмъ не знаешь, что со мной было, не интересовался этимъ"...

Съ минуту длилось молчаніе.

— Да, лучше, заговорилъ наконецъ Мочаловъ.— Недавно я кровью харкалъ, отъ кашля некуда было дѣваться, сна не было. Ну, а теперь ничего, все мимо прошло. Чаша, какъ видно, миновала меня. Конечно, слабость еще, одышка, воздуха какъ будто мало. Да это ничего. Это, знаешь ли, даже пріятно, — слабость эта. Знаешь вѣдь, и тебѣ я думаю случалось свѣжимъ-то воздухомъ дышать послѣ тяжелой болѣзни? Слабость во всѣхъ членахъ, воздухъ-то этотъ свѣжій точно опьяняетъ, отуманиваетъ, и все-то: небо, облака, зелень, звѣзды — ты какъ будто бы въ первый разъ видишь и все-то дѣлаетъ на тебя впечатлѣніе... Эта новая жизнь имѣетъ какую-то невыразимую прелесть... Грустно и хорошо. Я не въ первый разъ испытываю это пробужденіе отъ долгаго сна. Я ужъ знаю, что это пробужденіе прошло, знаю, что скоро опять буду совсѣмъ здоровъ. Начнемъ новую жизнь... Совсѣмъ новую... Грѣхи нужно искупить... Ахъ, этотъ грѣхъ, грѣхъ!..

Матросовъ поторопился замять эти размышленія о грѣхѣ.

— А вчера я Семена Иваныча видѣлъ, обратился онъ къ Филиппу.— Я шелъ, а онъ ѣхалъ куда-то. Только-что завидѣлъ меня, сейчасъ соскочилъ съ линейки и дорогу мнѣ загородилъ. Научите, говоритъ, пожалуйста, когда мнѣ Филиппа Петровича дома поймать. Сто разъ былъ, все нѣтъ.— Да и не застанете, я говорю. Ночью развѣ, часа въ три, въ четыре ступайте, да и лупите къ нему и въ дверь, и въ окна. Да и то врядъ ли поймаете.— Да гдѣ же онъ?— Сами, я говорю, знаете. Во-первыхъ докторъ, больныхъ много, во-вторыхъ влюбленъ; гдѣ же тутъ дома быть? Нельзя... Не знаю, говорятъ, что я дѣлать.— Да вамъ, я говорю, зачѣмъ его? Усовѣстить что ли его хотите? Никакого толку изъ этого не будетъ.

253

Я его ужь предупреждалъ, и наставленіи дѣлалъ, и ругалъ,— все какъ къ стѣнѣ горохъ. Самое лучшее по моему не разговаривать съ нимъ, а поймать гдѣ нибудь на улицѣ, вздуть безъ всякой пощады, да безъ разговоровъ и водворить обратно къ мамашѣ; Въ этомъ я, пожалуй, помогу, а въ разговоры я переговоры я не стоитъ входятъ.

Какъ будто бы это былъ совсѣмъ прежній Матросовъ,— но только, какъ будто бы. Онъ вралъ, но во враньѣ его не было увлеченія, онъ, какъ и всегда прежде, былъ серьезенъ во время этого вранья, но теперешняя серьезность была не та, не прежняя, сквозь нее не свѣтился искренній, беззаботный смѣхъ. Мочаловъ все вглядывался въ него, должно быть, чувствуя эту неискренность.

— Я тогда золъ былъ, продолжалъ Матросовъ,— и потому этотъ совѣтъ — вздуть тебя хорошенько,— вышелъ у меня отъ чистаго сердца и, кажется, даже впечатлѣніе произвелъ на Семена Иваныча. Онъ мнѣ что-то ужь крѣпко пожалъ руку на прощанье. Чтожъ, можетъ быть, и въ сакомъ дѣлѣ вздуютъ тебя. Очень, очень бы это было хорошо.

— Подѣйствовало бы ты думаешь? спросилъ Филиппъ.

— Да что же съ тобой больше дѣлать? Можетъ быть, я подѣйствовало бы. На базарѣ вчера, вижу я, двѣ старушки стоятъ. Одна рыбку купила, а другая съ кульками водъ мышкой,— обѣ такія маленькія, тихонькія, глубокомысленныя.— Пять копѣекъ, говоритъ, заплатила за эвтакую несчастную рыбку. Совсѣмъ нонеча жить стало нельзя. Охъ-хо-хо, хо-хо!— Ужь и не говорите, отвѣчаетъ другая; какая такая жизнь нынче? Скоро, должно полагать, и рѣки-то потекутъ снизу вверхъ. Мѣсяцъ-то, я смотрю, нынче все красный такой всходитъ на небѣ, а прежде былъ бѣлый. Вонъ Анны-то Романовны сынокъ какъ съ матерью своею поступилъ. Она къ нему пришла: ты, говорятъ, если содержать меня не хочешь, такъ хоть милостыньку мнѣ подай, чтобы я хоть съ голоду не умерла.— Ай-ай-ай! А-я-я-яй!— А онъ говоритъ: Богъ подастъ!— Ай-я-яй! Ай-я-яй! Смотрю, тутъ третья подходитъ, отца Игнатія супруга. Мы съ ней хорошіе знакомые. Говорливая такая, краснорѣчивая баба, слухъ у нея хорошій, глаза зоркіе, ходитъ всегда въ тонной шляпкѣ, говоритъ какъ горохомъ сыплетъ. Нѣтъ, это, говоритъ, что! Это еще ничего! А вотъ я вамъ скажу, что они сто человѣкъ семинаристовъ подговорили и бунтъ хотятъ сдѣлать. Общество это у нихъ такое и атаманъ есть, и все совсѣмъ разбойничье...

Матросовъ скрестилъ на груди руки и гнѣвно взглянулъ на Филиппа.

— Это что? Какъ тебѣ покажется? А?..

— Да ничего. Что тутъ особеннаго?..

— Ничего? Ничего особеннаго въ томъ, что ты всѣхъ

вооружилъ противъ себя, что ты самъ подъ себя подкапываешься? Эхъ, Филь, Филь! А когда-то ты мечталъ разныя благодѣтельныя дѣянія здѣсь творить, всякія предпріятія задумывалъ! Гдѣ все это? Гдѣ, Филь? Скажи. Ты впрочемъ не обращай вниманія на то, что я какъ будто бы горячусь. Это такъ только, съ виду, голосъ у меня такой; а на самомъ дѣлѣ я холоденъ, какъ какое нибудь надгробное изваяніе въ зимнюю ночь. Не изъ чего мнѣ особенно горячиться. Напротивъ, очень холодно. Отлично я вижу, что всѣ твои мечтанія ты однимъ взмахомъ руки убилъ и разметалъ...

Филиппъ полулежалъ въ креслѣ и, полузакрывъ глаза, слушалъ.

— Ты должно быть не совсѣмъ здоровъ? А? спросилъ онъ, вдругъ встрепенувшись.

— Нѣтъ; слава тебѣ Господи... А ты, я говорю, положа руку на сердце, убилъ всѣ твои предпріятія и товарищество наше въ корнѣ подрѣзалъ. Ничего ты теперь не подѣлаешь.. Будешь ты теперь биться, какъ рыба объ ледъ, будешь хандрить, скучать, потомъ пить начнешь и носъ у тебя покраснѣетъ, какъ у меня...

Филиппъ усмѣхнулся и опять успокоился.

— Не вѣришь? Помяни же мое слово. Или пить станешь, или уѣдешь отсюда, выгонятъ тебя отсюда. Да, выгонятъ. А ты думалъ, что поговорятъ, поговорятъ, да и замолкнутъ, забудутъ. Нѣтъ, не забудутъ. Другого забыли бы, а тебя не забудутъ.

Филиппъ недовѣрчиво покачалъ головой.

— Отчего же меня не забудутъ?..

— Отчего? А вотъ отчего... Встань и взгляни въ зеркало, а потомъ въ сердце свое загляни. Полюбуйся... Вонъ ты возлежишь на своемъ локтѣ, усталый, худой, блѣдный, глаза какіе-то презрительные, апатичные. Всѣ эти исторіи, что ты заварилъ, перевернули тебя,— вотъ въ чемъ вся штука. Они тебя мучатъ, раздражаютъ, злятъ. Сограждане наши смотрятъ на тебя, какъ на рѣдкаго звѣря, а ты ихъ ненавидишь за это и презираешь... Можетъ быть, и не хотѣлъ бы высказывать этихъ чувствъ, да они все-таки сказываются... Ну, и останешься безъ практики...

— Это ты на чемъ же основываешься? спросилъ Филиппъ и вдругъ сдѣлался внимателенъ.

— Э, всё отъ тебя сторонятся! отвѣчалъ Матросовъ и безнадежно махнулъ рукой.— Барышовы теперь за Копошталемъ посылаютъ. Ты, говорятъ, при старухѣ такую фразу отпустилъ, что я, де, больше ничего, какъ починщикъ старой рухляди. Гдѣ, молъ, ножка какая нибудь расшатается, либо треснетъ или лопнетъ что нибудь, сейчасъ за мной и посылаютъ...

Филиппъ засмѣялся, но не безъ горечи засмѣялся.

— Правда?.. Говорилось о старой рухляди?.. продолжалъ Матросовъ.

— Въ родѣ этого...

— Ну, вотъ... Пивоваровъ твоимъ врагомъ сдѣлался, повѣсить тебя готовъ. Ты, говорятъ, замѣтилъ ему, что его недурно бы было запереть куда нибудь, что ты сегодня сдѣлаешь, то онъ завтра опять испортитъ. Ну, развѣ можно, развѣ можно это? Все можно, но не тебѣ. Не тебѣ, этакому растрепанному, сердитому, раздраженному. Да, братъ, или пить станешь, или, выгонятъ тебя отсюда, голодомъ выгонятъ... Вотъ и все...

— Что же дѣлать? спросилъ Филиппъ, всталъ и прошелся по комнатѣ. У него вдругъ какъ будто руки опустились и земля подъ ногами изчезла. Слова Матросова неожиданно открыли ему глаза на то, что вѣдь дѣла его дѣйствительно худо пошли.

— Почему я знаю, что тутъ нужно дѣлать, брюзгливо отвѣчалъ Матросовъ.— Я только хотѣлъ предупредить тебя. Мнѣ всѣ эти мрачныя исторіи — вотъ гдѣ засѣли. Чортъ знаетъ что! Недавно одинъ почтенный господинъ обратился ко мнѣ: "какія это вы, говоритъ, Петръ Васильевичъ, дѣла затѣваете? Общество, говоритъ, тамъ у васъ какое-то, что-ли?" Вонъ они что толкуютъ, а мнѣ скоро нужно магазинъ открывать... И изъ-за чего вся гроза сія? Изъ-за старушки, изъ-за маленькой, глупенькой старушки! Да Господь съ ней! Я бы ей всякое удовольствіе предоставилъ... Помирись съ ней или уѣзжай, пока не выгнали.

Филиппъ какъ будто съ удивленіемъ взглянулъ на него, но ничего не сказалъ и продолжалъ ходить по комнатѣ.

— Не лучше ли всего сдерживать себя, не вооружать противъ себя общество, замѣтилъ Мочаловъ.

— Сдерживать! пренебрежительно возразилъ Матросовъ, износа взглянувъ на него.— Сможетъ ли онъ себя сдерживать. Уста свои скуетъ, такъ глаза станутъ говорить... Ты не гнѣвайся на меня, Филь, обратился онъ къ Филиппу.— А? Надо вѣдь какъ нибудь бороться, а не шествовать съ закрытыми глазами... Такъ вѣдь?.. Всѣ эти мрачныя исторіи голову мнѣ закружили. Хоть что нибудь нужно спасти...

— Какія исторіи? спросилъ Мочаловъ.

Матросовъ какъ будто нѣсколько удивился этому вопросу, и не нашелся, что отвѣтить, или не нашелъ нужнымъ. А Мочалову, какъ видно, хотѣлось вывести его на какія-то объясненія.

Наступило долгое молчаніе. Филиппъ все ходилъ изъ угла въ уголъ Матросовъ сидѣлъ, опустивъ голову, и обкусывалъ кончикъ сигары. Вдругъ Мочаловъ сѣлъ подлѣ него и дотронулся до его плеча. Матросовъ вздрогнулъ и машинально отодвинулся.

— Отчего это ты ни разу не зашелъ ко мнѣ? заговорилъ Мочаловъ.

Матросовъ сначала поморщился, потомъ вдругъ заторопился.

— Все дѣла, все дѣла такія вышли, бѣгло и тихо заговорахъ онъ совсѣмъ не тѣмъ тономъ, какимъ говорилъ съ Филиппомъ.— Тамъ молъ я жениться намѣревался на богатой купчихѣ, какъ ты уже слышалъ, да она мнѣ измѣнила, все разстроилось... Потомъ вотъ на счетъ магазина началъ хлопотать... А тутъ еще урокъ мнѣ попался. Дѣвочка лѣтъ семи, хорошенькая такая, голубоглазая, длиннокудрая, знаешь, какъ иногда на картинахъ ангелочковъ пишутъ, и глупа, какъ какая нибудь подошва... Бѣда, бѣда съ ней...

— Будто ужъ и минуты свободной не было?..

Матросовъ тяжело вздохнулъ и развелъ руками. Мочаловъ задумчиво покусалъ ногти.

— Вовсе это не то, тихо произнесъ онъ.

— Что такое не то?..

— Да не во времени дѣло. Что время! А вотъ чувства твоя относительно меня не тѣ, смотришь ты на меня не тѣми глазами. Вотъ что, Петръ Васильевичъ...

Голосъ его замѣтно дрожалъ. Матросовъ не зналъ, куда глаза дѣвать, тревожно и съ мольбой взглянулъ на Филиппа, который ничего не видѣлъ и не слышалъ, погруженный въ своя собственныя думы,— потомъ искоса взглянулъ на Мочалова. И что въ самомъ дѣлѣ за глупость? мелькнуло въ головѣ Петра Васильевича, только что Мочаловъ заговорилъ съ нимъ. За что я смотрю на него звѣремъ? За то только, что онъ моимъ соперникомъ очутился, что его любитъ та дѣвушка, которую я люблю? Онъ злился на себя за эту ревность, а все-таки она въ немъ громко говорила.

— Какія такія тамъ еще глаза и чувства? проворчалъ онъ брюзгливо.,

— Чувства какія? А вотъ ты мнѣ руки, не подалъ, когда вошелъ. Вотъ какія это чувства...

Мочаловъ былъ блѣденъ, какъ полотно, задыхался, и руки у него сильно тряслись. Матросовъ самъ невольно поблѣднѣлъ, взглянувъ на это страшное, мертвенное лицо, и вскочилъ, точно его подбросило.

— Голубчикъ! Извини! Вотъ тебѣ обѣ мои руки... Забылъ, разстроенъ былъ...

Мочаловъ не принялъ ни одной.

— Что такое? Что вы? вмѣшался, Филиппъ.

Мочаловъ вскочилъ и широкими, быстрыми шагами заходилъ по комнатѣ, тяжело и сильно ступая по скрипящимъ половицамъ. Дыханіе его было прерывисто, ротъ полураскрытъ, лицо мертвенно-блѣдно. Какія бы извиненія ему ни приносили, какія бы оправданія ему ни представляли, всѣ они были бы совершенно безплодны, теперь поздно было. Теперь въ немъ говорила и имъ двигала одна только болѣзнь. Больные его болѣзнью вспыхиваютъ изъ-за бездѣлицы, и изъ-за пустяковъ доходятъ до полнѣйшаго изступленія, въ которомъ разсудокъ отказывается имъ служить, а здѣсь дѣло шло не о пустякахъ. Матросовъ только рукой махнулъ на вопросы Филиппа.

— Ты теперь меня жалѣть хочешь?.. Ты теперь мнѣ руку протягиваешь? глухо восклицалъ Мочаловъ.— Не нужно. Что меня жалѣть!.. Ты презираешь, меня?.. Я вижу, все вижу: съ той ночи ты не заглядывалъ ко мнѣ, отвернулся отъ меня. Теперь ты пришелъ: вѣрно тебѣ сказали, что я очень плохъ... Вотъ почему ты пришелъ. Да... Но за что ты мнѣ руки не протянулъ; за что тебѣ противно говорить со мной, ты слова мнѣ не сказалъ, избѣгалъ смотрѣть на меня... Я все вижу... Нечего тутъ жалѣть... Укралъ я, ограбилъ?.. Ну, и презирай... Говори это прямо. Ты честный человѣкъ. Я недостоинъ... Не жалѣй... Уйди... Богъ съ тобой... Но еслибъ ты зналъ, что это была за ночь, когда я проигралъ эти деньги... Я болѣнъ былъ, помѣшанъ, я застрѣлиться хотѣлъ... И лучше бы, въ милліонъ разъ лучше бы...

Онъ вдругъ остановился, оперся обѣими руками на спинку стула и поникнулъ головой. Кровь хлынула у него горломъ.

— Нѣтъ, чортъ меня возьми, громко сказалъ Матросовъ, незамѣтившій этого.— Нечего дѣлать, нужно выкладывать настоящую причину...

Филиппъ махнулъ ему рукой и указалъ на дверь. Матросовъ широко раскрылъ глаза, посмотрѣлъ, совсѣмъ уничтоженный, на Мочалова и совершенно растерялся. Онъ былъ такъ смущенъ, такъ жалокъ и убитъ, какъ, кажется, никогда въ своей жизни. Однако онъ ушелъ. Медленно, шагъ за шагомъ, добрелъ онъ до самой своей квартиры, потомъ вернулся и пошелъ къ Филиппу.

Долго пришлось ему ждать и пучиться. Било и двѣнадцать часовъ, и часъ, и два, — а Филиппа все не было. Матросовъ вздыхалъ, десять разъ ложился на диванъ, десять разъ вставалъ и принимался бродить по комнатѣ, немилосердно ероша голову, кусая ногти, ругая Филиппа и ворча, что онъ навѣрное сидитъ теперь у ногъ своей возлюбленной? Наконецъ часа въ четыре Филиппъ явился.

— Гдѣ это ты? брюзгливо и вмѣстѣ съ тѣмъ нѣсколько робко освѣдомился Матросовъ.— Я ужь десять лѣтъ прожилъ здѣсь.

— У Мочалова все сидѣлъ...

— Гм... Ну...

— Да умеръ... Въ два часа опять кровотеченіе появилось... Затѣмъ умеръ...

Матросовъ совсѣмъ сжался, сгорбился, губы его приняли невыразимо скорбный видъ, глаза неподвижно остановились на одной точкѣ.

— Что это я за бѣдный Макаръ, Филь? тихо и съ глубочайшимъ отчаяніемъ замѣтилъ онъ.— Всѣ-то шишки на меня валятся...

XII

Мочалова похоронили. Шли за его гробомъ солдаты съ ружьями на плечахъ, офицеры отдали ему честь своими саблями, военная музыка играла погребальный маршъ и собирала густыя массы равнодушнаго народа. Толпа запружала улицы, блестѣли штыки, сабли и эполеты, развѣвались султаны на офицерскихъ шляпахъ, — однимъ словомъ, пышная была церемонія, много было шуму и блеску. Не видно было только друзей, незамѣтно было только печали. Правда, раза два — три послышались замѣчанія женщинъ, сопровождаемыя искреннимъ вздохомъ: "ахъ какой молодой!" и этими двумя — тремя восклицаніями ограничивалось все впечатлѣніе, произведенное смертью нашего бѣднаго героя.

Ни одного слова не было произнесено надъ его могилой. Даже когда съ кладбища разбрелась вся равнодушная толпа зѣвакъ, и надъ свѣжей могилой остались только свои, близкіе: мать покойнаго, дѣвушка, его любившая, Матросовъ и Рябининъ,— даже, и тогда не нарушилось это тяжелое молчаніе. Мать забыла все: и гдѣ она была, и кто былъ подлѣ нея, — и тихо, беззвучно плакала. Катерина Игнатьевна стояла блѣдная, сосредоточенная и озлобленная, точно она думала не столько объ умершемъ, сколько о тѣхъ, кого можно было прямо или косвенно обвинить въ его преждевременной смерти, и собиралась мстить имъ. Матросовъ держался въ отдаленіи. Его все еще мучила совѣсть, что онъ вольно или невольно ускорилъ смерть своего стараго товарища. Тихо было на кладбищѣ, еще недавно такъ оживленномъ, и невеселыя чувства наводила на всѣхъ эта глубокая тишина; эти ряды крестовъ и холмовъ, возвышавшихся надъ костями людей, родившихся, кажется, затѣмъ только, чтобы потомъ безплодно и рано умереть. Много поколѣній, много вѣковъ похоронено здѣсь, и ни одного-то славнаго имени, ни одного-то великаго дѣла не записано на этихъ крестахъ, да и не было. Ты, только-что зарытый, Мочаловъ, ты многое мечталъ сдѣлать, жарко вѣрилъ въ себя, въ тебѣ билось не пошлое сердце, ты жилъ не дюжинными мыслями и чувствами, а умеръ, какъ новорожденный ребенокъ, не оставивъ по себѣ ни слѣда, ни имени и ничего не сдѣлавъ. Не ты первый, не ты и послѣдній...

Почти весь этотъ день Филиппъ и Матросовъ провели у матери покойнаго. Съ Матросовымъ она была особенно ласкова. Она понимала, какъ должно быть тяжело у него на сердцѣ, какъ должно быть неловко ему передъ нею за свою невольную вину, и всячески старалась успокоить его.

— Вотъ это старушка! Это хорошая, милая старушка! ворчалъ Матросовъ, когда онъ уже въ сумерки вышелъ съ Филиппомъ изъ этого опустѣвшаго дома.— А Катерина-то Игнатьевна такъ и сверкаетъ на меня глазами, такъ и говоритъ ими, что "если бы, молъ, не ты, такъ онъ, можетъ быть, сидѣлъ бы себѣ теперь между нами, я слышала бы его голосъ, взглядъ его ловила бы!" А развѣ я не понимаю этого, Филь? Не чувствую?

Онъ отправился развлечься въ бесѣдѣ съ Дарьей Ивановной; а Филиппъ пошелъ домой. Его ждала Евлалія Александровна и неподвижно сидѣла около стола, такъ задумавшись, что не слышала, какъ Филиппъ отворилъ дверь, и вдругъ вздрогнула всѣмъ тѣломъ, когда услышала его шаги. Она взглянула на него какъ-то странно,— почти холодно и съ какимъ-то особеннымъ блескомъ въ глазахъ.

— Къ тебѣ есть письмо, сказала она, протянувъ руку.

На столѣ лежало открытое письмо отъ Семена Ивановича.

"Дружочикъ нашъ, Филиппъ Петровичъ!— писалъ этотъ добродушный человѣкъ.— Несчетное количество разъ навѣдывался я на твою новую квартиру, но такъ и не удалось мнѣ до сего дня увидѣть тебя и откровенно побесѣдовать съ тобой о твоей карьерѣ. Не найдешь ли ты самъ, если дашь себѣ трудъ спокойно обозрѣть свое положеніе, что въ твою дѣятельность вкрались немаловажныя ошибки, которыя грозятъ погубить тебя. Обсуди, дружочикъ, въ такомъ ли блестящемъ порядкѣ находятся твои дѣла, въ какомъ они находились назадъ тому нѣсколько мѣсяцевъ? Не сократилась ли твоя практика? Не утратилъ ли ты нѣкоторой доли прежняго довѣрія и расположенія къ тебѣ нашего общества? Грустно мнѣ, Филиппъ Петровичъ, за будущее твое грустно! На то ли ты потратилъ столько усилій для пріобрѣтенія твоихъ познаній и усовершенствованія твоихъ талантовъ, чтобы теперь однимъ неожиданнымъ шагомъ сдѣлать безплодными всѣ эти усилія и обратить въ ничто всѣ тѣ героическія лишенія, которымъ ты подвергался въ юности для ради науки? Чувствую я, что нелегко тебѣ будетъ превозмочь заманчивую страсть, увлекающую тебя къ гибели, но знаю и то, что твоя адамантовая грудь не устрашится трудностей этого подвига, ибо онъ необходимъ для твоего спасенія. А что онъ необходимъ, это я могу подтвердить тебѣ многочисленными и вѣрными отзывами о тебѣ людей, прежде къ тебѣ благоволившихъ и высоко тебя уважавшихъ".

Уже нѣсколько дней Филиппъ ощущалъ въ себѣ глубокую нравственную усталость. Общество становилось относительно него все враждебнѣе и враждебнѣе, друзья тоже были имъ недовольны, женщина, которую онъ любилъ, измучилась, изстрадалась подъ тяжестью своего положенія. Бываютъ тягостныя положенія, въ которыхъ все-таки остается возможность бороться и хоть малѣйшая надежда на побѣду, на выходъ; а здѣсь — гдѣ эта возможность, гдѣ выходъ?.. Что въ самомъ дѣлѣ было дѣлать? А сегодня были еще эти похороны стараго товарища. Тяжело чувствуется, когда смерть вырываетъ одного изъ вашего кружка, тяжелъ видъ смерти...

Онъ отодвинулъ письмо и склонилъ голову на руку. Посланіе не произвело за него ни малѣйшаго впечатлѣнія, но по его усталому лицу можно было подумать, что риторика Семена Иваныча разстроила его.

— Мнѣ нечаянно бросилась въ глаза одна фраза этого письма, заговорила Евлалія Александровна, внимательно слѣдившая за нимъ.

— Ты не читала? Прочитай. Новаго ничего нѣтъ...

Она взяла письмо и пока его читала, взглядъ Филиппа покоился на ея лицѣ, такъ дорогомъ, такъ миломъ ему. Разойтись съ нею, не видѣть этого любящаго, болѣзненнаго, невыразимо привлекательнаго взгляда, не слышать этого голоса, то полнаго любви, то дышащаго страданіемъ... Какъ глупъ Семенъ Ивановичъ!

— Все это правда, сказала она.

— Что правда? Что онъ глупъ? Святая правда!..

— Все, что здѣсь написано,— все правда. Знаешь что, Филиппъ, другъ мой! Такъ нельзя жить,— заговорила она съ видимымъ страданіемъ.— Я виновата передъ тобой, я дѣйствительно много, много повредила тебѣ. Но если бы я знала, могла бы предвидѣть будущее, я никогда, никогда не сказала бы тебѣ, что люблю тебя. Что тебѣ дала моя любовь? Одно горе, непріятности, мученія?.. Я стала поперегъ твоей дороги и всегда буду только лишнимъ бременемъ, безсильнымъ, больнымъ, капризнымъ ребенкомъ, съ которымъ нужно няньчиться... Я всю жизнь твою погублю. Тебѣ нужно защищать, спасать меня, нянчиться со мной, а твои цѣли, планы? Ты оставишь ихъ для меня? Бросишь?.. Нѣтъ, Филиппъ, я не хочу этого. Слышишь ли, не хочу. Я уѣду, Филиппъ. Такъ нужно... и ты не возражай мнѣ.

Филиппъ пожалъ плечами.

— Я за тобой поѣду, сказалъ онъ.

Она зарыдала и упавши передъ нимъ на колѣни, опустила голову на его руки.

— Милый, дорогой мой! Ты не знаешь, какъ я тебя люблю! Вся моя жизнь въ тебѣ, вся!.. Но что до меня? Не обо мнѣ рѣчь? Кому я нужна? Дѣтямъ развѣ? Да и имъ я не нужна, я ничего не могу для нихъ сдѣлать, ровно ничего... А у тебя впереди много дѣла. Ты добръ, честенъ, дѣятеленъ, много можешь сдѣлать. Моя жизнь потеряна, испорчена. Нельзя тебѣ всю свою жизнь бороться изъ-за меня, нельзя отстаивать меня отъ всѣхъ этихъ мелочей, сплетенъ, грязи... Разстанемся!.. Будь человѣкомъ, не будь мелоченъ... Да? Кончимъ!..

Она дрожала всѣмъ тѣломъ, но слезы уже не текли изъ ея черныхъ, прекрасныхъ глазъ. Въ ней появилась какая-то увлекающая сила,— сила, ведущая открытую дорогу дѣятельной жизни. Она, казалось, ободряла Филиппа, ждала и требовала, чтобы онъ преодолѣлъ свою любовь къ ней, принесъ ее въ жертву.

— Кончимъ, Филиппъ! Простимся! Только двѣ жизни и есть: одна въ мелочахъ, пустая, пошлая, безполезная; а другая хорошая жизнь, свѣтлая, высокая, жизнь не для жены, не для своего грязнаго гнѣзда, а для многихъ, для многихъ... Ты нуженъ имъ... А середины нѣтъ; одну жизнь не соединишь съ другой...

Она встала и какъ будто, совсѣмъ спокойная, неподвижная, ждала отвѣта. Она увлекла, очаровала его, до того очаровала, что у него долго не находилось отвѣта, долго въ головѣ его былъ какой-то хаосъ, и мысли, какъ молніи, мелькали въ немъ, смѣняя о перекрещивая одна другую. То имъ овладѣвала ненависть къ этому обществу, которое поставило ихъ въ такое дикое положеніе; то онъ грезилъ, что убьетъ, отравитъ ея мужа; то его ужасали всѣ эти мелочи и дрязги, о которыхъ она говорила, ужасала мысль, что неужели въ самомъ дѣлѣ они будутъ всегда и вездѣ его опутывать? А то ему представлялась она, эта странная, самоотверженная женщина, одна, больная, безсильная, въ нищетѣ, всѣми покинутая, всѣми оскорбляемая...

Онъ тихо покачалъ головой и взглянулъ за нее. Увидѣвъ ее, онъ какъ будто бы отъ сна пробудился.

— Нѣтъ, никогда, никогда! сказалъ онъ страстно, но тихо, съ сожалѣніемъ, точно борьба еще не окончилась въ немъ, точно ему жаль было отказаться отъ того пути, который ему указывала эта женщина, жаль того идеала, которому она хотѣла принести себя въ жертву. Онъ не могъ съ ней разстаться, онъ смотрѣлъ ни нее почти съ мольбой, какъ будто боялся, что она и противъ его воли разстанется съ нимъ, уйдетъ отъ него.

Она запечалилась.

— Я считала тебя выше, сильнѣе, грустно сказала она.— Такъ все для меня? все въ жертву мнѣ? Цѣли, мечты, всю будущность? Всю жизнь проводить въ мелочахъ, въ тѣсномъ гнѣздѣ?..

— Никогда, никогда! повторялъ онъ.

Она стояла печальная и блѣдная.

— Такъ продолжать жить этой жизнью? Защищаться отъ сплетенъ, со всѣми враждовать, потомъ бороться съ нуждой, отказаться въ этой борьбѣ отъ всего, отъ всякихъ мыслей, кромѣ мысли о насущномъ хлѣбѣ? Такою-то жизнью ты хочешь жить?..

— Такъ уѣдемъ отсюда! вскричалъ онъ вдругъ.— Уѣдемъ; дальше, въ Сибирь, на югъ... Дальше отсюда...

— Оставить все?.. Друзей, сестру, родной городъ?..

— Дальше отъ родного города, дальше! почти съ ненавистью

262

возразилъ онъ.— А друзья, сестра... Ихъ нельзя оставить?.. Тебя можно, а ихъ нельзя?.. Все оставлю, съ радостью оставлю, только не тебя... Тебя не могу... Или, можетъ быть, ты сама оставишь меня... Ну, тогда...

Она прижалась головой къ его груди и заплакала.

— Я должна бы была это сдѣлать... Уйти, убѣжать, въ воду броситься...

— Ради ихъ? спросилъ онъ съ презрѣніемъ, положивъ руку на письмо Семена Иваныча.

— Нѣтъ, не ихъ... А ради тебя... Я всегда буду бременемъ для тебя, помѣхой... Куда ты уйдешь отъ тѣхъ сплетенъ, отъ той клеветы, которой всюду будутъ меня преслѣдовать?.. Никуда.. Эта грязь и тебѣ будетъ падать... Ты думаешь можно скрыть мое прошлое?.. Тамъ гдѣ нибудь въ глуши выдавать меня за свою жену? О, не обольщайся!.. Эта люди нигдѣ не оставятъ насъ въ покоѣ... Напишутъ, сами пріѣдутъ, его пришлютъ...

Послышался тихій стукъ въ дверь. Филиппъ вышелъ. Черезъ нѣсколько минутъ онъ возвратился очень блѣдный, задумчивый а съ страннымъ блескомъ въ глазахъ. Губы его были плотно сжаты, рука немного дрожала.

— Хорошо, когда человѣку все заранѣе извѣстно, тихо сказалъ онъ, вынувъ изъ стола деньги, переложилъ ихъ въ свой бумажникъ, потомъ поискалъ глазами гдѣ шляпа.

— Онъ пріѣхалъ, сказалъ онъ, мрачно взглянувъ на нее.

Нѣсколько секундъ она сидѣла какъ помертвѣвшая, безъ кровинки въ лицѣ, безъ малѣйшаго блеска въ глазахъ, и только дрожь начинала все болѣе и болѣе частыми отрывистыми волнами пробѣгать по ея тѣлу.

— И какой дуракъ, говорилъ Филиппъ, помогая ей одѣться.— Пьянъ, какъ стелька. Я былъ бы вчемъ радъ, если бы они вылили ему на голову ведеръ пять холодной воды... Смѣлѣе... Можетъ быть, въ самомъ дѣлѣ поторопятся...

XIII

Немного нужно было времени Евлаліѣ Александровнѣ, чтобы заѣхать домой и взять дѣтей. Въ послѣдніе дни рѣдкій вечеръ проходилъ безъ того, чтобы Филиппъ не устраивалъ катанья по рѣкѣ. Сегодня ночь была великолѣпная: лунная, тихая, теплая, ничего не было удивительнаго, что и нынче онъ предпринялъ такую же прогулку.

Вотъ они и на берегу рѣки. Широко разстилается она передъ ними, тамъ черная, угрюмая, тамъ подернутая серебристымъ блескомъ. Вдали врѣзалась въ темныя воды бѣлая песчаная коса, на ней свѣтится рыбачій огонь и дрожитъ, отражаясь въ волнахъ, его красное пламя. Вдали тихонько идетъ паромъ и слышно, какъ лошадь ударила ногой по его палубѣ, какъ по дву пустой бочки; гдѣ-то кто-то купается, играетъ въ водѣ, фыркаетъ, и звонко плещутся тамъ серебряныя струи; гдѣ-то запѣлъ кто-то пѣсню... Далеко разносится ночью по рѣкѣ каждый звукъ, что коснется ея поверхности.

Вотъ отперта цѣпь, державшая лодку, и звякнула о ея бортъ; сѣли, весла всплеснули воду...

— Теперь пускай поспѣшатъ, сказалъ Филиппъ, вздохнувши свободно.— Если они дураки, продолжалъ онъ, налегая на весла,— то, по крайней мѣрѣ, ночь проспятъ спокойно. Если они немного поумнѣе, то выльютъ ему на голову ушата два воды. Потомъ придутъ къ тебѣ. Нагрянутъ... какъ говорится. Скажутъ имъ, что гулять ушли... Станутъ ждать... Всѣхъ, скажутъ, накроемъ... Да... Подождутъ, подождутъ: видно, скажетъ нянька, на всю ночь уѣхали... Придетъ и утро... Все нѣтъ... Хватятся только тогда, когда узнаютъ, что я дома своимъ дѣломъ занимаюсь... А я цѣлый день не скажусь дома, прескверное положеніе. Лучше бы они не торопились, а спали себѣ спокойно...

Она молчала и, склонивъ голову на руку, задумчиво смотрѣла въ темныя волны. Что думала она, бѣдная? Какія муки терзали ея больное сердце? Не мелькала ли въ ней черная, страшная мысль броситься въ эти быстрыя, темныя волны, что журчатъ около бортовъ лодки, крутятся за бѣлыми веслами и какъ будто страстно и съ ропотомъ, и съ жалобой нашептываютъ какія-то печальныя рѣчи?.. Замолчалъ и Филиппъ; и на него начала нападать невыносимая тоска. Какъ тихо и хорошо все кругомъ. Вонъ, съ праваго берега выбѣжала блестя и извиваясь маленькая рѣчка, вся какъ сводомъ покрытая склонившимися надъ нею вершинами деревьевъ. Прощайте высокія, старыя деревья... Не одинъ разъ въ такую же благодатную, тихую ночь скользила подъ вашими зелеными вѣтвями эта лодка; много прожито подъ вашимъ зеленымъ сводомъ незабвенныхъ минутъ и часовъ, при одномъ воспоминаніи о которыхъ даже черезъ много, много лѣтъ сердце замретъ отъ сладкой тоски и боли. Прощайте высокія, старыя деревья! Пришла пора со всѣмъ проститься... Прощай, сестра, дорогая, милая. Какая-то дорога выпадетъ на твою долю?.. Куда приведутъ тебя твои мечты, порывы куда-то въ даль? Не понадобится ли тебѣ моя помощь?

Не мудрено; а я далеко буду. Прощай Матросовъ, старый, надежный другъ... Прощайте всѣ вы добрые, честные бѣдняки, которыхъ приходилось мнѣ спасать отъ болѣзни и могилы... Скоро придется со всѣмъ проститься...

И изъ-за чего? Изъ-за чего?.. Можно задохнуться отъ злобы и негодованія при одной мысли объ этомъ...

Вотъ показалась деревня, черные, маленькіе домишки; на. берегу чернѣютъ опрокинутыя лодки. Пріѣхали. Филиппъ подошелъ къ одной избѣ и постучалъ въ окно.

— Дома, Матвѣй?..

— Сейчасъ...

— Лошадей скорѣе... Дома ли они?. Не въ полѣ?

— Здѣся... Сейчасъ...

Филиппъ отвернулся къ Евлаліѣ Александровнѣ.

— Ну, вотъ, сказалъ онъ печально.— Все хорошо. Пускай теперь ищутъ слѣдовъ. Скоро ли найдутъ? И обидно, обидно должно быть имъ. Все устроено, приготовлено, даже не безъ нѣкотораго комфорта поѣдешь... Пойдемъ, пройдемся. Скажите, дѣти, ямщику, что мы туда пошли, по дорогѣ. Пусть туда ѣдетъ, когда все уложить...

Вышли за околицу. По обѣимъ сторонамъ дороги колыхалась рожь. Вдали разстилался по землѣ туманъ; изъ-за него выглядывали пирамидальныя вершины ели и пихты. Филиппъ разсказывалъ, гдѣ остановиться, какъ писать, на чье имя. Вдругъ раздался отрывистый звукъ колокольчика. Она остановилась и, заливаясь слезами, бросилась на шею Филиппа. Долго она рыдала, не будучи въ силахъ произнести ни одного слова.

— Вмѣстѣ... вмѣстѣ поѣдемъ, молила она.— Мнѣ шепчетъ что-то, что если ты не поѣдешь со мной, я больше не увижу тебя... Я какъ будто вижу, что ты умеръ, убили они тебя... Это предчувствіе... Я не могу, не хочу ѣхать одна...

Колокольчикъ опять зазвенѣлъ и слышно было, что ѣдутъ, быстро ѣдутъ. Филиппъ умолялъ ее, цѣловалъ ея руки. Она неподвижно, какъ мертвая, лежала щекой на его груди. Подъѣхалъ экипажъ.

— Хорошо, сказала она наконецъ; — я ѣду: но помни же, если ты не пріѣдешь черезъ недѣлю; я ѣду сюда. Что бы тамъ ни было, я буду здѣсь... Ну, прощай, помни...

Десять разъ подходила она къ повозкѣ и опять, рыдая, останавливалась и бросалась на шею Филиппа.

— Помни же... Черезъ недѣлю! повторила она, въ послѣдній разъ взглянувъ на него.

XIV

Филиппъ не хотѣлъ сказываться дома до слѣдующаго вечера. Онъ сдѣлалъ еще лучше, то есть на самомъ дѣлѣ не былъ въ городѣ до вечера. Часовъ въ семь онъ возвратился домой блѣдный, осунувшійся, съ воспаленными глазами и въ лихорадкѣ. Убійственна была для него эта ночь, проведенная въ деревнѣ. Всю-то ее провелъ онъ съ открытыми глазами, то бродя но горницѣ, то открывая крошечное окошко и освѣжая свѣжимъ ночнымъ вѣтромъ свою пылающую голову. Все невозможное, все страшное, казалось ему, непремѣнно должно было случиться. Что, если Новоторовъ не дома, не въ городѣ, а гдѣ нибудь въ уѣздѣ и встрѣтитъ Евлалію Александровну? Что если она сама, подъ вліяніемъ своихъ предчувствій и тоски, которую навѣетъ на нее дорога, вздумаетъ возвратиться обратно и пріѣдетъ прямо въ городъ? Какія муки она теперь переживаетъ! Какъ это бѣгство разстроитъ ея и безъ того слабое здоровье!.. Онъ ненавидѣлъ, всѣми своими силами ненавидѣлъ того человѣка, который былъ причиной всѣхъ этихъ тревогъ и страданій. Онъ придумывалъ самыя невозможныя комбинаціи, строилъ самые фантастическіе планы — уничтожить, раздавить этого ненавистнаго человѣка. Его наконецъ стало непреодолимо тянуть въ городъ, чтобы поскорѣе увидѣть своего врага, встрѣтиться съ нимъ.

Пришелъ и слѣдующій день. Городъ волновался, шумѣлъ, спорилъ, дѣлалъ невозможныя предположенія, но все таки не могъ открыть ни малѣйшаго признака, по которому можно бы было напасть на слѣдъ Евлаліи Александровны. Филиппъ началъ успокоиваться и принялся готовиться къ своему отъѣзду. Вдругъ вечеромъ, довольно уже поздно, пришелъ Матросовъ. Онъ былъ немного навеселѣ; галстукъ у него съѣхалъ на бокъ, жилетъ до половины разстегнутъ, лицо больше обыкновеннаго красно.

— А я, братъ, его видѣлъ, сказалъ онъ нѣсколько важно и хвастливо, какъ будто удостоился видѣть весьма достопримѣчательную особу.

Сердце Филиппа забилось сильнѣе.

— Гдѣ ты его видѣлъ?..

— Въ "Пристани" видѣлъ. Онъ тамъ и по сію пору на бильярдѣ сражается. Ну, братъ! въ "Пристани", я тебѣ скажу, бильярдъ превосходный. Это даже замѣчательно, что въ такомъ скверномъ городишкѣ находится такой великолѣпный бильярдъ, что дороже самого города стоитъ. Въ географіяхъ такъ бы и слѣдовало писать, что нашъ городъ замѣчателенъ единственно бильярдовъ. Ну, а все-таки онъ не стоитъ того, чтобы на немъ подобные игроки играли. Не стоитъ!..

Сердце Филиппа готово было, казалось, выскочить изъ его груди, разорвать ее.

— А онъ, я тебѣ скажу, продолжалъ Матросовъ, полузакрывъ глаза, сося свою сигару и покачиваясь,— очень и очень симпатичный человѣкъ. По крайней, мѣрѣ во мнѣ онъ пробудилъ эту симпатію...

Тутъ онъ раскрылъ глаза и внимательно посмотрѣлъ на Филиппа:— какое онъ произвелъ впечатлѣніе своими словами?

— Высокаго роста; держится гордо, прямо. Лицо худощавое, красноватое, какъ будто на немъ пламя отъ костра покоится. Глаза совершенно голубые, очень круглые, чрезвычайно холодные и взглядъ ихъ весьма тягостенъ, точно онъ этимъ взглядомъ къ стѣнѣ тебя пришпиливаетъ. Кости вотъ эти, гдѣ борода ростетъ, высунулись точно подкова. Усы длинные, внизъ опущены. Съ просѣдью... Вообще, я тебѣ скажу, наружность очень приглядная и рѣшительная. Такъ и видно по ней, какъ по книгѣ, что убить ты его хочешь — убей, прибить — прибей, повѣсить — повѣсь: ничего-то онъ не боится, ни передъ чѣмъ не отступитъ, но ничего и не забудетъ, не проститъ, нѣтъ... Вотъ это-то мнѣ и нравится, за это-то я и полюбилъ его съ перваго раза. Сила въ немъ есть, вотъ что!.. добродѣтель, которой въ васъ нѣтъ ни крошечки...

Филиппъ не прерывалъ его, слова не говорилъ и, докуривая папиросу, ходилъ по комнатѣ. Вдругъ онъ сѣлъ, задумался, хотѣлъ какъ будто заговорить о чемъ-то съ Матросовымъ, но сейчасъ же быстро раздумалъ и всталъ.

— Пойдемъ, сказалъ онъ коротко.

— Пойдемъ? Куда мы пойдемъ?.. А впрочемъ все равно... Вотъ гдѣ только моя шляпа? А? Не видалъ ты? Фуражка такая, клеенчатая...

— На головѣ у тебя...

— А! ну ладно... Пойдемъ, другъ мой... Удивительное это для меня дѣло, что порядочный человѣкъ рѣдко, рѣдко, почти никогда не. бываетъ силой въ настоящее время. А вотъ между негодяями, острожниками, каторжниками, что ни человѣкъ — то сила, каменная сила. Ударь по ней желѣзомъ,— искры посыплются... Удивительное это дѣло, вызывающее на размышленія дѣло...

— Ты однако порядочно пьянъ...

— Боже мой! А отчего я пьянъ, если только допустить, что я дѣйствительно пьянъ? Единственно отъ этихъ ужасныхъ соображеній и пьянъ. Сидѣлъ я въ "Пристани", смотрѣлъ на господина Сорогина, мыслилъ по поводу его; а если хоть немного помыслишь въ этомъ направленіи, то будетъ очень скверно... Вотъ и все. Самое понятное дѣло. Да и что тебѣ за дѣло, много ли я выпилъ? Развѣ я не дѣло говорю, развѣ я не самую святую правду высказываю своими, хотя бы и нечастыми устами?..

— Ядовитая, ядовитая правда!..

— А! Жжетъ?.. Ну, и отлично, ну, и отлично!.. Да?.. отлично!..
Онъ потеръ руки.

— Дѣйствительно, иногда и добродѣтель торжествуетъ...

Только знаешь ли когда, Филь? Послѣ смерти обыкновенно. Какъ добродѣтельный человѣкъ умретъ, погибнетъ, такъ ему сейчасъ и воздадутъ должное, сейчасъ ему и воскурятъ фиміамъ. Да вотъ, чтобы недалеко ходить, хоть Евлалія Александровна. Измучили ее въ конецъ, изтерзали, бѣжать отсюда заставили, счастье ея разбили, а теперь, когда ужъ свершилось гнусное дѣло, теперь она торжествовать начинаетъ... Да, торжествовать!.. Начинаютъ жалѣть, ее, защищать, сочувствовать ей... Такъ-то всегда дѣлается въ семъ мірѣ... Утѣшься, Филь! Когда ты уѣдешь отсюда, то есть, когда они совсѣмъ увидятъ, что выгнали тебя, тогда тебя всѣ оправдаютъ, очистятъ отъ всевозможныхъ сплетенъ и возвеличатъ... Утѣшься, если можешь...

Въ это время они подошли почти къ самой "Пристани".

— Стой! вскричалъ Матросовъ, внезапно остановившись и какъ будто сообразивъ что-то.— Куда ты?..

— Въ "Пристань"...

— Зачѣмъ?.. Чего тебѣ тамъ понадобилось?..

— Зачѣмъ? Да чаю пойдемъ напьемся, не безъ насмѣшки отвѣчалъ Филиппъ и, отстранивъ его съ дороги, — пошелъ впередъ.

Матросовъ неподвижно, растерянно постоялъ на одномъ мѣстѣ, потомъ поспѣшилъ за Филиппомъ. Туманъ, носившійся въ головѣ почтеннаго Петра Васильевича, быстро началъ рязсѣеваться, но, кажется, единственно съ тѣмъ, чтобы замѣниться туманомъ другого рода, болѣе мрачнымъ.

— Да скажи ты мнѣ ради Бога: ну зачѣмъ тебя сюда потянуло? тихо и угрюмо обратился онъ къ Филиппу, усѣвшись противъ него и торопливо приспособляя для куренья новую сигару, точно ожидалъ, что она успокоитъ, вдохновитъ его, научитъ, какъ удалить неизбѣжную, повидимому, ссору.

— Потянуло, да и все тутъ, разсѣянно отвѣчалъ Филиппъ.

Онъ сѣлъ прямо противъ двери въ ту комнату, гдѣ стоялъ бильярдъ. Тамъ было много народу, вились облака дыма, слышался оживленный говоръ. Одинъ разъ Сорогинъ, съ кіемъ въ рукѣ и безъ сюртука, прошелъ мимо двери. Увидѣвъ, что онъ тутъ, Филиппъ какъ будто бы успокоился. Что онъ хотѣлъ дѣлать,— этого, можетъ быть, не зналъ и самъ онъ.

— А потянуло-таки? приставалъ Матросовъ.— Экъ вѣдь ихъ! Какъ представится имъ какая нибудь возможность сотворить глупость, такъ сейчасъ ихъ и потянетъ. Точно на высокомъ мосту голова закружится и въ воду ихъ качнетъ тянуть. Увидитъ голодный человѣкъ кусокъ протухлой говядины,— сейчасъ этого человѣка и потянетъ кражу учинить. Зачуетъ одинъ человѣкъ своего ближняго, почему нибудь ему непріятнаго, сейчасъ его, раба Божія, и потянетъ ножомъ пырнуть этого своего ближняго или, по крайней мѣрѣ, въ ухо ему дать. Вонъ и его потянуло куда-то, чортъ его знаетъ. Тамъ у него одна бѣдная женщина, которая въ немъ души не слышитъ, всякими муками терзается, а у него тутъ голова кружится...

— Что-то она теперь? произнесъ Филиппъ, глубоко вздохнувши.

— Да что? Всякими муками, я тебѣ говорю, терзается. Больна, можетъ быть...

— Можетъ быть, можетъ быть... Будетъ ли этому конецъ?..

— Да и убирайся ты къ ней, вотъ тебѣ и конецъ будетъ. Поѣзжай, простись съ сестрой, да и отчаливай. Что не кончено, такъ я все улажу, сдѣлаю, отличнѣйшимъ манеромъ устрою...

— Нѣтъ, такъ нельзя...

— Чего нельзя? Можно...

— Да кончить, разъ навсегда кончить нужно все это! нетерпѣливо сказалъ Филиппъ и съ мрачной усмѣшкой взглянулъ на Матросова, какъ будто говоря ему, что "ничего-то ты, братъ, не понимаешь".

Петръ Васильевичъ дѣйствительно очень смутно понималъ его намѣренія; но тѣмъ не менѣе на сердцѣ у него становилось все тревожнѣе и тревожнѣе, все тяжелѣе и тяжелѣе.

— И говорить-то понятно онъ разучился! тревожно ворчалъ онъ.— И что такое ему нужно здѣсь кончить, да еще разъ навсегда кончить?.. Ты тутъ только можешь такое колесо достроить, гдѣ и самъ чортъ никакого конца не доищется!.! Ты только представь себѣ, что тебя вотъ сюда тянуло, а вонъ въ той комнатѣ, можетъ быть, есть нѣкто, кого въ тебѣ тянетъ точно такимъ же манеромъ. Ну и стянетъ васъ лицомъ другъ въ другу... Ну и произойдетъ изъ этого чортъ знаетъ что...

— А что ты думаешь можетъ произойти?..

— Что... Убійство, вотъ что... Дуэль, угрюмо отвѣчалъ Матросовъ и, казалось, весь ушелъ въ свои глаза, весь за еръ, вглядываясь въ Филиппа и вслушиваясь, что онъ на это отвѣтитъ.

— Ты думаешь онъ будетъ драться? живо спросилъ Филиппъ.

Матросовъ упалъ въ кресло. Онъ все понялъ и повѣсилъ голову.

— Онъ-то не откажется, безнадежно пробормоталъ онъ.

— Онъ вѣдь авантюристъ, Филь, снова заговорилъ онъ тоскливо,— закаленный авантюристъ. Всякіе виды онъ видалъ, смерти не страшится, жизнь ему не особенно дорога, потому что вѣдь онъ изъ-за насущнаго хлѣба работаетъ и на бильярдѣ, и на картахъ. Чувствъ особенныхъ, привязанностей тамъ какихъ нибудь нѣжныхъ у него, я полагаю, тоже не имѣется, не въ его натурѣ эти нѣжныя чувства. Это съ одной стороны, а съ другой, ты возлюбленный его законной супруги, ты у него изъ-подъ носа ее унесъ, въ дуракахъ его оставилъ,— такъ его-то, этого травленаго волка, ты думаешь, не разбираетъ смертельная охота голову тебѣ свернуть?... Нѣтъ, онъ не откажется... Да Богъ съ нимъ! Онъ все равно гдѣ нибудь въ дракѣ сложитъ свою голову, на какой нибудь ярмаркѣ его изъ окна выбросятъ или ребра ему переломаютъ. А вотъ ты-то, Филь? Еслибъ тебя не тянуло въ воду, не кружилась у тебя голова, такъ о тебѣ я и говорить бы не сталъ. А вѣдь теперь на тебя затмѣніе нашло. Ты, я вижу, самъ хочешь вызвать его на драку. Скверно, мерзко... Ты бы холодной водицы выпилъ, что ли, или искупался бы... Право... Планы-то твои, мечты-то, предпріятія-то разныя,— гдѣ они? Гдѣ твои высокіе идеалы-то? Въ дуло пистолета ты ихъ суешь? Ногами топчешь, въ грязь забрасываешь... Это позоръ, Филь... Какой ты примѣръ даешь тѣмъ, кому случилось слышать твои честныя разсужденія о дѣлахъ житейскихъ? Позоръ, позоръ, Филь!.. Давай руку и скорѣе пойдемъ отсюда... Пойдемъ...

Онъ вскочилъ и схватилъ руку Филиппа.

— Оставь, холодно и строго сказалъ Филиппъ.

— Еще однимъ порядочнымъ человѣкомъ меньше въ моемъ счету, почти злобно замѣтилъ Матросовъ.— Ты говоришь: кончить нужно; а я тебѣ говорю, что ты ничего не кончишь, а если и достигнешь конца, такъ самаго гнуснаго. Пока вы тутъ драться будете, какъ два глупые звѣря,— что станется съ Евлаліей Александровной! Бѣдное, бѣдное созданіе! Мало того, что ее враги терзали; тотъ, котораго она другомъ своимъ считала, тотъ самый добиваетъ ее окончательно! Слушай меня. Если ты его ранишь, то изъ-за этого и начинать не стоило, ибо все останется по прежнему. Если ты убьешь, то тебя, раба Божія, запрутъ...

— А она будетъ свободна, горячо прервалъ Филиппъ.

— Если же онъ тебя ранитъ или онъ тебя убьетъ, тогда она сюда пріѣдетъ, непремѣнно пріѣдетъ и прямо къ нимъ въ когти попадется... Что съ ней будетъ? Что съ ней будетъ?..

— А, можетъ быть, она и свободна будетъ, упрямо повторилъ Филиппъ.

— Тьфу! плюнулъ Матросовъ и выпилъ залпомъ стаканъ воды.

Онъ началъ терять терпѣніе и выходилъ изъ себя.

— Мало вамъ на свѣтѣ мѣста то? Тѣсно? ворчалъ онъ.

— То-то и есть, что другъ другу мѣшаемъ, холодно замѣтилъ Филиппъ.

Вдругъ въ бильярдной началось движеніе, поднялся говоръ, всѣ перемѣшались въ отдѣльныя группы. Должно быть кончилась игра. Филиппъ всталъ и пошелъ туда. Матросовъ, понуривъ голову, послѣдовалъ за нимъ Около Сорогина была порядочная толпа, все больше юные купеческіе сынки, находившіеся въ замѣтно возбужденномъ состояніи. Дѣло шло о томъ, чтобы соорудить "банчикъ". Призвали хозяина гостиницы, велѣли приготовить нумеръ, столы, карты... Казалось, сама судьба вызвала Филиппа не медлить. Онъ взглянулъ на Матросова и усмѣхнулся странной усмѣшкой.

— Филь! Филь! Уйдемъ, тоскливо звалъ Петръ Васильевичъ. Филиппъ покачалъ головой.

— Остерегитесь, господа! громко сказалъ онъ.— Этотъ господинъ — извѣстный шулеръ. Я его очень хорошо знаю.

Наступила минута мертвой тишины. Всѣ къ нему обернулись, всѣ разступились. Сорогинь остолбенѣлъ. Потомъ, вытянувъ впередъ шею, откинувъ назадъ сжатые кулаки, широкими и едва слышными шагами подошелъ къ Филиппу. Вдругъ, шага за три, онъ остановился, какъ будто пораженный.

— Лекарь... Рябининъ! тихо воскликнулъ онъ. Потомъ, какъ бѣшеный, бросился на него.

Но его успѣли схватить прежде, чѣмъ онъ ступилъ одинъ шагъ. Онъ отбивался, грозилъ, ругался, потомъ началъ умолять пустить его... Дикое и ужасное было зрѣлище!

———

Часа черезъ два Филиппъ ходилъ взадъ и впередъ по своей комнатѣ. Матросовъ сидѣлъ у стела и съ самымъ жалкимъ видомъ человѣка разстроеннаго, разочарованнаго и глубоко оскорбленнаго смотрѣлъ на своего друга. Полчаса назадъ приходилъ родственникъ Сорогина въ качествѣ секунданта. Было условлено стрѣляться послѣ завтра въ пять часовъ утра, у озерка, что за загороднымъ садомъ.

— Какая однако грязная, дикая сцена! замѣтилъ вполголоса Филиппъ.

— Гдѣ это грязь? угрюмо спросилъ Матросовъ.

— А вотъ когда его схватили и не пускали...

— Нашелъ чѣмъ возмущаться! Вся-то, братъ, эта исторія отъ перваго слова до послѣдняго — сплошное, позорное море грязи. Когда онъ тебя убьетъ (а я знаю, что онъ тебя убьетъ: на свѣтѣ всегда такъ дѣлается), тогда я напишу на твоей надгробной плитѣ: "съ дѣтства имѣлъ благія намѣренія и добрую душу, въ юности мечталъ о великихъ дѣлахъ на пользу общую, а на двадцать седьмомъ году отъ рожденія погибъ въ дракѣ съ шулеромъ". Это, братъ, потому будетъ хорошая, эпитафія, что всѣ мы такой дорогой бредемъ. Всѣ мы, сбираясь въ путь, о храмѣ славы мечтаемъ, а пріѣхали, смотришь, въ кабакъ... Ахъ, Филь, Филь! Навѣрное я сопьюсь совсѣмъ и умру гдѣ нибудь подъ заборомъ питейнаго дома. Тогда окончательно хорошо закончится исторія нашего товарищества и нашихъ мечтаній. Одинъ со скуки картежничать началъ, другой въ драмѣ погибъ, третій опился... Ахъ, какъ весело жить на бѣломъ свѣтѣ!..

271

— Оставь эту тэму. Будетъ..

— Неужели наконецъ разумъ къ тебѣ возвращается? Неужели совѣсть въ тебѣ заговорила?..

— Нѣтъ, надоѣло...

— Ну, Богъ съ тобой, я уйду; тошно мнѣ смотрѣть на тебя... Писать будешь?..

— Напишу нѣсколько строкъ... Спать буду...

— И сонъ, ты думаешь, придетъ?..

— Придетъ. Я морфію приму. Не хочешь ли, дамъ и тебѣ?..

— Нѣтъ, мнѣ не нужно. Дѣйствовать, работать, думать нужно. Я вотъ разсчитываю все, не пойти ли мнѣ къ жандармскому полковнику, да не объявить ли о готовящейся дракѣ? Что ты такъ смотришь на меня? Подлецомъ, что ли, ты назовешь меня за это? Хоть оплеуху дай! Мнѣ все равно... А васъ возьмутъ, схватятъ, арестуютъ...

— Ну, а потомъ?..

— Что же потомъ?..

— Потомъ выпустятъ...

— Такъ вы тогда все-таки подеретесь?.. И не успокоитесь?.. Не образумитесь?.. Не придетъ мнѣ на помощь случай какой нибудь счастливый?..

— Все останется по прежнему...

— Значитъ, по твоему, кровь неизбѣжно должна пролиться?.. нельзя безъ нея?..

— Послушай, нетерпѣливо заговорилъ Филиппъ, взявъ его за плечо.— Я не сумасшедшій и не измѣнилъ своихъ взглядовъ на дуэль. Глупость всегда останется глупостью, но когда другого выхода нѣтъ, такъ хочешь или не хочешь, а пойдешь и на глупость. Нѣтъ, кажется, никакого другого случая, изъ-за котораго я сталъ бы драться. Дай мнѣ пощечину, оклевещи меня самымъ гнуснымъ образомъ — я не буду драться. Оскорби даже ту, которая мнѣ дороже моей собственной жизни, я все-таки не выйду на дуэль. А здѣсь, въ этомъ случаѣ, я самъ ее искалъ, самъ вызвалъ. Почему? Когда ты поймешь это?.. Да потому, что здѣсь не какой нибудь непріятный случай, не какая нибудь обида, нѣтъ, здѣсь этотъ человѣкъ ни больше, ни меньше, какъ испортилъ уже до нѣкоторой степени нашу жизнь и грозятъ всегда, всегда насъ преслѣдовать, всегда разрушать наше счастье. Я беззащитенъ передъ нимъ. Мнѣ остается или отступиться отъ Евлаліи Александровны, бросить ее на произволъ этого шулера и холоднаго негодяя, или же взяться за пистолетъ... Первое невозможно; во второмъ случаѣ я, можетъ быть, и выиграю. Какъ бы поступилъ ты на моемъ мѣстѣ? Скажи?..

Матросовъ постоялъ, подумалъ, потомъ глубоко вздохнулъ.

— Ну, прощай, сказалъ онъ вмѣсто отвѣта и ушелъ, тихо

272

ушелъ, какъ будто бы припоминая, все ли онъ сказалъ, что можно было сказать, не упустилъ ли чего нибудь, наконецъ, не разчувствуется ли еще Филиппъ, не выскажетъ ли какого нибудь колебанія?

Нѣтъ; все сказано, Филиппъ непоколебимъ и даже, что всего хуже, спокоенъ. Дверь затворилась за почтеннымъ, разочарованнымъ Петромъ Васильевичемъ.

Когда затихъ глухой, отдаленный стукъ растворявшихся и затворявшихся дверей, стукнула въ послѣдній разъ калитка и, смолкло все какъ на дворѣ, такъ и въ домѣ, Филиппъ сѣлъ къ письменному столу. Долго просидѣлъ онъ неподвижно въ глубокой задумчивости, потомъ придвинулъ и поправилъ лампу, выбралъ перо и принялся за письма.

"Всего только два дня прошло съ тѣхъ поръ, какъ ты предлагала внѣ или, вѣрнѣе говоря, настаивала, требовала, что намъ слѣдуетъ покончить съ нашей любовью, разбить ее и разойтись. Какими бы побужденіями ты ни руководилась тогда, въ виду какихъ бы идеаловъ ты ни рѣшалась принести эту жертву, — это все равно, все равно... теперь... Теперь меня утѣшаетъ только то, что ты имѣла, чувствовала въ себѣ силы перевести эту разлуку. Горько мнѣ думать, что, можетъ быть, и ты ошиблась и я ошибаюсь!.. Что дѣлать!.. Игру, за которую я взялся, не трудно проиграть. Но если бы я отказался отъ нея, я все равно проигралъ бы все; а взявшись за нее, я могъ бы и выиграть. Но не лучше ли разстаться такъ, какъ мы теперь разстаемся, чѣмъ такъ, какъ предлагала ты, моя дорогая?.. Мнѣ какъ-то больше нравятся, что я умру, любя тебя, защищая тебя..."

Зачѣмъ говорилъ онъ Матросову, что напишетъ всего только нѣсколько строчекъ и ляжетъ спать? Боялся ли онъ показаться ему сантиментальнымъ? Хотѣлъ ли, какъ всѣ истинно и глубоко любящіе люди, скрыть безраздѣльно-владѣющее имъ чувство любви и прикинуться черствымъ, холоднымъ? Прошелъ часъ, два, а онъ все еще писалъ одно это письмо. Ни малѣйшая-мелочь не была имъ забыта.. Онъ писалъ ей куда лучше всего уѣхать, къ кому обратиться, приложилъ письма къ этимъ людямъ. Онъ писалъ о ея дѣтяхъ, объ ихъ характерѣ, склонностяхъ, недостаткахъ, о томъ, какія черты въ ихъ характерѣ слѣдовало бы развивать и какъ развивать. Онъ не забылъ даже о пьяненькой нянькѣ — и о ней писалъ...

XV

Прошелъ и еще одинъ день. Близокъ уже былъ тотъ часъ, когда выстрѣлами и кровью долженъ былъ разрѣшиться самый повидимому простой вопросъ.

Солнце давно уже закатилось. Быстрыми шагами приближалась темная, беззвѣздная ночь. На небѣ скоплялись тучи; въ воздухѣ душно было,— видно быть грозѣ этой ночью. На заводѣ Барканцевыхъ повсюду мелькали огни. Огонекъ же свѣтился и на томъ берегу чернаго, угрюмаго и гладкаго, какъ стекло, пруда. Этотъ огонекъ свѣтилъ въ трубкѣ Потапа Потапыча, заговорившагося съ Зоей. Подлѣ него на травѣ лежали его прежнія удочки, на деревѣ висѣлъ его старый неизмѣнный спутникъ, чемоданъ-ранецъ, но самъ Потапъ Потапычъ былъ уже далеко не прежній Потапъ Потапычъ. Онъ получилъ, наконецъ, мѣсто, онъ сдѣлался богачъ, сравнительно съ тѣмъ, чѣмъ былъ недѣли двѣ назадъ. Костюмъ его былъ теперь совершенно приличенъ, на ногахъ были высокіе, новые сапоги, уже не собственнаго грубаго издѣлія, подъ жилетомъ виднѣлась бѣлая, новая рубашка, самый видъ его, самый голосъ казались совершенно новыми, пріобрѣтенными вмѣстѣ съ приличнымъ туалетомъ.

— А я еще вамъ скажу: жениться собираюсь, сказалъ Потапъ Потапычъ въ нѣкоторомъ смущеніи и кашлянувъ,

— Вотъ какъ! Кто же это ваша невѣста?..

— Это все Анна Романовна устроила и познакомила меня съ ней. Очень мнѣ она понравилась... Кроткая такая, глаза добрые, задумчивая... Некрасива собой, да мнѣ Богъ съ ней, съ этой красотой. Не люблю я ея, красоты этой. Маленькая такая, черненькая, немного горбатенькая, старая дѣвушка, Краснова, Лизавета Ивановна. За нею домикъ даютъ и деньгами двѣ тысячи...

Грустно какъ-то стало Зоѣ. Отъ Анны Романовны она не разъ слышала намеки на какую-то несчастную, пьяненькую женщину, которая будто бы имѣетъ дурное вліяніе на Потапа Потапыча. Много уже лѣтъ назадъ эта женщина, тогда еще молоденькая, красивая дѣвушка, была завезена сюда однимъ офицеромъ и потомъ имъ брошена. Она стирала бѣлье, нанималась поденщицей, мыла полы, а больше всего пила и пила. Потапъ Потапычъ жилъ у нея. Иногда, когда ему приходилось хоть съ голоду умирать, она выручала его, кормила, переставала на время пить, принималась усердно за работу и снабжала его деньгами. Вообще странныя были между ними отношенія. Что же? Теперь Потапъ Потапычъ уже отвернется отъ этой женщины? Не будетъ ее узнавать, если она попадется ему на улицѣ? А, можетъ быть, она любила, любить его? Бѣдная женщина! Кто допытается, разберетъ

Онъ какъ безумный схватилъ ея руки и покрывалъ ихъ страстными поцѣлуями.

— Хорошо; ступайте, поѣзжайте, сказалъ онъ наконецъ.— Я всюду, всюду буду слѣдить за вани... Можетъ быть, вы и не будете меня видѣть, а я все таки буду подлѣ васъ. Я знаю, что придетъ и мой часъ. Посмотримъ, куда приведутъ васъ ваши поиски за иной жизнью. Когда вы разочаруетесь, когда вы взглянете на всѣ ваши мечты съ горькимъ смѣхомъ презрѣнія,— тогда, тогда я явлюсь передъ вами и напомню сегодняшній разговоръ... Поѣзжайте, поищите новыхъ людей и новой жизни,— посмотрите на нихъ... Годъ, два и мой часъ настанетъ...

XVI

Прошелъ и тотъ день, въ который была назначена дуэль. Часу въ десятомъ вечера въ квартирѣ Филиппа было послѣднее собраніе оставшихся въ наличности членовъ товарищества. Филиппъ, здоровый и невредимый, сидѣлъ въ своемъ любимомъ креслѣ около письменнаго стола, Зоя приготовляла чай, а Петръ Васильевичъ бродилъ взадъ и впередъ по комнатѣ, шаркая ногами, пасмурный и недовольный.

— Ну такъ что же? Завтра и уѣзжаешь? Не раздумалъ? спрашивалъ онъ.

— Завтра и уѣзжаю. Не ждать же мнѣ, пока онъ будетъ въ состояніи стать на ноги...

— То-то. Я къ тому говорю, что у вашего брата на одной недѣлѣ Богъ знаетъ сколько пятницъ. Сегодня одно, а завтра другое. Сегодня возстаешь противъ дуэли, а завтра самъ на нее напрашиваешься. Сегодня о великихъ дѣлахъ толкуешь, а завтра путаешься чортъ знаетъ въ какую исторію. Нѣтъ братъ; я теперь положительно на сторону господина Сорогина перехожу. Тамъ, братъ, по крайней мѣрѣ, сила, никакихъ колебаній и сомнѣній невѣдающая... Ну и какъ же передъ нимъ не преклониться? Завтра онъ долженъ на дуэль выйти, въ дуло пистолета смотрѣть, смерти ждать, а сегодня, наканунѣ этого роковаго часа, онъ за карты садятся и спокойно, какъ мраморная какая нибудь статуя, мечетъ направо и налѣво. И знаешь что? Всѣ говорятъ, что онъ сплутовалъ, сфальшилъ... Не вѣрю я этому, быть этого не можетъ... Не вѣрится мнѣ, чтобы онъ и наканунѣ того часа, который, можетъ быть, смерть ему принесетъ, шулеромъ остался... Вѣрую я, что и въ его достаточно изгаженномъ проклятою жизнью сердцѣ, были нѣкоторыя искры чести, чувства, своего рода возвышенности...

— Не увлекся ли ты своею любовью къ человѣчеству? спросилъ Филиппъ.

— Нѣтъ, нѣтъ, этого быть не можетъ! горячо воскликнулъ Петръ Васильевичъ.— Не такъ было дѣло! Онъ обчистилъ всѣхъ этихъ купчиковъ и землевладѣльцевъ, но обчистилъ ихъ по совѣсти, честно, безъ фальши. А имъ жаль стало своихъ капиталовъ, возвратить ихъ какъ нибудь захотѣлось,— вотъ они и сочинили, глядя въ свои пьяные очи, что онъ будто бы передернулъ, вотъ они и набросились на него, виноватаго, можетъ быть, только въ томъ, что о немъ дурная слава идетъ. И какъ безчеловѣчно, варварски они его избили. Нѣтъ, я думаю, что онъ уже совсѣмъ не встанетъ на ноги... Во время этой драки плюнулъ онъ: у него какой-то кровавый кусокъ вылетѣлъ изо рта. Ребра у него переломаны, глазъ не видно, въ лицо его родная мать не узнала бы, потому что никакого лица нѣтъ... И каково вынести это, никакой вины за собой не зная? Такъ-то вотъ, на такомъ-то безобразномъ пути и погибаютъ дѣйствительно сильные характеры. А почему на такомъ безобразномъ пути? Именно потому, что они сильны. Когда-то были они порядочны, честны, было у нихъ чистое сердце. Да, порядочному человѣку нѣтъ дороги въ нашемъ мірѣ. Впередъ идетъ тотъ, кто ни вередъ чѣмъ не останавливается; наверхъ выносится тотъ, кто все топчетъ своими ногами, чтобы подъ нихъ ни попалось. Ну, порядочному человѣку и остается на его выборъ: или раздавленнымъ быть, или тоже ни передъ чѣмъ не останавливаться. Тогда онъ и силенъ будетъ, и богатъ, и уважаемъ... Сильные люди такъ и дѣлаютъ, что начинаютъ ломить все, что имъ мѣшаетъ, потому что быть раздавленными имъ не приходится.

— Никогда! рѣзко отозвалась Зоя.

— То есть какъ же это никогда? Всегда такъ...

— Гдѣ же эта сила?.. Въ чемъ вы ее видите?.. Въ томъ, что человѣкъ стремится деньги нажить, пожить весело, попраздновать, что онъ общимъ теченіемъ уносится? Нѣтъ, это не сила. Настоящая сила не броситъ своей порядочности, ме броситъ своихъ идеаловъ, юношескихъ мечтаній, а до самой смерти отстоить ихъ, до самой смерти будетъ стараться ихъ осуществить, будетъ бороться съ общимъ теченіемъ. Настоящій сильный человѣкъ не о себѣ думаетъ, а о другихъ... Слабость, безсиліе — тѣ только о себѣ думаютъ, свое собственное существованіе стараются обезпечить; а истинно сильному человѣку мало этого, онъ за другихъ борется...

— Да; вотъ какъ древніе геркулесы чудовищъ разили на общую пользу... Или какъ Илья Муромецъ разчищалъ дорогу прямоѣзжую, согласился Матросовъ.— Да, это точно что высшаго порядка сила. Такъ вотъ такихъ-то людей поѣдете вы искать въ далекихъ краяхъ? Такъ потому-то вы бѣжите отъ насъ, что мы мелки очень? Ахъ, Зоя Петровна! Найдете ли? Люди родятся

280

нынче маленькіе, деликатные; времена нынче мрачныя, края наши глухіе...

— Въ такія-то времена и являются сильные люди...

— Такъ ли? Остались бы лучше здѣсь... Замужъ бы за меня вышли... То есть такъ, для виду только, чтобы никто васъ пальцемъ не могъ тронуть... Ну, а для меня это было бы очень хорошо, такъ какъ я уже нѣкоторымъ образомъ связанъ былъ бы и не пришла бы мнѣ фантазія обзавестись подругой жизни...

— Очень вамъ благодарна...

— Не хотите? Ну, такъ и Господь съ вами, потому мнѣ вѣдь это рѣшительно все равно...

— Ну, а что же ваша богатая купчиха?..

— Измѣнила она и уѣхала... въ края иные...

Онъ вдругъ какъ-то притихъ, сѣлъ на диванъ и, подперевъ рукою щеку, призадумался. Глаза у него сдѣлались большіе, печальные.

— Эхъ, жизнь, жизнь! заговорилъ онъ тихо.— Какъ ты идешь-то быстро! Ничего не сдѣлано назади, ничего хорошаго не видано, а смотришь — уже волосы сѣдые показываются и усталость нѣкоторая чувствуется; мечтаній этихъ юношескихъ нѣтъ и вѣры въ будущее мало. И что это такое тяготѣетъ надъ нами? Только-что потянешься за чѣмъ нибудь, поймать думаешь,— смотришь, все и разсѣялось, унеслось, изчезло... Только-что вотъ встрепенулась у меня надежда на товарищество, — смотришь — и разсыпалось оно, и разметало насъ по разнымъ концамъ нашего пространнаго отечества... Хоть и говорятъ Филь, что товарищество не должно отъ этого пострадать, что мы все-таки будемъ работать для одной цѣли, да все не то, все не то, что вмѣстѣ... Я вотъ тутъ одинъ останусь, слова не съ кѣмъ сказать,— все точно повымерло...

— Старое повымерло, новое будетъ... Соберется около тебя новый кружокъ, самъ товарищество составишь, замѣтилъ Филиппъ...

— Да, старое прошло, новое народится, повторилъ Матросовъ.— Прошла весна,— жди новой, цвѣты отцвѣли — подожди, опять разцвѣтутъ; листья опали,— придетъ весна и опять все зазеленѣетъ. Это моя любимая философія!.. Только новая весна — не то, что старая, новые цвѣты не тѣ, что были въ прошломъ году; все жаль прошлогоднихъ. Ну, чтожъ?.. Буду сидѣть въ своемъ магазинѣ, пива ящичекъ суну тамъ гдѣ нибудь въ шкафъ... Буду пить пиво, буду болтать, книжки почитывать... Болтать я люблю... Ну, и отлично...

Онъ пересѣлъ къ чайному столу.

— Ахъ, не выходитъ у меня изъ головы исторія нашего товарищества, заговорилъ онъ, помѣшивая ложечкой въ своемъ стаканѣ.— Снился мнѣ сонъ въ тѣ времена, когда оно только-что возникло. Такой это былъ хорошій сонъ. Грезилась мнѣ долина, такая свѣтлая, веселая, какія только во снѣ видятся. Холмы окружали ее со всѣхъ сторонъ. Къ одной сторонѣ они поднимаются ступенями все выше и выше, а на самомъ верху ихъ, какъ темный вѣнецъ, лѣсъ синѣетъ. Изъ него ручьи бѣгутъ, водопады образуютъ, падая съ холмовъ, и бѣгутъ они въ большую судоходную рѣку. Жизни, жизни сколько на этой рѣкѣ! Суда идутъ, пароходы шумятъ, флаги разноцвѣтные развѣваются, между судами лодки скользятъ. Ну, и въ волшебной долинѣ кипитъ жизнь... Всякій ручей какое нибудь колесо вертитъ, желѣзной машинѣ жизнь даетъ; топоры стучатъ, пѣсни раздаются, работа кипитъ... Тутъ цѣлый городъ возникаетъ, молодой, тоже волшебный городъ... Не видно въ немъ лачужекъ, грязи, нищихъ, праздныхъ зѣвакъ... Роскоши и блеска тоже не видать... Есть впрочемъ большое и изрядно красивое зданіе, да я гляжу: написано на немъ: училище. Есть и другая громадная храмина, да на ней, вижу, торчатъ фабричныя трубы... Чья, спрашиваю фабрика? Нѣтъ, говорятъ на ней хозяина; рабочіе ея хозяева. Работай — и ты будешь въ числѣ хозяевъ. Эта-то фабрика, оказывается, и есть самое зерно возникающаго города, сердце его. Дома строятся — это дома рабочихъ; школа — это школа рабочихъ; больница, вижу, за городомъ стоятъ среди великолѣпнѣйшаго сада — больница ихняя. Иду я, Петръ Матросовъ, но улицѣ этого города. Вечеръ насталъ. Работа кончена. Вижу я опять какое-то хорошее зданіе. Смотрю, это клубъ рабочихъ, библіотека тоже. Сидятъ это они тамъ джентльменами такими, пиво пьютъ, газеты читаютъ, объ общественныхъ вопросахъ толкуютъ... А тамъ супруги ихъ, дочери и сестры съ молодыми людьми танцуютъ... Дальше, дальше иду я; въ общественный садъ пришелъ. Дѣти тамъ играютъ, славные такіе, краснощекіе, здоровые; а на лугу, смотрю, какой-то чудакъ на бочку взобрался ораторствуетъ себѣ... Что-то такое онъ очень, очень хорошо говорилъ, меня начала разбирать грусть, великая грусть; съ грустью я и проснулся...

Мертвое молчаніе наступило; никто не шевельнулся, пока онъ разсказывалъ этотъ сонъ, слова не выронилъ.

— Это тогда было, продолжалъ Матросовъ.— А теперь все больше снится, что въ полѣ кабакъ стоитъ, у кабака Матросовъ сидитъ и трубку куритъ. Или же личико чье-то бѣленькое, глазки чорненькіе... Или же...

— Довольно, будетъ! вскричала Зоя.

— Это я въ поученіе говорю...

— Тоску нагналъ, грустно сказалъ Филиппъ.— Есть же у васъ и будущее...

— Развѣ что будущее...

Онъ какъ будто бы расчувствовался.

— Ну, такъ впередъ! Ты пожалуйста не вѣрь, что я тамъ говорилъ о себѣ. Это я такъ, подъ вліяніемъ вещей постороннихъ. Есть же и во мнѣ какой-то огонекъ... Въ будущее и я вѣрю...